Schott, Arthur; Schott, Albert

Serbische Märchen

Schott, Arthur; Schott, Albert

Serbische Märchen

Inktank publishing, 2018

www.inktank-publishing.com

ISBN/EAN: 9783747731963

WALACHISCHE MÆHRCHEN

HERAUSGEGEBEN VON

ARTHUR UND ALBERT SCHOTT.

Mit einer einleitung

über das volk der Walachen

und einem anhang

zur erklärung der mährchen.

Einmal athmen möcht' ich wieder
in dem goldnen mährchenreich.
Uhland.

STUTTGART UND TÜBINGEN.

J. G. Cotta'scher Verlag.

1845.

Unsern theuren eltern

Albert und Auguste Schott.

Vorwort.

Mein bruder Arthur hat bei einem sechsjährigen aufenthalt im östlichen Banat vermöge seines berufs als landwirth vielfach gelegenheit bekommen, das tiefgehende mistrauen zu besiegen welches der unterdrückte stamm der dortigen Walachen gegen die angehörigen der herschenden völker, gegen Slaven, Madjaren und Deutsche hegt.

Eins von den ergebnissen seines umgangs mit ihnen sind die hier mitgetheilten mährchen. Er erzählt sie ohne eigene zuthaten, so wie er sie an ort und stelle niedergeschrieben hat; nach der mündlichen erzäblung verschiedener leute die im lande selbst geboren sind, und über die er am ende der einleitung (s. 80—82) nähere auskunft ertheilt. Die schreibart einer schonenden umarbeitung zu unterwerfen konnte mir kein bedenken machen, da sich diss, wie das beispiel der brüder Grimm bewiesen hat, mit einer sachgetreuen mittheilung vollkommen verträgt. Dass wir diese mährchen veröffentlichen bedarf wohl keiner entschuldigung. Man ist jetzt in Deutschland so ziemlich allgemein überzeugt, dass derlei gaben den lebendigen blick in die geschichte der völker, mithin die wahre

7

bildung wesentlich fördern; Rückert hat ein tiefes wort gesprochen:

die poesie in allen ihren zungen
ist dem geweihten Eine sprache nur.

Wer aber einen so allgemeinen standpunct verschmäht,
muss doch wenigstens anerkennen dass auch die fernsten länder unvermuthetes licht auf einheimische räthsel werfen können;
um wie viel mehr die uralten dichtungen — denn so dürfen
mährchen und sage ja wohl heissen — eines volkes, dessen ge-
schicke mit denen unserer brudervölker in Italien und Griechenland, vielleicht auch der keltischen, schon in grauer vorzeit, mit denen unsres eigenen wenigstens seit den tagen der
edeln Gothen eng verflochten sind. Noch aber ist von dorther
zu dem gemeinsamen werke kein beitrag geliefert: wir bringen
die ersten garben eines jungfräulichen bodens. Dieser ist unter
uns, obwohl er uns nahe genug liegt, und mit uns durch die
zweite hauptader unsres lebens, die Donau, in unmittelbarer
verbindung steht, zum erstaunen wenig bekannt. Noch immer
gilt was ein gelehrter des vorigen jahrhunderts, Thunmann, in
seinen »untersuchungen« anklagend aussprach: »der historiker ist
oft eben so ungerecht als der gemeine mensch: er verachtet den
der nicht im glücke ist.« Aber wie der einzelne vom schicksal
schnell zu bedeutung und glanz gehoben werden kann, so ist
auch für die weltgeschichte jeder theil der menschheit, jedes
volk, ein stoff nach dem sie vielleicht unvermuthet rasch greift,
um aus ihm eines von den manigfachen gebilden zu schaffen
die sie in grossartigem sinnen unermüdlich an einander reiht.
Viele sind gegenwärtig überzeugt dass die vulcanischen kräfte
die dumpf unter dem boden Europas gähren, ihren ausbruch

im südosten des welttheils nehmen werden; dann würde gerade das land und volk von dem unsre mährchen stammen, rasch an bedeutung gewinnen.

Im hinblick auf diese verhältnisse schien es uns angemessen, den mährchen eine schilderung des volkes der Walachen, seiner herkunft, verbreitung und sprache voranzuschicken. Sie beruht, soweit sie sich mit den Walachen des Banats beschäftigt, auf dem was mein bruder im lande selbst gesehen und gehört hat; in ihrem ersten, allgemeineren theil auf zerstreuten nachrichten, die ich aus zeitungen und büchern entnommen habe. Unter den letzteren sind mir besonders zu hilfe gekommen Engel's geschichte der Moldau und Walachei (vgl. die anmerkung zu s. 6), Schaffarik's sprachkarte (s. s. 14), die romanische grammatik von Diez (s. s. 19), die arbeiten von Molnar, Clemens und Kopitar (s. s. 14). Das mehrmals angeführte werk von Murgu hat den langen, daher auch hier nicht vollständig mitgetheilten titel: Widerlegung der abhandlung, welche unter dem titel vorkömmt: »Erweis dass die Walachen nicht römischer abkunft sind... durch S. T. in Ofen 1827« und beweis, dass die Walachen der Römer unbezweifelte nachkömmlinge sind... verfasst von C. Murgu. Ofen 1830. XX und 156 s. in 8. Mit musikbeilagen: 3 romanischen (walachischen) tänzen, 2 romanischen schäferarien, einer raizischen (südslavischen) »poeten-arie« und 3 raizischen tänzen. Das werk verräth besonders durch seinen gänzlichen mangel an ordnung einen ungeübten verfasser, enthält aber manche sehr brauchbare mittheilung, und ist in einem tapfern, siegreichen tone geschrieben, der ihm wohl ansteht, weil die grundansicht zwar einseitig aufgefasst, aber in der hauptsache richtig ist. Thunmanns vorhin erwähnte schrift kam leider zu spät in meine hände, als dass ich sie nach verdienst hätte benützen können. Sie lautet in ihrem vollen titel: Johann Thunmanns, ordentlichen lehrers der beredsamkeit und philosophie auf der universität zu Halle, untersuchungen über die geschichte der östlichen europäischen völker. Erster theil. Leipzig bei Siegfried Lebrecht Crusius 1774. 406 s. in kl. 8. Dieser erste theil, und mehr ist meines wissens nicht erschienen, enthält drei abhandlungen: 1) älteste geschichte der Ungern, Bulgaren, Chasaren. 2) über die geschichte und sprache der Albaner und Wlachen. 3) über einige gegenstände der russischen geschichte. Besondern werth für unsern gegenstand hat die zweite, und hier wieder das schon (s. 84) erwähnte wörterverzeichnis, eine reiche quelle für sprachvergleichung. Auch sonst hätte mir diese sorgfältig sammelnde und ordnende abhandlung, wenn sie mir von anfang bekannt gewesen wäre, die mühe einer eigenen grundlegung gröstentheils erspart, und meiner arbeit einen höhern werth gesichert. Bedauern muss man, dass Martin Opitz, der in den jahren 1622 und 1623 von Bethlen Gabor als lehrer an die unterrichtsanstalt zu Weissenburg in Siebenbürgen angestellt war, sein dort begonnenes werk über die alterthümer Daciens nicht vollendet hat. Leider ist auch der stoff den er dafür gesammelt hatte, nach seinem tode verstreut worden. Sicher hätte dieses ruhmwerthen mannes männlicher, feiner blick manchen bemerkenswerthen zug erfasst und aufbewahrt.

Ueber die lateinische schrift des vorliegenden buchs, und die kleinen anfangsbuchstaben seiner hauptwörter, hat vielleicht mancher einen tadel bereit. Ich hätte auch in der that die deutschen schriftzeichen vorgezogen, wenn nicht zu befürchten gewesen wäre, dass sie der benützung und verbreitung eines buches das einen theil seiner leser jenseits unsrer sprachgrenzen zu suchen hat, ein bedeutendes hindernis in den weg legen würden. Die kleinen anfangsbuchstaben aber brauchen alle gebildeten völker die lateinische schrift haben, ohne nachtheil; warum sollen wir unsre blätter, deren aussehen mittelst derselben so gleich und freundlich wird, durch den ungewohnten groben anblick grosser anfangsbuchstaben verunzieren, für die ausser dem zufällig entstandenen herkommen kein haltbarer grund spricht!

Erinnert in den erzählungen selbst manches lebhaft an schon bekannte mährchen, so hat es doch insofern werth, als es zeigt wie weit das geistige band greift welches die europäischen völker, und vielleicht die menschheit, trotz krieg und hass unauflöslich bindet. Die spuren hievon sind in diesen mährchen sogar zahlreicher als man glaubt, d. h. bei näherer betrachtung findet man auch in solchen erzählungen die ganz eigenthümlich schienen, manchen anklang an die göttersagen des alterthums, an die zaubertöne der Scheherazade, an die kinder- und hausmährchen der Deutschen, überhaupt an die sagenwelt einer menge von völkern fern und nah. Auf diese verwandtschaften hinzuweisen schien sachgemäss, weil die sammlung und vergleichung von sagen und mährchen aller völker, wie sie jetzt im grossartigsten maasse betrieben wird, am ende doch dahin führen muss dass wir die geschichte der erzählenden dichtung auf ihre wurzel, auf den ältesten einfachsten götterglauben des menschengeschlechts, zurückführen lernen. Daher findet man den eigentlichen erzählungen eine reihe von angaben über walachischen aberglauben beigefügt, ein gebiet welches mit stoffen derselben herkunft, nur anders gestalteten, erfüllt ist. Dieses nachzuweisen, und beide auf ihren ersten gehalt zurückzuführen, war meine absicht bei niederschreibung des anhangs. Wenn derselbe manchen die sich an den mährchen erquickt haben, zu trocken vorkommt, so gewinnt er dafür dem buche vielleicht einzelne leser von denen die nur da erheitert werden wo sie zugleich belehrung finden.

Uebrigens bin ich der ansicht dass diese mährchen auch ohne zuthat bei gelehrten und ungelehrten einen freundlichen empfang verdienen, weil sie eben so alt und wohlerfahren sind, als jugendlich frisch und unterhaltend.

Stuttgart, im juli 1845.

Albert Schott.

Inhaltsanzeige.

Einleitung.

Anhang.

[1] Durch ein versehen ist hier im anhang der frühere name dieser erzählung stehen geblieben; in der sammlung selbst heisst sie: warum die biene nicht mehr weiss ist.

Einleitung.

Gebr. Schott, Walach. mährchen.

17

I. Die Walachen als volk.

Ungarn, Siebenbürgen, die Walachei, die Moldau, Bessarabien, die gebirge von Macedonien und Thessalien sind die länder deren bevölkerung entweder in überwiegender zahl, oder doch zum theil aus Walachen besteht. Sie gehören sämmtlich dem grossen dreieck an, welches im norden von den Karpathen, im osten vom Dniester und vom schwarzen meer, im süden vom mittelländischen, im westen vom adriatischen und von den Alpen eingeschlossen ist.

Um die entstehung des walachischen volks, oder — was gleichbedeutend ist — der walachischen zunge zu verstehen, muss man auf die Geschichte der Römer zurückgehn. Die erste begründung ihrer herrschaft in jenem dreieck fand statt gegen ende des dritten jahrhunderts vor Christus: zwischen 230 und 219 machten sie sich zu herrn eines grossen theils der küste von Illyrien. Sechzig jahre später, im jahr 167, wurden Macedonien und Epirus römisch, im jahr 35 vor Christus Pannonien, 29 Mösien. August, welcher die beiden letzten erwerbungen zu stand gebracht hatte, versuchte sich auch schon im norden der untern Donau festzusetzen; aber dort behaupteten freie Dacier und Geten ihre selbständigkeit noch über hundert jahre lang, und noch Domitian (81—96 n. Chr.) musste von ihrem kriegerischen könig Decebalus den frieden kaufen. Doch des letzteren übermuth scheiterte bald nachher an dem feldherrnglücke Trajans (98—117). Schon 101 drang dieser mächtige kriegsfürst bis ins herz des dacischen landes, und behielt im

frieden (103) den pass am eisernen thor, unfern der hauptstadt
Sarmizegethusa, deren stätte beim siebenbürgischen flecken Var-
hely zu suchen ist. Bei einem neuen krieg (104) baute Trajan
die berühmte steinerne Donau-brücke, und brach die dacische
macht so sehr, dass Decebalus, ein zweiter Mithridat, sich
freiwillig den tod gab (106). Dacien unterwarf sich und wurde
römische provinz. Als ihre grenzen bezeichnet Ptolemäus die
Theis, den oberen Dniester, den Pruth und die Donau; sie
umfasste somit nach heutiger benennung einen theil von Gali-
cien, die Bukowina, die Moldau, die Walachei, Siebenbürgen,
das Banat, und von Ungarn ungefähr ein drittheil, das östliche.

Der grossartige brauch, zufolge dessen die Römer kein land
unterwarfen, ohne sich auch bereitwillig drin anzusiedeln, [1]
blieb auch hier nicht unbeachtet: Trajan besetzte das land mit
ansiedlungen aus allen theilen des römischen reichs. [2] Ueber
die zahl dieser einwandrer, und ihr verhältnis zu der der übrig
gebliebenen Dacier, hat man viel gestritten. Unstatthaft ist
jedenfalls die annahme dass die dacische bevölkerung völlig aufgerieben oder verjagt worden sei; denn weder hatten die neuen
herscher ursache die nützlichen unterthanen zu vertreiben, noch
sind jemals unter solchen verhältnissen die umstände der art
dass eine ganze bevölkerung auswandert, denn die heimische
hütte, der ererbte besitz an grund und boden den der landmann
baut, sind vielen theurer als alles andere, und für gewisse
stände hat es zu allen zeiten kaum einen unterschied gemacht
wie der sieger hiess. Doch war die dacische bevölkerung durch
den krieg, und durch freiwilligen wegzug derer welche die freiheit dem vaterland vorzogen, sicherlich sehr geschwächt; und da
überdiss ein so treffliches land, reich an gold und silber, an salz
und vieh, an korn und wein, die sieger mächtig lockte, so darf
man der angabe des Eutropius, nach welcher die einwanderung

---

[1] Hic populus, quot colonias in omnes provincias misit! Ubicunque
Romanus vicit, ibi habitat. Ad hanc commutationem locorum libentes
nomina dabant, et relictis oris suis, trans maria sequebatur colonus
senex. — Seneca, Consolatio ad Helviam VII.

[2] Trajanus, victa Dacia, ex toto orbe romano infinitas eo copias
hominum transtulerat, ad agros et urbes colendas. Dacia enim diu-
turno bello Decebali viris fuerat exhausta. Eutropii breviarium VIII, 3.

äusserst bedeutend gewesen ist, wohl glauben beimessen. Spuren römischer wohnsitze finden sich innerhalb der angegebenen grenzen sehr zahlreich, namentlich in Siebenbürgen, wo unter andrem des Decebalus Sarmizegethusa sich in Ulpia-trajana verwandelte; und wo um die gold- und quecksilberbergwerke der Karlsburger gespanschaft noch jetzt eine menge von römischen alterthümern zum vorschein kommen. Die natürliche felsenburg Siebenbürgen ward von den besitzern dieser gegenden jeder zeit als die wichtigste landschaft erkannt, und vorzugsweise mit aufmerksamkeit behandelt.

Ungefähr 160 jahre lang blieb Dacien, das land im norden der Donau, römisch. Während des dritten jahrhunderts ward es von den Gothen überflutet: umsonst versuchte noch Claudius (268—270) ihnen zu steuern, sein nachfolger Aurelian (270—284), obwohl er ein glücklicher krieger war und namentlich Thracien von ihnen befreite, vermochte doch Dacien nicht länger zu behaupten, sondern trat es förmlich ab (272). Trajans eroberung hatte den namen des trajanischen Daciens erhalten; um hinfort auch noch ein Dacien zu haben, benannte Rom einen theil Mösiens, das land im süden der Donau und bis hinab zum Hämus, aurelianisches Dacien: dahin verpflanzte der kaiser viele von den bewohnern des aufgegebenen landstrichs. Dass alle gewichen seien ist nicht wahrscheinlich, aus denselben gründen die vorhin zu der annahme nöthigten, dass die römische herrschaft noch eine ziemliche dacische bevölkerung im land getroffen und gelassen habe.

Bei der grossen völkerflut welche sich seit der mitte des vierten jahrhunderts von osten her über Europa hinwälzte, ist kein land von so vielerlei stämmen und so lang überschwemmt worden, wie diese gegenden um die untere Donau. Auf die gothische herrschaft, seit der mitte des dritten jahrhunderts, folgte die der Hunnen (4. und 5. jahrh.); zu anfang des sechsten drangen hier, wie auf der ganzen linie von der Ostsee bis zum schwarzen meere, die Slaven herein.

Aber schon um 560 verloren sie ihre selbständigkeit an die verbündeten Langobarden und Awaren. Auch der letzteren reich sank so schnell als es erwachsen war; den todesstoss gab ihm die macht der Franken unter Karl dem grossen, seit 791.

Die untere Donau war ihnen schon um 680 verloren gegangen, denn hier hatten die Bulgaren ein selbständiges mächtiges reich gegründet. Es blühte bis gegen das jahr 890, wo die Madjaren (Ungarn), von den Petschenegen gedrängt, aus Bessarabien her einbrachen, und theils im heutigen Siebenbürgen, theils in Pannonien, da wo Theis und Donau mit einander südwärts fliessen, bleibende sitze nahmen; die jüngste von den wellen der völkerwanderung die bleibende spuren zurückgelassen haben, wenn man nicht auch noch den türkischen stoss zu derselben rechnen will.

Den Madjaren folgend, rückten die Petschenegen, ein türkischer stamm, um 915 gegen die Donau herab, und ihr reich erstreckte sich von den mündungen des Dons bis zur Aluta, die jetzt die Walachei in eine östliche und eine westliche theilt. Ihnen folgten während des 11. und 12. jahrhunderts die stammverwandten Cumanen (Polowzen) und Usen, von denen sie aufgerieben wurden oder in denen sie doch aufgiengen. Gegen die raubzüge dieses wilden volkes zogen, dissmal als bundesgenossen der Madjaren, wieder Germanen ins alte Dacien ein: um 1140 die sogenannten Sachsen, um 1200 der orden der deutschen ritter; die letztern jedoch nur vorübergehend, [1] denn der ungestümm und das glück womit sie sich gegen die Cumanen ausbreiteten, und um 1222 ihr gebiet südwärts bereits bis zur Donau erweitert hatten, erregte die eifersucht der könige von Ungarn, und sie mussten um 1224 das land wieder verlassen. Waren die Cumanen schon durch diese begebenheiten theilweise dem ungarischen einfluss unterworfen worden, so nöthigte die niederlage die sie 1225, als bundesgenossen der Russen, von den Mongolen an der Kalka erlitten, sie vollends zur unterwerfúng unter dieses königreich: den westlichen theil Cumaniens (die Walachei) verwaltete sofort ein ungarischer ban, als markgraf.

Gegen ende dieses jahrhunderts, um 1290, gründete Radul der schwarze, ein woiwode der Walachen im siebenbürgischen

---

[1] Siehe über diese niederlassungen im zusammenhang Deutsche vierteljahrsschrift 1844, 3. s. 180 ff. Ueber die deutschen ritter insbesondre: Engel, Geschichte der Moldau und Walachei (Allgemeine welthistorie 49. th., 4. b.) 1. abth. s. 141 ff.

gau Fogarasch d. h. am obern lauf der Aluta, an den grenzen seiner herrschaft, den staat welcher unter dem namen der Walachei bis jetzt besteht. Vorher, so scheint es, war auf dieser strasse der völker aus Asien her seit der völkerwanderung noch kein sicherer zustand gediehen: nun mag Radul, durch die ordnung die er gründete, die bewohner des gesicherten siebenbürgischen landes bewogen haben sich in den fruchtbaren ebenen anzusiedeln; wenigstens wird ausdrücklich berichtet, er habe sich mit seinem ganzen haus und einer unzählichen menge volks, worunter Walachen und Sachsen ausdrücklich genannt sind, dahin begeben, und mehrere städte, namentlich Kampelung (Kimpelung) und Argisch, am gleichnamigen flusse, gegründet; auch gilt er als der welcher die ersten weinberge hier anlegte. Westliche grenze war Brailow und der fluss Siretul (Seret): die ausdehnung welche die Walachei bis auf diesen tag hat. [1] Dass die ansiedler vornemlich Walachen waren, ergiebt sich theils aus der sprache die dort noch heute gilt, theils aus dem namen des landes. Vollkommen unabhängig ist die Walachei wohl nie gewesen: zuerst war sie in mehr oder weniger engem verbande mit Ungarn, woher ihr byzantinischer name: Ungroblachia (ungarische Walachei); später mit der Türkei, aus deren händen sie dermalen allmählich in die von Russland übergeht.

_ Wie der Walachei, so kam auch der Moldau ein geordneter zustand und eine neue bevölkerung aus den gebirgichten gegenden, die allem anscheine nach den Walachen schutz gewährt hatten. In folge der verheerenden stürme von osten her war das land, wenn auch nicht ganz verödet, so doch ohne feste bevölkerung: um 1158 besass es nach Otto von Freisingen waiden im überfluss. aber keine bebauten strecken; Leo Vatatzes fand es 1167 vollkommen menschenleer. Die letzten asiatischen stämme, die als nachzügler der völkerwanderung hier an den grenzen abendländischer bildung schweiften, tartarische nomaden, waren im jahr 1352 durch Andreas Laczkovics, den woiwoden von Siebenbürgen, geschlagen und zur rückkehr an den Dniepr bewogen worden. So lag das land offen: wer es jetzt in besitz

---

[1] Engel a. a. o. s. 59. nach einer handschriftlichen chronik jener gegenden.

nahm blieb darin. Die neuen bewohner kamen auf ähnliche weise, wie diss eine lebensvolle sage vom Saanen-thal in der welschen Schweiz berichtet. [1] Wenn auch hier, an den quellen der Theis und der Moldau, eine halb sagenhafte erzählung [2] denselben hergang hat, so bestätigt diss nur, dass bei gleichen äusseren umständen überall das gleiche sich zu begeben pflegt. Dragosch, der sohn Bogdans, ein kluger, tapfrer mann aus dem stamm der Walachen die in der Marmarosch, am oberen laufe der Theis wohnten, kam einst mit seinen gefährten bei verfolgung eines auerochsen über den hohen Karpathen-pass der Planina. Er fand auf dieser zuvor unbekannten seite des gebirgs ein anmuthiges land, reich an waiden, aber unbewohnt. Ein theil seiner landsleute, von ihm beredet, zog unter seiner anführung dorthin aus, an der Moldau wurde die erste niederlassung gegründet, die vom fluss den namen entlehnte und ihn auch dem neuen staate lieh. Nach Engel fällt diese begebenheit ins jahr 1359. Dass die einwandrer Walachen gewesen, erhellt ausser der sprache auch aus dem namen welchen die Türken dem lande geben: Kara-iflak, schwarze d. i. kleine Walachei im gegensatz zur eigentlichen, grossen oder weissen (Ak-iflak), weil ihnen schwarz das kleinere bezeichnet. Zu dauernder unabhängigkeit ist auch die Moldau nie gelangt: anfangs schwankte sie zwischen Ungarn und Polen, später zwischen diesen beiden und den Türken, bis die schlacht bei Mohacz (1526) der letzteren übergewicht auch hier entschied. Seit mehr denn einem jahrhundert arbeitet nun Russland mit der ihm eigenthümlichen, eben so schlauen als ausdauernden staatskunst, und mit unzweifelhaftem erfolg, diese wichtige mark an der untern Donau den Türken zu entwinden.

Die schicksale des aurelianischen Daciens, in welchem gleichfalls Walachen wohnen, sind im bisherigen unberührt geblieben, weil sie ihren eigenen weg verfolgt haben. Die Bulgaren hatten zwar die länder im norden der Donau um 900 an die Madjaren und Petschenegen verloren; aber im süden dieses flusses erhielten sie sich. Obwohl Bulgarien seit 974

---

[1] Ich habe sie nebst einigen andern verwandten erzählungen mitgetheilt in meinen Deutschen colonien in Piemont (Stuttgart 1842 s. 201.
[2] Bei Engel a. a. o. 2, 104.

ganz unter byzantinische herrschaft kam, scheint es doch immer
eine gewisse unabhängigkeit bewahrt zu haben. Die Bulgaren,
ein mongolisches volk, hatten ihre sprache gegen die der unterjochten Slaven vertauscht; doch ward neben dieser auch die
walachische noch geredet, weshalb die namen der Walachen
und Bulgaren in jener zeit nicht streng geschieden erscheinen.
Die Pindus-kette, die Macedonien und Thessalien von Albanien
trennt, hat bis auf diesen tag walachische zunge bewahrt, und
es ist höchst wahrscheinlich dass diese sich früher bis in den
Hämus (Balkan) erstreckt, ja mit den Daco-walachen zusammen-
gehangen hat; möglich dass der Hämus, gleich dem Pindus, noch
jetzt Walachisch redende bewohner birgt. Ich werde weiter
unten die schilderung der Pindus-walachen mittheilen, wie sie
einer der neuesten reisenden aus eigener anschauung entwirft,[1]
und flechte hier nur ein was er ebenda von der ruhmreichen
vergangenheit dieser südlichen Walachen berichtet. »Das jetzt
so friedliche, und nur auf arbeit und gewinn bedachte Wlachen-
volk war nicht jeder zeit von so ruhigem geist beseelt, oder
auf seine gegenwärtigen sitze in der westlichen gebirgsmark
Thessaliens eingeengt. Die thessalischen Wlachen hatten, wie
später ihre nachbarn, die Albanier, auch ihre periode des glanzes
und der politischen grösse, die zwar nur kurz, aber im byzantinischen zeitalter nicht ohne bedeutung war. Neben den noch
heute bestehenden gemeinden Vlacho-libado und Vlacho-jani
in den südlichen ausläufern der kambunischen berge unweit
Turnovo, nennt Anna Comnena (1082) einen Wlachi-flecken
Exebas, in den gebirgsthälern des Pelion am ostrande Thessaliens, und nach Bejamin von Tudela, der im 12. jahrhundert
durch Griechenland zog, war Zitun im süden grenz- und ein-
gangsstadt des Wlachi-landes. Wie der Peloponnes, hatte im
mittelalter auch Thessalien in der gemeinen sprache des illyrischen dreiecks den alten namen verloren, und war eine reihe
von jahrhunderten nur als $M\varepsilon\gamma\acute{\alpha}\lambda\eta$-$\beta\lambda\alpha\chi\acute{\iota}\alpha$, Gross-wlachei,
bekannt, im gegensatz von Akarnanien und Aetolien, die man
Klein-wlachien hiess. Georg Pachymeros, hofhistoricus des

---

[1] (Fallmerayer) in den Fragmenten aus dem Orient. Siehe beilage
zur Allgemeinen zeitung vom 25. juli 1844. s. 1651.

ersten paläologen Michael, sagt es ja deutlich: die vor alters Hellenen genannten und von Achilles befehligten Thessalier habe man zu seiner zeit Gross-wlachiten benannt. Dagegen beschränkt Nicetas von Chonä den begriff Gross-wlachien hauptsächlich auf den gebirgsring und das über die ebene emporsteigende hügelland, während er die von verzagten nnd unkriegerischen Gräko-slaven bewohnte centralfläche noch gerne Thessalien nennt. Sagt aber nicht auch der benannte rabbi Benjamin ausdrücklich, die Wlachen wohnen auf den bergen, und steigen in die region der Gräken herab, um zu plündern? An gelenkigkeit vergleicht sie derselbe wanderer mit den gazellen; ihr kriegerischer muth sei unbezähmbar, und kein könig habe sie noch bändigen können. Der mann aus Tudela hat die eindrücke seines zeitalters richtig aufgefasst, denn kurze zeit nach der durchreise des rabbi Benjamin erhoben (1186) sich im bunde mit den Bulgaren sämmtliche Wlachen längs der Pindus-kette bis in die thäler des Balkans hinauf, unter ihren führern Peter und Asan, wider die drückende unredliche und diebische herrschaft des byzantinischen hofes, und errichteten das sogenannte zweite Bulgaren-reich, mit der hauptstadt Gross-turnovo am nordabhang der Hämus-kette (Balkan). Die südlichste landmark dieses wlacho-bulgarischen reiches waren die thessalischen berge mit einem unabhängigen häuptling, der sich Gross-wlache, $M\acute{\epsilon}\gamma\alpha$-$\beta\lambda\acute{\alpha}\chi o\varsigma$ nannte, und als solcher in den gleichzeitigen chroniken der Franken und Byzantiner glänzt.« So weit Fallmerayer. Vergebens bemühten sich die kaiser von Byzanz diese schönen länder wieder zu unterwerfen; dieselben erhielten sich unabhängig, doch nicht länger als bis die türkische macht sich hier festsetzte. So kam es dass die stiftung Asans uud Peters kaum etwas über zweihundert jahre gedauert hat: in folge der schlacht bei Kossovo (1389) wurde die Bulgarei eine türkische provinz (1392).

2. Das christenthum.

Diesem abriss der äusseren ereignisse möge sich nun einiges anschliessen über die wandlungen welche der geistige theil der fraglichen völker durchgemacht hat, namentlich in hinsicht auf glauben und sprache.

Das christenthum hat bekanntlich schon in der gothischen zeit hier fuss gefasst, wo um die mitte des vierten jahrhunderts die germanische zunge durch den edeln, geistvollen Ulphilas, den bischof der Westgothen die in Mösien wohnten, die erste bibelübersetzung und den anfang eigentlicher schrift erhielt. Als die herrschaft von den Gothen an die heidnischen völker übergieng die aus Asien nachrückten, hörte das christenthum zwar auf, der gebietende glaube zu sein, verlor aber damit gewis nicht allen halt. Denn völker von der art wie sie hier herschend wurden, sind weder so unduldsam dass sie die gewissen bedrücken, noch durch ihre staatseinrichtungen dazu in den stand gesetzt. Der faden christlicher entwicklung der bis in unsre tage reicht, ist jedoch erst durch die Bulgaren angeknüpft worden. Die griechischen kaiser gaben sich natürlich alle mühe, durch das band eines gemeinsamen glaubens die wuth ihrer wilden grenznachbarn zu sänftigen. Endlich gelang es 863 oder 864, den bulgarenkönig Bogoris zur abschwörung des heidenthums zu bewegen. Nachdem er die entgegenstehende partei besiegt hatte, zwang er das ganze volk zur annahme des neuen glaubens. Der patriarchenstuhl welchem sich das alte Dacien damit unterwarf, war der von Constantinopel. Bogoris scheint aber bald nachher zum bewusstsein der gefahr gekommen zu sein, womit diese verbindung seine selbständigkeit bedrohte. Er näherte sich also der römischen kirche, erhielt auch wirklich im jahr 866 von papst Nicolaus I. lateinische priester, und vertrieb die griechischen. Photius, der patriarch von Constantinopel, wurde hierüber so erbittert dass er schon 867 auf einer eigens berufenen kirchenversammlung den papst verdammte. Eine zweite kirchenversammlung, von Rom unkluger weise anerkannt, entschied sich im jahr 870 für das vorrecht von Constantinopel, weil das land von den Bulgaren dem griechischen reich abgenommen worden sei, und zur zeit der besitznahme nicht lateinische sondern griechische priester gehabt habe. So fiel Bulgarien mit dem damals noch dazu gehörigen Dacien der griechischen kirche zu, der es bis auf diesen tag angehört. Beiläufig bemerkt, legte dieser zwist den ersten grund zu der völligen scheidung beider kirchen, die 1054 durch feierlichen bannfluch erfolgte. [1]

[1] Ich bin, was die geschichte dieser bekehrung und der daraus

Bogoris war übrigens unter den herschern dieser östlichen
länder keineswegs der einzige, der einsah welche bedeutung die
wahl des glaubensbekenntnisses für das schicksal der staaten
hat. Ebenso erkannte die römische kirche zu ganz verschiedenen
zeiten, wie wichtig es für sie wäre wenn sie daselbst festen fuss
fassen könnte. Aber die macht äusserer verhältnisse scheint
hier jeder zeit stärker gewesen zu sein als die berechnungen
der staatskunst. Schon Asan und Peter wandten sich nach
gründung des walachisch-bulgarischen reichs (1186) an Rom, und
führten lateinischen gottesdienst ein; als aber später Constantinopel selbst in die hände der Lateiner gerieth (1204), schloss
der junge staat sich wieder dem griechischen bekenntnis an,
um an dem kaiserthum Nicäa, dem natürlichen gegner des
byzantinischen, einen halt zu bekommen.

In der Moldau hatte zu anfang des 13. jahrhunderts das
lateinische christenthum gleichfalls hoffnung wurzel schlagen
zu können. Die Cumanen wandten sich nach 1225, nach ihrer
besiegung durch die Mongolen (vgl. s. 6) um beistand an
Ungarn, und versprachen sich taufen zu lassen. Robert, erz-
bischof von Gran, hatte gerad einen kreuzzug vor, ward aber
vom papst seines gelübdes entbunden, unter der bedingung dass
er sich dieser bekehrung annähme. Er sandte dem wilden volk
mönche vom neugegründeten orden der Dominicaner als glau-
bensboten, uud ernannte 1228 den prior der ungarischen Dominicaner, Theodorich, zum bischof der Cumanen. Aber die
schon länger bekehrten Walachen jener gegenden liessen nicht
von der griechischen kirche, und ein versuch die Szekler, einen
stamm von madjarischer zunge, dem neuen bischof unterzu-
ordnen scheiterte; dazu kam der Mongolen-sturm von 1241 und
das cumanische bisthum verschwand. Noch zu anfang des
15. jahrhunderts treten einige Dominicaner als bischöffe von
Bakow auf,[1] sie sind aber eine völlig vereinzelte erscheinung, so
dass man beinah glauben muss sie seien nur episcopi in partibus
gewesen. Dieser misglückte versuch, sowie das lateinische

folgenden streitigkeiten betrifft der Allgemeinen kirchengeschichte von
Gfrörer (Stuttgart 1841—1844) gefolgt, wo man dieselbe 3, 251 ff. nach
den quellen umständlich und lebendig erzählt findet.
[1] Engel, Geschichte der Walachei und Moldau 2, 121.

bisthum zu Milcow in der Walachei, das dort vermuthlich 1374 gestiftet ward, aber immer nur als eine künstliche kränkelnde pflanzung erscheint, beweisen dass das griechische bekenntnis hier längst festen bestand hatte.

Als die zeit seiner begründung darf, wie schon bemerkt ist, die zeit ums jahr 864 angenommen werden, in welchem Bogoris das christenthum annahm. Zwar wurden die gegenden im norden der Donau bald nachher, um 900, von Madjaren, Petschenegen und Cumanen besetzt; aber der unterworfene stamm der Walachen verlor sicher durch sie seinen glauben nicht wieder, zumal da ja beinah gleichzeitig mit den Bulgaren durch Methodius und Constantinus (Cyrillus) auch die andern Donauslaven bekehrt worden waren. Etwa hundert jahre später, um das jahr 1000, folgten die Ungarn diesem beispiel; die Petschenegen in der Walachei, die Cumanen in der Moldau, thaten es wohl, da ihre wilden sitten, ihre schweifende lebensart, ihr zusammenhang mit den horden Asiens entgegenwirkten, nicht früher nach, als bis sie seit 1200 durch das schwert der deutschen ritter, seit 1225 durch die furcht vor den Mongolen dazu bewogen wurden.

3. Das sprachgebiet.

Ein andres geistiges gebiet, und welches uns hier vornemlich angeht, weil kein andres für völkerbildung auch nur entfernt gleiche wichtigkeit hat, ist das der sprache. Bei den verworrenen schicksalen dieser gegenden, bei dem raschen wechsel mannigfaltiger stämme, dürfen wir nicht erwarten in betreff der sprache viel ordnung zu finden, denn völker von verschiedenen zungen können durch das band einer gemeinsamen sprache nur dann vereinigt werden, wenn längere zeit hindurch eines herscht, und mittelst einer vorragenden bildung, eines geordneten staatslebens, seine sprache zur alleinigen erhebt. Das ist hier nicht geschehen. Zwar haben sich die sprachen der Gothen, Hunnen, Awaren, Petschenegen, Cumanen völlig verloren; aber von den übrig gebliebenen hat keine, weder die walachische, noch die slavische, noch die madjarische, die übrigen aufzusaugen vermocht.

Fragt man nach der vertheilung der eben genannten, so zeigt die sprachenkarte die Schaffarik für den osten Europas

mit so grossem fleiss ausgearbeitet hat, [1] den boden des alten
trajanischen Daciens, wie sein umfang oben bezeichnet worden
ist, in der hauptsache noch jetzt von Walachen besetzt; d. h.
wie ein grosses eiland liegt ein walachisches sprachganzes im
norden der unteren Donau; süd- und nordwärts von Slaven,
ostwärts von Slaven und vom schwarzen meer, westwärts von
Slaven und Madjaren eingegrenzt. Nach osten hin ist es grösser
als das Dacien des Ptolemäus, indem es noch den grösten
theil von Bessarabien bis zum Dniester umfasst, dafür hat es
im westen einen breiten streifen des fruchtbaren tieflands das
sich am linken Theis-ufer herabzieht, an die Madjaren, und ebenso
das land um den unteren lauf der Theis und an der Donau
bis Golumbatsch, also das westliche Banat, an die Slaven ab-
treten müssen. Ausserdem sind noch im innern dieses kreisses,
nemlich in Siebenbürgen, bedeutende strecken theils von Madjaren, theils von Deutschen (Sachsen) besetzt. Von den 2,056,000
einwohnern welche dieses land nährt, gehören etwa 900,000
dem walachischen stamm an; die Madjaren zählen 700,000, die
Deutschen 250,000; den rest, mit 206,000, bilden etwa zur
hälfte Slaven, sodann Griechen, Armenier, Juden, Zigeuner.
Die Walachen sind also bei weitem der zahlreichste stamm, und
man wird es natürlich finden dass ihre sprache den verkehr
und den handel beherscht. [2] Geschlossene wohnsitze haben
ausser ihnen bloss Madjaren und Sachsen: die ersteren am nörd-
lichen, westlichen und südlichen rande des landes; die Madjaren in der mitte und (als Szekler) gegen osten; die Sachsen
gleichsam eingesprengt im norden und süden der Madjaren, doch
auf beiden enden nicht unmittelbar an die grenze stossend.

[1] Slovanský Zemĕvid od P. F. Šafaříka. Prag 1842. Mit einem
bändchen text (Slovanský Národopis).
[2] Murgu (vgl. das vorwort) s. 101. — Das bedürfnis das hieraus entsteht,
hat mehrere siebenbürgische Deutsche zu schriften über das Walachische
veranlasst. Von Molnar von Müllersheim, einem lehrer an der universität
Klausenburg, hat man eine deutsch-walachische sprachlehre (dritte auflage,
Hermanstadt 1823); von Andreas Clemens, pfarrer bei Kronstadt, desgleichen eine grammatik (Hermanstadt 1836) und ein wörterbuch (zweite
auflage, ebenda 1837). Ueber diese und noch einige weitere gramma-
tiken und wörterbücher s. Kopitar in einem aufsatz über die albanische,
walachische und bulgarische sprache, Wiener jahrbücher 46 s. 59 ff.

Von weit geringerer bedeutung als diese trajanischen Walachen (Daco-romanen) sind die aurelianischen oder macedonischen.
Schaffariks sprachkarte giebt im süden der Donau Slaven an,
gegen die küsten des ägëischen meeres Griechen, im küsten-
land am adriatischen Albanier oder Arnauten.[1] Seine karte
reicht nicht weiter als bis in die breite von Constantinopel,
Thessalonich (Solun) und Aulona (Valona, Otranto gegenüber),
er kann daher in dem gebirge welches Macedonien von Albanien, die griechische und weiter nördlich die slavische von der
albanischen sprache trennt, nur einige walachische flecke nennen:
Bilista in Albanien, San-marina und Vlacho-klisura im gebirg
das die westgrenze Macedoniens bildet. Störend wirkt hier die
farbenwahl, da die karte für die Walachen helles, für die an-
grenzenden Griechen dunkles blau braucht. Eine weitere angabe
liefert Büschings erdbeschreibung (2, 700 der ausgabe von 1788),
nach welcher die stadt Moschopolis, vier meilen von Ochrida
gelegen, bloss Walachisch redende bewohner hat. Sie steht
aber nicht allein, sondern ist der hauptort einer bedeutenden
zahl macedonischer Walachen, denen der name Kutzo-wlachen
beigelegt wird. Den namen der Zinzaren, mit welchem sie
meistens belegt werden, hören sie keineswegs gern, indem er
sie wegen ihrer aussprache verspottet. Sie sprechen nemlich
nach griechischer weise tsch wie tz, wonach namentlich das
wort tschintsch (fünf, quinque), das die veranlassung zu jenem
namen gegeben hat, bei ihnen wie tsints lautet. So kehrt also
hier die geschichte vom schibboleth wieder, und in einem
kampfe zwischen den beiden hauptstämmen der Walachen würden die macedonischen ebenso durch ihr tsints das leben ver-
wirken, wie einst an der furt des Jordans die flüchtigen söhne
des stamms Ephraim durch ihr sibboleth sich verriethen, und
unter dem schwerte der Gileaditen fielen (Buch der richter, 12).

---

[1] Beides ist ein und derselbe name. Der Neugrieche, wie er ἀδερφός
hat statt ἀδελφός, so verwandelt er auch 'Αλβανίτης in 'Αρβανίτης, 'Αρναβίτης.
Daraus hat der Türke sein Arnaut gemacht, wie aus David sein Daud. —
Unzählige mal findet sich im Walachischen das R statt L, vgl. mora,
ceru, per, mar, soare, sare, kare, tare, parumbe statt der lateinischen
mola, coelum, pilus, malum, sol, sal, qualis, talis, palumbes. Kopitar a. a. o. s. 93.

Ausser Macedonien besitzt auch Thessalien, in den gebirgen die es von Albanien trennen, walachische bevölkerung. Zuletzt hat über sie Fallmerayer [1] berichtet. Nach ihm ist in Thessalien die griechische rede der slavischen grundbevölkerung nur erst seit etwa 650 eingeimpft worden, wie das edle reis einem kraftvollen wildling. Er fährt fort: »jedoch hat ein andres fragment der alten bevölkerung Thessaliens, der volksstamm der Wlachen, seine sprache und seine althergebrachten sitten mit mehr standhaftigkeit als die im hohen grade assimilationsfähigen Slaven vertheidigt und bis auf unsere zeiten bewahrt, so dass neben Turko-albanen und Gräko-slaven heutzutage noch ein drittes, von den beiden genannten gleich verschiedenes element in Thessalien besteht. Die Wlachen Thessaliens haben ihren hauptsitz auf dem kamm und an den beiden seitenabhängen des Pindus, in den quellschluchten des Peneios und seiner nebenflüsse, wo die byzantinische geschichte des eilften jahrhunderts ihrer zum erstenmal gedenkt. Sie hüten und beherschen die thore zwischen Thessalien und Albanien; und Mezzowo, eine aus stein gebaute stadt von beiläufig 1000 häusern, auf dem scheidekamm zwischen den in entgegengesetzter richtung hinabsteigenden passengen, kann als hauptort der thessalischen Wlachen gelten. Malacassi, Lesinitza, Kalavites, Kalaki und Klinovo, mit einigen und zwanzig dörfern in und an den Pindus-schluchten, gehören ebenfalls diesem volk, das sich wegen der rauhen lüfte seiner heimat nur spärlich mit ackerbau beschäftigt, aber mit desto grösserem erfolg viehzucht und alpenwirthschaft im grösten styl treibt, und durch den reichthum seiner schaafheerden in ganz Rumelien bedeutung erworben hat. Denn zur winterszeit, wenn schnee die gebirgshöhen deckt, werden die grasreichen ebenen des milden tieflandes, selbst bis ins freie Griechenland hinein, nomadisch abgewaidet, bis der wiederkehrende frühling die schwarzen zeltdörfer der wandernden Wlachi-schäfer zurück auf die alpen treibt. An nüchternheit, häuslichem sinn und industrie sind die Wlachen den Griechisch redenden ebensoweit überlegen, als sie an geschliffenheit der sitten, an geist und pfiffigkeit im allgemeinen hinter

---

[1] In den Fragmenten aus dem Orient, s. anm. zu s. 9.

den Gräko-slaven zurückstehen. Indessen haben diese einfachen und groben viehhirten doch ein vorzügliches geschick in
metallarbeiten. Die mit gold und silber eingelegten waffen und
rüstungen die wir an den Arnauten und Palikaren bewundern,
gehen aus den werkstätten der Wlachen hervor, wie die unter
den namen capa, greco und marinaro in den seestädten des
mittelmeeres wohlbekannten wasserdichten kaputzmäntel dem
grösten theil nach als ein erzeugnis wlachischer wollindustrie
zu betrachten sind. [1] Wlachische krämer und handwerker trifft
man in allen städten der europäischen Türkei, und sogar nach
Ungarn und Oestreich führt sie die liebe zum gewinn. [2] Dass
sie aber auch das geschäft im grossen verstehen, beweist der
reiche Sina in Wien, der ein geborner Wlache aus Klinovo,
wenn wir nicht irren, oder doch aus einem der vorgenannten
orte im Pindus ist. Aus diesem wanderleben erklärt sich die
allgemeine vertrautheit der wlachischen männer mit der neugriechischen redeweise, der sie jetzt auch kirchlich angehören,
und die bekanntlich als gemeinsames verständigungs- und binde-
mittel der verschiedenartigen volksstämme zu beiden seiten des
ägeischen meeres dient. Die weiber dagegen verstehen in vielen
dörfern nur das Wlachische, wie sie auf Hydra früher nur das
Albanesische verstanden. Wie die gebirgsbewohner überhaupt,
kann auch der Wlache im fernsten lande seine heimat nicht

[1] Nach diesen angaben über walachischen gewerbfleiss könnte
man versucht sein in den Walachen überreste keltischer bevölkerung
zu vermuthen, denn »vorzügliches geschick in metallarbeiten«, namentlich die kunst eingelegter arbeiten, zeichnet jenes mitteleuropäische
urvolk aus; desgleichen ist der kaputzmantel die ihm eigenthümliche
tracht. Vgl. die Marcellusschlacht bei Clastidium von dr. Heinrich
Schreiber (Freiburg 1843.) s. 41—44. Ein andres merkmal ist die
gemüthsart welche die Walachen den übrigen völkern jener länder
entschieden gegenüber, und den Bretonen, Iren und andern Kelten-
resten an die seite stellt. Ein hauptbeweis wäre die sprache, wenn
man annehmen dürfte dass das Dacische zum keltischen stamm gehört habe.

[2] Auch die wanderlust weist vielleicht auf keltisches blut: wie
hier, so bleiben in dem theile der Alpen wo nicht germanisches wesen
über das keltische die oberhand erhalten hat, nur die weiber zu haus,
wogegen die männer auswärts ihr brot verdienen. Vgl. meine Deutschen colonien in Piemont (Stuttgart 1842) s. 90 ff.

vergessen, und sehr häufig kehrt er im alter mit den früchten
der lebensmühe in den Pindus zurück, um in gleicher erde
mit seinen vätern zu ruhen.« [1]
Auch im neuesten was Fallmerayer über Thessalien ver-
öffentlicht hat, [2] kommt er auf diese Walachen zurück. »Thessalien, sagt er, ist mehr als jedes andre land der türkischen
monarchie, treues sinnbild des islam und des evangeliums. Der
islam, mit seiner grundlage des hochmuths und der sinnlich-
keit, besitzt alles labsal der grünen fetten trift; das evangelium
dagegen, als religion der demuth, der armuth, der entbehrung
und des beständigen inneren kampfes, hat in Thessalien überall
nur die ausgebrannten schatten- und wasserlosen schieferhalden
des grossen uferrandes (der kesselförmig umschlossenen thessalischen ebene) als erbtheil erhalten. Die weiber dieser wasserlosen hüten den heerd und weben; die männer suchen als
handwerker, taglöhner, schnitter, seemänner und speculanten
brot und erwerb in der ebene, in grossen städten, auf fernen
küsten, und kommen im winter oder zeitweise mit dem erüb-
rigten in ihre traurige, aber doch theure heimat zurück. Diese
gemeinden sind sicher, weil niemand ihren ertraglosen boden
begehrt. Doch sind heldenmuth und nachhaltiger ungestümm, in
neuern wie in ältern zeiten, nicht sonderlich zum vorschein
gekommen. Sind Albanier und reine Slaven, wie z. b. der
Tschernogorze (Montenegriner), herausfordernd und kriegerisch,
so ist der Gräko-slave und der Gräko-wlach eher klein-
müthig, geduldig und verzagt.«
Derselbe fall ist mit den Walachen im norden der Donau,
vornemlich da wo ihnen andre völker in grösserer zahl und
geltung gegenüberstehn. Man darf sich daher nicht wundern,
wenn ihr sprachgebiet fortwährend kleiner wird. In Croatien
und Slavonien, wo sie früher in so bedeutender zahl vorhanden
waren, dass ein theil der Poscheger gespanschaft noch jetzt

[1] Auch hier geben die keltisch-romanischen Alpen-völker genug
entsprechendes, z. B. das thal von Gressoney, das ungeachtet seiner
deutschen sprache doch hierin der landessitte folgt. Deutsche colonien, s. 96.
[2] Fragmente aus Thessalien. In den Ergänzungsblättern zur Allgemeinen zeitung, januar 1845, s. 20.

kleine Walachei heisst, [1] reden nur noch einzelne Walachisch;
die meisten sind, obwohl sie sich noch Walachen nennen und
von den Slaven so genannt werden, wie sich Murgu (s. 37) ausdrückt, verraizt, d. h. sie reden Serbisch (Slavisch). Ebenso
sagt Murgu (s. 8, anm. 2) von Weisskirchen im Banat, dass
beinah sämmtliche handelsleute, obwohl Walachen, ihre muttersprache vergessen, und nur Serbisch reden. In viel höherem
grade noch ist diss der fall bei den Süd-walachen, weil sie
der zahl nach geringer, und kirchlich ganz, in sachen der bildung und des verkehrs beinah vollkommen vom griechenthum
abhängig geworden sind.

4. Bestandtheile des Walachischen.

Die walachische sprache, die wir demnach über den grösten
theil des alten Daciens, und selbst weit hinab gegen Griechen-
land verbreitet sehen, ist gleich der italienischen, französischen,
portugiesischen, spanischen eine tochter der lateinischen. Slavisch
gesinnte schriftsteller sind bemüht gewesen diese behauptung
zu entkräften: sie haben, durch die hinweisung auf das dasein
zahlreicher slavischer bestandtheile, darthun wollen dass die
walachische sprache slavischer herkunft, nur durch italische bestandtheile verunreinigt sei. Diese behauptung schwindet aber
schon, wenn man den bau des Walachischen auch nur obenhin
betrachtet. Man kann zwar nicht leugnen, dass es in folge der
ausserordentlichen völkermischung die in jenen gegenden vorgegangen ist, eine menge nichtitalischer, namentlich slavischer
worte braucht. Nach Diez [1] ist kaum die hälfte seiner bestandtheile lateinisch geblieben; die wurzeln der zweiten hälfte
muss man im Slavischen, Albanischen, Griechischen, Deutschen,
Madjarischen, Türkischen u. a. sprachen suchen, und zwar ist
die zahl der slavischen die bedeutendste, weniger zahlreich
scheinen die griechischen, ungarischen und türkischen, zuletzt
kommen die deutschen. Ueber die einwirkung des Albanischen
kann nichts bestimmtes angegeben werden, da das wesen dieser
sprache selbst noch sehr im dunkeln liegt, so dass man oft

---

[1] Büsching, Erdbeschreibung 2, 493 (der ausgabe von 1788).
[2] Grammatik der romanischen sprachen. Erster theil (Bonn
1836) s. 65.

in gefahr käme, ihr wörter zuzuschreiben die sie selbst nur aus andern genommen, und nur vielleicht entstellt hat.

Ich gebe zuerst eine zahl entlehnter slavischer wörter:[1]

bedeutung	walachisch		serbisch	russisch
	nach Diez	gewöhnlich		
geifer	balë		balc	
mist [2]	bálegë		balegánjc	
			(das misten)	
balken	bërna			brewno
fabel [3]	basnë	basná		basnja
finsternis [4]	bësnë			bezdna [10]
landstreicher	bitáng		bitånshenje	
pfuscherei	blasnë		blèsan [7]	
schüssel	blid	blidu		bljudo
bohne [5]	bob		bòb	
bojar	boiariu	boćriu	boljâr [6]	
reich	bogát	bogat	bògat	
krankheit [6]	boalë	bólá	bôl [9]	
furche	breasdë	brasdá	brazka	

[1] Da die Walachen zu keiner zeit so glücklich gewesen sind einen geistigen oder bürgerlichen mittelpunct zu besitzen, so fehlt es ihnen an dem was fürs auge, und mittelbar auch fürs ohr, das bedeutendste sprachband bildet, an einer gemeinsamen rechtschreibung. Kopitar stellt auf einer tafel zu s. 72 nicht weniger als 13 verschiedene arten der lautbezeichnung zusammen. Da ich mich nicht berufen fühle diesem wirrwarr ein ende zu machen, so will ich für die beispiele die ich von Diez entlehne, seine schreibart beibehalten — auskunft über dieselbe giebt er 1, 95 — und mich sonst an die halten die bei den ungarisch-siebenbürgischen Walachen im brauch ist, z. b. im Ofner wörterbuch; im wörterbuche von Clemens (Hermannstadt 1837), soweit es lateinisch geschrieben ist, bei Murgu u. s. w.

[2] Im Banat gilt *bálegë* für das excrement des thiers; der dünger wird durch *bugluk* bezeichnet.

[3] Im Banat *povesta* (erzählung, mährchen); *povestesce* (erzählen).

[4] Im Banat *tuneare*.

[5] *Bob* gilt im Banat mehr für die form und bezeichnet kern; bohne ist *fasula* (faseolus).

[6] Ebenso dort *betjay* krank, *betjeschuy* krankheit.

[7] Dummkopf.

[6] Von *bolji* besser, grösser; vgl. das lateinische optimates oder das neue magnates.

[9] Schmerz.

[10] Abgrund.

bedeutung	walachisch		serbisch	russisch
	nach Diez	gewöhnlich		
furt [1]	brod		bròd	
irre reden	buiguire		buitzânje	
pelz	bundë		bùnda	

Diez macht (1, 65) bei der besprechung dieser slavischen fremdwörter eine bemerkung, die für die entwicklungsgeschichte des Walachischen von wichtigkeit ist. »Unter günstigen umständen (sagt er) kann eine sprache ohne beeinträchtigung ihres charakters die stärkste mischung ertragen; allein das Walachische war, so scheint es, noch nicht zur besinnung gekommen, als die fremden stoffe es zu durchdringen begannen: wie sehr ihm die principien der assimilation mangelten, bezeugt die allzu buchstäbliche aufnahme des fremden; slavische laute und ganze buchstabenverhältnisse setzten sich unbewältigt fest; zu letztern rechne ich besonders die anlaute ml (mlëditzë *sprössling*, serbisch mlàditza), mr (mreaje *netz*, serb. mrèsha), vr (vrábie *sperling*, serb. wrábatz, und vreáme *zeit*, serb. wréme u. s. w.).

Aus dem Griechischen sind entlehnt:

bedeutung	walachisch		griechisch	Ital.	franz.	deutsch
	nach Diez	gewöhnlich				
stützen	bëston		βαστάζειν	bastire	bâtir	
fass	botë	bute	βούτις, βύτις	botte	botte	butten,
einsam	ermu [2]		ἔρημος	ermo		bütte
schnurrbart	mustatze		μύσταξ	mos-	mous-	
				taccio	tache	
hacken	sapë		σκάπτειν	zap-	saper	
				pare		
flotte	stol		στόλος	stuolo		
hochmuth	trufie		τρυφή	truffa	truffe	
sich aufblähn	trufire		τρυφᾷν			
folgen	urmare	urmedu	ὀσμᾷσθαι [5]	(orma)		

Zu diesen, die sich auch in andern romanischen sprachen finden, gesellt sich noch eine menge von solchen die das Wa-

---

[1] Bei Clemens *trechetore* (trajectorium?)
[2] Im Banat *singur* (singulus), wie auch Clemens hat.
[5] Riechen, spüren.

lachische, veranlasst durch lebhaftere berührung mit Griechen-land, ausserdem aufgenommen hat.

ungesäuert	ázim		ἄζυμος
netz [1]	halëu		ἁλιεύειν (fischen)
finden	aflare	aflu	ἅλφειν, ἁλφαίνειν
in bann thun	afurisire		ἀφορίζειν
kirche		bisserica	βασιλική
verweichlich-ter mann	bëtëlëu		βάταλος
gekröse	bezeréi		μεσεντέριον?
zaubern	bosconire		βασκαίνειν
lehrer	dáscal	dascalu	διδάσκαλος
zorn	dëcë		δίκη (rache, strafe)
zorn		mănie	μανία
weg	drom	drumu	δρόμος (laufbahn)
feind	dusmán	dusmanu	δυσμενής (feindlich)
bild	icoanë	icóna	εἰκών
zelt [2]	sceatrë		ἔξεδρα
knecht [5]	argat		ἐργάτης
wohlfeil	éftin	eftin	εὐτελής
mönch	cëlugër	cálugeru	καλὸς γέρων (schöner, lieber greis)
hütte	colibë	coliba	καλύβη
zins	camëtë		κάματος (arbeit)
ziegel	cërëmidë	cherëmida	κεραμίς
hinterhaupt	cëafë [4]		κεφαλή
schrank	chivot		κιβωτός
mangel	lipsë	lipsa	λεῖψις
bezeugen	mërturisire	mărturisescu	μαρτυρεῖν
mohn	mac		μήκων
schaaf	miel [5]	mielu	μῆλον
geschöpf [6]	plasmë		πλάσμα
reich [7]	biós		πλούσιος
fortschritte machen	procopsire		προκόπτειν

[1] Bei Clemens mréja.
[2] Bei Clemens cortu (curtis?).
[5] Bei Clemens ciocoiu (jockey), sluga.
[4] Bei Clemens capu (caput).
[5] Miel bezeichnet im Banat nur ein lamm; für schaaf gilt oie (ovis).
[6] Bei Clemens sidire.
[7] Bei Clemens bogat.

vorsehung	prónie		πρόνοια
bezaubern [1]	fčrmëcare		φαρμακεύειν
plaudertasche	fléurë		φλύαρος
schenken [2]	hërëzire		χαρίζεσθαι
kleid	háinë	aiuá	χλαίνη

Im Süd-walachischen (Macedonien, Thessalien) wäre natürlich die zahl solcher beispiele noch bei weitem bedeutender.

Aus dem Madjarischen scheinen zu sein:[3]

Siebenbürgen		Ardélu	Erdely [4]
mehlspeise	balmoş	balmoşu [5]	
kiesel	beancë		beka kö
gebüsch [6]	berc		berck
krank [7]	betég		beteg
fusseisen	bicáo		ló békó
richter [8]	birëu		biró
struppig	bórzoş		borzas
stossen	bucnire		bökni
knopf	bumb [9]		gomb?
ein gewächsname	buriánë		burián
streitkolben	buşdugán	busduganu	buzogany

Das letztere wort lässt sich vielleicht ins Türkische verweisen. Ebendaher stammen: fesz (rothe mütze), handzár (gürtelmesser), harambassa (räuberhauptmann).

An herkunft aus dem Albanischen, also dem Alt-illyrischen, denkt Diez (1, 66) bei folgenden wörtern:

bedeutung	walachisch nach Diez	albanisch	serbisch	madjarisch
pfütze	baltë	baltë		
vertrauen [10]	bizuire	besóing [11]		
scheermesser	briciu	briscë	brijâtsch	beretva
frohlocken	bucurare	bucurë		

[1] Bei Clemens descântu, vgl. das franz. enchanter (incantare) und charmer (carminare).

[2] Bei Clemens dáruescu (von daturare?).

[3] Mit gewisheit lässt sich nichts behaupten, da das Madjarische selbst so manigerlei bestandtheile hat.

[4] Von erdö (wald), weshalb lat. Transsilvania.

[5] Clemens übersetzt es mit eierkuchen.

[6] Busch bei Clemens pĕdure, wald pădurea.

[7] Bei Clemens botnav, cubólă; dagegen krankheit allerdings betejalu.

[8] Im Banat kinjesu, d. i. das slavische knesz.

[9] Bei Clemens bumbul, mit angehängtem artikel.

[10] Bei Clemens credu.

[11] Glauben.

lippe	buzë	buzë	
würzkrämer	bëcán	bacal	bacal
besonders [1]	bësca	bascë [2]	

Was die ursprünglich deutschen betrifft, so giebt Diez
(1, 54) folgende:

qual [3]	baiu	vom goth. balvjan (quälen)
band	bandë	
hütte [4]	bordeáiu	von bord?
borte	boartë	
kneuel [5]	botz	vgl. das ahd. butzen
frosch	broascë	nhd. frosc
	bruncrútz	brunnenkresse
	ciubër	zuber
	dantz	tanz
dost [6]	dost	dost
	drot	draht
blasen	flusturare	flüstern
zaun	gard	im Nordischen heisst gardr damm, haus
höhnen [7]	in- gënare	vgl. das ahd. geinòn, ginòn (gähnen, aufsperren)
gans	gënscë [8]	
balken	grindë	ahd. grindil (balken, riegel)
grube	groapë	goth. grôba
graf	grof	
harfe	harfë	
hechel	hálielë	hechel
lade	ladë	lade
heilen	lecuire	vgl. lêkeis (arzt), wenn nicht an liquor zu denken ist
berühmt [9]	mare	ahd. màri, woher mähr, mährchen
mulde	muldë	
abschied	obsit	
bett	pat	
vorbild	pildë	ahd. pildi
blech	plef	
tauben	robire	

[1] Bei Clemens ales, osebi, mai virtos (magis virtuose).
[2] Bei, mit.
[3] Bei Clemens chinu, muncà.
[4] Sonst coliba s. s. 22.
[5] Bei Clemens ghiemu.
[6] Ein gewächs.
[7] Clemens hat für spotten batjocorescu (von jocus?).
[8] Clemens schreibt gùscá.
[9] Bei Clemens: gross.

saal	salë	
schiene	şinö	
zerreissen	de-scaerare	vom ahd. skerran, woher scharren und déchirer
schlaf	slab	bei Clemens somnu
geschmack	smeag	
stein	stan	bei Clemens pétrá, im Banat piatra
stange	steange	
storch	stërc	
stieglitz	stiglitz	
scheune	şurë	oberdeutsch scheuer, ahd. skiura
schürze	şurtzë	oberdeutsch schurz
tonne	toanë	
trog	troacë	im Banat vallò
welle	val	

Mein bruder hat aus dem Walachischen des Banats noch einige weitere gesammelt, und wo sich ein einheimischer ausdruck fand, denselben beigefügt.

eingemachtes	aimocc
ausbruch(wein)	aosbutt
bleistift	blaiwais
buchbinder	buckbindár
flasche	flasch'n
frühstück	frustjucc
gasterei	gostia
halbe	holbu
hirte	holteru; sonst vaccaru, pecoraru
kirchweih	kirwai
kartoffel	krumpiri; schwäbisch grumbire, d. i. grundbirne
metze	metzu
muss sein	mussein
uhrmacher	ormocker, bei Clemens ciasornicariu.
seidel	saitlik
schanze, damm	schaanz, auch schaanaz
schnepfe	schnipf, auch schnif
stall	stallu
strafe	strofu
waldschaffer	woldschoffer
zettel	zettula

Wo diese wörter andre laute zeigen als unsre hochdeutsche schreibweise, da waltet ohne zweifel, neben der assimilierenden kraft die das Walachische gleich jeder sprache auf die entlehnten bestandtheile ausübt, der einfluss der verschiedenen

mundarten die jenen gegenden menschen zugeführt haben. Bei
drot, grof u. s. w. erkennt man die ostdeutsche neigung zu
verwandlung des a in o; bei krumpiri, pildë, obsit u. s. w.
seine harte aussprache des g, b, d.

Einer andern ursache zuzuschreiben scheint mir das eigenthümliche das die wörter bardá (axt) wardá (wacht), mied (meth)
und godsmanu (kirchenvater) haben. Wie baiu, so weisen wohl
auch sie in die zeiten der völkerwanderung zurück: barda, warda,
medu sind die altgermanischen (gothischen) formen für barte
(in hellebarte), warte, meth. Godsmanu findet seine erklärung
in einer stelle des althochdeutschen gedichts Muspilli (aus dem
achten jahrhundert), die es andrerseits durch seine bedeutung
erläutern hilft. Wo der dichter von dem kampfe spricht welcher
dem weltende vorangehen werde, sagt er:

> doh wânit des vilo gotmannô,
> daz Hêlîas in demo wîge arwartit werdê.

Im hinblick auf die bedeutung des walachischen godsmanu
darf man ohne zweifel übersetzen
> Doch wähnen [dessen] viele (der) kirchenväter,
> Dass Elias in dem kampfe verletzt (werden) werde.

Unmittelbar vorher hat der dichter dieselben lehrer bezeichnet als die weroltrehtwîson d. i. weltrechtweisen, welt-
weisen.

Dass das Walachische solche uralte deutsche wörter nur
in geringer zahl besitzt — jede der übrigen romanischen sprachen
hat ihrer mehr — wird begreiflich, wenn man bedenkt wie
gründlich das was die Gothen hier gewirkt haben können, später
durch eine menge von andern völkern getilgt worden sein muss.

Ich wende mich von dieser betrachtung zahlreicher fremder
bestandtheile zu den romanischen. Sie beweisen dass an herkunft des Walachischen aus dem Lateinischen nicht gezweifelt
werden kann, nicht bloss weil sie an menge der gesammtheit
der entlehnten wenigstens gleich kommen, sondern auch weil
sie gerade diejenigen sind, welche die wichtigsten begriffe des
täglichen lebens bezeichnen; die man also die unentbehrlichen,

den kern der sprache nennen kann, und die aller orten das gültigste zeugnis über die herkunft einer sprache geben. Sie sind hier nach innerer verwandtschaft zusammengestellt. [1]

Gott und schöpfung

Gott	Deu	Deus
mensch	omu'l	homo
himmel	ceriu	coelum
mond	luna	luna
berg	munte	mont -
boden	pamentu	pavimentum
wasser	apa	aqua
see	lacu	lacus
meer	mare	mare
ufer	ripa	ripa
bach	rivu	rivus
welle	unda	unda
feuer	focu	focus, ital. fuoco, franz. feu.
rauch	fumu	fumus
dampf	abor	vapor
funke	schinte	scintilla
licht	lumine	lumen
schatten	umbra	umbra
wind	ventu	ventus
blitz	fulger	fulgur

zeiten

frühling	prima véra	primum ver
sommer	véra	ver (secundum)
herbst	tómna	au-tumnus
winter	érna	(tempus hib-) crnum
morgen	mäne	mane
mittag	medea diê	media dies
abend	séra	sera
mitternacht	mediu noptii	medi - noct -
nacht	nopte	noct -
tag	die	dies
woche	septimana	septimana (hebdomas ist griechisch)
monat	meş, luna	mensis, luna
jahr	anu	annus

[1] Zu grund liegen die verzeichnisse bei Murgu, s. 50 ff.

stunde	óra	hora
minute	minuta	minutum
zeit	témpu	tempus
mittagsmahl	prắndu	prandium
abendessen	cénắ	coena

gewächse

gras	èrba	herba
blume	flore	flor-
blatt	fóle	folium
klee	trifoliu	trifolium
baum	arbore	arbor-
buche	fagu	fagus
esche	frassinu [1]	fraxinus
nussbaum	nucu	nucus
birnbaum	pîru	pirus
zwetschgenbaum	prunu	prunus

hausthiere

ochs	bou	bov-
kuh	vaca	vacca
pferd	calu	caballus
schwein	porcu	porcus
schaaf	óie	ovis
ziege	capra	capra
bock	iedu	hoedus
hund	cane-le	canis
henne	gắinắ	gallina

lebensmittel

brot	pắne [2]	panis
fleisch	carne	carn-
milch	lapte	lact-
kuchen	placénta	placenta
hülsenfrüchte	legume	legumen
linse	lénte	lent-
bohne	fasula	faselus

[1] Im Banat *fraptje* mit p statt k, wie *pieptu* (brust) aus pectus.
T steht für s, da fraxinus eigentlich fracsinus zu schreiben wäre.
[2] Bei Clemens *pitắ* neben *pắnắ*.

metalle

gold	auru	aurum
silber	argintu	argentum
eisen	ferru	ferrum
blei	plumbu	plumbum

wohnung und geräthe

haus	casa	casa
fenster	ferestra	fenestra
wand	pariete	pariet-
tisch	masa	mensa
tischtuch	masaiu	mensuale
stuhl	scamnu	scamnum
beil	secure	securis
waffen	arme	arma

verwandtschaft

vater	parénte	parens [1]
bruder	frate	frater
schwester	sorá	soror
sohn	fiiu	filius
tochter	fiica	filia
schwager	cumnatu	cognatus
oheim	unchi-ul	avunculus
tante	métuşă	amita (?)
schwieger	sócra	socrus
schwiegersohn	ginere-le	gener
schwiegertochter	nora	nurus

theile des leibs

kopf	capu	caput
gesicht	facia	facies
stirne	frunté	front-
nase	nasu	nasus
auge	ochi-ul	oculus
zahn	dénte	dent-
zahnfleisch	gingia	gingiva

[1] Mutter ist maicá, mamá.

bart	barba	barba
nacken	cerbicé	cervic-
schulter	umerus	humeru
brust	peptu	pectus
rippe	cósta	costa
hand	măna	manus
finger	degitu	digitus
nagel	unghia	unguis
haut	pelle	pellis
fleisch	carne	carn-
bein	ossu	oss-

Zusammenhangende sprachproben unterstützen die behauptung dass das Walachische vorherschend romanisch sei. Ich verweise in dieser hinsicht auf das gleichnis vom verlorenen sohn, das Kopitar (Wiener jahrbücher 46, 99 ff.) zuerst in daco-walachischer, dann in macedono-walachischer mundart mittheilt.

Als weiterer beleg folgen zuerst einige liederbruchstücke, die sich gleichfalls bei Murgu (s. 53) finden, und die wie er sagt »aus dem munde des pöbels geschöpft sind.« Das niedere volk, vornemlich in abgelegenen gegenden, bleibt der sprache, wie überhaupt allen sitten der vorzeit, lange treu. wenn die bewohner des flachlandes und der städte denselben längst entfremdet sind, und giebt so eines theils einen halt für die erkenntnis der vorzeit, andern theils den besonnenen aus den höheren ständen eine leuchte, um aus der irre zurückzukehren auf den rechten weg. Die reinheit dieser strophen, und ebendamit der sprache des niederen volkes, erhellt daraus dass Murgu sie mit einer wortgetreuen übertragung ins Lateinische begleiten könnte. Da man sie, auch abgesehen von dem werthe den sie für unsre frage haben, gern lesen kann, so folgt für solche die nicht einer der beiden sprachen kundig sind, jedem eine deutsche übersetzung.

1.

De pe monte in val vén,
In vale vén, la riu'l lén,
Qua cu apa lui prechiară,
Limpedă şi bunisóră
5. Sîtia lungă se m'o stingu,

De monte in vallem venio,
In vallem venio, ad rivum lenem,
Ut ipsius aqua praeclara,
Limpida et satis bona
Sitim longam exstinguam,

Quare n'o puteam s'o frangu.
Vadu'l nu era in cale,
Qui in laturi mai in vale;
Sìtia mŏnĕ, urge fŏrte,
10. Peptu' mi stringe pĕn' la
   mŏrte.
Inimosu cules virtutea
Si pre cale pururea,
Que intrắ petri in jos duceà,
Răpide curĕndu atinsi
15. Locu'l, unde sìtea mistinsi,
Anima m'eu stĕmperandu
Si viatia integrăndu etc.

Qualem non poteram frangere.
Vadum non erat in calle,
Sed ad latus magis in valle;
Sitis monet, urget fortiter,
Pectus mihi stringit usque ad
   mortem.
Animosus collegi vires
Et per callem porro,
Quae intra petras deorsum ducebat,
Rapido currendo attigi
Locum, ubi sitim exstinxi,
Animum mihi extemperando
Et vitam integrando.

Zu Deutsch:

Vom berge komm' ich ins thal,
Ins thal komm' ich, an den sanften bach,
Auf dass mit seinem trefflichen wasser,
Seinem klaren, wohlschmeckenden,
5. Den langen durst ich lösche,
Den ich nicht konnte besiegen.
Wasser war nicht am wege,
Wohl aber seitwärts mehr im thale;
Der durst mahnt, drängt gewaltig,
10. Presst mir die brust zum tode.
Muthig sammelt' ich meine kräfte,
Und auf dem pfade fort und fort,
(Der zwischen felsen abwärts führte)
Eilig laufend, erreicht' ich
15. Den ort wo den durst ich löschte,
Den muth mir erfrischend,
Und das leben erquickend.

II.

Bela in larga valle ămblà,
Erba verde lin călcà;
Cântà, qui cantand plăngeà,
Quŏd tŏti munti resunà.
5. Ea in genunchi se puneà,
Ochi in sus indireptà;
Eccĕ, asì vorbe faceà:
Domne, domne, bune domne etc.

Puella in larga valle ambulabat,
Herbam viridem leniter calcabat;
Cantabat, et cantando plangebat,
Ut omnes montes resonarent.
Illa in genua se ponebat,
Oculos sursum dirigebat,
Ecce, sic verba faciebat:
Domine, domine, bone domine.

Zu Deutsch:

Ein mädchen wandelt' im weiten thal,
Trat mit weichen tritten das grüne gras;
Sang und klagte singend,
So dass alle berge widerhallten.
5. Sie warf sich auf die kniee,
Die augen wandte sie nach oben;
Sieh, so ertönten ihre worte:
Herr, herr, guter herr!

III.

Nucu, fagu, frassinu	Nucus, fagus, fraxinus
Mult se certà intrắ sène.	Multum certant inter se.
Nuce, dice frassinu,	Nuce, dicit fraxinus,
Quine vine, nuci cullege,	Quisquis venit, nuces legit,
5. Cullegénd şi ramuri frắnge:	Colligendo ramos frangit:
Vaide dar de pelle-a túa!	Vae itaque pelli tuae!
Dar tu fage, mí vecine,	At tu fage, mi vicine,
Que voi spune in ménte ţéne?	Quae exponam mente tene?
Multe fere sắturaşi,	Multas feras saturasti,
10. Qui prébéne nu ắmblaşî:	At haud bene ambulasti:
Quum se au geru apropiat,	Quum gelu appropinquat,
La pắment te au şi culcat,	Ad pavimentum te deculcant,
Şi in focu te au şi aruncat etc.	Ad focum projiciunt (averruncant).

Zu Deutsch:

Nussbaum, buche und esche
Stritten heftig mit einander.
Nussbaum, sagte die esche,
Wer kommt, sammelt deine nüsse,
5. Zerbricht beim sammeln deine zweige:
Also weh deiner haut!
Aber du buche, meine nachbarin,
Was soll ich in meinen gedanken dir auseinandersetzen?
Viele thiere hast du gesättigt,
10. Aber doch hast du dir kein gutes looss bereitet:
Wenn der frost kommt,
Fällt man dich zu boden,
Wirft dich ins feuer.

Leider sind diss nur bruchstücke: der leser wolle sich daher noch einige vollständige lieder gefallen lassen, die von herrn
Fridolin Nunny, gewerk in dem bergort Orawitza, für den zweck

unsres buches, freundlich mitgetheilt sind. Vom ersten derselben versichert herr Nunny mit bestimmtheit dass es ein volkslied sei, aus dem munde der bergbewohner aufgeschrieben; was das zweite betrifft, so weiss er davon nur so viel zu sagen dass manche ausdrücke mehr der mundart der eigentlichen Walachei angehören; das dritte ist nach seiner angabe einem walachischen blatt entnommen das in Siebenbürgen erscheint, und es liegt ihm, wenn es auch nicht mit bestimmtheit als volkslied anzusehen ist, doch wenigstens ein solches zu grunde.

Da diese lieder nicht in der absicht niedergeschrieben sind wie die eben mitgetheilten bruchstücke, so zeigt sich in ihnen manches unromanische. Die verhältnismässig geringe menge solcher ausdrücke selbst in diesen stücken, bei deren aufzeichnung keine rücksichten auf sprachreinheit obgewaltet haben, dient aber wieder nur dazu die behauptung romanischer herkunft fürs Walachische zu bestätigen.

IV. Fliea muntana. Die tochter des gebirgs.

1.

Nu sciu, de que m'sbocotésce	Ich weiss nicht, warum mir woget,
Peptu'l ne 'ncetatu,	Die brust ohne aufhören;
Que e aquéstă, ché şi nópte-a	Was ist's, dass ich auch des nachts
N 'am odihnă 'm patu?	Keine ruhe finde im bette?

2.

De şi sùflă vêntul réce	Ob auch wehet ein kalter wind
Peste munţe sùsu,	Ueber die alpe droben,
De şi peste bradúl vérde	Ob auch auf die grüne tanne
Desu omêtu stĕ' pusu.	Dicht der schnee gelegt ist.

3.

De cáldură qué din peptúmi	Wegen der glut in meinem busen
Stau sĕ' mĕ' topescu:	Schier schmelze ich:
Nu mĕ' stàmperu, si cu apă	Ich kühle mich nicht, ob auch mit wasser
Or quàt mĕ' stropescu.	Noch so oft ich mich besprenge.

Dé vêdu duoa pasăréle,
Cum se gugulescu,
Plin·aquestor fericire
Numai mé máhnescu.

De resună clopotéle 'n
Codrul quel umbritu,
Alor sunétu par che'm cántă
De al meu iubitu.

Caldu si réce èm' sêmtescu
Trupul fiorosu,
Ş' ochiu mei şi fóró voie,
Mi sê plécă 'n josu.

Quine, Dómne, va sé 'm spue
Que io pátimescu?
Quine lécurî va sé m' déc,
Sê mé méntuescu?

4.
Wenn ich zwei vögelein sehe.
Wie sie sich schnäbeln,
Derselben volle seeligkeit
Betrübet mich nur.

5.
Wenn die glöckchen schallen durch
Den schattigen wald,
Ihr klingen scheint, als säng' es mir
Von meinem geliebten.

6.
Heiss und kalt fühl' ich mich,
Mir fiebert der leib
Und meine augen, gegen willen,
Senken sich nieder.

7.
Wer, o Herr (Gott), will mir erklären
Was ich erleide?
Wer wird mir heilmittel reichen,
—Damit ich mich rette?

V. Impartire a florilor.　Die vertheilung der blumen.

1.

Florilor, o florilor,
D'in livada rescrite!
Fiice naturëi,
Cu colori podobite,
Cu colori quei frumosi,
Cu colori sorelui,
Galbin, vérde şi rosei,
Cu vénatul ceriului:
D'intr' a tuturor curuna
Dau la tótă fata una.

Blumen, o ihr blumen,
Dem wiesengrund entsprossen!
Töchter der natur,
Mit farben geziert,
Mit farben, den schönen,
Mit den farben der sonne,
Gelb, grün und röthlicht,
Mit dem blau des himmels:
Aus aller kranz
Géb' ich jedem mädchen eine.

2.

Ochii blándi, si gură qué serina,

Risuri dulci, si pasuiré lîna

Te podobescu, o dragustuosa Flora!

(Die) augen (die) sanften, und (der) mund,

(Das) lächeln (das) holde, und (der) tritt (der) sanfte

Dich schmücken (sie), o liebens-werthe Flora!

Pentr' aqué și ți dau vióra.

Ruja, ruja, cum ésci plin' cu focu!
Dă o stepună ție gasescu delocu:

Primésci daró, draga Iliana,
Sciu che focul t'arde supt naframa.

Deshalb schenk' ich dir das veilchen.

Rose, rose, wie bist du voll feuer!
Ich gebe einen, herrin, dir auf der stelle:

Empfang (sie) denn, theure Iliana,
Ich weiss dass das feuer dir brennt unter deinem busentuch.

3.

Maria, animióră tuă așă e de curata,
Che și roa qué pe érbă aședată!
Singur' ésci o flóre fóră spinu,
Dulce, quaré de néscire
Imple pépturi cu uimire:

Dărul tuă e unu crinu,
Quaré, quănd se desbumbésce,
Tótă fire véselesce.

Maria, dein herzchen ist so klar und rein,
Gleich dem thau der am grase hängt!
Selbst bist du eine blume ohne dorn,
Süsse, die du ohne wissen
Füllst die seelen (brüste) mit entzücken:

Deine gabe sei eine lilie,
Welche, wenn sie sich entfaltet,
Die ganze schöpfung erfreut.

VI. Nu me uita.

Vergiss mein nicht.

Dioa, ciasul disparțirei,
Insemnat' cu măna tuă,
L'am aflatu cu intristaré:
Dar te rogu: nu mé uita!

* * *

Și si fi tu fie unde
Sórțe a te va arunca,
Socoțésce ché ție s'prietenu,
Si te rogu: nu mé uita!

* * *

Gata sunt péharul morții
Pentru tene ăl gusta
Nu ceru alta respletire,
Dar te rogu: nu mé uita'

* * *

Luna e lumina lumei,
Dar tu ésci lumina méa;
Dicu la luna, și s'ascundă,

Daro ție: nu mé uita!

Tag(der) stunde(die) scheidens (des),
Gezeichnet mit hand deiner,
Sie hab' ich gefunden mit betrübnis,
Doch dich bitte: nicht mich vergiss!

* * *

Und dass seist du, immer wo
Schicksal (das) dich wird schleudern,
Denke dass (ich) dir bin freund,
Und dich bitte: nicht mich vergiss!

* * *

Bereit bin, kelch (den) todes (des)
Für dich ihn kosten;
Nicht begehr' ich andren lohn,
Doch dich bitte: nicht mich vergiss!

* * *

Mond (der) ist licht der welt (der),
Aber du bist licht meines;
Sag ich zum mond dass (er) sich verberge,
Doch zu dir: nicht mich vergiss!

Eins darf jedoch bei dieser zusammenstellung des Walachischen mit dem Lateinischen nicht verschwiegen werden, weil

es auf die ganze behauptung den schein der unredlichkeit wirft.
Die rechtschreibung nemlich die hier angewendet worden ist,
beruht auf dem grundsatz der französischen: sie hält sich mehr
an die abstammung der wörter als an ihren gegenwärtigen klang;
mithin an die lateinische schreibweise, welcher man mit allerlei
häkchen, strichen und punkten zu hilfe kommt. So schreibt
man sépte, mórte, spricht aber ş wie im Deutschen sch; ć und
ó wie eá, oá. Ferner werden c und g nach italienischer
weise vor i und e gequetscht; j hat denselben laut wie im
Französischen; q lautet wie deutsches tsch; ç und ţ wie deutsches z; d gleichfalls wie z, nur weicher nach ungarischer oder
französischer weise. Ein eigener brauch ist auch das komma-
zeichen über den vocalen. Man schreibt zwar der abstammung
wegen cádere, véntu, vírtute, rótundu, adúncu; aber das häkchen über a, e, i, o, u zeigt an dass alle diese vocale gleich
lauten, nemlich wie jener verschwommene vocal, den das eng-
lische but, das e im deutschen vater haben, den Diez durch
ë, Schmeller und Rapp durch umgekehrtes e (ə) bezeichnen
und den letzterer als »urlaut« getauft hat. [1] Das u am ende
der wörter spielt die nemliche rolle wie im Französischen das
e: es wird gar nicht gesprochen, hat lediglich etymologische
bedeutung. Wollte man an die stelle dieser künstlichen rechtschreibung eine natürliche setzen, d. h. eine solche die bloss
den laut wiedergäbe, so würde zwar der schein des Lateinischen
fürs auge verschwinden, aber die verwandtschaft, worauf hier
alles ankommt, wäre nichts desto weniger da; d. h. die Walachen haben für thor das lateinische wort porta beibehalten,
ob sie nun der abstammung zu liebe pórtă schreiben oder dem
laute nach poárta.

Als ein besonderes merkmal des Walachischen ist noch
hervorzuheben, dass ihm das lob einer höheren alterthümlichkeit gebührt als andern romanischen mundarten. Es ist nemlich,
vermöge seiner abgeschlossenheit vom sonstigen romanischen
sprachganzen, hinsichtlich der rein romanischen bestandtheile

---

[1] In seiner Physiologie der sprache (Stuttgart 1836. 1, 20). Ich
nenne dieses werk hier, weil es bei manchem abstossenden doch für
den der ins wesen der sprache dringen will, ein unentbehrliches
hilfsmittel ist.

in der entwicklung zurückgeblieben, ungefähr wie das Deutsche
in der Schweiz aus demselben grunde noch der hauptsache
nach das gepräge hat, das in Deutschland schon mit dem
15. jahrhundert verloren gegangen ist; oder wie die sprache
der Wenden in der Lausitz wegen ihrer inselförmigen abson-
derung von andern Slaven, die der Russen und Serben wegen
ihrer entfernung vom weltverkehr, weniger abgeschliffen sind
als die vorliegenden slavischen zungen.

Murgu stellt zu diesem ende (s. 36) eine reihe von begriffen zusammen, die im Walachischen durch dieselben wörter
bezeichnet werden wie im Lateinischen, während im Italienischen
dafür andre gelten.

	lateinisch	walachisch	italienisch
haupt	caput	capu	testa
milz	splen	splena	milza
tisch	mensa	masa	tavola
stehlen	furari	furare	rubare
gehen	ambulari	amblare	andare
verstehen	intelligere	intelegere	intendere
jagen	venari	venare	cacciare
koth	lutum	lutu	fango
hülsenfrucht	legumen	legume	guscio

Auf weiteres macht noch Kopitar (s. 85) und Diez (s. 64)
aufmerksam. Jener führt an alb (albus), intrebà (interrogo),
rugà (rogo), socru (socer), berbece (vervex), vorba (verbum).
Wenn A. W. von Schlegel die ursache weshalb die jüngeren
romanischen sprachen verbum vermieden und durch parabola
(franz. parole) ersetzt haben, in dem theologischen nebensinn
des ersteren findet; so bestätigt sich diese vermuthung dadurch
dass bei den Walachen verbum sich erhalten hat. Als angehörige
der griechischen kirche hatten sie nur den logos heilig zu achten,
konnten das verbum ungestört im täglichen leben brauchen.
Die bemerkung von Diez lautet, wie folgt: »das römische heer-
wesen hat einige merkwürdige spuren im Walachischen hinterlassen: der begriff alt ward schlechtweg mit bëtrën (veteranus),
gefährte mit fartat (foederatus, wie ich glaube) bezeichnet.«
Ausserdem nennt er noch einige lateinische wörter die sich
ausschliesslich im Walachischen erhalten haben: adaugere

(vermehren), cadë (fass), [1] lëut (gewaschen, doch auch im Italienischen lauto, prächtig) lingere (lecken), ningere (schneien), sau (oder, lateinisch seu), ud (feucht).

Diesen ruhm romanischer alterthümlichkeit, um welcher willen Kopitar (Wiener jahrbücher 46, 75) die walachische sprache die älteste tochter der lateinischen nennt, theilt sie mit dem sogenannten Chur-welschen, der romanischen sprache des Churer-lands oder Graubündens, die im Rhein-gebiet Grischun rumonsch, im Engadin Ladin heisst. Durch die Alpen und durch die eidgenössische verbindung getrennt von Italien, ist es in der allgemeinen romanischen sprachentwicklung so sehr zurückgeblieben, dass es der ältesten romanischen schriftsprache auf ähnliche weise gleicht, wie das Deutsche der Schweiz dem Altdeutschen. Daher steht es dem Alt-provenzalischen, der zuerst ausgebildeten Romanen-zunge, ganz nah; und man erzählt von zwei Cataloniern, die bei einer reise durch Bünden sehr erstaunt waren, als sie sich von den einwohnern verstanden sahen und das meiste von der landessprache verstunden. [2]

Einen ganz ähnlichen fall erzählt Murgu (s. 70, anmerkung): »unlängst sprach ich einen bekannten Walachisch in gegenwart einiger mir unbekannten. Einer aus diesen erhob sich und fragte wo wir seine muttersprache gelernt hätten. Wir sagten dass wir die walachische sprache reden; worauf er erwiderte, dass er den namen dieser sprache nicht wisse, dieselbe aber verstehe, weil sie von der ladinischen in Schweitz gar nicht unterschieden wäre.«

5. Ursprung des Walachischen.

Wenn wir nach den bisherigen betrachtungen die sprache der Walachen als eine zwar entartete, aber doch vollbürtige schwester der edeln romanischen sprachen im westen unsres welttheils anzusehen haben so fragt sich nun billich weiter, wie

---

[1] Im Banat gilt für fass *vasn*, und *cadë* bedeutet bottich.

[2] Geschichte der romanischen (Bündner) sprache durch Joseph Planta, abgelesen in der königlichen gesellschaft der wissenschaften (zu London) den 10. November 1775. Aus dem Englischen. Chur 1776. 8. 58 seiten.

wirs uns erklären müssen dass sie dorthin eingewandert ist,
und dass sie sich unter den stürmen einer ganzen reihe von
jahrhunderten doch ein so grosses gebiet erhalten hat.

Die römische herrschaft währte verhältnismässig nur kurz,
etwa 160 jahre; dessen ungeachtet ist die sprache Roms in
dieser zeit die herschende geworden, ja sie hat sich gegen den
gewaltigen andrang so vieler völker in bedeutendem umfang
bis auf diesen tag erhalten. Die erste dieser auffallenden erscheinungen hat man dadurch erklären wollen, dass die Römer
das land leer gefunden haben, wo sichs dann freilich von selbst
verstünde dass ihre sprache die herschende geworden wäre.
Die unhaltbarkeit einer solchen vermuthung ist aber schon oben
dargethan worden, und man muss gewis annehmen, dass das
Walachische sich ganz auf dieselbe weise gebildet habe wie
das Spanische, Französische, Chur-welsche, nemlich dadurch
dass die besiegten eingebornen genöthigt wurden die sprache
der sieger zu lernen.

Rom sah sich bei diesem grossen unterfangen, die landes-
sprachen durch die seine zu ersetzen, vornemlich dadurch unterstützt dass die besiegten völker ihm in betreff der bildung
sämmtlich nachstunden. Ihre zungen hatten sich noch nicht zu
schriftsprachen ausgebildet, und erlagen daher leicht dem Lateinischen, das als sprache des gebildeteren und des herschenden volks die Barbaren, wenn einmal ihr stolz gebrochen war,
zwiefach zur annahme lockte. Nur ein einziges der besiegten völker war den siegern an bildung überlegen, das griechische, und
macht eben deshalb auch eine ausnahme von jener regel: es
behielt seine sprache bei, ja deren herrschaft erhielt sich sogar
weit nach Asien hinein, bis andre weltstürmer sie, als das gefäss
eines verhassten glaubens, dort entsetzten. Wie das Griechische
in Asien die sprache des verkehrs und der bildung geworden
war, so ward es jetzt im nichtgriechischen theile des welt-
reichs, mithin auch im oberen theil des illyrischen dreiecks,
das Lateinische. Unter den sprachen dieser welthälfte war keine
für diesen zweck mehr geeignet, oder vielmehr sie allein war
es. So gieng es in Ober-italien, Rätien, Gallien und Britannien,
wo die keltische landessprache weichen musste; so in Spanien,
wo dieses looss die iberische; so hier, wo es die illyrische

betraf. Doch keine ward vollständig vernichtet: in Hoch-
schottland, in Irland, Wales und der Bretagne lebt noch das
Keltische; in den baskischen landschaften noch das Iberische;
in Albanien noch das Illyrische. Die ursache dieser so weit
aus einander liegenden, und doch so nahe verwandten erscheinungen darf wohl darin gesucht werden, dass in abgelegenen
gegenden das bedürfnis einer gebildeten ‚und verkehrssprache
sich weniger geltend macht.

Die römische staatskunst begnügte sich übrigens nicht damit, jene von selbst thätigen ursachen zur verbreitung der
staatssprache wirken zu lassen: sie kam denselben durch wohl-
überlegte anordnungen reichlich zu hilfe. Der heilige Augustin
sagt daher ausdrücklich: »Die herschende stadt liess es sich
angelegen sein den bezwungenen völkern unter dem schein der
bundesverbrüderung nicht allein ihr joch, sondern auch ihre
sprache aufzunöthigen.«[1] Die wichtigsten wohnplätze wurden
mit römischen ansiedlern besetzt, ein sinnreich angelegtes netz
von strassen verband alle einzelnen theile zu einem ganzen, das
gleichsam jetzt erst sich kennen-lernte; verwaltung und rechts-
pflege wurden überall römisch: nicht nur dem geist, sondern
auch der sprache nach. So gab Rom »den verschiedenen völkern
seines reichs ein vaterland, erweiterte den stadtkreiss über den
weltkreiss.«[2]

Ungeachtet so vieles zusammenwirkte, so war es doch
auch so noch wunderbar dass in einer grenzlandschaft das
lateinische binnen 160 jahren sich so festsetzen konnte, wenn
dieser einfluss wirklich nicht länger angehalten hätte. Allein
die römische herrschaft hatte sich, wie gleich zu anfang ausgeführt worden ist, hier schon seit dem 3. jahrhundert vor
Christus ausgebreitet. Als endlich im jahr 106 nach Christus
auch Dacien erlag, war seinen bewohnern durch den verkehr
mit dem benachbarten Illyrien und Mösien das Lateinische längst
nicht mehr fremd; war diesem der weg längst gebahnt. Nach-

---

[1] Data est opera ut civitas imperiosa non solum jugum, verum
etiam linguam suam domitis gentibus per speciem societatis imponeret.
De civitate Dei 19, 19.

[2] Fecerunt patriam diversis gentibus unam;
Urbem fecerunt, quod prius orbis erat.

dem aber die römische herrschaft aufgehört hatte, wären zur wiederausrottung ihrer sprache ganz andre staatsmänner nöthig gewesen, als das schicksal sie diesen gegenden aus Gothen, Hunnen, Slaven, Bulgaren, Awaren, Ungarn, Cumanen und Türken erweckt hat. Wenn behauptet wird die Dacier haben ihre sprache gegen die Lateinische vertauscht, so soll damit keineswegs gesagt sein sie haben so sprechen lernen wie ein Trajan oder Tacitus. Bei allen völkern die aus dem rohen stoff ihrer volkssprache eine schriftsprache herausgeschaffen haben, tritt eben damit ein gegensatz ein zwischen oberen und niederen ständen, zwischen schrift und leben. Só sprach schon in Rom die menge gewis ganz anders als die gebildeten und die bücher. Diese verschiedenheit wuchs, je mehr man sich von Rom entfernte: das ist der sinn des ausdrucks bauernsprache (lingua rustica), die der stadt- und büchersprache gegenüber stund. Natürlich war diese volkssprache in verschiedenen theilen des reichs eine völlig verschiedene. In Unteritalien wirkte sicherlich Griechisches ein; das Lateinische der Spanier war gewis mit iberischen bestandtheilen und eigenheiten getränkt; das in Oberitalien, in der Provence, in Gallien mit keltischen. Da nun die ansiedler die Trajan nach Dacien führte aus dem ganzen reich zusammengeströmt waren, so muss schon das älteste Walachisch eine sehr gemischte sprache gewesen sein. Dazu kam noch was die eingebornen dazu gaben. Wie nach dem obigen Griechen, Iberer und Kelten, so färbten sicher auch die Dacier ihres orts die aufgedrungene zunge.

Eine sehr beachtenswerthe thatsache bringt in dieser hinsicht Kopitar [1] zur sprache. Nach seiner ansicht, die viel für sich hat, wäre das Albanische ebenso ein letzter überrest von der alten thracisch-illyrischen sprache, wie das Kymrische in der Bretagne von der alten gallischen Kelten-sprache. Wäre dieses Albanische von der vergleichenden sprachforschung schon gehörig beleuchtet, so liesse sich vielleicht im Walachischen mancher rest der alten landessprache nachweisen. Kopitar beschränkt sich leider auf eine einzige spur. Das Walachische

[1] Wiener jahrbücher nr. 46, s. 77. 85.

hat nemlich, gleich den übrigen romanischen sprachen, das lateinische fürwort ille als artikel verwandt, aber es stellt denselben dem substantiv nicht voran, sondern lässt ihn demselben folgen, z. B. der mensch heisst im Süd-walachischen om-lu, im Nord-walachischen om-ul. Eben so wird in letzterem domn (herr) zu domn-ul (der herr), domn-ului (dem herrn), domni-i (die herrn), domni-lor (der herrn); dómnă (herrin) giebt dómn-ei (der herrin), dómne-le (die herrinnen), dómne-lor (den herrinnen). Andre beispiele sind: taté-l und parinte-le (beides: der vater); rendurea-oa (die schwalbe) u. s. w. Das nemliche findet sich nun auch bei den beiden andern sprachen die sich mit dem Walachischen in den boden des alten Illyriens theilen, beim Albanesischen und Bulgarischen: mensch heisst in jenem njeri, in diesem tschoveko; der mensch dort njeríu, hier tschovekot. Kopitar glaubt hierin einen überrest alt-illyrischer spracheigenthümlichkeit gefunden zu haben. Er stellt seine meinung keck und klar hin. Seine worte lauten:»von diesen zwei bruder- und nachbarvölkern hat das eine (die Albanesen), im gebirg, form und materie seiner sprache gerettet; das andre (die Walachen), im thale, zwar römische materie, aber doch nur in seine form umgegossen, angenommen. Und diese form war so unvertilgbar, dass, als am schlusse der völkerwanderung die bulgarischen Slaven sich zahlreich im gebiete dieser langue romane ansiedelten, sogar ihr Slavisch im verkehr mit Walachen auch in diese form mit dem hinten angehängten artikel, casuszeichen anstatt der reichen slavischen flexion — unter allen slavischen mundarten die einzige langue romane-dieser art — umgeprägt ward! So dass also, noch bis auf diese stunde, nördlich der Donau, in der Bukowina, Moldau und Walachei, Siebenbürgen, Ungarn, ferner jenseits der Donau, in der eigentlichen Bulgarei, dann in der ganzen alpenkette des Hämus, in der ausgedehntesten alten bedeutung dieses gebirges, von einem meere zum andern, in den gebirgen Macedoniens, im Pindus und durch ganz Albanien nur eine sprachform herscht, aber mit dreierlei sprachmaterie (davon nur eine einheimisch, die zwei andern fremdher, von ost und west, eingebracht sind). Numerisch sprechen Albanesisch über eine million menschen, Bulgarisch über zwei millionen und Walachisch über drei millionen. Also noch

sechs millionen Alt- und Neu-thracier zwischen den drei millionen
Griechen im Süden und den fünfzig millionen Slaven im norden.«
Es lässt sich gegen den beweis der aus der stellung des
artikels geschöpft ist, allerdings einwenden dass dieselbe sich
auch in andern sprachen, in den scandinavischen und im Baskischen, ganz unabhängig von denen des illyrischen dreiecks
findet; desgleichen dass aus dem lateinischen dominus ille das
Walachische sogar natürlicher domn ul gemacht hat, als das
Italienische il domino; dass man also hierin einen weiteren beweis für die alterthümlichkeit des Walachischen sehen könnte.

Wenn indessen auch Kopitar mit jenem beispiel nicht aus-
reichen sollte, was erst bei näherer bekanntschaft mit dem alten
Illyrischen zu entscheiden wäre, so muss man doch annehmen
was er weiter sagt, dass »nähere untersuchungen, sowohl die
innige verwandtschaft jener sprachen und den grund derselben
im bau der albanesischen, als den einfluss dieser alt-europäischen
sprache auch über ihren kreiss hinaus, südwärts bis ins Neu-
griechische, und nordwärts bis ins Serbische, darthun würden.«
Und wenn auch aus mangel an urkundlichen beweisen Kopitars ansicht nur vermuthung bliebe: sie ist jedenfalls eines echten sprach-
forschers würdig, innerlich wohlbegründet und wahrhaft grossartig.

Für alle diese besiegten völker kam, freilich erst mit dem
untergang des echten Römer-geistes, der name Römer auf: man
weiss sogar dass Caracalla (211—217) allen unterthanen des
weiten reichs das bürgerrecht, mithin von gesetzes wegen den
römischen namen verlieh. Natürlich hielten sie die stolze benennung um so fester, als wirklich viele der bewohner sich
ihrer abkunft aus Italien, vielleicht aus Rom, erinnerten. Doch
war diss gar nicht nöthig, denn auch die Griechisch redenden
völker glaubten sich den unbesiegten Barbaren gegenüber zu ehren,
wenn sie sich Römer nannten (*Pωμαῖοι*, Romaei), weswegen
ihr tanz und ihre sprache noch jetzt römisch heissen (*ρωμαῖκα*),
Der name der Walachen spricht hier auch eine kurze
beleuchtung an. Was er ursprünglich bedeute, von welchem volk er zuerst gegeben sei, weiss man nicht. [1] Darüber

[1] Nicht unbeachtenswerth scheint mir übrigens die vermuthung
von Zeuss (Die Deutschen und die nachbarstämme, s. 68 anm.) »Walach, Wal (ursprünglich wohl ein fremder oder undeutlich, unver-

hingegen ist kein zweifel dass er den Slaven und Germanen —
denn Griechen, Madjaren und Türken haben ihn erst von diesen
gelernt — einen Lateinisch redenden bezeichnet, sonach gleichbedeutend ist mit Romanus, Roman, Romën, Rumun,[1] wie
mehrere völker von romanischer zunge, namentlich die Chur-
welschen (s. 38) und die Walachen, sowohl nördliche als süd-
liche,[2] selbst sich nennen; und téra romanésca gleichbedeutend
mit Walachei. Auch die Keltisch redenden müssen so benannt
worden sein: die Wessobrunner handschrift (aus dem 8. jahrhundert) nennt Gallia Walhô-lant, im gegensatz zu Italien, das
ihr Lancpartô-lant heisst;[3] und die Angelsachsen nannten
zwei britische landschaften wo sich diese sprache des unterdrückten stamms erhalten hatte, Wales und Corn-wales.
Der name der Walachen hat bei den verschiedenen völkern
mannigfache formen angenommen: am vollständigsten — was
für deutschen ursprung spricht — lautet er im Deutschen, indem er hier noch den wurzelvocal und den der ableitungssylbe
hat. Bei den Slaven ist jene ausgefallen: sie sagen Wlah oder
(wie die Polen) Wloh, daran schliessen sich die formen des
mittelalterlichen Lateins: Valachi, Vlachi, Blachi, Blacci, Vlassi,
Vlossi,[4] Blasii; und die byzantinische *Βλάχοι*, die türkische
I-flak, die madjarische Olah (latinisiert Olahi, Olaci). Andre

ständlich redender, wie *βάρβαρος*?) ist den Deutschen, und, wahrscheinlich durch sie, den Wenden (Slaven), besondere benennung der Römer
und ihrer untergebenen.« Das angelsächsische vealh bedeutet geradezu peregrinus, barbarus.

[1] Nach Graffs althochd. sprachschatz (1, 841) bedeutet walah,
walh einen fremden, einen Römer, wie latine sich bei Notker geradezu mit walahisgen (walachisch, welsch) übersetzt findet.

[2] Murgu sagt s. 67: »Auf die frage *que es* würde jeder Romanier
(Walache) antworten: *eo sum Romanu* (ich bin ein Romanier), und
erst nach wiederholter frage: *que Romann?* (was für ein Romanier?)
pflegen sie, um ihr vaterland anzuzeigen *Moldovian, Muntian* zu antworten.« Bojadschis grammatik (Wien 1813) heisst Romanische oder
macedonisch-walachische sprachlehre. Meist wissen die Walachen gar
nicht dass irgend jemand sie Walachen nennt (Murgu 113).

[3] Schmeller, Bayerisches wörterbuch 4, 70.

[4] Polonorum atque Slavorum lingua non modo hi populi verum
et omnes qui sunt italici generis, Wlassi et Wlossi dicuntur. Lucius
de regno Dalmatiae VI, 5. (angeführt nach Murgu, s. 10.)

benennungen in mittelalterlichen schriften sind Latini, Ausonii, [1] hergenommen von dem lande der abstammung, also gleichbedeutend mit Romani; Myssi (Mösier), was nur den wohnsitz bezeichnet. Der name Kutzo-walachen, den die Griechen den südlichen Walachen geben, bedeutet nach Thunmann [2] hinkende Walachen und ist ein ungern gehörter spottname; ebenso verhält sichs mit dem namen Zinzaren, worüber s. 15 zu vgl. Die Albanesen sagen Tjuban (hirtenvolk); die Serben haben für die Walachen der Walachei den namen Kara-vlah (vgl. s. 8); die Walachen der banatischen ebene heisst man spöttisch Fratuti, weil sich männer dieses stamms bei erstmaligem sehen sofort frați (brüder) oder fratuți (brüderlein) nennen; die des gebirgs Buffani, wovon ich nur anzugeben weiss dass es gleichfalls spottname ist.

Der hochklingende Römer-name, mit welchem sich alle Walachen so gern brüsten, sollte sich freilich bald genug in einen traurigen verwandeln. Als die völker des ostens eindrangen, wurden die Romanen oder Walachen knechte nacheinander der verschiedensten völker: was noch den walachischen namen trägt, ist ein unterdrückter stamm, der auch da wo er überwiegt, wie in den Donau-fürstenthümern, zu keinem freudigen gedeihen kommt. Als gedrückt und flüchtig sehen wir die Walachen allenthalben wo sie ausdrücklich genannt werden: um 812 thut der Bulgaren-fürst Crumus einen raubzug nach Thracien, und bringt gefangene Romanen als ansiedler, versteht sich leibeigene, nach Dacien; [3] das gleiche thaten in den folgenden jahrhunderten Petschenegen und Cumanen. [4] 1284 lassen sich unter könig Ladislaus eine menge thracischer Walachen in der Marmarosch, d. i. am oberen Theis-lauf, sodann zwischen Marosch, Körösch und Theis, auch im südlichen Siebenbürgen

---

[1] Priscus (um 447) stellt Ausonier den übrigen bewohnern Daciens, Griechen, Gothen und Hunnen gegenüber. Das wort bedeutet einen Italiener, und kann hier nur von den Italisch redenden Walachen gebraucht sein.

[2] Untersuchungen über die geschichte der östlichen europäischen völker, I. Halle 1774. (s. 174).

[3] Engel, geschichte der Walachei und Moldau 1, 139. Gegen alle wahrscheinlichkeit will er aus dieser kleinen thatsache die walachische bevölkerung und sprache der beiden länder ableiten.

[4] Engel ebenda s. 140. 141.

(Fogarasch) nieder. Die Marmarosch ist dadurch merkwürdig dass hier mehr als anderswo der adel Walachisch redet;[1] diss muss entweder dadurch erklärt werden dass könig Ladislaus die Walachen von 1284 ebenso durch verleihung bürgerlicher rechte herbeilockte, wie Geisa II. (1141—1161) die Sachsen nach Siebenbürgen; oder aber dadurch, dass bei überwiegender walachischer bevölkerung der adel von madjarischem blut seine sprache gegen die walachische vertauschte.

Wie dem auch sei, im ganzen haben wir die Walachen als einen unterjochten, zurückgedrängten stamm anzusehen, der nach Engels vermuthung (1, 65) mit heerden und zelten die sichern gebirgsländer, wie Siebenbürgen und die alpen Macedoniens und Thessaliens, durchzog. Nach und nach verengte sich der waideplatz durch zunahme der volkszahl, und durch eindringen andrer stämme, wie der Madjaren und Sachsen in Siebenbürgen; man sah sich also genöthigt den boden auf ergiebigere weise zu benützen.

Einige male kommt es auch vor dass das unterdrückte volk sich erhebt und eine herrschaft gründet, welche feinden furcht oder doch achtung einflösst. Das stärkste beispiel dieser art giebt die kurze, aber glänzende blüthe des bulgarisch-walachischen reichs das Peter und Asan 1186 gestiftet haben (s. 10). Aehnliches, und wenn gleich nicht in so grossem umfang, so doch dauernder, haben die männer geleistet die an der spitze von gefolgschaften 1290 die Walachei, 1395 die Moldau bevölkerten (s. 6 und 7). Darin stimmen alle diese erscheinungen überein dass der unterdrückte stamm aus sichern, aber unwirthlichen gebirgsgegenden, wohin er vor den eroberern geflohen ist, wiederkehrt; gerade wie ein stamm von diesen letzteren, der slavische, sich gleichfalls vor den Madjaren zum theil nordwärts in die Karpathen, zum theil südwärts gegen den Hämus und nach Dalmatien zurückgezogen, später jedoch sich von dort aus auf kosten der eroberer wieder ausgebreitet hat. Unter denselben verhältnissen sehen wir noch jetzt die Walachen Macedoniens und Thessaliens ins unfruchtbare gebirg verbannt;

[1] Nach dem Schwäb. Merkur vom 28. mai 1843 (s. 574) überwiegen unter den (adlichen) wählern hier die walachischen an zahl die madjarischen.

nur hat ihnen nirgends gelingen wollen von dem früher besessenen guten lande sich wieder einen theil zuzueignen.

Ein abbild dieser schicksale des walachischen volks, oder vielmehr das beste zeugnis für dieselben, ist seine sprache. Denn ihr dasein beweist dass das volk sich erhalten hat; und die art wie sie vorkommt, giebt zu erkennen bis zu welchem grade diss der fall gewesen ist. Keines der erobernden völker hat geistige kraft, aufzehrenden erobrersinn genug besessen, um den frühesten bewohnern des landes die sprache zu nehmen, die sie vom ersten, kraftvollsten besieger gelernt hatten.

Doch haben ihr einige derselben wenigstens abbruch gethan. Ohne die Slaven würde das Walachische höchst wahrscheinlich im süden ans Griechische stossen, im westen unmittelbar mit dem Italienischen zerfliessen. Nun aber ist es von den Slaven fast überall eingeschlossen: diese länderdeckende sprachflut, die vermuthlich durch überzahl ersetzte was ihr an geistiger überlegenheit abgieng, hat vom Walachischen ringsum gebiet losgerissen, wie das meer von den gestaden eines weichgearteten eilands. Die thracischen (aurelianischen, macedonisch-thessalischen) Walachen, weit geringer an zahl als die dacischen (trajanischen), kann man mit vereinzelten Klippen vergleichen, noch zeugend von dem bedeutenderen umfang den das hauptland einst besessen hat. Ein besonders auffallender sieg der Slaven ist dass sie den volksstamm der Bulgaren für sich gewonnen haben, der seine tartarische sprache gegen die der früher eingewanderten Slaven-stämme vertauscht hat, und ausserdem vielleicht sich der walachischen angeschlossen hätte.

Beharrlicher oder glücklicher als die Bulgaren, hat der finnische stamm der Madjaren, in Siebenbürgen, an der Theis und an der Donau, seine sprache sowohl gegen Slaven als gegen Walachen, zwei von ihm unterworfene völker, behauptet, und dadurch beider sprachgebiet beschränkt.

Die Deutschen endlich sind in diesen östlichen ländern immer zu wenig zahlreich gewesen, als dass sie grosse strecken hätten in besitz nehmen können: ausser den sächsischen niederlassungen in Siebenbürgen haben sie auf walachischem boden bloss einzelne puncte, unter denen ich Deutsch-orawitza im Banat hervorhebe, weil in seiner nähe die mährchen dieses buches gesammelt sind.

6. Ausbildung zur schriftsprache.

Es liegt mir noch ob, von den schicksalen des Walachischen zu reden, sofern es bemüht gewesen ist sich als schriftsprache zu entwickeln. Von schriftmässiger ausbildung des Süd-walachischen in Macedonien oder Thessalien, weiss ich aus alter zeit gar nichts zu berichten, und aus neuer nur so wenig, dass es nicht hinreicht ihm die ehren einer schriftsprache zu verschaffen. Kopitar zählt s. 64. 65. zwei wörterbücher (vom jahr 1770), eine sprachlehre (1813) und ein grammatisches werkchen (1809) auf; sämmtlich aber nur der macedonisch-walachischen mundart geltend, die natürlich von der thessalisch-walachischen abweicht. Ausserdem hat Thunmann in seinen schon erwähnten Untersuchungen über die geschichte der östlichen völker (1774) die mündlichen angaben eines damals in Halle studierenden jungen Walachen Hadschi-tschechani aus Moschopolis benützt. Er giebt ein sehr belehrendes verzeichnis von 1070 wörtern, die neben einander in lateinischer, walachischer, albanischer sprache stehn und mit den entsprechenden neugriechischen ausdrücken begleitet sind. Bei Kopitar (s. 99) findet man auch, wie schon oben bemerkt worden ist, die parabel vom verlornen sohn, übersetzt ins Macedonisch-walachische (Thracisch-walachische, wie Thunmann sagt) zur vergleichung mit der voranstehenden übersetzung ins Daco-walachische. Die ursache dieser magerkeit süd-walachischer schriftversuche liegt theils in der rohheit worin die türkische herrschaft ihre unterworfenen zu halten pflegt, theils in dem übergewicht welches die griechische bildung in Macedonien, Albanien und Thessalien ausübt. Sehr gut bemerkt Kopitar hiezu: »die griechische kirche, welche so gedankenlos selbstgefällig die protestantischen vorwürfe gegen die lateinische messe anhört und wiederholt, denkt nicht daran dass die Albanesen und diese Walachen die nemliche beschwerde aus gleichen gründen gegen sie selbst führen könnten.« Auch die schrift ist in jenen gegenden griechisch, und sogar Thunmann schreibt seine walachischen und albanischen wörter griechisch: sein λόκυ (locus), φράγκυ (frango), σςνιτάτε (sanitas), φύγκυ (fugio), σόμνυ (somnus), φυμέλλε (familia), πεάνγ (penna), άνυ (annus) nehmen sich fremd genug aus.

Auch vom Daco-walachischen ist aus der ältesten zeit nichts zu berichten. Die grenzenlose roheit die mit den ewig einander drängenden gästen aus Asien jene gegenden heimgesucht hatte, wich erst etwa seit 870, wo das christenthum stärker zu wurzeln anfieng. Die Walachen hatten schwerlich aus der römischen zeit irgend etwas gerettet; wenigstens ist kein denkmal walachischer d. h. lateinischer schrift auf uns gekommen, und schwerlich fiengen sie früher als die Donauslaven an, ihre sprache zu schreiben. Ohne zweifel bedienten sie sich dazu des nemlichen alphabets wie diese, des cyrillischen. Alle griechischen Slaven wenden dasselbe an, und noch jetzt ist bei den Walachen das griechische bekenntnis beinab das allein geltende. Das gegentheil freilich scheint hervorzugehn aus einer nachricht, die auf glaubwürdigkeit anspruch macht, weil sie von einem manne kommt welcher seiner stellung nach gut unterrichtet sein könnte, nemlich von einem gewesenen hospodar der Moldau, Demetrius Kantemir. [1] Im jahr 1439 beschäftigte sich eine kirchenversammlung zu Florenz damit, die beiden getrennten kirchen von Rom und Byzanz wieder zu vereinigen. In der letzteren war, trotz grosser abneigung der Griechen, eine starke partei, den kaiser Johannes VII. an der spitze, für diesen schritt, weil der untergang durch die Türken starken schritts heranrückte. Aber bei sehr vielen bischöffen überwog der hass gegen Rom, namentlich wurde derselbe genährt von denen die schon unter türkischer herrschaft stunden, und sich in jener abneigung durch die rücksicht auf ihre mahomedanischen herren bestärken liessen.

Nun meldet Kantemir, der erzbischoff der Moldau, Metrophanes, habe sich zur partei der Lateiner geschlagen; dagegen sein nachfolger, Theoktist, ein geborener Bulgar, um die moldauische kirche von dem sauerteig der Lateiner zu reinigen,

---

[1] In seiner Beschreibung der Moldau. Siehe über die schicksale dieses werks: Engel, Geschichte der Walachei und Moldau (Halle, 1804) s. 125. Kantemir war der letzte eingeborene fürst der Moldau, in den jahren 1710 und 1711, und beschloss sein leben in Russland, wo er neben andern schriften auch diese verfasst hat. Sie ist ursprünglich lateinisch: Büsching, der sie in seinem Magazin zuerst hat drucken lassen, giebt sie deutsch.

bei dem damaligen fürsten der Moldau, Alexander dem guten, durchgesetzt dass die slawonische (cyrillische) schrift an die stelle der lateinischen gesetzt, und dadurch der jugend die gelegenheit benommen werde die trugschlüsse der Lateiner zu lesen. Dadurch sei die barbarei herbeigeführt worden in welcher die Moldau sich nun befinde.

Was zunächst gegen diese nachricht einnimmt ist die thatsache dass Alexander 1401—1432 geherscht, also jene kirchenversammlung gar nicht mehr erlebt hat. Indessen könnte Kantemir sich nur in der unmittelbaren beziehung auf dieselbe geirrt, und Theoktist doch von Alexander jenen beschluss erlangt haben, weil sich ja der kampf der beiden kirchen in diesen gegenden schon aus dem 9. jahrhundert herschreibt (s. s. 11 u. ff.), Aber wenn bis zu anfang des 15. jahrhunderts in der Moldau lateinische schrift üblich gewesen wäre, wie sollte man sich einmal diese thatsache selbst erklären, die voraussetzte dass römische bildung von 272—1400 fortgelebt hätte! Und dann die noch weit wunderbarere, dass von all dieser vorcyrillischen schreibekunst der Walachen weder eine bestimmte nachricht, noch ein zeugnis auf münzen oder auf stein, auf pergament oder auf papier nachzuweisen ist! Man wird also wohl annehmen müssen, die 300 jahre die zwischen Alexander und Kantemir liegen, haben den letztern verhindert in dieser sache klar zu sehen.

Etwas mag jedoch an seiner behauptung sein. Man weiss von Alexander, dass er dem kirchenwesen und der bildung seines landes grössere sorgfalt gewidmet hat. Wenn ihm nun hiebei, wie zu erwarten steht, sein erzbischoff, der fast gleichzeitig mit ihm (um 1400) in wirksamkeit getreten war, besonderen beistand leistete, so ist es natürlich dass die cyrillische schrift obsiegte; theils weil sie dem Theoktist, als einem geborenen Bulgaren, zunächst lag, theils weil er als zögling eines der heftigsten streiters in jenem kampf, des Markus von Ephesus, ein erbitterter feind der Lateiner war. Nur hat sie der lateinischen dieses gebiet nicht entrissen, sondern ihr bloss die besetzung desselben unmöglich gemacht. Denn diese wäre vielleicht ausserdem bald erfolgt, da Polen und Ungarn, die zwei mächtigen nachbarn, sich der lateinischen schrift angeschlossen hatten. Es sollte nicht sein, und so schleppten sich denn, wie

Kopitar sagt, die guten Walachen mit dem ganzen von ihnen noch etwas bereicherten kirchen-slavischen buchstabenkasten. Er enthält im ganzen 44 buchstaben, [1] die theils nicht einmal verschiedene laute bezeichnen, wie z. b. für i und u je zwei zeichen sind; theils doppellaute, wie ea, ot, ps, unnützer weise durch ein einfaches zeichen geben.

Ich weiss nicht ob ein andrer vorwurf, der gegen jenen Theoktist gleichfalls erhoben wird, er habe nemlich durchgesetzt dass bei hof Slavisch gesprochen und beim gottesdienst anstatt der landessprache die altslavische kirchensprache gebraucht werde, und er habe die verbrennung aller Walachisch geschriebenen bücher befohlen, mehr grund hat als der oben erwähnte. In Kantemirs beschuldigung dass er der urheber der barbarei sei worin die Moldau stecke, scheint so etwas zu liegen, da ja der gebrauch unlateinischer zeichen an und für sich noch nicht hinreicht, ein romanisches volk in geistige finsternis zu stürzen. Leider nehmen die geschichtschreiber auf die wichtige thatsache, welcher sprache man sich in einem lande zum schreiben und sprechen bedient, so wenig rücksicht dass man meist nur aus zufälligen andeutungen etwas erfährt. Kantemir, der wenigstens die absicht hatte über diesen gegenstand etwas zu sagen, macht schon eine ausnahme.

Sichre spuren walachischer bücher finden sich erst gegen ende des 16. jahrhunderts. Im jahr 1580 liess der walachische erzbischoff von Siebenbürgen, Genadie, zu Kronstadt eine sammlung walachischer predigten drucken. Ihr folgten 1583 zu Karlsburg einige bücher der heiligen schrift und einige kirchliche werke. Einen lebhafteren gegenstoss gegen die wirksamkeit des Theoktist gab nicht lange nachher Georg I. Rakotzy, der fürst von Siebenbürgen. Er befahl, vermuthlich um sein land von fremdem einfluss unabhängiger zu machen, 1643, dass gottes wort auch seinen walachischen unterthanen bloss in ihrer sprache verkündet werden solle. Als ersten gedruckten versuch das Walachische mit lateinischen buchstaben zu geben, nennt Kopitar (s. 60, anm.) die Dottrina christiana, tradotta in lingua

---

[1] Sehr belehrend ist ihre zusammenstellung bei Kopitar a. a. o. s. 70 und ff.

valacha dal P. Vito Pilutio. Sie ist 1677 zu Rom in der
druckerei der Propaganda erschienen.

Rakotzys beispiel hat auch auf die Walachen in der Walachei und Moldau gewirkt: es wurde wieder der anfang einer
selbständigen schriftlichen thätigkeit gemacht, die freilich bis
auf diesen tag noch nicht sehr weit gediehen ist, weil die end-
losen unruhen auf jenem schicksalreichen boden dem geiste
nicht gestatten sich zu sammeln. Nach Diez (67) ist die daco-
romanische literatur »gröstentheils geistlichen inhalts; doch zählt
sie auch wissenschaftliche werke, meist übersetzungen. [1] Auch
dichter fangen an sich zu zeigen.« Wenn Diez weiterhin rügt
dass nationalgesänge noch nicht aufgesucht und gesammelt worden seien, so haben wir oben (s. 33 u. ff.) einen anfang versucht, welchem wir glücklichen fortgang wünschen.

In der neuesten zeit, wo überall die völker, kleine wie grosse,
um anerkennung ihres eigenthümlichen werthes kämpfen, haben
sich auch die Walachen zu ähnlichem streben erhoben. Ins
besondre bieten sie allem auf, um ihre geltung als volk im
gegensatze zu den tiefgehassten Slaven, hier Raizen genannt,
sicher zu stellen. Die Slaven haben jetzt in ihrer mitte so
manchen gelehrten, der mit halber sprach- und geschichtskunde;
so manchen staatsmann, der mit unverzagter ländergier und mit
schlauer berechnung den grösten theil Europas als ehmaliges,
mithin rechtmässiges eigenthum in anspruch nimmt. Um wie
viel mehr müssen sie geneigt sein, in dem kleinen walachischen
spracheiland eine gute beute zu sehen! Einige gehen so weit
dass sie von dem griechischen bekenntnis der Walachen, von
den eingedrungenen slavischen bestandtheilen in ihrer sprache,
und von ihren cyrillischen buchstaben anlass nehmen, sie ohne
weiteres zu Slaven zu machen; sie latinisierte oder italisierte
Slaven zu nennen. Eine behauptung die auch bei geringer sach-
kenntnis jeder unparteiische lächerlich finden kann, da sowohl

---

[1] Und unterhaltungsbücher, z. b. eine übersetzung von Tausendundeinenacht. — Ein selbständiges werk in walachischer sprache
scheint die von Murgu angeführte: Istoria pentru incepulul Romanilor
in Dacia (geschichte des anfangs der Walachen in Dacien), die ein gewisser Maior de Ditsö im jahr 1812 herausgegeben hat, und die der
Walachen römische herkunft verficht.

das wesen der walachischen sprache, als auch die geschichte
jener länder eine menge von gegenbeweisen an die hand geben.
Doch haben solche drohende bemühungen die gute folge gehabt
dass die Walachen sich aufraffen. Um staatsbürgerliche rechte
kämpfen die Walachen in Siebenbürgen, oder vielmehr die
bischöffe denen sie untergeben sind. schon seit der mitte des
vorigen jahrhunderts. [1] Wichtiger und hoffnungsreicher scheint
mir für jetzt das streben, der tiefgesunkenen sprache des walachischen stammes aufzuhelfen, das erste mittel seine bildung
und damit seine erhebung zu fördern. Man sieht das an den
Deutschen und Engländern: jene befreien, seit sie sich von dem
tiefen fall erheben den der glaubenskrieg veranlasst hat, auch
ihre sprache von der schmach des fremden wustes; und in Eng-
land geht der kampf um reinigung des sächsischen sprachkerns
von französischer zuthat, hand in hand mit dem erfolgreichen
kampfe der niedern gegen den adel.

In dem bemühen die fremden wörter auszustossen, haben
nun auch schon mehrere walachische schriftsteller ein gutes
beispiel gegeben: von den Observatii de linba romanésca des
Paul Jorgovics, die 1799 erschienen sind, und von der Albina
romanésca (der walachischen biene), einer zeitung die, wenn ich
nicht irre in Jassy erscheint, versichert Murgu (s. 46) diss
ausdrücklich. Natürlich ist ein solches genesen von anfang nicht
ohne schwierigkeit: die besten mittel sind sorgfältige benützung
der volkssprache, besonders in gegenden wo sie sich reiner gehalten hat, wie z. b. in den gebirgen; ferner die vergleichung
altwalachischer schriften, und endlich die anschliessung ans Lateinische und dessen tochtersprachen, von denen vielleicht das
Italienische und Chur-welsche (s. 38) den verwandtesten, am
leichtesten einführbaren stoff darböten. Auch sollten vater-
ländisch denkende gelehrte die vergleichende und geschichtliche
sprachforschung zu ihrer aufgabe machen, damit nicht, wovon
Kopitar beispiele giebt, romanisches wegen unkenntlich machender entstellung verstossen, fremdes wegen äusserlicher einbür-
gerung als echt gerühmt, und dadurch eine an sich gute sache
dem spott preisgegeben würde.

[1] Siehe den aufsatz über die deutsche sprachgrenze im 27sten
hefte der Deutschen vierteljahrsschrift (jahrgang 1844) s. 189.

Auch darum sollten die Walachen kämpfen dass ihre sprache unter ihnen so viel wie möglich äussere geltung und anerkennung erlange. An manchen stellen ist diss bereits der fall. So werden im grossfürstenthum Siebenbürgen, wo nach s. 14 die Walachen an zahl jeden andern volksstamm überwiegen, die erlasse die für die ganze bevölkerung bestimmt sind, nicht bloss lateinisch, madjarisch und deutsch, sondern auch walachisch verbreitet. Desgleichen erscheint in Siebenbürgen eine walachische zeitung, die in den fürstenthümern viel gelesen wird, und sich, nach zeitungsberichten vom februar 1844, mit den verhältnissen der Moldau und Walachei mehr beschäftigt als der »schutzmacht« lieb ist. Ein walachisches blatt welches seit dem juni 1829 in Jassy herauskommt, ist oben (s. 53) erwähnt; in Bucharest erscheint seit dem mai desselben jahrs der Walachische kurier. [1] In den fürstenthümern Moldau und Walachei ist ferner das Walachische seit langer zeit kanzlei- und gerichtssprache. [2] Die erste stelle hat es freilich nicht in allen fällen. Denn als am 1. november 1842 zu Bucharest die absetzung des fürsten Ghika verkündigt wurde, las zuerst der dolmetscher den ferman in türkischer sprache, worauf erst der staatssecretär die walachische übersetzung vortrug. Das nemliche verfahren wurde beobachtet, als am 8. februar 1843 die einsetzung des fürsten Bibesco erfolgte. [3] Wie wir hier dem Türkischen die ehre erwiesen sehen, so wird an seiner stelle vielleicht bald das Russische stehen, da Russland in diesen ländern bereits alle wirkliche macht besitzt, und vielleicht binnen kurzem auch den namen haben wird.

Es scheint zwar, eine starke partei in den fürstenthümern versuche den strom der begebenheiten anders zu lenken. Aber sie hat einen harten stand, da den Russen hier, wie im grösten theil der europäischen Türkei, der gemeinsame glaube, das griechische bekenntnis, mächtigen vorschub thut. So tritt es hier in die erbschaft ein, welche Theoktist den früheren besitzern des byzantinischen ostens gesichert hat. Einen weiteren bundes-

---

[1] Kopitar a. a. o. 64.
[2] Kopitar a. a. o. 60.
[3] So meldete der Oesterreichische beobachter aus Bucharest vom 3. november 1842 und vom 10. februar 1843.

genossen besitzt es an der cyrillischen schrift. Der mensch
gehorcht nun einmal sinnlichen eindrücken, und jeder unge-
bildete Walache, der seine sprache mit denselben buchstaben
geschrieben sieht wie die der Serben und Russen, wird im
irrthum bleiben dass sie mit diesen verwandt sei. Das ent-
gegengesetzte gefühl würde sofort wurzel fassen, wenn er sie
in lateinischem gewand erblickte. Auch die wissenschaftlichen
arbeiten am Walachischen, vornemlich sein kampf um reinigung
von fremden bestandtheilen, würde durch annahme der lateinischen buchstaben wesentlich gefördert, weil in denselben eine
sichtbare berechtigung und aufforderung dazu läge.

Sogar für die staatskunst, in erster reihe für die öster-
reichische, haben diese fragen etwas beachtenswerthes. An selbständigkeit ist für die länder mit walachischer bevölkerung doch
nicht zu denken: wie sie seit 1600 jahren ein zankapfel zwischen
Römern und Gothen, Slaven und Awaren, Lateinern und By-
zantinern, Ungarn und Polen, Türken und Russen gewesen sind,
so werden sie auch ferner noch oft die eifersucht aneinandergren-
zender mächte reizen. Im gegenwärtigen augenblick fragt sichs
z. b. gar nicht ob ein walachisches volk und königthum blühen
solle, sondern ob Russland die Donau sperren oder ob das abend-
land, zunächst Deutschland, mit seiner bildung und seiner volks-
menge nach osten ausströmen dürfe. Da stehen auf der einen
seite Russland, der panslavismus, die griechische kirche, die
griechische oder slavische kirchensprache, die griechische oder
die cyrillische schrift; auf der andern Oesterreich und Deutschland, die auswanderungsgedanken der Deutschen, die katho-
lische kirche, die geltung der volkssprache die aus dem abend-
lande stammt, die lateinische schrift. Es dürfte sich niemand
wundern, wenn in den Walachisch redenden fürstenthümern die
russische partei darauf bedacht nähme die slavischen bestandtheile des Walachischen zu mehren, die cyrillische schrift bei
ihrer geltung zu erhalten; und hingegen feinde Russlands auf
sprachreinigung und auf einführung der lateinischen buchstaben
hinarbeiteten. Schon jetzt sollen die walachischen zeitungen der
fürstenthümer einen druck zeigen, der zu drei viertheilen die
cyrillischen buchstaben durch die entsprechenden lateinischen
ersetzt habe. Die Walachen unter österreichischer herrschaft

benützen schon lange die lateinische schrift wenigstens neben
der cyrillischen, und die vertheidigung derselben ist ein haupt-
anliegen von Murgus buch.

Wohl werth der aufmerksamkeit scheint mir ferner die klage
die Murgu (s. 42 u. 43) führt, dass nemlich, während in Siebenbürgen und in den fürstenthümern die Walachen ihre muttersprache zur kirchensprache haben, nur im Banat es noch nicht
so weit gekommen sei. In manchen walachischen dörfern sei
die anwesenheit etlicher angekommener Servianer (Raizen, illyrischer Slaven) schon ein hinlänglicher vorwand um in walachischen kirchen die slowenische sprache einzusetzen, obwohl
die Walachen nicht Raizisch, wohl aber alle da wohnenden
Raizen Walachisch verstehen. Ja Murgu macht mehrere rein
walachische dörfer namhaft, wo die slowenische sprache in
der kirche »zum theil üblich« sei, obwohl sich da keine
spur von Raizen finde. Sogar in den nationalschulen solcher
dörfer werde nur Slowenisch gelehrt, zum unersetzlichen verluste für die walachische bevölkerung. Jener Bogoris, welcher
sich mit seinen Bulgaren an Rom anschliessen wollte; jener
Theoktist, welcher in der Moldau cyrillische schrift und vielleicht auch slavische kirchensprache gründete; jener Rakotzy
welcher die umkehr von diesem gefahrvollen wege begann; jene
walachische glaubenslehre mit lateinischer schrift, womit Rom
im jahr 1677 den kampf gegen die cyrillische schreibung des
Walachischen eröffnete — sie zeigen deutlich dass in der geschichte der staaten auch sprachen und selbst alphabete von
wichtigkeit werden können. An den pforten aber, durch welche
von jeher die beutelustigen schwärme Nordasiens nach Europa
hereingebrochen sind, sollte man auch die kleinste stellung
nicht unbeachtet lassen. In der auflösungsgeschichte des türkischen reiches, das an geschlossenen völkerschaften so arm ist,
könnte selbst ein kleiner kern, wenn er nur stark genug ist
um einen anziehungspunct für irrende kräfte zu bilden, wohl
von bedeutung werden. Ein solcher kern hat sich als Griechen-
land selbständig gemacht, und erneuert unter stürmen die nicht
entmuthigen dürfen, die erinnerungen des alten Hellas: warum
sollte den enkeln der dacischen Römer nicht ähnliches gelingen
können!

II. Die Walachen im Banat.

1. Mundarten.

In beziehung auf die westlichen theile des walachischen
stammes kann ich, was freilich schon an und für sich vorauszu-
setzen wäre, als eigene wahrnehmung aussprechen: die sprache
des volkes hat sich, je nach dem einfluss der nachbarsprachen
und andrer wirkender ursachen, in mehrere zweige getheilt.
Man darf in Ungarn und Siebenbürgen zwei hauptmundarten
unterscheiden:

1. Madjarisch-walachisch, unter den sogenannten Kri-
schanen, die in der Biharer gespannschaft an den ufern der
Körösch (bei den Römern Grissia, Crissia) leben.

2. Slavisch-walachisch, im Banat, wo die Walachen mit
Slaven (Serben, Raizen) zusammenleben.

In einzelnen fällen hört man auch die sprache der macedonischen Walachen (s. s. 15).

Jede von jenen zwei hauptmundarten zerfällt nun aber
wieder in viele kleinere. Nicht bloss jeder landstrich unterscheidet sich vom andern, wie z. b. die bewohner des wald-
gebirgs [1] reiner sprechen als die der ebene, die Fratutzen (vgl.
s. 45), sondern auch von dorf zu dorf wechselt die sprache,
so dass man die bewohner der einzelnen leicht auseinander kennt.

2. Tracht.

Derselbe fall ist mit der tracht, obwohl auch hier, wie
bei der sprache, über der verschiedenheit im einzelnen die ge-
meinsamkeit in hauptsachen steht. Wenn behauptet wird, die
ursache der grossen mannigfaltigkeit welche man in dieser beziehung wahrnimmt, rühre von den ersten zeiten der walachischen

---

[1] Sie heissen, wie s. 45 bemerkt ist, mit einem spottnamen
Buflanen, sonst aber auch Zaranen (geschrieben Tèrranu, mehrzahl
Tèrreni) was landeskinder, eingeborene bedeutet. Abermals ein beweis für die oben (s. 45. 46) aufgestellte behauptung, dass das romanische volk dieser gegenden sich bei schlimmen zeitläuften ins gebirge
zurückgezogen, und von dort aus wieder allmählich verbreitet habe.

einwanderung her, indem die colonisten welche kaiser Trajan
in diese länder verpflanzte, nicht alle aus einer provinz genommen worden seien, so muss dem entgegengehalten werden dass
nach anderweitigen beobachtungen die unterschiede der tracht,
wie die der mundarten, gewöhnlich in einer weit jüngeren zeit
wurzeln, aus späteren einflüssen hervorgegangen sind.

Die kleidung des Walachen besteht in einem langen weissen
hemde, dessen ende bei frauen wie bei männern, jedoch bei
ersteren reicher, mit blau und rothem garn, mit säumen in
schahlarbeit [1] geziert und überhaupt auch schön gesteppt ist.
Diese arbeit, mit der jede Walachin umgehen kann, lernt sie
schon von früher jugend an, wie auch färben, weben und
spinnen; denn weder sie noch irgend eines der familie trägt
bis jetzt, ausser einigen schmuckkleinigkeiten, etwas das nicht
ihre hand verfertigt hätte.

Das zweite hauptkleidungsstück sind die beinkleider, die
im winter nicht selten auch vom weiblichen geschlechte getragen werden. Die der männer sind von leinwand, und haben
bald engern bald weitern, immer aber formlosen schnitt. Um
das hemd welches die männer über diese beinkleider herabfallen
lassen, wird ein lederner gürtel geschnallt. Breite und kaliber
der messingenen schnallen bilden dessen werth und schmuck;
doch tragen sie ihn auch jetzt schon von rothem juchten und
mit darauf gepressten verzierungen.

Die fussbekleidung erspart man sich im sommer meistens,
namentlich gehen weiber und mädchen baarfuss. Findet aber
fussbekleidung statt, so besteht sie gemeiniglich in sandalen,
die mit riemen an den fuss, der zuvor mit einem stück groben
wollenzeug, gewöhnlich roth, grau und schwarz gewürfelt [2]
umwunden ist, festgeschnürt werden. Der vornehmere Walache,
besonders der landbewohner, trägt gewöhnlich als auszeichnung

---

[1] Schahl statt shawl dürfen wir wohl setzen, da ja auch die Fran-
zosen jene engliche schreibweise verbannt haben und châle schreiben.

[2] Es ist s. 17 die vermuthung ausgesprochen worden, die urbe-
völkerung worauf hier der römische zweig gepfropft ist, mithin die
grundlage des walachenthums, sei keltisch. Eine weitere bestätigung
bieten diese gegitterten stoffe, ein brauch keltischer völker. Siehe
Schreiber Marcellusschlacht s. 49.

grosse lederstiefel, die aber doch so weit sind, dass sein an
keinerlei druck gewöhnter fuss darin der freiheit nicht beraubt
ist. Diese sitte des stiefeltragens findet ebenso auch bei den
weibern statt. Die kopfbedeckung des Walachen ist gewöhnlich,
und besonders beim waldbewohner, die schwarze oder weisse
schaaffellmütze von verschiedenen formen, jedoch immer mehr
hoch. Man sieht abgestumpfte kegelpyramiden und cylinder,
die sich jeder nach gefallen so auf dem kopfe zurecht macht,
dass sich daraus laune und charakter erkennen lassen. Bei
den landbewohnern hat, wie der luxus und die mode überhaupt, der runde schwarze hut schon mehr raum gewonnen, und sie tragen solche mit nicht sehr hohem kopf und
kaum aufgestülpter krempe; wohl aber sind die der jungen
bursche mit federn, blumen, muschelschnüren u. dergl. geschmückt.

Mannigfaltiger ist der kopfputz der frauen; besonders schön
und malerisch bei den bewohnerinnen des waldes und gebirges,
wo sie schleier von weisser leinwand oder baumwolle, oft
schön gestickt und ausgesteppt, von allen längen und breiten
tragen, die am hinterkopf mittelst eines kammes geschmackvoll angesteckt werden. Ferner sind ausser den einfachen,
um den kopf geschlagenen weissen und bunten tüchern auch
gestickte und verschieden geformte kappen üblich, die bald
nur den wirbel des hauptes, bald nur das haar oder auch die
stirne bedecken, oft aber auch bloss das gesicht sehen lassen.
Mädchen gehen baarhäuptig, und tragen den kopf und seine
flechten mit blumen geschmückt. Das haar kämmen und flechten
sie meist auf eine sonderbare art. Sie streichen nemlich auf
dem obersten theile des kopfes alle haare zu einem schopfe
zusammen der 3—8fach geflochten wird, dann locken sie die
haare über stirne und schläfe gegen das gesicht zu, oder bringen
sie auch in kleine nebenzöpfchen auf raizische weise; die haare
des unteren hinterkopfes aber flechten sie ebenfalls in einen
zopf, der dem oberen entgegen mit diesem verbunden wird.
Eigen und zart ist die sitte, dass junge frauen, die ihre blüthe
noch nicht verloren d. h. noch nicht geboren haben, ebenfalls
den ehelichen schmuck ihres hauptes mit blumen und bunten
bändern wie die mädchen aufputzen dürfen.

Ein weiterer hauptbestandtheil der weiblichen kleidung besteht in zwei bunten selbstgearbeiteten schürzen, wie sie noch heute die Neapolitanerinnen tragen, eine hinten und eine vorne. Dieselben sind oft recht geschmackvoll mit eingetragenen gold- und silberfäden gearbeitet. Einige paare derselben bilden, neben etlichen hemden und teppichen, den reichthum der aussteuer eines mädchens. Diese schürzen sind entweder ganz, oder bestehen sie hälftig nur aus den lang herabfallenden franzen der eingewobenen bunten wollen. Die waldbewohnerin lässt sich an den schürzen erkennen, denn sie trägt dieselben gewöhnlich nur einfärbig, dunkelroth oder blau, mit streifen und zeichnungen in derselben farbe. Ueberhaupt ist die arbeit an diesen schürzen je nach gegend und dorf verschieden, und bildet so die abzeichen einzelner gemeinden, wie die farben des plaid's in Schottland familien und grafschaften unterscheiden.

Lange leibchen von weissem tuche bilden ein weiteres kleidungsstück der männer und weiber. Letztere tragen sie gewöhnlich mit farbigen leder- oder tuchflecken in einer einfassung von schwarzem schnörkelwerk und fast immer mit lämmerfell verbrämt, während die der männer nur mit blauen oder rothen schnüren, überhaupt einfacher verziert sind.

Für die rauhere jahreszeit ist endlich die schuba[1]; ein rock von dickerem weissem tuche, ebenfalls wie die männer- weste geziert und mit nicht zu engen ermeln versehen. Denselben rock brachte auch die mode wärmer und solider auf, indem sie ihn von weissen schaaffellen fertigen liess. Seine haarseite wird bei nassem wetter auswärts gekehrt; die hautseite, mit rothen lederspiegeln geziert, kommt inwendig. Grosse messingknöpfe, gelb oder weissgesotten, sind der schmuck der weste, wie des rockes. Als mantel hat der Walache den kepeneg, ebenfalls aus dickem weissem tuch und mit etwas buntem schnürwerk geziert. Derselbe hat ein paar scheinermel, die wie beim Ungarn unten zusammengebunden, den dienst von taschen versehen und einen kleinen viereckichten kragen, dessen beide untere ecken zusammengeheftet diesen zur kaputze bilden,

---

[1] Ohne zweifel ein wort mit dem französischen *jupe* (weiberrock); schweizerisch *juppe* (dasselbe nach Stalders idiotikon 2, 78 und verwandt mit *tschoopen* wams, ebd. 1, 320).

so dass der mantel bei sturm und regen seinem träger denselben dienst thut, wie der marinaro, den die matrosen des dal-
matischen küstenlandes tragen. [1]
In seiner ganzen tracht unterscheidet sich der Walache
vom Madjaren und Slaven (Illyrier) dadurch, dass er nie ein halstuch anlegt; und die Walachin dadurch, dass sie ihre kleidung
nur mittelst einer langen bunten selbstgewobenen, oft 12—15
ellen langen binde zusammenhält, mit der sie hemd und schürzen um die hüften befestigt. Neuerer zeit hat aber die mode
ausser dem für weiber und mädchen leichte kurze leibchen erfunden, die von weissem oder gestreiftem zeuge, oft auch von
seide sind, und an der seite geschlossen werden.
Putzgegenstände der weiber und mädchen sind: halsschnüre
von glasperlen, silber- und goldmünzen, je nachdem der vater
vermögend ist; gemachte und lebendige blumen, bunte schleifen,
die sie gerne überall anbringen, und womit sie besonders den
kopf überladen; ohrgehänge, mehrere bunte tücher, die als
überfluss um den leib gebunden werden, und endlich dicke
rothe und weisse schminke, womit sich seit neuerer zeit die
tänzerin, ja an sonn- und feiertagen jedes mädchen und junge
weib schminkt. Eine sitte die sie von den Illyrierinnen gelernt haben.

3. Bauart.

Es lässt sich im allgemeinen nichts gegen die behauptung
einwenden, dass romanische völker mit steinen, deutsche aber
mit holz bauen. [2] Die Walachen, zwar auch romanischen stammes, jedoch unter vielen fremdartigen einflüssen auf ihren
jetzigen standpunct gebracht, scheinen sich auf beiderlei
bauarten zu verstehen, errichten aber ihre hütten eben so
leicht aus lehm oder aus ungebrannten backsteinen. Man
trifft bei diesem volksstamm alle möglichen arten von häusern an, je nach der gegend die er bewohnt. Die waldbewohner haben ihre blockhäuser, in felsgebirgen bauen sie
von stein, in ebenen aber, wo steine und holz theuer sind,

---

[1] Vgl. hiezu die anmerkung von s. 17.
[2] Siehe Deutsche colonien in Piemont, s. 124.

findet man lehmgestampfte wände. Die eigenthümlichsten sind indessen immer die blockhäuser, welche zusammenzufügen walachische zimmerleute eine besondere fertigkeit haben. Die spalten und zwischenräume derselben werden mit kleinen steinen, moos und erde verstopft, von aussen aber mit einer mischung von lehm, rindviehkoth und spreu verschmiert, über welche man dann den eigentlichen verputz, die tünche, streicht. Sommerwohnungen für schäfer, oder für leute die sich im feld aufhalten, schaafhütten, ställe u. dergl. werden sehr häufig von flechtwerk gefertigt; um darin gegen rauhere witterung einigen schutz zu haben, giebt man ihnen einen ähnlichen verputz wie den blockhäusern. Ein einfacher stehender dachstuhl bedeckt das ganze und trägt einige stangen, auf welche das eigentliche deckmaterial, in altem heu, maisstroh oder etwas der art bestehend, zu liegen kommt. Der rauchfang, der sich über die unebene dachfläche ziemlich hoch erhebt, hat kegelförmige gestalt und ist oben auf dieselbe weise gedeckt wie das dach. Gefertigt wird er gleichfalls aus holz und stroh. Bemitteltere latten wohl auch ihre dachstühle ein, und decken mit grossen breiten schindeln; sogar ziegeldächer sieht man schon hin und wieder.

Was die innere einrichtung eines solchen hauses betrifft, so ist der grundriss davon sehr einfach: ein oblongum, gewöhnlich durch ein paar wände in 2 oder 3 abtheilungen geschieden, wovon die mittlere, unter dem rauchfang befindliche die heerdlose küche bildet. Die beiden andern sind stuben oder kammern, von denen häufig nur eine mit flechtwerk gedeckt ist. An der unteren fläche des letzteren befindet sich ein lehmverputz. Gewöhnlich hat eine solche stube einen massiven, plumpen, eisernen oder thönernen ofen.

Meistens ist von der tiefe der küche und einer der stuben durch einen zurückgesetzten theil von einer der seitenmauern ein stück weggenommen, um eine art luftiger vorhalle zu gewinnen, ein brauch der schon ans morgenland erinnert. Hier steht während der milderen jahreszeit immer eine lagerstatt aufgeschlagen, zum dienste sämmtlicher familienglieder, die sie abwechslungsweise in anspruch nehmen. Im haus zu wohnen ist überhaupt nur ein nothbehelf, und keinem Walachen, so wie auch keinem Madjaren, fällt es ein darin zu arbeiten oder zu schlafen, wenn ihn nicht regen oder kälte dazu zwingen. Viel ungemach muss ein von natur heiteres und gastfreundliches volk, wie das der Walachen zu erleiden gehabt haben, bis es so unfreundlich wurde, dass es nun fenster und thüren von der strasse abkehrt und sich so zu verbergen sucht, wie diss hier fast durchgängig der fall ist. Selten, dass ein walachisches haus die kopfmauer mit seinen kleinen guckfenstern gegen die strasse wendet: gewöhnlich steht es einige schritte hinter der strassenlinie zurück und ein hoher zaun von palissaden oder flechtwerk verdeckt es bis an's dach. Wenn man also durch walachische dörfer fährt, so sieht man rechts und links an den strassen nur bäume, hohe zäune mit hofthüren und hinter diesen erheben sich die dächer der kleinen wohnhäuser mit ihren hohen rauchfängen.

Die häuser sind je nach den dörfern verschieden gestellt. Manche kehren eine seitenwand an die strasse, manche bieten die stirn- oder kopfwand heraus. Hie und da zog man zur verhütung der feuersgefahr letzteres vor, damit die häuser unter sich weiter entfernt stehen. In jüngeren ortschaften, und solche sind im Banat fast die meisten, hat man, wo es die örtlichkeit irgend zuliess, die strassen sehr regelmässig angelegt. In früher erbauten dörfern aber stehen die häuser zerstreut und unordentlich durcheinander, etwa wie die zelte einer nomadenhorde.

4. Gemüthsart und lebensweise.

Die Walachen gehören als arbeitsleute, wenn auch manches an ihnen auszusetzen wäre, nicht zu den untauglichen staatsmitgliedern. Noch weniger aber als den männern lässt sich den weibern vorwerfen, von denen man vielmehr sagen kann sie seien die triebfedern des häuslichen lebens. Die Walachin spinnt, näht, wibt, färbt, wäscht, bäckt, kocht, zieht und ernährt kinder, diss alles neben der feld- oder eigentlichen erwerbsarbeit, welche sie mit dem manne theilt. [1] Dieser

---

[1] Ein ähnliches bild entwerfen die Deutschen colonien in Piemont (s. 97) von den weibern des romanisch-deutschen gebirgs um den Monte-rosa. — Eine geringere stellung des weiblichen geschlechts

dagegen füllt die zeit, welche sie für die hauswirthschaft verwendet, mit bürgerlichen diensten aus. Dazu rechnet er freilich auch jene langen öffentlichen verhandlungen, die über wohl und weh der gemeinde auf dem platz vor der kirche oder der dorfwache geführt werden, und wobei oft genug auch das wirthshaussitzen noch mitgelten muss.

Wenn gleich der Walache grossen hang zum dolce farniente und zu einem gemächlichen herrenleben besitzt, und sich in der arbeit bei weitem nicht so rüstig und kräftig zeigt als der Madjare, so darf man doch seine thätigkeit nicht verkennen. Denn kein volk baut so schön den mais (kukuruz), diese unschätzbare frucht, die durch ihren süddeutschen namen welschkorn als ein besonderes erbtheil romanischer völker bezeichnet wird; desgleichen baut er von dem im handel wohlbekannten Banater weizen nicht den geringsten theil. Was aber obstbaumzucht, besonders zwetschken anlangt, so sind mir nirgends schönere obstgärten vorgekommen als bei den Walachen im gebirge. Diese lassen die bäume nicht alt werden, ziehen sie aber so gleich, dass es scheint die zahl der äste und zweige, die bei allen in einer höhe beginnen, sei bei jedem dieselbe, und dass ein solcher grasgarten einem grünen laubsaale gleicht, dessen flache decke auf vielen schwanken säulen steht. Dieses besitzthum ist aber auch in einem guten jahrgang des herren ganzer stolz. Er zieht alsdann gegen die reife der zwetschken mit weib und kind hinaus, um tag und nacht draussen zu hüten, sich aber auch, auf dem bauche liegend und das kinn in beide fäuste gestützt, des lieben segens zu freuen.

Nicht weniger als für die übrigen zweige des landbaus, hat der Walache sinn für die gartenwirthschaft, wobei besonders die weiber thätig sind, welche die erträgnisse davon alle wochen auf benachbarte märkte bringen. Ebenso trifft man unter ihnen

unterscheidet überhaupt die Romanen von den Germanen. Der letzteren ansicht spricht sich am stärksten aus in der hohen achtung welche die Engländer den frauen zollen. Man halte nicht Frankreich entgegen: die art wie dort das weibliche geschlecht ins leben eingreift — von Johanna d'Arc herunter bis zu einer Pompadour — ist immer noch ganz etwas andres, als die zarte verehrung welche die Germanen dem weib innerhalb der ihm von der natur gesteckten grenzen erweisen.

sehr geschickte bienenwirthe, die immer, als besonderer weisheit
theilhaftig, bei der gemeinde in einer art heiliger achtung stehn.
Ist der Walache in genannten ökonomischen zweigen nicht
ungeschickt, so ist er es in der viehzucht, besonders klauen-
vieh anlangend, noch weniger, ja er erscheint als ein schäfer
von geburt und blut, weswegen man auch seinen namen als
gleichbedeutend mit nomade hat erklären wollen. Er ist gegen
sein vieh liebreich und gutmüthig, daher zeigt sich dieses sehr
zahm und willig, hat auch die gewohnheit futter aus der hand
zu nehmen, und folgt aufs wort. Was der herr hat, theilt er
mit seinem hausthiere, weshalb solches unter seiner hand sicht-
lich gedeiht. Stiehlt er hier oder dort auf dem felde von fremdem segen, so geschieht es sicher eben so oft um seines ochsen,
als um sein selbst willen.

Besonders am platze scheint der Walach als schäfer zu
sein, wenn er, voran die friedfertigen wollträger, mit dem
mantel am stock über der schulter und die selbstverfertigte
hirtenpfeife im munde, langsam über die waiden hinschreitet,
oder an einem raine mit dornbüschen und felsblöcken hinge-
lagert seine weisen herunterbläst, voll schelmischer, oft wieder-
kehrender triller. Er ist ein vater unter seinen schaafen;
diese sind gehorsame kinder, die den hund mehr zum schutz
als zur zurechtweisung brauchen.

In seinem thun und lassen ist der Walache nicht aufs
haar pünctlich, denn er hasst zu sehr jeden druck, und will
auch nicht der sklave seiner arbeit sein. Diese thut er oft
genug lässig und schleuderisch, so für sich wie für den andern.
Viel mag zu diesem tiefgehenden zuge die unterdrückung bei-
getragen haben, in der er seit undenklichen zeiten schmachtet.
Fortwährende kriegsnoth und beraubung lehrten ihn auf er-
werben und besitzen verzicht leisten, so dass sich gewis keiner
leichter in's verlieren schickt, als er mit seinem lakonischen worte:
»wie Gott will!« (cum vre domne deu). Hart und bedürfnis-
los, wie er aufwächst, lässt er sich durch kein unglück nieder-
werfen, weshalb er sich bis jetzt auch nie dem bettel hingege-
ben hat. Erst allmälich lassen sich die Walachen von den
Deutschen und Slaven mit diesem schlechten brauch anstecken.
Brennt dem einen oder dem andern haus und hof ab, so

bedarf er keiner öffentlichen anstalt, sondern um Gottes willen wird er, wenn es z. b. im winter ist, wo sich der verunglückte nicht anders helfen kann, mit weib und kind abwechslungsweise von den verschiedenen familien des dorfes und der nachbarschaft erhalten, sein vieh aber vertheilt man und überwintert es unentgeltlich. Die Walachen heissen diss »pomana machen,« was bedeutet »Gott zu lieb ein gutes werk thun;« der ausdruck erstreckt sich auf alle werke der christlichen liebe, auch auf diejenigen die über das grab hinausgehn. Hagelschlag, überschwemmung, feuersbrunst u. dergl., wobei der Walache in schaden kommt, sieht er alles einfach als von Gott kommend an, weshalb er nicht viel klagende worte darüber verliert.

Der wirklich fromme sinn der hier zu grunde liegt, äussert sich nach einer andern seite hin durch eine menge von abergläubischen vorstellungen und gebräuchen, denen am ende der mährchen ein eigener abschnitt gewidmet ist. Wenn auch der Walache z. b. annimmt dass sein kind mit dem willen Gottes starb, so verbietet ihm diss nicht zu glauben dass es mit dessen vorwissen von einem vampyr oder pricolitsch getödtet worden sei, daher lässt er die leiche des armen opfers durch einen sachkundigen gehörig besprengen und zurichten. Und wenn er auf der einen seite unerschütterlich an den beistand seiner heiligen glaubt, so zweifelt er auf der andern ebensowenig an den gefahren die ihm von bösen geistern, vampyren, hexen, zauberern und drachen drohen; ja man kann sagen: wie in diesen letzteren der alte heidenglaube an ein reich feindseliger gewalten sich ziemlich rein erhalten hat, so sind auch jene nur die freundlichen götter und göttinnen die unter dem einfluss des christenthums ihr wesen etwas geändert haben.

Mit ausserordentlicher zärtlichkeit hangen die Walachen an ihren kindern. Diss zeigt sich besonders darin dass sie dieselben nicht, wie die Deutschen, früh zur arbeit anhalten, sondern ihnen recht freien lauf zum spiele lassen. Man trifft daher unter ihnen äusserst selten solche, die durch übertriebene zumuthungen oder strafen verdummt wären. Im gegentheil haben sie gewöhnlich, wie die Italiener, auf gemachte fragen schnelle, bündige antworten bereit, wobei sie die worte einfach, bestimmt und oft mit lateinischer kürze setzen.

Dasselbe habe ich in schulen bei prüfungen bemerkt. Ausser der walachischen sprache, in welcher lesen, schreiben, rechnen und religion gelehrt wird, lernen die kinder dort noch rechnen, so wie Madjarisch und Deutsch lesen und schreiben. Natürlich nur unvollkommen, doch so dass von etwa 30 kindern 5 — 6 bei den prüfungen ihre aufgaben so ziemlich lösen können. Jede schule wird von den betreffenden ortsgeistlichen beaufsichtigt, überdiss stehen aber einzelnen bezirken eigens dazu bestellte schuldirectoren vor.

Mit der sittlichkeit steht es bei den Walachen in mancherlei beziehungen sehr zweideutig. Das verhältnis der beiden geschlechter ist keineswegs wie man wünschen möchte. Man erlebt oft dass knaben von 13 — 14 jahren sich mit mädchen von 20 — 24 jahren verheirathen, die ausser dem unbedeckten haupte schwerlich noch etwas jungfräuliches haben. Dann hört man wieder von mädchen, die nur in höchst seltenen fällen liebesverhältnisse mit ledigen jungen burschen ihres alters unterhalten, dagegen aber mit verheiratheten männern einverstanden leben. Zwar fehlt es nicht an einzelnen geordneten haushaltungen, in denen ehliche treue und anständige zurückhaltung heimisch sind, aber im allgemeinen kann man sagen dass die öffentliche meinung keineswegs an übergrosser strenge leidet.

Häufig ist mir, wenn ich den einen oder den andern solcher nicht ausgewachsener eheknaben um den grund seiner frühen verheirathung fragte, zur antwort gegeben worden, er habe beabsichtigt hauswirth (herr des hauses oder grundes) zu werden; oder gar, wie mich ein solcher dringend versicherte, dass ihm ein tag herrschaftlicher frohnarbeit vollständig angerechnet werde, und nicht bloss, wie es bei knaben üblich ist, zur hälfte oder zu drei viertheilen.

Aus diesen und ähnlichen verhältnissen lässt sich leicht abnehmen, weshalb der volksstamm in den fraglichen gegenden so entartet ist, und einzelne familien auffallend wenig köpfe zählen. Es begreift sich auch leicht warum überall die Deutschen, wo sie mit diesem volk in einer gemeinde zusammenleben, bald herrn des grunds und bodens und am ende auch der hausplätze in einem dorfe werden, während die Walachen nach und nach verschwinden, ohne dass man eigentlich wüsste dass sie wirklich fortgezogen wären.

Das einzelne haus eines Walachen, samt hof und dem umgebenden zaun, wird von den nachbarn immer wie eine fremde burg geachtet, und so wie es einmal dämmert, ist es gegen alle sitte noch hineinzugehn, wenn man auch mit dem besitzer noch so genau bekannt wäre. Nur in besonders dringenden fällen wird hievon eine ausnahme gemacht. Der mann ist herr des hauses und vertritt es auch in allen fällen gegen aussen. Die frau ist die hauswirthin und führt die herrschaft über die kinder, so wie bei kleinen vorkommenheiten das wort. Söhne und töchter gehen den eltern nach ihrer art an die hand: beide helfen das feld bestellen. Wie aber auch die frau mit viel mehr sorgen und arbeiten überhäuft ist als der mann, so muss sich schon die tochter des hauses an ihre bestimmung gewöhnen. Die mutter vertheilt unter ihre töchter den selbst gebauten hanf und die von den eigenen schaafen geschorene wolle, welche die mädchen schon von früher jugend an als eigenthum selbst auf ihre aussteuerstücke zu verarbeiten haben.

Die kleineren bedürfnisse, die der sohn neben seiner kleidung hat, nämlich etwas für das wirthshaus, dann was er an seinen putz, um sich für die mädchen herauszuschmücken, wenden will, sucht er sich entweder durch taglohn zu verdienen, oder macht er es sich nach der unsitte seines volkes dadurch bequem, dass er sich aufs leichtsinnigste an fremdem eigenthum vergreift. Die art und weise wie er diss bewerkstelligt, ist um so eigenthümlicher als er es fast gewerbsmässig betreibt.

Um sich z. b. einen ledergurt mit breiten messingschnallen, [1] der als unerlässliches erfordernis für einen schmucken burschen gilt, zu verschaffen, geht er, wenn der mais in den kolben anfängt hart zu werden, nachts oder zu einer sonst gelegenen zeit in die felder spazieren und zehntet von diesem oder jenem acker, wem er immer gehöre, wär' es auch das eigenthum des vaters seiner geliebten, kurz er zehntet hier oder dort, und nimmt so viel er auf gute, sichere art schleppen

[1] Vgl. die schilderung der tracht, s. 58.

kann. Diese waare verkauft er im dorf an irgend einen unternehmenden verschwiegenen handelsmann, gewöhnlich juden, versteht sich oft nur um den halben preis. Diss zieht denn die leidige folge nach sich, dass der bursche noch öfter seine wanderungen in die felder unternehmen muss. Reichen zeit und gelegenheit dieses jahr nicht hin, so kauft er sich für dissmal einen ledernen gürtel von geringerem ansehen, schmal und nur nach verhältnis seiner casse ausgestattet. Ueber winter hat er nun vielleicht gelegenheit einen griff in des vaters fruchtvorrath zu thun. Damit verschafft er sich wieder auf dieselbe weise geld, welches er dann im tausch auf einen andern breiteren gürtel zahlt, der mehr werth ist. So handelt und arbeitet er unter der hand fort, bis er im besitz eines gürtels ist den die mode gut heisst. Dieser tausch geht immer am besten unter den jungen burschen selbst, so dass allemal der jüngere, weniger gewandte speculant in besitz der geringeren waare kommt.

So wird das alter mit seinen vorrechten und besitzthümern von der jugend hintergangen, die ihren triumph beim öffentlichen tanze vor der kirche feiert, indem die walachische schöne ihren arm desto lieber um einen burschen schlingt, je breiter dessen gurt und von je besserem kaliber die schnallen daran sind. Die alten aber, auf ihre stöcke gelehnt, sehen zu, und gedenken freundlich scherzend ihrer jugend, als sie selbst auch noch und auf dieselbe weise für ihren putz besorgt waren.

Joc (sprich schok) wird bei den Walachen der tanz genannt, obwohl man auch spiele überhaupt damit bezeichnet. Er wird, wenn keine kirchliche fastenzeit ist, alle sonn- und feiertage, sommer und winter im freien abgehalten, und zwar auf dem öffentlichen platze, gewöhnlich vor der kirche. Richter und senat, deren aller würde ein stock bezeichnet, führen hiebei die aufsicht, da es auch hier, wie im zweifel überall in der welt beim tanze, leicht händel und raufereien giebt. Der dudelsack des Walachen und die schlechtbesaitete violine des Zigeuners bilden bei derlei festlichkeiten die eigenthümliche musikbegleitung, die meistens beweglich ist, je nachdem die tanzfiguren es verlangen.

Von sechs bekannten walachischen tänzen habe ich bis jetzt drei namentlich, und zwei davon durch anschauung kennen gelernt. Der erste, den ich nie habe tanzen sehen, scheint siebenbürgisch zu sein, da er nach einem walachischen lieblingshelden, der dort für die freiheit seines volkes unglücklich focht, buffenese heisst.

Der zweite, al naiente, [1] zu Deutsch der vorwärts, ist der beliebteste, macht den meisten lerm, erlaubt die freieste laune. bei ihm hat der tänzer am meisten gelegenheit sein mädchen auszuzeichnen, auch erfordert er am häufigsten den zurechtweisenden stock der ortswache. Er beginnt damit, dass die burschen sich um die ehre streiten vorzutanzen und die musik für diesen reihen (tour) zu bezahlen. Der streit wird natürlich um so heftiger, je feuriger die anwesenden liebhaber sind, denn die höchste gunst eines mädchens soll fast gewöhnlich nur der preis für 'das vortanzen sein. Hat nun einer dieses vorrecht erobert, so stellt sich die ganze tänzerreihe, wo möglich jeder mit zwei tänzerinnen an der hand, versteht sich die liebere zur rechten, auf, und trabt, die erde mit grossen schweren stiefeln tretend, langsam vorwärts, indem die musik vorne nicht zu schnell, nicht zu langsam das zeitmaass angibt. Gehts hoch her und soll der tanz belebter sein, so lässt der tänzer die tänzerin unter dem eigenen hochgehaltenen arme sich drehen. Mehr wird dem auge des fremden bei diesem tanze nicht offenbar und seine einförmigkeit ermüdet bald. Weiss man aber wie das sittsame augenniederschlagen der tänzerin lediglich verstellung und sitte, keineswegs eine natürliche scheu ist, beobachtet man überhaupt genauer, so nimmt man bald alle die kleinen bosheiten und gefallkünste, all die kniffe und pfiffe die bei tanzbelustigungen zu hause sind, auch unter diesem bauernvolke wahr. Es ist bei den walachischen mädchen ebenso gut wie anderswo sitte, nicht gleich beim anfang zu erscheinen und ebensowenig bis zum kehraus zu bleiben, auch nicht mit jedem zu tanzen der's ihnen anträgt. Endet ein reihen, so eilen die tänzerinnen verschämt unter die zuschauer, sich zu verbergen; und scheue, verstohlene, nach einem neuen tanz verlangende

---

[1] Vorwärts heisst bei Clemens denainte, dinnainte. Darf an ἔναντα, ἔναντι (gegenüber) gedacht werden? Das wort wäre mit de gebildet wie das französische de–main (lat. de mane). Auch ein romanisches inante, jenem ἔναντι buchstäblich entsprechend, liesse sich vermuthen.

blicke auf die burschen zu senden, die auf dem platze
bleiben.

Der dritte tanz, la loc, d. h. auf dem platze, spricht vielleicht
ein höheres alter an als der vorige, indem er nichts anders ist
als ein bunter reihen, ein kreiss, und wenn es nicht hinlänglich
tänzer sind nur ein kreissausschnitt. Die ganze gesellschaft von
tänzern und tänzerinnen scheint hier, den schritt des vorigen
tanzes tretend, nur die festanzüge zur schau zu tragen und
sich zu betrachten, es ist gleichsam ein salutieren in der chaine.
Alle mitglieder des bunten reihens, wobei natürlich jeder tänzer die liebste zur rechten hat, halten sich über dem rücken
des nächsten an den händen. Die musik ist in der mitte und
muss von jedem tanzenden burschen bezahlt werden.

Dass der putz beider geschlechter auch beim tanz eine
hauptrolle spielt, lässt sich leicht denken, nicht aber die
menge rother und weisser schminke, welche die mädchen und
weiber verwenden, um der mehr und mehr einreissenden
mode gemäss zu erscheinen und nicht das gespött der andern
zu sein. Farbige schleifen in überzahl, und ohne wahl der
farben, bedecken den kopf; seidene und andere bunte tücher,
geschmacklos um den leib gebunden, sind unerlässliches
erfordernis für die tonangeber der jungen walachischen schönen tänzerwelt, während die burschen mit taschentüchern
prahlen, die sie als empfangene liebesspenden an den gürtel
hängen. Ausserdem thun sie noch gross mit überflüssigem geld
und stellen sich oft, so nüchtern sie sind, betrunken, als hätten sie wer weiss wie viele halbe wein im magen und im kopf.

Der joc dauert von nachmittag an, im winter gewöhnlich
bis es dämmert, im sommer bis schweine und kühe von den
waiden heimkehren. Indessen beschränkt er sich nicht auf die
oben genannten zeiten, sondern man ergiebt sich ihm auch
sonst bei freudigen anlässen: bei kirchweihen, hochzeiten,
richterwahlen, an frühlingsfesten u. s. w. Sodann geht er
auch einzeln in die häuser über, als geschlossene gesellschaft.

Sollen zwei junge leute auf dem wege des gesetzes und
angesichts guter öffentlicher meinung ehlich mit einander verbunden werden, so wird dabei von seiten der eltern gegenseitig sehr
diplomatisch und conventionell, versteht sich nur der form

wegen, zu werke gegangen, als ob irgend ein prinz um eine prinzessin freite.

Der vater des freiers erwählt sich deshalb einen freiwerber von seinen freunden oder verwandten. Dieser begiebt sich in das haus des gewünschten mädchens, sondiert nach einigen weitschweifigen complimenten beim vater desselben, ob er überhaupt geneigt wäre seine tochter zu verheirathen. Diss geschieht, wenn es auch schon vor einem jahre zwischen beiden eltern ausgemacht wäre. Der sitte gemäss stellt man sich nun ausnehmend überrascht, als ob einem die sache eben erst in den sinn gebracht würde, sagt nicht ja und nicht nein, springt auf gleichgiltige dinge über, redet vom markt, von frucht- und viehpreisen, vom wetter u. dergl., berührt dann wieder leicht, auf die nochmalige anfrage des freiwerbers, dass man das weib fragen müsse, dass keine frucht und nichts heuer zur hochzeit vorräthig sei, wenn auch alles schon im hause so bereit wäre, als ob die hochzeit morgen abgehalten werden müsste.

Endlich um den lästigen besucher los zu werden, giebt man ihm einen termin, an dem er antwort haben solle. An diesem nehmen die unterhandlungen wieder ihren weitläufigen gang, und will der vater des mädchens seine tochter recht kostbar machen, was eigentlich der zweck der ganzen komödie ist, so nimmt er wieder eine ausrede, indem er sagt, dass er noch diss oder jenes zu verkaufen habe, weshalb er wieder einen andern tag zur besprechung bestimmt.

An diesem erlaubt endlich der vater des mädchens, dass der des freiers ihn in dieser angelegenheit sprechen kann, wozu er wieder eine zeit festsetzt.

Dieser geht nun in seinen festkleidern zu ihm und wäre auch der künftige gegenschwäher sein täglicher freund und nachbar; gewöhnlich trägt er eine flasche wein oder branntwein mit sich. Beide begrüssen sich steif, als hätten sie sich nie gesehen und führen dann das gespräch auf alles nur nicht auf die hauptsache, die beide schon längst wissen und wünschen. Endlich macht der vater des knaben den anfang, jener aber stellt sich, als ob er an die sache gar nicht mehr dächte, macht wieder ausflüchte, worauf ihm der gast die flasche zum trinken anbietet. Trinkt der aufgeforderte, so ist diss ein zeichen, dass es dem werber erlaubt sei, mit seinem sohne zur schau zu kommen; schlägt er es aber trotz aller zusprüche aus, so ist dem anbietenden sein wunsch rund abgeschlagen. Der stolze hausherr aber ziert sich lange; und wäre er am verdursten, so blickt er verächtlich auf die flasche, entschuldigt sich, dass er noch nichts gegessen habe und nicht trinken könne, oder dass er keinen wein auf branntwein trinke, den er so eben genossen u. s. w. Trinkt aber der schwierige hausherr, so tischt er dem gast auch aus seinem keller auf, und das geschäft hat so den günstigsten fortgang genommen, wobei wieder der tag zur brautschau festgesetzt wird. Hiebei sind auch die gegenseitigen mütter zugegen, denn ihnen ist der technische theil der speculation zugetheilt, während die männer über die ausstattung verhandeln. Die weiber betrachten also gegenseitig die waare, sind sie zufrieden, worüber sie sich durch blinzeln, augenzudrücken, mundverziehen und dergleichen kniffe heimlich verständigen, so überreicht der knabe dem mädchen, das starr, das taschentuch vorhaltend, als könne sie nicht fünfe zählen und als wäre sie viel viel unschuldiger, wie sie es wirklich ist, zu boden gesehen hat, einen apfel, der voll mit silbermünzen gesteckt ist. Wird er vom mädchen angenommen, so sind die beiden leute verlobt. Geht jetzt der bund wieder auseinander, so muss die braut den münzenapfel wieder zurückgeben, wie ihre eltern auch sämmtliche unkosten tragen müssen, falls der bräutigam schon solche gehabt hat.

Während dieser scene werden auch die anstalten zur hochzeitsfeierlichkeit besprochen, wobei väter und mütter so viel als möglich gross thun, und viel, was man sagt, auf den alten kaiser hinein versprechen, was zu halten ihnen ebensowenig in den sinn kommt, als es ihnen vielleicht möglich ist. Da diss aber nach ihrem sinne zu verherrlichung beider familien gehört, so sucht eins das andere im prahlen zu übertreffen. Ja der ärmste mann, der vielleicht das geld den brautapfel zu bespicken, entlehnt hat, brüstet sich mit seinen fruchtvorräthen, seinem vieh und seiner wirthschaft, die er vielleicht im monde hofft, so lange bis die jungen leute, müde der possen, den tag der hochzeit bestimmend aus einander gehen.

So viel schein und unwahrheit übrigens bei diesen ceremonien herscht, so wäre es doch unerhört, falls der brautapfel wieder zurückgeschickt würde, dass die eine oder die andere partie nicht ehrlich den betrag des geldes der darin steckte, zurückerstattete.

Das eigentliche aushandeln des mädchens, die nach brauch und sitte der Walachen keine andere mitgift bekommt, als die von ihr selbst verfertigten kleidungs- und haushaltungsstücke. besteht in geschenken die der bräutigam der braut und den eltern bietet. Erst jetzt verdrängen fremde, hauptsächlich deutsche sitten den brauch, dass das mädchen von ihren eltern so hoch und theuer als möglich gehalten wird und deshalb weder geld noch sonstiges gut mitbekommt: der mann muss bieten und sie erhalten, diss ist auch der sinn der ganzen ceremonie.

Mädchenraub kommt jetzt seltener vor als früher, da geistliche und weltliche polizei streng dagegen wachen. Soll er statt finden, so muss dabei immer ein zwischenträger sein, der den heimlichen anschlag betreibt, denn bei den Walachen ist es sitte, dass so bald es dämmert, sich in haus und hof niemand mehr blicken lässt. der nicht zur familie gehört; weshalb auch bestellungen auf herrschaftliche oder gespanschaftliche arbeiten immer nur laut durch die fenster von der strasse aus den betreffenden zugerufen werden.

Jedes haus, also auch die ärmste hütte des Walachen, ist demselben eine burg, die gewöhnlich noch durch zwei bis drei hunde unzugänglich gemacht wird, und in welcher sich abends niemand mehr sehen lässt. Der vermittler bei einem beabsichtigten mädchenraub müsste demnach ein naher anverwandter oder der bruder selbst sein, der vielleicht der liebhaber der schwester des mädchenräubers selbst ist, und diesen später zu einem ähnlichen unternehmen benützen will. Das mädchen wird nun durch einen solchen vermittler beredet hier oder dorthin zu kommen, wohin sie ihr wirklicher liebhaber bestellen lasse. Nach einigem hin- und widerreden unternimmt sie endlich den plan, der falsche freund begleitet sie auf den platz, wo der unrechte nichtbegünstigte bereits im hinterhalt liegt. wohl in den mantel eingehüllt. Sobald das mädchen und ihr führer auf dem stelldichein ankommen, stellt sich der verkappte, als wünsche er noch eine weitere entfernung und geht eine strecke weiter vor. Der vermittler aber mit der beute immer nach, bis sie an einen einsamen platz kommen, wo dann der eigentliche räuber die vermummung abwirft, sich zu erkennen giebt und die widerstrebende mit gewalt entweder in einen wald oder auf einen einsamen verlassenen schaaflhof führt, wo er mit hilfe des vermittlers sich ihrer leichter bemeistern kann.

Dieser hat nun noch die aufgabe, erstens das ganze recht geheim zu halten und dann für unterhalt und feuerbedarf zu sorgen, acht und vierzehn tage lang, bis die neue Sabinerin sich in ihre lage schicken gelernt hat, worauf sie beide ins dorf zurückkehren.

Den eltern bleibt natürlich keine andere wahl als die tochter ihrem entführer zu geben und dieser nichts anders, als ihn zu nehmen; denn ihr ruf ist hin, sie dürfte sich weder beim tanze noch irgend wo öffentlich zeigen, am wenigsten sich aber hoffnung auf einen mann machen.

Auf solchen mädchenraub sind übrigens strenge strafen gesetzt, und er kommt wie gesagt, selten mehr vor, desto häufiger aber die entführung, wobei die beiden jungen leute übereingekommen sind, die weigerung der eltern zu umgehen und ihren willen durchzusetzen. Das mädchen flieht mit dem jüngling entweder an einen entlegenen ort oder auf einen benachbarten ort zu einer günstig gesinnten verwandten, und bleibt einige tage und nächte aus, dann sind die eltern bei ihrer rückkehr gezwungen in die heirath zu willigen, indem wie im vorigen fall das mädchen keinerlei werth mehr hätte und umsonst auf einen andern mann warten würde. Kommt eine solche entführung zur klage vor gericht, so wird gewöhnlich körperliche züchtigung über die schuldigen verhängt; die väter aber lachen zu solcher liebesprobe, denn sie machten es gerade so, wie die jungen.

Ein hintangesezter liebhaber rächt sich an dem mädchen dadurch, dass er beim tanze stäts mit einer andern vor ihr hertanzt, sie zu necken und in der öffentlichen meinung herabzusetzen sucht, alle höflichkeit bei seite setzend. Den eltern es zu wissen zu geben und eigentliche rache an ihr zu nehmen, geht er nachts hin und mäht das hanfstück um, dessen ertrag

ausschliesslich den weiblichen mitgliedern des hauses gehört,
die häufig in solchen fällen alle mitschuldig sind. Recht sinnig ist
dieser brauch: der faden zur ausstattung der treulosen soll nicht
weiter wachsen, indem er durch die sense hingehauen wird.
Dem vater sagt nun der schaden schon, wem die rache gilt, denn
wäre er gemeint, so hätte man entweder sein heu oder stroh
verbrannt, oder es wäre sein pferd oder ochs auf der weide
nächtlicherweise verstümmelt worden. Das grüngeschnittene
hanffeld ist ihm genug, die tochter zur rede zu stellen.

Nächst den kirchweihen, die übrigens fast dieselben gebräuche darbieten wie in allen bekannteren ländern, bilden hochzeiten die hauptsächlichsten gelegenheiten um eine grössere oder
kleinere zahl von familien einer gemeinde zu geselliger lust zu
vereinigen. Eine hochzeit kann eine ganze woche dauern und
wird gewöhnlich drei tage bei den eltern der braut, und eben
so lange bei denen des bräutigams gefeiert.

Es bestehen dabei viele förmlichkeiten und ausser den
brautleuten samt ihren beiderseitigen eltern sind der naschu
(beistand der braut) und der brautführer die gefeiertsten per-
sonen. Ersterer ist immer der göth (pathe) der braut und
bekleidet, so lange die feierlichkeiten währen, unter den anwesenden die höchste würde. Diese ist erblich und geht vom
vater auf den sohn über. Letzterem, und wäre er noch so jung,
werden, wo er sich unter den hochzeitleuten befindet, die
nemlichen ehren erwiesen, wie seinem vater, dem wirklichen
naschu. So kommt es, dass familien welche durch gevatter-
schaft gegenseitig in verwandtschaft stehen, diss so lang un-
ausgesetzt bleiben, bis eine oder die andere ausstirbt. Die
eine familie steht gegen die andre immer in einem achtungs-
vollen verhältnis.

Der brautführer verwaltet bei der hochzeit ebenfalls ein
wichtiges amt, indem er die aufgabe hat die braut zu bewachen,
dass ihr keine unbill und keine unehre widerfahre, was natürlich zu einer menge neckereien veranlasst.

Sonderbar ist, dass gewöhnlich die männer und weiber bei
diesen festlichkeiten getrennt sind, und dass man sich dabei
nur einzeln gegenseitig aufsucht. Hat die bauernwohnung nur
eine einzige stube, so bleibt diese für die männer, während

die weiber, wovon ich selbst mehrmals zeuge gewesen bin, entweder im keller oder einem ausgeräumten stalle tafel halten. Häufig ist auch ein tisch für arme und bettler bereit. Vorüberziehende fremde ruft man gerne herein, man speist sie und versieht noch ihre taschen mit vorrath. Kommen anständige gäste, etwa höhergestellte, der geistliche, der schullehrer, ein beamter oder sonst wer aus dem herrschafthause, so führt alsbald der brautführer die braut herbei, und stellt sie dem neuangekommenen vor. Sie erhält dann ein kleines geldgeschenk von diesem, wofür sie ihm die hand an lippen und stirne drückt.

Der hausherr muss, solang nicht alle gäste abgespeist haben, auf das sitzen verzichten, und bald hier bald dort sein, um seinen gästen zuzusprechen. Dieselbe verrichtung liegt der hausfrau am frauentisch ob. Braut und bräutigam dürfen am trauungstage selber nichts essen, und erhalten erst abends an einem eigens dazu bereiteten tisch einen imbiss. Ebenso bleiben sie wie die übrige gesellschaft bis dahin von einander getrennt.

Soll getanzt werden, so stellt sich die musik, die gewöhnlich nur einen dudelsack und eine violine führt, beim ofen auf, oder setzt sich auf denselben, die mädchen und jungen frauen werden aus der weiberstube oder aus der küche geholt. Natürlich bilden, so lange die hochzeitsfestlichkeiten dauern, trinksprüche und gläserklingen die unausgesetzte begleitung zu den harmlosesten, heitersten gelerme, das man sich denken kann. Alles lässt man dabei leben, braut, bräutigam, die alten, die jungen, naschu, brautführer, ortsrichter, den ganzen senat, das comitat, das land, den kaiser, die ganze welt samt dem lieben Gott im himmel. Komisch ist die reihe von trinksprüchen auf die geschenkegebenden, wozu schon vorher eine stunde bestimmt ist. Die geschenke bestehen gewöhnlich in einem farbigen baumwollentuche, welches bald als nas-, bald als halstuch oder auch als schürze verwendet werden kann. Es liegt auf einem grossen hölzernen teller über einige brote und etwas braten gebreitet, wobei natürlich eine flasche wein nicht fehlen darf. Mit darbringung dieser gaben wird gewartet, bis so ziemlich alle botschaften die etwa in aussicht stehen, vor der thüre angelangt sind. Das amt des darbringens haben gewöhnlich die söhne des hauses. Endlich öffnet sich die thür und eine hölzerne platte um die andere, mit den beschriebenen geschenken befrachtet, schwebt herein, von bereitwilligen händen über die köpfe der anwesenden hin befördert. Sie wird sämtlichen gästen gezeigt und dabei der name des gebers genannt, worauf ein lautes und allgemeines lebehoch den aufrichtigsten guten willen anerkennt. Die redeformel, wie ich sie gewöhnlich gehört habe, lautet:»N. N. hat sich wohl betragen mit schönen geschenken, er schickt uns wein, brot, das schönste tuch, und braten! er soll leben!« worauf der chorus einstimmig das lebehoch wiederholt. Wer nun zunächst sitzt, nimmt die geschenke ab, das tuch steckt sogleich die hausmutter der braut zu; die esswaren werden, fleisch zu fleisch und brot zu brot, auf dem tisch in mehrere haufen aufgelagert; den wein aber giesst man in eine gelte, die ebenfalls auf dem tisch dazu bereit steht. Die so zusammenkommenden vorräthe bestimmen hauptsächlich die dauer der hochzeitsfeierlichkeiten.

So verschwenderisch es hier zugeht, so einfach ist die lebensweise der Walachen für gewöhnlich. Sie sind im essen äusserst genügsam, wozu besonders noch die strengen fasten beitragen, welche durch die vorschriften ihrer kirche, der griechischen, herbeigeführt werden. Es lässt sich annehmen, dass sie die hälfte des jahres hindurch fasten. In den strengsten zeiten trinken sie nicht einmal wein und ihre nahrung besteht aus bohnen, die ohne fett oder öl, nur in salzwasser gekocht sind. Das geschäft des essens verrichtet der Walache, wie alles andere, [1] mit der grösten gemächlichkeit. Oft sah ich ihnen zu, wenn sie in der raststunde bei der arbeit einen imbiss nahmen. Sie hockten dann in einer reihe oder einem kreiss, jeder mit einem grossen stück malai (maisbrot) in der einen, und einem stengel grünen knoblauchs in der andern hand. Zu einem mund voll malai kneipten sie mit den zähnen so wenig als möglich von dem knoblauch ab, legten dann beides vor sich hin und kauten, die hände im schooss, mit der grösten bedachtsamkeit, was sie zwischen den zähnen hatten. So konnte sich einer mit einem pfund malai und einem fingerlangen knoblauchstengel

---

[1] Diese gemächlichkeit in allem bildet auch in der Schweiz ein hervorragendes merkmal romanischer stämme gegenüber den harten, thatkräftigen Deutschen. Vgl. Deutsche colonien in Piemont, s. 115.

oder einem zolllangen wurstzipfel eine ganze halbe stunde lang
beschäftigen. Dies war seine erste tagsmahlzeit, welche er
prándz (prándu, d. i. prandium) nennt. Seine zweite mahlzeit
(tschina, cena) hält er nachmittags gegen 4 uhr, wie einst der
Römer auch seine coena.

Das malai das, wie ich schon bemerkt habe, aus maismehl
gebacken ist, vertritt dem Walachen die stelle des brots. Es
hält sich aber nicht lang, sondern wird bald sauer und muss
daher öfters gebacken werden. Dieser nachtheil verschafft daher dem gewöhnlichen brot schon an manchen orten eintritt
und verdrängt das malai. Mamaliga oder mamalega ist ein
sterz (taig) von feinem maismehl, der italienischen polenta verwandt. Man isst sie gewöhnlich mit süsser milch angegossen.

Fische sind zu allen zeiten ein lieblingsgericht des Walachen.
In den fasten isst er sie gedörrt und eingesalzen, wie sie im
handel hier allgemein sind. Sonst brät er sie aber auch auf
kohlen, und isst sie wie der Italiener mit öl, wobei er sich
jedoch auch mit rohem repsöl begnügt. Fleisch auf freiem
feuer zu braten, verstehen die Walachen trefflich.

Die gelehrigkeit der walachischen weiber im kochen habe
ich bei manchen gelegenheiten kennen gelernt. Ich war z. b.
öfters gast eines ortsrichters bei hochzeiten, kirchweihen u. dgl.
Da bestund der küchenzettel in folgenden recht brav zuberei-
teten schüsseln:

nudelsuppe mit einer henne, ein fast stehendes gericht bei
allen solchen anlässen;

rindfleisch mit geriebenem meerrettich in essig, etwa auch
salzgurken;

süsses und gesäuertes eingemachtes (fricassée) von jungen
hühnern; öfters ein backwerk, die stelle eines buttertaiges
vertretend;

sauerkraut mit gesottenem und gebratenem schweinefleisch;
zweierlei braten mit salat, gewöhnlich selleri; zum nachtisch
etwas backwerk, kuchen u. dgl.

Der braten wird übrigens, wenn auch die tafel schon längst
aufgehoben ist, nie vom tisch weggenommen, sondern bleibt
stehen, so lange die gäste da sind.

Vorkommende getränke sind ausser wein: bier, branntwein

und, wenn auf vornehmere gäste rücksicht genommen wird, kafee und krambambuli. Den mangel an säure, welcher den Banater weinen eigenthümlich ist, ersetzt die sitte durch eine in das trinkglas geworfene citronenscheibe. Da diss aber einmal brauch ist, so geschieht es hier auch bei weinen denen säure durchaus nicht mangelt.

Eine mächtige schattenseite der walachischen haushaltung ist die grosse achtlosigkeit, mit der alle hausgenossen den schmutz neben sich aufkommen lassen. Meistentheils könnte er zwar noch stärker sein, doch ist er immer mehr oder weniger so, dass er einem Holländer entsetzen erregen würde. Ein glück dabei ist noch, dass solche die nicht dem ärmsten stand angehören, wenigstens auf reine wäsche halten, wenn sie es auch mit der reinheit der eigenen haut nicht so genau nehmen.

Die reinlichkeit ist im gegensatz zum Walachen und Slaven eine schöne tugend des madjarischen volksstammes, der sich dadurch sehr vortheilhaft vor den übrigen bewohnern Ungarns, sogar oft vor den dortigen Deutschen, auszeichnet.

III. Quellen der mährchen.

Schliesslich habe ich mich noch über die art und weise zu erklären, wie ich in besitz nachstehender mährchensammlung gekommen bin.

Kurz nach meiner ankunft in Orawitza führte mich ein landsmann, herr Karl Knoblauch, in seine gärten spazieren, um mir in der schönsten abendbeleuchtung die romantische umgebung jenes bergortes zu zeigen. Wir trafen hier eine alte Walachin, Florika, die mit ihrem grauen eheherrn die stelle von weingartenhütern versah. Herr Knoblauch machte mich unter anderem sogleich auf den schatz von mährchen und erzählungen aufmerksam, mit dem das gedächtnis der alten ausgestattet sei, und veranlasste sie sogleich mir einige zu erzählen. Da ich damals der walachischen sprache ganz unkundig war, so dolmetschte mir mein gefälliger führer die worte der alten.

durch kam ich in den besitz der sage von der biene, des mährchens von den altweibertagen und der geschichte aus der
Römer-zeit. Als die einbrechende nacht uns abzubrechen gebot,
schied ich, mit der hoffnung von der freundlichen alten bald
mehr zu erfahren. Wie es aber oft im leben geht, ich sah sie
nicht wieder, da sie bald nachher starb.

In Orawitza erhielt ich noch durch die gefälligkeit des
schon oben erwähnten herrn Nunny, ausser einem grossen
schatz von bemerkungen und andeutungen über sitten, gebräuche und aberglauben, das launige mährchen von Mangiferru.

Einem herrn von Maderspach, beim königlichen berg-
werk in dem kleinen bergort Saska (Szaszka) als probierer angestellt, verdanke ich die sagen vom mädchenfelsen bei Lun-
kany, vom Retezatu und vom Babakay.

Von einem walachischen bartscherer, dessen namen mir
entfallen ist, erhielt ich, während er sein amt an mir verrich-
tete, die drollige geschichte über die fasten des h. Petrus.

Aus illyrischem mund, aber auch in deutscher sprache,
durch einen herrn J. Poppowitsch (Popovich) kam ich zu
den schwänken »ohne wind keine kälte« und »die weihkerze
des Zigeuners.«

Ebenso in deutscher sprache, aber aus walachischem munde,
d. h. von herrn Mihaila Poppowitsch (Michael Popovich),
geistlichen zu Jam, kommt die geschichte von den goldenen
kindern, nebst einem grossen theil bemerkungen über sitten
und gebräuche der Walachen; ferner die kreuzabnahme Christi
und »wie die zigeuner ihre kirche verloren«, so wie die botschaft vom himmel.

Aus deutschem munde, von herrn Ferdinand, grafen
von Bissingen zu Jam, erhielt ich das mährchen vom teufel
im fasshahnen, das ihm in seiner jugend von walachischen
dienstboten öfters erzählt worden war.

Aus walachischem mund und ursprünglich in walachischer
sprache sind mehrere erzählungen, die mir von untergebenen
mitgetheilt wurden, nemlich von dem herrschaftlichen Panduren
George Stojan, dem gemeindediener Traila Salitraru
und den bauern Mihaly Lazar und Meila Pupp die sage
von der biene (nr. 2), die von den Golumbatscher fliegen, die

geschichte vom heiligen Elias, von der milchstrasse, von der
rauchschwalbe, von Gottes wanderung mit dem h. Petrus, und
vom riesenspielzeug.

· Den grösten schatz aber, nemlich fast alle die nährchen
welche den eigentlichen werth dieser sammlung ausmachen,
verdanke ich herrn Draguesku, einem geborenen Walachen
aus Orawitza, beflissenen der rechtskunde, gegenwärtig in der
Walachei angestellt. Er war in seinem geburtsort überall bekannt und fand leicht die reinsten quellen. Vieles ist nach
seiner mündlichen erzählung aufgezeichnet, wie Bakala, Florianu, der verstossene sohn, der kaiserin wundersohn. Den
grösseren theil aber hat er in seinem eigenthümlichen Deutsch
selbst für mich niedergeschrieben, worauf ich mir es von ihm
noch einmal vorerzählen liess, und die abfassung darnach berichtigte.

Da es überhaupt ausserordentlich schwer ist unter dem
volke selbst gute erzähler zu finden, d. h. solche die nicht eine
geschichte in die andere verwickeln, so musste ich überdiss
manchen stoff ganz unbearbeitet liegen lassen, weil er, kaum
begonnen, sich schon in eine andere bekannte erzählung hinein-
spann. Aber eben dieser schwierigkeit wegen, bin ich allen
die mir beim sammeln der folgenden erzählungen mit so vieler
gefälligkeit behilflich gewesen sind, und mich nicht mit dem
vornehmen achselzucken halbgebildeter abgewiesen oder gar verspottet haben, innigen dank schuldig, den ich ihnen hiemit
öffentlich abstatte.

Die ergiebigste quelle, wenn nicht eine gewisse scheu der
niedern stände die benützung derselben erschwerte oder verhin-
derte, wäre die glacca. Darunter versteht man das was z. b.
in Schwaben der karz oder lichtkarz heisst, nur mit· dem unterschiede, dass die dazu geladenen die arbeit ihres wirthes verrichten, während in Deutschland jedes anwesende nur die eigene
thut. Gesang und mährchenerzählungen bilden übrigens hier
wie dort die unterhaltung dabei. Ferner kommt man nicht
allein um des spinnens willen zusammen, sondern oft, namentlich wenn der geistliche oder der grundherr die glacca braucht,
erscheint das ganze dorf mit wagen samt zug, um z. b. steine
zu einem bauwesen oder was immer zu führen. Eben so helfen
sich die Walachen in der ernte gegenseitig viel mit der glacca.

Die mährchen.

1. Grössere erzählungen.

1. Der kaiserin wundersohn.

Ein kaiser und eine kaiserin, die ein grosses reich beherschten, hatten drei töchter von ausserordentlicher schönheit. Als dieselben gross geworden waren und eines tags lustwandelten, so kam ein mächtiger nebeldrache und raubte die älteste von ihnen aus ihrer mitte. Hierüber herschte grosse bestürzung im schlosse, doch nach einiger zeit war das unglück vergessen und als die beiden andern töchter einmal auf dem altane des schlosses sassen, so schoss ebenfalls ein nebeldrache, noch grösser als der erste, herab und raubte die zweite der kaiserstöchter. Voll trauer über das unglückliche geschick ihrer töchter, liessen der kaiser und die kaiserin die jüngste tochter streng bewachen und nur unter grosser vorsicht hie und da ins freie. Doch konnten sie damit nicht verhüten, dass nicht wieder einmal ein mächtiger nebeldrache aus der luft herunterschoss, der an grösse die beiden andern übertraf und mit blitzesschnelle auch des kaisers jüngstes kind davon trug.

Hierüber war grosse trauer, die man ein jahr lang am ganzen hofe fortsetzen musste. Nach einiger zeit aber gebar die kaiserin einen frischen, starken knaben, worüber am ganzen hof ungemeine freude herschte. Besonders vergassen die eltern fast ganz ihrer geraubten töchter; nur die vorsicht wurde der kaiserin streng vom kaiser geboten, dass sie mit dem kleinen nie unter freiem himmel ausgehen dürfe, damit nicht auch er vom drachen geraubt werde.

So sass an einem sonnigen frühlingstage die kaiserin unter dem thore der kaiserburg, den säugling an der brust haltend. Als derselbe satt war, sprach er zu seiner mutter, welche thränen in den augen hatte, warum sie weine. Die kaiserin aber wischte sich das auge, ohne ihm eine antwort zu geben. Als der knabe die wiederkehrende trauer im gesichte seiner mutter sah, biss er sie in die brust, und drohte ihr dieselbe durchzubeissen, wenn sie ihm nicht antworte. Die kaiserin versprach vor schmerz, ihm zu sagen was er wissen wolle, als er aber mit den zähnen nachliess, hielt sie nicht wort; da langte der zornige säugling an die decke des thores und bog einen tram herunter, den er seiner mutter so heftig auf die brust drückte, dass diese nicht mehr anders konnte, als ihm die ursache ihrer betrübnis zu erzählen und ihm zu entdecken, dass er drei schwestern habe, die aber schon vor seiner geburt von drei mächtigen drachen geraubt worden seien, und von denselben auf ihren schlössern gefangen gehalten werden. Da riss sich der knabe grimmig auf und verlangte von seiner mutter waffen, damit er ausziehen könne die drachen zu tödten und seine schwestern zu befreien. Obgleich die kaiserin hierüber sehr traurig war, und fürchtete sie werde nun auch um ihr letztes kind kommen, so konnte sie und der kaiser es doch nicht hindern, denn der kleine war in kurzer zeit so gewaltig gediehen, dass sie an die zeit, wo er völlig ausgewachsen wäre, mehr mit angst als mit freude dachten.

Der starke knabe zog also aus und fand bald in einem grossen walde das drachenschloss, wo eine seiner schwestern als weib des schlossherrn, eines abscheulichen drachen, gefangen war. Er gieng hinein und fand, nachdem er mehrere räume durchschritten, bald einen saal worin seine schwester war, er gieng auf sie zu und sagte ihr, dass er ihr bruder sei und komme sie zu befreien. Sie hatte darüber eine mächtige freude, fuhr aber sogleich mit schmerz fort: »wenn der drache heim kommt, so verderbt er dich.« Er fragte nun die schwester, ob der drache kein wahrzeichen gebe, wenn er nach hause käme, worauf die schwester sagte: »ja, wenn er noch hundert schritte entfernt ist, so wirft er seinen bussogan, [1] mit den worten:

[1] Streitkolben, die volksthümliche waffe der Madjaren. Vgl. s. 23.

la lina fontina
la montje Tschuckina[1]
so gewaltig gegen das thor, dass er dieses und alle thüren
sprengt und mir bis zu den füssen fliegt.« Kaum hatte sie
ausgesprochen, so hörte man einen krach, dem noch einige
schwächere nachfolgten, und durch die geöffnete zimmerthüre
flog ein riesiger bussogan herein, zu den füssen der hausfrau.
Draussen aber sah man, durch das geöffnete thor, die scheussliche riesengestalt des drachen in der ferne einherschreiten.
Der junge held besann sich nicht lange, raffte den bussogan
auf und schleuderte ihn so mächtig gegen die stirne des drachen, dass dieser todt niederstürzte und überdiss die wehre
noch hundert schritte weiter flog. Beide geschwister freuten sich
nun höchlich über den tod des drachen, packten was sie an
kostbarkeiten in der eile finden konnten zusammen, und liessen
das drachenschloss hinter sich, um dasjenige aufzusuchen, wo
die zweite schwester gefangen sass.

Als sie dasselbe erreicht und sich ihrer schwester zu erkennen gegeben hatten, so war wieder grosse freude, die aber
auch dissmal durch den gedanken an die heimkehr des furchtbaren schlossherrn getrübt wurde. Der unerschrockene jüngling lachte jedoch darüber und wollte eben anfangen zu erzählen, wie er die ältere schwester befreit habe, da that es wieder
einen krach und durch die gesprengten thüren flog wieder ein
bussogan herein, noch einmal so schwer als der im ersten
schlosse. Ohne umzusehn nahm ihn der jüngling vor den füssen
der zweiten schwester weg, sah durch das offene thor den
ungeheuern drachen auf zweihundert schritte daher kommen, rief
wieder: *la lina fontina, la montje Tschuskina* und warf den bussogan mit leichter hand so heftig nach ihm, dass er todt zusammenfiel, die schreckliche waffe aber noch zweihundert schritte weiter flog. Hierüber waren die schwestern so erfreut und erstaunt,
dass sie ihrem bruder um den hals fielen und sich über seine

---

[1] Diese worte bedeuten: »beim sanften brunnen, beim berg
Tschuckina.« Sie gehören zu den zauberartigen sprüchen, wie sie
auch in deutschen mährchen häufig vorkommen, und nach Grimm
gerade den alterthümlichsten mährchen eigen sind. Einen sinn kann
man häufig, und so auch hier, nicht darin nachweisen.

riesenstärke nicht genug wundern konnten. Sie rafften wieder
an schätzen und kostbarkeiten zusammen was sie nur tragen
konnten, und verliessen das drachenschloss, nachdem sie sich
von seinen zinnen über die lage des dritten unterrichtet hatten.
Angekommen in diesem, das viel fester und stärker auf
einem hohen felsen lag, begrüssten die zwei ältern schwestern
die jüngste und stellten ihr den heldenbruder vor, an dem sie
natürlich die gröste freude hatte. Doch war die begrüssung
kaum zu ende, so hörte man auch schon alle thore und thüren der burg krachend auflliegen und es schoss ein bussogan
herein, der dreimal so gross und so schwer war, als die der
beiden ersten drachen zusammen. Der junge held aber fieng
ihn im flug auf, und schleuderte ihn mit seinem *la lina fontina,
la montje Tschuckina* durch alle thore und thüren, wo man
auf dreihundert schritte weit den drachen feuerschnaubend her-
beikommen sah, mit so furchtbarer macht zurück, dass er
den drachen auf der stelle tödtete, den leichnam noch ein
gutes stück mit hinwegriss und überdiss noch dreihundert
schritte weiter flog. Jetzt geriethen die schwestern alle in die
äusserste freude, und konnten sich vor lust gar nicht fassen,
dass sie einen solchen heldenmüthigen, riesenkräftigen bruder
hatten. Zuerst meinten sie, sie wollen alle nach hause
eilen zu den eltern, aber der bruder weigerte sich dessen,
weil er noch nicht nach voller lust gekämpft habe und noch
weitere fahrten thun wolle. »Wir müssen,« sagte er, »noch
unsern armen heldenvetter besuchen, der durch einen bösen
zauber seine kraft verloren hat, vielleicht ist sie wieder zu er-
ringen; erst wenn das geschehen ist, können wir wohlgemuth
heim zu den eltern.

So giengen sie weiter, mehrere tage durch wälder und
thäler, bis sie zu dem schloss kamen, wo ihr vetter wohnte,
dessen kraft die nixen des schwarzen see's geraubt hatten. Er
empfieng sie freundlich, und als ihm die schwestern erzählten,
wie kühn ihr bruder die drei mächtigen nebeldrachen erschlagen habe, umarmte er den jungen helden; wobei ihm aber
thränen kamen, weil er seine kraft verloren habe. Hierauf
zeigte er ihm sein schloss mit allen zimmern und räumen;
nur vor einer verschlossenen thüre führte er ihn vorüber,

indem er sagte, dieses zimmer müsse er meiden, weil der tod darinnen sei.

Der junge held rief mit lachen, er fürchte den tod nicht. Doch giengen sie weiter und setzten sich zu einem mahle.

Nachdem sie alle sich dabei wohl vergnügt hatten, stand der junge kaisersohn auf und sagte zu seinem vetter: »höre, vetter, ich weiss dass die nixen aus dem schwarzen see dir deine kraft gestohlen haben; es wäre mein sehnlichster wunsch, dir sie wieder zu verschaffen. Sag mir daher, wo ich den schwarzen see finde; ich werde bald wieder glücklich da sein und dir dein verlorenes gut zurückgeben können.« Der vetter war hierüber sehr erfreut, beschrieb ihm die gegend wo der schwarze see tief in einem wald versteckt lag, verzweifelte jedoch am guten ausgang des unternehmens, weil niemand im stand sei, die nixen, wenn sie sich auch zeigten, festzuhalten und ein geständnis von ihnen zu erlangen.

Der junge held war aber gutes muths, besann sich nicht lange, nahm einige tüchtige fanghunde mit und gieng; die schwestern liess er bei dem vetter zurück.

Bald hatte er den see gefunden, da setzte er sich beim ufer nieder und zündete ein feuer an, worauf er sich mit seinen hunden ins gebüsch versteckte. Es dauerte nicht lang, so entstiegen dem dunkeln spiegel des schwarzen sees drei blendend weisse jungfrauen mit langen, schwarzen, fliegenden haaren, und traten zum feuer um sich zu wärmen. Sofort hetzte der versteckte kaisersohn seine hunde, schnell sprangen sie hervor und fassten die nixen, die unter jammer und schmerz zu entfliehen suchten. Die hunde liessen aber nicht ab, und jetzt trat der held hervor und fragte die gefangenen, wohin sie die kraft seines vetters versteckt hätten. Sie bezeichneten ihm einen hohlen baum, in dem werde er einen schwamm finden, welcher die ganze kraft seines vetters enthalte. Auf dieses liess er die nixen durch die hunde zerreissen, eilte zu dem baum, nahm den schwamm heraus und brachte so seinem vetter die verlorene kraft wieder.

Der war darüber sehr erfreut und schenkte sein ganzes schloss dem jungen helden, der nun nichts eiligeres zu thun hatte als jene thüre, hinter welcher der tod verschlossen sein sollte, zu öffnen. Da hatte er einen grossen saal vor sich, in dessen mitte auf den schönsten teppichen ein wunderschönes mädchen sass, umgeben von vielen andern schönen mädchen, ihren dienerinnen. Sie war seines vetters schwester und so schön, dass der held von heisser leidenschaft für sie erfüllt ward und sie von ihrem bruder augenblicklich zur frau verlangte. Als dieser sah dass der jüngling wusste, welche bewandtnis es mit dem tod hinter der verschlossenen thür habe, gab er seine einwilligung, und der kaisersohn zog nun mit der braut und seinen drei schwestern nach hause, wo sie von den eltern mit jubel empfangen wurden.

2. Die eingemauerte mutter.

Ein armer alter mann, der sich mit holzhacken ernährt hatte, nach und nach aber den unterhalt der seinigen nicht mehr aufzutreiben vermochte, war des lebens überdrüssig. Eines tags, auf dem wege nach der stadt wo er das mühsam gefällte holz verkaufen wollte, nahm er den strick mit welchem er seine last immer zusammenzupacken pflegte, und band ihn an einen baumast, um sich zu erhängen. Wie er schon den baum hinauf war, trat der teufel hinzu und fragte: »menschlein, was hast du im sinn?« »Aufhängen will ich mich;« war hierauf des verzweifelten antwort, »aufhängen, weil ich kein holz mehr schleppen mag!« »So lass,« meinte jener hierauf, »das holzschleppen bleiben, wenn dir's nicht gefällt.« »Das geht nicht«, erwiederte der holzhacker, »denn wer würde mein weib, meine tochter und meinen hund ernähren?« Da lachte der teufel und sagte: »wer wird es aber thun, wenn der alte holzwurm im winde fliegt!« Diss brachte den alten zur besinnung und er liess sich mit dem teufel auf weitere reden ein, welche damit endigten, dass dieser ihm einen mächtigen schatz in gold und silber versprach, wenn er ihm überliefern wollte was ihm diesen abend zuerst vor seinem haus entgegenkäme. Der holzhacker dachte sogleich an seinen alten treuen hund, der ihm jeden abend, wenn er müd vom wald oder aus der stadt heimkehrte, zuerst und freudig wedelnd entgegensprang. Diesen glaubte er, wenn er ein recht reicher mann wäre, am ehesten entbehren zu können, und besann sich deshalb nicht länger, dem teufel zu versprechen was er verlangte. Leicht und froh gieng er dissmal nach haus: er eilte so sehr es ihm seine alten beine gestatteten, und kam in der nähe seiner hütte fast athemlos an. Wie erschrack er aber, als er schon von weitem seine tochter, sein einziges kind, herbeieilen sah, die ihm voll freude zurief: »o vater, kommt und eilt nur zu schauen, was der liebe Gott für ein wunder an uns und unserer hütte gethan hat, die streu unter der ziege und der flachs auf dem boden haben sich in lauteres gold verwandelt!« »O tochter«, erwiederte hierauf der alte niedergeschlagen, »das ist eine traurige stunde für uns!« Er fasste sich jedoch sogleich, um nicht zu verrathen, was zwischen ihm und noch einem im walde vorgegangen war, und sagte alsdann: »komm mein kind, dass wir sehen, was für ein wunder uns geschehen ist.« So betraten sie die hütte, in welcher nun alle, mutter, tochter und hund, nur der alte nicht, vor freuden in der engen stube herumsprangen.

Des andern tages in der frühe, die sonne war noch nicht herauf, hiess der holzhacker seine tochter sich ankleiden und mit ihm zum walde gehn. Munter folgte das gute mädchen, denn sie dachte natürlich nichts arges. Im wald aber führte der vater sie an die stelle, wo er gestern mit dem teufel den handel gemacht hatte und befahl ihr da zu harren bis er wieder komme. Sie setzte sich, ohne dass sich ein zweifel an der wahrhaftigkeit dieses wortes bei ihr einstellte, ins gras, und wartete bis an den abend, allein umsonst. Endlich wollte sie weinend verzagen, da erschien ihr die heilige jungfrau, die sie fragte, was sie hier mache, ob sie jemand erwarte. Das mädchen bejahte es, indem sie sagte, dass jeden augenblick ihr vater kommen solle. »O mein kind,« war der heiligen mutter antwort, »dein vater wird nicht wieder kommen, er hat dich für immer verlassen. Er hat dich für den grossen schatz, den ihr gestern bekommen habt, dem teufel versprochen, der dich hier abholen soll.« Hierüber erschrack das arme kind sehr, und fieng an heftig zu weinen; die mutter Gottes aber sprach

ihr muth ein, indem sie zu ihr sagte: »sieh, meine tochter,
hier ziehe ich einen kreiss um dich, aus dem du aber durchaus
nicht hinaustreten sollst, mag auch vorgehen was da will.
Wenn ich jetzt fort bin, so wird die hölle alle ihre feurigen
teufel senden, dich zu schrecken und zu bedrohen, aber sie
werden dir nichts anhaben können! Sei muthig, in einer stunde
bin ich wieder bei dir!« Mit diesem verschwand die heilige,
und alsbald erschienen in den schrecklichsten und hässlichsten
gestalten hunderte von teufeln, die, feurige räder schlagend, gegen
den kreiss anfuhren, oder mit stinkenden kothigen krallen darüber
nach dem armen kinde zu greifen suchten, und wenn sie sahen
dass diss nicht gieng, mit unrath nach ihr warfen und stinkenden geifer nach ihr ausspieen. Aber alles fiel kraftlos vor dem
reinen kreisse nieder. Nach einer stunde kam die heilige jungfrau, wie sie verheissen hatte, zurück, und unter wildem ge-
heule verkrochen sich die teufel nach allen seiten hin, weil
sie den glanz der heiligen nicht schauen konnten.

Nun nahm diese das arme mädchen bei der hand und
führte sie in einen herrlichen garten, worin ein prächtiges
haus stand. Nachdem sie dieses betreten hatten, übergab sie ihr
zum spielen zwei brennende tauben, auch viele schöne, heilige
bücher zum lesen und lernen, sammt einer kerze. Weiter
hängte sie ihr vier schlüssel um, indem sie zu ihr sagte: »mit
diesen schlüsseln, liebes kind, darfst du alle thüren öffnen und
in alle zimmer gehen, nur das eine zimmer, welches dieser
hölzerne schlüssel öffnet, sollst du meiden!« Das mädchen versprach zu gehorchen und öffnete, nachdem ihre heilige be-
schützerin weggegangen war, eine der ihr erlaubten thüren.
Wie sie eintrat, konnte sie fast nicht vorwärts, vor entzücken
über die herrlichkeit die sich ihren augen hier darstellte.
Einen tag verweilte sie, dann gieng sie zurück. Die heilige
mutter kam ihr entgegen und fragte sie, wo sie gewesen; sie
antwortete: »ich habe einen tag im paradiese zugebracht.« »Nicht
einen tag,« entgegnete hierauf Maria, »warst du darin, sondern
ein ganzes jahr.«

Am andern tag öffnete sich das mädchen eine zweite thür,
und ihr entzücken über das was sie hier sah, war noch grösser
als gestern. Sie konnte dissmal nicht länger als eine stunde

verweilen, denn die herrlichkeit war allzugross. Beim heraus-
treten sah sie wieder die heilige jungfrau vor sich stehen, die
sie fragte wo sie gewesen. Sie antwortete: »ach, eine stunde
hab' ich in einem paradiese zugebracht, welches an schönheit
und pracht das von gestern weit übertraf.« Hierauf entgegnete
die heilige wieder: »nicht eine stunde, sondern drei menschen-
leben hindurch hast du die herrlichkeit Gottes bewundert.«

Am dritten tage gieng das mädchen durch eine dritte thüre,
konnte jedoch vor überirdischem glanz, der ihr hier entgegen-
leuchtete, nicht eine minute lang die augen offen halten, sondern musste mit geschlossenen augen wieder zurücktreten, und
als sie wieder in ihr zimmer kam und die heilige jungfrau sie
dort befragte, wo sie gewesen, da antwortete sie: »heute hab'
ich nur einen blick in den glanz der himmel gethan, aber ich
habe sogleich umkehren müssen, weil er mir die augen blen-
dete.« Da lächelte Maria und sagte: »du irrst mein kind, denn
du verbrachtest eine halbe ewigkeit im aufenthalte der seeligen!«

Nachdem nun das mädchen in allen ihr erlaubten zimmern
gewesen war, so widerstand sie zwar einigemal der neugierde,
welche sie überkam, wenn sie den hölzernen schlüssel betrachtete,
den ihr die heilige mutter Gottes mit den andern gegeben hatte,
allein bald stand sie vor der verbotenen thüre, horchte daran
und öffnete. Hier sah sie die heilige mutter Gottes, wie sie
ihrem sohne, dem herrn Christus, die wunden heilte. Als die
heilige sah dass das mädchen ihr verbot überschritten hatte,
rief sie zürnend: »öffne dich erde und verschlinge die ungehorsame!« Christus aber sprach: »nein, eine andere strafe soll
sie haben, ihren fehler zu büssen;« worauf Maria sie bei der
hand nahm und sie in eine finstere höhle der erde führte, ihr
dann alle mögliche lebensmittel übergab, ihr aber streng verbot mit irgend jemand, wer es auch sei, zu sprechen; und das
so lange bis die hohe heilige selbst das verbot wieder aufhöbe.

In strenger abgeschiedenheit lebte hier das mädchen lange,
lange zeit, während welcher sie nichts von menschen sah und
hörte. Nun trug es sich aber einmal zu, dass der sohn des
kaisers die wildnis in der nähe der höhle mit grossem jagd-
gefolg durchstreifte, und einem angeschossenen wilde nach, gerade
vor die düstre behausung der einsamen waldbewohnerin kam.

Wie er ihre schönheit gewahr wurde, trat er näher, begrüsste
sie und bat sich einige erfrischungen aus, mit denen sie ihn
aufs willfährigste bewirthete, ohne jedoch auf irgend eine der
fragen zu antworten die er an sie richtete.

Als der prinz nach hause zurückgekehrt war, erzählte er
seinem vater, dem kaiser, das begegnis im wald und sprach
den festen entschluss aus, keine andere zu freien als diese
wunderschöne waldjungfrau, obwohl sie stumm sei. Der kaiser
widersetzte sich dem willen seines sohnes, weil er wünsche
dass er eine fürstentochter heirathe. Der prinz aber liess sich
durchaus nicht abhalten, sondern holte sich aus der höhle die
stumme waldjungfrau und heirathete sie. Nach einem jahre
hatte sie ihm zwei schöne goldene kinder geboren, worüber
auch der alte kaiser eine ausnehmende freude hatte, so dass
er nichts mehr gegen die verbindung seines sohns mit einem
mädchen von so unbekannter herkunft einwendete. Obgleich
es ihm noch immer nicht gefallen wollte dass seine schwiegertochter stumm war, trug er doch alle sorge für sie, und liess
dreifache wache vor dem zimmer der wöchnerin aufstellen,
damit weder ihr noch seinen lieben goldenen enkelein ein leids
geschehe.

In der nacht aber, wie sowohl die mutter als ihre wärterinnen schliefen, erschien die mutter Gottes und nahm eines
der kinder mit sich. Als die wärterinnen erwachten und sahen
dass ein bettchen leer sei, erschracken sie und fürchteten sich
sehr vor dem zorn des kaisers und des prinzen. Sie fiengen
deshalb eine gans, vergoldeten sie und liefen damit als es tag
wurde zum kaiser, dem sie vorlogen die frau des prinzen sei
nichts anderes als eine abscheuliche hexe, denn sie habe diese
nacht eines ihrer kinder umgebracht und in eine gans verwandelt. Sie zeigten auch wirklich die gans dem kaiser, welcher
darüber in grossen zorn gerieth und augenblicklich zu seiner
schwiegertochter in's zimmer gieng, um der sache weiter nachzuforschen. Diss war aber umsonst, denn er brachte nichts
heraus als thränen, welche die ärmste über den verlust ihres
kindes weinte.

In der zweiten nacht nahm die heilige Maria auch das
andere kind, und wieder thaten die wärterinnen so wie gestern,

indem sie dem kaiser mit denselben lügen eine zweite vergoldete gans zeigten. Der kaiser, aufs höchste entrüstet, eilte wieder zu der wöchnerin, liess sie aus dem bette reissen und in einen tiefen kerker werfen, berief auch alsbald seinen rath zusammen, um gericht über die zu halten die sein haus und seines stammes ehre geschändet habe.

Da jedoch die mishandelte mutter, des verbotes eingedenk, beharrlich nichts sprach, sondern nur immer bittere thränen vergoss, um ihrem herben schmerze luft zu machen, so wollten des kaisers räthe kein urtheil über sie fällen. Sie sprachen sich am ende dahin aus, man solle die sache bei drei klöstern vorbringen, und was diese beschlössen solle man vollziehen. So geschah es auch. Man sandte an drei klöster vertraute gesandte, welche alle mit dem ausspruch zurückkamen, dass die frau des prinzen lebendig eingemauert werden solle. Dieses urtheil wurde nun an der unglücklichen vollzogen und bald war sie vom hofe und in der stadt vergessen; nur der arme prinz, ihr gemahl, gedachte ihrer immer mit grossem herzeleid, weil er sie sehr liebte.

Die arme mutter aber, die, als der letzte stein über ihrem haupt eingesetzt wurde, der verzweiflung nahe war, bekam alsbald von der heiligen mutter Gottes süsse tröstung, denn diese brachte ihr ihre beiden kinder gesund und wohlbehalten in ihren dunklen gewahrsam, gab ihr auch lebensmittel, und die erlaubnis wieder zu reden. Drei lange jahre hatte die unglückliche so in der engen mauerhaft zugebracht, da liess der prinz, welcher die sehnsucht nach seiner geliebtesten frau nicht länger bezwingen konnte, die mauer aufbrechen, und sah zu seiner unaussprechlichen freude die mutter mit ihren goldenen kindern blühend vor sich stehn. Er fiel ihr um den hals, und als er sie nun reden hörte, kam er vor entzücken fast ausser sich. Er führte seine gemahlin sogleich vor den kaiser, der nicht minder freudig erstaunte über dem herrlichen wunder, das an der tochter seines sohnes und an seinen lieben goldenkelein geschehen war. Die glückliche mutter musste nun ihr ganzes schicksal wiederholt erzählen, worüber ihr gemahl und der alte hohe herr zu thränen gerührt wurden, und sie wegen des unrechts das sie ihr gethan hatten, inständig um verzeihung baten.

Der kaiser gab hierauf ein grosses freudenfest, worauf alle
noch lang glücklich und vergnügt miteinander lebten. Aus den
goldenen kindern aber wurden mit der zeit die herrlichsten
jünglinge.

3. Die kaiserstochter im schweinstall.

Ein kaiser, dessen gemahlin gestorben war, kam auf den
abscheulichen einfall seine tochter zu heirathen. Sie aber
wollte sich hiezu durchaus nicht überreden lassen, und wurde
dabei durch ihre amme unterstützt, welcher sie alle geheim-
nisse ihres herzens anvertraute. Als ihr der kaiser auch wieder
mit seinen anträgen zusetzte, so erklärte sie auf den rath der
alten, sie werde sich bereit finden lassen, wenn sie ein silbernes
prachtkleid bekomme. Der kaiser liess hierauf schnell ein solches machen und brachte es selbst seiner tochter, in der hoffnung sie werde sich nun nicht länger weigern. Aber die prinzessin, von der amme wieder belehrt, verlangte jetzt ein goldenes
prachtkleid, das an werth das silberne zehnmal übersteigen
müsse. Der kaiser gab sogleich allen meistern seiner hauptstadt
befehl ein solches kleid zu verfertigen, und sich dazu gold aus
der schatzkammer zu nehmen, so viel sie nur wollten. Als es
fertig war, und er es voll freude der prinzessin brachte, fand
er diese wieder eben so unschlüssig wie zuvor, und sie verlangte jetzt sogar ein diamantenes prachtkleid, welches den
werth des goldenen zehntausendmal überstiege. »Dieses,« hatte
ihr die amme gesagt, »wird den reichthum seiner schatzkammer
übersteigen, er wird es nicht machen lassen können und dann
werden die anträge ein ende haben.« Der kaiser war zwar
über die ungeheure forderung erstaunt, aber um seinen willen
durchzusetzen, erschöpfte er seine schatzkammer, und was nicht
hinreichte liess er mit gewalt von seinem volke nehmen. So
hatte er doch so viel zusammengebracht um ein diamantenes
kleid verfertigen zu lassen, welches im werthe das goldne zehntausendmal überstieg. Die prinzessin erschrack, als er ihr's
brachte, und bat ihn nur um einen tag noch bedenkzeit. Der
kaiser willigte ein, und sie unterredete sich in dieser zeit mit

ihrer amme, welche ihr rieth noch ein kleid von ihrem vater
zu verlangen, welches er ihr gewis nicht machen lassen könne,
nemlich von lauter lausbälgen, und verbrämt mit bälgen von
flöhen. Als der kaiser den neuen wunsch der prinzessin vernahm, ward er böse, wollte aber doch nichts sagen, sondern
gab sogleich wieder befehl dass ein solches kleid verfertigt werde.
Es dauerte ein volles jahr bis nur alles rauchwerk und alle
häute zu diesem kleide bei einander waren, und dann wieder
ein jahr bis sie zusammengenäht wurden. Nach dieser zeit
brachte der kaiser seiner tochter das kleid, und nun liess sich
die prinzessin auf den rath der alten ohne weitere einrede mit
ihrem vater trauen.

Abends, wie sie mit ihm in die brautkammer trat, bat sie
ihn er möchte sie noch einmal ein wenig ins freie lassen. Er
wollte durchaus nicht, denn er mistraute ihr und dachte sie
wolle ihm entfliehen. Sie gab ihm aber einen bindfaden in die
hand, den sie sich um die linke gebunden hatte, und sagte ihm.
wenn sie ihm zu lange nicht komme, so solle er nur ziehen.
So willigte der hässliche vater endlich ein und die prinzessin
schlüpfte zur thüre hinaus, wo schon ihre amme mit einem
alten bocke bereit stand, dem sie schnell die schnur um die
hörner banden. Alsdann legte die prinzessin alle ihre kleider
an, zuerst das diamantene, drüber das goldene, dann das silberne und über alle diese das abscheuliche, welches ihr der
kaiser zuletzt hatte machen lassen. So entfloh sie.

Der kaiser wartete indessen ungeduldig und zog endlich
sachte an der schnur; aussen aber zog der bock wieder. Der
kaiser zerrte endlich, und der bock wollte sich in dieser kunst
nicht schlechter finden lassen und that sein mögliches, so dass
der kaiser voll zorn aufsprang und vor die thüre trat. Wie
war er aber erstaunt, als er anstatt seiner reizenden tochter nur
einen zottigen schwarzen bock fand, der sich unsanft an ihn
drängte und mit seinen hörnern aufs empfindlichste mit ihm
zu scherzen suchte. Der kaiser musste sich wieder allein in's
brautgemach zurückziehen und leute rufen, die alsbald, die
amme an der spitze, herbeikamen. Als der kaiser in einem
schwall von schimpfworten seinem zorn luft gemacht und sein
abenteuer erzählt hatte, befahl er den bock wegzuschaffen. Die

amme hub aber zu kreischen an: »siehst du, tyrann deines kindes, wie weit du es nun gebracht hast? Gott hat euch gestraft wegen eurer sträflichen verbindung, indem er dir deine tochter nahm und sie in dieses abscheuliche gehörnte ungeheuer verwandelte!« So und mit noch vielen anderen worten überzeugte die listige amme den betrogenen herscher, dass der gerechte zorn gottes dieses wunder bewirkt habe, weshalb er sich auch schämte und von der sache nichts weiter mehr gesprochen wurde.

Die prinzessin war indessen in einen grossen wald geflohen, wo sie, da es eben gute jahrszeit war, von beeren und nüssen lebte, die sie an den sträuchen fand. Nun begab es sich, dass der kaisersohn von dem reiche zu welchem dieser wald gehörte, in demselben ein grosses jagen anstellte. Es war schon gegen abend, als der prinz, nur von einem diener begleitet, einen eber in tiefes dickicht verfolgte. Zu seinem grossen erstaunen sah er hier das sonderbare waldkind, und da er nicht wusste, was er daraus machen sollte, legte er den bogen drauf an. Wie er aber sah, dass es sich nicht rührte, stieg er auf den baum und fieng das unbekannte thier lebendig. Unter grossem jubel wurde das waldwunder durch die stadt in den palast geführt und dort wegen seines ekelhaften fells dem schweinhalter übergeben. Dieser sperrte es in seinen schlechtesten stall, über welchem ein hühnerstall war, so dass das fell des unbekannten waldthieres nur noch übler zugerichtet wurde. Von allem aber was man ihm zu fressen hinstellte, nahm es nichts als beeren und nüsse vom walde.

Bald darauf war in der stadt ein glänzendes fest: der sohn eines angesehenen herrn bei hofe hatte hochzeit. Die ganze schöne welt der frauen und mädchen, so wie alle herrn, welchen namen immer sie trugen, waren dort versammelt, da schlüpfte, als es abend war, die prinzessin aus ihrem ekelhaften gewande heraus, so dass ihr silbernes zum vorschein kam, verliess den schweinstall und gieng hin zur hochzeit. Der prinz, welcher ebenfalls dort war, sah sie, tanzte mit ihr und da er das mädchen ausserordentlich schön fand, schenkte er ihr einen sehr kostbaren ring, nachdem er noch viel mit ihr gesprochen und zuletzt ausschliesslich mit ihr getanzt hatte. Gegen morgen

war die unbekannte schöne wieder aus dem saale verschwunden,
ohne dass jemand in acht genommen hätte wohin sie gegangen
wäre. Die prinzessin hatte aber wieder ihr stallkleid umgethan
und schlief ruhig im schweinstalle.

Am zweiten abend erschien sie wieder bei der hochzeit,
dissmal in ihrem goldenen kleid. Der prinz, der sie schon
längst gesucht hatte, war über ihren anblick höchlich erfreut
und gieng ihr nun nicht mehr von der seite, indem er gar zu
gern auch erfahren hätte, wer denn die unbekannte von dem
ausserordentlichen reichthum und der strahlenden schönheit sei.
So sehr er aber auch auf der wache war, dass ihm die geliebte
dissmal nicht entfliehe, so nahm sie doch einen günstigen
augenblick wahr und sass bald ruhig wieder, unter ihrem schmutz-
kleid verborgen, im schweinstalle, bevor ausser dem prinzen
jemand gewahrte dass sie sich nicht mehr im saal befinde.

Am dritten abend erschien die unbekannte wieder bei der
hochzeit, wo die ausnehmende pracht ihres diamantenen kleides
allgemeines staunen erregte. Auch der prinz dachte, die jungfrau die ein kleid von so unberechenbarem werthe trage, müsse
von hohem stande sein, aber ihre schönheit kam ihm noch tausendmal herrlicher vor. Er war wieder ganz glücklich und
unterhielt sich dissmal ausschliesslich mit ihr, konnte aber zu
seinem grossen verdruss auch dissmal nicht herausbringen, wer
und woher sie eigentlich sei. Als es gegen morgen gieng, stahl
sich die unbekannte wieder so listig aus dem saale, dass weder
der prinz noch irgend wer ihr fortgehen im augenblick bemerkten.

Die hochzeit war zu ende und der prinz hatte keine hoffnung seine geliebte unbekannte wieder zu sehen. Das machte
ihn ernstlich krank. Aber auch die prinzessin sass in ihrem
schweinstalle nicht mehr so ruhig wie früher, denn sie hatte
den prinzen ebenfalls lieb gewonnen. Einige tage waren so vergangen, ohne dass der prinz, der vor sehnsucht beinahe vergieng,
das bett verlassen hatte. Da besuchte ihn einer von seinen
freunden, und er liess ein frühstück für denselben bereiten.
Zufälligerweise kam nun auch das wunderthier aus dem schweinstall in die küche, denn man hatte es, da es so still und gut-
artig schien, frei umher gehen lassen, und bat sich ein wenig

beim feuer wärmen zu dürfen, weil es in seinem stalle so kalt
sei. Nach einigen umständen liess es ihm die küchenmagd zu
und das waldthier kauerte sich beim heerde nieder. Als milch
zum feuer gesetzt wurde, fragte das waldthier für wen diss
sei. Da man ihm sagte, für den prinzen, so zog es von seinem
finger unvermerkt den ring den ihm der prinz bei der hochzeit
gegeben hatte, und warf ihn in den topf. Nachdem es sich er-
wärmt hatte, schlich es sich wieder weg in seinen schweinstall,
kleidete sich dort in sein diamantenes kleid und war so wieder
die schönste prinzessin.

Der prinz frühstückte indessen mit seinem freund und
konnte sich kaum vor staunen erholen, als er auf dem grunde
des milchtopfes den ring fand den er seiner geliebten unbekannten geschenkt hatte. Er liess unverzüglich die küchenmagd
rufen welche das frühstück bereitet hatte; diese verschwor sich
aber, dass sie nicht wisse wie der ring in die milch gekommen sei. Der prinz forschte weiter, wer sich ausser ihr noch
weiter in der küche aufgehalten habe, da gestand endlich das
mädchen nach langem zaudern, dass das hässliche waldwunder
beim feuer gewesen sei um sich zu wärmen. Unverzüglich
gieng nun der prinz mit seinem freunde zu jenem stall, wo
das ekelhafte waldthier eingesperrt war. Aber wie er die thüre
öffnete und hineinsah, prallte er vor freudigem erstaunen drei
schritte zurück, denn da sass in ihrem herrlichen prachtkleid
seine schöne, über alles geliebte unbekannte. Sie trat heraus
und sprach: »ich bin es, mein prinz!« Auf sein befragen wie
sie an diesen abscheulichen ort gekommen sei, erzählte sie ihre
geschichte, über die alle sehr erstaunt waren. Alsdann schloss
der prinz seine geliebte prinzessin zärtlich in die arme, und bald
machte eine prachtvolle hochzeitsfeier zur freude des ganzen
hofes dieser geschichte ein freudiges ende.

4. Die kaiserstochter gänsehirtin.

Die schöne tochter eines kaisers war allmählich gross geworden, da sprach ihre stiefmutter zum kaiser: »unsre tochter ist

herangewachsen, wir wollen sie verheirathen.« Der kaiser aber,
welcher seine tochter sehr liebte und sich ungern von ihr trennte,
wollte nicht, und um so weniger, als auch die prinzessin durchaus keine lust dazu hatte. Der eifersüchtigen kaiserin aber war
sie von je ein dorn im auge gewesen, und das böse weib gab den
gedanken nicht mehr auf, wie sie sie aus dem haus bringen könne.
Als der kaiser nun einmal in den krieg ziehen musste und
die kaiserin mit der prinzessin allein daheim blieb, hatte sie
freies spiel. Sie liess daher ihre stieftochter sogleich einsperren,
und ihr drei tage und drei nächte lang nichts zu essen und zu
trinken geben. Am vierten tag endlich schickte sie ihr ein kleines
stück brot und einen krug wasser, worein sie aber eine junge
schlange geworfen hatte. Die arme prinzessin, die sich vor
hunger und durst kaum kannte, fiel heftig über den krug her
und trank wasser und schlange hinunter, ohne dass sie es merkte;
sodann verzehrte sie eben so gierig das stück brot. Von jetzt
an bekam sie wieder zu essen und zu trinken, obwohl sie gefangen blieb. Nach zehn monaten war die schlange in ihrem
leib gross gewachsen, und derselbe dick und angeschwollen.
Als nun der kaiser aus dem felde zurückkam, trat die boshafte kaiserin zu ihm und sprach: »jetzt schau einmal die
tugendhafte jungfrau, deine tochter, wie sie gewachsen ist.
Heirathen wollte sie nicht, aber jetzt hat sie die ehre unseres
hauses geschändet.« Auf dieses liess der kaiser die prinzessin
rufen und hörte, als er sie sah, nicht auf sie zu schelten und
zu mishandeln, obgleich die jungfrau ihre unschuld betheuerte,
und erzählte wie es ihr in ihres vaters abwesenheit ergangen
war. Er hatte zwar seine tochter zu lieb, als dass er hätte
geradezu befehlen können man solle sie tödten; statt dessen
hiess er sie fortgehn und verbot ihr je wieder vor seinen augen
zu erscheinen. Dann liess er zwölf prachtvolle kleider für sie
machen, welche sie alle anziehen musste und darüber einen
ganz hölzernen mantel. So angethan wurde sie unter thränen
und schluchzen, aber zur grösten freude der bösen stiefmutter,
in eine wüstenei geführt und dort allein gelassen. Hunger und
elend trieben aber das arme verlassene kaiserskind aus der wüste
fort und sie kam bald in eine stadt, wo ein anderer kaiser mit
seinem hofstaat wohnte. Sie gieng geradezu in den palast

und meldete sich dort in der küche beim niedersten gesinde
des kaisers um einen dienst. Sie ward aber von diesen leuten
wegen ihres hölzernen mantels und ihres schüchternen aus-
sehens verlacht und verspottet, und erhielt nur die antwort, dass
der kaiser rührige, dienstfertige und keine hölzernen leute brauche.
Während sie hier dem spott ausgesetzt war, gieng der prinz
vorüber, und da er nicht wusste, was er aus dem hölzernen
kleide des fremden mädchens machen sollte, trat er herzu und
fragte die weinende, was sie hier wolle und wünsche; worauf
sie ihn bat, er möchte ihr einen dienst geben. Auf die frage
was sie denn arbeiten könne, erwiederte sie: »ach, wenig, herr,
gieb mir den geringsten dienst, nur dass ich mein armseliges
leben friste, gewis soll meine treue die geschicklichkeit ersetzen die mir fehlt.« Den prinzen rührten die bitten des
hölzernen mädchens: er machte sie zur gänsehirtin. Und da er
sah, wie unbarmherzig das übrige gesinde zuvor mit ihr um-
gegangen war, gab er ihr auch ein eigenes einsames kämmerlein.
Des andern tags trieb sie des kaisers gänse auf die weide, und
da es mittags sehr heiss war und ihre heerde sich anfieng zu
baden, so entkleidete sie sich ebenfalls, in derselben absicht.
Einige mähder, welche in der nähe arbeiteten, welche sie aber
nicht gesehen hatte, bemerkten sie und waren sehr verwundert
wie sie ihre zwölf prächtigen kleider, eins kostbarer als das
andere, ablegte. Als sie daher abends heim kamen, giengen sie
zum prinzen, entdeckten ihm was sie auf der gänseweide gesehen hatten, und konnten nicht genug sagen von den schönen
kleidern welche das hölzerne mädchen besitze. Als am andern
tag die hirtin die schnatternde heerde wieder austrieb, so gieng
ihr der prinz auf näheren wegen, die sie noch nicht kannte,
voran und versteckte sich in ein gebüsch, denn er hätte doch
gern gewusst, was eigentlich die mähder an der hölzernen
jungfrau gesehen hatten. Da es wieder sehr heiss war, so badete
sich die gänsehirtin auch heute wieder am nemlichen orte wie
gestern, und als sie sich, nachdem sie den hölzernen mantel
abgelegt hatte, anfieng zu entkleiden und jetzt ein kleid schöner
und prachtvoller als das andere zu tage kam, da erkannte der
prinz dass ihn die arbeitsleute doch nicht belogen hatten, und
sein erstaunen war eben so gross wie das ihrige. Als sie sich

nun vollends entkleidete und ins wasser stieg, konnte er kein
auge mehr abwenden, denn von solch' ausserordentlicher schönheit hätte er sich nie träumen lassen. Er war fast ausser
sich und hätte beinah' laut aufgeschrieen, aber er fürchtete,
sie möchte erschrecken und böse werden, wenn sie sähe dass
er sie belauscht habe. Daher schwieg er still, bis sie wieder
aus dem wasser stieg und sich angekleidet hatte. Dissmal liess
sie sechs kleider bei seite, um sie so nach hause zu tragen.
Da die hitze sehr gross war, spürte sie durst, wusste aber
nicht wo trinken, denn vor dem wasser, drin sie sich gebadet,
hatte sie scheue. Vielleicht um den durst zu vergessen, vielleicht um nur auszuruhen, legte sie sich in den schatten eines
baumes und entschlief. Da sah der prinz nach einiger zeit wie
durch ihren halbgeöffneten mund eine hässliche schlange heraus-
kroch, langsam und immer länger. Diss schauderte ihn und
er trat näher, um sie zu tödten. Als er nahe genug war, warf
er mit einem goldenen ring, den er vom finger zog, nach ihr
und traf sie auf den kopf: die schlange, erschrocken hierüber,
fuhr mit gezische heraus und davon. Die prinzessin aber erwachte und richtete sich auf, sah jedoch den prinzen nicht, der
sich eilig wieder versteckt hatte. Sie fühlte sich, sie wusste
selbst nicht wie, sehr erleichtert, und betete deshalb voll dan-
kes zu Gott. Dann sah sie den ring vor sich im grase liegen,
den nahm sie, stand auf und trieb, weil es indessen abend geworden war, die gänse nach hause.

Der prinz war ihr wieder auf seinem kürzeren wege vorangeeilt. Als sie nun daheim die gänse versorgt hatte und in ihre
kammer wollte, vertrat er ihr den weg, und fragte sie um den
schönen ring den sie am finger habe. Schüchtern antwortete
sie, es sei ein fund, den sie auf der gänsetrift gemacht habe.
Da sprach aber der prinz: »der ring gehört mir und ich habe
ihn dort verloren.« Eilig zog sie ihn jetzt vom finger, um ihn
dem prinzen zurückzugeben, der aber wollte ihn nicht nehmen,
sondern steckte ihr ihn selbst wieder an und sagte: »behalt'
ihn, frommes kind, behalt' ihn von mir, denn ich will dich
heirathen.« Da erröthete die arme, denn sie dachte der prinz
wolle nur spott mit ihr treiben, und sagte: »wie sollte denn
ein prinz, wie du bist, ein armes hölzernes mädchen zum weibe

nehmen?« Der prinz aber bestund auf seinem sinn und dass
sie ihm gefalle wie sie sei; da willigte die jungfrau ein, und
versprach ihn zum manne zu nehmen.

Auf dieses eilte der prinz zum kaiser, seinem vater, und
sagte ihm dass er das hölzerne gänsemädchen heirathen wolle.
Aber der kaiser war hierüber sehr entrüstet und schlug ihm
sein begehren rundweg ab. Dadurch liess sich jedoch der prinz
von seinem vorhaben nicht abbringen, denn er hatte die jungfrau recht gesehen, wie sie war, und brannte von liebe zu ihr.
Also schlug er den unwillen seines vaters, des kaisers, nicht an,
sondern nahm das hölzerne mädchen heimlich zur frau. Als der
alte kaiser diss erfuhr, ward er zwar sehr aufgebracht, fügte
sich aber doch darein und gab seinem sohne vier zimmer in seinem palaste, die er mit ihr bewohnen konnte; sie aber blieb
gänsehirtin, wie zuvor.

Eines sonntags nun, da sie ihre heerde wieder heimge-
trieben hatte, legte sie eins ihrer schönen kleider an, aber ohne
den hölzernen mantel darüber zu nehmen, und begab sich in die
kirche, wo sie von allen wegen ihrer schönheit bewundert wurde.
Da gieng auch der prinz zu seinem vater hin und fragte ihn
um die schöne fremde, und als der kaiser erwiderte dass er
nicht wisse, wer sie sei, so sagte der prinz: »ach, vater,
warum hast du nicht eine so schöne frau!« Der gottesdienst
war vorüber und alle anwesenden giengen, jedes seines wegs,
auch die schöne fremde mischte sich unter die menge und
schlüpfte unbemerkt nach hause, wo sie sich sogleich um-
kleidete und wieder das hölzerne mädchen war.

Am andern sonntag war es wieder so, nur dass sie ein
noch viel schöneres kleid anhatte, und auch der prinz that an
den kaiser wieder dieselben fragen, wie das vorige mal, worauf
sich dieser vornahm, am künftigen sonntag an alle thore leute
stellen zu lassen, die der schönen unbekannten aufpassen sollten, von wo sie komme und wohin sie gehe.

Der dritte sonntag hatte wieder kaiser und volk in der kirche
vereinigt, und darunter war wieder die schöne frau von der niemand
etwas wusste. Sie schien heute noch viel schöner und viel reizender,
als die beiden vorigen male, worüber sich der prinz in seinem
innern ausnehmend glücklich fühlte. Als der gottesdienst zu

ende war und die menge zu allen thüren hinausströmte, suchte
die unbekannte auch wieder unbemerkt zu entschlüpfen, stiess
aber überall auf die wachen und blieb deshalb endlich ganz
allein in der kirche zurück. Als der prinz jetzt ihre verlegenheit bemerkte, trat er zum kaiser und sprach zu ihm: »vater,
schicke deine wachen nur weg, denn die schöne frau ist niemand anders als die gänsehirtin, mein hölzernes weib.« Hierüber war der kaiser sehr verwundert, aber auch ebenso erfreut.
Er gieng zu seiner schönen schwiegertochter hin, umarmte sie
freundlich und wünschte ihr glück. Als er nach hause kam,
liess er sogleich anstalten zu prachtvollen hochzeitfeierlichkeiten
treffen, denn jetzt war es ihm leid, dass sein sohn, der prinz,
heimlich geheirathet hatte, und er wollte deshalb die hochzeit
nachträglich doppelt festlich begehen. Er schrieb auch sogleich
einen brief an den kaiser, seinen nachbar, den vater seiner
schwiegertochter, worin er ihn auf einen bestimmten tag zu
sich einlud, weil da seine tochter feierlich mit dem jungen kaiser
getraut werden sollte. Wie der vater der verstossenen jungfrau hörte, dass sie die schwiegertochter eines mächtigen kaisers
werden solle, pries er die allmacht Gottes, und freute sich
solches von seinem lieben, armen kinde zu hören. Er schrieb
auch alsbald zurück dass er kommen würde, und liess nicht
lang auf sich warten, indem er mit grossem gefolg erschien.
Als man ihm nun aber alle die wunderbaren begebenheiten
genau erzählte, und er vernehmen musste durch welche abscheuliche bosheit er vermocht worden sei, seine schuldlose
tochter zu verstossen, gerieth er in grosse wuth, und sandte
sogleich leute ab, mit dem auftrag dem bösen weibe den kopf
abzuschlagen. Die hochzeitsfeierlichkeiten giengen mit nie er-
lebter pracht vor sich, und die jungen leute lebten noch lange
jahre glücklich und vergnügt.

5. Der zauberspiegel.

Eine sehr vornehme frau, die so überaus schön war, dass
sich im ganzen land wo sie wohnte keine andere mit ihr
vergleichen liess, besass unter mancherlei schmucksachen und

kostbarkeiten einen werthvollen zauberspiegel, welcher die eigenschaft hatte dass er, so oft ihn seine besitzerin fragte wer die schönste frau im lande sei, genauen bescheid gab und die schönste frau nannte. Als die tochter der frau, welche dieses wunderstück besass, zu jahren kam, wurde sie noch bei weitem schöner als die mutter. Wie diese nun einmal wieder ihren spiegel nach der schönsten im land fragte, und derselbe nicht mehr sie, sondern ihre tochter nannte, wurde sie darüber von tödlichem hass gegen ihr eigenes kind erfüllt, und beschloss ihre tochter umzubringen. Mit diesem vorsatze buk sie einmal einen kuchen, welchen sie übermässig salzte. Als er fertig war, nahm sie ihn sammt einem krug wasser unter die kleider, und befahl ihrer tochter sie in den wald zu begleiten. Sie gieng mit ihr weit, weit fort in die tiefste wildnis und ruhte nicht, bis ihre tochter wegen hunger, durst und ermattung ausser stands war weiter zu gehn. Als nun das arme mädchen klagte: »ach, mutter, ich kann nicht mehr, der hunger bringt mich um!« da sprach diese: »wenn du essen willst, so nimm hier diesen kuchen, aber lass dir darum ein auge ausstechen.« Hierüber erschrack die arme und weinte: »ach, liebste mutter, so werde ich ja einäugig sein!« »Ei was!« rief hierauf die abscheuliche mutter indem sie weiter gieng, wenn du dich lange besinnst, so bist du nicht hungrig?« Da rief aber die tochter: »ach haltet mutter, und thut wie euch gefällt, sonst muss ich verhungern!« So gab denn die mutter ihrer tochter den kuchen, nachdem sie ihr zuvor ein auge ausgestochen hatte. Als beide wieder eine strecke weges zurükgelegt hatten, so überkam die unglückliche tochter von dem genuss des stark gesalzenen kuchens ein furchtbarer durst, so dass sie der mutter wieder zurief und flehentlich um einen trunk bat, ihren brennenden durst zu löschen. »Gut,« sprach das abscheuliche weib darauf, »sieh hier diesen krug mit wasser! Du sollst trinken, wenn du dir dein anderes auge auch ausstechen lässest!« »Weh euch, mutter,« rief jammernd hierauf die unglückliche tochter, »wenn ihr mich ganz blendet, wer wird mich führen und mir helfen in meiner noth!« »Dummes geschrei!« versetzte hierauf die mutter, »wie ist deine zunge noch so geläufig! Ich werde dich schon führen und leiten, wenn du blind bist.«

Die tochter, die vor durst halb wahnsinnig war, willigte
endlich ein und liess sich das andere auge gleichfalls ausstechen,
nur um trinken zu können. Wie sie so völlig blind war, so
schleuderte die mutter den wasserkrug höhnisch weg und rief:
»nun komm, schönes kind, ich will dich hinführen, wo du
gewis keinen durst mehr leiden wirst.« Somit stiess sie die
erbarmungswürdig geblendete vor sich her, bis zu einem felsen-
hang, an dessen fuss unten ein wilder giessbach hintobte. In
den warf sie sie hinunter, dann nahm sie eilig ihren weg nach
hause, im herzen teuflische freude, da sie nun wieder die
schönste im lande sei.

Die unglückliche tochter ward indessen von dem schäumen-
den strome fortgetragen und endlich ans ufer geschwemmt, wo
sie sich an einer weide festklammerte, mit deren hilfe sie nach
langer anstrengung wieder ans land kam. So der todesangst
entronnen, kniete sie nieder und dankte Gott für ihre rettung.
Als die mutter wieder zu hause war, lief sie gleich nach ihrem
zauberspiegel, ihn zu fragen, wer die schönste im land sei, und
dieser antwortete: »die schönste bist du, denn deine tochter
ist blind!« Mit dieser antwort zufrieden, stellte sie den spiegel
bei seite, und dachte lange zeit nicht mehr weder an den spiegel
noch an ihre tochter.

Dieser aber war, nachdem sie am ufer Gott für ihre wunderbare rettung gedankt hatte, die heilige jungfrau Maria erschienen,
und hatte ihr befohlen näher zu kommen. Die geblendete
sprach: »ach, allerheiligste, ich vermag es nicht, denn ich bin
blind!« Da nahm sie die mutter Gottes bei der hand, führte
sie zu einem brunnen und hiess sie ihre augenhöhlen waschen.
Als die blinde diss gethan hatte, fragte sie: »siehst du etwas?«
und als diese es bejahte, so hiess die mutter Gottes sie die
waschung noch zweimal wiederholen, und als diss geschehen
war, sah sie wieder so gut wie vorher. Vor dem glanze der
heiligen jungfrau musste sie aber die augen abwenden, und
konnte erst wieder aufsehen, als diese sich entfernt hatte. Auf
dieses schlief sie in herzlichem dankgebete ein.

Sie mochte schon eine weile geschlafen haben, da kamen
zwölf räuber zu dem brunnen, und blieben entzückt von der
ausserordentlichen schönheit des mädchens stehen. Jeder hätte

sie gern für sich besessen, da sie aber durchaus keiner dem andern überlassen wollte, kamen sie endlich dahin überein, sie beim erwachen zu bitten, dass sie als ihre schwester mit ihnen kommen und ihnen in ihrer höhle haushalten möge. Als das schöne mädchen wirklich die augen aufschlug, erschrack sie über den vielen bärtigen gesellen die um sie her stunden. Ihre furcht verschwand aber, als einer, der gröste unter ihnen, sich freundlich an sie wandte und ihr sagte, dass zwar ein jeder von ihnen überaus glücklich sein würde, wenn er ein so schönes mädchen, wie sie sei, besitzen könnte; da aber keiner von ihnen einen vorzug vor dem andern haben solle, so bitte er sie mit ihnen zu kommen, sie wollen sie gewis in aller zucht und ehren halten und wie eine schwester lieben.

Die arme verlassene fand an dieser rede wohlgefallen, und da sie sonst keine wahl hatte, so gieng sie mit den zwölf räubern in die höhle, wo diese ihr den ersten platz anwiesen. Als einmal wieder alle auf einen raubzug fortgiengen, sagte der älteste zu ihr: »liebe schwester, wir verlassen dich jetzt, vielleicht auf mehrere tage; sei vorsichtig und öffne ja niemanden, wer es auch sei, die thüre, damit dir kein leids widerfahre!«

Die mutter des mädchens hatte indessen zu hause wieder in ihren spiegel geschaut und gefragt: »wer ist die schönste im lande?« Dieser antwortete: »deine tochter ist die schönste im lande, sie befindet sich sicher bei den räubern, in der wildnis wo du sie tödten wolltest.« Hierauf erwachte ein doppelter grimm in der seele der unnatürlichen mutter und nach kurzem besinnen vergiftete sie einen ring so, dass wer denselben an den finger steckte, in einen todähnlichen schlaf versank, von dem er sich nicht mehr erheben konnte, so lang er das vergiftete kleinod am finger hatte. Mit diesem ring schickte sie ein altes böses weib, die ihr auch sonst bei manchen händeln behülflich gewesen war, nach der räuberhöhle und gab ihr die weisung, sie solle nur trachten dass ihre tochter den ring an den finger bekomme. Die alte machte sich auf den weg, klopfte an die thüre, und bat das mädchen ihr aufzumachen. Aber dieses hatte sich die warnung des alten räubers wohl gemerkt und öffnete nicht, bis jene endlich sagte: »ei du spröde eigensinnige, du willst mir nicht einmal die thüre öffnen, dass ich dir ein schönes geschenk anbiete, deine weisse hand zu schmücken.« Mit diesen worten zeigte sie ihr durch das fenster den ring, der mit einem schönen, sehr kostbaren steine geziert war. Das mädchen hatte grosses gefallen an dem glänzenden kleinod, und weil ihr nicht verboten war etwas durch das fenster anzunehmen, so griff sie nach dem ring und steckte ihn an. Jetzt entfernte sich die alte schnell, voll böser freude über das gelingen ihres auftrags. Nicht lange dauerte es, so fühlte sich das schöne mädchen matt und immer matter, so dass sie sich auf ihr lager niederlassen musste und da in einen todähnlichen schlaf sank. Als die räuber bald hernach heimkehrten und ihre schwester todt fanden, brach ein grosser jammer unter ihnen aus, und sie machten anstalt sie zu begraben. Die mutter des mädchens hatte indessen ihren spiegel befragt, wer die schönste im lande sei, und als ihr dieser antwortete: »die schönste bist du, denn deine tochter ist todt!« so war sie höchlich erfreut, weil sie nun schon, bevor die alte zurück war, wusste dass ihr plan gelungen sei.

Die räuber konnten sich indessen nicht entschliessen das schöne, liebe mädchen in die dunkle erde zu graben, da sie immer noch so überaus schön war und dalag, als ob sie nur schliefe. Sie rüsteten daher eine kleinere höhle her, die sie mit blumen schmückten, machten auch ein lager von grünem laub und ebenfalls mit blumen geziert, legten ihre liebe schwester darauf und setzten sie so bei. Täglich giengen die bärtigen gesellen ab und zu, um die schöne todte zu betrachten und ihrer trauer freien lauf zu lassen. Endlich bemerkte einer den ring an ihrem finger den sie früher nicht gehabt hatte, zog ihn herunter, und siehe da, das blut kehrte wieder auf die lieblichen wangen zurück, das mädchen erhob sich, und fragte wo sie sei. Der räuber erzählte ihr, was indessen vorgegangen war, und brachte sie dann zur grossen freude aller seiner rauhen genossen zurück in die höhle, wo sie wieder den platz einnahm den ihr die räuber früher angewiesen hatten.

Der zauberspiegel hatte indessen der bösen mutter verrathen dass ihre tochter, die schönste im land, wieder lebe, und

alsbald sandte sie durch die böse alte ihrer tocher ein paar ohrgehänge, welche dieselbe eigenschaft hatten wie der ring. Auch
dissmal nahm die arglose, die nicht wusste aus wessen hand
eigentlich das geschenk kam, dasselbe in abwesenheit der
räuber durchs fenster an und schmückte sich damit, worauf
sie alsbald wieder in den todähnlichen schlaf sank. Wie die
räuber nach hause kamen und ihre freundliche schwester wieder
so zum tode erstarrt fanden, erschracken sie zwar, suchten
aber doch gleich, ob sie nicht etwas ungehöriges an ihr fänden,
sahen die ohrgehänge, welche sie früher nicht gehabt hatte,
und nahmen sie ab, worauf das schöne mädchen sofort wieder
zu frischem leben erwachte.

Als daher ihre mutter zu hause den zauberspiegel befragte,
und erfuhr dass ihre bosheit abermals vergeblich gewesen sei,
wollte sie vor wuth beinahe vergehen. Lange sann sie auf
einen sichern plan, endlich verfiel sie darauf ihrer tochter in
abwesenheit ihrer beschützer, der räuber, eine vergiftete blume
zu senden, denn sie wusste wohl dass das mädchen blumen
über alles liebe, und sie namentlich gern an sich getragen habe.
Diss werde wohl auch in der räuberhöhle so gewesen sein, und
die räuber werden daher nicht auf den gedanken kommen die
tödliche blume wegzunehmen. Sie suchte daher eine sehr seltne
blume von grosser schönheit und lieblichem geruch; die gab sie
der alten und befahl ihr sie solle dieselbe heimlich auf das fenster
des mädchens legen, so dass diese sie bemerken müsse, und
solle dann in der entfernung aufmerken ob der anschlag auch
gelinge. Als nach einiger zeit die böse mutter ihren zauberspiegel befragte wer die schönste im lande sei, und dieser ihr
antwortete: »du, denn deine schöne tochter ist todt!« war sie
zufrieden und belohnte die alte reichlich.

Die räuber, als sie von ihrem zuge heimkehrten, fanden
indessen ihre liebe schwester zum dritten mal todt und suchten
gleich wieder, ob sie nichts an ihr fänden was sie in diesem zustand versetzt haben könnte. Allein trotz allem suchen und
forschen kamen sie auf nichts; denn an die blume dachten sie
nicht, weil sie diesen schmuck an dem mädchen oft bemerkt
hatten, ohne dass er von schlimmen folgen gewesen wäre.
Nachdem sie lang über der schönen leiche in ihrer höhle

geweint hatten, machten sie wieder eine bahre von tannenreis und immergrün, worein sie schöne blumen mischten, und legten sie darauf. Da die todte aber immer nur aussah als ob sie schliefe, so setzten sie die bahre nicht in einer finstern höhle bei, sondern zogen sie zwischen zwei grossen schönen bäumen in die höhe, wo sie die unzerstörbare leiche in freier luft im schatten des grünen laubwerks und von den vögelein des waldes besungen, schweben liessen.

Einmal nun begab sich's, dass der sohn des kaisers der über dieses land herschte, ein schöner und muthiger prinz, in diesen wildnissen jagte und zufällig in die nähe der höhle kam. Er bemerkte zwischen den gipfeln die bahre, und ohne erst sein gefolge zu erwarten, bestieg er sogleich selbst einen der bäume, um zu schauen welche bewandtnis es mit dieser seltsamen einrichtung habe. Als er oben war, konnte er von der schönheit, die nur leicht zu schlummern schien, gar den blick nicht mehr abwenden, sondern liess sich mit hilfe eines niederhängenden astes näher zur bahre hin, und küsste inbrünstig die rosenfrischen lippen des schönen mädchens, an dessen tod er nicht glaubte. Alsdann stiess er in sein horn und bald war sein gefolge um ihn versammelt, dem er befahl die bahre langsam hinunter zu lassen, damit ja der theuren erstarrten nichts zustiesse. Auch er selbst stieg herab, und liess nun die bahre mit ihrer herrlichen last in seine wohnung tragen, wo er sie aufstellte, um sich so oft er wollte an dem anblick der wunderbaren todten waiden zu können.

Unter dem hofgesinde des kaisers waren aber drei diebische gesellen, die sich verabredeten der todten den ring und die ohrgehänge zu stehlen, da sie dieselben doch nicht mehr brauche. Allein der verübte diebstahl kam heraus und die übelthäter wurden aus dem dienste gejagt. Diss hielt jedoch einen vierten, den seine geliebte dazu überredet hatte, doch nicht ab den nemlichen raub an der leiche wieder zu begehen, und dazu auch die wunderbare, immer frische blume aus den haarflechten des todten mädchens zu nehmen. Wie nun diese verhängnisvolle zierde weg war, erwachte die todte mit einem mal. Der prinz gerieth hierüber in das freudigste staunen, sank vor dem zauber ihrer schönheit in die kniee, und bat sie sie möchte

seine liebe nicht verschmähen, sondern ihn zu ihrem gatten
und beschützer nehmen. Als das schöne mädchen sich erholt
und in ihren gedanken gefasst hatte, sank sie in die arme des
prinzen, der sie mit tausend küssen bedeckte und dem kaiser
seinem vater vorstellte. Dieser gab alsbald seine einwilligung
zu der heirath, worauf die hochzeit mit den glänzendsten festen
begangen wurde.

Indessen aber hatte die nimmer ruhende böse mutter auch
ihren zauberspiegel wieder befragt, und als ihr dieser antwortete,
ihre tochter, die jetzige kaiserin, sei die schönste im lande, gerieth sie in unbegrenzte wuth und rief: »immer und immer
dieses verhasste gesicht, das schöner sein will als das meinige.
Ich muss mich nun selbst aufmachen und diese unverwüstliche
fratze vernichten.« Also färbte sie ihr gesicht braun, verstellte
ihre gebärden, gieng als ein altes weib an den kaiserlichen hof,
wo eben die kaiserin ihrer entbindung nahe war, und meldete
sich als eine wehmutter, welche der edeln frau in ihren nöthen
auf's geschickteste beistehen könne. Sie ward auch als solche
aufgenommen, und die kaiserin genas eines schönen, gesunden
kindes. So lange jemand in der nähe war, pflegte die wärterin
kind und mutter auf's beste; befand sie sich aber allein, so
stiess sie den unschuldigen säugling, und versagte der kranken
kaiserin was sie begehrte. Da der kaiser selbst in dem zimmer
schlief wo die wöchnerin lag, so traute sich die alte lange
nicht ihren racheplan auszuführen, bis sie einmal glaubte der
kaiser schlafe fest. Da gieng sie zu der wiege, stiess dem kind
ein langes messer in's herz, und war eben im begriff der kaiserin
den schönen hals zu durchschneiden, als der kaiser erwachte und
das schreckliche weib mit dem langen messer auf seine gattin zu-
gehen sah. Er sprang schnell auf, ergriff sein schwert und rief, es
über sie schwingend: »was beginnst du alte hexe!« »Morden will
ich die, welche schöner ist, als ich!« rief die alte und wollte
schnell einen stoss auf die schlafende führen. Aber der kaiser
sprang dazwischen, und die herbeigerufene wache führte das teuflische weib fort ins gefängnis. Der kaiser war, wie die kaiserin,
über den tod des unschuldigen kindes sehr betrübt, führte aber
doch das verhör selbst, und erfuhr von der ruchlosen mutter
alle verbrechen die sie an ihrer eigenen tochter begangen hatte.

Da ihre erzählungen mit denen der kaiserin genügend überein-
stimmten, so wurde sie öffentlich hingerichtet, und das kaiserliche paar lebte hernach ungestört und in frieden noch viele,
viele jahre.

6. Die altweibertage.

In der Almasch[1] lebte einst ein junges ehepaar, welches
vollkommen glücklich gewesen wäre, wenn nicht die mutter
des mannes, ein böses weib, die herrschaft im hause geführt
hätte, wogegen sich weder der sohn noch dessen frau kräftig
wehren konnten, weil sie der alten gehorsam schuldig waren.
Diese gab oft der tochter arbeiten zu thun deren vollbringung
ans unmögliche grenzte, die aber von der armen mittelst ihres
gehorsams und Gottes hilfe doch immer zu stande gebracht
wurden. So trug es sich denn auch einmal zu, dass die alte
der tochter schwarze schaafwolle mit der weisung gab, dieselbe
am flusse weiss zu waschen. Obgleich die junge frau wohl
wusste dass diss unmöglich sei, gieng sie dennoch, nur um zu
gehorchen, an den nahen fluss und fieng an die wolle zu netzen
und zu waschen. So fleissig sie aber auch war, die wolle
zeigte sich jedesmal wenn sie wieder aus dem wasser kam,
so schwarz wie zuvor. Dadurch liess jedoch das gute weib
sich nicht irre machen, sondern rieb emsig fort bis es abend
wurde. Da waren ihre hände wund geworden, und es giengen
ihr vor äusserem und innerem schmerz die augen über.

Jetzt kam Christus der herr des weges einher, und ihm
folgte der apostel Petrus. Der herr sprach zu der weinenden:
»was thust du hier und warum weinst du?« Die frau, ohne
zu wissen mit wem sie spreche, gab zur antwort: »ach herr,
meine schwiegermutter hat mir befohlen ich solle diese schwarze
schaafwolle weiss waschen, nun netze und reibe ich sie schon
den ganzen tag, dass mir die hände wund sind, darüber weine
ich.« Der erlöser, der ihren inneren schmerz wohl erkannt

---

[1] Geschrieben Almas. So heisst die gebirgichte gegend welche das
südwestliche Siebenbürgen von Ungarn, zunächst vom Banate, trennt.

hatte, sprach darauf wieder: »sei gehorsam deiner mutter, wasche dir nur die hände wund, mit dir wird Gott sein!«

Als der herr und sein jünger fort waren, fieng die frau wieder an emsig zu waschen, und als sie die wolle wieder aus dem wasser zog, siehe da war sie lichter geworden. Erfreut hierüber, fuhr sie in ihrer arbeit fort, bis es dämmerte, da hatte sie endlich die schwarze wolle blendend weiss gewaschen. Voll freude eilte sie nach hause, und steckte sich frohen sinnes blumen in die haare, die erstlinge welche der frühling auf die flur gestreut hatte. Als sie ihrer schwiegermutter die weiss gewaschene wolle brachte, verbiss diese den zorn, den sie schon im voraus an der armen auszulassen sich gefreut hatte, und fragte sie nur spöttisch: »wer hat dir denn diese blumen in die haare gesteckt, vielleicht ein liebhaber?« »Ich habe sie auf der wiese gefunden«, antwortete die befragte gelassen, »und sie mir selbst in's haar gesteckt.«

Wie die alte diss hörte, rief sie ihren sohn und sagte zu ihm: »sieh, mein sohn, der frühling ist gekommen, es ist zeit dass wir mit unseren ziegen und schaafen in's gebirge gehen. Wie schön wird es sein auf den bergen! Du nimmst deine hirtenflöte mit und machst musik; o die lust wird gross sein, ich selber will tanzen.« Wirklich zog sie auch am andern morgen, begleitet von ihrem sohn, mit den ziegen und schaafen in's gebirge. Zur vorsorge, weil es noch früh in der jahrszeit war, nahm sie aber neun pelze mit; so giengen sie und liessen die junge frau allein zu hause. Wie sie auf die ersten höhen traten, heiterte sich der himmel immer mehr auf, linde lüfte wehten über das feld. Doch hatte der frühling auf den triften noch kein gras hervorgetrieben, weshalb ziegen und schaafe unruhig durch einander sprangen, denn sie hatten nichts ihren hunger zu stillen. Die alte war dessen ungeachtet wohlgemuth, und weil das wetter so gar lieblich war, warf sie einen von ihren neun pelzen als nutzlos weg. Je höher sie in die berge kamen, um so wärmer und linder wurde die luft, so dass die alte jeden tag einen ihrer pelze und am neunten tag auch den letzten wegwarf. Die hungrige heerde aber, welche immer noch kein gras fand, wurde täglich ungestümmer und wollte nicht mehr zusammenhalten. Dieses blöcken und

rennen hielt aber die alte für freude über den erschienenen
frühling.

Als die alte ihren letzten pelz weggeworfen hatte, änderte
sich das wetter plötzlich. Der wind blies heftig und schnei-
dend, auch fiel regen und schnee. Da kauerten sich die armen
thiere ängstlich zusammen, ziegen und schaafe durcheinander,
die alte aber blieb mit ihrem sohne ruhig stehen, denn es fror
sie beide. Letzterem troff vor kälte der speichel vom munde,
und fror ihm, eine stange bildend, an brust und lippen an.
Die alte, welche vor frost und unmuth kaum mehr recht sah
und hörte, sprach jetzt: »mein sohn, wie kannst du jetzt flöte
spielen, da ich vor kälte beinahe starr bin!« Sie hielt nemlich
den langen eiszapfen an ihres sohnes mund für seine flöte, und
das pfeifen des windes für die töne die er auf derselben blase.
Wie sie so gesprochen hatte, erschien der frühling und sprach
voll spott zu ihr: »nun alte, wie gefällt dir der frühling? Warum
tanzest du nicht bei deines sohnes flötenspiel? War's ja deiner
tochter auch nicht zu kalt, da sie einen ganzen tag im fluss
wolle wusch! Nachher fand sie doch blumen auf der aue.«
So verschwand der frühling wieder, und die alte sah nach ihrem
sohne, der sammt seiner heerde vor kälte bereits erstarrt und
todt war, da verlor sie allen muth, wurde immer steifer, und
starb endlich auch. Ihre und des sohns leiche wurden in der
stellung die sie lebend gehabt hatten, zu stein, und sind, mit
der steinernen heerde rings umher, noch heutiges tags in der
Almasch zu sehen. Zu den füssen der alten fliesst eine quelle,
und der sohn hat noch die vermeintliche flöte am munde. Bei
den Walachen aber heissen noch die ersten neun tage des
aprils, deren schöne witterung die alte mit ihrem sohne und
ihren neun pelzen in's gebirge gelockt hatte, die altweibertage,
und ihrer laune soll niemand trauen.

---

7. Der teufel im fasshahnen.

Eine prinzessin, die tochter des mächtigsten kaisers, war
in die jahre gekommen wo sie sich vermählen konnte, und ihr
vater wünschte dass sie sich einen gatten wähle. Es erschienen

auch wirklich viele prinzen und andere vornehme herren am
hof, und warben um die hand der liebenswürdigen prinzessin.
Diese war aber eine leidenschaftliche tänzerin und wollte keinen
andern zum gemahl nehmen, als den der sie im tanzen überträfe. Sie selbst tanzte so schön, aber auch so rasend, dass
keiner der es mit ihr wagte, so lang aushielt wie sie. Mancher
fürstensohn fiel todt im saale nieder, mancher verliess lungen-
süchtig den hof, und viele hohe herren zogen heimlich wieder
davon, wenn sie sich überzeugt hatten wie furchtbar die schöne
kaiserstochter tanze.

Monate waren vergangen, und noch immer sah der kaiser
seine geliebte tochter unverheirathet. Deshalb liess er in seiner
hauptstadt und im ganzen land öffentlich bekannt machen, jeder
welcher sich getraue seine tochter im tanzen zu übertreffen,
solle sich melden, und der erste dem sie sich ergebe solle sie
zur frau bekommen, er möge sein wes standes er wolle. Auf
dieses versammelten sich wieder viele grosse herrn, auch allerlei
leute, hoch und nieder, am kaiserlichen hof, und jeder gedachte
die schöne prinzessin im tanze zu übertreffen. Der kaiser liess
also wieder ein grosses, prachtvolles fest veranstalten, welches
viele tage dauern, und wobei jeden abend beim schein von viel
tausend lichtern und fackeln getanzt werden sollte.

Viele hatten sich bereits müd und krank, oder gar todt
getanzt, und noch immer war die prinzessin unübertroffen. Da
drängte sich plötzlich durch die festlichen reihen ein unbekannter fremdling, welcher mit der prinzessin zu tanzen verlangte. Sie bekam, als sie ihn sah, einen abscheu vor ihm
und weigerte sich mit ihm zu tanzen; der kaiser aber, welcher
sehr gerechtigkeitsliebend war, nöthigte sie, und bald sah man
die prinzessin mit dem fremden so toll im saal umhertanzen,
dass man bald merkte die tanzwüthige kaiserstochter habe nunmehr ihren meister gefunden. Wirklich rief sie auch nach
einiger zeit um hilfe, indem sie erschöpft und dem tode nahe
sei und ihr tänzer sie durchaus nicht loslassen wolle. Jetzt
erhob sich der kaiser, und befahl dem fremden einzuhalten,
dieser aber kehrte sich wenig daran und schwang seine tänzerin
immer noch mit sich den ganzen saal entlang, auf und ab, bis
ihr der athem ausgieng und ihr die füsse versagten. Nun warf

er sie ohnmächtig zu den füssen des kaisers am throne nieder
und sagte höhnisch: »nimm hier deine tochter! Ich könnte sie
mir nach meinem rechte wohl nehmen, aber ich bin kein freund
von so armseligem plunder. Das unheil rechne dir selber zu,
alter thor, warum hast du der laune deines kindes keinen zügel
angelegt! Vor dem tollen rasen aber, das deinen palast bis jezt
erfüllt hat, will ich ruhe schaffen für ewige zeiten. Du und
deine tochter und dein ganzer hof, dein palast und die ganze
stadt mit allem was darin lebt, sollen in stein erstarren. So
lange wird über euch allen der zauber liegen, bis einer kommt
und mich überwindet.«

Wie der teufel, denn kein andrer war der fremde, so
sprach, ergriff den kaiser und alle andern ein solcher schrecken
dass ihr blut gerann und sie zu stein erstarrten; auch die
prinzessin lag versteinert zu den füssen des alten kaisers am
throne. Ueber den ganzen palast und die volkreiche stadt ergieng der steinerne bann, so dass weit und breit sich nichts
mehr regte.

Tausend jahre waren vergangen, da gerieth zufällig ein
lustiger geselle in die gegend, wo sich mitten in einer wildnis
die versteinerte stadt mit ihrem prächtigen palaste befand. Es
war zwar alles ausgestorben, er musste sich aber über die anzahl von steinbildern wundern, die er allenthalben fand. Anstatt
zierlicher gärten sah er zwischen den häusern nur einzelne
verwilderte waldstücke gelagert, in denen sich ganze schwärme
von raben, krähen und raubvögeln eingenistet hatten. Der
lustige geselle liess sich aber dadurch nicht irre machen, sondern schritt geradezu auf den palast los, gieng dort unerschrocken
durch alle hallen und gänge, scheute sich vor keiner thüre,
konnte aber nirgends etwas lebendes finden. Endlich gelangte
er in die küche, wo er am spiess einen braten stecken fand,
drunter aber lag ein häuflein todter asche. Als er die speise
näher betrachtete, fand er auch sie, trotz ihrer täuschenden
farbe, von stein. Halb lachend, halb unmuthig brach er seinen
stock entzwei und machte ein feuer darunter, indem er zu sich
sprach: »vielleicht kann ich doch mit Gottes hilfe den braten
weich bringen.« Kaum stiegen aber die ersten rauchwolken durch den schornstein hinauf, so fiel ein sehr mageres

menschenbein herab, welches übrigens der unerschrockene koch
sorglos bei seite schob. Wie er aber sah, dass das fleisch am
feuer nur schwärzer, aber nicht weicher werden wollte, schlug
er es auf dem gepflasterten fussboden in stücke und steckte an
den leeren spiess das herabgefallene menschenbein. Nicht lange
dauerte es, so fiel aus dem kamin noch ein zweites, gleichfalls
abgemagertes menschenbein herab. »Wahrlich«, sagte der lustige
geselle, »sonderliche küchenstücke in diesem königsschloss; ich
hätte doch gedacht dass man sich zum räuchern hier fettere
schinken auserlesen würde!« Kaum hatte er aber diss gesprochen, so fielen ein paar eben so magere arme und endlich
ein ganzer rumpf herab, an dem ein kopf mit einem widrigen
gesichte hieng. Der wälzte sich zu den armen die am boden
lagen, drückte je einen derselben an die achsel, so dass er
sitzen blieb, ergriff dann mit den händen das eine bein und
setzte sich's an, endlich zog er gar das andere vom spiess
weg, und stund so als vollständige menschengestalt vor dem
lustigen gesellen.

Dieser liess sich aber keinen schrecken einjagen, sondern
sprach: »wer bist du? gieb antwort, sonst reiss' auch ich dir
den halb gebratenen schinken wieder aus, wie du ihn mir genommen hast.« »Mit erlaubnis, herr prahlhans, diese beine
sind mein«, war die antwort; »ich habe sie im schornstein
aufgehängt, weil sie vom weiten gang etwas ermüdet und angelaufen waren.« »Angelaufen« sagte lachend der spassvogel,
»angelaufen! wahrlich, diss sieht man ihnen nicht an, sie
müssen demnach schon lange hängen.« »Das geht dich alles
nichts an« entgegnete der unheimliche hierauf, »scheere dich
um deine beine, und nicht um die andrer leute. Ueberhaupt
nimm dich in acht mit deiner losen zunge, denn wisse, ich
bin der teufel und dieses schlosses herr, und wenn du hier
gast sein willst, musst du mit mir kämpfen.«

»Gut« sprach der lustige geselle, »morgen werden wir
kämpfen. Für heut aber muss ich dich bitten, dass du mir
als deinem gast in diesem unwirthlichen schloss etwas zu essen
und zu trinken giebst, denn ich bin hungrig und durstig von
der langen reise.« Der teufel war bereit seinen wunsch zu
erfüllen, und führte ihn hinab in den ungeheuren keller des

palastes. Dort öffnete der lustige geselle einen der hahnen, aus dem der herrlichste wein sprang und trank nach herzenslust. Als er den hahnen wieder schloss, spottete der kellermeister über ihn und sagte, wenn er morgen nicht besser fechte, als er heute trinke, so hätte er besser gethan er wäre daheim geblieben. Der lustige gesell erwiderte darauf: »wenn du sehen willst wie ich trinken kann, so geh mit mir einen wettstreitt ein, welcher von uns beiden ein grosses fass am reinsten aussäuft.« »Hui!« rief der teufel, »so ist's recht! leg du dich unter jenes fass und ich mache mich an dieses daneben, sie halten beide auf den tropfen gleich viel. Wenn es dir so recht ist, du grossmaul, so mag der kampf auf tod und leben gehen, wir ersparen dann den morgigen zweikampf.« »Mir gefällt der vorschlag,« versetzte der lustige geselle hierauf »es sei wie du sagst.«

Jeder begab sich nun unter sein fass, der fremde heiter und unbesorgt, der teufel aber schlau nach seinem gegner schielend. Dieser drehte den hahnen nur ein klein wenig, so dass der wein kaum tropfenweise lief, dabei stellte er sich aber als ob er ungeheure züge hinunter schlucke. Der teufel lachte hierüber verschmitzt, setzte ein wenig ab und rief: »trink nur du tölpel, das letzte vom wein ziehst du doch nicht heraus, denn der muss im hahnen hängen bleiben. Ich dagegen stehe dafür dass kein tröpfchen übrig bleibt: ich stecke mich in den hahnen hinein und mache so das fass rein trocken.« Mit diesen worten zog er sich immer dünner zusammen, so dass er endlich ganz bequem in die dünne hahnenröhre hineinschlüpfen konnte. Auf dieses hörte der lustige gesell nur noch, dass etwas mächtige schlücke machte; schnell war er jetzt besonnen, sprang auf, drehte den hahnen, in welchen der teufel geschlüpft war, zu und rief: »hab ich dich nun, du dummer teufel.« Da fieng der teufel an entsetzlich zu schreien, zu winseln und zu fluchen; allein der lustige gesell kehrte sich nicht daran, sondern verliess den keller, um wo möglich seinen hunger zu stillen, da er nun nicht mehr durstig war. Doch wie staunte er, als er wieder durch die gemächer des palastes schritt, und alles vom buntesten leben erfüllt fand! Die zahllosen steinbilder, über die er kurz vorher so gestaunt hatte, sah er jetzt lebendig und lustig durch einander rennen. Die stellen wo die verwilderten waldstücke, um den palast herum und zwischen den häusern der stadt, nur wilde vögel, raben und krähen, beherbergt hatten, waren in die prächtigsten gärten verwandelt, deren blumenpracht das auge ergetzte. Auch sah er, wie auserlesene, herrlich duftende speisen von reich gekleideten dienern hin und her getragen wurden. Alle gemächer und gänge die er durchschritt, waren mit frischen blumen geschmückt, besonders schön aber prangte der hauptsaal des palastes, in welchen er jetzt gelangte. Von beiden seiten rauschte herrliche musick, nach welcher prächtig geschmückte menschen fröhlich tanzten.

Oben im saal, unter einem thronhimmel, sassen der kaiser und die kaiserin, und zu ihren füssen erblickte er, halb sitzend, halb auf den thronstufen knieend, die prinzessin. Sie hatte ihren kopf in den schooss der kaiserin, ihrer mutter, gestützt und thränen im auge; sie sah aus, als wäre sie eben von einem bösen traum erwacht, in welchem sie ihre eltern tief gekränkt hatte. Ihr feuchter blick machte aber die unvergleichlich schöne jungfrau noch viel bezaubernder, so dass der fremdling auf alles was um ihn her vorgieng, und auf das erstaunen über seinen sonderbaren aufzug gar nicht mehr merkte, sondern nur zum thron zu gelangen trachtete. Als der kaiser, dem sein ganz fremdartiges kleid ebenfalls auffiel, ihn auch bemerkte, rief er ihn vor sich, fragte ihn wer es sei, wo er herkomme und wie er in diese hallen gerathen sei. »Hoher herr!« erwiderte hierauf der lustige gesell, »wie ich hierher gekommen bin kann ich nicht sagen, ebenso wenig als ob ich träume oder wache. Lass mich aber erzählen, was ich von meiner geschichte weiss.« Der kaiser gab hierauf ein zeichen zu allgemeiner stille, der fremdling erzählte alles, gerade so wie er es wusste, und schloss endlich mit dem abenteuer wobei er den teufel in einen fasshahnen gesperrt hatte, worüber sich der kaiser des lachens nicht enthalten konnte und auch alle umstehenden ihren lauten beifall bezeugten. Der kaiser war nun sehr neugierig zu wissen ob es sich mit dem eingesperrten teufel wirklich so verhalte, und begab sich sogleich mit dem erzähler und einigen von seinem hofstaat in die keller, wo ihn denn auch das fluchen und schelten des eingesperrten teufels hinlänglich überzeugte, dass der fremde nicht gelogen habe.

Als der kaiser wieder in den saal zurückgekommen war, liess er abermals stille gebieten und hub folgendermaassen an: »ihr alle, die ihr hier gegenwärtig seid, werdet euch wohl erinnern, wie ich sowohl hier in meiner hauptstadt, als auch im ganzen lande bekannt machen liess, dass der welcher meine liebe tochter, die prinzessin, im tanzen überträfe, dieselbe zur gemahlin bekommen solle. Viele haben sich bei dieser brautwerbung krankheit und tod geholt, bis endlich jener unheimliche kam der meine tochter im tanzen mehr als nur übertraf, sie zuletzt verächtlich von sich warf, und einen grausen fluch über uns alle verhängte. Nun ist aber dieser freindliug erschienen, hat den feind besiegt und uns erlöst. Daher ist es billig dass er der gemahl meiner tochter werde, und dereinst, wenn ich sterbe, nach mir scepter und krone trage. Daher will und gebiete ich dass ihr ihm alle zur stunde huldiget.« Nachdem das geschelien war, führte der gute, alte kaiser den glücklichen, lustigen gesellen zu der kaiserin, und aus deren hand empfieng er nun die prinzessin, die nicht lange bedurfte um seine hübschen züge tausend mal feiner zu finden, als aller derer die sich am hof ihres vaters befanden. Ohne das fest zu unterbrechen ordnete man die trauung an, und der lustige geselle lebte mit der schönen prinzessin, die ihre tanzwuth völlig abgelegt hatte, bis an sein ende glücklich, ohne sich im geringsten darum zu bekümmern dass er aus seinem zeitalter um tausend jahre zurückgeschoben war.

8. Die goldenen kinder.

Im schmuck der hochzeitkleider stand ein junger mann vor der hausthüre seines vaters. Er sah schweigend in den frühen morgen hinein, als ob er an nichts dächte. Er dachte aber dass heute seine hochzeit sei, dass seine braut zwar nicht schön sei, aber ihm doch eine schöne mitgift zubringe. Wie er so dastand, gieng ein hübsches mädchen vorüber, die sah ihn an und sprach: »nähme mich dieser zum weibe, ich würde ihm goldene kinder gebären.« Der jüngling hörte die rede,

besann sich nicht lang, und nahm statt der ersten braut das
schöne mädchen zum weib. Jammernd war die verlassene dem
zug in die kirche gefolgt und rief: »ach, lieber herr, wenn
ich auch nicht dein unterthäniges weib sein kann, so nimm
mich wenigstens als dienstmagd in dein haus, ich will dir treu
und redlich dienen; nur gönne mir die lust dich stets vor
augen zu haben.« Der junge mann erbarmte sich der weinenden
und nahm sie zu sich ins haus, wo sie ihm, so schien es.
treu und redlich diente.

Nach einem jahr sollte die frau des herrn entbunden
werden; da liess sie sich von der magd bereden ihr bett oben
auf den boden zu verlegen, es sei da, sagte die magd, der
stille wegen besser. Die frau gebar zwei schöne goldene knaben.
Jetzt ersah die magd, welche der kranken frau allein wartete.
den augenblick der lang ersehnten rache, tödtete die beiden
kinder, begrub sie an einer mauer im hofe, und legte statt
ihrer einen jungen hund in die wiege. Darauf gieng sie zum
herrn und klagte ihm das mächtige unglück: nicht zwei goldene
kinder seien ihm beschert, sondern eine abscheuliche misgeburt.
»O« fieng sie zu klagen an, »musstest du, mein herr, mich
darum verstossen damit du eine solche scheussliche hexe heim-
führtest! Wie jammert mich dein schicksal! Du bist jetzt unglücklicher als ich, die verstossene magd.« So brachte das
falsche weib den mann dahin, dass er den jungen hund sogleich tödten und begraben liess, die kranke frau aber aus dem
haus jagte und die magd zum weibe nahm.

Nicht lang, so wuchsen im hof zwei apfelbäume, die
hatten goldene zweige und trugen goldene äpfel. Sie waren
aus dem herzen der getödteten kinder aufgegangen, und hatten
schon im ersten jahre armsdicke, im andern aber die volle
höhe. Das falsche weib gerieth darob sehr in angst; immer
fielen ihr bei den goldenen zweigen und äpfeln die ermordeten
knaben ein, und sie liess deshalb trotz den wünschen ihres
mannes, welcher seit dem verluste der ersten frau seine einzige
freude an diesen bäumen hatte, dieselben umhauen. Als er
das sah, sagte er: »wir wollen uns wenigstens aus dem holze
zwei bettstätten machen lassen, dass wir doch etwas von den
bäumen haben.«

Die bettstätten waren fertig, und beide, mann und frau, lagen des nachts darin, da fieng eine derselbe zu reden an und sprach: »höre, bruder, wie ist dir unter deiner last?« »Mir ist nicht schwer«, war die antwort, »denn ich trage unsern guten vater.« »Ach,« entgegnete die erste, »ich breche schier unter der last die ich tragen muss; es ist mir schrecklich dass ich diesen teufel von einem weibe tragen soll, der unsern vater und unsere arme mutter so unglücklich gemacht hat.« Die frau hatte dieses gespräch vernommen, und kaum graute der tag, so liess sie die beiden bettstätten zerschlagen und verbrennen, ohne dass der mann wusste warum. Er wollte nicht nach der ursache fragen, denn er mied gern allen anlass zur zänkerei.

Nun hatte er aber viele schaafe, und darunter auch ein sehr schönes mutterschaf, das er besonders liebte. Eines abends, während der lammzeit, kam sein schaafknecht in die stube und konnte nicht genug wunder erzählen, »denn,« sagte er; »dein lieblingsschaaf hat zwei goldene lämmer.« Der herr staunte und begriff nicht, wie diss sein konnte, denn er wusste nicht dass das schaaf von einem der bäume einen goldenen apfel gefressen hatte.

Als aber die frau diese ausserordentliche begebenheit hörte, wurde sie blass vor wuth und angst, weil sie dachte ihr verbrechen möchte am ende doch herauskommen, und befahl beide lämmer sammt dem mutterschaaf zu schlachten. Sie war dabei selbst anwesend, zählte die gedärme die herausgenommen wurden, und gab sie der magd, mit dem befehl sie im flusse rein zu waschen, aber ja recht acht zu geben dass keiner verloren gehe. »Wenn du mir nicht alle wiederbringst,« drohte sie der magd, »so jag' ich dich aus dem hause.« Sie gedachte die gedärme hernach alle zu zerhacken, zu kochen und ihrem mann als ein ganz besonderes gericht vorzusetzen.

Die magd war indessen an den fluss gegangen und wusch dort die gedärme. Ehe sie sich's aber versah, entglitt ihr eines derselben mit der strömung des flusses, und vergebens war alle mühe es wieder zu erhaschen. Wie erstaunte sie aber, als dasselbe anschwoll, und bald so dick wurde dass es am andern ufer, an welches das wasser es trieb, zerplatzte. Aus ihm hervor stiegen zwei schöne goldene kinder, die betraten eine

kleine kiesinsel, gegenüber dem orte wo die magd stund.
Als sie diese über ihren verlust jämmerlich klagen hörten, riefen
sie ihr zu: »sei doch nicht so blöde und schneide einen andern
darm entzwei, so bringst du doch die volle zahl zurück.«
Die geängstigte befolgte den rath und eilte nach hause.
Die beiden goldenen kinder aber legten sich auf der kiesinsel schlafen, und wuchsen während dieses schlafes so rasch
wie andere nur in jahren. Ihre schönheit war so über alle
maassen, dass die sonne selbst vierundzwanzig stunden am
himmel stehen blieb und die herrlichen gestalten betrachtete.
Als sie erwachsen waren, giengen sie wieder über den fluss, um
die welt nach ihrer unglücklichen mutter zu durchwandern.
Sie fanden sie auch, gaben sich ihr zu erkennen und sprachen
zu ihr: »liebste mutter, komm, lass uns jetzt zu unserem
vater gehen.« Sie zogen, um ihre glänzenden gestalten zu verbergen, alte zerlumpte kleider an, und auch die mutter hüllten
sie tief in einen mantel, denn die freude derselben war so
gross dass sie leuchtete. So betraten sie als bettlerfamilie das
haus des vaters. Es war bereits abend geworden und bei
einer grossen glacca, die sich versammelt hatte, um eine menge
hanf und flachs zu spinnen, waren eben lichter angezündet
worden. Die beiden brüder nahmen ihre mutter zwischen sich,
traten so in die stube und baten um etwas zu essen. Da kam
die frau vom hause und liess sie hart an, mit den worten:
»hinaus, verlumptes bettelpack; ihr habt hier nichts zu suchen!«
Der hausherr aber befahl dem bösen weib zu schweigen, hiess
die ankömmlinge sitzen, gab ihnen zu essen und zu trinken,
und erlaubte ihnen auch zu bleiben so lang es ihnen gefiele.
Während die söhne mit ihrer mutter assen, freuten sie
sich heimlich über den vater, der so gut sei, obwohl er sie
nicht kenne. Er trat auch wieder zu ihnen, und bat sie zu-
zugreifen. »Esset und trinket,« sprach er, »nehmet was ich
euch gebe um der grossen barmherzigkeit willen die Gott an
uns übt.«
Als die anwesenden die fremden bettler genugsam betrachtet
hatten, wurde wieder emsig darauf losgesponnen, und zur unterhaltung während der arbeit erzählte jedes eine geschichte,
bald traurig bald lustig. Als alle fertig waren, kam die reihe

an einen der goldenen jünglinge. Er begann, und erzählte was
sich alles mit ihm und seinem bruder vom tage ihrer geburt
an zugetragen hatte, liess aber nicht merken dass sie selber
gemeint seien; der andere fiel dem erzähler immer in die rede,
wenn er diss oder jenes übergangen hatte, so dass von der
ganzen geschichte nichts verborgen blieb. Während des erzäh-
lens wurde der mann immer nachdenklicher, und endlich traten
ihm thränen in die augen, die frau aber wurde blass vor wuth
und angst, und schrie: »macht euch jetzt fort, bettelpack!
oder ich hetze die hunde auf euch!« da erhoben sich die beiden
jünglinge und riefen: »das wird dich nicht mehr viel nützen, du
abscheuliches weib!« Darauf löschten sie die lichter aus und
streiften ihre lumpen vom leibe, so dass sie herrlich prangend
dastanden, wie die morgensonne im mai. Alle die in der stube
waren, blieben starr vor staunen; der hausherr aber breitete
seine arme aus und rief: »o kommt, kommt an mein herz!
ihr seid meine goldenen söhne! wer könnte sonst wissen, was
ihr wisst!« Sie umarmten sich, dann sprachen die jünglinge:
»schau, hier ist unsere mutter! wir haben sie wiedergefunden
in jammer und elend.« Als der vater sie erkannte, bleich und
abgehärmt, übermannte ihn die reue, er sank vor ihr hin,
küsste ihr die hände und bat sie um verzeihung. Die frau
weinte vor freude, zog ihn sanft in die höhe und sie umarmten
sich zärtlich.

Alle anwesenden waren sehr erstaunt über diese begebenheit, nur das böse weib kreischte und verschwur sich grässlich;
da trat der mann zu ihr hin und sprach: »du schlimmes weib,
ich will dir verzeihen, obwohl du den tod verdient hättest.
Aber mache dich eilends fort aus meinem hause, und komm
mir nicht wieder vor die augen, sonst könnte michs reuen dass
ich dich straflos entlassen habe.«

9. Vom weissen und vom rothen kaiser.

Petru, der einzige sohn eines sehr strengen mannes, träumte
einmal er werde dereinst viel vornehmer werden als sein vater,
ja bis zum kaiser steigen. Als ihn am andern morgen sein vater

fragte warum er so ausgelassen heiter sei, wollte er es nicht
sagen, denn er kannte den vater wohl, und wusste dass er
über so hochfahrende hoffnungen unwillig sein, ihn vielleicht
sogar bestrafen werde. Das half ihn aber nichts, denn der alte
wurde nun über die weigerung so aufgebracht, dass er seinen
sohn mit einer tüchtigen tracht schläge bedrohte, wenn er nicht
mit der sprache herausgehe. So blieb dem armen Petru keine
wahl, als das väterliche haus mit dem rücken anzusehen und
in die weite welt zu gehn. Damit er nicht erwischt werde,
lief er einem nahen walde zu, durch den sich an einem kleinen
fluss eine landstrasse hinzog. Als der flüchtling sich nun weit
genug vom hause seines vaters entfernt glaubte, setzte er sich
bei einem gebüsch nieder und fieng an zu weinen, denn es rückte
schon der abend heran, und der arme knabe wusste noch nicht,
wo er für die nacht ein obdach finden solle.

Eben als die letzten strahlen der sonne die zweige der
bäume vergoldeten, erhob sich von der einen seite der strasse
her eine staubwolke, und ehe sich der betrübte Petru recht
umschauen konnte, war schon ein trupp reiter an ihm vorüber-
gesprengt, welchen ein prächtiger, mit acht milchweissen rossen
bespannter wagen folgte. In diesem sass ein sehr vornehm aussehender mann, dessen feine gewänder ebenfalls weiss wie schnee
waren, und an der krone, die er auf dem haupte trug, sah
Petru dass er ein kaiser sein müsse. Wie der vornehme mann
den weinenden knaben sah, liess er halten und fragte was ihm
fehle? Sowohl die heitre, freimüthige weise wie Petru bescheid gab, als auch die neugierde den geheimnisvollen traum
zu erfahren, bewogen den kaiser, dass er dem knaben anbot
er solle mit ihm in sein schloss kommen, und, wenn er ein
treuer diener sein wolle, bei ihm bleiben. »Ich bin der weisse
kaiser,« so schloss er seine rede, »und kann dich gross machen,
wenn du mir folgst!« Was konnte sich Petru mehr und besseres
wünschen? Er fühlte sich überaus glücklich und küsste den
saum von des kaisers mantel; drauf durfte er in den wagen
steigen und mit in das herrliche schloss fahren. Als man in
demselben angekommen war, erhielt Petru die erlaubnis es zu
durchwandern und mit allen seinen herrlichkeiten genau zu betrachten. Von allem aber, was er sah, gefiel ihm nichts besser

als des kaisers schöne tochter, von deren blonden locken er
bald kein auge mehr abwenden konnte. Bald gewöhnte sich
auch die prinzessin an Petru's anblick, sie sah ihn so gern dass
ers wohl bemerken konnte, und natürlich war er darüber gar
nicht böse. Eines tages nun begab sichs, dass der kaiser nach der tafel
mit einem seiner gelehrten in ein tiefsinniges gespräch über
träume gerieth. Da fiel von ungefähr sein blick auf Petru; er
erinnerte sich was ihm dieser beim anfang ihrer bekanntschaft
von einem denkwürdigen traum erzählt hatte, und wie er um
dessen willen von haus entlaufen sei. Der kaiser verlangte nun
der jüngling solle sein traumgesicht erzählen, aber Petru dachte:
»diesen traum kannst du dem kaiser noch weniger erzählen
als deinem vater, denn der liesse dich sogleich hängen, weil
er dächte du trachtest nach seiner krone.« Er sprach daher zum
kaiser: »o grossmächtigster herr, verlange nicht zu wissen, was ich
meinem eigenen vater habe verschweigen müssen!« Wie früher
Petru's vater, so wurde nun der weisse kaiser unwillig über die
weigerung, und verlangte nochmals dringend Petru solle seinen
traum erzählen. Aber Petru bat wieder: »sei gnädig, herr,
und erlass mir die erzählung.« Als der kaiser drauf zum drittenmal und wieder umsonst sein begehren ausgesprochen hatte,
ward er ganz bleich vor zorn, und rief seinen dienern: »nehmet
diesen eigensinnigen trotzkopf und sperrt ihn in die ruinen der
weissen burg! Dort mag er in hunger und elend verschmachten!«
Als die prinzessin diss hörte, sank sie vor schrecken in ohnmacht; da hob der kaiser die tafel schnell auf, seine tochter
aber hiess er auf ihr zimmer bringen. Petru, dem ohnehin
schon alle diener im schlosse gram waren, weil ihm der weisse
kaiser stäts besondre gnade widerfahren liess, wurde nun schnell
ergriffen und nach den ruinen der weissen burg gebracht, wo
er dem hunger und elend preisgegeben werden, und langsam
ums leben kommen sollte.

So wollte es der kaiser, der ihn bald vergessen hatte, aber
Gott wollte es nicht so. Denn die schöne prinzessin vergass
ihn nicht so schnell wie ihr vater, sondern als es abend war
und der volle mond seinen silberschein über die fluren ergoss,
schlich sie zu dem orte hin wo ihr armer geliebter gefangen

sass, brachte ihm zu essen und zu trinken, und blieb einige stunden bei ihm, so dass Petru über das elend seiner gefangenschaft schnell getröstet war. Sie hatten sich gar viel zu erzählen und zu sagen, so dass die zeit schneller vergieng als ihnen lieb war, daher versprach die prinzessin beim abschied, sie wolle morgen um dieselbe stunde wieder kommen.

Mehrere male hatte sie so ihren geliebten gefangenen durch ihre besuche beglückt, da kam sie eines abends mit rothgeweinten augen und war sehr niedergeschlagen. Als Petru sie um die ursache ihrer traurigkeit fragte, sprach sie: »ach Petru, der rothe kaiser hat heute meinem vater einen stock zugeschickt, welcher oben und unten gleich dick ist, und hat ihm durch seine gesandten sagen lassen, wenn er nicht binnen drei tagen errathe, welcher theil des stockes der obere und welches der untere sei, so werde er ihn und sein volk mit krieg überziehn, unser land verheeren und uns alle tödten. Darüber ist mein armer vater in verzweiflung, denn wie kann er errathen, was an dem stock oben und was unten ist, da er an beiden enden dieselbe dicke hat! Heute sitzt er schon den ganzen tag mit seinen räthen zusammen, aber keiner von allen hat ihm die aufgabe zur zufriedenheit lösen können.« Wie sie also geendet hatte, fieng sie wieder an zu weinen, Petru aber fragte: »und ist denn weiter keine aufgabe zu lösen als die mit dem stocke?« worauf ihn die prinzessin gross ansah, denn sie hielt diese frage für spott. Als ihr geliebter sie nochmals fragte, sagte sie: »nein; ist es denn nicht genug, o hartherziger, an der einzigen die niemand zu lösen versteht, kein einziger von meines vaters alten, weisen rathgebern!« »Wenn es diss ist und sonst nichts,« erwiderte Petru auf den vorwurf den ihm die geliebte machte, so tröste dich und gehe schnell nach hause, damit du in das haus deines vaters freude bringest. Lege dich für heute schlafen, und morgen, wenn du aufstehst, so sprich also zu deinem vater: »»vater, liebster vater, mir hat heute etwas sehr wichtiges geträumt!«« Er wird alsdann fragen, was? Dann rede weiter: »»mir hat geträumt, wenn man den geheimnisvollen stock den der rothe kaiser an deinen hof sandte, in die höhe werfe, so zeige sich im herabfallen das als das untere ende desselben, welches zuerst den boden wieder berührt.««

Freudig, und voll vertrauen auf die güte dieses rathes, umarmte die prinzessin ihren geliebten Petru und eilte nach hause.
Des andern morgens that sie so wie ihr gerathen war, und der
kaiser, welcher alles auf tiefsinnige träume hielt, liess es sogleich angesichts der gesandten des rothen kaisers mit dem
stocke so machen, wie seine tochter geträumt haben wollte.
So wurde natürlich die ungeheure aufgabe, an welche sämmtliche räthe und gelehrte des kaiserlichen hofes ihre weisheit
verschwendet hatten, auf eine einfache, leichte weise gelöst.
Alsbald reisten auch die fremden gesandten ab, um ihrem kaiser bericht abzustatten.

Nicht lange dauerte es, so schickte der rothe kaiser dem
weissen wieder eine gesandtschaft; die überbrachte drei pferde
von ganz gleicher farbe, gestalt und stärke. Eines derselben
war ein fohlen, und der weisse kaiser sollte wieder binnen drei
tagen, ohne einem oder dem andern ins maul zu sehen, errathen welches von den dreien das fohlen sei. Könne er dieses
nicht, so würde der rothe kaiser sofort mit grosser heeresmacht
in sein reich einfallen, und alles zerstören und ums leben
bringen.

Der weisse kaiser erschrak heftig über diese botschaft,
rief sogleich wieder alle seine gelehrten und räthe zusammen,
und trug ihnen auf, das fohlen von den beiden andern pferden
zu unterscheiden, damit es die fremden gesandten ihrem herrn
berichten könnten. Die gelehrten und räthe sahen sich an, keiner
aber wusste genügende auskunft, so dass der weisse kaiser in
grosse angst verfiel und sich vor betrübnis nicht zu helfen wusste.
Abends gieng die prinzessin wieder zu den ruinen der weissen burg,
wo ihr geliebter schmachtete, und erzählte ihm von der noth,
in welcher sich ihr vater abermals durch die zumuthung des
kriegslustigen, blutdürstigen rothen kaisers befinde. Als Petru
alles wohl vernommen hatte, streichelte er der prinzessin die
wangen, die wieder von thränen etwas feucht waren, und sagte:
»theure prinzessin, wenn du morgen aufstehst, so geh' wieder
zu deinem vater, und sag' ihm, du habest geträumt, es sei den
drei pferden mitten auf dem platze vor dem kaiserlichen palast,
vor dem ganzen hof und vor den gesandten des rothen kaisers,
heu und eine schüssel mit süsser milch vorgesetzt worden. Ich

selbst sei bei der schüssel mit milch gestanden, und als man
die drei pferde losgelassen, so seien zwei nach dem heu, das
dritte aber nach der milch gelaufen, und diss sei das fohlen
gewesen. Wenn das dein vater hört, so wird er schnell nach
deinem traum die frage lösen, und den fremden gesandten die
antwort an den verhassten rothen kaiser auftragen.« Die prinzessin verabschiedete sich von ihrem klugen geliebten nicht
minder entzückt als das erstemal, und that am folgenden tage
so wie er ihr gerathen hatte. Der kaiser war natürlich über diesen
traum seiner tochter wieder hochentzückt, und liess, wie sie
ihm rieth, auf den freien platz vor dem palaste, in anwesenheit
des ganzen hofstaats und der gesandten, heu und eine schüssel
mit süsser milch bringen. Nachdem diss geschehen war, gab
er das zeichen: die pferde wurden herbeigeführt und freigelassen,
worauf dann zwei, der neigung ihres reiferen alters folgend,
sich zu dem heu wandten, das dritte dagegen auf die milch
zugieng. Darauf sprach der kaiser zu den gesandten vom hofe
des rothen kaisers: »geht hin, nehmt das pferd welches die
milch getrunken hat, und sagt eurem herrn, diss sei das fohlen.«
Die gesandten nahmen die thiere, beurlaubten sich und giengen,
indem sie die klugheit des weissen kaisers und seiner räthe
nicht genug bewundern konnten. Die prinzessin aber konnte
die nacht kaum erwarten, wo sie zu ihrem geliebten Petru
eilen und ihm um den hals fallen durfte, vor freude dass er
der weiseste mann am hof ihres vaters sei.

Der rothe kaiser wüthete vor zorn, dass der weisse kaiser auch seine zweite frage beantwortet hatte. Er war nemlich der meinung gewesen das vermöge niemand, und hatte
sich im herzen gefreut, dass es ihm nun nicht mehr an einem
vorwand fehle, den weissen kaiser zu bekriegen und sein reich
zu erobern. »Geht hin,« sprach er zu seinen gesandten, »und
redet also zum weissen kaiser: »»der herr des rothen reiches
lässt dir sagen, du möchtest ihm binnen drei wochen zu wissen
thun: erstens, um welche stunde er am ostersonntag aus dem
bett steigen, zweitens, um welche stunde er dann in die kirche
gehen, und drittens, wann er bei seiner tafel den ersten becher
zum mund führen werde. Wenn du, weisser kaiser,«« so sollt
ihr weiter zu ihm sagen, »»diss alles weist, so magst du am

ostersonntag in der burg des rothen kaisers erscheinen, oder
einen gesandten schicken, um ihm den pocal aus dem er trinken will, aus der hand zu schlagen.«« Diese dinge, dachte
der rothe kaiser bei sich, werde der weisse sicher nicht errathen, drum setzte er noch frohlockend hinzu: »nun gebt,
meine gesandten, und kündiget meinem feind an, dass ich ihn
unverweilt mit krieg überziehen werde, wenn er nicht beantworten kann was ich ihn durch euch frage.«

Als die gesandten zum dritten mal am hofe des weissen
kaisers erschienen, und ihn mit ihren aufträgen bekannt machten,
wurden wieder alle gelehrten und räthe zusammenberufen, um
unter dem vorsitze des kaisers zu berathen was zu thun sei.
Aber auch dissmal wüsste keiner ein auskunftsmittel, weshalb
aufs neue die gröste bestürzung am ganzen hof herschte. Die
prinzessin allein liess den muth nicht sinken, weil sie fest auf
die klugheit ihres geliebten, des gefangenen Petru, baute. Un-
gesehen gieng sie wieder, als es nacht war, zu den ruinen der
weissen burg. Nachdem sie ihrem freund alles mitgetheilt
hatte, besann er sich eine weile und sprach dann: »liebste
prinzessin, sage morgen deinem hohen vater, du habest wieder
einen traum gehabt, und durch denselben erfahren dass hier
nur der arme Petru, in den ruinen der weissen burg, auskunft
geben könne.« »Was fällt dir ein, liebster,« entgegnete hierauf die prinzessin, »mein vater könnte ja dadurch entdecken
dass ich dich besucht und am leben erhalten habe, das kann
nicht sein!« »Geh' nur und thu' so, wie ich dir sage, ge-
liebteste prinzessin,« sprach Petru, »denn dein hoher vater wird
es, sammt seinen räthen und gelehrten, für ein göttliches wunder
halten dass ich noch am leben bin, und daher meinem rath
um so mehr glauben beimessen.« Diss leuchtete der prinzessin
ein, und sie gieng getröstet, voll vertrauens auf Petru, nach hause.

Am andern tage sprach sie zu ihrem vater: »mein herr und
kaiser! diese nacht hat mir geträumt, der arme Petru, der wohl
schon längst in den ruinen der weissen burg verschmachtet und
vermodert ist, wenn ihn nicht ein göttliches wunder am leben
erhalten hat, könnte uns und das ganze reich von der bedrängnis erretten, mit welcher uns der böse rothe kaiser bedroht.« Darauf sprach der weisse kaiser: »meine tochter, du

hast uns mit deinen träumen, welche gewis von Gott kommen, schon zweimal aus grossen nöthen errettet, und ich will daher auch diesen deinen heutigen traum nicht verachten. Darum sollen sogleich einige männer nach den ruinen der weissen burg gehn, und nachsehen ob vielleicht jener Petru durch ein göttliches wunder am leben erhalten ist.« So geschah es, und bald kehrten die boten mit der unglaublichen nachricht zurück, dass Petru, frisch und gesund, noch am leben sei. Als diss in der stadt bekannt wurde, strömte alles volk hinaus zu den ruinen der weissen burg, um sich selbst von dem geschehenen wunder zu überzeugen, und den längst vergessenen Petru wieder zu sehen. »Wunder über wunder!« tönte es, »Petru ist von Gott erhalten, uns zur befreiung aus tödlicher noth.« Unter lautem jubel wurde der held vor den kaiser gebracht, der ihn erstaunt, und in seinem innern hocherfreut, also anredete: »armer Petru, Gott der allmächtige hat dich vor dem schmachvollen tode beschützt den ich dir zugedacht hatte. An dir hat Gott ein wunder gewirkt, und ich setze daher das vertrauen auf dich, dass du mein reich vom verderben retten kannst, wenn du ernstlich willst. Gelingt es dir uns zu retten, so will ich dich zu den höchsten ehren bringen, und dir meine tochter selbst zur gemahlin geben. Sprich, was du bedarfst, um mir und meinem reich aus der grossen bedrängnis zu helfen.«

Petru sann eine weile nach, dann beugte er sich demüthig vor dem kaiser, küsste ihm die hände, und begann hierauf: »grossmächtigster kaiser, ich lege meine seele zu deinen füssen, und danke dir sowohl für die gnaden die du mir früher erzeigt hast, als auch für die unverhoffte befreiung aus meiner haft, und für den köstlichen preis, den du mir versprichst für den fall, dass es mir gelingt dich und dein reich vor dem zorn des rothen kaisers zu beschützen. Zuerst bitte ich nur, dass in der nähe des schlosses welches der rothe kaiser bewohnt, eine hohe warte gebaut werde; alsdann lass mir ein gutes fernrohr verfertigen, und wenn ich diss habe, so soll alles übrige meine sorge sein.«

Was Petru wünschte, geschah. An der äussersten grenze des weissen reiches ward ein hoher fester thurm erbaut, von

dessen zinnen aus er mittelst seines fernrohrs in das schloss
des rothen kaisers sehen konnte. Der festgesetzte ostersonntag
brach an, und Petru stand schon als der erste morgen graute,
auf dem thurm, sein fernrohr in der hand, zu seiner seite
einige von den räthen des weissen kaisers. In demselben augenblicke wo sich die morgensonne durch die purpurnen wolken
am horizonte heraufdrängte, stieg auch der rothe kaiser aus
seinem bette. Petru nahm diss durch sein fernrohr sogleich wahr,
und liess die stunde wie die minute durch die räthe auf-
zeichnen. Als er den rothen kaiser näher betrachtete, erschrak
er über dessen fürchterliches aussehen, denn es soll derselbe
der grausamste wütherich seiner zeit gewesen sein. Sofort sprach
er zu einem von den räthen die bei ihm standen: »gehe hin
zu unserm herrn, dem weissen kaiser, und sage ihm, er möge
eine schaar der auserlesensten krieger unter der führung eines
vertrauten hauptmanns bereit halten, damit sie mich, wenn ich
heute mittag nach dem schloss des rothen kaisers aufbreche,
begleiten, und sich nahe bei der stadt in ein versteck legen.
Diss that Petru aus vorsicht, denn er mistraute den blutgierigen
launen des rothen kaisers. Der weisse kaiser gab auch, als er
Petru's botschaft erhielt, sogleich befehl, es sollten sich fünf-
hundert krieger mit einem tüchtigen hauptmann fertig machen.
Während diss geschah, gieng der rothe kaiser mit seinem ganzen hofstaate zur kirche, und wieder liess Petru auf seiner
warte stunde und minute genau verzeichnen; zum kaiser sandte
er aber den andern rath, und liess ihn um das flüchtigste pferd
aus dem kaiserlichen stalle bitten, welches ihm auch alsbald
geschickt wurde.

Als der gottesdienst, welchem der rothe kaiser beiwohnte,
zu ende war, begab sich derselbe mit seinem glänzenden hofstaat wieder in den palast, wo alles aufs prächtigste zu einem
grossen feste bereitet war. Nachdem er sich zur tafel gesetzt
hatte, bestieg Petru das für ihn bereit gehaltene pferd und flog
mit verhängtem zügel dem palaste zu, dort trat er eben in den
speisesaal, als der kaiser seinem edelknaben den befehl ertheilt
hatte, ihm seinen festpocal mit wein zu füllen. Diss geschah,
und als ihn der herscher des rothen reiches an die lippen
führen wollte, rief Petru mit gewaltiger stimme: »hoch, hoch!

der rothe kaiser will trinken!« Damit riss er einem der bewaffneten die lanze aus der hand, und stiess dem rothen kaiser den pocal vom munde. Diss alles war das werk eines augenblicks. Wüthend über diesen frevel fuhr der rothe kaiser auf, und befahl seinen kriegern, den frechen gast, dessen weisse kleidung seinen grimm nur noch vermehrte, zu ergreifen und niederzuhauen. Aber Petru gerieth hierdurch nicht in verwirrung, sondern sah den rothen kaiser dreist an. Dieser besann sich jetzt, dass von der lösung der drei aufgaben die rede sei, die er dem weissen kaiser gestellt hatte, und fragte den Petru, wo er erfahren habe dass er jetzt den becher zum munde führe. Petru antwortete hierauf gelassen: »grossmächtigster herr, mein gebieter, der weisse kaiser, hat eine warte bauen lassen, von welcher aus ich heute in deinen palast geschaut und die zeiten aufgezeichnet habe, sowohl da du aufstundest, als da du zur kirche giengst; von dort hab' ich auch wahrgenommen.... »Halt' ein!« rief hierauf der erzürnte kaiser, »für die lösung der dritten frage sollst du hängen, frecher bursche. Am galgen wirst du, überkluger taugenichts, so hoch sein wie auf deiner warte!« Damit befahl er seinen dienern, sie sollten sich Petru's bemächtigen und ihn zum galgen führen. Es geschah, und spottend sagte der kaiser zu seinem gefolge: »seht her, das weisse osterlamm das uns der weisse kaiser zugesandt hat.« Hierüber entstand ein schallendes gelächter.

Der zug war bald bei dem richtplatz angekommen, und dem armen Petru schlug das herz beim anblick des rothen galgens bänger, denn er dachte was es wäre, wenn der überfall der im verstecke liegenden bewaffneten des weissen kaisers zu spät käme. Schon sollte er die leiter hinauf, da erweckte ihn der schrei des rothen kaisers, welcher von einem pfeile durchbohrt vom pferde gesunken war, aus seinen todesgedanken. Kaum sah er seinen feind am boden liegen, so schwirrten von allen seiten pfeile, und unter dem ruf: »hoch lebe der weisse kaiser,« brachen die weissen krieger aus ihrem versteck über die rothen her. In der verwirrung des kampfes war Petru bald zu einem schwerte gekommen, drängte sich zu dem rothen kaiser, der noch lebend am boden lag, und mit den worten: »nimm hin den lohn für deine blutgier und deinen verrath,« spaltete

er ihm den kopf. Sodann rief er die weissen krieger zusammen,
hiess einige von ihnen dem weissen kaiser die nachricht bringen dass der rothe kaiser todt sei, und führte sie dann gegen
die rothe stadt.

Der überfall gelang, und nicht lange hernach begrüsste Petru
den weissen kaiser im palaste des rothen, als beherscher des
rothen sowie des weissen reiches. Der weisse kaiser nahm aber
die würde des rothen kaisers nicht an, sondern hiess Petru
niederknieen, und setzte ihm die krone des rothen kaisers aufs
haupt, indem er ihn als beherscher des rothen reiches ausrief
und ihm seine tochter zur frau gab.

Einige zeit später starb aber der weisse kaiser, nachdem
er seinem sohne Petru noch auf dem sterbebett auch krone
und scepter des weissen reiches übergeben, und ihn zum herscher desselben ernannt hatte. So beherschte nun Petru die
beiden reiche, seine weisheit und tapferkeit leitete sie trefflich,
und er selbst lebte mit seiner geliebten gattin, der tochter des
weissen kaisers, noch lange jahre im höchsten glück.

10. Petru Firitschell.

Petru Firitschell's mutter starb vor der zeit, und da sein
vater wieder heirathete, bekam er eine stiefmutter. Sie war
unfreundlich gegen ihn, und sein unmuth machte sich hierüber
luft, indem er sie verspottete. Dadurch wurde sie über ihn
noch erbitterter, und beschloss ihn um jeden preis aus dem
hause zu schaffen. Oefters gieng sie ihren mann darum an,
aber lange umsonst, endlich gab er jedoch dem ewigen quälen nach, rief seinen sohn und sagte zu ihm: »höre Petru,
du must das haus verlassen und dir eine andere heimath
suchen; nimm dir darum was dein ist, versieh dich wohl mit
speise und getränk, und zieh damit fort wohin du willst.« Petru.
dem das väterliche haus schon längst entleidet war, und der
überdiss die welt gern sehen mochte, that ohne murren was
ihm befohlen war, und gieng.

Auf seiner wanderung kam er in einen grossen wald und
vernahm hier das mächtige rauschen der bäume, er aber meinte

etwas ganz besonderes zu hören und schrie: »wer ist da!«
Auf diese frage trat ihm ein mann entgegen, der ihm sagte:
»ich bin's, der holzkrummmacher!« Ohne weiter über diese
sonderbare benennung nachzuforschen, bot Petru Firitschell
dem fremden die hand und sagte: »wir wollen gute freunde
sein!« worauf jener einschlug und mit ihm zog. Es dauerte
nicht lange, so begegneten sie wieder einem fremden menschen,
welcher steine rieb und sich den steinreiber nannte. Sie
grüssten ihn mit den worten: »guten tag freund!« und fragten
ihn ob er ihr kreuzbruder [1] sein wolle. Er sagte ja, und zog
mit ihnen fort. Mitten im wald bauten sie sich ein haus, wobei der holzkrummmacher und der steinreiber gute dienste lei-
steten. Als das haus fertig war, theilten sich die drei waldbrüder
in die häuslichen angelegenheiten: der steinreiber wurde koch,
während Petru mit dem holzkrummmacher dem waidwerk
oblag.

Einmal, als der koch allein zu hause war, erschien vor
der thüre ein wunderbarer reiter, es sass nemlich auf einem
halben hasen ein kleines männlein, kaum fingerslang, aber mit
einem ellenlangen barte versehen. Der steinreiber sah zu seinem schrecken sogleich, dass das der daumenlange Hans mit
dem grossen barte sei. Der furchtbare kleine mann stieg ab,
sah sich in dem neuen haus um, gieng von einer ecke zur
andern, alles betrachtend, dann schritt er auf den geänstigten
steinreiber zu, warf ihn zu boden, riss das siedende fleisch
aus dem topf am feuer, und fieng es an auf der blossen brust
des am boden liegenden angstmannes zu zerlegen, der endlich
laut vor schmerzen zu brüllen begann, als die heisse fleisch-
brühe ihm in die durch messerschnitte verwundete brust drang.
Als der fürchterliche kleine mit seiner tollen arbeit fertig war,
bestieg er seinen hasen wieder, und verschwand im walde.

Wie die beiden jagdgenossen heimkehrten und in die stube
traten, fanden sie den bruder steinreiber noch immer heulend
und winselnd am boden liegen, und liessen sich von ihm erzählen was vorgefallen war. Der holzkrummmacher verspottete
den steinreiber und schalt ihn einen elenden feigling, weil er

---

[1] Vrgl. hierüber die bemerkungen zur geschichte des Traudafiru.

sich von einem winzigen zwerglein so habe zurichten lassen.
»Ich will morgen zu hause bleiben« fuhr er prahlerisch fort,
»und will sehen ob ich euch den kleinen spitzbuben nicht
wie einen gebratenen sperling zum essen vorsetze.«

Der steinreiber nahm diesen vorschlag dankbar an, trat
das küchenamt ab und gieng des andern tags mit Petru auf
die jagd, während der holzkrummmacher die küche versehen sollte
und ungeduldig das abenteuer mit dem halbhasenritter erwartete.
Dieser setzte wirklich seine geduld auf keine lange probe, sondern erschien bald, wie gestern beritten, vor dem haus, und
stieg ab, ohne sich an die grobe weise zu kehren mit welcher
ihn der küchenmeister zu empfangen suchte. Wieder gieng er
hin und her, alles betrachtend, warf endlich auch den fluchen-
den holzkrummmacher nieder, und that ihm gerade so wie
gestern dem steinreiber. Der boshafte zwerg war schon lange
wieder in den wald geritten, und es war schon spät abends,
als endlich die beiden jäger heimkehrten. Die erzählung des
vorgefallenen war ebenso schnell gethan als begriffen, und alle
drei hausgenossen kamen jetzt überein, dass morgen Petru Firitschell den kochdienst versehen und zu hause bleiben müsse.

Petru blieb, nachdem seine beiden hausgenossen auf die
jagd gezogen waren, nicht lange allein, denn bald erschien der
daumlange zwerg vor dem hause. Als er aber miene machte
abzusitzen, eilte ihm der muthige Petru entgegen, um ihn beim
barte zu erwischen. Der kleine floh hierauf in den wald, verfolgt von Petru bis zu einer höhle, die tief in die erde hinunter
gieng und in die er sich flüchtete. Petru kehrte jetzt um,
und wartete zu haus auf seine genossen, die bei ihrer zurück-
kunft höchlich erstaunt waren dass er unversehrt geblieben
sei. Er forderte sie nun auf, ihm mit einem langen seile zu
folgen, mit dem sie ihn in die höhle hinablassen sollten. Seinen muth bewundernd giengen sie mit ihm und liessen ihn in
die höhle hinab, wo er sich vorgesetzt hatte nicht eher zu
ruhen, als bis er den bösen zwerg in stücke gehauen habe.
Als er an dem seile hinunter gelangt war, stund er in dicker
finsternis, doch vernahm er einiges geräusch, und es war ihm
diss könne niemand anders sein als der zwerg. Er machte
sich also vom seile los und tappte dem geräusch nach, das

sich von einer ecke in die andere zog. Die höhle war nicht
sehr gross, daher bekam er den kleinen zwerg sammt dem
halben hasen bald unter die hände, und schnitt ihn mit seinem
taschenmesser in stücke. Er tappte nun wieder nach dem seil an
dem er heruntergekommen war, fand es aber nicht, und auch
auf sein rufen erhielt er vom holzkrummmacher und vom steinreiber keine antwort. Sie hatten, als sie auf einmal fühlten,
dass das seil leicht geworden sei, gemeint Petru sei in einen
tiefen abgrund hinabgestürzt; hatten, aus furcht der fürchterliche zwerg möchte nun wieder über sie kommen, das seil her-
aufgezogen, und waren davon gelaufen.

Indessen fand Petru in der höhle einen gang, darin gieng
er weiter, kam in eine grössere höhle, und bemerkte da nach
langem blinden umhertappen einen schwachen lichtstrahl. Diesem nachgehend fand er einen ausgang, durch den die sonne
hereingeschienen hatte, und kam in den wald. Hier sah er im
gebüsch, ärmlich aber traulich, eine hütte, durch deren niedrige
thür er ohne weiteres eintrat. Als er die nebenthür öffnete
sass darin ein altes weiblein, die aber blind war; sie ass eben
mamaliga [1] mit milch. Da ihn sehr hungerte, und er den mangel
ihrer augen schnell wahrgenommen hatte, schlich er sich still
neben sie hin, und half ihr, so schnell er konnte, die schüssel
leeren. Die alte merkte dass ihre speise dissmal viel schneller
zu ende gegangen war, und sagte deshalb freundlich: »ei!
wer ist da? ist es ein mädchen, so soll es meine tochter sein;
ist es aber ein knabe, so sei er mein sohn.« Auf diese freundliche rede rief Petru: »ich bin's, mutter, dein sohn.« Da
freute sich die alte, nahm ihn als ihren sohn auf, und schickte
ihn aus, ihre schaafe zu hüten, warnte ihn aber auch er solle
nicht in die abwärts von der hütte gelegene waldschlucht gehen, weil dort die bösen drachen hausten die ihr das augenlicht geraubt hatten.

Petru, der munter stock und pfeife zur hand genommen
hatte, trieb die schaafe vor sich hin und gerade der drachen-
schlucht zu, denn er wollte sich überzeugen ob wirklich
drachen dort wohnen. Als er die schlucht erreicht hatte, setzte

---

[1] Vrgl. über diese lieblingsspeise der Walachen s. 79.

er sich auf einem felsenstück nieder, nahm die pfeife zum mund
und fieng an zu blasen. Wie die drachen diss hörten, kamen sie
alle langsam heran, legten sich vor ihm nieder, wie tauben die
sich sonnen, und sagten zu ihm: »ei Petru, könntest du uns
nicht auch so schön blasen lehren?« Darauf entgegnete Petru:
»warum nicht! recht gerne will ich das thun.« Mit diesen
worten zog er sich listigerweise langsam, aber immer fort-
blasend, über die grenzen des drachenbereichs fort, und die
drachen, die sich an der schönen musik nicht satt hören konnten,
folgten ihm. Als er fern genug von der waldschlucht war,
nahm er seine axt, spaltete eine eiche, die gefällt am boden
lag, halb, und zwängte einen keil darein, hiess dann alle drachen
ihre krallen hineinstecken, indem er ihnen sagte dass sie alle
ebenso gut und noch besser als er die pfeife werden spielen
können, so wie sie auf ein gegebenes zeichen die klauen wieder
herauszögen. Wie sie nun aber, im vertrauen auf sein wort,
ihre krallen hineingesteckt hatten, zog er den keil heraus, so dass
die ungeheuer alle aufs erbärmlichste gefangen lagen. Jetzt
stellte er sich mit gehobener axt vor sie hin, und forderte von
ihnen unter androhung des todes die augen seiner waldmutter.
Da fürchteten sich die gefangenen, heulten und winselten, sagten
ihm aber: »deine mutter soll sich in dem milchteiche, nahe
der waldschlucht wo wir wohnen, dreimal die augen waschen,
und sie wird das licht ihrer augen wieder haben.« Als Petru
sich dieses geheimnis wohl gemerkt hatte, hieb er mit seiner
axt einem drachen um den andern den kopf ab, und gieng sodann voll freude zu seiner waldmutter, nahm sie bei der hand
und hiess sie folgen. Nach dem ersten waschen glaubte die alte
schon einen leichten schein zu haben, worauf sie sich die augen
noch einmal wusch und alsbald besser sah. Nachdem sie sich
endlich die augen zum drittenmal gewaschen hatte, war ihr
blick so hell und scharf wie bei einem kinde. Hierüber kam
die gute alte fast ausser sich vor freude, und segnete ihren
guten sohn Petru Firitschell.

Noch lebten beide einige zeit zusammen, da drängte es
aber den jungen gesellen wieder in die welt hinaus, weil ihn
aber die alte durchaus nicht fortlassen wollte, so packte er einmal in der nacht zusammen und gieng davon, ohne dass sie's

merkte. Noch war er nicht weit gegangen, als ein fuchs über den weg lief. Er legte sogleich seinen bogen an, der fuchs aber sprach zu ihm: »schiess mich nicht, ich gebe dir eins meiner jungen, das dir gewiss nützlich sein wird!« Petru lachte, setze ab und nahm das junge vom alten fuchs. Später begegnete ihm ein wolf den er wieder schiessen wollte, aber auch der wolf bat ihn nicht abzudrücken, er wolle ihm auch ein junges geben, das ihm sehr gute dienste thun werde. Petru nahm auch das wölflein an, und liess es neben sich hergehen. Als er wieder ein stück wegs gekommen war, stand plötzlich ein bär vor ihm, auf den er sogleich anlegte, um ihn zu erlegen, als ihm aber dieser ebenfalls ein junges zum geschenk bot, schoss er nicht, sondern nahm auch das bärlein zum reisegefährten, und zog mit diesen drei waldgenossen weiter.

Einige zeit nachher kam er in eine grosse, schöne stadt. Als er durchs thor eintrat, sah er an allen häusern grosse schwarze trauerfahnen herabhangen, und da er nicht begreifen konnte was das bedeuten solle, so befragte er ein altes weib, die ihm begegnete, darum. Die alte schaute ihn an, und begann hierauf unter weinen und schluchzen zu erzählen: »ach mein sohn, ein abscheulicher zwölfköpfiger drache hält hier sein lager vor der stadt, dem hat bis jetzt jedes haus eine tochter zum frass geben müssen, und jetzt ist eben heute die reihe an unserer schönen prinzessin, unseres kaisers einziger tochter. Wenn du dich eine weile hier gedulden wirst, so kannst du hören mit was für einem geläute sie das arme kind hinausführen, gerade dort jenen sümpfen zu die sich umweit dem thore hinziehen,« Damit gieng die alte weiter und liess Petru stehen, der sich aber nicht lange besann, sondern sich kurz entschloss den drachen zu erlegen. Er kaufte sich darum zwölf pfeile, und war eben mit dem handel fertig, als es auf allen thürmen der stadt zu läuten anfieng. Ein grosses trauergeleite hatte sich versammelt, um die prinzessin mit gepränge hinauszuführen, dem drachen zum opfer.

Der zug war in der nähe der sümpfe angelangt, da ward er allmählich kleiner, und je näher man der schauerlichen stätte kam, desto mehr entwichen von den begleitern, aus grosser furcht vor dem drachen, so dass die arme prinzessin endlich ganz allein nahe bei den sümpfen war, wo sie bald, von todesfurcht gepeinigt, in die knie sank und sich niedersetzen musste, indem sie heftig zu weinen anfieng. Jetzt trat Petru Firitschell mit seinen drei waldgefährten hinzu, fragte sie freundlich warum sie weine, sprach ihr dann muth zu, und sagte sie solle sich nicht fürchten, er werde schon alles thun dass ihr kein leids geschehe. Diese theilnahme, und das muthige aussehen des jünglings, tröstete die prinzessin einigermaassen, wenn sie auch nicht gerade glaubte, dass Petru im stande sein werde das ungeheuer zu erlegen. Petru warf sich neben sie hin, legte ihr den kopf in den schooss, und bat sie ihm seine haare zu ordnen, welche durch das lange unbesorgte waldleben in einen sehr verwilderten zustand gerathen waren. Die prinzessin that's unter halb erstickten thränen, so gut sie es vermochte. Unterdessen aber wurde Petru schläfrig und entschlummerte, nachdem er die prinzessin gebeten hatte sie solle ihn ein wenig ruhen lassen, sich aber ja hüten ihre hand in seine tasche zu stecken.

Petru schlief ein, und die prinzessin, eben weil es ihr Petru verboten hatte, steckte die hand in seine tasche. Da sah sie von weitem den drachen kommen, über dessen scheussliche gestalt sie so erschrak, dass sie kein wort über die lippen brachte. Nur eine heisse thräne fiel von ihren wangen auf Petru's gesicht, worüber dieser schnell in die höhe fuhr, und, als er des drachen ansichtig wurde, die prinzessin zu schelten anfieng, weil er dachte, sie habe ihn mit vorbedacht nicht wecken und ihn dem drachen übergeben wollen. Hierüber erschrocken, zog die prinzessin heftig ihre hand aus der tasche Petru's, und streifte unbemerkt einen der zwölf pfeile heraus, die derselbe da für den drachen aufbewahrte. Petru bemerkte diss aber nicht, sondern sprang auf, schoss einen pfeil nach einem der zwölf drachenköpfe, und traf ihn so gut dass er sogleich leblos zusammen knickte. Dann schoss er den zweiten kopf ab, und eben so noch neun andere. Für den zwölften aber fand er keinen pfeil, und der drache, der mit dem verluste eines jeden kopfes immer wüthender geworden war, schoss jetzt tobend heran. Petru wusste sich jedoch zu helfen, er forderte von der prinzessin eine stecknadel, und schoss mit dieser glücklich

den zwölften kopf des drachen herunter, so dass das thier leblos
in's gras sank. Jetzt gieng Petru hin, schnitt aus jedem der
zwölf köpfe die zunge heraus und steckte sie alle in seine
tasche; dann legte er sich wieder nieder um weiter zu schlafen,
da er vorhin durch den drachen gestört worden war.

Diss alles hatte ein Zigeuner von ferne mit angesehen, leise
schlich er herbei, schnitt dem schlafenden Petru den kopf ab,
hieb dann die zwölf köpfe des drachen herunter, lud sie auf
seine schulter und nahm dann die prinzessin mit sich fort. Die
waldgefährten Petru's aber, der bär, der wolf und der fuchs, welche
diesen frevel nicht wehren konnten, geriethen hierüber in grosse
trauer, und berathschlagten unter sich was sie zu rettung ihres
herrn anstellen könnten. Nachdem sie lange vergebens hin und
her gesonnen hatten, giengen sie traurig auseinander, um vielleicht in der nähe etwas zu finden. Da begegnete der fuchs
einer schlange, die ein kraut im maul trug. Er fragte sie:
»was trägst du hier für ein kraut?« worauf sie antwortete:
»es ist ein wunderkraut, ich will meinem sohne seinen abge-
schnittenen kopf wieder anheilen.« Hierüber war der treue
fuchs hoch erfreut, trat freundlich zu der schlange, und bat sie
ihn dieses äusserst wunderbare kraut näher betrachten zu lassen.
Sie bot es ihm hin, und er that als ob er es betrachten wolle,
statt dessen aber ergriff er es mit den zähnen und eilte so zurück zu Petru's rumpf. Dort erzählte er seinen gesellen, dem
wolf und dem bären, was es mit dem kraut für eine bewandtnis
habe, und alle drei säumten nun nicht ihres herrn kopf wieder
anzusetzen, indem sie rings um den schnitt das wunderkraut
legten. Nun hatte aber der körper noch kein leben, der fuchs
und der wolf machten sich daher wieder auf um hilfe zu suchen,
während der bär die todtenwache hielt. Der wolf begegnete
jetzt einem alten weibe, die in einem kruge wasser trug. Der
wolf fragte sie was sie in ihrem kruge trage, und erhielt die
antwort dass es lebenswasser sei. Hierauf brummte der wolf:
»ei, von diesem wasser hab ich schon viel gehört, zu gesicht
ist mir's noch nie gekommen, zeig mir's doch, damit ich weiss
wie es aussieht.« Als es ihm die alte zeigte, so that er aus
dem krug einen tüchtigen zug, eilte damit zu Petru's leiche,
und alsbald waren alle drei, wolf, bär und fuchs, behilflich

dieselbe wohl einzuschmieren, und so ihren herrn in's leben zurückzubringen. Als Petru Firitschell wieder am leben war, stand er auf. wie aus einem traume. Bald erinnerte ihn aber der rumpf des drachen an die begebenheiten der letzten zeit. Er eilte daher nach der stadt, um die schöne prinzessin und den kaiser aufzusuchen; mit seinen drei waldgesellen aber schloss er zuvor einen festen bund der treue.

Am hofe des kaisers war indessen alles froh und lebendig über die erlegung des drachen, die man dem lügnerischen Zigeuner zuschrieb, weil er sich durch die köpfe des thieres ausweisen konnte; auch wurden grosse vorbereitungen zu einem glänzenden hochzeitfeste gemacht, denn der Zigeuner sollte zum lohn für seine that die hand der prinzessin erhalten. Die bitten und thränen der unglücklichen halfen nicht: sie konnte sich nicht sträuben gegen den willen ihres vaters, der sammt dem volk einmal den Zigeuner für den allgemeinen befreier ansah.

Jetzt erschien Petru Firitschell mit seinen drei begleitern im vorhofe des kaiserlichen palastes, wo ihn die betrübte prinzessin, als sie ihn sah, auch sogleich erkannte und zu sich rief. Sie erzählte ihm wie es stehe, und bat ihn den abscheulichen Zigeuner lügen zu strafen und sich selbst als den drachentödter zu offenbaren. Dann eilte sie zum kaiser, ihrem vater, und bat ihn er möchte den fremden ausforschen der eben in den palast gekommen, und der ihr und des landes wirklicher befreier von dem zwölfköpfigen drachen sei.

Der kaiser liess Petru vor sich rufen, und hörte aufmerksam alles an was dieser erzählte. Da es genau mit dem übereinstimmte, was ihm die prinzessin immer gegen den Zigeuner betheuert hatte, so schenkte er ihm glauben, und der Zigeuner wurde vor den kaiser gerufen um sich zu verantworten. Obwohl ihn der anblick Petru's, dem er doch den kopf abgeschnitten hatte, sehr in schrecken setzte, wagte er doch zu behaupten dass er den drachen getödtet habe, und berief sich zum zeugnis auf die zwölf köpfe. Hierauf aber verlangte Petru dass er die zungen derselben vorzeigen solle, und als der Zigeuner vergebens darnach suchte und endlich Petru sie aus der tasche zog,

erkannten der kaiser, und alle die zugegen waren, Petru für den
drachenüberwinder, den Zigeuner aber für einen niederträch-
tigen schurken. Er ward alsbald ergriffen, in ein fass geworfen,
das innen ganz mit eingeschlagenen nägeln besetzt war, und so
einen hohen berg hinunter gerollt. Den Petru Firitschell aber
umarmte der kaiser mit dankerfülltem herzen, gab ihm die
schöne prinzessin, seine tochter, zur frau, und liess auch sogleich die hochzeitfestlichkeiten beginnen. Die drei waldgenossen
aber, die Petru so treue dienste geleistet hatten, blieben immer
bei ihm, und wurden später, als ihr herr nach des kaisers
tode reich und krone erhielt, in die ersten stellen eingesetzt,
die sie auch würdig begleiteten.

11. Wilisch Witiâsu. [1]

Ein kaiser und ein könig, deren reiche an einander stiessen,
wurden einst in einer nacht glückliche väter: des kaisers gattin
gebar einen sohn, die des königs eine tochter. Beide, der könig
wie der kaiser, hatten hierüber grosse freude, aber bei dem
ersteren währte das nicht lange, denn schon in der dritten nacht,
als die königin schlief, raubte ein mächtiger drache die kleine
prinzessin von ihrer seite weg.

Als des kaisers sohn grösser wurde, so träumte er jede
nacht von einem wunderschönen mädchen, ohne dass er wusste
wer sie wäre. Sie kam ihm auch den tag über nicht mehr
aus dem sinn, und er fragte deshalb seine amme, wer das schöne
mädchen sei, von dem er immer so lebendig träume. Die amme
sagte ihm dass diss keine andre sein könne als die königstochter, die mit ihm in einer nacht geboren, aber schon als
ein dreitägiges kind aus ihrem bettlein verschwunden sei, ohne
dass man je eine spur von ihr habe entdecken können.

Es verfloss einige zeit, während welcher der prinz immer

---

[1] Das zweite wort leitete der erzähler von dem madjarischen vitéz
(held, ritter) ab; vom ersten war er der ansicht es bedeute fröhlich.
Danach wäre der name soviel als Ritter Fröhlich, eine veredlung des
deutschen Bruders Lustig.

und immer wieder von der schönen prinzessin träumte, und ihr holdseliges bild weder bei tag noch bei nacht mehr aus dem sinn brachte. Da konnte ers zuletzt nicht länger aushalten, sondern gieng zu seinem vater, dem kaiser, und bat ihn um waffen, geld und leute, damit er ausziehen könne die schöne tochter des königs, seines nachbars, zu suchen. Anfangs wollte der alte kaiser nicht einwilligen, weil ihm der prinz für ein solches unternehmen zu jung schien, da dieser aber nicht nachliess ihn mit seinen bitten zu bestürmen, so gab er befehl es solle sich eine anzahl reisiger bereit halten, den prinzen auf einer weiten reise zu begleiten, zu welcher er denselben gehörig mit geld und anderem bedarfe versah.

So zog der prinz, nachdem er sich zuvor von vater und mutter verabschiedet hatte, von dannen, gab jedoch den seinigen jeden dritten tag nachricht von sich. Ueberall wo er auf seiner fahrt von sklaven hörte, die entweder zum tod verurtheilt waren oder sich sonst in grossem elend befanden, gieng er hin, löste sie mit geld von ihren herrn aus, und schenkte ihnen die freiheit. So sagte man ihm eines tags von dreien die eben hingerichtet werden sollten, und unter denen sich auch der berühmte held Wilisch Witiäsu befand, der freilich unsterblich gewesen sein soll, und von dem es heisst er sei mit drei eisernen reifen umgürtet gewesen. Der prinz eilte hin, kaufte die drei los und schenkte ihnen die freiheit, den helden Wilisch aber bat er mit ihm zu ziehen. Dieser fragte ihn wohin er denn ziehe, und als ihm der prinz sagte, er gehe eine geraubte königstochter zu suchen, so gab er darauf zur antwort: sie brauchen dazu keine leute, er solle sie nur alle zurück schicken.

Darauf wies er den prinzen an, eine grube machen zu lassen und sich mit seiner schaar hineinzulegen, für sich aber verlangte er ein glas wein. Als diss geschehen war und Wilisch getrunken hatte, so sprangen die drei eisernen reife die er um die brust hatte, mit solcher gewalt, dass sie weit davon flogen, ihn selbst aber riss eine innere gluth so hoch in die lüfte, dass er mit ungeheurer gewalt wieder herabfiel.

Auf dieses rief er den prinzen, und nachdem derselbe seine leute alle seinem vater zurückgeschickt hatte, sprach Wilisch: »wir gehen jetzt, die prinzessin vom drachen zu befreien,

auf einen zug, von dem ich nicht wieder kehren werde;« dem
prinzen aber bangte deshalb nicht, und beide setzten ihren weg
gutes muths fort. Endlich sprach held Wilisch wieder: »wir
kommen jetzt bald auf die sehnsuchtswiese, wo dich ein grosses
heimweh befallen wird.« Hierauf erwiederte aber der prinz,
er gedenke diesen kampf schon muthig zu bestehen. »Weiter«
fuhr Wilisch fort »gelangen wir auf die trauerwiese, und du wirst
in deinem innern alle möglichen schmerzen und wehen fühlen,«
aber auch hierüber dachte der prinz mit festem willen herr zu
werden. »Nach der trauerwiese« hub Wilisch wieder an, »müssen
wir über das blumenfeld. Dort sind viel tausenderlei schöne
blumen, die uns alle bitten werden sie mitzunehmen, hüte dich
aber einer oder der andern gehör zu geben, denn wenn du auch
nur eine nähmest, so wäre es um deinen kopf geschehen.«
Der prinz merkte sich diese lehre und sie ritten weiter.
Da kamen sie zu einer quelle, und weil sie grossen durst hatten,
stiegen sie ab um zu trinken. Zuerst trank Wilisch, dann neigte
sich der prinz dazu nieder; als er aber trank, stiess ihn Wilisch
von hinten an, so dass er hineinfiel. Der prinz kehrte sich nicht
daran, sondern stieg wieder heraus, und siehe wie wunderbar:
seine haare hatten sich im wasser der quelle ganz vergoldet.
Sie bestiegen nun ihre pferde wieder und zogen weiter.
Jetzt kamen sie auf die sehnsuchtswiese, wo den prinzen
ein solches heimweh ergriff, dass ihm war er müsse davon
zerspringen. Wilisch aber trieb zur eile, und sie waren bald
über die verhängnisvolle grenze. Nach einiger zeit erreichten
sie die trauerwiese, auf welcher der prinz der trauer seines
inneren, einem heere von ungekannten schmerzen, erlegen wäre,
wenn nicht Wilisch, böses befürchtend, ihn zu sich aufs pferd
genommen, und so mit ihm, des prinzen pferd an der hand,
in eiligem lauf die jenseitige grenze erreicht hätte. Zuletzt
kamen sie aufs blumenfeld, da blühten tausenderlei der schönsten
blumen, die alle flehentlich baten und riefen: »nimm mich mit!
nimm mich mit!« Der prinz, eingedenk der warnung die er von
Wilisch erhalten hatte, bezwang sein verlangen nach den schönen
blumen; doch sprang eine von selbst auf seinen hut. Da erschien die blumenkönigin, übersah das feld, zählte ihre blumen,
und bemerkte dass eine fehlte. Wie sie dieselbe auf des prinzen

hut erblickte, kam sie zornig herbei, zog ihr schwert und wollte
ihm den kopf abhauen; der prinz aber, indem er für den noth-
fall das seine gleichfalls zog, entschuldigte sich, der wahrheit
gemäss, damit dass die freche ohne sein zuthun ihm auf den
hut gesprungen sei. Dieses bestätigten die andern blumen. Da
befahl die blumenkönigin ihren blumen stillschweigen, und hiess
die entsprungene wieder auf ihren platz zurückkehren, was
diese sich auch nicht zweimal sagen liess.

Jetzt bat Wilisch die blumenkönigin, ihm zu offenbaren
wo der drache welcher die königstochter geraubt habe, zu
finden sei. Da sie es nicht wusste, so wies sie ihn an die
heilige mutter Mittwoch, welche älter sei als sie und es deshalb besser wissen müsse; zugleich warnte sie aber die beiden
helden auch vor der schlimmen katze, welche die thüre derselben hüte. Der prinz und Wilisch dankten ihr freundlich dafür, zogen weiter, und kamen nach einigem suchen zum haus
der heiligen mutter Mittwoch. Sie traten ein, ohne furcht vor
der bösen katze, die das haus hütete, sie beide aber nicht gewahr wurde. Die alte wunderte sich dass sie so unbemerkt
hereingekommen seien, und fragte was sie wünschen, worauf
ihr held Wilisch ihr anliegen vortrug. Die heilige Mittwoch
wusste jedoch auch keinen bescheid, und sandte die helden deshalb zur heiligen mutter Freitag, nachdem sie gleichfalls vor der
bösen katze gewarnt hatte, die dort als wache unter der thüre
liege. Bei der mutter Freitag gieng es den beiden helden ebenso,
wie bei der mutter Mittwoch: sie wurden zwar freundlich aufgenommen, konnten aber auch hier keine weitere kundschaft
über den drachen und dessen behausung erhalten. Die gute
alte sandte sie zur heiligen mutter Sonntag, welche jünger und
wohl mehr in diesen dingen bewandert sei.

Auch die heilige mutter Sonntag empfieng die beiden helden
wohlwollend, lud sie ein sich zu setzen, und indem sie sich
wunderte dass sie unangefochten über ihre schwelle gekommen
seien, fragte sie nach der ursache ihres kommens. Als diese
frage beantwortet war, versprach sie ihnen sogleich auskunft,
nahm eine flöte und begann darauf zu spielen. Kaum erklangen
die ersten töne, so versammelte sich vor dem haus eine menge
thiere jeder art. Von nah und fern, aus wald und flur zogen

sie herbei, und auch alle vögel liessen sich langsam aus den lüften nieder, den zaubertönen der flöte gehorchend. Alle thiere waren jetzt da, nur der geier fehlte noch. Die heilige alte fragte nun eines ums andere nach der behausung des drachen der die königstochter geraubt habe, aber keines war im stand auskunft über ihn zu geben. Endlich hinkte der geier herbei, und die heilige mutter schalt ihn wegen seiner saumseligkeit, er aber entschuldigte sich, er sei krumm und könne den einen flügel nicht gebrauchen, er habe sich denselben auf der eiligen flucht vor dem grossen drachen verrenkt. Auf die frage ob er dessen behausung wisse, bejahte er diss, und erhielt von der heiligen mutter Sonntag den befehl, den beiden helden den weg dahin zu zeigen. Er erschrak darüber sehr, und bat inständig, man möchte ihm erlauben dass er nicht ganz bis zu des drachen behausung gehen müsse, sondern nur bis an die grenze von dessen gebiet. Das ward ihm bewilligt, Wilisch nahm ihn zu sich aufs pferd, und die beiden helden traten ihren weg an, nachdem die heilige mutter Sonntag sie aufs gütigste verabschiedet hatte.

Als sie die grenze des drachengebiets erreicht hatten, zeigte ihnen ihr befiederter wegweiser von einem hohen baum aus, auf den sie alle drei gestiegen waren, das haus des ungeheuers, und entfernte sich darauf so schnell er konnte. Wilisch sah von dieser warte aus, dass der drache in diesem augenblicke nicht zu hause war, weshalb sie in gröster eile dem haus zuritten. Sie fanden die königstochter allein, und der prinz erkannte sie alsbald, denn so hatte er sie in seinen träumen gesehen. Sogleich liessen sie einen wagen mit den besten drachenpferden bespannen, hiessen die prinzessin einsteigen, die mit freuden gehorchte, und eilten mit ihr davon.

Allein der drache, so entfernt er auch gewesen war, roch dass fremde in seinem hause seien, eilte herbei, den entführern nach, riss die geraubte wieder an sich, warf den helden Wilisch in den tiefsten abgrund der erde, den prinzen aber schleuderte er so wüthend den wolken zu, dass er immer höher und höher flog, und vielleicht am ende ganz ins endlose gerathen wäre, wenn ihn nicht ein haufen wolken in sich aufgenommen hätte. Held Wilisch, da er unsterblich war, erholte sich bald von dem

harten fall, er gieng den wolken nach die den prinzen bargen,
und holte ihn dort; dann warteten sie bis der grosse drache
sein haus wieder verliess, und giengen dann unverdrossen noch
einmal hinein. Jetzt besprachen sie sich vorsichtiger über die
art und weise, wie die schöne prinzessin sicher zu entführen
sei. Da sie weinte, fragte Wilisch nach der ursache, und erfuhr,
es sei betrübnis darüber dass der versuch zur flucht mislungen
sei: sie habe dem ungethüm jeden tag ungeziefer aller art von
seinem scheusslichen körper kratzen müssen. Wilisch rieth ihr
nun, wenn sie wieder an diesem ekelhaften geschäfte sei, solle
sie dazu weinen, dann werde der drache sie um die ursache
ihrer thränen fragen, und sie solle ihm erwidern: »weh! du
hast den berühmten helden Wilisch Witiâsu in den tiefsten
abgrund der erde geworfen, und den prinzen, der mit mir in
einer stunde geboren ist, hast du in alle lüfte geschleudert!
Was wird aus ihnen werden?« So werde sie sein mitleid erregen, dann solle sie ihn weiter fragen wo er seine kraft besitze. Die prinzessin versprach so zu thun. Wilisch aber verwandelte sich in einen basilisken, um die unterredung der
prinzessin mit dem drachen unbesorgt mit anhören zu können;
dann versteckte er sich und den prinzen unter einem der steinbilder die in dem saal umherstunden.

Als der drache heimkam, legte er sich nieder, und befahl
der prinzessin ihr tägliches geschäft vorzunehmen, worauf sie
that wie ihr Wilisch gerathen hatte. Endlich wagte sie's auch
und fragte wo er seine kraft besitze; er aber fuhr sie rauh
an, wozu sie diss zu wissen brauche. Sie liess sich dadurch
nicht irre machen, fragte nochmals und fügte bei: »wir sind
ja allein!« worauf ihr der drache sagte: »wenn einer zum
milchteich geht, und dreimal mit der hand auf dessen spiegel
schlägt, so wird ein geier auftauchen mit dem er ringen muss.
Wird er von demselben besiegt, so erliegt er auch mir, wird
aber der geier überwunden, so verliere auch ich meine kraft
mit ihm.« So sprechend entfernte sich der drache, Wilisch aber
trat vor, und sagte voll freude zu der prinzessin: »nun gehörst
du uns!« Dann entfernten sie sich, er und der prinz, und
giengen zum milchteich, wo Wilisch ein glas wein trank. Dann
schlug er dreimal mit der flachen hand auf den milchspiegel

des teiches, worauf sogleich ein riesiger geier zum vorschein kam. Wilisch rang mit ihm, und ward wirklich nach kurzem kampfe meister über ihn. Um dieselbe zeit fühlte der drache daheim seine mächtige kraft schwinden. Als Wilisch wieder zum prinzen kam, sprach er: »nun sei ein jäger, ich werde mich in einen jagdhund verwandeln und es werden zwei hasen kommen, die schiesse!« Der prinz schickte sich zur jagd an, im augenblick war Wilisch ein jagdhund, und trieb ihm zwei hasen in den schuss, die der prinz auch mit einem pfeil erlegte. Darauf giengen sie weiter und es flogen zwei vögel herbei, die sich zu beiden seiten des wegs setzten, und von denen der eine klagte: »o ich elendester!« der andere aber sang: »o ich glückseligster!« Auch diese beiden vögel schoss der prinz auf einmal. Jetzt nahm Wilisch wieder seine wahre gestalt an, und sagte zu dem prinzen: »nun warte hier bis ich wieder komme, ich muss mich jetzt neun tage lang entfernen.« Der prinz blieb, Wilisch aber gieng zu den vier steinsäulen und betete sie neun tage lang an, worauf aus denselben ein schwert und ein stahl herauskamen. Der held steckte dieselben zu sich, und kehrte damit zum prinzen zurück.

Nun säumten sie nicht länger, wieder zu des drachen behausung zu gehen, als er eben daheim war. Er aber verkroch sich und heulte: »ich meinte ich habe dir deine kraft genommen, aber du hast die meine verzehrt.« Hierauf nahm Wilisch die prinzessin und übergab sie dem prinzen, dem er sie folgen hiess. Er selber blieb zurück, bis sie auf der grenze waren, dann ergriff er den drachen, legte ihn auf eine thüre, die er aus den angeln hob, setzte den einen fuss auf die thürschwelle, den andern aber auf eine leiter, und hieb zweimal nach des drachen kopf. Wie es umsonst war, nahm er den stahl den ihm die steinsäulen gegeben hatten, wetzte die schneide seines schwerts, setzte seine füsse wieder so, dass er schnell fliehen konnte, schlug dem drachen jetzt auf einen hieb den kopf herunter, eilte dann so schnell er konnte davon, schwang sich auf und ritt, was das pferd laufen mochte, dem prinzen und der prinzessin nach. Das wüthende drachenblut gohr wild auf und rann ihm nach, konnte ihn aber nicht mehr erreichen, auch die füsse des ungethüms fiengen an zu

laufen, konnten ihn aber auch nicht fangen, so dass Wilisch wohlbehalten bei dem flüchtigen paar ankam und mit ihnen fortzog.

Sie waren nicht mehr fern von der stadt wo der kaiser,
des prinzen vater, wohnte, daher schrieb der prinz einen brief
an seine eltern, und benachrichtigte sie dass er mit der prinzessin komme. Sie waren aber gegen ihre künftige schwiegertochter feindlich gesinnt, vielleicht weil sich der prinz ihret-
wegen in so grosse gefahren begeben hatte, daher sandte die
kaiserin der prinzessin ein schönes hemd zum geschenk, welches
jedoch Wilisch, sobald er es sah, in stücke zerhieb, indem er ihr
rieth ja von des prinzen eltern nichts anzunehmen, denn wenn
sie dieses hemd angezogen hätte, wäre sie zu einer steinsäule
geworden. Als die reisenden der heimath indessen wieder näher
gekommen waren, sandte der kaiser zwei prächtige pferde, welche
aber Wilisch ebenso wie das hemd in tausend stücke zerhieb.
So kamen sie endlich ohne die elterlichen geschenke zu hause
an, wo der prinz die königstochter wider den willen seines
vaters und seiner mutter heirathete.

Bei der hochzeit trank Wilisch ein glas wein, und wurde
sogleich darauf zur steinsäule. Ueber den verlust eines so treuen
freundes empfanden der prinz und seine gemahlin tiefe trauer,
und der prinz fragte allenthalben um rath, wie er den unsterb-
lichen helden wieder ins leben rufen könne. Endlich erfuhr er
bei einer wehmutter, wenn er das todte steinbild des helden
mit dem frischen blut eines anverwandten kindes bestreiche,
so werde das dem helden das leben wieder geben, er solle
daher einem solchen kind einen finger abschneiden. Als bald
hierauf eine seiner anverwandten zwillinge gebar, eilte er hin,
und zerhieb eines der kinder ganz, sammelte das blut, und be-
schmierte damit des helden Wilisch steinbild, welches sich alsbald zu seiner und der prinzessin grosser freude wieder belebte.
Aber auch der kaiser und die kaiserin staunten über ein solches wunder, und verwandelten von jetzt an ihren widerwillen
gegen die unschuldige prinzessin und den helden Wilisch in liebe.
Es wurden glänzende festlichkeiten veranstaltet, bei denen das
volk die gröste freude bewies, an dem schönen jungen paar
und seinem treuen freunde, dem helden Wilisch Witiäsu.

12. Eine geschichte aus der Römer-zeit.

Vor alten zeiten herschte der brauch die bejahrten leute
zu erschlagen, weil man sie als unnütz ansah. Ein junger mann
vermochte es nicht über sich den eigenen vater zu tödten;
weil er sich aber vor den andern fürchtete, verbarg er den
alten im keller in ein leeres fass, dort speiste und tränkte er
ihn heimlich, so dass keine secle etwas von dem geheimnis erfuhr.
Nun aber geschah mit einem mal an alle streitbaren
männer des volkes der aufruf sich zu rüsten, und zum kampfe
auszuziehen wider ein mächtiges ungeheuer, das von seiner
höhle rings umher jammer und elend verbreitete. Der fromme
sohn wusste nicht, wie er während seiner abwesenheit für den
eingekerkerten vater sorgen solle, damit derselbe nicht vor durst
und hunger umkomme. Er brachte ihm alles was noch an lebens-
mitteln im hause war, und klagte ihm seine noth dass er vielleicht nicht wiederkehren werde, und dass dann sein geliebter
vater elend ums leben kommen müsse. Der alte gab zur antwort: »kehrst du von diesem zuge nicht zurück, so übergeb'
ich gern meinen schwachen lebensrest dem tode. Damit ihr
aber bei dem kampfe mit dem ungeheuer nicht ums leben kommt,
so höre meinen rath, er wird euch von nutzen sein. Die höhle
welche das unthier bewohnt, hat unter der erde hundert und
aber hundert winkel und gänge, die kreuz und quer laufen,
so dass ihr, wenn ihr auch den feind erschlaget, doch den ausgang nimmermehr finden und elend verschmachten werdet. Nimm
darum unsere schwarze stute, die mit einem füllen auf der
waide geht, und führe sie beide mit dir vor die höhle. Dort
schlachte und begrabe das füllen, die mutter aber nimm in die
höhle mit, sie wird euch, wenn ihr den kampf glücklich bestanden habt, wohlbehalten wieder ans tageslicht bringen.«
Nachdem der alte so gesprochen hatte, nahm der sohn
unter thränen abschied und zog mit den andern männern von
dannen. Vor der höhle that er mit dem füllen nach seines
vaters geheiss, ohne jedoch den andern zu sagen was er damit
beabsichtige.
Das unthier in der höhle war endlich nach hartem kampfe

getödtet, aber schrecken verbreitete sich unter den kämpfern, als sie wahrnahmen dass trotz allem suchen kein ausgang mehr zu finden sei. Da gieng jener mit seinem schwarzen pferde voran, und forderte die andern auf, ihm zu folgen. Die stute begann nach ihrem füllen zu wiehern und zu suchen, war auch bald auf dem rechten weg, und kam an den ausgang der höhle. Als die männer sahen dass sie durch die list ihres kampfbruders dem unvermeidlichen tod entronnen waren, wollten sie auch von ihm wissen wie er auf diesen glücklichen einfall gekommen sei. Den gefragten überfiel jetzt die furcht, es möchte, wenn er die wahrheit sage, um ihn und seinen vater geschehen sein; als sie ihm aber alle versprochen und geschworen hatten ihm kein leid anzuthun, so erzählte er frei, wie er seinen alten vater im keller am leben erhalten, und dieser, als ein alter erfahrener mann, ihm beim abschiede den rath mit der stute gegeben habe.

Hierüber waren sie alle sehr erstaunt, und einer unter ihnen rief: »unsere vorfahren haben nicht gut gethan, dass sie uns lehrten die alten zu erschlagen, denn diese sind erfahrener, und können oft durch ihren guten rath dem volke nützen, wo sich die kraft unseres armes vergebens erschöpft.« Alle gaben dieser rede beifall, und die grausame sitte welche die tödtung der alten verlangte, ward aufgehoben.

13. Die prinzessin und der schweinhirt.

Es war einmal ein kaiser, der hatte nur ein einziges kind, eine tochter die er sehr liebte. Als sie herangewachsen war, drang er in sie sie solle sich verheirathen, damit einst nach seinem tod ein eidam da sei, der sein nachfolger werden könne. Die prinzessin aber weigerte sich, denn als das einzige kind eines so grossen und mächtigen herrn, hatte sie von jugend auf sowohl gegen ihren vater als gegen ihre erzieherin stets ihren eigenen willen behalten dürfen, zumal da sie durch ihre schönheit und ihren grossen geist dennoch alle herzen für sich gewann. Als ihr nun ihr vater den vorschlag wegen einer heirath machte,

erklärte sie rund heraus dass sie nie heirathen werde. Wie
sie aber sah dass diese antwort ihren vater, den sie doch sehr
liebte, betrübe, gab sie so weit nach dass sie versprach sich
zur ehe zu verstehen, jedoch nur wenn sie sich ihren gatten
ganz nach ihrem wunsch und wohlgefallen aussuchen dürfe.
Der kaiser, der nicht ahnte welchen rückhalt sie sich damit
sichere, war über ihre worte hoch erfreut, und sprach: »ja ja
mein kind, wie es dein verstand und dein herz für gut finden,
ich will dir bei deiner wahl durchaus keine hindernisse in den
weg legen, und hoffe du wirst dir einen würdigen mann aussuchen, der dem reich einst tüchtig vorsteht.« Die prinzessin ergriff
hierauf wieder das wort und sprach: »so wolle denn mein hoher
vater im ganzen reiche bekannt machen lassen, seine tochter
werde sich mit dem manne vermählen, der sich so vor ihr
verstecken könne, dass sie nicht im stande sei ihn aufzufinden;
wenn dieses einer vermag, so weiss ich dass das reich einmal ·
einen klugen beherscher, ich aber einen klugen gemahl haben
werde.« Im herzen dachte die schlaue kaiserstochter: »vor
mir wird sich keiner so verbergen dass ich ihn nicht finden
kann,« denn sie besass einen zauberspiegel, in dem man die
entferntesten dinge, gleichviel ob sie andern sichtbar oder
unsichtbar waren, so wahrnahm wie sie in dem augenblick aus-
sahen und sich zutrugen; nur eins fehlte ihm, was alle spiegel
sonst haben: sich selber konnte man nicht darin sehen. Dieses
wunderstück war der prinzessin noch in der wiege von einer
mächtigen fee beschert worden, ohne dass ihr vater etwas
davon erfuhr.

Er genehmigte daher den wunsch seiner schlauen tochter
unbesorgt, und hiess alsbald im ganzen reiche bekannt machen,
der mann der sich vor seiner tochter, der prinzessin, so zu
verbergen im stande sei, dass sie ihn nicht entdecken könne,
solle dieselbe zur gemahlin, und auch, nach dem einstigen ab-
leben des jetzt herschenden kaisers, dessen krone als erbe
empfangen. Wer übrigens diss nicht vermöge und das wage-
stück unternommen habe, solle, nachdem ihn die prinzessin
dreimal aus seinem verstecke hervorgerufen, hingerichtet werden,
und zwar, wenn er aus edlem geblüte sei, durch's schwert,
wenn aber niedriger abkunft, am galgen.« Mit diesem nachsatz

gedachte der kaiser viele, welche sich der sache nicht gewachsen glaubten, von dem gefahrvollen unternehmen abzuhalten, denn ausserdem würde seine tochter, die schöne prinzessin, der bewerbung eines jeden hergelaufenen taugenichts preisgegeben sein.

Wie nun die sache im lande bekannt ward, belebte sich trotz der drohenden lebensgefahr der hof durch zahllose freier, die sowohl nach der hand der schönen prinzessin, als auch nach scepter und krone verlangen trugen. Aber keinem gelang das wagstück, der zauberspiegel leistete unermüdlich die besten dienste, und es floss viel edles blut vom schafott, mancher brave bursche erlitt den schmachvollen tod am galgen. Die besuche bei hofe wurden daher immer seltener, bald mochte niemand mehr sein leben an eine so gefährliche braut wagen, und es schien, die prinzessin habe erreicht was sie wollte.

Da erschien eines tags der schweinhirte des kaisers, und liess seinem herrn durch einen der höflinge melden, das er das unternehmen doch noch zu wagen gedenke. Der kaiser wusste nicht, ob er lachen oder zürnen solle über der kühnheit des niedersten seiner diener: weil ihm aber an einem eidam viel gelegen war, und er auch sein wort gegeben hatte, so wies er den schweinhirten nicht ab. Dieser war indessen gutes muthes, denn er dachte: »ich bin bekannt mit der ganzen schöpfung, mit vogel und fisch, mit berg und thal, mit guten und bösen geistern. Bleibt nicht der adler vor mir sitzen, wenn ich auf der haide die heerde umhertreibe? Tauchen nicht die fische vertraut aus der tiefe des meeres und spielen lustig vor mir, wenn ich mittags am gestade des meeres hüte? Kenn' ich nicht jede kluft und jeden bühl in berg und thal?«

Der tag wurde festgesetzt 'an welchem er sich vor der prinzessin verstecken sollte, und als der morgen anbrach, gieng er wohlgemuth auf die haide, um einen platz zu suchen wo er dachte dass ihn die allsehende prinzessin nicht finden würde. Dort angekommen, sah er einen grossen steinadler sitzen: er gieng auf ihn zu, das thier blieb vertraut sitzen und liess sich · ohne scheu von ihm untersuchen. Der schweinhirt sah dass ihm einer von seinen mächtigen fängen gelähmt sei, ohne langes besinnen riss er ein stück von seinem lumpigen hemde los, band ihm damit den lahmen flügel, und erzählte ihm zugleich weshalb er heute ausgegangen sei. Der adler dankte ihm für seinen freundlichen dienst und sagte: »wenn du dich nicht fürchtest, so nehme ich dich mit mir, und verberge dich so dass dich kein sterbliches auge finden soll.« Der schweinhirt, dem natürlich alles am guten erfolg seiner unternehmung gelegen war, willigte furchtlos ein, da breitete der adler seine flügel aus, hiess seinen wohlthäter aufsitzen, und schwang sich mit ihm hoch hinauf und immer höher, bis er endlich hinter den wolken mit ihm verschwand, und sich, seinen schützling unter den flügel nehmend, in der dunkelsten wolke verbarg. Gegen abend, denn so war es verabredet, trat die kaiserstocher vor ihren spiegel, erkannte wo sich der schweinhirt befand, und rief: »o komm nur herab, du kecker waghals du! Ich habe dich schon erspäht!« Als jener sah dass er wirklich entdeckt war, liess er sich von dem adler wieder auf die erde bringen, trat vor den kaiser, und verlangte sich am andern tag wieder verstecken zu dürfen. Der kaiser sagte ihm diss zwar zu, sprach aber: »nimm dich in acht, meine tochter hat noch alle gefunden die sich vor ihr verbergen wollten; noch ist die erde feucht von blut unter dem schafott, und mancher modert schon am galgen!«

Allein der schweinhirte liess sich das nicht anfechten, und gieng am folgenden morgen zum gestade des meeres, wo er einen fisch auf dem sande liegen fand. Wie er hinzutrat, bat ihn dieser er solle ihn doch wieder ins' wasser werfen, dass er nicht auf dem trocknen umkommen müsse. Er that nach des fisches wunsch, bat ihn aber zugleich er möchte seinen worten gehör schenken. Als der fisch hiezu bereit war, erzählte ihm der schweinhirt auch, wie gestern dem adler, sein vorhaben, und dass ihn die allsehende prinzessin in den höchsten, dunkelsten wolken unter dem flügel des adlers entdeckt habe. Hierauf sprach der fisch, mit seinem silberschwanz eine nachdenkliche bewegung machend: »solches geht nicht mit rechten dingen zu. Wenn du dich aber nicht fürchtest, so komme mit mir in die tiefe des meeres, wo dich sicher kein sterbliches auge entdecken kann.« Der schweinhirte freute sich über diesen antrag, besann sich nicht lange, und liess sich von dem dankbaren fisch unter die schuppen nehmen. Der brachte ihn so tief, tief hinunter, bis auf den untersten meeresgrund, wo selbst keine fische und keine sonstigen seethiere mehr zu sehen waren. Dort hielt er ihn unter seinen schuppen versteckt. Abends schaute 'die prinzessin wieder in ihren zauberspiegel, entdeckte alsbald den schweinhirten unter den schuppen des fisches, tief auf dem meeresgrund, und rief: »du verwegener schalk, komm nur herauf aus der tiefe des meeres, ich erkenne dich wohl unter den schuppen eines fisches.« Darob erschrack der schweinhirt im tiefsten herzen, und dachte: »die prinzessin ist übermächtig, gewis ist sie eine zauberin. Der teufel hat in der hölle selbst keinen verborgneren schlupfwinkel, als der ist aus dem sie mich so eben wieder hervorruft.« Er konnte nun nichts machen, als den fisch bitten dass er ihn wieder ans tageslicht hinaufbringe. Zum drittenmal trat er nun vor den kaiser, und bat ihn, verzagten sinnes, um die erlaubnis das wagnis noch einmal zu bestehen. Der kaiser wurde nachdenklich, ihn dauerte der jüngling der nichts gewöhnliches zu sein schien, da er mit so mächtigen kräften in verbindung stand, und er sprach zu ihm: »mein freund, du hast zur genüge bewiesen, dass du mehr verstehst als alle übrigen die bis jetzt das gefahrvolle wagstück unternommen haben, allein du siehst wohl dass meine tochter alles entdeckt, und deshalb du sammt deiner kunst nichts weiter gewinnen wirst als den, tod. Mir wäre es leid wenn auch du hingerichtet würdest, der du so wunderbar über die wolken steigen und so mächtig tief in das meer hinabgelangen kannst. Steh ab von dem dritten versuch, ich will dir das leben lassen, dich in ehren an meinem hofe behalten, und es soll dich gewis nicht gereuen wenn du mir folge leistest.« Der schweinhirt überlegte sich wohl was der kaiser sagte, aber er konnte von seinem vorhaben nicht wieder abstehen, und sprach daher in demüthigen worten: »grossmächtiger kaiser, ich habe schon so viel gewagt, und will nun nicht am ende zaghaft weichen. Versprich mir was du willst; ohne den besitz deiner holdseligen tochter ist mir das leben trauriger als der tod.« Der kaiser wunderte sich über diese worte des niedrigen hirten; er drang nicht weiter in ihn, und verabschiedete ihn freundlich, mit dem wunsche dass das

glück ihm dissmal günstiger sein möchte als an den beiden
ersten tagen.

Beim ersten grauen des folgenden morgens erhob sich der
schweinhirte wieder von seinem geringen lager, und gieng
rathlos hinaus aufs feld. Sein weg führte ihn in ein düsteres
thal, wo jahr aus jahr ein frostige nebel das antlitz des himmels verhüllten. Dort fand er auf einem verborgen gelegenen
wiesengrund in feuchtem erlengebüsch einen riesigen mann, der
bei einem feuer lag und sich wärmte. Als er näher kam,
wandte der mann sich um, und fragte was er wolle. »Ach«
seufzte hierauf der betrübte schweinhirte, »ich bin ein unglücklicher, das ist ein mensch der nach etwas trachtet was er
nicht erreichen kann!« Hierauf erzählte er dem fremden, was
ihn drücke, und wie er keine hoffnung mehr habe sich vor der
prinzessin so verbergen zu können dass sie ihn nicht entdecke.
Der riese lächelte freundlich und sprach: »sei getrost mein
sohn, ich bin dein freund und will dir zum besitz der schönen
prinzessin verhelfen. Ich bin der waldgeist, der herr aller
blumen, gesträucher und bäume; ich verwandle dich jetzt in
eine schöne rose, und will dich vor der prinzessin so verbergen
dass sie dich gewis nicht findet.« Darauf that der geist
wie er gesagt hatte, gieng mit der unvergleichlich schönen und
wohlriechenden rose, in die er den schweinhirten verwandelt
hatte, nach der stadt und stellte sich vor die thüre der kirche,
in der eben gottesdienst gehalten wurde. »Höre, lieber schützling,« sprach er nun leise zu der rose die er zwischen den
fingern hielt. »du kannst deine vorige gestalt wieder annehmen,
sobald du mit ganzer seele willst; ich rathe dir aber, diss ja
nicht eher zu thun als bis dich die prinzessin ruft, weil sie
dich nicht sehen kann.«

Der gottesdienst war bald beendigt, die prinzessin, umgeben von ihrem hofstaat, trat aus der kirche, und natürlich
fiel ihr sogleich die riesenhafte gestalt des waldgeistes in's
auge. Wie sie aber die wunderschöne rose in seiner hand
sah, konnte sie den blick nicht mehr von derselben abwenden,
und fragte schnell ob er sie verkaufe, wenn er diss wolle
so werde sie ihm dafür bezahlen was er verlange. Der waldgeist verneigte sich so zierlich und artig als er es vermochte.

und sprach: »schönste prinzessin, ich habe diese schöne rose,
die allerdings einzig in ihrer art ist, nicht zum verkaufe hergebracht; doch würde michs freuen, wenn ich sie euch zum
geschenke geben dürfte; gestattet mir dass ich sie so in eure
haare stecke wie sie euch am besten steht.« Da die prinzessin einwilligte, trat er herzu und steckte ihr die wunderrose
dicht unter der kleinen kostbaren goldkrone die ihr haar zusammen hielt, so geschmackvoll in die dunkeln flechten, dass
die jungfrauen im gefolge der kaiserstochter selbst unter einander sagten, die prinzessin könnte nicht bewunderungswürdiger
aufgesetzt sein.

Nach abgehaltener tafel, als die prinzessin sich auf ihr zimmer begab und zufällig in ihren spiegel sah, denn sie hatte des
verwegenen schweinhirten, von dem sie dachte er könne ihr
nicht entgehen, schier vergessen, bemerkte sie dass dieser trüb
angelaufen war. Sie schaute hinein, konnte aber nichts erkennen; da fiel ihr erst der waghals ein der sich vor ihr
versteckt hatte. Sie wischte schnell das glas ab, um klarer
sehen zu können; da sie nichts wahrnahm, so rief sie
den spiegel an; er aber blieb leer, und kein bild belebte
seine tiefe. Sie wusste nicht was thun, endlich aber rief
sie zaghaft: »so komm denn aus deinem versteck, du waghals, du hattest einen mächtigeren helfer als ich an meinem
zauberspiegel; komm, wer du auch seist, hoch oder niedrig,
dich will ich zum manne haben!« Als der verzauberte schweinhirte diese worte hörte, nahm er schnell seine wirkliche
gestalt an, und sprang vor die prinzessin hin, die beim anblick
des zerlumpten, schmutzigen bräutigams vor schrecken fast in
ohnmacht sank; zu gleicher zeit schlug er aber auch nach dem
zauberspiegel, dass er in tausend scherben sprang. Als die
die prinzessin sich von ihrem schrecken einigermaassen erholt
hatte, verlangte sie von dem hirten zu wissen wie er sich
dissmal vor ihr verborgen habe. Der glückliche schweinhirte
erzählte seine ganze geschichte der wahrheit gemäss, und sie
staunte natürlich sehr über die art wie der kluge waldgeist
ihren zauberspiegel überlistet hatte.

Als der kaiser den hergang vernahm, blieb er dabei dass
der schweinhirte sein eidam werden müsse, liess ein herr-

liches bad für ihn bereiten, und ihn mit köstlichen ölen und wohlgerüchen salben; auch liess er ihm viele schöne gewänder reichen, so dass er anständig und seinem neuen stand angemessen wieder erscheinen konnte. Wie diss geschehen war, setzte er den tag der hochzeit fest, welche denn auch mit aller pracht und unter allen erdenklichen lustbarkeiten begangen wurde. Alles lebte hiebei so in jubel und freude, dass der kaiser das prächtige fest noch acht tage länger dauern liess als er anfangs gewollt hatte.

Nach des kaisers tode, der bald hierauf erfolgte, bestieg der gemahl der schönen prinzessin den thron, und herschte viele, viele jahre ganz zur zufriedenheit seines volkes, denn alles und alles wusste er, hoch und tief, böses und gutes, weil nichts vorgieng was ihm nicht durch den adler und den fisch hinterbracht worden wäre, und wobei ihm nicht der befreundete waldgeist gerathen hätte. Auch die prinzessin schätzte sich allezeit überaus glücklich, dass ihr das schicksal einen so trefflichen gemahl beschert hatte, und verschmerzte leicht den gefährlichen zauberspiegel, welcher gleichsam der preis dafür gewesen war.

14. Die wunderkühe.

Bei dem sohn eines armen mannes, der noch nicht getauft war, weil sich niemand als beistand hiezu finden wollte, übernahm der liebe Gott selber diese christliche pflicht, und nannte ihn geradezu dem himmelspförtner nach, Petru. Als pathengeschenk übergab er dem vater des kindes eine kuh. Dieses göttliche thier hielt der mann bis zum herbst. Weil er aber arm war, und nicht hinaussah wie er es über den winter erhalten solle, denn er gedachte nicht des alten sprüchleins:

> giebt dir Gott die kuh,
> so schenkt er's gras dazu,

band er sie los und liess sie ohne strick laufen, damit sie sich ernähre wie sie könne.

Als der sohn gross war, verlangte er von dem vater sein pathengeschenk, seine kuh; der vater aber wollte nichts

davon wissen, da sprach der sohn: »vater, wenn du mir die
kuh nicht herausgiebst die mir mein herr pathe geschenkt
hat, so lauf' ich aus dem hause fort, sie zu suchen. Jetzt
musste der vater sagen dass er sie freigelassen, weil er nicht
gewusst wie sie über den winter ernähren. Hierauf besann
sich Petru nicht lange, und gieng wie er war, denn er hatte
nichts zu packen, in die welt hinaus nach seiner kuh.

Nach einiger zeit begegnete er einem mann, der ihn fragte
wohin er gehe. Er antwortete: »mein herr pathe hat mir einst
eine kuh geschenkt, die liess mein vater laufen, weil er zu arm war
sie über den winter zu halten, diese will ich suchen.« Hierauf
sprach der mann: »ziehe deines weges, doch hüte dich am
nächsten brunnen, bei welchem du sehr durstig sein wirst, zu
trinken, denn der teufel selber hütet ihn. Wenn du übrigens
schnell gehst, so wirst du deine kuh sammt ihrer nachkommenschaft bald finden.«

Petru kam wirklich mit einem brennend heissen durst bei
dem bezeichneten brunnen an, und beugte sich, trotz der er-
haltenen warnung, nieder um zu trinken. Da fuhr plötzlich
der teufel aus der tiefe, und schrie: »he da! was willst du mir
geben, wenn ich dich ungestört hier trinken lasse?« Petru
stellte ihm frei was er wolle, und der teufel verlangte nur die
braune und die gefleckte kuh von der nachkommenschaft jener,
die er eben im begriff sei zu suchen. Petru willigte ein, und
konnte jetzt ungehindert seinen brennenden durst löschen.

Bald stiess er in einer weiten ebene auf eine viehheerde,
deren hüter ihm sogleich zurief, warum er dem teufel die
braune und die gefleckte kuh versprochen habe. Petru sagte
hierauf: »weil ich einen entsetzlichen durst hatte. Weshalb
aber fragst du mich, und was geht es dich an?« Der hirte
erwiderte: »mir ist deine kuh schon längst anvertraut, und
ich habe sie samt ihren abkömmlingen gehütet und gepflegt.«
»Ah! das ist gut!« jauchzte Petru, »so gieb mir die kuh, und
die welche ihr noch zugehören.« Der hirte that wie ihm befohlen war, aber die braune und die gefleckte kuh hielt er
zurück, indem er sagte: »auch diese soll der teufel nicht bekommen; ich will sie dir auf einem andern wege nachbringen,
damit wir ihn darum betrügen. Sprich nur zu ihm, wenn

er dir wieder in den weg tritt, dass du sie bei meiner heerde
zurückgelassen habest.«

Wie der hirte gerathen, so geschah es, und Petru gab, als
ihn der teufel bei der heimkehr antrat, die antwort die ihm
der hirte gerathen hatte. Als er zu haus ankam, war der hirt
mit den beiden kühen die er zurückbehalten, schon da; er
hatte den teufel darum geprellt, und übergab sie dem Petru.

Um das hauswesen, das bei seines vaters armuth sehr herab-
gekommen war, wieder ordentlich herstellen zu können, ver-
kaufte jetzt Petru all sein vieh, mit ausnahme jener zwei um
die der teufel geprellt worden war, denn von diesen dachte
er dass sie besonders viel werth sein müssten, weil die wahl
des bösen feindes unter so vielen gerade auf sie gefallen war.
So lebte nun Petru einige zeit hin, ohne dass sich etwas weiteres begeben hätte; da sprach eines tags die braune kuh zu
ihm: »Petru, geh' hin und melde dich beim kaiser, denn er hat
zwei joche kupfer umzuackern, und lässt dem der im stande
sei diss in einem tage zu vollbringen, sein ganzes reich und
seine tochter, die schöne prinzessin, zur frau versprechen. Viele
haben es schon versucht, aber keinem ist's gelungen, und sie
haben das wagstück mit ihrem kopfe bezahlt. Geh' aber du
hin, und sage dem kaiser dass du das verlangte thun wollest.«

Petru, welcher überhaupt ein freund von unternehmungen
war, gieng hierauf in den palast zum kaiser, und erbot sich
die zwei joche kupfer in einem tage, wie es sich gehöre, mit
einem guten pflug umzulegen. Der kaiser fragte, wie viel er
denn ochsen habe, und als ihm Petru nur von zwei kühen
sagte, so ward er böse und schalt ihn, weil er ihn foppen
wolle, denn schon viele haben zwölf ochsen nach nutzlos ver-
suchter arbeit wieder ausgespannt. Auf dieses wollte Petru
trotzig wieder gehen, der kaiser rief ihn aber noch einmal zurück und sagte: »wenn du es durchaus versuchen willst, so
beginne mit deinen zwei kühen morgen die arbeit.«

Petru liess sich nun auf anrathen seiner gefleckten kuh
einen zwölf centner schweren eisernen pflug machen, und begann damit am andern tag in der frühe die arbeit, von der er,
als es noch eine stunde bis mittag war, die hälfte gethan hatte.
Hierüber erschrak die prinzessin, denn sie wollte durchaus nicht

die frau eines solchen gemeinen bauern werden; auch der kaiser,
ihr vater, hätte lieber sein reich selber behalten, deshalb sandten
sie dem Petru ein mittagessen hinaus, damit er sich stärke so
lange seine kühe weideten, in wahrheit aber, um die vollendung seiner arbeit unmöglich zu machen, denn in dem essen
war ein schlafmittel. Als Petru gegessen hatte, legte er sich
auf's ohr, um eine kleine weile zu schlafen; aus dieser kleinen
wurde aber durch die kraft des schlafmittels eine grosse, und
Petru konnte sich durchaus nicht mehr ermuntern. Die braune
kuh stiess ihn, als es fünf uhr abends war, mit den hörnern
an, um ihn aufzuwecken; zuerst sachte, dann immer stärker;
wie ihr herr jedoch noch immer nicht wach werden konnte,
nahm sie ihn auf die hörner und schleuderte ihn hoch in
die luft, so dass er durch den harten fall endlich erwachte. Als er die sonne schon ihrem untergang nahe sah,
klagte er seinen kühen dass nun alle seine mühe vergebens
sei, indem er bis nacht das andere joch nicht mehr umackern
könne, und auch um seinen kopf habe ihn dieser unzeitige
schlaf gebracht. Allein die gefleckte kuh tröstete ihn, und sagte
er solle sich nicht fürchten, gieng zum horizont hin und schleuderte mit ihren hörnern die sonne bis über die mittagsstunde
zurück, worauf Petru frisch an's werk schritt. Bevor die sonne
sank, war das zweite joch kupfer umgepflügt, und er meldete
sich deshalb sogleich beim kaiser.

Der aber wollte sein wort nicht halten, und sprach: »ei
Petru, was thätest du mit dem reich, und mit einer prinzessin
zur frau? Das passt nicht für dich; lieber will ich dir so viel
grosse reichthümer und schätze schenken, als deine beiden kühe
auf einmal ziehen können.« Petru sah wohl dass mit dem
kaiser kein streit anzufangen sei, und gieng den vorschlag ein.
Wie er nach hause kam, sprach die braune kuh zu ihrem
herrn: »verlange doch von dem kaiser, dass er dir einen wagen
machen lasse, vierundzwanzig centner schwer, und diesen soll
er dir mit den kostbarsten schätzen aus seinem schatzgewölbe
füllen.« Petru that nach dem rathe der kuh. Der kaiser weigerte
sich anfangs, einen so schweren wagen machen zu lassen, und
schlug einen von drei centnern vor; da aber sein schatzmeister
bemerkte, je schwerer der wagen selbst wäre, desto weniger

brauche man aufzuladen, so gebot er, dem wagen ein gewicht von achtundvierzig centnern zu geben.

Nachdem derselbe fertig war, führte ihn Petru mit seinen beiden kühen vor das schatzgewölbe, wo er vor den augen des kaisers geladen werden sollte. Auf dem wege dahin sprach die gefleckte kuh zu ihrem herrn: »Petru, wenn der kaiser deinen wagen laden lässt, wird er dich wiederholt fragen ob es genug sei; sprich dann jedesmal nein, bis ich dir ein zeichen gebe.« So geschah es, und der kaiser wollte vergehen vor schmerz und wuth, als er sah dass Petru immer noch aufladen liess, während doch schon die ausserordentlichsten kostbarkeiten samt unglaublich vielem gold und silber auf dem wagen lagen. Endlich waren alle kammern des schatzgewölbes erschöpft, und der kaiser wusste nun keinen andern rath, als dem schatzmeister den kopf abschlagen zu lassen, weil er ihm gerathen hatte, einen wagen fertigen zu heissen der so viel tragen konnte. Dann sprach er zu seiner tochter: »mein kind, ich habe nun nichts mehr, besteige du jetzt den wagen, denn gewis wird er alsdann zu schwer sein, da dein werth über die hälfte all dieser schätze die hier aufgeladen sind, aufzuwiegen im stande ist.« Die prinzessin that wie ihr vater wollte, und als dieser Petru'n fragte ob es nun genug sei, bejahte es derselbe, auf das zeichen seiner gefleckten kuh merkend, und zog mit seinem wagen fort.

Petru säumte jetzt nicht, sich einen herrlichen palast zu erbauen, welchen er auf das prächtigste einrichten liess, und den er alsdann mit der schönen prinzessin bewohnte. Auch für seine beiden kühe liess er einen marmorstall bauen, und darin krystallene futtertröge aufstellen, aus dankbarkeit weil sie ihm so vortreffliche dienste geleistet hatten. Auf den rath der braunen kuh ward unter andern kostbaren seltenheiten auch ein tisch gemacht, dessen füsse aus den hörnern der beiden kühe gedreht waren, wobei ihm aber auch die klugen thiere sagten, er solle es als ein tiefes geheimnis bei sich behalten, von was diese füsse gemacht seien, denn ein fremder könig, welcher zugleich ein grosser weiser sei, werde kommen, und mit dem solle er hab und gut und seine frau gegen das reich des fremden königs in eine wette setzen, dass er nicht errathe von was diese tischfüsse seien.

Allen hatte Petru dieses geheimnis verschwiegen, nur seiner frau, der prinzessin, nicht. Der fremde könig kam wirklich bald darauf in die stadt in welcher der reiche Petru wohnte, und stieg bei diesem ab, weil er in der ganzen stadt den schönsten palast hatte. Die prinzessin, Petru's frau, fand an dem fremden könig, der überdiss jung und von schöner gestalt war, grosses wohlgefallen, und verrieth ihm auch das geheimnis von den tischfüssen, weshalb er, als die wette wirklich so eingegangen wurde, dieselbe gewann, und das ganze vermögen seines reichen gegners, samt seiner schönen frau, der prinzessin, in empfang nahm.

Petru, der jetzt wieder arm war und ausser seinen beiden kühen nichts mehr hatte, klagte diesen sein unglück. Sie warfen ihm seinen ungehorsam und seinen mangel an klugheit vor, wodurch er sein unglück selbst verschuldet habe. Da er übrigens der pathe des lieben Herrgotts sei, so dürfe es ihm nicht schlecht gehen, drum solle er sich, als bettler verkleidet, und im gesicht unkenntlich gemacht, zu dem übermüthigen fremden könig begeben, und ihm eine wette antragen wonach der bettler, wenn er errathe von was die füsse des sonderbaren tisches gemacht seien, des königs schätze, seine frau und sein reich bekommen, ausserdem aber sein leben verlieren solle. Diss that Petru, und da der könig im übermuthe seinen antrag annahm, so sah er sich mit einem mal wieder im besitze seiner reichthümer und seiner frau, und hatte dazu des fremden königreich gewonnen. Hinfort war er klüger und setzte seine habe nicht mehr leichtsinnig aufs spiel; der fremde könig aber konnte seiner wege ziehen, und man hat nie wieder von ihm gehört.

15. Der versöhnungsbaum.

Ein armer fischer, welcher abends nie wusste wie morgen sich und sein weib erhalten, hatte schon die halbe nacht hindurch sein netz geworfen und wieder aufgezogen, ohne nur eine flosse darin zu sehen; ja er hatte dabei noch alle noth, um es nur immer wieder von dem koth und unrath zu reinigen welchen er damit aufbrachte. Unmuthig war er eben mit dieser arbeit wieder fertig geworden, und zog jetzt das netz so schwer

herauf, dass er es kaum über die wand seines kahnes zu ziehen
vermochte. Bevor ers aber auseinander legte, machte sich ein
schwarzer, unkenntlicher gegenstand den er darin hatte, mit
unglaublicher schnelligkeit selber daraus frei, und plötzlich
stand der teufel vor ihm. Ohne viele umschweife fragte ihn
der böse: »was giebst du, was schenkst du mir, alter, wenn
ich dich reich mache dass du dein leben lang über und über
genug hast?« Nach einigem besinnen antwortete der gefragte,
der sich von seinem schrecken wieder etwas erholt hatte: »ich
gebe dir dafür das liebste was ich zu hause habe.« Hiebei
dachte der bauer weder an sein weib noch an sein kind, sondern nur an gegenstände die einer gewöhnlich sein eigen heisst:
an seinen hund oder seine katze oder seinen sonntagsrock. Der
vertrag ward hierauf beschworen, und zwar so dass der fischer
sogleich ungeheuer reich sein, seinerseits aber erst in 16 jahren das was er um diese zeit am liebsten zu haus haben werde,
an einem besonderen orte, den ihm der teufel nachher noch
näher bezeichnete, übergeben solle. Den geschlossenen vertrag
bekräftigte dieser alsbald mit einem unermesslichen haufen goldes, welchen er jenem ins netz warf, als er solches wieder
geworfen hatte. Wie der fischer mit dickem schweiss auf der
stirne den schatz im kahne hatte, und sich nun nach seinem
helfer umsehen wollte, war von diesem bereits keine spur
mehr zu sehen. Hierauf warf der glückliche schnell wieder
aus, und that einen zug der eher noch schwerer war als der
vorige. Von dem gewichte des vielen goldes gieng der kahn
so tief im wasser, dass er kaum noch eine spanne über dem
wellenspiegel stund. Jetzt warf er zum dritten mal aus, und
hatte kaum noch kraft aufzuziehen; da er jedoch wieder nicht
fische, sondern lauter blanke ducaten erblickte, so gab ihm
die habsucht kraft, er zog auch den dritten fang in seinen kahn,
musste nun aber, wenn er nicht sammt seinen schätzen ertrinken wollte, schleunig ans land rudern.

Mit hülfe der seinigen wurde bald der ganze schatz in die
armselige hütte geschafft, welche gleich nach einigen tagen verlassen, und mit einem ansehnlichen haus in der stadt vertauscht
wurde, wo die arme fischerfamilie nunmehr in voller zufriedenheit lebte. Der sohn gieng in die schule, und lernte fleissig.

worüber der alte sich sehr freute. Aus seinem gedächtnis
hatte die zeit fast jeden gedanken an den vertrag den er mit
dem teufel geschlossen, verwischt; hie und da nur kam es dem
greise trüb, und er ward unmuthig, so dass er in solchen
augenblicken seinen sohn anfuhr, ja wohl auch mishandelte.
Diss klagte der sohn einmal seinem lehrer, und der wies
ihn an, wenn sein vater ihn wieder mishandle, solle er ein
messer nehmen und ihm damit drohen, wenn er ihm nicht sage
weshalb er so oft von ihm mishandelt werde. Der sohn that
nach diesem rath, und ängstigte das nächste mal wo sein vater
ihn mishandelte, den alten mann durch das gezückte messer
dermaassen, dass er ihm die die geschichte seines vertrags mit
dem teufel bekannte. Er schloss mit den worten: »damals
kam es mir freilich nicht in den sinn dass ich mich um mein
eigenes kind bringen würde; aber so wie die worte des vertrags lauten, kann der teufel dich, meinen lieben sohn, für sich
verlangen, und wird es auch ohne zweifel thun.«
    Als der knabe diss vernommen hatte, eilte er voll schrek-
ken mit der nachricht zu seinem lehrer. Nach einigem nachdenken rieth ihm dieser, er solle sich geistliche kleider machen,
und dieselben mit kreuzen, so viel nur immer darauf giengen,
schmücken lassen. So angethan, solle er sich an den ort begeben den ihm sein vater, als den vom teufel bezeichneten,
angeben würde.
    Diss that der sohn. Als er seine über und über bekreuz-
ten kleider anhatte, trat er, da bereits die frist in anzug war,
vor seinen vater, und fragte ihn um den ort wo der teufel ihn
finden würde. Nachdem ihm der vater denselben bezeichnet
hatte, nahm er abschied und gieng auf die reise. Spät abends
kam er in einen grossen wald, in welchem er endlich nach
langem umhersuchen ein einsames kleines haus fand. Es schien
unbewohnt, als er aber hineingieng und darin herumstöberte,
fand er in einem der gemächer ein altes mütterchen, welches er,
da es schon völlig dunkel war, um obdach und nachtlager für
diese nacht bat. Sie erwiederte: »recht gerne, mein lieber, nur
fürchte ich du werdest nicht ganz sicher hier sein, denn ich
habe zwölf söhne, die alle räuber sind. Doch, ich werde dich
vor ihnen verstecken, denn wenn sie dich sähen, so brächten

sie dich um.« Mit diesen worten führte sie ihn in die küche
und versteckte ihn im backofen.

Als die räuber nach hause kamen, rochen sie, denn es
waren die blutgierigsten gesellen die es auf erden gab, dass
ausser ihnen noch ein mensch im hause sein müsse, und fragten ihre mutter, wen sie hier versteckt halte. Die gefragte
suchte die antwort mit ein paar ausflüchten zu umgehen; als
die mörderischen söhne aber anfiengen herumzusuchen und zu
drohen, so sagte sie ihnen wer da sei, brachte es aber durch
ihr bitten dahin, dass sie gelobten dem fremden nichts zu leide
zu thun. Unter tausend ängsten kam der schützling der alten
endlich aus seinem verstecke hervor. Die räuber verwunderten
sich sehr über seinen geistlichen anzug, und fragten ihn aus
wer er sei, woher er komme, wohin er wolle? Er erzählte
seine ganze geschichte: die räuber hörten sie aufmerksam an,
und machten sich besonders darüber lustig dass er so dumm
sei, und nicht erwarten könne bis ihn der teufel hole, sondern ihm freiwillig zulaufen wolle. Unter schallendem gelächter
bezeichneten sie ihm, als er fest darauf bestand am andern
morgen seine wanderung zum teufel fortzusetzen, den ort wo
die sogenannte teufelshöhle sei, deren inneres aber die räuber,
wie sie sagten, nicht kannten. Sie versprachen ihm einen ihrer
gesellen mitzugeben, damit er seinen gang nicht verfehle. Zuletzt sprach noch die räubermutter zu ihm: »mein sohn, wenn
du morgen zum teufel gehst, so bitt' ich dich, frag' ihn, wie
ein mensch der schon viele ermordet und erschlagen hat, seine
sünden büssen kann. Solltest du glücklich wieder hierher zurückkehren, so sag uns diss, denn ich möchte gerne dass
meine söhne von ihrem schrecklichen treiben abliessen und
fromme menschen würden.«

Von einem räuber geführt, machte sich am andern morgen
der jüngling auf den weg nach der höhle, die nicht sehr entfernt von dem räuberhause lag. Nachdem er seinen führer
verabschiedet hatte, trat er hinein, und kam vor eine verschlossene thüre, an die er klopfte. Augenblicklich that sich dieselbe
auf, und es fuhren mehrere teufel heraus, welche ihn anschnurr-
ten, was er wolle und herkomme. Es war aber wohl zu
merken, dass sie vor dem fremden scheu hatten, weil er geist-

liche kleidung und so viele kreuze darauf trug. Als er sagte,
dass heute der tag sei an dem er vom teufel übernommen
werden solle, erhoben sie ein unmässiges verworrenes geschrei:
»geh nur, geh nur, wohin du willst, wir brauchen keine
pfaffen! wir wollen keine pfaffen!« Unter wildem gelächter
warfen sie auf dieses auch mit koth und unrath nach ihm.
Hieran kehrte sich aber der verhöhnte nicht, sondern sagte
ganz gelassen: »ei so gebt mir ein zeichen von eurem meister,
gebt mir ein zeichen dass er mich nicht braucht.« Auf dieses
giengen zwei ins innere der höhle, um ein solches vom grossen
teufel, ihrem meister, zu holen; aber an ihre stelle unter der
thüre drängten sich sogleich wieder andere, um unter lautem
gelärme zu schauen was es gebe.

Bald erschienen die beiden ersten wieder mit einem pergament in der hand, auf dem verschiedene schwarze zeichen
standen; das gaben sie dem fremdlinge so in die hand, dass
sie sich gegenseitig nicht berührten. Der empfänger sprach
hierauf zu den beiden teufeln: »saget mir doch, wie kann ein
mensch der vielen mord und grausamen todschlag auf dem
gewissen hat, solche sünden büssen, dass sie ihm verziehen
werden?« Hierauf antwortete einer der teufel: »wenn der
mörder den prügel mit welchem er den ersten menschen erschlagen hat in die erde steckt, und ihn mit wasser das er im
munde herträgt so lange begiesst, bis er wächst, ausschlägt,
blätter und blüthen treibt und früchte trägt, so ist diss ein
zeichen dass ihm seine sünden verziehen sind.« Mit dieser
antwort entfernte sich der fragende, während ihm die teufel
unter wildem hohngelächter koth und unrath nachwarfen, um
sein kleid zu besudeln. Wenn sie es getroffen hatten, wurde
das immer die veranlassung zum ausgelassensten geschrei.

Der jüngling hatte bald den weg zu den räubern zurück-
gefunden, und erzählte ihnen was ihm begegnet war, zeigte
auch zur bekräftigung der wahrheit das teufelspergament vor.
Die räuber verhöhnten ihn aber nur noch mehr, während das
höllische wahrzeichen von hand zu hand gieng. Als nun der
jüngling der alten erzählte, was ihm die teufel wegen der
busse von todsünden, von mord und todschlag gesagt hatten,
verspotteten die räuber ihn und ihre mutter noch mehr; sie

liess sich aber dadurch nicht irre machen, sondern forderte von ihrem jüngsten sohne den prügel mit welchem er seinen ersten mord begangen hatte. Der sohn gehorchte, brachte den prügel, und stiess ihn auf den befehl seiner mutter gerade vor dem haus in die erde. Alsdann giengen er und die mutter zu der nächsten quelle, brachten wasser im munde herbei und begossen damit das dürre holz, die anderen fuhren dabei fort mit spotten und höhnen, bis sie sahen dass an dem dürren, rindelosen prügel plötzlich knospen hervortrieben, aufsprangen und sich grüne blätter daraus entfalteten. Nun lief einer um den andern zur quelle, brachte wasser im munde, und bald hatte der mordprügel eine üppige blätterkrone, darauf erschienen helle blüthen, an deren stelle sich bald herrliche früchte wiegten, goldenen äpfeln gleich. Einer von den räubern schüttelte den neuen baum, da fielen einige von den äpfeln herunter und sprangen entzwei, worauf aus jedem eine blendend weisse taube gen himmel flog.

Diese wunderbare begebenheit ergriff die herzen der räuber so gewaltig, dass sie auf die kniee fielen und um vergebung ihrer sünden zu Gott beteten, und sich vornahmen von stund an ihr blutiges handwerk aufzugeben, ja sich selber dem gerichte zur bestrafung auszuliefern. Sie schlossen sich daher dem jüngling an, als er in die stadt zurückkehrte: voran giengen die alte, dann je nach dem alter paarweise die räuber, jeder mit einem zweiglein von dem wunderbaum und mit einigen der schönen taubenäpfel.

Vor gericht erzählte nun der sohn des fischers zuerst seine geschichte, dann welche auskunft er von den teufeln erhalten habe, und zum schluss das unglaubliche von dem wunderbaren baume der versöhnung. Zum beweise von der wahrheit seiner aussage warfen auch einige der räuber von den äpfeln auf den boden, worauf dieselben platzten und aus ihnen blendend weisse tauben sich in die luft schwangen. Nachdem so kund geworden war dass diesen sündern verziehen sei, nahmen die richter keinen anstand sie vollständig zu begnadigen, und sie gaben allen beraubten die schätze zurück, die sie in den kellern unter ihrem haus im walde verborgen hatten.

Der jüngling aber gieng eilig zu seinem vater, und erzählte

ihm alles, wie es sich zugetragen hatte, beurkundete auch durch des teufels eigene unterschrift dass der schlimme vertrag aufgelöst sei. Darob war natürlich der alte fischer erfreut: er bewirthete drei tage nach einander die ganze stadt, arme und reiche, aufs prächtigste bei sich, wobei jeden tag zum nachtische den versammelten gästen das wunder mit den äpfeln und den weissen tauben gezeigt wurde, zu ihrem grossen erstaunen und beifall. Nach dieser begebenheit lebten vater, mutter und sohn noch lange zeit glücklich und zufrieden, verehrt von der ganzen stadt, und besonders von den ehemaligen räubern, deren jeder ein ehrliches gewerb ergriffen hatte.

16. Die kaiserstochter und das füllen.

Einem mächtigen kaiser ward an einem und demselben tag eine tochter, und von einer lieblingsstute ein füllen geboren. Als letzteres ein halbes jahr alt war, blieb es in seinem wachsthum stehen, und konnte, so alt es wurde, nicht mehr grösser wachsen, dagegen besass es die unglaubliche eigenschaft, dass es sprechen konnte, und zwar sehr klug.

Als die prinzessin ins reifere kindesalter trat, zeigte sie für das wunderbare füllen eine grosse vorliebe, so dass sie von demselben fast nicht zu trennen war, und jeden abend, wenn es zeit zum schlafen gehen war, unter thränen von ihm genommen werden musste. Sie fütterte das füllen täglich mit feuer und tränkte es mit wein, denn sonderbar genug wollte das thier nichts anderes geniessen. Dafür war es aber der prinzessin so ausserordentlich anhänglich dass es ihr überall folgte, sie mochte gehen wohin sie wollte.

Die prinzessin war indessen fünfzehn jahr alt geworden, und der kaiser wünschte sehnlichst sie zu verheirathen. Anfangs zeigte sie abneigung gegen die ehe, da sie aber eine gehorsame tochter war, so ergab sie sich in den willen ihres vaters. Dieser liess nun, um einen gemahl für seine tochter zu finden, eine trommel mit der haut zweier läuse überziehen, und bei ihrem schall durch seine ganze hauptstadt ausrufen,

welcher mann, unterthan oder fremder, im stand sein werde
zu errathen mit was diese trommel überzogen sei, solle seine
tochter die schöne prinzessin zur frau bekommen, und dereinst
auch das reich beherschen.

Natürlich fanden sich viele bewerber ein, hoch und
nieder, aber keiner war im stande das räthsel zu lösen.
Endlich sandte ein grosser drache, welcher zugleich einer der
mächtigsten zauberer war, und mittelst seiner geheimen künste
in erfahrung gebracht hatte was für felle an der trommel des
kaiserlichen ausrufers seien, seinen sohn, damit er die hand
der schönen prinzessin erlange. Der kaiser hatte gegen den
freier, der ihm das geheimnis glücklich zu offenbaren wusste
und überdiss von schöner gestalt, auch von einem herrlichen
gefolge begleitet war, nichts einzuwenden, und der fremdling
reiste wieder ab, um die vorbereitungen zur hochzeit zu treffen.

Die prinzessin aber eilte schleunigst zu ihrem füllen, um
ihm mitzutheilen was vorgefallen war. Dieses war sehr traurig
und antwortete: »oh! ich weiss schon alles und noch mehr,
denn der schöne fremdling ist niemand anderes als der sohn
des abscheulichsten drachen und zauberers, und ist selbst ein
grosser zauberer.« Als die prinzessin diss hörte, fieng sie an
zu zittern und zu weinen, da sprach das füllen wieder: »fürchte
dich nicht, geh nur zu deinem vater, und bitte ihn er solle
dir drei männeranzüge machen lassen, damit du auf einige zeit
vom hof entfliehen könnest. Er soll dir auch schriften und
zeugnisse geben, worin er dich als seinen sohn bezeichnet.
Wenn du diss alles hast, so komm nur zu mir, und ich werde
dich hinbringen wohin du willst, und wo der drache dich sicherlich nicht erreicht.« Weinend vor freude umhalste die prinzessin ihr geliebtes füllen, und eilte dann zu ihrem vater,
welchem sie alles so wieder mittheilte wie ihr gerathen war.

Der kaiser, über diese nachrichten nicht weniger erschrocken
als die prinzessin, besann sich nicht lange, sondern liess seiner
tochter die verlangten papiere ausfertigen, und da er wohl wusste
dass er sein kind vor der rache des drachen nicht schützen
könne, segnete er die prinzessin, indem er ihr sagte dass auch
er am meisten vertrauen auf ihr freundliches füllen habe.

Als die prinzessin wieder zu diesem kam, musste sie sich

sogleich als mann verkleiden, und dann auf den rücken ihres
füllens steigen, das zu diesem ende vor ihr niederkniete. Als
sie fest im sattel sass, erhob sich das thier in die luft, und
trug sie mit unglaublicher schnelligkeit in weite ferne fort.
Nach einiger zeit sprach es: »liebe prinzessin, schau dich einmal um ob du nichts wahrnimmst.« Sie schaute sich um,
und erblickte zu ihrem entsetzen einen grossen drachen hinter
sich, der sie verfolgte. Sie wusste natürlich sogleich, dass es
kein anderer war als der dessen frau sie werden sollte, und
rief deshalb dem füllen zu: »o schnell, schnell! der drache
ist hinter uns!« »Wie willst du dass wir fliehen?« fragte
hierauf das füllen, »wie der wind oder wie der gedanke?«
»Wie der wind« war die antwort der geängstigten kaiserstochter, und mit sturmesflügeln jagten die fliehenden durch die lüfte,
bis nach einiger zeit das füllen wieder zur prinzessin sagte:
»schaue dich um wo wir sind!« Diese that wieder so und
gewahrte wieder den furchtbar schnaubenden drachen hinter
sich, und zwar noch näher als das erstemal. »O eile, eile
hinweg!« rief jetzt die prinzessin wieder in der äussersten
angst, »der drache hat uns schon fast erreicht!« »Wie willst
du dass wir fliehen,« fragte das füllen wieder, »wie der
wind oder wie der gedanke?« »Wie der gedanke!« rief die
prinzessin, »o eile, eile!« Sie hatte aber noch nicht ausgesprochen, so sah sie bereits unter sich eine grosse stadt, auf
welche sich das füllen hinunter liess. Dort setzte es sie auf
einem grossen platze nieder, der von herrlichen palästen umgeben war, denn hier wohnte der kaiser eines grossen reiches
mit seinem hofstaat.

Auf die frage der prinzessin, was sie weiter in der fremden
stadt hier machen wollten, erwiederte das füllen: »geh nur
zum kaiser, verneige dich vor ihm, und sag ihm dass ihn dein
hoher vater durch dich grüssen, und melden lasse dass er dich,
seinen sohn, in die welt geschickt habe, damit du erfahrungen
sammlest. Der kaiser wird dich gastlich aufnehmen, denn er
ist der jugendfreund deines vaters. Leb' indessen wohl, ich
gehe jetzt meiner waide nach. Solltest du aber meiner bedürftig sein, so drücke nur an diesem kleinen polster, welches
ich mit meinen haaren gefüllt habe, und sogleich werde ich bei

dir sein.« Die prinzessin wollte hierauf unter thränen von
ihrem geliebten füllen abschied nehmen, dieses liess ihm aber
hiezu keine zeit, sondern war mit seinem letzten wort verschwunden, so dass die prinzessin sich vergeblich nach ihm
umsah.

In zweifel verloren, betrat nun die kaiserstochter den palast, und ward auf ihr begehren bald vor den kaiser geführt,
dem sie sich als den sohn ihres vaters vorstellte, und ihre
pässe übergab. Der kaiser nahm dieselben in empfang, und
war sehr erfreut dass er den sohn seines geliebten jugend-
freundes bei sich empfangen konnte. Er gab sofort befehl dass
einige prachtvolle gemächer in bereitschaft gesetzt, und auch
kostbare bäder für den fremden prinzen zugerichtet werden
sollten, worauf er seinen gast auf einige stunden entliess, damit derselbe sich von der weiten reise erholen könne.

Mit jedem tage gewann der fremde prinz des kaisers zu-
trauen und liebe mehr, so dass ihn dieser bald über seine
höchsten staatsbeamten setzte, und ihm geschäfte übertrug die
er sonst niemanden anvertrauen wollte. Der vermeintliche prinz,
hierüber sehr erfreut, wollte sich seinerseits so hoher ehren
würdig zeigen; er bewies sich deshalb sehr fleissig, und seinem
väterlichen freund ausnehmend zugethan. Den räthen und
beamten des kaisers wollte diss aber gar nicht gefallen, denn
sie meinten sie scien viel zu klug und hochverdient, als dass
man vernünftiger weise ein so junges blut, und wenn er auch
ein kaisersohn wäre, über sie setzen könnte. Nachdem sie sich
deshalb beim kaiser öfters, aber immer vergebens beschwert
hatten, suchten sie den prinzen durch ränke vom hof zu entfernen, und gaben unter anderem beim kaiser an, dass dieser
fremde prinz kein jüngling, sondern ein mädchen sei. Den
klarsten beweis dafür liefere die ausserordentliche zuneigung,
welche der sohn des kaisers gegen diesen fremdling allezeit
an den tag lege, denn man habe noch nie erlebt dass empfin-
dungen dieser art zwischen zwei jünglingen statt finden.

Der kaiser schenkte zwar anfänglich diesen ohrenbläsereien
kein gehör, endlich aber fanden dieselben, weil sie unausge-
setzt erneuert wurden, doch soweit eingang, dass er in den
vorschlag seiner räthe willigte, den fremden prinzen auf eine

probe zu stellen. Derselbe sollte nemlich durch den sohn des kaisers in einen bazar geführt werden, wo goldene säbel, sporen, speere, pfeile und sonstige waffen, und dann wieder goldene spinnräder, spindeln, nadeln u. s. w. feil geboten wurden. Er solle dort frei für sich einkaufen, was ihm gefiele: wenn er waffen wähle, so möge diss als beweis für sein männliches geschlecht gelten; falle dagegen seine wahl auf ein spinnrad oder etwas der art, so solle für unzweifelhaft angenommen werden dass er ein mädchen sei. Um nun ihrer sache recht gewis zu sein, baten die räthe den sohn des kaisers, wenn er morgen von seinem hohen vater mit dem fremdling in den bazar geschickt würde, möge er diesen veranlassen dass er für sich ein spinnrad kaufe. Der prinz, der hierin nichts böses fand, versprach so zu thun.

Als der fremde prinz den wunsch seines freundes, des kaisers, vernommen, und eingewilligt hatte am andern morgen mit dem sohne desselben in den bazar zu gehen, so drückte er in der nacht zuvor das kleine polster welches ihm sein füllen geschenkt hatte. Das that er immer, wenn er im augenblick nicht wusste was er thun solle. Alsbald erschien das füllen, entdeckte ihm den ganzen plan der kaiserlichen räthe, und empfahl ihm dringend im bazar ja nach den waffen zu greifen. Am andern morgen giengen die beiden prinzen in den bazar, und der sohn des kaisers sprach, als sie beide eingetreten waren, wirklich wie die räthe von ihm verlangt hatten: »ei lass uns ein schönes goldnes spinnrad und spindeln kaufen!« Da rief aber der fremde prinz: »pfui, wie magst du dran denken dich mit so weibischer waare zu beladen! Bogen und pfeile, schwerter und speere lass uns nehmen, das schickt sich für männer!« So kauften sie denn sehr schöne waffen, welche sie alsbald dem kaiser zur schau trugen, der sehr erfreut war dass die nachtheiligen gerüchte über seinen günstling sich als grundlos gezeigt hatten. »Eine probe ist keine probe!« redeten die räthe wieder zum kaiser, ihrem herrn, als er ihnen voll freude erzählte, wie der fremde prinz die probe so trefflich bestanden habe. »Wollt, hoher herr, noch eine probe genehmigen, dann werdet ihr sehen, dass auch weiber nach waffen verlangen können, und deshalb doch bleiben was sie sind. Seiner sache gewis, sagte der kaiser sogleich noch eine probe zu, nach welcher der sohn des kaisers mit dem fremdling in den kaiserlichen weinberg gehen solle, dort möge ihn der prinz veranlassen weintrauben zu nehmen und zu essen. Werde der fremde prinz die weintrauben nehmen und ungewaschen essen, so zeige gewis seine ungeduldige lüsternheit und niedrige naschhaftigkeit hinlänglich an dass er kein mann sei.

Der kaiser billichte den vorschlag, und gab seinem günstling den wunsch zu erkennen, dass er morgen in aller frühe mit seinem sohn in den kaiserlichen weinberg gehen solle. Der fremdling, der dem prinzen, seit er ihn zum spinnradkauf hatte verlocken wollen, nicht mehr recht traute, drückte des abends nur um so begieriger sein polster, worauf augenblicklich das füllen erschien. Es klärte seinen schützling über den neuen plan der minister auf, und sagte ihm, der prinz werde ihn auffordern, vom weinstocke trauben zu nehmen und zu essen, er solle aber verlangen dass dieselben gewaschen und ihnen auf tellern dargereicht würden, wie es männern ihres standes gebühre.

Nun war es natürlich dass der fremdling wieder sicher durch die gelegte schlinge gieng. Als ihn der prinz des andern morgens im kaiserlichen weinberg aufforderte weintrauben zu essen, befahl er stolz und ruhig man solle dieselben zuvor waschen, und sie ihnen dann auf tellern darreichen. Der kaiser, durch die erste probe sicher gemacht, hatte am guten erfolg der zweiten gar nicht gezweifelt, war aber doch wieder sehr erfreut, und wies nun seine minister rundweg ab, als sie nun auch noch eine dritte probe vorschlugen. Der sohn des kaisers aber war beschämt, dass er an seinem freunde zweimal unredlich gehandelt hatte, und wollte sich deshalb zu keinerlei vorschlag mehr hergeben. Die böswilligen räthe ruhten aber nicht, und sannen auf ein anderes mittel den verhassten fremdling vom hofe zu entfernen, zumal da ihnen seine strenge, gerechte aufsicht von tag zu tag lästiger wurde. Sie erschienen daher nach einiger zeit wieder beim kaiser, und klagten den übermuth seines günstlings an, welcher geprahlt habe dass er, wenn er wolle, die schöne tochter des benachbarten kaisers, der auch zugleich ein grosser zauberer war, stehlen könne. Die bösen räthe wussten wohl dass der kaiser die schöne jungfrau einmal gesehen und ausserordentlich lieb gewonnen hatte, und dass er gerne sein kaiserthum hingeben würde, wenn er sie besitzen könnte. Das war aber unmöglich, weil ihr vater sie, um sie vor allen nachstellungen zu sichern, in einem glaspalast auf einem gläsernen berg eingeschlossen hielt. Dessen ungeachtet liess der alte kaiser sich durch seine neigung für die schöne prinzessin bethören, schenkte seinen listigen räthen dissmal glauben, und befahl dem sohn seines freundes, er solle sich alsbald nach dem glaspalast auf den weg machen, und, wenn ihm sein kopf lieb sei, entweder nie oder aber mit der jungfrau zurückkehren.

Bestürzt über die plötzlich veränderte sinnesart seines hohen gönners, schlich sich der prinz in sein zimmer, und fieng im ersten schrecken an bitterlich zu weinen, so dass er nicht sogleich an sein kleines polster dachte. Endlich kam es ihm aber doch in den sinn, er drückte daran, und eilig kam das füllen herbei, dem er sein leid erzählte. Es hiess ihn guter dinge sein und sprach: »die ganze sache kommt von den schlimmen räthen des kaisers, welche die schwäche ihres herrn kennen, und dir gerne deinen untergang bereiten möchten. Doch sei getrost, ich weiss rath. Gehe jetzt hin zum kaiser, und sag' ihm dass du die schöne jungfrau aus dem glaspalaste wohl bringen könnest, nur bedürfest du hiezu einer kiste voll der schönsten edelsteine und des herrlichsten geschmeides aus der kaiserlichen schatzkammer. Wenn du das hast, so ruf mich wieder, und wir wollen dann weiter sorgen«. Als der kaiser aus dem munde seines günstlings selbst hörte, dass er im stande sei ihm die schöne jungfrau zu verschaffen von der seine ganze seele erfüllt war, gab er dem schatzmeister sogleich den befehl dem fremden prinzen alles einzuhändigen was derselbe verlange. Mit den reichsten schätzen der erde versehen, rief nun der prinz das füllen, setzte sich darauf, und in wetterschnellem zuge giengs nach dem kaiserthume zu wo jener alte kaiser seine tochter im glaspalast eingesperrt hielt. Unten am berg prangte ein schöner garten mit den herrlichsten blumen, und in der mitte desselben warf ein springbrunnen seine silberstrahlen hoch hinauf, so dass einem die augen übergiengen, wenn man diese pracht im sonnenschein vor sich

liegen sah. Wie aber der prinz auf seinem füllen am brunnen
sich herunterliess und seine herrliche kiste aufschloss, da erlosch die pracht des gartens gegen das blitzen und funkeln
dieser wunder zu mattem scheine. Zuerst erschien am brunnen
eine magd der kaiserin um wasser zu schöpfen, sie konnte sich
aber von dem herrlichen anblicke nicht trennen. Als sie so
lang ausblieb, musste die prinzessin einen diener nachsenden,
der aber gleichfalls versteinert neben der magd vor dem fremden stehen blieb. Endlich erschien die alte kaiserin selbst,
aber auch ihre augen blieben von dem glanze dieser unschätzbaren kleinode gefesselt, so dass zuletzt der böse alte kaiser
selbst kam, um zu sehen warum niemand mehr vom brunnen
zurückkehre. Allein auch er war von den prächtigen dingen
so bezaubert, dass er auf den glasberg eilte und sein kind,
die wunderschöne jungfrau im glaspalaste, herbeiholte, um ihr
auch die freude eines solchen anblicks zu verschaffen. Die
prinzessin war natürlich sehr erstaunt über diese zum ersten
mal gesehene herrlichkeit, aber noch besser gefiel ihr der schöne
fremdling, zu dem sie sogleich die heftigste neigung fühlte. Sie
bekannte diss ihren eltern, und der alte kaiser, der seine tochter
sehr liebte, willigte darein dass der fremde überreiche seine
tochter heirathe. Alles war bis jetzt gut gegangen, und sowohl
das kaiserliche paar als die beiden neuvermählten fühlten sich
recht glücklich. Jedes freilich aus einem andern grunde: der
weibliche ehemann über das gelingen seiner plane, die er
immer nachts mit seinem füllen verhandelte, und die prinzessin
darüber dass sie in den besitz eines so schönen, lieben mannes
gekommen. Natürlich aber gieng das ganze sinnen des jungen
mannes darauf, mit seiner schönen frau vom hofe seines schwie-
gervaters entfliehen zu können, die prinzessin dagegen beklagte
sich bei ihren eltern, dass ihr gatte gar keine zärtlichkeit für
sie habe. Der alte kaiser befragte hierüber seinen eidam, und
der antwortete, wie ihm sein füllen schon vorher gerathen
hatte: »hoher herr, wenn ich mich gegen meine schöne junge
frau bisher kalt gezeigt habe, so geschah diss keineswegs aus
abneigung gegen sie, sondern wegen eines gelübdes, welches
mir verbietet ein mädchen als meine gattin anzusehen, so lang
ich sie nicht meinen lieben eltern vorgestellt habe. Erlaube

mir daher, dass ich mich mit meiner gattin für einige zeit von deinem hof weg, und zu meinen eltern begebe!« Der alte kaiser fand in dieser rede tugend und vernunft, gab daher seine einwilligung, und liess sogleich die besten zurüstungen zu dem abzuge seiner tochter aus dem väterlichen hause machen.

Wie alles in ordnung war, beurlaubte sich die prinzessin unter thränen von ihren eltern, und reiste an der seite ihres geliebten mannes ab, in die welt hinaus. Nachdem sie bis zum abend gereist waren, so setzten sich beide, die prinzessin und ihr mann auf das füllen, und bald erschien zum grossen verdruss der schlimmen räthe der todtgeglaubte fremdling, mit der wunderbar schönen prinzessin aus dem glaspalast, am hofe. Der kaiser kam seinem abgesandten und der schönen braut in in den schlosshof herab entgegen, und fragte sogleich: »ist diss die jungfrau die ich mir zum weibe nehmen will? Ja, ja, die ist es, denn ihre schönheit ist ohne gleichen!« Der jugendliche führer der schönen prinzessin aber sagte zum kaiser: »hoher herr, kehrt nur zurück in euer schloss und lasst euch den bart scheeren, sonst werdet ihr eurer braut wohl misfallen.« Die prinzessin aber wandte sich erröthend ab und sagte: »was ist das, dass du mich die braut dieses bärtigen mannes heissest? Ich will ihn nicht, denn ich habe ja dich, der viel schöner ist als er, und als alle die ihn umgeben.«

Der zug war indessen in den palast gekommen, wo der kaiser mit rein geschorenem gesicht und in prächtigen gewändern dem jungen paar entgegenkam. Sein treuer günstling übergab ihm die schöne braut, und sagte dabei: »nehmt sie hin, ich habe mein wort gehalten.« Zur prinzessin gewandt aber sprach er: »du meine liebe freundin, weigere dich nicht länger den vortrefflichsten aller kaiser als gattin zu umarmen und mich zu vergessen, denn ich bin selbst nur ein schwaches mädchen, wie du!« Ueber diese rede waren alle die es hörten sehr erstaunt, und wussten nicht was sie sagen sollten, die räthe, die höflinge, die prinzessin, der prinz und der kaiser. Die männliche prinzessin versprach aber bei der tafel zu erzählen, warum sie sich als mann verkleidet habe und hierher gekommen sei. Da alles sehr neugierig war zu hören, so ward auch mit der festlichen tafel nicht länger gesäumt, und alle gäste hatten sich nur zu wundern über dem unbegreiflichen füllen welches die prinzessin zum freund hatte. Der kaiser, in der heitersten stimmung über alle die dinge die sich an seinem hof so unerwartet begeben hatten, rief nun bei der tafel die prinzessin und seinen sohn ebenfalls als braut und bräutigam aus, um, wie er sagte, den alten freundschaftsbund mit deren vater zu erneuern.

So folgte denn eine festlichkeit der andern, und das glück schien kein ende nehmen zu wollen. Nach einiger zeit aber brach krieg aus, und der alte kaiser, welcher sich nicht entschliessen konnte von seiner jungen frau zu scheiden, sandte seinen sohn in's feld. Als dieser dort einige monate zugebracht und tapfer gefochten hatte, gebar seine frau zu hause zwei goldene knaben. Der kaiser, darüber hoch erfreut, sandte sogleich einen soldaten mit einem brief an seinen sohn in's lager, um diesen von dem frohen ereignis zu benachrichtigen.

Der bote, voll begierde seinen auftrag bald auszurichten, ritt in gröster eile bis zum abend, so dass mann und ross vor müdigkeit beinahe zusammensanken. Da sah er auf einer schönen waldwiese eine herberge, in der er die nacht zuzubringen beschloss. Alles war hier auf's bequemste eingerichtet, nichts mangelte als freundliche wirthsleute, die dem müden gast entgegen gekommen wären. Anstatt solcher war nur ein alter brummiger graukopf zu sehen, dem nichts gutes aus den augen sah. Hätte der müde bote freilich gewusst dass dieser unheimliche wirth ein grosser zauberer und drache war, der nemliche für dessen sohn einst die prinzessin, die gemahlin seines herrn, zur frau bestimmt gewesen war, er hätte lieber im wald geschlafen und seinen hunger mit beeren gestillt, als hier übernachtet. Als er sich niedergelassen und mit einem vortrefflichen wein gelabt, auch sein pferd im stalle versehen hatte, erkundigte sich der wirth nach dem zweck seiner reise. In der freude seines herzens offenbarte der ehrliche bote dem zauberer seinen auftrag, und zeigte ihm auch den brief des alten kaisers an seinen sohn. Der böse zauberer erkannte alsbald, dass die glückliche mutter niemand anders sei als die für seinen sohn bestimmte prinzessin, und es erwachte aller alte zorn in seiner seele. Um seiner rache vollen lauf zu lassen, gab er dem müden boten einen schlaftrunk, und als dieser denselben in tiefen schlaf versenkt hatte, nahm er ihm den brief, und schrieb statt seiner einen andern, der von aussen jenem vollkommen ähnlich war, hingegen einen ganz andern inhalt hatte, nemlich dass die frau des prinzen eine abscheuliche zauberin sei, die ihrem mann zwei hunde geboren habe. Zum schluss enthielt der falsche brief noch die frage, was mit der hexe von mutter und mit den beiden misgeburten angefangen werden solle.

Am andern morgen ritt der bote weiter, ohne den betrug zu merken. Als der prinz die schreckensnachricht gelesen hatte, musste er weinen, allein er sprach dennoch: »da diese geschöpfe meine kinder sind, so soll ihnen kein leid widerfahren,« und das schrieb er auch mit schwerem kummer an seinen vater, den alten kaiser.

Auf dem rückweg sprach der bote wieder in der herberge ein, wo sich der böse zauberer abermals nach allem erkundigte wie es der bote im lager bei seinem herrn gefunden, und wie sich derselbe auf die nachricht gebärdet habe. Alsdann gab er dem boten wieder einen schlaftrunk, nahm wie das erstemal den brief, und schrieb einen andern, in welchem es hiess, da diese neugeborenen nicht seine kinder sein können, so solle man seine frau sogleich umbringen, die bastarde aber ersäufen, damit er, wenn er aus dem lager heimkehre, weder die mutter noch die kinder mehr sehe.

Als der alte kaiser den brief erhielt, wusste er nicht wie er diss deuten solle, und berief seine räthe zusammen, welche noch einen alten hass gegen die prinzessin hatten, und daher übereinstimmend das urtheil sprachen, dass sie samt ihren kindern öffentlich verbrannt werden solle. Mitten auf dem hofe vor dem schloss wurde nun ein grosser holzstoss aufgerichtet, und die arme mutter mit ihren säuglingen an einem pfahl darauf festgebunden. Die henkersknechte zündeten an, und schon hoben sich die flammen durch die schwarzen rauchwolken an der unglücklichen empor; da drückte sie in unaussprechlicher herzensangst die beiden unschuldigen opfer fester an ihre brust, auf der sie auch das kleine wunderbare polster, das geschenk ihres füllens, trug. Alsbald erschien das treue thier, und frass das feuer, sowie ehemals als die prinzessin es noch damit fütterte. Der holzstoss erlosch, die mutter aber setzte sich mit ihren

beiden kindern auf den rücken des füllens, und schnell wie der
gedanke waren sie alle vier den blicken der zuschauenden
entrückt, in eine ferne wüstenei. Dort sagte das füllen: »liebste
prinzessin, nun ist meine zeit erfüllt und ich muss hier sterben.
Fürchte dich aber nicht, sondern nimm, wenn ich todt bin, ein
messer, schneide mir die gedärme aus dem leibe, zertheile sie
und lege sie auf vier ecken, so weit auseinander als du willst;
mein herz aber lege in die mitte. Du selbst mit deinen beiden
kindern nimm meinen leeren leib für eine nacht zu deiner
lagerstätte.«

Als das füllen so gesprochen hatte, legte es sich nieder
und starb, die prinzessin aber that so wie ihr das liebe thier
gerathen hatte. Als sie nun in der früh' erwachte, fand sie
sich mit ihren zwei kindern in einem grossen festen schlosse,
vor dessen thor zwei riesige lebendige löwen lagen und wache
hielten, so dass niemand herein kommen konnte. Hier war die
unglückliche nun sicher vor den menschen, und lebte ruhig
einige zeit hindurch, zum theil vom raub den die löwen heim-
brachten und mit ihr theilten, zum theil auch von wurzeln und
kräutern, die sie sich selbst im nahen wald sammelte.

In der stadt des kaisers war indessen alles im grösten
erstaunen über die unglaubliche art wie sich die prinzessin
den flammen entzogen hatte, auseinander gegangen, und sowohl
das volk als die bösen räthe waren darin bestärkt, dass sie
nur eine betrügerische zauberin gewesen, und dass ihr vollkommenes recht widerfahren sei. Auch der alte kaiser tröstete sich mit diesem gedanken über den verlust seiner lieben
schwiegertochter und der goldenen enkel.

Nur der prinz war, als er aus dem felde zurück kam,
untröstlich über den verlust seiner frau, die er ausserordentlich
liebte, und von der er vollkommen überzeugt war dass sie keine
hexe sei. Er versank in tiefe schwermuth, aus welcher ihn
selbst sein lieblingsvergnügen, die jagd, nicht heraus reissen konnte.
So verstrichen jahre, und ausser ihm dachte niemand mehr an
diese vorfälle. Da gieng er einmal auf die jagd. Nachdem er
lange zeit herumgestreift war, und ausser zwei tauben nichts
erbeutet hatte, verspürte er hunger, und schickte deshalb einen
von seinem gefolge aus, um etwa in der nähe ein haus

oder eine hütte zu suchen wo sie die tauben braten könnten. Der bote kam bald mit der nachricht zurück dass er ganz in der nähe ein schönes festes schloss gefunden habe, das ihm gänzlich unbekannt sei, und in das er nicht habe eintreten können, weil zwei grimmige löwen als wache davor liegen. Der prinz ward neugierig und liess sich zu dem schlosse führen, aber eintreten konnte niemand, da die löwen in grimmige wuth geriethen, wenn sich nur einer dem schlossthore nähern wollte. Einige von dem gefolge fiengen nun an zu rufen; auf dieses zeigte sich eine schöne frau unter dem thor, und fragte was die fremden hier wollten. Die antwort war, dass ein vornehmer prinz sich hier befinde, und einlass wünsche, von der jagd ein wenig auszuruhen. Da hiess die herrin des schlosses und der löwen diese sich niederthun, worauf sie sich alsbald wie zahme hunde niederkauerten und sich nicht mehr rührten. Als auf den wink der schönen frau der prinz durch das thor in den schlosshof trat, sah er zwei wunderschöne goldene kinder zusammen spielen. Er erkannte sie augenblicklich als seine kinder, und die schöne frau als seine arme, unschuldig verfolgte gemahlin; eilte auf sie zu, warf sich vor ihr nieder, und bat sie, des vielen ungemachs willen welches sie um seinetwillen hatte erdulden müssen, um verzeihung, indem er ihr erzählte, dass er den brief nach dem sie zum tod verurtheilt worden sei, nie geschrieben habe.

Sie giengen nun alle zurück zum alten kaiser, der, so wie seine ganze stadt hoch erfreut war, dass er seine liebe schwiegertochter sammt ihren goldenen söhnen, die so wunderbar dem unverschuldeten flammentod entgangen waren, unverhofft wieder bekommen hatte. Hernach wurde jener soldat vernommen der die briefe vom lager hin und her gebracht hatte, und da es aus seiner erzählung klar wurde dass alles böse von dem alten zauberer herrührte, so zog der prinz mit grosser macht nach dessen herberge um ihn zu vernichten, was ihm auch mit Gottes hilfe vollkommen gelungen sein soll. In ungestörtem glück lebte der prinz hinfort mit seiner gemahlin und seinen schönen kindern, und als sein vater, der alte kaiser, starb, ward er sein nachfolger in der herrschaft.

17. Josscschana.

Ein mächtiger kaiser, die geschichte sagt aber nicht von
welchem reich, hatte drei erwachsene söhne. Der älteste von
ihnen bekam lust zu heirathen, und trat mit dem gesuch um
erlaubnis dazu vor seinen vater. »Mein sohn,« erwiderte dieser,
»ziehe vorher aus, in fremde länder, und reise so viel als ich
gereist bin, dann kannst du, wenn du zurück kommst, heirathen.« Darauf machte sich der prinz zum reisen fertig, und
zog ein ganzes jahr in fremden ländern umher, bis er endlich
in eine stadt kam wo eine frühere geliebte seines vaters
wohnte. Von dort kehrte er heim, und erzählte seinem vater
dass er soweit gereist sei als er, und als ihn dieser fragte
wo diss sei, sagte der prinz: »in jener stadt, mein vater, wo
du einst eine geliebte hattest.« Lachend erwiderte hierauf der
kaiser: »wenn du, um in jene stadt zu kommen, ein ganzes jahr
gebraucht hast, so kannst du noch nicht heirathen, denn ich
ritt in einem halben tage dahin. Um acht uhr abends verliess
ich die stadt, ich unterhielt mich mit meiner geliebten die
halbe nacht, und war doch am morgen wieder zurück. Du
siehst also dass du mirs noch lange nicht gleich thust.«

Einige zeit nachher wollte des kaisers zweiter sohn heirathen, und trat ebenfalls vor seinen vater, um sich die erlaubnis dazu auszuwirken, bekam jedoch denselben bescheid wie
sein älterer bruder. Er gieng deshalb auch auf die reise,
nahm aber eine andere seite, auf welcher er in ferne länder
zog, bis er endlich auch in jene stadt kam wo die frühere
geliebte seines vaters wohnte. Von dort kehrte er zurück,
nachdem er gerade ein jahr fortgewesen war. Als er aber
seinem vater bericht erstattete, gieng es ihm wie seinem bruder: der vater liess ihn nicht heirathen.

Wieder vergieng einige zeit, da trat der jüngste, mit namen
Petru, vor seinen vater, und bat ihn um erlaubnis zum heirathen. Darob erzürnte der alte kaiser: er zog sein schwert und
hätte ihn sicherlich getödtet, wenn ihm nicht die kaiserin in
den arm gefallen wäre. »Lassen wir ihn ziehen, ebenfalls in
fremde länder« sprach sie, »er soll noch weiter reisen als du

gekommen bist.« Der kaiser steckte sein schwert ein, überlegte sichs, und gab auch seinem jüngsten sohne die erlaubnis zum reisen.

Prinz Petru's erste sorge war, sich ein gutes pferd in den kaiserlichen ställen auszusuchen. Als er deshalb über den hof gieng, sagte ein alter hund, der dort lag, zu ihm: »geh, Petru, wieder zu deinem vater, und verlange jenes pferd welches er selbst von seiner jugend bis in sein alter geritten hat.« Petru hörte auf die worte des hundes, kehrte um, und verlangte von seinem vater zu der reise dieses pferd. Da lachte der kaiser und sagte: »was willst du mit dieser alten mähre thun, von der im zweifel kein bein mehr übrig ist. Sollte es aber noch leben, so geh zum tschikoschen (rosshirten) auf die weide. der wird davon wissen.« Der prinz wandte sich an den tschikoschen welcher die pferde des kaisers auf der weide hütete, und als er wieder an dem hunde vorüber gieng, so sagte dieser: »Petru, mache hier drei feuer, und setze über jedes feuer einen kessel wein zum kochen, dann befiehl dem tschikoschen dass er alle pferde hiehertreibe. Unter diesen wird eines sein, welches kommen wird um die drei feuer zu fressen und die drei kessel wein auszusaufen, das ist das rechte.«

Der prinz that wie ihm der hund gerathen hatte, aber als der tschikosch auf seinen befehl die pferde gegen die drei feuer trieb, da scheuten sie alle und flohen aus einander. Petru sagte hierauf zum tschikoschen: »unter diesen ist das pferd nicht welches ich meine, es muss eines zurückgeblieben sein.« Der tschikosch erwiderte hierauf: »es ist keines zurück, ausser einer alten elenden mähre, welche vor magerkeit in eine pfütze gefallen und dort liegen geblieben ist, als ich die anderen wegtrieb.« »Hol' dieses!« rief der prinz dem tschikoschen zu, »hol' dieses, dass wir's auch mit ihm versuchen.«

Er gieng, hob mit vieler mühe das thier auf, und trieb es her wo noch die feuer brannten. Als es dieselben zu riechen anfieng, ward es lebhafter, frass die feuer zusammt der glut auf, und soff dann der reihe nach die drei kessel mit heissem wein aus, worauf es ganz lebendig und muthig wurde, und die kraft wieder bekam die es in seiner jugend gehabt hatte.

Es redete nun auch, und sprach zum prinzen Petru: »jetzt geh', und bring mir die milch von sieben Zigeunerinnen.« Der prinz that diss, und als das pferd sie gesoffen hatte, musste es der prinz zu einem Zigeuner führen, dem er befahl ihm acht hufeisen zu machen. »Mit vieren« sprach das pferd zum prinzen »musst du mich jetzt beschlagen lassen, und mit vieren, wenn wir zurückkommen. Hierauf begehrte der prinz von seinem vater, auf den rath des pferdes, jenen zaum mit dem es von seiner jugend an geritten worden war, und welchen ihm auch der kaiser willig geben liess.

Nachdem nun der prinz Petru zum reisen fertig war, beurlaubte er sich von seinen eltern, und bestieg sein pferd, welches in solchen rasenden fluchten davon jagte dass man es nicht sehen konnte. Es hielt nicht eher, als bis es beim gläsernen berg angelangt war. Da sprach es zu seinem reiter: »Petru, schau einmal zurück, ob du nicht etwas siehest!« Als der prinz zurückschaute, so sagte er: »ja, ich sehe eine dunkle wolke«, worauf ihm das pferd sagte: »bis dorthin war dein vater und nicht weiter; aber wir wollen jetzt dorthin gehen, zu der geliebten deines vaters. Nimm dich übrigens bei ihr in acht, denn sie ist entschlossen dich umzubringen. Deshalb gieb mich nicht aus deinen händen, und wenn du das nachtmahl bei ihr eingenommen hast, so tummle dich und kehre sogleich zu mir zurück, damit ich dich wohl vor ihr verstecken kann.«

Prinz Petru merkte sich diese lehre wohl, und ritt vor das haus der geliebten seines vaters. Sie kam mit ihrer schönen tochter heraus, und bewillkommte ihn aufs freundlichste. Die tochter verlangte schmeichelisch ihm das pferd abzunehmen, um es herumzuführen, weil es erhitzt sei, aber er liess es, der warnungen des thieres eingedenk, nicht zu, sondern versah diesen dienst selbst, worauf er zum abendessen gieng. Dort machte er es kurz, und begab sich sogleich wieder in den stall zu seinem pferde, welches ihn dann in eine laus verwandelte, und ihn so in einen seiner zähne setzte. Die herrin des hauses suchte nun ihren gast in der nacht überall, um ihn zu ermorden, und als sie ihn nicht finden konnte, gieng sie eilig zu ihrem vater, welcher das benachbarte königreich beherschte und überdiss ein wahrsager und weiser war, um ihn zu fragen wo sich denn ihr gast, prinz Petru der kaisersohn, befinde. Ihr Vater gab ihr den bescheid, sie solle schnell umkehren, damit sie ihn noch treffe, als laus im zahne seines pferdes. Sie kehrte so schnell als möglich zurück, kam aber doch zu spät, denn prinz Petru war mit seinen pferde schon davon geritten.

Unterwegs sagte das pferd zu dem prinzen: »lass uns auch den herrn des benachbarten königreiches besuchen, den königlichen vater der geliebten deines vaters, der zugleich weiser und wahrsager ist. Er hat eine sehr schöne tochter, welche du dir zur geliebten und zur frau begehren kannst!« Dem prinzen war der vorschlag recht, und sie nahmen ihre richtung jenem königreiche zu. Als die königstochter, welche Juliana Kosseschana hiess, den schönen prinzen Petru sah, so fühlte sie sogleich eine mächtige liebe zu ihm. Der prinz, welcher von dem könige wohl aufgenommen ward, verlangte von diesem seine tochter zur frau, bekam aber zur antwort: »wenn du dich so vor mir zu verstecken im stande sein wirst dass ich dich nicht finde, so magst du sie haben, wenn dir diss nicht gelingt, so werde ich dir den kopf abhauen. Schau hinab in den hof, wo jene zwanzig pflöcke stehen: neunzehn sind bereits mit den köpfen solcher geziert die sich nach dem besitz meiner tochter gelüsten liessen, und dein kopf wird wohl der zwanzigste sein.« Prinz Petru erwiderte hierauf weiter nichts, sondern gieng, um vorher sein pferd zu befragen, und dieses sagte ihm er solle sich nicht fürchten, sondern nur gleich nach dem abendessen zu ihm in den stall kommen, dann werde es ihn schon verstecken dass der könig ihn nicht finden solle. Der prinz versprach diss zu thun, und gieng zum abendessen des königs. Nachdem dieses vorüber war, blieb er bei der prinzessin Juliana, und unterhielt sich mit ihr die ganze nacht, ohne mehr an sein pferd zu denken. Dieses fuhr ihn daher, als er des morgens in den stall trat, sehr zornig an, und sprach zu ihm: »saumseliger, du wirst dem tode nicht entgehen, wenn du meine lehren nicht besser befolgst!« Mit diesen worten versteckte das pferd seinen herrn über den wolken.

Als der alte könig einige zeit nachher aufgestanden war, rief er: »Juliana Kosseschana, meine tochter, bring mir meine krücken, damit ich meine augen erhebe, um den taugenichts von einem prinzen in seinem versteck aufzutreiben, denn es verdriesst mich das viele schreien des leeren pflocks nach einem kopf, und des schwerts nach blut!« Als er das verlangte hatte, schaute er auf und rief: »prinz Petru, komm herab aus den wolken, denn du bist kein vogel, dass du in der luft leben solltest!« Da musste der prinz herunter, und es wäre unfehlbar um seinen kopf geschehen gewesen, hätte nicht die prinzessin für ihn ein wort gesprochen, und den könig gebeten dass er dem prinzen erlaube die nächste nacht bei ihr zuzubringen. Der arglistige könig, einsehend dass dann der prinz desto gewisser um seinen kopf komme, gab das zu, und wieder verbrachte der leichtsinnige liebhaber eine nacht bei der prinzessin Juliana, ohne an die mahnenden worte seines getreuen pferdes zu denken. Als er des morgens in den stall kam, schalt es ihn noch stärker als am tag zuvor, und versteckte ihn, nachdem es ihn in einen fisch verwandelt hatte, tief auf den grund des meeres.

Aber der könig fand ihn wieder mittelst seiner zauberei, und hätte ihm sogleich den kopf abgeschlagen, wenn nicht seine geliebte für ihn gebeten, und es durchgesetzt hätte dass er noch eine nacht mit ihr zubringen dürfe. Dissmal hielt aber Petru trotz den bitten der reizenden königstochter wort, und gieng gleich nach dem abendessen in den stall zu seinem pferde, worüber dieses sehr erfreut war. Es sprach also zu ihm: »ich werde dich nun in eine laus auf des königs kopf verwandeln, wo er dich gewis nicht findet. Der listige zauberer wird dich aber täuschen wollen, und rufen du sollest hervorkommen, er habe dich entdeckt. Schenk' ihm ja keinen glauben, sondern erst wenn er zum drittenmale ruft, und verspricht er selbst wolle seinen kopf unter das schwert legen, du aber sollst mit seiner tochter Juliana Kosseschana leben, so komm' hervor.« Damit wurde der prinz als eine laus auf des königs kopf versetzt, so dass dieser, als er ihn suchte, ihn durchaus nicht finden konnte, und endlich rief: »komm' hervor, prinz Petru, denn mit dir ist's nichts!« Der prinz aber wahrte

sich wohl in den grauen haaren des königs, und kam nicht
hervor. Der böse könig rief wiederum, allein der prinz gab
ihm kein gehör, bis er versprach dass er selbst seinen kopf
unter das schwert legen wolle, und dass der prinz mit seiner
tochter Juliana Kosseschana leben könne. Da nahm Petru seine
wahre gestalt an, schlug dem zauberkönig den kopf ab, und
steckte ihn auf den leeren zwanzigsten pflock.

Nach diesem sprach die prinzessin zu ihrem geliebten:
»jetzt eile, Petru, und hole deine eltern, damit wir hier die
hochzeit halten.« Petru setzte sich sofort auf, und jagte nach
seiner heimat. Unterwegs sah er eine krone liegen, worauf die buchstaben J und K eingegraben waren. Er fragte
sein pferd ob er sie nehmen solle oder nicht, worauf dieses
antwortete: »wenn du sie nimmst, wird es dich reuen, und
wenn du sie nicht nimmst, wird es dich ebenfalls reuen!« Da
überlegte der prinz bei sich, und dachte: »lieber nehme ich
die krone und wenn es mich auch reut, als dass ich sie nicht
nehme und es mich doch reuen soll.« So hub er die krone auf.

Die reisenden waren bereits in der hauptstadt eines anderen
königs angekommen, da sagte das pferd zu seinem herren: »jetzt,
mein prinz, bin ich sehr müde und muss einige zeit ausruhen,
gehe du denn zum könig und verdinge dich in einen dienst,
damit du zu leben hast bis wir unsern weg fortsetzen können.
Der prinz that so, und liess sich unter die dienerschaft des
königs aufnehmen. Nun sah einmal einer seiner genossen die
goldene krone bei ihm, und meldete diss sogleich dem könig,
der den neuen diener rufen und sich die krone zeigen liess.
Er erkannte die krone sogleich als die der prinzessin Juliana,
und fragte den prinzen wie er zu diesem kleinod gekommen
sei. Der prinz erzählte dass er sie gefunden habe, worauf
ihm der könig den strengsten befehl gab ihm die prinzessin
zur stelle zu schaffen; wo nicht, so lasse er ihm den kopf abhauen. Traurig, und an seinem looss verzweifelnd, suchte nun
der prinz Petru sein pferd auf, und klagte ihm in welche
grosse bedrängnis ihn die zu seinem unglück gefundene krone
versetzt habe, indem er nun seine geliebte Juliana dem tyran-
nischen könig ausliefern müsse. Das pferd aber tröstete seinen
herrn, und sprach zu ihm: »fürchte dich keineswegs, denn ich

werde dir schon helfen. Setze dich nur geschwind auf, damit wir so schnell als möglich wieder zu der prinzessin Juliana Kosseschana zurückkommen. Dort schau aber zu, denn sie wird uns mit einer peitsche empfangen, damit wir sie nicht umrennen. Wenn wir nahe genug bei ihr sind, so reisse sie zu dir herauf, und wir werden sie im schnellsten fluge wieder hierher zurückbringen. Wegen deines weiteren loosses sei unbekümmert.«

Nachdem das pferd so gesprochen hatte, setzte sich der prinz auf, und bald hatten sie das schloss der prinzessin erreicht, die, als prinz Petru ankam, eben auf dem hofe stand. Sie schlug mit einer peitsche nach dessen flüchtigem pferde, welches aber in dem augenblicke still stand als es bei der prinzessin war. Der prinz ergriff die prinzessin schnell, setzte sie vor sich hin, und die reise gieng so schnell zurück wie sie hergegangen war. Nachdem der prinz die prinzessin dem könig übergeben hatte, wollte dieser sie als seine braut umarmen, sie aber stiess ihn zurück, und rief: »wir werden so lange nicht mann und weib sein, als bis wir uns in der milch von wilden stuten gebadet haben.« Die prinzessin wusste wohl dass diss etwas unmögliches sei. Verdriesslich sagte der könig: »wer wird uns denn diese milch verschaffen?« Da antwortete jene: »der welcher mich hierher gebracht hat.« Auf dieses liess der könig den prinzen Petru rufen, und befahl ihm, wenn ihm sein kopf lieb sei, milch von wilden stuten herzuschaffen.

In dieser neuen verlegenheit gieng Petru wieder zu seinem pferd, und erzählte ihm voll niedergeschlagenheit von dem unausführbaren auftrag den ihm der könig gegeben habe. Da sprach das pferd wieder: »fürchte dich nicht, prinz, die milch soll bald da sein! Gehe nur zum könig, und bitte dass er dir pech, flachs, drei büffelhäute und drei metzen haber geben lasse.« Petru verlangte diese dinge vom könig, welcher alsbald befehl ertheilte sie ihm zu geben. Als er wieder damit zu seinem pferde kam, sagte dieses: »mache nun das pech warm und schmiere mir den rücken damit, dann lege von dem flachs darauf und beschmiere diesen wieder mit pech, auf welches du dann eine büffelhaut legst, damit sie drauf hängen

bleibt. Auf sie schmiere wieder pech, und fahre so fort bis
du eine büffelhaut um die andere hinaufgepicht hast. Alsdann
setze dich auf mich, bis zu der höhle wo sich die wilden
stuten befinden, dort wirst du dann mehr sehen.« Der prinz
that wie ihn das pferd angewiesen hatte, und ritt zu der be-
sagten höhle, wo er abstieg. Das pferd fieng an zu wiehern,
und gleich drauf drängte sich aus der heerde der wilden stuten
ein hengst, welcher mit ihm zu kämpfen anfieng. Dieser biss
und hieb so lange auf des prinzen pferd, bis er ihm endlich
eine büffelhaut heruntergezogen hatte, aber auch dieses brachte
jenem üble wunden bei, so dass er heftig blutete. Diss nahm
jedoch der wilde hengst nicht in acht, vielmehr begann er den
kampf auf's neue, bis er wieder von dem pferd eine büffelhaut herunter hatte; freilich gieng er selbst aus diesem zweiten
kampfe noch übler zugerichtet hervor als aus dem ersten.
Dessen ungeachtet stürzte er sich zum drittenmal in blinder
wuth auf das pferd, und ruhte nicht als bis er ihm mit den
zähnen die letzte büffelhaut vom rücken gezogen hatte. Nun
aber wurde dieses erst recht toll, und biss und schlug so furchtbar auf den schon müd gewordenen hengst, dass er halb-
todt zusammenstürzte. Darauf rief es den prinzen herbei, und
sagte zu ihm: »nun binde diesen wildfang mir zur rechten,
aber fest, und setze dich auf mich.« Diss that der prinz, und
das pferd drängte mit solcher gewalt vorwärts, dass der
hengst auf und mit fort musste. Sie eilten weg, dem wilden
hengst aber folgte die ganze stutenheerde. So brachte der
prinz den ganzen wilden tross mit sich; damit er aber die
stuten ein wenig hinter sich zurückhalte, streute er ihnen nach
und nach auf dem wege jene drei metzen haber hin, die er
mitgenommen hatte.

Als er nun dem könig meldete dass er die wilden stuten
gebracht habe, so fragte dieser wieder die prinzessin Juliana
wer sie melken solle, worauf diese erwiderte: »der welcher
sie hierher gebracht hat.« Sie dachte den prinzen zu verderben, weil er sie wider ihren willen dem könig überliefert
hatte, denn sie wusste nicht dass ihr geliebter dazu gezwungen
worden war. Der könig gab also dem prinzen Petru den befehl die wilden stuten zu melken. Getrost verfügte sich der

prinz wieder zu seinem pferd um guten rath einzuholen. Es gab ihm aber keine antwort, sondern blies auf einem nasenloch, und im augenblick war der ganze hof ein morast, in welchen die wilden stuten bis an den bauch einsanken. Alsdann blies es auf dem andern nasenloch, da gefror der morast so fest zusammen dass die thiere sich nicht von der stelle rühren konnten. Der prinz molk nun ruhig die wilden stuten, bis er genug zu einem bad hatte. Jetzt blies das pferd wieder zweimal, und liess so den morast aufthauen und trocknen, dann gab der prinz den hengst frei, der mit seiner heerde so schnell als er konnte nach der wüste zurückjagte.

Prinz Petru kochte nun die milch in einem grossen kessel, und als sie siedend war, meldete er es dem könig, welcher nun der prinzessin das verlangte bad anbot. Sie aber sagte: »nein, zuerst soll sich derjenige darin baden der die milch hergebracht hat,« worauf der könig dem prinzen befahl so zu thun. Der prinz klagte seinem pferde dass er nun in der siedenden milch seinen sichern tod finden werde, das thier aber sagte: »bitte dir vom könig die gnade aus dass ich mich neben dich stellen darf, wenn du in's bad steigst, so wird dir nichts geschehen.« Diss that der prinz, erhielt die erlaubnis, und wie er sich nun in's bad setzte, blies das pferd, so dass die milch im augenblicke kaum noch lau war. Als der prinz herausgestiegen war, hiess die prinzessin den könig in den kessel steigen, indem sie sagte sie wolle zuletzt baden. Der könig that diss, nachdem prinz Petru's pferd wieder auf die milch geblasen hatte, dass sie so heiss war wie zuvor. Der könig stellte zwar auch sein pferd neben sich, wie es prinz Petru gemacht hatte, das half ihn aber nichts, denn als er in's bad stieg, verbrannte er sich die beine so sehr dass er zusammensank, und augenblicklich in dem kessel ganz versott.

Nun gieng prinz Petru zu seiner geliebten, machte ihr vorwürfe dass sie ihn so vielen gefahren ausgesetzt habe, und erzählte ihr wie es gekommen sei dass er sie habe dem könig überliefern müssen. Die prinzessin empfand über ihr benehmen grossen kummer; aber da alles gut abgelaufen war, so umarmten sich die beiden zärtlich und vergassen gegenseitig alles; das volk aber rief den prinzen Petru als könig an der stelle

des todgesottenen aus, und so beherschte das glückliche paar
zwei königreiche, worüber der alte kaiser, Petru's vater, eine
grosse freude hatte. Dem treuen pferde liess prinz Petru alle
jahre drei haufen feuer und drei kessel siedenden weins geben,
so dass es bei kräften blieb, so lang es lebte.

Diss ist die geschichte vom prinzen Petru und der prinzessin Juliana Kosseschana.

---

18. Der teufel und sein schüler.

Ein bauer, und zwar einer der wenigen denen der pflug
etwas baarschaft in die truhe gespielt hat, verwandte alles was
er erwarb darauf, seinen einzigen sohn fern von sich in einer
berühmten stadt studieren zu lassen. Nach vollendeten studien-
jahren kehrte der sohn heim, allein wie es häufig geschieht
zeigte sich bald dass er nun wohl zu leben verstehe, jedoch
nicht ohne viel geld. Da nun die ganze baarschaft hinaus war,
so wusste der vater keinen weiteren rath, als dass der sohn
jetzt auch den beruf des vaters betreiben, und mit ihm zu acker
fahren solle. Diss wollte dem jungen menschen aber durchaus
nicht einleuchten, und er that deshalb seinem vater den vorschlag, er möge ihn noch eine zeit lang beurlauben, bis er die
teuflische schule gelernt habe, wonach es ihm ein leichtes sei
geld genug herbeizuschaffen. Der vater wollte zwar anfangs
nicht einwilligen, gab aber endlich doch nach, und begleitete
seinen sohn, als dieser sich aufmachte den teufel zu suchen.
Sie waren schon ein ziemliches stück wegs gegangen, da begegnete ihnen der teufel selbst, und fragte sie wohin sie wollten.
Sie antworteten: »zum teufel!« »Und was wollt ihr dort
machen?« war die weitere frage. Der vater antwortete: »dieser
mein sohn möchte in die teuflische schule gehen!« Da lachte
der fremde, und sagte: »ei nun, so gebt ihn nur mir her,
denn ich bin der teufel selber!« Der bauer fragte hierauf: »und
was muss ich denn bezahlen, wenn mein sohn ein jahr lang
in die teuflische schule gehen soll?« Der teufel erwiderte:
»wenn du deinen sohn nach verlauf eines jahres wieder

erkennst, so kannst du ihn ohne lehrgeld zurücknehmen; erkennst du ihn aber nicht, so bleibt er mein.« Der bauer gerieth hierüber in einige sorge, winkte seinen sohn bei seite, und sagte ihm: »schau, mein sohn, ein jahr lang, und die teuflische schule wird dich so entstellen dass ich dich nicht mehr erkenne, alsdann wirst du immer und ewig dem teufel angehören.« Hierauf erwiderte der sohn: »o fürchtet euch nicht, mein vater, ich will euch schon ein zeichen geben an dem ihr mich leicht unter vielen herauskennen sollt. Ich biege nur den zeigfinger an der linken hand ein, daran könnt ihr sehen, dass ich der bin den ihr sucht.«

So geschah es auch, als nach einem jahre der vater den sohn aus der teuflischen schule abholte; der teufel aber bat den vater ihm seinen zögling noch ein jahr zu lassen, und versprach ihn noch viel mehr zu lehren. Vater und sohn willigten ein, und da wieder dieselbe bedingung gelten sollte wie das erste mal, so verabredeten sie wieder ein geheimes zeichen, woran der vater seinen sohn erkennen würde: dieser sollte nemlich, wenn ihn der vater nach einem jahr aus der teuflischen schule abholen würde, mit dem fusse scharren.

Das jahr war wieder um, und der bauer erschien in der teuflischen schule, um seinen sohn unter vielen jünglingen die alle auf derselben hochschule waren, herauszunehmen. Das verabredete zeichen that seinen dienst auch dissmal, als aber vater und sohn gehen wollten, bat der teufel wieder der bauer möchte ihm seinen sohn noch ein jahr lassen, damit er ihn noch drei wörter mehr lehre als er bis jetzt wisse. Vater und sohn besprachen sich hierauf untereinander, und der sohn sagte: »vater, seht zu, wenn ihr mich nach einem jahr abholet, so wird euch der teufel aus vorsicht nicht mehr in die schule hineinlassen, sondern er wird alle zöglinge einzeln herausschicken; damit ihr mich aber leichtlich wieder erkennen könnet, so will ich alsdann, wenn ich herausgelassen werde, mit meinen kleidern an euch anstreifen!« Als der bauer sich dieses gemerkt hatte, übergab er seinen sohn dem teufel zum dritten mal, und gieng.

Nach verfluss eines jahres erschien er vor der thüre der teuflischen schule und verlangte seinen sohn, worauf der teufel

alle zöglinge, einen um den andern, zur thüre hinausschob. Als
der sohn des bauern kam, so streifte er an seinen vater an.
Dieser erkannte ihn daran sogleich, und verlangte seinen sohn
vom teufel zurück, der ihn auch, obgleich mit vielem ärger,
herausgab.

Als beide zu haus angekommen waren, so sagte der sohn:
»vater, jetzt weiss ich wie geld machen!« und als ihn der
vater darum befragte, so sprach er: »ich werde mich jetzt in
einen ochsen verwandeln, so schön und gross wie die welt
noch keinen gesehen hat, ·den stellet zum verkauf aus. Viele
käufer werden kommen, aber gebet mich nicht weg unter zwei
metzen ducaten; und den strick an welchem ich angebunden
bin, gebet ja nicht mit in den kauf!« Somit verwandelte sich
der sohn in einen überaus schönen, grossen ochsen, und als
bekannt wurde dass dieses thier zum verkauf sei, versammelte
sich bald eine menge käufer, die sich aber, wenn sie den preis
hörten, immer gleich wieder davon machten. Endlich kam eine
bande herumziehender schauspieler, die das wunderthier kauften
um es für geld sehen zu lassen. Der bauer eilte mit seinen
zwei metzen ducaten nach hause, während die schauspieler
eine bude aufschlugen, und den wunderochsen bekränzten, um
ihn abends bei einer vorstellung sehen zu lassen, zu welcher
sich natürlich viele schaulustige herzudrängten. Das wunder
von einem ochsen hatte sich indessen hinter seinem vorhange
wieder menschliche gestalt gegeben, und sich schleunigst davon
gemacht. Als daher der vorhang aufgezogen ward, entstand eine
grosse bestürzung und verwirrung. Alles schrie: »betrug! betrug!« alle wollten ihr geld wieder haben, zuschauer und schauspieler, und in dieses mischte sich der spott der menge, so dass
die behörde sich in's mittel legen und ordnung schaffen musste.

Vater und sohn lebten indessen sehr gemächlich von den
zwei metzen ducaten, und dachten auch nicht eher an ein weiteres einkommen, als bis der ganze schatz zu ende war. Da sprach
der sohn wieder zu seinem vater: »lieber vater, ich werde mich
nun in ein pferd verwandeln, so schön dass im ganzen lande
keines ihm ähnlich sein soll. Unter andern käufern wird auch
der teufel kommen, aber gebt mich ja nicht unter dem preise
von sechs metzen ducaten weg, auch vergesst ja nicht mir

den zaum abzunehmen, wenn ihr mich verkauft, denn sonst
kann ich nicht mehr wiederkehren!« Nachdem er so gesprochen
hatte, stund in der that ein ausserordentlich schönes pferd vor
dem alten bauern, der es auch gleich am andern tag auf
einen jahrmarkt in der benachbarten stadt führte. Viele kauf-
lustige zeigten sich da, aber wenige die den ungeheuren preis
zu zahlen im stande gewesen wären. Endlich erschien auch der
teufel, wie der sohn vorhergesagt hatte. Er kaufte das pferd,
bezahlte die sechs metzen ducaten, wollte aber auch durchaus
den zaum haben, und eher vom kauf abstehen als diesen lassen.
Der bauer, welcher das viele gold bereits lieb gewonnen hatte,
hörte auf das zureden der umstehenden, welche meinten dass
bei einem so grossen gelde der zaum ja nichts zu bedeuten
habe, und gab daher dem teufel endlich nach. Dieser ritt höchst
erfreut nach hause, wo er das thier mit stössen und schlägen
mishandelte, statt es ordentlich zu füttern und zu warten.

Bald nachher begab sichs dass eine teufelshochzeit war,
und der teufel, der eigenthümer des pferdes, schickte mit diesem
auch seinen sohn dazu, gab ihm aber die weisung das thier
weder zu füttern noch zu tränken. Die jungen teufel alle
welche zur hochzeit ritten, thaten, wie gewöhnlich junge leute,
und besonders bei solchen gelegenheiten, nicht langsam, sondern ritten ihre pferde in die hitze, weshalb sie dieselben, als
sie durch einen bach ritten, auch saufen liessen, bis auf den einen
dem sein vater es untersagt hatte. Da redeten ihm aber seine
kameraden zu es zu thun, »denn« sagten sie »du wirst uns
sonst mit deinem durstigen, abgejagten klepper nicht mehr nach-
kommen, und legtest so bei der hochzeit schlechte ehre ein.«
Diss bestimmte den teufelsjüngling auch sein pferd saufen zu
lassen. Kaum hatte dieses aber einen schluck zwischen dem
gebisse, so verwandelte es sich in einen grünling [1], und der
junge teufel sass zum grossen erstaunen seiner genossen im

---

[1] Sonst auch der name eines vogels von gelbgrünem gefieder;
hier bezeichnung eines fischs, vielleicht statt gründling, was nach
Schmeller (Bayerisches wörterbuch 2, 115) so viel ist wie grundel, und
bezeichnet: 1) schmerle, *cobitis barbatula L.*; 2) den schlammbeisscker,
cobitis cœnosa oder *fossilis.*

wasser anstatt auf dem sattel, während der grünling davon
schwamm.

Der alte teufel, welcher mittelst seiner grossen teuflischen
künste diss augenblicklich sah, kam schleunigst herbei und
schwamm dem flüchtling nach. Dieser hatte indessen ein gutes
stück voraus gewonnen, da begegnete ihm ein anderer fisch,
zu dem sagte er: »lieber fisch, wenn du hinauf schwimmst
und dir ein teufel begegnen wird, so sag' ihm, wenn er dich
nach mir fragt, du kommest von ganz unten und habest mich
nicht gesehen.« Der fisch versprach ihm so zu thun, und hielt,
als der teufel wirklich auf dem wasser herabgeschwommen kam
und ihn nach dem grünling fragte, wort, indem er sagte: »ich
habe keinen grünling gesehen, und komme doch von ganz unten
beim meere.« Auf diss kehrte der teufel um und schwamm
aufwärts, immer hinauf bis zur quelle, und als er hier den
grünling nicht fand, so schwamm er wieder abwärts, so schnell
wie der blitz, so dass er den flüchtigen bald eingeholt hatte.
Als dieser sah dass sein feind ihm nahe war, und dass er
keine zeit mehr zu verlieren habe, so verwandelte er sich in
einen schönen goldring, und sprang der tochter des kaisers, die
eben am ufer stand und sich wusch, an den finger, indem er
zu ihr sprach: »ich bitte dich, schönste prinzessin, überliefere
mich nicht dem teufel!« Kaum hatte er so gesprochen, so
nahte sich auch schon der teufel der erstaunten kaiserstochter,
und verlangte von ihr den ring der ihr eben an den finger
gesprungen sei, und der ihm gehöre. Die prinzessin aber entgegnete ihm keck dass sie keinen solchen habe; der den sie
am finger habe, sei schon lange daran und gehöre ihr. Mit
diesem kehrte sie ihm den rücken, und gieng heim, in den
palast ihres vaters. Der teufel, welcher den ring durchaus
nicht lassen wollte, folgte ihr, und begehrte ihn wieder von
dem kaiser, dem er alle möglichen reichthümer und schätze
versprach. Der ring aber hatte unterwegs zu der prinzessin
gesagt: »liebste, schönste prinzessin, gieb mich ja dem teufel
nicht, als bis er eine goldene brücke herstellt, auf welcher
schöne bäume grünen, und auf deren mitte ein goldener brunnen ist. Dort, sag' ihm alsdann, wollest du mich ihm übergeben; gieb mich ihm aber nicht in die hand, sondern wirf

mich auf die erde.« Diss hatte sich die prinzessin gemerkt,
und als ihr vater, der kaiser, in sie drang dem teufel den ring
zu geben, so that sie wie ihr gesagt war.

Kaum hatte sie ausgesprochen, so erhob sich auf dem
schlosshof unten eine schöne goldene brücke, mit dem brunnen in der mitte, zu dessen beiden seiten herrliche bäume
grünten. Der kaiser und die kaiserin sammt der prinzessin
giengen hinab, um dieses wunder genauer zu betrachten, und
auch dem teufel, welcher ihnen nachfolgte, den ring zu übergeben.

Als diss die prinzessin, wie sie versprochen, beim brunnen
thun sollte, und der teufel gierig hinzutrat, liess sie den ring
auf die erde fallen. Der verwandelte sich aber während des
falls in unzähliche fruchtkörner, die alle weit auseinander sprangen. Wie der teufel diss sah, verwandelte er sich in einen
hahn, pickte die körner so schnell es ihm nur immer möglich
war auf, und verschlang sie. Ein korn aber, das in den goldenen schuh der prinzessin gefallen war, verwandelte sich in
einen kibitz. Dieser umflog den hahn beständig und hackte ihm
nach augen und hirn, was ihm auch bald gelang, da er viel
besser fliegen konnte als der hahn. Als er ihn so zu todt
gebissen hatte, nahm er seine menschliche gestalt wieder an,
und trat als ein schöner jüngling vor das erstaunte kaiserliche
paar und vor die prinzessin, die sich nun nicht genug freuen
konnte dass sie dem schönen fremdling so muthig beigestanden war.

Der kaiser und die kaiserin und alle übrigen anwesenden
waren sehr neugierig die lebensgeschichte des sonderbaren fremd-
lings zu hören, und luden ihn deshalb ein mit in das schloss
zu kommen und sie ihnen zu erzählen. Diss that er auch
willig und berichtete von den teufelsschulen in die er gegangen
war, dann wie er sich stets dem teufel wieder entzogen habe,
und alle seine übrigen abenteuer die wir bereits wissen. Auf
dieses nahm der kaiser keinen anstand, dem bauernsohne der
klüger war als der teufel, seine tochter zur frau zu geben.
Diese hatte gar nichts dagegen einzuwenden, so wenig als der
jüngling, und die geschichte erzählt dass, so lange der alte
kaiser lebte, er stäts mit seinem eidam zufrieden gewesen sei,

weil er ihm in allen angelegenheiten den besten rath ertheilte. Nach des kaisers tod übernahm er krone und scepter, und regierte mit seiner geliebten gattin viele jahre glücklich und vergnügt.

19. Der verstossene sohn.

Es lebten einst ein paar eheleute in bester eintracht zusammen, und erzogen einen sohn der sich durch grosse schönheit auszeichnete. Die mutter starb jedoch bald, und der vater heirathete nach einiger zeit eine zweite frau. Diese warf auf den armen knaben einen unversöhnlichen hass, weil er das ebenbild seiner verstorbenen schönen mutter war. Sie machte viele versuche ihn aus dem haus zu bringen, und da dieselben immer fehl schlugen, so sagte sie endlich zu ihrem mann, wenn er den knaben nicht fortschaffe, so lebe sie nicht mehr mit ihm. Der mann erschrak wohl anfangs heftig über diese zumuthung, da aber das böse weib durchaus nicht nachliess, so gab er endlich nach, und führte eines tages seinen arglosen sohn bei der hand weit fort, in einen grossen wald voll reissender thiere.

Als sie dort angekommen waren, sprach der vater zum sohn: »warte hier, einen augenblick auf mich, mein kind, wir haben den weg verfehlt, ich will mich hier zur seite ein wenig umschauen ob ich ihn nicht wieder finden kann.« So gieng er und der knabe wartete.

Stunden, lange stunden vergiengen aber, und der vater kehrte nicht wieder, da merkte der arme dass er betrogen war. Weinend kniete er nieder, und fieng an zu beten dass ihm der liebe Gott aus seiner noth helfen solle. Als es abend wurde, stieg er auf einen hohen baum, um vor bösen thieren sicher zu sein. Hier übersah er die ganze gegend, und siehe, in der mitte des waldes flackerte es wie der schein eines feuers. Eilig verliess er nun seinen baum, gieng nach der stelle hin wo er die helle wahrgenommen hatte, und fand wirklich ein grosses feuer, bei dem ein riesiger alter mann sass. Er schauderte vor dem anblick desselben, aber die noth in der er sich befand gab ihm muth, und er rief mit lauter stimme: »mein vater! mein vater!« Der alte wandte sich ruhig um, und sagte in tiefem ton: »ich habe keinen sohn!« Der knabe aber rief wieder: »mein vater! mein vater!« worauf der alte sagte: »es soll so sein, wie du sagst!« und dem knaben winkte näher zu kommen.

Der arme verstossene hatte so wieder einen vater erhalten, den er sehr liebte, und der ihn in allem möglichen unterrichtete, besonders aber im waidwerk. Der zögling erstarkte schnell, und bald war ein tüchtiger jäger aus ihm geworden. Als er eines morgens wieder hinausziehen wollte, sprach der alte zu ihm: »hör' mein sohn! alles darfst du schiessen, nur keinen raben!« Der jüngling gieng, und sann über die worte des guten alten nach. Er hatte wohl bereits manches wild erlegt, kein thier im wald, kein vogel in der luft, von dessen art nicht eins vor seinen pfeilen gefallen wäre; nur noch kein rabe war seine beute geworden. Diss machte die begierde nach einem solchen in ihm so rege dass er, die worte des alten vergessend, einmal, zur winterszeit, doch einen schoss. Als er hintrat um die beute aufzunehmen, sah er auf dem schnee drei blutstropfen und eine rabenfeder liegen, da rief er aus: »o hätt' ich ein weib mit einem leib so weiss wie schnee, mit wangen so roth wie blut, und mit haaren so schwarz wie rabenfedern!«

Als er heim gekommen war, so reute ihn doch der schuss auf den raben, und er bekannte ihn seinem vater, indem er sagte: »vergieb mir, vater, ich habe trotz deines verbots einen raben geschossen!« Der alte schalt ihn; weil er es aber so offen gestanden hatte, ward er bald wieder gut. Da wiederholte der jüngling die worte die er draussen bei dem geschossenen raben gesagt hatte, indem er wieder rief: »o hätt' ich ein weib mit einem leib so weiss wie schnee, mit wangen so roth wie blut, und mit haaren so schwarz wie rabenfedern.« Der alte lächelte ob diesem wunsch, und sprach: »ein solches weib kannst du bekommen, mein sohn, aber du musst meinen rath besser befolgen als du bis jetzt gethan hast.« Der jüngling gelobte diss, da zeigte ihm der alte einen teich und sprach:

»dort erwarte die zwölfte stunde. Es werden dann drei waldjungfrauen kommen um sich zu baden. Sie werden alle drei
kronen auf dem kopfe tragen, die sie, wenn sie in's wasser
steigen, ablegen. Wenn sie dann im wasser sind, so schleiche
dich hin und stiehl der ersten die krone, dann laufe heim, ohne
dich umzusehen.«

Der jüngling that wie ihm der alte gesagt hatte. Als er
aber mit der geraubten krone davon lief, verfolgte ihn die
waldjungfrau der sie gehörte, und rief:»o sieh dich um, jüngling, nach mir, sieh meinen leib weiss wie schnee, meine wangen roth wie blut, und meine haare schwarz wie rabenfedern!«
Da vergass er der worte seines vaters und stand still um
nach der waldjungfrau zu sehen, dadurch verlor er zeit, die
jungfrau ereilte ihn, gab ihm einen derben schlag, und entriss
ihm die geraubte krone wieder.

So kam er leer zurück, und erzählte voll betrübnis dem alten
wie es ihm gegangen war. Der warf ihn wieder seine schwäche
vor, und sagte:»hab ich dir nicht gesagt, schau dich nicht
um? warum befolgst du meinen rath nicht?« Da aber der
jüngling sich sehr darüber grämte dass er nun kein weib habe,
so tröstete ihn der alte, und sagte zu ihm:»sei getrost, und
versuche dein glück mit der zweiten waldjungfrau.« So gieng
er wieder zum teich, als er aber der zweiten die krone genommen hatte und damit heim laufen wollte, konnte er wieder
nicht widerstehen sich umzusehen, und es gieng ihm wie das
erstemal.

Endlich versuchte ers auf den rath des alten auch mit der
dritten. Obwohl sie ihn mit denselben reden verfolgte wie ihre
beiden schwestern, sah er sich doch durchaus nicht um, und
lief mit seiner beute nach hause, wo er sie seinem vater übergab. Die waldjungfrau aber wurde nun seine frau.

Sie lebten mehrere jahre ruhig miteinander, und das schöne
weib gebar ihm zwei herrliche knaben. Einmal wurden sie
auch zu einer hochzeit eingeladen, wo man tanzte. Vor allen
schön aber tanzte die waldfrau, über deren leichte bewegungen
die ganze hochzeitsgesellschaft in grosses entzücken gerieth.
Als sie diss bemerkte, gieng sie zu ihrem mann, und sprach:
»lieber mann, gieb mir doch einmal meine krone, dass ich sie

aufsetze; mein tanz wird noch bei weitem schöner sein, wenn
ich die krone dazu auf dem kopf habe.« Der mann gieng und
holte die krone, denn der beifall den seine frau vor der gesellschaft erworben hatte, war ihm sehr schmeichelhaft gewesen.
Kaum aber hatte die waldfrau ihre krone wieder auf dem kopf,
so flog sie pfeilschnell davon, indem sie ihm noch zurief:
»wenn du mich und deine kinder wieder sehen willst, jenseits
des feurigen baches sollst du mich finden.«

Da der mann seine frau zärtlich liebte, so war er über
ihren verlust untröstlich. Nur die worte die sie beim scheiden
gesprochen hatte, liessen ihm einen schimmer von hoffnung;
er nahm daher abschied von seinem vater, ergriff den wander-
stab, und zog in die weite welt, um den feurigen bach zu
suchen und seine verlorene frau mit ihren schönen kindern
wiederzufinden.

Als er schon eine geraume zeit umhergezogen war, kam
er an einen grossen dunklen wald, und erblickte da drei teufel
die sich heftig zankten. Beherzt gieng er auf sie zu und fragté
sie nach der ursache ihres streits, worauf ihm einer von ihnen
sagte: »schau, unser vater ist gestorben und hat uns nichts
hinterlassen als die keule, den hut und den mantel welche
hier liegen; diese drei dinge sind wir nicht im stand unter
uns zu theilen, denn jeder möchte alles haben.« Der jüngling
fragte weiter: »sind denn diese dinge so viel werth, dass ihr
euch so darüber verzankt?« »Ei freilich,« riefen die teufel,
»denn wer diese keule in der hand hält, kann jeden andern
damit in eine steinsäule verwandeln; und wer diesen hut auf-
setzt ist unsichtbar, und kann mit dem kaiser an der tafel
sitzen, ohne dass er gesehen wird; und wer abends diesen
mantel umnimmt und sich da oder dorthin, wär's auch ans
ende der welt, wünscht, der ist am andern morgen dort.«
»Gut« erwiderte hierauf der jüngling, »das alles ist schon werth
dass man sich darum streitet, und wenn es euch dreien recht
ist, so lasst mich schiedsrichter unter euch sein.« Die teufel
nahmen den vorschlag an, er aber sprach weiter: »geht alle auf
jenen berg drüben, und wenn ich das zeichen gebe, so lauft
ihr mir zu. Wer von euch dann zuerst bei mir ankommt soll
alle drei dinge erhalten; keule, hut und mantel bleiben indessen

bei mir.« Die teufel giengen nun, wie es ihr kampfrichter
wollte, auf den berg, als sie aber auf ihn zugelaufen kamen,
verwandelte er sie schnell in steinsäulen.

Drauf zog er mit seiner unschätzbaren beute weiter, und
gelangte zu einer bauernhütte. Drin sass eben ein bauer mit
seinem weib am essen. Der jüngling nahm sogleich seinen hut
auf den kopf, setzte sich zu den leuten, und langte tüchtig mit
in die schüssel. Als alles aufgegessen war, sagte der bauer
erstaunt zu seinem weibe: »Gott soll uns helfen, wir haben
heute viel gegessen und sind doch nicht satt.« Die bäurin
gieng, füllte die schüssel noch einmal, und sie assen weiter,
wobei es der unsichtbare an seiner hilfe abermals nicht fehlen
liess. Der bauer rief endlich zornig: »der teufel selbst muss
um uns sein, dass wir uns heute nicht sättigen können.« Jetzt
machte sich der gast sichtbar, und sagte dass er mitgegessen
habe; aber eh sich die bauersleute von ihrem staunen erholen
konnten, war er schon wieder verschwunden.

Als es nacht geworden, wickelte er sich in seinen mantel
und legte sich auf dem feld nieder. Beim einschlafen sagte
er bei sich: »wenn ich doch morgen früh vor der hausthür
meines geliebten weibes erwachte.« Was er wünschte geschah,
er wachte am andern morgen vor der thür eines hauses auf
das er nicht kannte. Ein schöner knabe trat heraus der, als
er den fremden mann sah, eilig wieder zurück lief und rief:
»der vater! der vater!« Als auf dieses eine schöne frau mit
einem zweiten, eben so schönen knaben hervortrat, um zu
sehen was es gebe, erkannten sie sich beide, und es ward grosse
freude im hause. Als die frau des abends für ihren mann eine
schlafstelle bereiten wollte, breitete dieser seinen mantel aus
und legte sich sammt ihr und seinen beiden söhnen darauf,
dann sprach er: »morgen früh will ich mit den meinen in
meines vaters haus erwachen.« Es geschah wieder so wie er
gewünscht hatte, und noch lange zeit lebten sie bei ihrem alten
vater glücklich und vergnügt.

20. Die drei wundergaben.

Ein armer, armer bauer wollte die last des daseins nicht
länger tragen, und verliess das elend seines hauses, in dem sein
weib und eine ziemliche anzahl kinder zurückblieben. Als er
so wanderte, dachte er bei sich: »wie unsinnig handelt doch
der schöpfer! dem einen giebt er zu viel und dem andern zu
wenig. Könnt' ich ihn erwischen, mein stock sollte ihm schon
vernunft einbläuen.« Der allmächtige sah diese gedanken, und
begegnete dem bauern schnell als mensch, einen esel am stricke
nach sich ziehend. »Wohin gehst du?« sprach er zu ihm. Die
antwort war: »wohin werde ich gehen? Ich suche unsern
Herrgott, und will ihm mit meinem stocke zeigen wie dumm es
ist dass er dem einen auf dieser welt zu viel giebt, und den
andern verhungern lässt.« Er klagte dabei seine noth, und wie
ihn sein häusliches elend fortgetrieben habe. Der schöpfer sprach
darauf: »Wenn du wirklich so arm bist, und meinst du könnest den reichthum ertragen, so nimm diesen esel zum geschenk,
sag' aber ja nicht zu ihm: »»esel . . . .«« und »»esel genug«««
es möchte dich sonst reuen.« Mit diesen worten zog der geber
schnell weiter, und war dem bauern schon aus dem gesicht,
ehe dieser die worte recht begriffen hatte. Er folgte, den esel
am strick haltend, in's blaue, und dachte: »einen esel? 'S ist
doch etwas, er mag noch so schlecht sein; warum aber sagte
der mann was ich zu diesem thier nicht sagen solle. Braucht
man das einem esel, wäre es auch der dümmste, je zu sagen?
Was wollte der mann mit seiner rede«? So denkend schritt
er weiter, bis zum abend, wo er sich ermüdet an einer berg-
halde niedersetzte um auszuruhen. Das gelang ihm aber nicht.
denn der vorwitz plagte ihn, zu wissen warum er zu dem esel
jenes wort nicht sagen solle. Um aus der ungewisheit zu
kommen, entschloss er sich endlich und sprach das wort aus.
Wie gross war sein erstaunen, als das wunderthier sofort dinge
von sich gab, die zwar einem acker gar nichts nützen, aber
seinem elenden dasein schnell ein ende machen konnten, denn
es waren lauter blanke ducaten. Als er sich von seinem staunen erholt hatte, rief er: »esel genug!« Da hielt das thier inne,

auf neuen befehl aber begann es auch unverzüglich wieder. Lange
trieb der freudetrunkene dieses spiel, bis er auf dem boden
einen haufen gold zusammengestreift hatte, den er kaum zu
schleppen vermochte. Er packte so viel als möglich davon
ein, vergrub den rest, und trat mit seinem thier den weg nach
der heimat an. Da aber der tag schon weit vorgerückt war,
so musste er in einer herberge über nacht bleiben. Nachdem er
hier seinen esel sorgfältig untergebracht hatte, liess er sich ein
abendessen auftragen, vom besten was an speisen und getränken
im haus aufzutreiben war. Eben dehnte er sich behaglich auf
eine bank hin, als die wirthin eintrat und ihm freundlich zurief: »wohl bekomm's!« So was war ihm noch nie begegnet,
es wurde ihm ganz anders zu muth, und er konnte es nicht
über's herz bringen der freundlichen frau sein abenteuer zu
verschweigen.

Hatte der bauer stunden gebraucht, um endlich zu seinem
esel zu sagen was er nicht hätte sollen, so brauchte die wirthin kaum etliche minuten dazu, um in den stall zu kommen
und ihre neugier zu befriedigen. Auch von der ersten verwunderung erholte sie sich schneller als jener, und sie konnte
nicht schnell genug zu ihrem manne laufen, um mit ihm den
plan zu besprechen wie sie den tölpischen bauern um seinen
unschätzbaren esel prellen wollten. Früher als in vielen andern
fällen waren die beiden eheleute darüber einig dass sie das thier
auswechseln, und seinem eigenthümer ein ähnliches, sonst aber
ganz alltägliches, in die hand spielen wollten. Diss hatte des
andern morgens um so weniger anstand, da der bauer schon
früh mit einer hand voll gold um wein und branntwein rief,
sich tüchtig betrank, und dann weinselig seinen morgenschlaf
beendigte.

Die sonne stund bereits hoch, als ihn die wirthin weckte
und ihn fragte ob er nichts befehle. Diese freundliche zuvor-
kommenheit rief ihm erst in's bewusstsein dass er nicht zu
hause sei. Er sprang auf, fragte nach seiner zeche, berichtete
dieselbe in gold, und wartete nicht bis die wirthin einige kleinere münzen zusammenzählte die sie ihm hinauszugeben hatte.

Jauchzend vor fröhlichkeit schritt er auf der strasse zur
heimat weiter, den wundergrauschimmel, wie er ihn hiess, am

stricke nach sich ziehend. Er hatte zuerst versucht denselben
zu reiten, aber der gang des thieres war ihm zu langsam, und
die ungeduld all das auszuführen was er mit seinem vielen,
vielen gold vorhatte, beschleunigte seine schritte, die sich freilich hie und da seitwärts richteten, als weiche er rechts oder
links einem unsichtbaren gegner aus.

Daheim angekommen, band er, ohne sich um die freude
seines weibes und seiner kinder über seine wiederankunft weiter zu kümmern, den esel an die krippe, und steckte ihm noch
einen wisch stroh auf, den sich längst die mäuse zum tummel-
platz erkoren hatten. Dann sammelte er alle die seinigen um
sich her, stellte neben sich sein weib, an deren seite nach der
orgelpfeife die mädchen, und sich zur seite in derselben ordnung die buben. Er bereitete sie darauf vor dass ihnen jetzt
ein gotteswunder offenbar werden solle, und als sie nun alle
still und andächtig dastunden, rief er dem esel das verhängnisvolle wort zu. Der aber langte nur nach dem vorgesteckten
stroh, das ihm nicht frisch genug zu sein schien, und wehrte
übrigens mit dem schweife ruhig die fliegen; alle bewegungen
machte er auch sonst mit demselben, nur die einzige, die gewünschte nicht. Der bauer wiederholte das verbotene wort
noch zweimal, aber beidemal umsonst, der esel blieb ruhig
und kalt, während sein herr nicht wusste ob er sich schämen
oder toll werden sollte. Die frau, welche von allem nichts
verstund, fragte den tiefgebeugten hausvater was es denn mit
dem esel für eine bewandtnis habe, und eben wollte der mis-
muthige athem schöpfen um die ganze geschichte langs und
breits zu erzählen, da hob das vermeintliche wunderthier den
schweif, aber aller augen sahen und erkannten nur gewöhnliches.

Das vollendete des mannes niedergeschlagenheit, und mit
gleichem schmerz vernahmen die seinen die erzählung des abenteuers, zu dessen beglaubigung er einige von den ducaten vor-
wies. Betrübt schlichen die armen auseinander.

Abends, wie alle schliefen, gedachte der sorgenvolle fami-
lienvater mit seinem esel noch eine probe zu machen, gieng in
den stall, rief den unbegreiflichen an, bat ihn endlich um
gotteswillen, aber alles blieb umsonst. Jetzt wurde der bauer
zornig, schlug dem hartnäckigen thier mit der axt den schädel

ein und begrub es unverzüglich, um sich wenigstens über seinen
anblick nicht mehr ärgern zu müssen. Er war noch vor tag
mit dieser arbeit fertig, da fiel ihm wieder das grenzenlose
elend seines hauses ein, er griff also wieder zu seinem stock,
um unsern Herrgott noch einmal zu suchen, und ihn wegen
der ungerechten vertheilung der irdischen güter durchzuprügeln.

Auf derselben stelle wo er früher den esel erhalten hatte,
trat ihm auch heute wieder der herr der welt, als unanschn-
licher wandersmann, in den weg, und fragte ihn wiederum wohin er gehe, erhielt auch die gleiche antwort. Der unbekannte
gab ihm jetzt lächelnd einen kleinen tisch, mit den worten:
»nimm hier diesen tisch; sprich aber nicht zu ihm: »» tisch
deck auf! oder tisch deck ab!«« Kaum waren diese worte
gesprochen, so schaute sich auch der bauer vergebens nach dem
geber um, denn dieser war, wie sein letztes wort in der luft,
spurlos verschwunden.

Dissmal besann sich der bauer nicht so lange wie beim
esel, und sprach schnell: »tisch deck' auf!« Sieh! da trug der
tisch mit einem mal eine prächtige last. Auf silbernen und
goldenen tellern waren zwölf der herrlichsten speisen angerichtet, alles so schön anzuschauen, dass der glückliche sich
kaum traute die hand darnach auszustrecken. Der geruch der
speisen liess aber nicht nach ihm zuzureden, so nahm er sich
endlich ein herz, und blieb auch standhaft an dem tische sitzen
bis alles aufgezehrt war. Jetzt gieng es über die flaschen her,
die, mit den köstlichsten weinen der erde gefüllt, in feurigem
schimmer prangten. Eine nach der andern ward, ohne die
geringste wahl, ausgetrunken, und wie sie nun geleert, ihres
schönen farbenspiels beraubt, vor den schwimmenden augen
ihres herrn herumtanzten, da lallte der, schon halb in seligem
schlaf, die worte: »deck' ab tisch!« Der tisch that wie ihm
befohlen war, und stand leer neben seinem vollen herrn, bis
dieser sich satt geschnarcht hatte, und sich am andern tag,
als die sonne schon hoch stand, den schlaf aus den augen rieb.
Kaum ward er seines tisches ansichtig, so rief er abermals:
»deck auf tisch!« Der tisch that gehorsam wie ihm befohlen,
der bauer aber ass und trank noch einmal tüchtig, liess dann
seine wundertafel sich wieder abdecken, nahm sie auf den

rücken, und gieng damit weiter, seiner heimat zu. Abends kam er wieder in dasselbe wirthshaus wo er auch mit seinem esel übernachtet hatte. Die wirthin erkannte ihn sogleich wieder, und fragte freundlich was der herr befehle, ob er vielleicht etwas zu speisen wünsche. Dissmal hatten die höflichen worte nicht die gewünschte wirkung, vielmehr brummte der bauer sehr vornehm: »Nichts befehl ich, ich brauche nichts! Bringt mir nur meinen tisch in die stube herein wo ich schlafen werde!« Es geschah, und der eigenthümer liess alsbald seine kunst und seine neigung schauen, indem er den tisch aufdecken hiess, und dann alles abfrass was darauf angerichtet stand.

Dieses wunder lockte eine menge volks herbei, dessen staunen vollends keine grenzen mehr fand, als der gesättigte gutmüthige bauer alle von den herrlichen speisen kosten liess. Endlich lud er alles ein mit ihm zu essen und zu trinken, und als der tisch keinen raum mehr hatte, um alles zu beherbergen so viel und vielerlei ein jeder haben wollte, so waren in und vor dem zimmer bald noch eine menge von tischen aufgestellt, die der wunderbare tisch unermüdet und reichlich mit speisen besetzte. Unter lautem jubel, der natürlich bald zum wilden gewirre ward, tranken und assen alle die das glück hatten sich durch die menge bis zum wundertisch vordrängen zu können. Erst spät in der nacht, als alle sich übersatt spürten, wich der lärm allmählich einer tiefen stille, die nur hie und da durch einen schnarchenden oder im rausche tiefaufathmenden unterbrochen wurde. Auch der bauer lag unter den schlafenden, desgleichen die meisten der tische auf denen kurz vorher die freuden der tafel geblüht hatten. Jetzt aber schritt auf den zehen die wirthin herbei, und trug leise den wundertisch, den sie sich zuvor wohl gemerkt hatte, weg.

Des andern tages spät erwachten nach und nach gastgeber und gäste, sie brauchten alle lang bis sie zur besinnung kamen. Am schnellsten gelang diss dem besitzer des wundertisches, denn die angst sein neues unschätzbares besitzthum zu verlieren, machte ihn munter. Schnell raffte er sich auf, ergriff von den tischen denjenigen der zunächst bei ihm stund, der also doch wohl der seinige sein musste, und schlich sich damit eilig fort, seiner heimat zu.

Auch die gäste wurden allmählich wach, standen auf und suchten ihre tische, hüte, mützen, stöcke u. s. w.; konnten sich aber darüber nicht in güte verständigen, und so gab es zuerst ein tüchtiges schelten und zanken, zum würdigen schluss aber schlugen tisch- und stublfüsse festen takt.

Der bauer mit seinem wundertische war indessen zu haus angekommen, trat in die stube, und stellte den tisch gerade vor sein weib hin, die eben am spinnrade sass. Er sprach zu ihr: »sieh weib, hier ist ein besseres ding als der esel, der uns nur zum besten hatte; nun kannst du dich mit den kindern einmal voll essen, und gut, gut, wie ihrs euch nie habt träumen lassen.« Das weib, welches nicht begriff was der leere tisch solle, sah ihren mann an, nicht wissend ob er verrückt sei oder scherz treibe. Er aber versammelte die seinen um den tisch, wie damals um den esel, und rief: »deck auf tisch!« der tisch aber that nichts als dass er auf seinen vier füssen ruhig stehen blieb. »Deck auf tisch!« rief der hausvater zum zweiten und dritten mal. Aber immer blieb sein befehl erfolglos. Da trat er zu ihm hin, steckte die nase drauf, und nahm noch den geruch wahr von den speisen und getränken die tags zuvor darauf herumgewischt worden waren. »Er riecht schon! er riecht schon!« jauchzte der bauer freudig, »deck auf! deck auf tisch!« Dieser aber that immer nichts, als dass er noch etwas essgeruch von sich gab. Die kinder, welchen die mutter kurz vor des vaters heimkehr einige brotkrumen vertheilt hatte, rochen ebenfalls nach der reihe an dem tisch, und zogen sich dann still, das harte brot kauend und ohne an wunder zu glauben, in die verschiedenen ecken der stube zurück.

Diss brachte den sorgenvollen vater ausser sich, er nahm eine axt, schlug den tisch in stücke, welche er in's feuer warf, und sagte: »da, du unnützes ding, wenn du nicht kochen willst, so hilf wenigstens kochen!« Während der topf mit erdäpfeln der am feuer stund, jetzt lustiger sott, erzählte der mann seinem weibe den ganzen hergang seines abenteuers von a bis z. Jetzt war aber auch erst des jammers kein ende, und die frau rief schluchzend: »ach mein gott, jetzt sehe ich wohl dass wir kein glück haben können, selbst wenn der liebe Gott will!« Zugleich schrieen die hungrigen kinder um mehr brot.

All das machte den hausvater nur noch mismuthiger, und
er schlich sich deshalb in der nacht wieder zum hause hinaus,
um sein glück zum dritten mal zu versuchen.
Auch jetzt begegnete er dem fremden wieder, der ihn wie
die früheren male fragte wohin er gehe. Auch des bauern
antwort war dissmal wieder die nemliche, indem er sagte: »ich
gehe unsern Herrgott aufzusuchen, und ihn tüchtig durchzuprügeln, weil er dem einen zu viel und dem andern zu wenig
giebt.« »Hast du denn« versetzte der unbekannte lächelnd, »dazu
auch einen guten knittel?« »Ja wohl,« erwiderte der bauer, und
wies dem fragenden seinen stock hin. Der nahm ihn einen
augenblick in die hand, und gab ihn dann zurück mit den worten:
»nimm ihn, er ist gut; sprich aber ja nicht zu ihm: »»prügel
hei!«« denn er hat die gewohnheit immer deinen feind zu
prügeln, wenn dir ein solcher in die nähe kommt und du diss
wort zu ihm sprichst.«
Damit war der unbekannte verschwunden, und der bauer,
dem dieses sonderbare verschwinden nicht mehr auffiel, konnte
kaum erwarten irgend einen feind oder Gott selbst zu finden,
um die kraft seines stocks an ihm zu versuchen. Da ihm aber
lang weder der eine noch der andere vors gesicht kommen
wollte, so wurde die neugier zu mächtig, und er rief: »prügel
hei!« Kaum war das wort heraus, so spürte er auf dem
rücken wohl aufgemessene schläge, und ihm war als ob zwei
und drei stöcke auf ihn lostrommelten. Er hatte jetzt keinen
andern wunsch mehr, als dem gehorsamen stock einhalt zu
thun. Er brüllte und bat, warf sich auf die knice, dann der
länge nach auf die erde, stiess alles was er in der geschwindigkeit noch in seinem gedächtnis von gebeten zusammenfinden
konnte heraus, und bat alle himmel um barmherzigkeit, aber
alles blieb fruchtlos, der prügel empfand weder müdigkeit noch
erbarmen. In der verzweiflung schric der arme geschlagene
seine ganze beichte heraus, und zuletzt auch wie er so gottlos
gewesen, und ausgezogen sei um Gott, seinen schöpfer selber,
zu prügeln. Das war das rechte mittel, der unbekannte war
wieder da, brachte den stock mit einem wink zur ruhe und
sprach: »albernes geschöpf! du schrieest um glück, und als ich
dir's in die hände gab, liessest du dich drum bestehlen, ehe

du damit nach hause kamst; du warst erbost über deinen
schöpfer, und wusstest nicht, was du jetzt weist, dass dir nur
schläge noth waren. Der stock hat die eigenschaft dass er,
auf befehl, die feinde seines eigenthümers züchtigt, drum kam
er vorhin über dich, denn bis auf diese stunde hast du keinen
schlimmeren feind gehabt als dich selbst. Willst du übrigens
dass er inhalte, so rufe nur: »»prügel steh!«« Zieh' jetzt deiner
wege, und bist du klug, so kannst du mit seiner hilfe deinen
tisch und deinen esel wieder bekommen.« So verschwand der
unbekannte. Der bauer dachte: diss muss wohl der meister
aller meister gewesen sein, der so schön und weise zu sprechen
weiss. Er besann sich lange hin und her, ohne dass er ganz
klug daraus werden konnte. »Aber das« so rief er endlich laut,
»das weiss ich, gehen will ich, und meinen esel und meinen
tisch wieder holen.«

Als er in die schenkstube der diebischen wirthin eintrat,
bot ihm diese den freundlichsten willkomm, und fragte was er
befehle. Ohne darauf zu antworten, erzählte er ihr von seinem
wunderbaren stock und log ihr eine menge geschichten von
demselben vor, so dass ihre lust denselben zum esel und zum
tisch zu besitzen, aufs höchste stieg. Da aber der bauer ihren
fragen auswich, sah sie endlich kein anderes mittel, als gerade
zu fragen wie man zu dem stock sagen müsse, damit er
seine schuldigkeit thue. Da antwortete der bauer: »man darf
nur sagen: »»prügel hei!«« so —« Mit diesem worte musste
er aber abbrechen, denn der stock hatte dasselbe wider vermuthen bereits vernommen, und tanzte auf dem rücken der wirthin
mit solcher geschwindigkeit, dass man weder sein eines noch
sein anderes ende mehr wahrnehmen konnte. Zudem fieng die
geprügelte dermaassen zu schreien an, dass im augenblicke der
wirth zusammt dem hausgesinde herbeigelaufen kam. Als er
den bauern sah, kamen ihm gleich die wunderstücke zu sinn
die er und seine frau dem mann entwendet hatten, und er sah
wol ein weshalb derselbe da sei. Er rief daher schnell seinen
knechten zu den kerl zur thüre hinauszuwerfen, als aber diese
sich anschickten den befehl zu vollführen, rief der bauer:
»prügel hei! prügel hei!« War der stock in seinem geschäfte
vorher auf dem rücken der wirthin so schnell dass man ihn

kaum sehen konnte, so war er es jetzt zweimal. Denn er hatte
jetzt seine kunst auf den rücken aller die im zimmer waren
zu zeigen, und that diss auch mit solcher meisterschaft, dass bis
auf diesen tag alle die damals dabei waren nicht genug davon
erzählen können. Am schlimmsten ergieng es dem wirth und
der wirthin, insbesondre schwang er sich diesen kräftig in den
weg, so dass sie umsonst versuchten ihre flucht durch die thüre
zu nehmen. Sie legten sich daher aufs bitten, und als der bauer
kein erbarmen zeigte, fieng die wirthin an zu schreien: »ach
lieber herr bauer, ich schaffe euch euren esel wieder, wenn
ihr mich befreit.« Dazwischen brüllte der wirth: »helft mir von
dem stock, so sollt ihr den tisch haben!« »Aha!« sagte der
bauer! »hab' ich's gefunden? Wo ist der tisch und wo der esel?«
Da antwortete der wirth: »ach herr, der tisch ist auf dem boden
versteckt! O weh, hört doch auf, lasst mich nicht todt schlagen!«
»Und der esel ist im keller« stöhnte die wirthin drauf, »ach,
lieber ackerherr, befehlt doch dem stock dass er mich am
leben lasse.« »So geht und lauft« sagte jetzt der bauer, »holet
meinen tisch und meinen esel. Halloh, schnell! prügel hei! treib
sie an!« Als ob der bis jetzt nur gescherzt hätte, fieng er
erst recht ernstlich an zu schlagen, von oben bis unten ver-
schonte er keine stelle an dem körper seiner beiden zöglinge,
so dass diese kaum schritte und tritte finden konnten um
die wunderdinge herbeizuholen. Nun erst erscholl das »prügel steh!«

Als der überglückliche bauer seinen esel aus dem hofe
führte und ihm auch den wuntertisch zu tragen auflud, so
lüftete der esel den schweif, und gab sogleich proben von seinem
unermesslichen vermögen. Hierüber war der eigenthümer ausnehmend vergnügt, und der weg bis zu seinem hause wurde
ihm kurz, denn pläne über pläne erfüllten seinen sinn.

Zu hause liess er sogleich seine wunder sehen, und war
das staunen über den wunderbaren esel gross, so weckte der
wundertisch erst einen jubel der zwar nicht so mächtig schallte
wie damals in der herberge, aber im kreisse der bauernfamilie
desto länger anhielt. Sie lebten noch lange jahre sorglos und
über die maassen vergnügt, die wohnstube wurde nach und
nach durch des esels verdienste sehr zierlich ausgestattet, an

der wand aber hieng der prügel, und er war es der die kinder
zuweilen lehrte dass man nicht zu viel wünschen müsse.

21. Mandschifèru. [1]

Ein reicher, mächtiger kaiser, der gern alte gediente soldaten in seinem heere sah, liess mit vielen anderen seiner
soldaten die ihre zeit ausgedient hatten, auch einen gewissen
Mandschifèru rufen, der ihm seiner treuen dienste und tapferen
thaten wegen besonders lieb war. Er stellte demselben vor,
da er jetzt viele rekruten bekomme, die er zu tüchtigen kriegern abzurichten wünsche, so liege ihm alles daran dass er
bewährte alte soldaten besitze, welchen er dieses schwierige
geschäft wohl vertrauen könne; vor allem setze er in dieser
angelegenheit vertrauen auf seinen vielbewährten Mandschifèru,
den er daher dringend bitte in seinen diensten zu bleiben.
Nachdem Mandschifèru seines kaisers rede wohl vernommen
hatte, verneigte er sich, indem er sich des vielen wohlwollens
das er von seinem herscher erfahren hatte bedankte, und sprach:
»du weist, mein kaiser, wie lange ich dir treu gedient habe,
und dass ich tag und nacht bereit gewesen bin, wenn es zu thun
gab. Nun aber bin ich des waffenwerks müde, und wünsche
heim zu gehen um mir dort haus und hof zu kaufen, und an
der seite eines guten weibes mein leben zuzubringen.« Der
listige fuchs meinte es aber in seinem herzen nicht so, denn
er war zu lange soldat gewesen, und hatte zu viel lust an dem
sorglosen leben eines solchen, als dass es ihm irgend in den
sinn gekommen wäre in zukunft ein stilles häusliches leben
zu führen; seine rede lief vielmehr nur darauf hinaus ein geschenk vom kaiser zu bekommen, damit er sich in den wirthshäusern nach wohlgefallen gütlich thun könnte. Das waren
die schönsten häuslichen freuden die er kannte. Mandschifèru

---

[1] Geschrieben Màngiferu. Wegen des *a* s. s. 36, das *e* wird
gesprochen wie im französischen *fer* (eisen). Die bedeutung des wortes wird klar durch das französische *mange-fer*, zu Deutsch frisseisen
d. i. eisenfresser.

hatte auch seinen plan gut angelegt, denn er brachte es wirklich mit seiner anscheinenden weigerung dahin dass er vom kaiser hundert ducaten bekam, gegen das versprechen seine dienste nicht zu verlassen.

Ohne verzug begab er sich jetzt mit seinen goldstücken ins nächste beste wirthshaus, rief auch einige kameraden dahin, und verliess weder tisch noch glas mehr, als bis alle hundert ducaten verjubelt, und noch ein gutes theil schulden dazu gemacht waren.

Am andern tage gieng er wieder zum kaiser, und stellte demselben vor wie sehr ihn sein gestriger entschluss reue, und wie er es doch nicht über sich bringen könne länger ein so bewegtes soldatenleben zu führen, wobei er nicht einmal für seine alten gebrechlichen tage einen nothpfenning zu erübrigen vermöge. Denn das ganze grossmüthige geschenk, welches er gestern von seinem gnädigen kaiser erhalten habe, sei darauf gegangen, ja habe nicht einmal ausgereicht, um die schulden zu bezahlen die er in früheren tagen habe machen müssen um seinem kaiser anständig dienen zu können. Mit solchen worten betrog der schalk den kaiser wiederum, so dass er ihm noch zweihundert ducaten schenkte, nur damit der tapfre mann in seinen' diensten bleibe. Aber auch diese giengen zu den ersten hin, nachdem er sich noch mehr seiner kameraden zur gesellschaft genommen hatte.

Am dritten tage gieng er wieder zum kaiser, um noch einmal seine schelmerei an dessen gnade zu versuchen, erreichte jedoch seinen zweck nicht, sondern wurde für seine unverschämtheit tüchtig durchgeprügelt und die treppe hinuntergeworfen.

Ueber diese behandlung entrüstet, zog Mandschiferu fort, und gedachte in den entfernteren theilen des reichs abenteuer aufzusuchen, wozu er auch zwei rekruten, mit denen er bei seinen letzten gelagen brüderschaft gemacht hatte, überredete.

Sie waren noch nicht weit gekommen, als sie in einem grossen wald auf einer wiese ein schloss stehen sahen, von schönen gärten umgeben. Es schien aber unbewohnt, denn die treppen die in sein inneres führten waren mit gras bewachsen. Sie giengen darauf zu, und fragten einen schäfer, der hier seine heerde weidete, wem das schloss gehöre und warum es nicht bewohnt sei. Die antwort war es gehöre dem kaiser, sei aber unbewohnt, weil böse geister drin hausen, die nachts ihr unwesen treiben. »Ha! ha!« sagte Mandschiferu, »das ist etwas für uns. Kommt, kameraden, wir wollen einmal sehen was für geister hier hof halten, und ob nicht keller und küche etwas haben daran sich tapfere, lustige gesellen wie wir ergetzen können!« Mit diesem grüssten sie den schäfer und giengen dem schlosse näher, dessen unheimlicher zauber schon lange zeit jede menschenseele entfernt gehalten hatte. Mandschiferu voran traten sie ein, und durchstöberten das ganze schloss, ohne etwas verdächtiges oder zauberhaftes darin zu finden. Es war im gegentheil alles prächtig, so dass ihre augen kaum den hellen schein der silbernen und goldenen wände ertragen konnten. In einem goldenen saal, welchen Mandschiferu für den schönsten erklärt hatte, streckten sich alle drei auf den prachtvollsten teppichen und polstern nieder, um auszuruhen. »Nun wäre es nicht schlecht,« meinte der anführer der abenteurer, »wenn wir so einen tisch vor uns sähen, schön gedeckt, und mit einem tüchtigen stück rinderbraten, auch sonstigen dergleichen dingen, wobei besonders des weins nicht vergessen wäre!« Kaum waren diese worte ausgesprochen, so stieg ein prachtvoll gedeckter tisch mit dampfenden braten und duftenden weinen aus dem marmorboden auf, und stellte sich gerade vor die drei gesellen hin. So sehr diese auch über das wunder staunten, so erwarteten sie alle doch keine weitere förmliche einladung zum essen, sondern setzten sich sofort zum wundertische, brauchten keck löffel, messer und gabel, und dazwischen die gläser. Da sich jedes abgeschnittene stück fleisch oder brot, und namentlich jeder schluck wein sogleich wieder ersetzten, so oft sie auch weggenommen wurden, so wichen hunger und durst bald dem rausch und endlich dem schlaf, und der herannahende abend fand alle drei tüchtig schnarchend auf dem boden liegen.

Sie merkten auch gar nicht dass es im schlosse nach und nach laut wurde, zuerst nur wie ein ferner sturm, dann aber immer stärker, bis endlich auch ein wirklicher sturm losbrach, welcher thüren und fenster auf und zu schlug, ja schwarze wolken durch die säle jagte, in denen es von riesenmässigen

fledermäusen und nachtvögeln wimmelte. Aus den ecken der
räume reckten sich dürre finger, klauen und haarige schwimm-
pfoten hervor, dazwischen liessen sich bald auch die glotzenden
augen übermässig grosser frösche, eidechsen und kröten sehen,
dann wieder ganze knäuel von giftigen schlangen und von widrigen ratten und mäusen, die aus dem boden herausplatzten,
welcher nach und nach uneben und wie mit bösartigen ge-
schwüren übersät geworden war. Endlich trieben sich feurige
wildschweine und glühende todtengerippe mit fürchterlichem
lärmen durch die zimmer, gebärdeten sich wie toll, warfen
die drei schlafenden hin und her, und traten auf ihnen herum,
so dass sie bald erwachten. Die beiden jungen soldaten geriethen in solche furcht dass sie zuerst an flucht dachten,
bald aber, als sie diss für unmöglich erkannten, die augen
verhüllten und sich platt wieder auf die erde fallen liessen.
Mandchiferu hingegen zog mannhaft sein schwert und hieb
darein, dass gar nicht zu beschreiben ist welch' ein geschneid-
sel von hörnern, schwänzen, ohren, augen, zungen, fingern,
klauen u. s. f. in einer lache von blut und bösem geifer auf
dem boden herumschwamm. Nachdem er sich so bis mitternacht mit den zauberhaften ungeheuern des schlosses herum-
gehauen hatte, nahmen dieselben die flucht, schrieen ihm aber
zu dass sie morgen abend wieder, furchtbarer und in noch
grösserer anzahl, erscheinen würden, wo sie dann auch alle
qualen und martern der hölle mitbringen wollten.

Schon wurde es tag, und weit und breit war von den geistern
und ihrem grässlichen spucke nichts mehr zu hören und zu
sehen. Allein Mandschiferu's kampflust hatte sich noch nicht gelegt,
sondern er hieb noch sämtliche stühle und tische zusammen die
ihm in den weg kamen, und ruhte nicht als bis er allen den
prachtvollen teppichen und polstern die eingeweide kostbarer
federn herausgehauen und gerissen hatte. Endlich stiess er
auch auf seine vor furcht fast erstarrten kameraden, auf die
er alsbald mit der flachen klinge losschlug, indem er schrie:
»ihr feiges lumpenpack, ihr schurken, packt euch hinaus zu
dem palaste den ich mit meinem schwert erobert habe! geht
oder ich werf' euch zum fenster hinaus!« Die geängstigten
liessen sich diss nicht zweimal sagen, sondern eilten hinaus-

zukommen, froh dass sie dem nächtlichen spuck und dem schwert Mandschifèru's entgangen waren. Dieser suchte sich indessen wieder einen platz zur ruhe, that wieder, wie gestern, seine wünsche um eine wohlbesetzte tafel, die ihm auch alsbald von unsichtbaren händen erfüllt wurden. Er setzte sich dazu mit der innigsten gemüthsruhe, und dem vorsatze nun eben so lang zu essen und zu trinken, als er diese nacht gekämpft hatte. Da ersteres indessen rascher zum ziel führte als letzteres, so stellte sich bald der schlaf ein, dem er sich ohne weigern in die arme warf. Nachdem er auch diesen sattsam genossen hatte, gieng er in die gärten vor dem schloss, um sich in den schönen abendlüften, unter den düften der herrlichsten blumen, und beim rauschen der kühlen springbrunnen zu ergehen.

Wenn gleich Mandschifèru für häusliches glück nicht eben allzuwarm fühlte, so war er doch den weibern nicht abhold, wie sich diss auch einem helden nicht geziemt hätte, ja er liebte sogar lust und scherz mit schönen mädchen. Darum kam ihm jetzt in den sinn wenn er nur ein mädchen hier hätte, mit dem er die freuden dieser herrlichen einsamkeit theilen könnte. Der wein brachte ihm diesen wunsch vom herzen auf die zunge, und eh er sich's versah, stand vor ihm eine so überaus schöne jungfrau, dass er sich vor entzücken kaum halten konnte. Er stürzte ihr sofort zu füssen, umfasste ihre kniee und küsste ihr die hände, dann sprang er auf und wollte sie umarmen, sie wehrte ihn aber sanft ab, indem sie sprach: »ich liebe dich längst, Mandschifèru, doch ist es noch nicht zeit dass ich dir ganz angehöre, wie ich möchte. Zuerst must du den zauber zerreissen in welchem ein abscheuliches geistervolk dieses schloss mit seinen bewohnern, und darunter auch mich, ärmste, die tochter des kaisers, gefangen hält. Dass du dieses werk vollbringen wirst weiss ich, aber sieh dich vor dass dir der siegespreis nicht entrissen werde; denn wenn du ihn errungen haben wirst, so wird doch mein vater deiner dienste nicht achten, und dich schmählich davon jagen. Er wird dir meine hand, die nur dir gehört, versagen.« .

Mit diesem verschwand die schöne prinzessin, und Mandschifèru war vor freudiger verwunderung einem trunkenen

gleich. Voll begier mit den bösen geistern zu kämpfen, gieng
er unverzüglich in die säle des palastes zurück, wo auch in
der that der lärm schon begonnen hatte, da die unholde sich
frühzeitig anschickten die drohung auszuführen mit der sie
gestern geschieden waren. Je später und dunkler es wurde,
um so stärker mehrte sich das heer von scheusslichen misge-
stalten, die aus dem gewühl höllischer thiere hervordrängten,
versehen mit fürchterlichen marterwerkzeugen, deren beschreibung jeder zunge zu schwer wäre. Aber je toller und furchtbarer sie ihr unwesen trieben, um so wüthender hieb Mands-
schifèru mit flacher und schneidender klinge um sich, so dass
der vereinte böse wille der ganzen höllenbrut die ihn hier zu
verderben suchte, nicht im stande war ihm auch nur ein
haar zu krümmen. Wie gestern flogen die ungethüme jeder
art wund und voll schrecken durch einander, und Mandschifèru
ruhte nicht eher als bis er sie auf die letzte klaue vernichtet
hatte, was freilich bis tief in die nacht hinein dauerte, da es
ihrer entsetzlich viele waren.

Ein jäger, der auf der heimkehr von der jagd an dem
schloss vorbei kam, und das geheul und das gewinsel der
übelzugerichteten geister vernahm, trat näher herbei, und als er
das stöhnen der sterbenden gehört, und den gestank der zer-
hauenen leiber gerochen hatte, eilte er mit der nachricht von
diesem ereignis zum kaiser, der sofort, um näheres zu erfahren,
einen mohren nach dem schlosse schickte. Dieser traf den helden noch in seiner kampfwuth, indem er wie gestern tische,
kästen, stühle, polster, teppiche u. s. w. zusammenhieb, alles
in der meinung dass sie auch zu den bösen geistern gehörten.
Als der tobende nun gar einen schwarzen hereintreten sah,
eilte er auf ihn zu, und schlug ihm mit einem hieb den kopf
herunter, sammt der hand mit welcher der unglückliche die
gewalt der klinge abwehren wollte. Hierüber sehr zufrieden
fuhr er in seiner blinden zerstörungswuth so rastlos fort, dass
ihn noch zwei mohren antrafen die der kaiser, weil der
erste nicht wieder kam, nachgesendet hatte. Es gieng ihnen
um nichts besser als dem ersten, denn Mandschifèru liess auch
ihre köpfe in den blutsee kollern den er in den räumen des
schlosses angerichtet hatte.

Endlich erschien der kaiser selbst mit seinen hauptleuten und einer menge kriegsvolk, um sich selbst von den vorfällen im zauberschlosse zu überzeugen. Mandschifèru hielt sie aber in seinem grimm ebenfalls für spuckbilder, und trieb sie unaufhaltsam wieder zu den pforten des schlosses hinaus, von dem sie, ihren herscher an der spitze, besitz genommen hatten. Als nichts mehr zu thun war, steckte der unbesiegbare sein schwert in die scheide um athem zu schöpfen.

Diesen augenblick benützten der kaiser und sein gefolge, um mit ihm durchs fenster zu unterhandeln, und ihm insbesondere darzuthun dass sie keine böse geister seien, sondern er, der kaiser, sein herr und der rechtmässige besitzer dieses schlosses, die andern aber seine soldaten und hauptleute. Mandschifèru kam dadurch endlich zur besinnung und liess daher den kaiser ein, welcher nun nicht ermangelte sogleich besitz von seinem eigenthum zu nehmen, das verdienst Mandschifèru hoch erhob, ihn aber in gnaden entliess, ohne seinen gerechten ansprüchen auf die verdiente belohnung gehör zu schenken.

Mandschifèru, welcher als ein wohlgedienter soldat den gehorsam zum mindesten so hoch hielt als die tapferkeit, zog nun schweigend fort, kehrte sich aber vor dem schlosse noch einmal um, schauend ob sich denn nicht wenigstens die schöne prinzessin werde erblicken lassen. Sie stund auch wirklich im augenblick vor ihm, sprach aber nur die worte: »in drei tagen werde ich dir, mein Mandschifèru, folgen!« und verschwand dann wieder so schnell wie sie erschienen war.

Traurig zog nun der held weiter, und als er nach einiger zeit an eine schenke kam, sprach er, so schlecht und schmutzig sie auch aussah, darin ein, um sich mit einem trunke zu läben und die ihm widerfahrene unbill zu vergessen. Nachdem er eine gehörige zahl von gläsern geleert hatte, kam auch der alte gute muth wieder in seine seele. Die wirthin dieser schenke war eine zauberin, und wünschte den helden den sie wohl kannte, und von dessen grossen thaten im zauberschlosse sie genaue kunde hatte, für ihre tochter zu gewinnen, obgleich sie wusste dass für ihn eigentlich die schöne prinzessin bestimmt sei, des kaisers tochter, die er mit dem schlosse von den geistern befreit hatte. Um zu ihrem zwecke zu gelangen, beschloss sie ihre zauberkunst zu gebrauchen, indem sie ihm eine verzauberte nadel in den kopf steckte, die ihn in tiefen zauberschlaf senkte. Sie konnte diss um so leichter, als Mandschiferu schon längst über durst wein getrunken hatte, den sie natürlich nicht versagte.

Am dritten tage nachdem er das schloss verlassen hatte, erschien die prinzessin in der schenke um ihn zur hochzeit aufzusuchen. Als sie aber sah dass es unmöglich war den bezauberten aus dem tiefen schlafe zu rütteln, und ihr auch die arglistige wirthin sagte dass er schon seit drei tagen so betrunken hier liege, entfernte sie sich, indem sie versprach morgen wieder zu kommen. Diss that sie auch, aber mit keinem besseren erfolg, Mandschiferu's schlaf blieb immer gleich fest.

Als die kaiserstochter am dritten tage wieder gekommen war und den geliebten immer in demselben bewusstlosen zustande fand, weinte sie und gieng betrübt aus der schenke fort. Hierüber hatte die zauberin eine grosse freude, und zog eilig die nadel aus dem kopfe Mandschiferu's, gab ihm auch wieder zu trinken, so viel nur seine durstige kehle verlangte, denn so gedachte sie den alten soldaten am besten für sich und ihre tochter zu gewinnen. Hierin täuschte sie sich aber, denn als er tüchtig voll war, ward er streitsüchtig, prügelte die andern gäste, warf alles, wirthin und tochter mit eingerechnet, zum hause hinaus, und blieb so lang unangefochtener herr der schenke, bis auch nicht ein tropfen mehr im keller zu finden war. Drauf zog er fröhlich weiter, um sein leben durch muthige thaten und abenteuer zu fristen.

Am andern tag, als er eben über ein feld hinstreifte, rannte ihm ein sehr schönes windspiel in den weg, welches, als er es zu sich rief, ihm sogleich folgte und ganz vertraut mit ihm that. Das war ihm sehr angenehm, da ihn seine grosse einsamkeit schon verdrossen hatte. Beide schlossen sogleich innige freundschaft miteinander, wozu Mandschiferu um so mehr ursache hatte, da sich das windspiel als ein vortrefflicher solofänger erwies, und hinfort beide von der gemachten beute bequemlich leben konnten.

Nun begab es sich einmal dass Mandschiferu in einem wirthshaus einkehrte, wo er die wirthsleute wohl durchprügelte,

weil sie ihm ohne bezahlung nichts zu trinken geben wollten.
Unter andern gästen war hier auch ein prinz eingekehrt, welcher eben vom hofe kam. Er hatte sich dort in die schöne
prinzessin verliebt, war aber vom kaiser mit der weisung abgewiesen worden, wer die prinzessin erlangen wolle, müsse
zuvor wieder ein windspiel zur stelle schaffen das der kaiser
so lieb habe wie seine tochter, und das ihm auf eine unbegreif-
liche weise abhanden gekommen sei.

Als dieser prinz zu den füssen Mandschifèru's das windspiel sah, erkannte er es aus der beschreibung die ihm davon
gegeben worden war, sogleich als das des kaisers. Er machte
sich deshalb an Mandschifèru, der aber wenig auf ihn hörte,
bis der prinz zu trinken bringen liess. Auf dieses ward er
freundlich, und bald lag er betrunken unter dem tische, denn
der prinz hatte der wirthin heimlich befohlen honig und
pfeffer in den wein zu mischen, und die wirthin hatte das aus
grimm über die rohe behandlung die ihr von Mandschifèru bei
seinem eintritt in die schenke widerfahren war, gerne gethan.
Der prinz selber trank nur sehr wenig, was jenem um so mehr
entgieng als er sich stets getreu und fest, so in seinen diensten
wie beim glas, erwies.

Wie nun Mandschifèru in tiefem schlaf unter dem tische
lag, band der prinz das windspiel los und zog es mit sich
fort. So brachte er es dem kaiser, der darüber eine grosse
freude bezeugte, und sogleich die verlobung zwischen seiner
tochter und dem glücklichen finder des unschätzbaren windspiels vor sich gehen liess, zur grossen betrübnis der prinzessin.
Diese wusste nichts anderes zu machen, als heimlich in allen
wirthshäusern der hauptstadt, gross und klein, befehl zu geben
dass jeder fremde der einkehrte, in das schloss des kaisers gewiesen werden solle. So hatte sie allein noch hoffnung ihren
geliebten Mandschifèru wieder zu finden, und wirklich sie täuschte
sich nicht. Denn der held hatte von den festlichkeiten gehört
welche zur hochzeit der prinzessin in der hauptstadt vorbereitet
wurden, wobei er, wenn nichts anderes, doch seine lust zu
finden hoffte, weil ihm überhaupt das herumziehen ohne sein
windspiel zur last war. Als er die hauptstadt erreicht hatte,
traf er sofort in eine schenke, wo er aber vom wirth alsbald

in das schloss gewiesen wurde. Hierauf hörte jedoch Mandschiferu
nicht, sondern machte sich hinter einem tische fest und fieng an
zu trinken. Der wirth, welcher fürchtete gestraft zu werden,
wenn trotz des befehls der kaiserlichen prinzessin nicht alle
fremden in's schloss kämen, schickte nun auf die polizei, welche
Mandschiferu mit gewalt hinbringen sollte. Als aber die diener
derselben erschienen, machte sich der held über sie her,
und warf den einen zur thür, den andern zum fenster hinaus,
und so nach der reihe alle die an ihn wollten. Erzürnt über
solche schmach riefen die diener der gerechtigkeit die patrouille
herbei, und es kamen auch hundert mann tapferer kaiserlicher
soldaten, um den widerspenstigen ruhestörer in's gefängnis ab-
zuführen. Es gieng aber dieser schaar nicht besser, denn
Mandschiferu warf alle die gelbschnäbel, wie er des kaisers
soldaten nannte, ebenfalls zum hause hinaus. Diss machte
ein grosses aufsehen, und die sache kam vor den kaiser, welcher nun zweihundert mann absandte. Hierüber kam aber
Mandschiferu, wie damals im zauberschloss, in eine solche
wuth dass er, nachdem er alle die zweihundert aus der
schenke getrieben und zusammengehauen hatte, wirth und
wirthin auch aus ihrem eigenthum trieb, und dann alles was
zerstörbar war, tische, stühle, bänke, kästen, fenster, ja die
fässer im keller, zusammenschlug.

Die sache machte natürlich in der hauptstadt grosses aufsehen, und als die prinzessin davon hörte, erkannte sie dass
diss niemand anders sein könne als ihr geliebter Mandschiferu.
Sie eilte alsbald nach der schenke, und rief ihn beim namen,
worauf er ruhig wurde und in ihre arme stürzte. Hiegegen
wollte der prinz, der mit dem kaiser die prinzessin begleitet
hatte, einwendungen machen, allein Mandschiferu fieng an ihn
zu schelten, gieng ihm endlich zu leib und prügelte ihn tüchtig
durch, indem er schrie: »du betrügerischer schelm, hast mir
mein windspiel gestohlen, als du mich betrunken machtest;
da hast du deinen lohn für pfeffer und honig im wein.«

Als der kaiser und die prinzessin sahen dass eigentlich
Mandschiferu das windspiel gefunden hatte, und dass der prinz
nur durch betrug zu demselben gekommen war, so entliessen
sie den falschen bräutigam, Mandschiferu hingegen wurde nach

fug und recht der mann der schönen prinzessin, und nacn-
folger des kaisers, als dieser bald darauf starb. So war denn
alles zum vortheil Mandschiferu's abgelaufen, wie ers auch
durch seine tapferkeit verdiente.

22. Bakàla.

1. Wie Bakâla das erbe seines vaters erlangt, und seine älteren brüder leer ausgehen.

Ein mann hatte drei söhne und eine kuh. Ob die beiden
älteren brüder mit namen versehen waren sagt die geschichte
nicht, der jüngste aber hiess Bakâla, zu Deutsch »sünder.« [1]
Als der vater starb, sollten die söhne die hinterlassenschaft
theilen; da dieselbe aber nur aus der kuh bestund, wussten sie nicht wie das anzustellen sei. Endlich wurde nach
langem hin- und herrathen der vorschlag gethan, jeder von
ihnen solle einen stall bauen, dann die kuh frei in die mitte
gestellt, und dem zu eigen werden in dessen stall sie gehen
würde. Gesagt, gethan. Die beiden ältern brüder bauten sich
hübsche ställe mit steinernen wänden; Bakâla, dem dieses zu
mühsam war, flocht sich nur wände von frischem reisach.
Als alles fertig war, wurde die kuh zur freien wahl in die
mitte gestellt. Das thier beleckte und beroch die wände der
steinernen ställe, wandte sich aber endlich zum dritten, frass
dort mit begierde das laub von dem reisach, und erkor sich
den stall Bakâlas. Dieser hatte somit gewonnen, die kuh war
sein, und die brüder konnten nichts darüber sagen.

2. Wie Bakâla sein erbe an einen baum verkauft, und sich von ihm bezahlt macht.

Bakâla war von jugend auf ein unruhiger kopf, der mehr
auf das herumschweifen, als auf häusliches leben hielt. Darum

---

[1] Darf an *peccator* gedacht werden? Clemens hat *pěcatu* für
sünde. *gresescu* oder *pěcătuescu* für sündigen.

nahm er sich vor, seine kuh zu verkaufen. Mit seinen brüdern
wollte er aber nicht handeln, weil er dachte mit fremden könne
man das besser; das heisst man könne von ihnen mit gutem
gewissen mehr fordern. Er nahm also seine kuh und gieng mit
ihr fort. In einem wald gedachte er auszuruhen, weil ein
heftiger sturm im anzug war. Nachdem er die kuh an einen
baum gebunden hatte, lagerte er sich unter einer alten tanne.
Als er eine weile gesessen, fuhr er plötzlich schnell auf und
sagte: »ja!« Er hatte nämlich gemeint, die tanne frage ihn ob
die kuh feil sei.« Die tanne hatte jedoch nur geknarrt, weil
der wind ihren gipfel hin und her beugte. Die tanne knarrte
jetzt wieder, und Bakâla hörte sie sagen: »wie theuer?« Seine
antwort war: »zwanzig gulden.« Jetzt knarrte die tanne nochmals: »das ist zu viel!« Bakâla blieb jedoch auf seinem preis.
Die tanne handelte wieder und knarrte: »sechzehn gulden«.
Nachdem sie beide noch eine zeitlang hin und her geredet hatten.
willigte Bakâla endlich ein, sagte aber: »du must mich sogleich baar bezahlen.« Hierauf erwiderte die tanne: »heute
kann ich nicht, aber morgen ganz gewis.« Der verkäufer war
dessen zufrieden, band die kuh an die tanne und gieng heim.
Als er nach hause kam, fragten ihn seine brüder ob er seine
kuh verkauft habe, und wie theuer? Hierauf antwortete er
ganz kurz und trocken: »ja, um sechzehn gulden.« Als die
brüder wieder fragten: »an wen«, und er ihnen eben so trocken
sagte: »an einen baum,« riefen jene verwundert: »entweder
lügst du, oder bist du verrückt.« Auf dieses gab Bakâla keine
antwort, sondern lachte nur ganz verschmitzt.

Am andern tag machte er sich auf den weg, und gieng in
den wald, zu der tanne der er seine kuh verkauft hatte. Er erkannte sie an dem abgerissenen stricke, den die kuh hier zurückgelassen hatte, als sie aufbrach um im wald ihr futter zu suchen.
»Nun bin ich gekommen« sagte er zu der tanne »und will mein
geld abholen, gieb mir's jetzt!« Die tanne aber antwortete nicht,
denn es gieng kein wind mehr der ihren gipfel hin und her bog.
drum konnte sie auch nicht mehr reden. Bakâla schrie sie
noch ein paar mal an; als sie aber durchaus keine antwort mehr
gab, ward er bös und schalt sie: »weist du, dass du betrogen
und gestohlen hast, und dass man diebe bestrafen muss?«

Mit diesen worten nahm er seine axt, und hieb die tanne an
der wurzel um. Als sie rasselnd zu boden stürzte, und ihre
wurzeln tief aus der erde klafften, sah er einen grossen kupfernen
kessel mit geld drunter liegen. Hievon nahm er sich seine
sechzehn gulden, und gieng damit nach hause. Als seine brüder
das geld bei ihm sahen, verwunderten sie sich sehr, sagten aber
weiter nichts darüber.

3. Wie Bakâla auf befehl seiner brüder einen popen todt schlägt.

Als Bakâla in der nacht schlief, sprach ein bruder zum
andern: »höre! mir sind die reden des bruders doch sonderbar.
Er ist nicht betrunken und auch kein narr, ich möchte doch
wissen woher er das geld hat.« Drauf meinte der andere dass
es ihm auch verdächtig sei, sie wollen ihn geradezu fragen.
Am anderen tage sprachen sie zu Bakâla: »lieber bruder, es
ist doch wunderbar dass du deine kuh an einen baum verkauft
hast, aber noch viel mehr wundert uns dass dich der baum
bezahlt hat. Sag' uns doch die wahrheit, und was das für ein
sonderbarer baum ist.« Hierauf sprach Bakâla: »meine lieben
brüder, das will ich gern sagen, ich habe kein geheimnis vor
euch.« Somit erzählte er ihnen alles was ihm mit dem baume
begegnet war, und wie er sich von ihm bezahlt gemacht hätte,
auch verschwieg er nicht dass der baum noch sehr viel geld
habe. Ueber diese erzählung freuten sich die brüder heimlich,
und sprachen: »wie ist unser bruder doch so dumm dass er
uns dieses so offen erzählt, da er doch den schatz für sich
allein hätte heben können!« Sie giengen ihn nun darum an
mit ihnen zu kommen, dass sie zu drei den schatz holen und
unter sich vertheilen könnten. Bakâla gieng mit ihnen und zeigte
ihnen den schatz, den sie vollständig mit heim nahmen. Um ihn
gleich zu vertheilen, sandten die brüder Bakâlen als den jüngsten
zum popen, und baten um ein fruchtmaass, worin sie das
geld messen wollten. Der pope, ein mürrischer alter mann,
fragte Bakâla: »was willst du mit meinem fruchtmaass?« »Ich
will mein geld messen,« war die antwort. Da gab der
pope Bakâlen das fruchtmaass, und schlich sich, als er damit

fortgieng, nach, um heimlich am fenster zu lauschen was denn
Bakâla für geld zu messen habe. Während nun die drei brüder
über dem geldmessen waren, bemerkte einer den popen am
fenster, und sagte zu Bakâla: »geh' hinaus und schlag' den
popen todt, dass er nicht wieder am fenster lauscht.« Eilends
gieng Bakâla zur thüre hinaus, und schlug den popen dass er
niederstürzte und sogleich starb; dann warf er ihn in einen
teich der vor dem hause war, gieng ruhig wieder in's zimmer zurück, und sagte lachend: »der schaut nicht mehr
herein!«

Die brüder ahnten hiebei weiter nichts schlimmes, sondern
dachten nur er werde den popen mit ein paar schlägen vertrieben haben. Endlich sah einer den aufrechtstehenden bart
des erschlagenen popen im wasser, und rief: »was schwimmt
doch wohl dort im wasser?« Bakâla wandte sich um, und
sagte schmunzelnd: »es ist ein bock, der sich badet.« Da liefen
die brüder hin, denn es kam ihnen doch nicht vor als ob es
ein badender bock wäre, und erkannten zu ihrem entsetzen
die leiche des popen der sie so eben noch beim geldmessen
belauscht hatte. Voll angst liefen sie wieder heim, und fuhren
den Bakâla an was er gemacht habe? »Kein bock,« sagten
sie, »schwimmt im wasser herum, sondern die leiche des popen
den du erschlagen hast.« »Hm!« lächelte Bakâla boshaft:
»wenn's kein bock ist, so ist's halt der pope; ich schlug ihn
todt, weil ihr es befahlet.«

Da jammerten die brüder und fürchteten sich, er aber
sagte: »nun, den popen können wir nicht wieder lebendig
machen, wir müssen also davon gehen dass man uns nicht
erwischt, es könnte sonst für. uns alle schlecht ausfallen.«

**4. Wie Bakâla mit seinen brüdern auf einen baum flieht,
und zu einem sack weihrauch gelangt.**

Die drei rafften also in der geschwindigkeit so viel geld
zusammen als ihre taschen fassen konnten, und flohen. Bakâla
nahm aber kein geld, sondern nur eine steinerne handmühle
mit, um kukurutz zu malai und mamaliga darauf zu mahlen.

Sie giengen den ganzen tag über, und kamen endlich abends
auf der haide unter einen grossen eichbaum. Hier wollten
sie bleiben; weil sie sich aber fürchteten, schlug ihnen Bakâla
vor, sich im wipfel der eiche zu verstecken und droben zu
übernachten. Der rath war gut, und bald sassen sie alle bequem
auf den ästen der eiche, ohne dass man sie von unten sehen
konnte. Es stand nicht lang an, so nahte sich ein grosser zug
bauern mit vieh und wagen, der ebenfalls unter dieser eiche
halt machte. Die bauern spannten aus und liessen ihr vieh
frei umher weiden, die wagen aber führten sie unter der eiche
zusammen, damit ihre fracht, im fall es regnete, geschützt wäre.
Nachdem sie eingeschlafen waren, wurde dem Bakâla seine mühle
zu schwer, und er erklärte den brüdern dass er sie fallen
lassen müsse. Sie redeten ihm zu er solle sich nur noch bis
zum morgen gedulden, bis die bauern unten fort seien, sonst
würden sie alle drei verrathen. Aber Bakâla, dem nach einigen
augenblicken das warten doch wieder zu lang ward, achtete
auf keine vorstellungen mehr, sondern liess die steinerne handmühle hinabfallen. Glücklicherweise traf sie keinen von den
schläfern unten, machte aber, bis sie, von oben durch alle
äste und zweige hinabrasselnd, auf den boden gestürzt war,
einen solchen lärmen dass alle unten schnell erwachten, und
von einem panischen schrecken ergriffen, ohne sich mehr umzusehen, nach allen seiten hinaus flohen, indem sie vieh und
wagen im stiche liessen.

»Jetzt« dachten die gäste in der eiche oben, »ist es zeit
dass wir gehen, ehe die bauern zurückkommen.« Sie stiegen
also eilends herab, und da sie dieses abenteuer nicht so ganz
umsonst wollten bestanden haben, durchsuchten sie die wagen,
und nahmen mit so viel sie tragen konnten. Bakâla packte, ohne
lang zu suchen, einen sack mit weihrauch auf: der schien ihm
nicht zu schwer und nicht zu leicht. Als die drei brüder noch
immer mit dem abpacken der wagen beschäftigt wàren, hörten
sie wie sich die entflohenen bauern aus der ferne wieder leise
herbei schlichen, um zu untersuchen vor was sie eigentlich
so jählings geflohen seien. Jetzt galt es zu laufen. Der eine
lief auf diese, der andere auf jene seite davon: von den beiden
ältern brüdern hat man späterhin nicht mehr erfahren ob sie

erwischt wurden oder entflohen, von Bakâla hingegen ist es sicher dass er mit seinem sacke weihrauch entkam.

5. *Wie Bakâla den lieben gott gesund macht, und dieser ihm einen alten dudelsack schenkt.*

Als Bakâla sich auf seiner flucht endlich in sicherheit glaubte, gedachte er Gott und sich etwas wohlgefälliges zu thun; er öffnete darum seinen sack, schüttete allen weihrauch auf einen haufen, und zündete ihn an. »Was ist das bisschen weihrauch in der kirche gegen dieses opfer?« sprach er zu sich selber und lachte; er starrte dem rauche, der sich gerade zum himmel empor zog, nach, so weit er ihn verfolgen konnte, da sah er wie sich der himmel öffnete und sein opfer aufnahm. Hier sass Gott mit blassem, eingefallenem antlitz auf seinem thron, der winkte ein paar engeln sie sollen Bakâla rufen. Bakâla ward also in den himmel versetzt. Da richtete Gott sich auf, und sprach: »Bakâla, dein opfer war mir ein lieblicher geruch, der mich von meiner krankheit hat gesunden lassen; ich will dass du dir ein geschenk von mir erbittest.« Bakâla fürchtete sich anfangs; wie er aber sah dass er mit Gott allein war, und zwar in einer stube wie sie die bauern haben, fasste er muth und sprach: »weil es denn meines Gottes wille ist, so wähle ich hier diesen dudelsack.« Mit diesen worten wies er auf einen alten dudelsack in der ecke, der von den hühnern die hier zu hausen schienen, auf eine sehr unmanierliche weise zugerichtet war. Gott musste lachen, und sprach: »aber Bakâla, wie kannst du dir einen dudelsack wählen. da ich doch viel schönere und grössere dinge zu geben hätte?« »Es war von jugend auf mein sehnlichster wunsch einen dudelsack zu haben,« erwiderte Bakâla drauf, »darum, o lieber Gott, gib mir diesen dudelsack!« Als Gott sah dass er durchaus von seinem bescheidenen wunsche nicht abzubringen war, gab er ihm den dudelsack, und entliess ihn aus dem himmel; Bakâla aber kehrte, bis ins innerste vergnügt, mit seinem geschenk auf die erde zurück.

6. Wie Bakâla mit einem popen einen merkwürdigen vertrag macht, und sich ihm als schäfer verdingt.

Nach langem umherstreifen wandte sich Bakâla wieder einem dorf zu, und gieng in das haus des popen. Als dieser ihn fragte was er wolle, sagte er: »ich bin ein schäfer und suche einen dienst.« Der pope sagte hierauf: »ich brauche einen schäfer, aber wie viel willst du lohn haben?« »Ich sehe mehr auf gute menschen,« erwiderte Bakâla, »als auf grossen lohn, ich bin darum zufrieden wenn ich gekleidet bin und zu essen habe.« »Gut,« sprach der pope wieder, »du sollst bei mir in dienst treten.« »Das will ich!« rief Bakâla, »nur müssen wir zuvor einen vertrag machen.« »Gern,« war die antwort des popen, der sich heimlich freute dass er einen so wohlfeilen schäfer bekommen hatte, »gern; was für bedingungen machst du noch?« »Nehmt mir's nicht übel, verehrter vater,« hub Bakâla wieder an, »meine sündenlast ruht gar schwer auf mir, und ihr sollt mir helfen dass ich sie abbüsse. Ich leide an einem schrecklichen jähzorn, der mich schon zu vielen unthaten verleitet hat. Ein alter geistlicher, zu dem ich einmal in meiner noth gieng, gab mir nun auf dass, wenn ich mich wieder einmal in einen solchen zorn bringen lasse, mir der welcher mich ärgerte einen riemen aus meinem rücken schneiden solle, dann würde ich gewis besser werden. Ihr, geistlicher herr, sollt mir nun schriftlich und vor zeugen versprechen dass ihr diss thun wollt.« »Mit freuden! mit freuden!« rief der pope auf Bakâlas rede hastig, und gedachte in seinem schlimmen sinne: »den dummkopf will ich gewis dran kriegen.« »Aber,« fuhr Bakâla jetzt wieder fort, »ihr müsst dieselbe bedingung ebenfalls eingehen, damit es ein förmlicher vertrag ist den wir schliessen.« Hierüber erschrak der pope und wollte lange nicht daran, als aber Bakâla erklärte dass er durchaus unter keiner andern bedingung diene, sagte der pope zu: der vertrag wurde schriftlich aufgesetzt und vor zeugen unterschrieben. Beide, der pope und Bakâla, bekamen eine abschrift, welche sie zu sich steckten. Dem popen war es dabei nicht bange; denn er wusste dass er die geisel seiner nachbarn war, und sollte es ihm nicht gelingen, dachte er bei sich, den

Bakâla zu ärgern, so würde gewis seine frau, die wo möglich'
noch schlimmer war, es nicht fehlen lassen, und dann hätte
er gewonnen spiel.

Nachdem Bakâla gegessen hatte, nahm er seinen dudelsack,
und gieng die schaafe zu hüten. Auf der weide fieng er an sein
instrument zu spielen, aber kaum waren einige töne erklungen,
so begann ein schaaf um das andere zu tanzen. Hieran hatte
Bakâla eine grosse freude, und wurde in seinem spiel immer
eifriger, denn er dachte: »jetzt kann ich den dudelsack noch
nicht recht spielen, aber es muss eine freude sein, wenn ich
einmal meister darauf bin; dann werden die schaafe alle auch
tanzmeister werden.« Abends trieb er endlich die heerde heim.
Der pope stand schon unter dem thor, und erwartete sie.
Als er sah dass seine schaafe alle ganz abgemattet und mit
leerem magen heimkamen, fragte er: »was ist es denn mit
den schaafen, dass sie so matt sind?« Bakâla entgegnete darauf:
»herr, sie wollten alle draussen nicht fressen, es ward ihnen
zu warm.« Der pope verstand die rede nicht; wie er aber sah
dass die schaafe im stall einen gesunden hunger zeigten, beruhigte
er sich und sagte nichts weiter darüber.

**7. Wie Bakâla den dudelsack bläst, dass die frau des popen
sich zu tode tanzt.**

Mehrere tage hinter einander kamen die schaafe des popen
eben so erhitzt und ausgehungert nach hause. Da wurde es
dem herrn zu viel, er schlich sich den andern morgen, als
Bakâla wieder austrieb, nach, und lauschte in einer hecke von
schleedorn und wilden rosen, was sein schäfer, dem er nicht
recht traute, anstelle. Obgleich Bakâla seinen herrn in der
hecke sah, liess er sichs doch nicht merken, sondern fieng
gelassen an, seinen dudelsack zu spielen. Da sah der pope
wie seine schaafe alle anhoben zu tanzen, und nicht lange
währte es so musste er ebenfalls tanzen. Als Bakâla bemerkte
dass die töne seines dudelsacks auf menschen dieselbe wirkung
hatten wie auf die schaafe, freute er sich dessen sehr und blies
immer stärker darauf los. Er gieng näher zu seinem herrn,
stellte sich ihm lachend unter das gesicht, und hatte seine herz-

liche freude daran wie sich der geistliche herr gesicht, bart und kleider in der dornhecke zu fetzen tanzte. Dieser brach in scheltworte aus, da ermahnte ihn aber Bakâla, hübsch fromm zu bleiben, sonst müsse er ihm den vertrag zeigen. Der pope sah nun wohl dass von zornigwerden keine rede sein dürfe, und bat Bakâla aufs dringendste mit seinem spiel aufzuhören. Diss geschah jedoch erst als Bakâla vom blasen selbst müde war.

Der pope gieng jetzt heim, richtete seine kleider wieder zurecht, und erzählte seiner frau der neue schäfer könne den dudelsack so schön blasen, dass selbst die schaafe nicht mehr fressen mögen, nur um die schöne musik zu hören, ja er selbst habe sich des tanzens nicht enthalten können. Die frau glaubte das alles nicht, und schalt ihren mann dass er ihr solche dummheiten weiss machen wolle. Als Bakâla abends mit den schaafen wie gewöhnlich heim kam, und nun mit seinen geschäften im stalle fertig war, rief ihn der pope in die stube und sagte zu ihm: »höre, Bakâla, du sollst hier einmal deinen dudelsack blasen: meine frau will nicht glauben wie du ihn so vortrefflich spielen kannst.« Bakâla weigerte sich anfangs, als aber sein herr durchaus nicht nachgab, und sich zwei grosse steine an die füsse band, um nicht wieder tanzen zu müssen, holte er sein instrument und spielte auf, während die frau popin auf dem obern boden war. Sie hörte kaum die musik, so fieng sie an aufs lebhafteste zu tanzen, und konnte, gleich wie die schaafe auf der weide und ihr mann in der dornhecke, nicht mehr aufhören. Bakâla vermochte vor lachen kaum fortzublasen, als er so recht das stampfen der popin, die etwas starken umfanges war, vom boden herab hörte. Er wurde immer beherzter, und machte sein spiel immer künstlicher, je toller die sprünge seiner herrin wurden; er blies immer heftiger und stärker, bis die popin am ende durch das bodenloch herunter stürzte und todt liegen blieb.

8. *Wie Bakâla bei der pomana das fleisch mit drei hundsschwänzen zusetzt, und auf befehl seines herrn dessen jüngstes kind reinigt und trocknet.*

Die popin war todt, ihr mann durfte sich aber wegen des vertrags mit Bakâla nicht ärgern, und vielleicht war es ihm

auch nicht so besonders leid. Um übrigens der sitte zu folgen,
veranstaltete er eine anständige pomana, und stellte klagweiber
an die um sein verstorbenes weib jammern mussten: kurz er
unterliess nichts um seine ansehnliche verwandtschaft zufrieden
zu stellen. Zum leichenmahl setzte er drei töpfe mit fleisch
zum feuer, die er seinen gästen vorstellen wollte. Nun sollte
er aber zur kirche gehen, um den gottesdienst zu halten. Er
rief darum seinen knecht, und sprach zu ihm: »höre, lieber
Bakåla, ich gehe jetzt in die kirche um den gottesdienst abzuhalten, setze du indessen das fleisch ans feuer und gieb die
drei schwänze von chimpru, sellerie und merariu hinein. Wenn
du dieses gemacht hast, so nimm mein kind in der wiege, und
reinige es bis ich zurückkomme.«

Bakåla versprach alles pünctlich zu besorgen, und sein herr
gieng beruhigt zu kirche. Sofort machte sich Bakåla in den hof
und fieng die drei hunde seines herrn, die hiessen Chimpru,
Sellerie und Merariu. nahm ein beil, hieb ihnen die schwänze
ab, und legte sie mit haut und haar zu dem fleische, wie es
sein herr befohlen hatte. [1] Als er sah dass sie mit dem fleisch
ruhig fortkochten, gieng er in die stube, holte das jüngste kind des
popen aus der wiege, schnitt ihm die kehle durch, schlitzte ihm
den bauch auf und nahm seine eingeweide, dann wusch er es rein
aus, und hängte es an einem pflock in die sonne damit es trockne.

So hieng es, als der pope heim kam, und ihn fragte ob
er gethan wie er gesagt habe. Bakåla bejahte die frage, und
zeigte seinem herrn was er zu dem fleisch gesteckt hatte. Der
pope war hierüber zornig, aber Bakåla deutete schmunzelnd
auf seinen rücken, da ward der herr wieder ruhig und liess
schnell anderes fleisch zusetzen. Als der pope weiter nach
seinem kind fragte, sagte Bakåla gelassen: »dort hängt es an
einem pflock, ich hab' es ausgenommen und ganz rein gewaschen.«
Der vater traute kaum seinen augen, und kaum vermochten ihn
seine knie noch zu tragen, als er die leiche seines kindes am
pflock hängen sah; dann rief er seinem älteren sohn und sagte
zu ihm: »o komm mein sohn, wir müssen dieses haus verlassen;

---

[1] Das walachische *coda* bedeutet schwanz, aber auch wurzel; die
drei kräuter die der pope meint, sind gartensaturei, sellerie und majoran.

mag er es für sich behalten, der bösewicht: wenn wir länger
bei ihm sind, verderbt er uns beide noch.« Bakåla, der indessen
vor die thüre gegangen war, hörte diese worte, und sprach zu
sich selbst: »sein rücken ist ihm doch lieb, dass er nicht
böse wird; ich will ihn auf seiner reise begleiten.«

**9   Wie Bakåla seinen herrn auf der flucht in einem sacke
begleitet, und als ein buch spricht.**

Der pope hatte indessen einen sack mit büchern, das
liebste von seinem hausrath, gerüstet, um ihn auf der flucht mit
sich zu nehmen. Als er aber hinausgieng um noch einige
kleidungsstücke zu holen, schlich sich Bakåla in die stube und
schlüpfte in jenen sack. Jetzt kam der pope wieder, schnürte
den büchersack zu, und gieng dann mit seinem sohn unbemerkt
zu einer hinterthüre seines hofes hinaus. Nachdem sie einige
zeit gewandert waren, kamen sie an ein wasser, welches sie
durchwaten sollten. Der pope gieng voran und der sohn folgte
ihm; da aber der sack, welchen der vater trug, sehr schwer
war, liess er ihn ziemlich tief herunter und ein wenig ins
wasser; da rief Bakåla ganz leise und sanft:

»lieber pope, halte höher,
dass wir nicht ins wasser kommen!«

Der pope schaute sich um, und fragte seinen sohn ob er
gesprochen habe; als es aber dieser verneinte, watete er weiter.
Bald war der sack dem wasser wieder so nahe wie zuvor, da
rief Bakåla noch einmal:

»lieber pope, halte höher,
dass wir nicht ins wasser kommen!«

Jetzt schaute sich der pope wieder um, und fragte seinen
sohn ob er wieder nichts gehört habe. Dissmal bejahte es
der knabe, und wiederholte die worte die er vernommen hatte.
Der pope war hierüber sehr erstaunt, und rief aus: »o was
muss das für ein sehr schönes buch sein, das solche kluge
reden spricht! gewis ist es jenes mit dem gelben einband.«

Als jetzt vater und sohn am andern ufer auf dem trockenen
angelangt waren, konnte jener den sack nicht schnell genug

öffnen, um nach dem gelben buche zu langen. Aber, o schrecken, wie er hineingreifen wollte, hüpfte Bakâla leichten und munteren sinnes heraus und freute sich dass er bei seinem guten herrn sei. Der pope freute sich über das unvermuthete wiedersehen gar nicht, doch fiel ihm noch zeitig genug ein dass er sich nicht ärgern dürfe.

10. Wie der pope Bakálen ersäufen will, aber seinen sohn ums leben bringt.

»Ich habe recht viel ausgestanden!« fieng Bakâla an, als sich alle drei, bei dem wasser durch welches sie gekommen waren, zur ruhe legten. Fast wär' ich in dem engen sack unter den büchern erstickt, besonders wurde mir bang, als es durch das wasser gieng. Ach, ehrwürdiger herr pope, diss alles litt ich nur um bei euch zu sein!« Der pope machte hierüber ein sehr verdriessliches gesicht, hielt aber seine wuth zurück, und wandte sich ab, als ob er nichts gehört hätte. Bakâla, der sich seiner bosheit freute, legte sich vergnügt auf ein ohr, und fieng alsbald an tüchtig zu schnarchen, insgeheim aber (denn er stellte sich nur als ob er schliefe) dachte er bei sich: »ich muss doch hören was der pope für eine freude an seinem treuen knechte hat.«

Der pope, in der meinung Bakâla schlafe fest, sagte zu seinem sohn: »höre, mein sohn, Bakâla muss sterben, sonst bringt er uns beide noch um.« Der knabe erschrack über dieser rede und sprach: »wie wollen wir aber diesen baumstarken missethäter bemeistern?« »Das will ich dir sagen«, erwiderte hierauf der pope, »wir legen uns diese nacht hart neben ihn, und geben ihm so gegen morgen, wenn er in den tiefsten schlaf versunken ist, einen tüchtigen stoss, dass er in das wasser fällt neben welchem er liegt; dort wird er seinen gerechten lohn finden.« »Gut mein vater,« entgegnete hierauf der knabe, »ich will dir behilflich sein.«

Nun legten sich beide neben ihn, um zu schlafen, der knabe neben Bakâla, und der vater neben seinen sohn; Bakâla aber war der nächste am wasser. Als der pope und sein sohn schliefen, erhob sich Bakâla, der die ganze unterredung mit angehört hatte, und legte sich zwischen beide.

Gegen morgen, es war aber noch dunkel, stiess der pope Bakâla an und sagte: »hör', mein sohn,« denn er glaubte der sei es, »höre, jetzt ist es zeit dass wir ihn belohnen, gieb ihm einen stoss!« Da stiess Bakâla den knaben in's wasser hinunter, dass er ertrank. Als der pope das geplätscher hörte, athmete er leicht auf, und sagte vor sich hin: »Gott sei gelobt, ich bin frei!« er dachte dabei an den vertrag wegen des riemenschneidens. Als es endlich tag ward, fasste den popen ein kaltes grausen, denn er sah den Bakâla neben sich liegen. »In's teufels namen,« hub er zu fluchen an, »bist du mit dem satan im bunde? Wo ist mein sohn?« »Hm!« grinste Bakâla, »dem haben wir sein theil gegeben, d'runten liegt er im wasser, er wird todt sein.«

11. Wie Bakâla seinen herrn laut vertrags schindet, und mit seinem sack davonläuft.

Als der pope sah was er in der dunkelheit gethan, und dass er jetzt alles verloren hatte was sein war, brach er in eine fürchterliche wuth aus, und überhäufte Bakâla mit allen schimpfreden die ihm der zorn eingab; er wollte ihm sogar an den leib. Bakâla aber verlachte seine wuth, denn er wusste recht gut wie er ihn jetzt ganz in seiner gewalt hatte, und sprach ruhig zu ihm: »haltet inne, lieber herr pope, ihr stiesset mich ja selbst an dass ich euren sohn ins wasser werfen solle, warum thatet ihr diss und seid jetzt böse? Ich muss euch in gutem ermahnen dass ihr in sanfterem tone zu mir sprecht, euer rücken müsste es sonst übel empfinden.« Diese reden konnten jedoch den popen in seiner wuth nicht besänftigen: da zog Bakâla den vertrag heraus und sprach: »hier, herr pope, steht geschrieben was ihr mir schuldig seid. Ich könnte nach fug und recht mit euch verfahren wie ich wollte; ich könnte euch ganz todt schlagen, weil ihr mich so mörderisch angefallen habt. Ich will aber als ein ehrlicher mann und als getreuer knecht keine gewaltthat verüben, sondern nur vollbringen was geschrieben steht.« Die ruhige kälte

Bakâlas brachte den popen zu sich; denn er sah wie er ganz
in der gewalt des starken burschen war, und fieng deshalb
an zu unterhandeln. »Du sollst mir aber,« sprach er zaghaft
zögernd, »nur zwei schnitte in den rücken machen, weil es das
erstemal ist dass ich zornig bin.« »Von dem steht nichts geschrieben,« antwortete Bakâla, »und ich müsste fürchten sünde
zu thun, wenn ich anders an euch handelte als geschrieben
steht.« Der geistliche herr musste sich endlich trotz aller einwendungen auf den boden legen, und ward so von seinem
knecht geschunden, wie es der vertrag besagte. Schmerz und
wuth machten den armen mann besinnungslos, so dass er einige
stunden liegen blieb; Bakâla aber nahm seinen büchersack,
leerte ihn aus, und gieng damit fort, indem er spottend sagte:
»der pope kann jetzt doch nichts auf dem rücken tragen, so
will ich die last nehmen.«

*12. Wie Bakâla braut wird, und dem bräutigam einen bock
zuführt.*

Als Bakâla den popen so hilflos hatte liegen lassen, kam
er auf seiner wanderung in einen eichenwald, wo er an den
bäumen viele galläpfel fand. Diese gefielen ihm sehr gut, und
er füllte seinen ganzen sack damit an. Als er weiter gieng,
begegnete er einem zug hochzeitleute. Der erste wagen hielt
an, und bot ihm zu essen und zu trinken; als er genug hatte,
fragten sie ihn was er in seinem sack habe? Er sagte: »eier.«
»Eier?« entgegneten jene darauf, »und woher hast du die?« Bakâla's antwort war wieder: »von dem berg da drüben, wo die
vielen eichen stehen, dort sind noch viel tausend.«

Als die hochzeitleute diss hörten, stiegen sie aus und
giengen hinüber um das wunder zu sehen, denn sie gedachten,
wenn sie richtig auf den bäumen so viele tausend eier fänden
wie Bakâla behauptete, wollten sie selbst ihre säcke damit an-
füllen. Wie sie fort waren, schaute sich Bakâla um, und sah
dass die braut allein, mit niedergeschlagenen augen, auf ihrem
wagen sitzen geblieben war. Er gieng hin, redete sie an
und sprach: »warum bist du so traurig, schöne braut, da
doch heute dein ehrentag ist?« Die braut gab hierauf keine

antwort, sondern seufzte nur. Bakâla seufzte mit. »Ach!« sagte
er wieder, »wie konntest du dich entschliessen einen solchen
hässlichen bräutigam zu nehmen, wie der ist welchen ich hier
sah?« Die theilnahme die Bakâla für ihr unglückliches geschick hatte, öffnete dem mädchen den mund, und sie bekannte
dass sie einen andern liebe, aber ihre familie sie zu diesem
gezwungen habe. »Und möchtest du von diesem erlöst sein?«
fragte Bakâla wieder. Die antwort hierauf war ein langsames
ja. »Ja!« wiederholte Bakâla freudig, »Ja! heisa, das ist
eine kleinigkeit, und soll dich nichts kosten. Steig ab vom
wagen und tritt hier bei seite in dieses gebüsch, dort legst
du meine kleider an, und ich die deinigen. Dann gehst du
mit meinem sack eier fort, und wenn sie dir zu schwer werden, wirf sie weg. Für mich sollst du nicht sorgen, ich will
mir schon weiter helfen.«

Wie Bakâla rieth, geschah es. Das mädchen entlief, so
schnell es konnte, in Bakâla's kleidern; der aber setzte sich als
braut auf den wagen. Nach langem suchen kehrten die hochzeitleute endlich zurück, indem sie über den fremden der sie
belogen hatte, tüchtig loszogen und schalten. Der hochzeitszug
setzte sich wieder in bewegung, Bakâla hatte aber nicht zu
befürchten dass er entdeckt würde, denn er nahm die hände-
drücke des betrunkenen brautführers, der neben ihm sass,
zärtlich hin. Das hochzeitmahl gieng gleichfalls vorüber, ohne
dass sich etwas besonderes dabei zutrug. Einige von den gästen
meinten nur die braut, die zuvor so niedergeschlagen gewesen
sei, führe bei dem glas einen recht guten zug.

Als endlich alle gäste weggegangen waren, betraten die
beiden neuvermählten das brautgemach. Da wendete sich die
braut zu ihrem trunkenen bräutigam, und bat ihn er solle
sie doch nur noch einmal auf fünf minuten entlassen, sie habe
ein gelübde gethan dass sie in diesem augenblicke noch allein
beten wolle. Der bräutigam wollte diss lange nicht gestatten,
sie aber bat so eindringlich dass er ihr am ende nachgab.
»Damit du, lieber mann,« sprach sie zu ihm, »ganz ausser sorge
um meinetwillen seiest, so binde mir einen bindfaden um meinen
fuss, an dem du mich hereinziehst, wenn ich zu lange beten sollte.«
Der mann nahm diss an, und entliess seine braut mit einem kusse.

Kaum war Bakâla vor der thüre, so stahl er ein paar
männerkleider die dort hiengen, machte seinen fuss von der
schnur los, und gieng in den hof. Dort sah er einen bock
liegen, dem zog er die schleife des bindfadens um den bart,
und entwischte so schnell er konnte über den zaun.
Der bräutigam drinnen hörte wohl das bellen der hunde,
welches Bakâlen galt; er dachte aber sie bellen die betende braut
an, weil sie eine solche nicht gewohnt sind. Jetzt fieng er an
zu zupfen; weil sich aber widerstand bemerken liess, der, je
mehr der bräutigam zog, um so stärker wurde, dachte er: »sie
betet noch.« Endlich hatte es ihm zu lang gedauert, da zog
er ernstlich, und rief auch die braut, die aber sträubte sich auf
eine höchst ungestüme weise, und gab in der that laute von sich
die nicht denen einer zaghaften braut glichen. Als sie zuletzt
ganz unbändig wurde, gieng der bräutigam selbst vor die thür,
und sah da zu seiner grossen betrübnis dass er keine braut,
sondern einen bock hatte.

*13. Wie Bakâla einen genossen findet, und man nichts mehr
von ihm hört.*

Nachdem Bakâla seinen bräutigam so verlassen hatte, kam
er, man weiss nicht wo und wie, zu einem sack, den er mit
sägspänen füllte. Er war nicht lange gewandert, so begegnete
er einem andern, der ebenfalls einen sack trug. Beide begrüssten sich, und kamen nach kurzem gespräch miteinander überein
ihre säcke gegenseitig auszutauschen. So geschah es, und jeder
konnte sich nicht genug beeilen seinen sack zu öffnen.
Da hatte Bakâla in dem seinen kieselsteine, der andere aber
sägspäne. Beide sahen sich einige zeit verwundert an, und
brachen dann in schallendes gelächter aus. »Ich glaube« rief
Bakâla, »wir haben uns beide betrogen.« »Ich glaube auch!«
rief der andere. Sofort umarmten sie sich und hatten grosse
freude an einander. Sie kamen auch überein dass sie von nun
zusammen in der welt herumziehen wollten. Diss führten sie
aus, und seither hat man von Bakâla nichts mehr vernommen.

23. Trandafíru.

In jenen alten zeiten wo die menschen mit den übrigen geschöpfen noch in engerem bunde standen als jetzt, begab sichs dass einmal ein vater einen sohn hatte, der bei tag ein kürbiss, bei nacht aber ein so überaus schöner mann war dass man seines gleichen nicht finden konnte, und der deshalb auch Trandafíru, zu deutsch Rose hiess.

Eines tages sprach Trandafíru zu seinen eltern: »geht hin zum kaiser, und fordert von ihm seine tochter, damit ich mir sie zur frau nehme.« Der vater begriff nicht was seinem sohn einfiel, und sagte lachend zu ihm: »was denkst du, mein sohn, der du doch nur nachts ein mensch, bei tag aber ein unförmlicher kürbiss bist, dass dir unser kaiser seine eigene tochter zum weib geben werde?« »Liebe eltern,« erwiderte hierauf der sohn, »lasset diss meine sorge sein; geht nur, ich bitt' euch, und begehret die prinzessin.« Auf die bitten ihres einzigen lieben sohnes giengen nun die eltern in den kaiserlichen palast, wo sie dem kaiser ihren wunsch vortrugen. Welches staunen ergriff sie, als sie hörten dass der kaiser ohne weiteres einwilligte, und nichts wünschte als seinen künftigen schwiegersohn vorher zu sehen. Voll freude kehrten die guten eltern nach hause zurück, und luden ihren sohn, der eben, da es tag war, seine kürbissgestalt hatte, auf einen wagen, um ihn an den hof des kaisers zu bringen.

Der vater runzelte zweifelhaft die stirne, und die mutter sass stumm neben ihrem sohne, beide aber waren sie in der peinlichsten verlegenheit, wie sie mit dem kürbiss vor den kaiser und die prinzessin treten sollten. Der vater fürchtete, der kaiser werde meinen sie wollen spott mit ihm treiben, und ihnen daher die köpfe herunterschlagen lassen; der kürbiss aber, der die verlegenheit seiner eltern bemerkte, sprach zu ihnen: »liebe eltern, kränkt euch nicht weiter über euren unförmlichen sohn! schaut, eben ist die sonne hinunter, und ich werde mich gewis zur zufriedenheit des kaisers und der schönen prinzessin verwandeln!« Als sie in der kaiserlichen burg ankamen, war es finstere nacht geworden, und Trandafíru hatte

sich in einen so schönen jüngling verwandelt, dass weder der
kaiser noch die prinzessin etwas gegen ihn einzuwenden hatten.
Daher ward auch auf der stelle der befehl gegeben, dass der
ganze hof sich zu einem glänzenden feste versammeln, und der
hochzeit der kaiserstochter beiwohnen solle. Die prinzessin
ward wirklich Trandafiru's frau, und hatte so grosses wohlgefallen an ihrem schönen manne, dass sie sich aus der kürbissgestalt in der er seine tage zubringen musste, schon nach
kurzer zeit nichts mehr machte.

Als aber einmal die mutter der prinzessin in das haus
ihres tochtermanns kam, um ihre tochter zu besuchen, und
dieselbe fragte wie es ihr mit ihrem gatten gehe, so antwortete
diese: »ja, recht gut, nur das gefällt mir nicht dass er bei
tag ein unförmlicher kürbiss, und nur bei nacht ein mann ist.
Freilich ist er«, setzte sie hinzu, »ein so wunderschöner mann,
dass nicht einmal eine rose mit ihm zu vergleichen ist.« Das
letztere konnte die kaiserin, welche eine hochmüthige frau war,
über den gedanken dass sie einen kürbiss zum schwiegersohn
haben sollte, nicht beruhigen, und sie beredete daher die prinzessin ihren mann umzubringen. »Heize,« sagte sie zu ihr,
»den backofen tüchtig, und fragt dich jemand weshalb du solches thust, so sprich nur: zum brotbacken. Wenn alsdann der
ofen recht glühend ist, so nimm den kürbiss, steck' ihn hinein
und verschliesse den ofen fest.« Die prinzessin, welcher ein
ganzer mann allerdings auch lieber gewesen wäre, befolgte,
als das böse weib wieder abgereist war, den gegebenen rath.
Sie heizte den ofen bis er glühte, und als ihre schwiegermutter
sie fragte warum sie den backofen so stark heize, antwortete
sie: »zum brotbacken.« Als sie dachte der ofen werde heiss
genug sein, nahm sie schnell den kürbiss, drückte ihn hinein,
und wollte hinter ihm verschliessen. Ehe sie diss aber be-
werkstelligen konnte, hörte sie aus dem kürbiss die stimme
ihres mannes rufen: »treuloses weib, ich fluche dir, und du
sollst nicht eher gebären können, als bis ich dich in liebe wieder umarmt habe.«

Die stimme schwieg, und in dem nach und nach erkalten-
den ofen war nichts mehr zu sehen, weder ein kürbiss noch
asche. Trandafiru's seele hatte den kürbiss verlassen und gute

geister brachten sie nach einem entfernten reiche, wo eben der herscher gestorben war, und wo jetzt Trandafiru vom volke zum kaiser ausgerufen wurde. Seine unglückliche gattin aber fühlte sich schwanger, und hatte solche schmerzen dass sie einen eisernen reif um ihren leib legen musste. Diese herben leiden, der jammer ihrer schwiegermutter über den verschwundenen sohn, ihre verlassenheit, und das bewusstsein der eigenen schuld gestatteten der kaiserstochter keine ruhe, und sie verliess endlich in verzweiflung das haus, um ihren mann aufzusuchen.

Nach vielen drangsalen und monatelangem umherirren kam sie endlich zur heiligen mutter Mittwoch. Als sie dieser vor die thür trat, rief mutter Mittwoch sie an: »wer bist du, fremdes erdenkind, bist du gut oder böse? bist du gut, so komm nur herein; bist du aber böse, so sieh dich vor dass du fortkommst, denn wenn ich den Leike-boldeike [1] loslasse, so reisst er dich in stücke!« Hierauf erwiderte die kaiserstochter: »o heilige mutter Mittwoch, ich bin eine unglückliche und fürchte mich nicht. Saget mir, gute mutter, ob ihr nicht meinen mann, den edlen Trandafiru, gesehen habt.« »Mein liebes kind,« erwiderte jene, »deinen mann Trandafiru hab' ich nicht gesehen, und weiss dir auch nichts von ihm zu sagen; vielleicht aber kann die mutter Freitag auskunft geben. Geh denn zu ihr. Damit du indessen nicht umsonst bei mir gewesen seist, so nimm hier diesen goldenen spinnrocken; auf ihm wirst du lauter gold spinnen, er kann dir vielleicht einmal nützlich sein.«

Als die prinzessin so von der freundlichen alten entlassen war, gieng sie weiter, und kam nach abermaligem langem umherirren zur heiligen mutter Freitag. Auch diese fragte sie ob sie ihren mann, den edlen Trandafiru, nicht gesehen habe. Mutter Freitag wusste ihr aber ebenfalls nichts von ihm zu sagen, und meinte dass die heilige mutter Sonntag diss am besten wissen könne. Auch die mutter Freitag beschenkte die irrende reichlich, indem sie ihr einen goldenen haspel gab, an dem, wenn man ihn drehte, sich lauter goldfäden aufwanden.

---

[1] *Leike-boldeike* muss ein feindseliges gespenst bezeichnen. Der name scheint ebenso erfunden wie der des Wau-wau, mit dem in Schwaben die kinder geschreckt werden.

Bei der mutter Sonntag angekommen, fragte die fremde wieder nach ihrem mann, und erhielt die antwort dass sie nicht mehr fern von ihm sei, vielmehr sich schon in seinem reich befinde. Nachdem sich die gute heilige mutter die geschichte der unglücklichen kaiserstochter umständlich hatte erzählen lassen, sprach sie: »wenn du deinen mann wieder gewinnen willst, so musst du thun wie ich dir sage. Sieh' zu dass du gerade des abends zu dem brunnen kommst, der vor dem schlosse des kaisers sein krystallwasser aus goldenen röhren in die marmornen becken giesst. Dort werden sich abends die mägde der kaiserin einfinden, um wasser zu holen. Siehst du sie kommen, so nimm den spinnrocken welchen dir die heilige mutter Mittwoch geschenkt hat, und spinne gold darauf. Wenn die kaiserin von ihren mägden hört welches wunderbare werkzeug du besitzest, so wird sie's für sich haben wollen, und dich nach dem preise fragen lassen. Gieb dann zur antwort dass du es nicht verkaufest, dass sie's aber geschenkt haben könne, wenn sie dir erlaube dass du eine nacht im schlafgemach des kaisers, ihres gemahls, zubringen dürfest. Gelingt dir diss, so wirst du glücklich sein; wenn nicht, so versuch es am andern tage wieder mit dem haspel, und endlich im nothfalle zum dritten mal mit dieser goldenen gluckhenne und ihren fünf küchlein, die alle sechs goldene eier legen.«

So entliess die heilige mutter Sonntag die kaiserstochter, die nun frohen sinnes nach der kaiserlichen residenzstadt eilte, wo sie sich bei dem beschriebenen marmorbrunnen ermüdet niedersetzte. Sie sah auf, und erblickte oben auf dem brunnen eine goldene bildsäule, in welcher sie sogleich, ohne die goldene unterschrift auf der marmorplatte zu lesen, ihren mann, den edlen Trandafiru, erkannte. Denn von dieser stadt aus gebot er als kaiser über ein ansehnliches reich. Ihr herz pochte laut, und fast hätte sie, in tiefe gedanken versunken, vergessen auf ihrem goldenen spinnrocken zu spinnen, als die mägde der kaiserin herbeikamen, um am brunnen wasser zu schöpfen. Diese hatten sich kaum überzeugt dass die fremde wirklich an einem goldenen spinnrocken goldene fäden spinne, als sie eilig zu ihrer herrin liefen um ihr von diesem wunder zu erzählen. Die kaiserin liess die fremde sogleich vor sich kom-

men, und hiess sie auf ihrem spinnrocken fäden drehen. Als
sie sah wie der fremden die langen goldfäden durch die finger
glitten, konnte sie sich vor verwunderung kaum fassen. Bald
besah sie den spinnrocken, bald die goldfäden ob sie ächt
wären, und wie sie sich des letzteren überzeugt hatte, erweckte
die goldgier in ihr den gedanken diesen wunderbaren spinnrocken zu besitzen, von welchem sich gold herunterspinnen
liess, ohne dass etwas daran angelegt wurde. »Möchtest du«
sprach sie schmeichlerisch zu der fremden kaiserstochter, »mir
diss schöne werkzeug verkaufen?« Hierauf entgegnete diese,
wie ihr die heilige mutter Sonntag gerathen hatte, dass sie
dasselbe nicht verkaufe, es ihr aber wohl zum geschenk machen
wolle, wenn sie ihr die gunst erzeigte dass sie eine nacht im
schlafgemach des kaisers zubringen dürfe. Der kaiserin kam
zwar dieser wunsch höchst sonderbar vor, doch gewährte sie
ihn, weil sie der begierde nach dem unschätzbaren spinnrocken
nicht widerstehn konnte, nach kurzem besinnen, indem sie bei
sich dachte sie könne ja, wenn sie das kleinod besitze, genug
darauf spinnen um alle kaiser der welt, und die schönsten
männer, zu umgarnen und in goldenen banden zu halten. Wirklich setzte sie sich auch, nachdem sie den spinnrocken aus
der hand der fremden empfangen hatte, sogleich hin, und spann
den ganzen tag fort, ohne aufzuhören; so sehr war sie von dem
gold entzückt welches ihr durch die finger glitt.

Gegen abend aber dachte sie doch an ihr versprechen, und
liess die fremde in das schlafgemach des kaisers führen, dem
sie zuvor ein starkes schlafmittel in sein trinken gemischt hatte,
so dass er dalag wie ein todter. Als die kaiserstochter sich
einmal wieder neben ihrem manne, dem schönen Trandafiru, sah,
fieng sie an zu weinen und zu schluchzen: »o mein süsser held
Trandafiru, umschlinge mich mit deinen armen, dass der eisenreif von meinem leibe springe, und dass ich gebären möge den
sohn von deinem blute den ich unter meinem herzen trage.«
Der kaiser aber hörte nichts und rührte sich nicht. Nun
schlief im zimmer bei ihm sein kreuzbruder, sein förmlich an-
getrauter seelenfreund, der geschworen hatte sein ganzes leben
mit ihm zu theilen. Dieser hörte was vorgieng, merkte sich's
genau, und erzählte es am andern morgen wort für wort dem

kaiser, welcher sehr erstaunt war, und natürlich sogleich wusste
wer die fremde sei. Er versprach daher dem kreuzbruder
heute nacht, wenn ihm die fremde wieder zugestellt werden
sollte, keinen schlaftrunk zu sich zu nehmen, weil er wohl
denken konnte dass dieser die ursache seines tiefen schlafs
gewesen sei. Er erzählte hierauf dem kreuzbruder seine frühere
geschichte, und sagte auch dass er seinen fluch bereue, weil
sich jene frau nur durch ihre mutter habe verführen lassen,
und weil er sie noch immer nicht habe vergessen können.

Als morgens die fremde kaiserstochter gesehen hatte dass
die erlaubnis der kaiserin fruchtlos geblieben sei, gieng sie
traurig wieder zum brunnen, und arbeitete auf dem wunder-
haspel den ihr die heilige mutter Freitag geschenkt hatte.
Abends kamen die mägde der kaiserin um wasser zu schöpfen,
sahen die fremde abermals mit einem so wunderbaren werk-
zeuge arbeiten, und hinterbrachten das wiederum schleunig der
kaiserin, welche die fremde wie gestern vor sich rufen liess
und von ihr den haspel zu kaufen wünschte. Wie gestern
lautete die antwort, dass er nicht verkäuflich sei, wohl aber
verschenkt werde, gegen dieselbe gunst wie der spinnrocken.
Die kaiserin machte sich heute noch weniger als gestern ein
gewissen daraus die bitte zu gewähren, und nachts wurde die
fremde wieder in das schlafgemach des kaisers gebracht, als
derselbe bereits fest schlief. Heute hatte er zwar keinen schlaftrunk genossen, die kaiserin hatte aber listigerweise schon
beim abendessen ihm ein schlafmittel in den wein gemischt.
In der nacht fieng die arme kaiserstochter wieder an zu weinen und zu schluchzen, und den kaiser um erbarmen zu bitten,
damit sie von ihrer bittern noth erlöst würde. Er aber hörte
von allem nichts, und schämte sich am andern morgen sehr
dass er abends zuvor nicht vorsichtiger gewesen war.

Noch trauriger als gestern, denn sie hatte nun nur noch
die goldene gluckhenne der heiligen mutter Sonntag mit ihren
fünf küchlein zu verschenken, sass die arme kaiserstochter am
folgenden abend beim brunnen, und sah dem muntern wesen
der goldenen henne mit ihren küchlein zu, als die mägde der
kaiserin kamen um wasser zu holen. Waren sie erstaunt gewesen über den goldenen spinnrocken und den goldhaspel,

so konnten sie sich vollends nicht mehr fassen vor erstaunen über dieses neue wunder von goldenen thieren, die lebten und um ihre besitzerin hersprangen. Noch höher stieg ihre verwunderung, als sie hörten dass alle sechs goldene eier legen könnten. Die mägde schöpften ihre eimer nicht voll, sondern liefen, so schnell sie konnten zur kaiserin, und meldeten ihr das wunder das die beiden andern so weit übertreffe. Die kaiserin konnte sich vor habsucht kaum halten, schickte sogleich nach der fremden, und gieng ungeduldig im zimmer auf und ab, bis dieselbe mit ihrer goldenen gluckhenne und den fünf küchlein eintrat. »Du sollst« rief sie der fremden kaiserstochter entgegen, »drei nächte in des kaisers schlafgemach zubringen, wenn du mir die gluckhenne giebst und die fünf küchlein dazu.« Die fremde hörte diss mit freudigem staunen und entfernte sich still aus dem zimmer, während die kaiserin die gluckhenne bereits auf dem schooss hielt, damit sie ihr ein goldenes ei darein legen solle.

Der kaiser, welcher sich dachte dass heute die fremde wieder kommen würde, stellte sich, um dissmal dem schlafmittel zu entgehen, matt und krank, weswegen die kaiserin die wiederholung der zweimal angewendeten list jetzt unterliess. Als die nacht kam, wurde die fremde wieder in des kaisers schlafzimmer geführt, als er schon schlief. Sie fieng wieder an zu weinen, zu schluchzen, und mit demüthigen worten zu bitten: »o mein süsser gatte Trandafiru, umschlinge dein reuevolles weib mit deinen armen, dass der eisenreif von ihrem leib springe, und sie gebären könne den sohn von deinem blute den sie unter ihrem herzen trägt.« Der kaiser, welcher heute wach geblieben war, erkannte nun sein weib, und schlang seine arme um sie, worauf der eisenreif der ihren leib umschlossen hielt, in stücken absprang.

Am andern morgen hatte die kaiserstochter, seine erste frau, ihm zwei goldene kinder geboren, worüber der kaiser eine sehr grosse freude empfand. Er herzte und küsste sie, und bat sie ihm ihre geschichte zu erzählen, wobei ihm die thränen in die augen traten, weil sie es mit der rührendsten beredsamkeit that. Auch der kreuzbruder musste die geschichte seiner frau mit anhören, und war darüber nicht weniger gerührt

als der kaiser. Nachdem dieser sich etwas von seiner freudigen
überraschung erholt hatte, dachte er an die kaiserin, die mit
ihren thieren noch immer das zimmer nicht verlassen hatte.
Sie harrte jedesmal von neuem ungeduldig bis die gluckhenne
oder eins von den küchlein wieder ein ei gelegt hatte; dann nahm
sie die eier, wog sie gegen einander, und verwahrte sie sorgfältig in einem schrank. Sie ahnte nicht wie nahe die strafe
für ihre untreue sei. Mit einem mal gieng die thür auf, und
der kreuzbruder trat herein. Er sei, sprach er, vom kaiser
beauftragt ihr den kopf abzuschlagen, weil sie das gold mehr
geliebt habe als ihren gemahl. Damit zog er das schwert, und
schlug dem habsüchtigen weib mit einem streiche den kopf
herunter. Hierauf liess der kaiser seine erste frau als kaiserin
krönen, und begieng diesen tag durch ein herrliches fest. Nach
diesem lebten sie beide noch eine lange reihe von jahren glücklich mit einander, und sahen an ihren kindern viele freude.

24. Die waldjungfrau Wunderschön.

Ein kaisersohn war einst mit seinem gefolg auf die jagd
gegangen und in einen grossen wald gekommen. Sie fanden
da ein einsames haus stehen, und als sie hinein traten, sahen
sie, obwohl von oben bis unten keine seele zu spüren war,
in einem der zimmer ein fertiges mittagsmahl stehen, zu welchem
sie sich ohne weitere umstände setzten. Nachdem sie sich
gesättigt hatten, giengen sie wieder in den wald um zu jagen;
und als sie abends in das haus zurückkehrten, fanden sie
abermals ein treffliches mahl bereit, ohne dass irgend jemand
wahrzunehmen gewesen wäre.

Nach dem essen gieng der prinz vor das thor des hauses,
um vielleicht draussen einen der bewohner zu entdecken.
Nach einigem umherblicken sah er auf einem hohen baum
ein bett, und als er näher an den stamm trat, kletterte ein
schönes mädchen herunter, die er sogleich in seinen armen
empfieng und küsste. Da sie sah was der prinz für ein ausserordentlich schöner junger mann war, so war sie über diesen

empfang nicht ungehalten, sondern küsste den prinzen wieder, und führte ihn in einen prächtigen garten, den vorher noch kein mensch gesehen hatte. Dort setzten sie sich in einem duftigen gebüsche nieder, rings umgeben von den mannigfaltigsten, schönsten blumen. Bald war die zärtliche waldjungfrau Wunderschön, so hiess sie, an des prinzen brust in den glücklichsten träumen eingeschlafen. Auch der prinz entschlummerte, gegen morgen aber liess er das mädchen sanft auf den rasen gleiten, suchte sein gefolg, und begab sich nach haus. Als das mädchen sich beim erwachen allein fand, gerieth sie in grosse angst, eilte zu dem baume zurück auf dem sich ihr bett befand, und wollte hinaufklettern, aber sie konnte nicht mehr. Da rief sie den baum, welcher Dafin hiess, an, und sprach: »sag mir, Dafin, meinen herrn, der mich gestern in seinen armen empfangen, und dann schlafend im blumengarten allein gelassen hat.«

Der baum antwortete nicht, aber ein mönch kam des wegs gegangen, und dem erzählte sie ihr leid. Der mönch sprach darauf: »gieb mir dein kleid und nimm das meinige. Eile deinem geliebten nach, du wirst ihn einholen!« Sie tauschten also ihre kleider, die waldjungfrau Wunderschön eilte dem prinzen nach, holte ihn wirklich ein, und sagte zu ihm: »o Dafin, sage mir meinen herrn, der mich gestern in seinen armen empfangen, und dann schlafend im blumengarten allein gelassen hat.« Als der prinz diese worte hörte, gefielen sie ihm wohl, und er nahm deshalb den mönch mit sich. Unterwegs und zu hause hiess er den mönch die geheimnisvollen worte oft wiederholen, und behielt ihn auch in seinem zimmer bei sich.

Bald nachher wurde des prinzen heirath mit einer andern prinzessin, mit der ihn der alte kaiser längst verlobt hatte, vollzogen. Der prinz wollte sich aber von seinem geliebten mönche nicht trennen, und nahm denselben, ungeachtet aller einreden seiner jungen frau, mit ins schlafgemach.

Diss schien dem alten kaiser sehr verdächtig, er betrat deshalb in der nacht, da alle drei schliefen, das gemach, und erkannte dass der mönch eigentlich ein wunderschönes mädchen sei. Er hob sie nun ganz leise von der seite des geliebten

weg, ohne dass dieser es gewahr wurde, führte sie vor das
thor, und hängte sie auf. Des morgens beim erwachen sah der
prinz den lieben freund nicht mehr neben sich, er stund voll
angst auf, und fragte nach ihm. Wie er von seinem grausamen
vater die nachricht erhielt dass der mönch ein mädchen gewesen
sei, und dass er ihn wegen seiner zudringlichkeit gehängt habe,
da fiel es wie schuppen von des prinzen augen. Er gerieth in
verzweiflung über die untreue welche die waldjungfrau Wunderschön das leben gekostet hatte, eilte vors thor hinaus, und
erhängte sich neben dem unglücklichen mädchen.

25. Die ungeborene, niegesehene.

Wo, erzählt die geschichte nicht, aber dass einmal ein
bauer mit seinem weibe vergnügt lebte, so viel ist gewis.
Dieses glückliche ehepaar hatte nur den einen schmerz dass
es kinderlos war, weshalb die beiden eheleute oft und inbrünstig zu Gott beteten dass er ihnen einen sohn bescheren möge.
Nach einiger zeit gebar die frau wirklich einen sohn, den das
überglückliche paar ausnehmend lieb gewann. Besonders zärtlich war die mutter mit dem knaben, zu dem sie, wenn er
weinte, oftmals sprach: »o weine nicht, mein kind, denn wenn
du gross bist, sollst du ein mädchen zur frau bekommen das
nicht geboren ist, und das kein mensch gesehen hat.«

Als der sohn gross geworden war, drang er wirklich in
seine mutter sie solle ihm das oft versprochene mädchen geben.
»O mein sohn,« war hierauf der mutter antwort, »ich scherzte
nur, damit du still seiest! Ich weiss kein solches mädchen!«
»O meine mutter,« entgegnete hierauf der sohn, »ich habe keinen scherz damit, mir ist es heiliger ernst, und ich ziehe hinaus in die welt, um das mädchen zu suchen das nicht geboren
ist, und das kein mensch gesehen hat.« Als die mutter sah
dass ihr sohn im ernste sprach, so richtete sie ihm traurig ein
wanderbündel zu, worauf er sich von seinen eltern verabschiedete, und rüstig in die welt hinaus zog um das unmögliche zu finden.

Sein erster gang war zu der heiligen mutter Mittwoch.

Sie sprach zu ihm: »o du erdensohn, was führt dich zu mir?«
Er erzählte ihr dass er sein elterliches haus verlassen habe,
um ein ungeborenes, niegesehenes mädchen aufzusuchen in
die er zum sterben verliebt sei; und nun hoffe er, die heilige
mutter werde ihm auskunft und rath ertheilen können. Die
heilige mutter gab dem jüngling einen goldenen apfel, und
sprach zu ihm: »gehe, mein sohn, mit diesem apfel deiner
wege, bis du zu einem brunnen kommst; dort wird auch ein
mädchen sein, welches den apfel zum essen und wasser zu
trinken von dir begehren wird; gieb ihr aber den apfel nicht,
bevor sie einen trunk von dir genommen hat.« Damit entliess
die heilige den jüngling, welcher sich aufmachte, voll begierde
die ersehnte ungeborene, niegesehene bald zu finden.

Er gieng, und es ward heisser mittag, ohne dass er den
brunnen und das mädchen fand. Die sonne brannte immer
stärker, da erstieg er eine anhöhe um das gesuchte zu er-
spähen, aber alles vergebens. Sein durst wurde nach und
nach so heftig, dass er seinen goldenen apfel nicht mehr schonte,
und ihn trotz seines prächtigen anschens verzehrte.

Den tag darauf kam er zu der heiligen mutter Freitag, die
ihn ebenso anredete wie die mutter Mittwoch. Offenherzig
gab er auch ihr bescheid, wie er vater und mutter verlassen
habe um seine ungeborene, niegesehene aufzusuchen; verschwieg
auch nicht dass er schon bei der heiligen mutter Mittwoch
gewesen, aber ihr geschenk, den goldenen apfel, verzehrt habe,
ohne gewinn daraus zu ziehen.

Auf dieses gab ihm die heilige mutter Freitag einen andern
goldenen apfel, mit derselben weisung wie die mutter Mittwoch. Nachdem sie ihn entlassen, und er schon ein ziemliches stück weg zurükgelegt hatte, kam ihm eine wunderschöne
jungfrau entgegen, die ihn um einen trunk wasser bat. Da
aber kein brunnen in der nähe war, und er auch kein wasser
bei sich trug, so konnte er ihr nicht willfahren, und sie verschwand wieder. Da er nach einiger zeit selbst grossen durst
empfand, so ass er auch den zweiten goldenen apfel.

Bald nachher kam er zu der heiligen mutter Sonntag, die
ihn, wie ihre beiden schwestern, freundlich aufnahm, und
ihm, nachdem sie seine geschichte gehört hatte, ebenfalls einen

goldenen apfel schenkte. Auch sie aber schärfte ihm dringend
ein, denselben der jungfrau mit der er am brunnen zusammen
kommen werde, nicht zu geben, bevor sie einen trunk wasser
von ihm genossen hätte. Der jüngling zog weiter, und erreichte bald einen brunnen. Da trat eine jungfrau zu ihm, die noch viel schöner
war als die gestern gesehene. Sie bat ihn um einen trunk
wasser, und als sie denselben genommen hatte, bot er ihr auch
seinen goldenen apfel, worauf sie zu ihm sprach: »ich erkenne
dich als den mann der mir zum gemahle bestimmt ist, weil
du mir diesen apfel gereicht hast. Wenn es dir denn recht
ist, so eile in die stadt einen beistand zu holen, der bei unserer verheirathung zeuge sein möge.«

Der jüngling hatte die jungfrau von anfang als die erkannt
die er heirathen würde, und schickte sich ohne säumen an in
die stadt zu gehen. Doch rieth er der schönen wunderbaren,
der sicherheit wegen einen baum zu besteigen der gerade
beim brunnen stand, und half ihr denselben erklettern.

Es währte, nachdem er sich entfernt hatte, nicht lange,
so kam zu dem brunnen ein Zigeuner-mädchen. Sie trug einen
leeren krug den sie füllen wollte, und als sie sich nun zu
diesem ende bückte, sah sie in dem klaren spiegel ein wunderschönes angesicht. Da sie nicht anders glaubte als es sei
das ihre, so zerbrach sie vor freudigem schrecken ihren krug,
denn sie hatte von ihrer mutter immer nur hören müssen wie
schwarz und hässlich sie sei. Daher lief sie eilends in den
wald zu ihrer mutter, und erzählte ihr voll freuden wie sie im
brunnen ihr bild so schön gesehen habe. Die mutter lachte,
versicherte sie dass sie nach wie vor schwarzbraun und hässlich sei, und hiess sie wieder zum brunnen gehn. Das mädchen nahm einen andern krug und eilte fort; da sie sich aber
im brunnen wieder eben so schön erblickte wie das erste mal,
so zerbrach sie auch den zweiten krug, eilte zu ihrer mutter,
und liess derselben keine ruhe als bis dieselbe mit ihr an den
wunderbrunnen gieng.

Als die alte das wunderschöne mädchenbild in dem klaren
wasserspiegel sah, schaute sie ihre tochter an; da sie aber
diese nach wie vor hässlich fand, wandte sie das gesicht

hinauf, und sah jetzt auf dem baume das schöne wundermädchen sitzen. Mit freundlichen worten bat sie dasselbe herunterzusteigen, und fragte sie warum sie sich denn einen so beschwerlichen ort wie die harten äste des baumes auserlesen habe. Arglos gab die schöne braut auskunft sie erwarte ihren bräutigam, der in die nächste stadt gegangen sei um einen beistand für die vermählung zu holen.

Schmeichlerisch sagte hierauf die alte Zigeunerin zu der schönen jungfrau: »ei, du bist zwar ausserordentlich schön, aber noch schöner wärst du, wenn du mir erlaubtest dass ich dir deine haare, die durch den wind in unordnung gekommen sind, wieder ordne.« Die ungeborene, niegesehene gieng auf diesen vorschlag freudig ein, weil ihr viel daran lag bei ihrer hochzeit recht schön zu erscheinen, und setzte sich in's gras, während die Zigeuner-mutter hinter ihr kniete und ihre haare richtete. Wie sie ihr aber locken und flechten zurecht stecken sollte, stach sie ihr eine zaubernadel tief in den kopf. Dadurch verwandelte sich die braut in eine weisse taube, die eilig davon flog, weil sie die arglist der Zigeunerin fürchtete.

Nun legte die alte ihrer schwarzbraunen, hässlichen tochter die kleider der schönen getödteten an, und half ihr auf den baum steigen, indem sie zu ihr sprach: »bleibe da bis der bräutigam kommt, dann kannst du seine frau werden!« Sie selbst schlich sich fort.

Der bräutigam, welcher bald nachher mit dem beistand erschien, rief nun der vermeintlichen braut zu sie solle herunter kommen. Er wunderte sich zwar über die verwandlung die mit ihr vorgegangen war, da sie aber doch die kleider trug in denen er sie zuerst gesehen hatte, so liess er sich diese veränderung nicht weiter anfechten, und die trauung gieng vor sich.

Die taube war indessen traurig von dem brunnen zur kirche nachgeflogen, und von da bis zu dem haus wo der bräutigam wohnte. Dort nahm sie ihren aufenthalt in dem garten welcher das haus umgab. Die falsche frau, die tochter der Zigeunerin, herschte nun als ob sie ganz vergessen hätte wer sie früher war, und niemand konnte sie leiden. Einmal im frühling begab sich's dass sie ihre dienstmagd in den garten schickte, ihr schöne frische blumen zu holen, denn junge frauen schmücken sich gern damit. Die magd gieng, und wunderte sich, während sie die blumen brach, über die schöne weisse taube welche so zahm um sie herumflatterte, sich aber doch nicht fangen liess.

Am andern tag, als die dienstmagd wieder von ihrer herrin um blumen in den garten geschickt wurde, flog wieder wie gestern die taube herbei, und sprach endlich zu ihr: »liebe magd, wenn du willst, so lass' ich mich von dir fangen, damit du mich heimlich in das zimmer deines herrn bringest; ich bitte dich aber verstecke mich ja vor deiner frau, sonst bin ich verloren!« Die magd willigte gern ein, und versicherte der taube dass ihr guter herr gewis eine freude an ihr und ihrem schönen weissen gefieder haben werde; vor ihrer frau könne sie sicher sein, diese solle sie nicht sehen.

Die taube flog nun zutraulich auf die hand der dienstmagd, welche sie liebkoste, heimlich in das zimmer ihres herrn trug, und dort frei liess. Die taube versteckte sich, als aber ihr geliebter nach hause kam, flog sie ihm auf die hand, und brachte ihren schnabel an seinen mund, als ob sie ihn küssen wollte. Der erstaunte liess sich diss gefallen, und trug sie auf der hand zu seiner frau.

Wie er zu dieser in's zimmer trat, schmiegte sich die taube voll angst an ihn an, und sie hatte recht, denn augenblicklich erkannte die frau sie an ihrem weissen gefieder, und sagte heftig zu ihrem manne: »ei woher hast du diese taube? gieb sie her dass ich sie schlachten lasse!« »Nein weib« sprach hierauf der mann, »das thier ist so zahm und zutraulich, dass es sünde wäre wenn man es schlachtete.« Mit diesen worten streichelte und liebkoste er die angstvolle taube, und kam dabei zufällig auf ihrem kopf an die stecknadel. Als er dieselbe herauszog, nahm die taube sogleich ihre rechte gestalt wieder an; der mann schloss sie voll freudiger zärtlichkeit in die arme, und liess sich von ihr den betrug erzählen durch den die Zigeunerin und ihre tochter ihm um seine rechtmässige braut hatten betrügen wollen. Voll grimm's liess er hierauf das falsche weib an die schweife von vier wildfängen binden und so in stücke zerreissen; die ungeborene, niegesehene aber blieb sein gutes weib.

26. Das goldene meermädchen.

Ein mächtiger kaiser hatte unter anderen unschätzbaren
gütern in einem seiner gärten einen wunderbaum, der alljährlich goldene äpfel trug. Der kaiser konnte sich aber nie recht
darüber freuen, denn er mochte wachen und leute dazu stellen wie er wollte: die äpfel wurden ihm, so oft sie zu reifen
anfiengen, gestohlen. Diss verdross ihn je länger je mehr; er
schickte deshalb eines tages nach seinen drei söhnen, und sagte
zu den beiden älteren: »rüstet euch zur reise, und lasst euch
von meinem schatzmeister mit gold und silber versehen, damit
ihr in die welt ausziehet, und überall bei weisen und gelehrten
fraget ' wer wohl der dieb meiner goldenen äpfel sei. Vielleicht könnt ihr mit euren leuten sogar des diebs habhaft werden, und ihn mir überliefern!« Die söhne des kaisers waren
über diesen auftrag erfreut, denn sie wären schon längst gern
in die welt hinausgezogen, sie rüsteten sich daher schnell zur
reise, beurlaubten sich bei ihrem vater, und verliessen die stadt.

Hierüber war des kaisers jüngster sohn sehr betrübt, denn
er wäre gar zu gern auch in die welt hinausgezogen, aber sein
vater wollte es nicht haben, weil er sich von jugend auf ziemlich
blöde gezeigt hatte, und man deshalb in besorgnis war es möchte
ihm etwas zustossen. Der prinz drang aber so lange mit bitten
in seinen vater bis er zusagte, und ihn ebenfalls mit silber
und gold versehen ausziehen liess. Doch gab er ihm die elen-
deste mähre die man in seinen ställen finden konnte, zum
reiscross, denn nicht mehr hatte der blöde prinz verlangt. So
zog er, nachdem er sich von seinem vater verabschiedet hatte,
unter dem gespötte des hofes und der ganzen stadt zum thore
hinaus in's freie.

Als er bald darauf einen wald erreichte, durch den ihn
sein weg führte, begegnete ihm ein hungriger wolf der vor
ihm stehen blieb. Der prinz fragte ihn ob er hunger habe,
stieg, als der wolf diss bejahte, vom pferd, und sagte: »wenn
du hungrig bist, so nimm mein pferd und friss es!« Der wolf
liess sich das nicht zweimal sagen, sondern riss das pferd
nieder und frass es ganz auf. Als der prinz sah wie wohl

hierauf dem wolf ward, sprach er wieder zu ihm: »nun
freund, hast du mein pferd gefressen und mein weg ist sehr
weit, so dass ich zu fuss nicht fortkommen könnte, wenn ich
mich auch noch so sehr abmühte; es ist also billich dass du
mir als pferd dienest und mich auf deinen rücken nehmest.«
»Gut« sagte der wolf darauf, liess den prinzen aufsitzen, und
trollte sich in seinem hundstrab fort. Unterwegs fragte der
wolf seinen reiter wohin er denn eigentlich reise, worauf ihm
der prinz die ganze geschichte mit den gestohlenen äpfeln in
seines vaters garten erzählte, und ihm auch sagte wie seine
brüder bereits mit vielen reisigen ausgezogen seien, um den
dieb zu suchen. Der wolf, der aber kein wirklicher wolf,
sondern ein mächtiger zauberer war, offenbarte hierauf dass er
ihm in dieser sache leicht aufschluss geben könnte, und als der
prinz hastig darnach fragte, sagte er, der benachbarte kaiser
habe in seinem prachtvollsten saal in offenem käfig einen wunderbar schönen und zahmen vogel, und eben dieser sei der dieb
der goldenen äpfel. Derselbe sei so flink im fluge, dass es
kaum möglich wäre ihn bei seinem diebstahl zu erwischen.
Weiter gab der wolf dem prinzen den rath er solle sich nachts
in den palast dieses kaisers schleichen, und den käfig sammt
dem vogel stehlen. Nur vor einem solle er sich in acht nehmen, dass er nicht, während er mit dem käfig herausgehe, an
einer wand streife.

Wie der wolf gerathen hatte, so that der prinz in der
folgenden nacht; als er aber einigen schlafenden wächtern aus
dem wege treten wollte, streifte er trotz aller vorsicht mit dem
rücken an der wand, worauf sogleich die wächter insgesammt
erwachten, ihn ergriffen, prügelten und in ketten legten. Darauf ward er vor den kaiser geführt, der ihn alsbald zum tode
verurtheilte, und bis zum tage seiner hinrichtung in einen finstern kerker werfen liess.

Der wolf, der vermöge seiner zauberkunst natürlich im
augenblick wusste was mit dem prinzen vorgegangen war,
verwandelte sich schnell in einen grossen herren, seinen schwanz
aber in ein zahlreiches gefolge. So fuhr er an den hof des
kaisers, welcher den gast wegen seines feinen, gebildeten geistes und seiner guten sitten während der tafel sehr schätzen

lernte. Es wurde von allerhand gesprochen, bis endlich der
fremde den kaiser fragte ob er viele sklaven habe. Dieser
bejahte es, indem er sagte: »ja wohl, nur zu viele! diese
nacht noch ist mir einer gefangen worden, der so keck war
meinen wundervogel stehlen zu wollen, und da ich ohnediss
genug sklaven zu füttern habe, so will ich diesen schuft morgen hängen lassen!«

»Ei, das muss ein grosser dieb sein« sprach hierauf der
fremde herr zum kaiser, »der so unverschämt ist dass er aus
dem kaiserlichen palaste selbst den wundervogel zu stehlen
unternimmt, der gewis über alle maassen gut bewacht ist. Es
wäre mir doch lieb wenn ich diesen ungemeinen gauner sehen
könnte.« »O warum nicht?« entgegnete der kaiser hierauf,
und führte seinen gast selbst in das gefängnis, wo der arme
prinz, untröstlich über seine schlimme lage, gefangen sass. Als
der kaiser mit seinem gaste wieder heraustrat, sprach dieser:
»mein hoher kaiser, wie hab' ich mich getäuscht! ich glaubte
einen rechten kerl von einem dieb zu finden, während ich
mir keinen elenderen wicht denken kann, als den ihr mir da
gezeigt habt. Der wäre mir zu schlecht als dass ich ihn hin-
richten liesse; wenn ich über ihn zu verfügen hätte, er müsste
mir irgend ein schweres unternehmen ausführen, bei dem das
leben auf dem spiele steht. Machte er seine sache gut, wohl!
gieng' er zu grunde, so wär' auch nichts verloren.« »Euer
rath« entgegnete der kaiser »ist gut, und in der that, ich hätte
wohl einen solchen dienst in ausführung zu bringen. Mein
nachbar, auch ein mächtiger kaiser, besitzt ein goldenes pferd,
welches er scharf bewachen lässt; dieses soll er stehlen und
mir überbringen.«

Der gefangene wurde hierauf seiner haft entlassen, und
beauftragt das goldene pferd zu stehlen, ein unternehmen wobei freilich auch wieder das leben auf dem spiel stund, so dass
der arme jüngling wenig gewonnen hatte. Indem er seines
weges zog, brach er in bittre thränen aus, und es reute ihn
sehr dass er haus und reich seines vaters verlassen hatte.
Plötzlich aber sah er seinen freund neben sich stehen, der zu
ihm sprach: »theurer prinz, warum so niedergeschlagen? ist
der fang mit dem vogel nicht gelungen? lasset euch das nicht

gereuen! giengs mit dem vogel nicht, so seid ihr vorsichtiger
geworden, und um so besser wirds mit dem pferde gehen.«
Mit solchen und andern worten tröstete der wolf den prinzen,
sprach ihm muth zu, und unterwies ihn wieder wie er ja
trachten solle dass sowohl das pferd als er die wand nicht
berühren, wenn er's heimlich herausführe, sonst ergienge es
ihm nicht besser als beim vogel.

Nach einer ziemlich weiten reise hatten sie die grenze des
kaiserthums überschritten, und waren in das land gekommen
welches der herr des goldenen pferdes beherschte. Eines
abends spät hatten sie die hauptstadt erreicht, und der wolf
rieth sogleich an's werk zu gehen, bevor ihr erscheinen die
aufmerksamkeit der wächter erregte. Sie schlichen also unverweilt in die kaiserlichen stallungen, und zwar dahin wo sie
die meisten wächter bemerkten, denn da vermuthete der wolf
das goldene pferd. Er drückte sich sachte durch eine thüre
hinein, indem er den prinzen warten hiess, kam bald darauf
wieder heraus, und sagte zu ihm: »mein prinz, das pferd ist
über alle maassen scharf bewacht, doch hab' ich die wächter
alle bezaubert, und wenn ihr sorgt dass beim herausführen die
wand weder von euch noch vom pferde gestreift wird, so ist
keine gefahr, und gewonnen spiel!« Der prinz, welcher sich
vorgenommen hatte recht vorsichtig zu sein, gieng hierauf
muthig an's werk. Er fand dass der wächter der es hinten
beim schweife halten sollte, im sattel schlief, und ebenso der
welcher es bei den zügeln hatte. Der prinz fasste die zügel,
und führte das pferd bis unter die thüre, aber hier wehrte es
einer stechfliege, die auch bei nacht keine ruhe geben, und
berührte mit dem schweif einen der thürpfosten, worauf alle
wächter munter wurden, den prinzen fassten, mit peitschen
und gabeln unbarmherzig zurichteten, dann ihn in ketten legten, und ihn des morgens vor den kaiser brachten. Dieser
machte nicht mehr umstände mit ihm als der herr des goldenen vogels, und liess ihn in ein tiefes gefängnis sperren, woraus man ihn am andern morgen holen wollte um ihm den
kopf abzuschlagen.

Als der zauberer wolf sah dass auch dieser versuch mis-
glückt sei, verwandelte er sich wieder in einen grossen herrn

mit seinem gefolge, und fuhr, in einem noch glänzenderen zug als das erste mal, an den hof des kaisers. Er wurde sehr freundlich aufgenommen, brachte nach tisch die rede wieder auf sklaven, und erbat sich im verlaufe des gespräches wieder die erlaubnis den abscheulichen dieb sehen zu dürfen, der es habe wagen können aus den kaiserlichen stallungen heraus des kaisers theuersten schatz stehlen zu wollen. Der kaiser hatte nichts einzuwenden, und auch im übrigen gelang ihm alles eben so wie beim kaiser mit dem goldenen vogel: der gefangene ward freigegeben, unter der bedingung dass er binnen drei tagen das goldene meermädchen fange, zu dem bis jetzt kein sterblicher hatte gelangen können.

Höchst niedergeschlagen über diesen gefahrvollen auftrag, verliess der prinz den dunkeln kerker; doch stiess er zu seiner grossen beruhigung bald wieder auf den freund wolf. Der that als ob er von nichts wüsste, und fragte den prinzen wie es ihm dissmal ergangen sei, worauf ihm dieser den ganzen hergang des mislungenen diebstahls erzählte, und zum schluss auch die bedingung unter welcher ihn der kaiser frei gelassen hatte. Hierauf offenbarte der wolf dem prinzen, dass er ihm nun schon zum zweiten mal aus dem kerker geholfen habe, und dass er nur ihm vertrauen und seine rathschläge genau befolgen solle, dann werde er gewis in seinen unternehmungen glücklich sein. Damit wandten sie ihre schritte dem meere zu, das nicht ferne von ihnen sich im hellen sonnenschein unabsehbar ausbreitete. »Ich werde mich jetzt« hub der wolf wieder an, »in einen kahn verwandeln, und meine eingeweide in die herrlichsten seidenwaaren. Wenn diss geschehen ist, so setzt euch, mein lieber prinz, keck hinein, und steuert, meinen schwanz in der hand, in's meer hinaus. Ihr werdet das goldene meermädchen bald sehen. Lasset euch aber, so lieb euch euer leben ist, nicht verführen ihr nachzugehen, wenn sie euch ruft, sondern sagt im gegentheil zu ihr: »»käufer kommen zum kaufmann, nicht aber der kaufmann zum käufer««. Auf dieses steuert dem lande zu und sie wird euch folgen, denn sie wird ihre augen nicht mehr von den herrlichen waaren abwenden können die ihr im kahn habt.«

Der prinz versprach diss alles getreulich zu erfüllen,

worauf der wolf sich in einen kahn verwandelte, in dem statt
hässlicher gedärme herrliche seidene bänder, und stoffe von den
glühendsten farben lagen. Der erstaunte prinz setzte sich zu
denselben in den kahn, und steuerte, den schwanz des wolfs
haltend, keck in's meer hinaus, dorthin wo die sonne ihr gold
auf die blauen wellen streute. Bald sah er das goldene meermädchen herauftauchen und auf sich zuschwimmen, er sah und
hörte wie sie ihm winkte und rief, er entgegnete ihr aber
mit lauter stimme, wenn sie etwas kaufen wolle, müsse sie zu
ihm kommen. So sprechend drehte er sein wunderfahrzeug um,
und steuerte wieder dem lande zu. Das meermädchen rief
ihm unaufhörlich zu er solle still halten, er aber kehrte sich
nicht daran, sondern fuhr fort bis er den sand des ufers erreicht hatte. Hier legte er an, und erwartete das meermädchen,
das ihm nachgeschwommen kam. Hätte er sie früher gesehen,
so hätte er gewis ihren winken nicht widerstanden, und wäre
ihr selbst in des meeres tiefe gefolgt; auf keinen fall aber
hätte er sie mit so kaltem blut am meeresufer erwartet, denn
sie war so ausserordentlich schön wie sterbliche gar nicht
sein können. Sie hatte den kahn bald erreicht, und sich über
bord geschwungen, um recht nach herzenslust unter den herrlichen waaren aussuchen zu können. Der prinz aber sprang
auf sie zu, schloss sie heftig in seine arme, und bedeckte ihre
wangen und lippen mit tausend küssen, indem er ihr erklärte
dass sie nun sein sei. Zugleich verwandelte sich der kahn
wieder in einen wolf, worüber das meermädchen so erschrack
dass sie ängstlich ihre arme um den prinzen schloss.

So war das goldene meermädchen glücklich gefangen,
und sie fügte sich auch bald willig in ihr neues loos, da sie
sah dass sie weder den wolf noch den prinzen zu fürchten
habe. Sie sass auf dem rücken des ersteren, und hinter ihr
der prinz. So kamen sie zu dem kaiser mit dem goldenen
pferd, der prinz stieg ab und half auch dem meermädchen herunter, um sie vor den kaiser zu geleiten. Sowohl vor dem
schönen mädchen, als vor dem mächtigen wolfe, der dissmal
seinen prinzen nicht verliess, machten die wachen ehrerbietig
platz, und bald standen alle drei vor dem höchst erstaunten
kaiser. Als dieser von dem prinzen erfahren hatte wie er in

den besitz des goldenen meermädchens gekommen sei, sah er
wohl dass dem jüngling eine höhere macht zur seite stehe, und
nahm den gedanken an den besitz des überaus schönen meermädchens gar nicht mehr auf, sondern sagte im gegentheile zu
dem prinzen: »lieber jüngling, verzeihet mir dass ich euch
in ein so schmachvolles gefängnis habe werfen lassen, als ihr
zuerst nehmen wolltet was nur euch und keinem andern ge-
bührte. Nehmt von mir das goldene pferd als ein geschenk,
und als einen beweis meiner hochachtung von eurer macht,
die wirklich grösser ist als ich begreifen kann, da es euch
gelungen ist dem meere diese übergrosse schönheit zu entführen,
zu der bis jetzt kein sterblicher hat gelangen können.« Hierauf
setzte man sich zur tafel, bei welcher der prinz seine wunderbare geschichte nochmals erzählen musste, zum erstaunen aller
anwesenden. Mancher hätte sie wohl nicht geglaubt, wenn
nicht der wolf in wirklichkeit bei der tafel gesessen wäre, und
mit seinen grimmigen blicken jeden ungläubigen an die wahrheit
der sache gemahnt hätte.

Der prinz, voll sehnsucht nach seiner heimat, wünschte
nach aufgehobener tafel seine reise fortzusetzen, und beurlaubte
sich daher beim kaiser, der ihm alsbald das goldene pferd vor-
führen liess. Der prinz hob sein meermädchen hinauf, schwang
sich hinter sie, und im fluge gieng es fort, dem anderen kaiserthume zu, wo der kaiser vom goldenen vogel herschte. Der
wolf war dem prinzen immer nebenher, ohne dass er irgend
einen anderen schritt gegangen wäre als seinen gewöhnlichen
hundstritt. Der ruf von des prinzen abenteuern war ihnen schon
vorangeeilt, und der kaiser vom goldenen vogel stund bereits
auf dem altan, um seine mächtigen gäste zu erwarten. Als sie
in den schlosshof einritten, waren sie höchlich erstaunt dass
sie alles so schön geschmückt, und zum festlichen empfange
bereit fanden. Als der prinz und das goldene mädchen, voran
der wolf, die treppen im palaste hinaufstiegen, kam ihnen der
kaiser entgegen und führte sie in den saal. Sogleich erschien
ein diener, mit dem goldenen käfig worin der goldene vogel
war. Der kaiser machte damit dem prinzen ein geschenk, und
entschuldigte sich angelegentlich dass er so hart mit ihm verfahren sei; es wäre nicht geschehen, wenn er ihn gekannt hätte.

Der goldene vogel gehöre zum goldenen pferd, und diese beide
wieder nur dorthin wo eine solche überirdische schönheit
hersche. Mit diesen worten verneigte er sich sehr höflich
vor dem schönen meermädchen, reichte ihr die hand, und führte
sie zur tafel, wo eben aufgetragen war. Der prinz folgte mit
seinem freunde wolf, der ihn aufforderte nicht lange zu bleiben,
im übrigen sich neben den prinzen zur tafel setzte, unbekümmert darum dass niemand ihn aufgefordert hatte. Natürlich
traute sich keiner dem mächtigen freunde des prinzen etwas zu
sagen, um so weniger als sich der wolf bei tisch überaus artig
benahm.

Nach der tafel beurlaubten sich der prinz und sein meermädchen wieder, bestiegen ihr goldross, und setzten nunmehr
die reise nach ihrer heimat fort. Unterwegs sagte der wolf
zum prinzen: »theurer prinz, wie ganz anders nehmt ihr euch
aus auf diesem goldross, und im besitz des goldenen wundervogels und einer so schönen jungfrau, als damals wo ihr auf
eurer mähre die stadt eures vaters verliesset! Mein weg führt
mich jetzt fort von euch, und ich muss euch lebewohl sagen,
thu' es aber mit freuden, da ich euch in den glücklichsten
umständen verlasse!« Der prinz war über diese worte traurig,
und wollte den wolf nicht fortlassen; der aber blieb auf seinem
sinn, und trollte sich rechts ab in ein dickicht, indem er
noch rief: »wenn ihr im unglück seid, mein prinz, will ich
schon eurer wohlthätigkeit gedenken.« Diss waren des treuen
wolfs letzte worte, und der prinz konnte sich über das scheiden
seines freundes kaum der thränen enthalten, Als er aber sein
geliebtes meermädchen anschaute, ward er bald wieder froh,
und lenkte das goldross ruhig durch einen wald weiter.

Auch an dem hof seines vaters waren die wunderbaren
abenteuer des einst so gering geachteten kaisersohnes schon
bekannt geworden. Seine älteren brüder, die auf den dieb
der goldenen äpfel vergeblich jagd gemacht hatten, waren über
das glück des jüngsten in grossen zorn gerathen, und überein
gekommen ihn meuchlerisch umzubringen. Der wald durch den
der prinz eben ritt, diente ihnen zum versteck, und es dauerte
nicht lang so fielen sie über ihn her, erschlugen ihn, und
nahmen pferd und vogel mit sich fort. Das mädchen aber war

nicht von der stelle zu bewegen, denn seit sie das meer verlassen hatte, kannte sie nichts höheres als mit ihrem prinzen
leben oder sterben. Der leib des erschlagenen war bereits verwest, und nur
noch das verbleichte knochengerippe lag neben dem unglücklichen meermädchen, das nichts thun konnte als salzige thränen
über den verlust ihres geliebten weinen, so dass sie schon fast
ganz aufgelöst war. Da erschien der alte freund wolf, und
sprach zu ihr: »mädchen meines prinzen, getrauest du dich
die gebeine deines geliebten ganz so zu legen wie sie im leben waren?« »O ja!« rief das meermädchen, sprang auf und
that so. »Gut« sprach der wolf, »jetzt nimm laubwerk und
blumen, und decke sie drauf!« Als diss geschehen war, blies
der wolf über das ganze hin, und vor dem freudetrunkenen
meermädchen lag ihr geliebter prinz in ruhigem schlummer.
»Nun wecke ihn, wenn du willst« sprach der wolf. Da küsste
das meermädchen die narben auf des prinzen stirne, die male
der wunden die ihm die meuchlerischen brüder geschlagen
hatten, und er erwachte. Vor übergrosser freude dachten sie
beide lange zeit nicht an das pferd und an den vogel, unterdessen aber kehrte dem meermädchen, sowie der kummer von
ihr wich, ihre schönheit zurück. Nach einiger zeit mahnte der
wolf, dem der prinz ebenfalls um den hals gefallen war, zur
heimreise, und wieder, wie früher, setzte sich der prinz mit
seinem geliebten meermädchen auf den rücken des treuen
thiers.

Des vaters freude war überaus gross, als er seinen jüngsten
sohn umarmte, an dessen rückkehr er längst verzweifelt hatte.
Auch an dem wolf und an dem herrlichen goldenen meermädchen
hatte er grosse freude, und wiederholt musste der prinz erzählen wie jener ihm zum besitz der schönen braut verholfen
hatte. Sehr traurig ward aber der alte vater, als er hörte
wie schändlich die älteren brüder ihren jüngeren erschlagen
hatten. Er liess sie sogleich rufen, und als sie kamen, erblass-
ten sie zum tod vor ihrem bruder, den sie längst vermodert
glaubten. In der verwirrung konnten sie auch gar nicht leugnen,
als der vater sie fragte warum sie so gefrevelt haben, sondern
gestanden sogleich dass es nur um des wundervogels und des

goldenen pferdes willen geschehen sei. Da entbrannte der zorn
des vaters, und er befahl sie beide aufzuhängen. Bald hernach
liess er das prächtigste hochzeitfest begehen, durch welches der
jüngste prinz und das meermädchen mann und frau wurden.
Nach der feierlichkeit wünschte der wolf seinem prinzen alles
glück, und beurlaubte sich zum schmerze des kaisers, des
prinzen und der jungen kaiserin, um wieder in seine wälder
zu kommen.
    So endeten die abenteuer des prinzen mit seinem freund
wolf.

27. Florianu.

Ein mächtiger könig und herr über viele länder, dem die
sittenlose zeit sehr zu herzen gieng, liess einst fern von seiner
hauptstadt ein schönes schloss bauen, das er mit hohen wällen,
tiefen gräben und felsenfesten mauern umgab. Hier gedachte
er seine tochter, sein einziges kind, einen säugling von wenigen
monden, abgeschlossen von der welt, fromm und in reinen
sitten erziehen zu lassen. Bei todesstrafe sollte kein mann, er
sei jung oder alt, je auch nur dem äussersten graben dieses
schlosses nahe kommen; auch verbot er die prinzessin mit irgend
jemand allein sprechen zu lassen, ausser mit den frauen die zu
ihrer bedienung gehörten. Wie der könig befohlen so geschah
es. Streng abgeschieden von der welt hatte die prinzessin die
tugendhaftesten erzieherinnen, die sie höchst sorgfältig unter-
richteten. Ihr vater aber verwendete tausende und tausende,
um seinem geliebten kinde die abgeschiedenheit von der welt
zu versüssen, und ihm einen aufenthalt zu verschaffen der eben
so reizend als unschuldig wäre. Er liess prächtige gärten an-
legen, in denen herrliche springbrunnen und fischreiche teiche
waren, und in den wundervoll schönen gebüschen liess er die
seltensten, kostbarsten vögel hegen, die das ohr mit ihrem
gesange bezauberten und das auge mit dem glanz ihres gefie-
ders blendeten.
    So wurde die prinzessin sechzehn jahr alt, und ihre schön-

heit war so mächtig, dass, wenn sie vorübergieng, die blumen
in den gärten sich vor ihr neiglen, die vögel in den gebüschen
ehrerbietig schwiegen, und die fische auftauchten um sie zu
sehen. Die wachsamkeit der erzieherinnen wurde jetzt immer
mehr geschärft, aber Gott, der alles beherscht, und das geschick
der menschen nach seiner weisheit lenkt, wollte es anders.
Eines tages nemlich, als die prinzessin mit ihrem gefolg im
garten vor dem schloss umhergieng, und blumen sammelte
kränze daraus zu flechten, bemerkte sie draussen vor dem
äussersten wall eine hohe, schlanke frau, mit schwarzbraunem
gesicht und zerlumpten kleidern, die einen bündel auf dem
rücken trug. In ihren rabenschwarzen haaren hatte sie sehr
schöne blumen, die in der ferne wie silber, gold und purpur
durcheinander spielten. Als das königskind dieselben sah, empfand es lebhaftes verlangen nach ihnen, und die fremde musste
herbei gerufen werden, während es die gesammelten blumen
ungeduldig wegwarf. Als die gerufene, eine Zigeunerin, herbei-
kam, gieng ihr die prinzessin entgegen, und fragte sie woher
sie diese wunderschönen blumen habe. »Ich fand sie in dem
walde dort, unweit des schlosses,« war die antwort der
gefragten, worauf die königstochter etliche von ihr verlangte.
Sie bekam ihrer so viel sie wollte, entliess die Zigeunerin
königlich belohnt, und wusste sich nun vor wonne kaum zu
fassen. Sie steckte sie in die haare, band dann einen strauss
davon, löste ihn aber wieder und stellte die blumen in's
wasser, dann spielte sie damit wie mit einem ball, bis zum
abend, wo sie sie wieder ins wasser stellte, um sich ihrer
auch morgen noch erfreuen zu können. Da bemerkte sie dass
sich das wasser in welchem sie stunden, ebenso purpurroth
färbte wie die schönen blumen, ja dass sogar goldene und
silberne sternlein darin herumschwammen, gerade so wie der
duftige staub auf den glühenden blumenblättern selbst war.
Sie hatte das noch nie gesehen, und es ergetzte sie so dass sie
die blumen ganz ins wasser tauchte, darin zerknitterte, endlich
das glas ansetzte, und, da das wasser einen lieblichen geruch
angenommen hatte, schnell austrank.
     Es dauerte nicht lang so erkrankte die prinzessin, wor-
über alles in die gröste bestürzung gerieth. Man sandte sogleich

eine botschaft an den kaiser, welcher alsbald in begleitung
seines leibarztes ankam, um den zustand der prinzessin zu er-
forschen. Der arzt that wie ihm befohlen, und sprach endlich
nach langem ängstlichem bedenken aus, dass die prinzessin sich
in gesegneten umständen befinde. Als der könig diss hörte,
ward er wüthend, schlug den arzt in's gesicht, liess die erzieherinnen und gesellschafterinnen der prinzessin kommen, warf
ihnen ihre pflichtvergessenheit vor, und gab alsbald den befehl
dass sie alle fortgepeitscht werden sollten, wobei er in wüthen-
dem schmerz rief: »ihr lasterhaften metzen, in hunger und
elend mögt ihr den jammervollsten tod finden, weil ihr die seele
meines kindes vergiftet habt!« Sodann liess er die unglückliche
prinzessin rufen, fuhr sie mit den härtesten worten an, riss
sie an den haaren auf den boden, und trat sie mit füssen.
Hierauf liess er sie binden und in ein scheussliches gefängnis
werfen, indem er rief: »dort magst du schmachten, bis du die
sonne für einen schatten ansiehst.« »Ach mein vater,« jammerte
die arme prinzessin, »thut wie euch gefällt, aber ich bin ohne
schuld, so wie auch meine frauen. Ich weiss nicht warum ihr
so ergrimmt seid; ich will ja gewis nicht mehr krank sein.«
»Schweig elende«! rief aber der könig wieder, »du hast dich
und mich und meinen ganzen königlichen stamm geschändet, und
willst dich jetzt mit teuflisch erheuchelter unschuld zieren!
Fort mit ihr, ins gefängnis!« So gieng der könig mit seinem
hofe fort, die prinzessin aber ward von einer starken wache
hinter ihm hergeschleppt.

Als der zug das schloss verlassen hatte, wandte sich der
könig noch einmal um, und befahl den soldaten feuer darein zu
werfen, und seine wälle, mauern und gräben der erde gleich
zu machen, auch alle bäume umzuhauen, die fischteiche aber
zuzuwerfen, damit ihn nichts mehr an diesen ort erinnre.
So wurde die reizende wohnung, mit ihren herrlichen umgebungen, von grund aus zerstört.

Als der könig wieder in seiner hauptstadt angelangt war,
durfte man vor ihm lange zeit nicht mehr von seiner tochter
sprechen, die in einem schrecklichen gefängnis schmachtete. So
hatte es mehrere monde gedauert, da liess er endlich den kerkermeister rufen, und sprach mit wenigen worten zu ihm: »ver-

schliesse deine gefangene in ein fass, aber fest; wirf dieses dann
in's meer, und lass mich nie mehr etwas davon hören, ausser
dass du mir nachricht giebst, sowie du meinen befehl ausgeführt
hast. Wehe dir, wenn du nicht gehorchst.« Der kerkermeister
gieng, und that nach des königs befehl. Die bitten des unglücklichen königskindes halfen nichts, ihre thränen konnten das herz
des harten mannes nicht erweichen, und die unschuldige ward
in einem fass dem wilden meere preisgegeben.

Sie hatte aber nicht lange darauf umhergetrieben, so gebar
sie einen grossen, starken knaben, der wuchs im augenblick so
gewaltig, dass er, wie er sich regte und sich ausstrecken wollte,
das fass auseinander drückte, als ob es von papier wäre. Hierüber erschrack seine mutter, weil sie dachte sie müsse jetzt
ertrinken, aber ihr sohn sprach ihr muth ein, und sagte:
»fürchte dich nicht vor dem meer, liebe mutter, ich helfe dir
schon weiter.« Darauf nahm er einige fassdauben, setzte seine
angstvolle mutter darauf, und schwamm neben ihr her, indem
er mit einer hand ruderte, und mit der andern das einfache
fahrzeug trieb.

Bald hatten sie das land erreicht, und da musste ihm
seine mutter die erzählung ihres unglücklichen schicksals geben,
während er still und aufmerksam zuhörte. Unter dem erzählen
kam ihr auch der gedanke, dass ihr unheil von den schönen
rothen blumen hergekommen sein könne welche sie genossen
hatte. Daher nannte sie ihren sohn Florianu, blumensohn.

Indessen war es abend geworden, und sie giengen einem
grossen walde zu, über dessen wipfel ein herrlich gebautes
schloss hervorschaute. Bei seinem anblick warnte die mutter
Florianu und sprach: »höre mein sohn, wir wollen nicht nach
jenem schlosse gehen, es ist von vielen drachen bewohnt, meine
wärterinnen haben mir oft davon erzählt.« »Ei was!« rief
lachend der meergeborene, »diss ist eben recht für solche arme;
ich will diese drachen schon gute sitten lehren, wenn sie uns
nicht gastfreundlich empfangen.«

Unter angst und sorgen folgte die mutter ihrem sohne, der
mit einer mächtigen keule voranschritt, und, beim grossen
thore des schlosses angelangt, mit einem streiche die eisernen
thüren desselben in trümmer schlug. Sie fanden aber nirgends

etwas lebendes, stiegen eine breite treppe hinauf, und gelangten zu einem prächtigen vorsaal, der sie durch eine reihe herrlich eingerichteter zimmer, mit blendendem gold- und silberschmuck führte. Endlich standen sie vor einer elfenbeinernen thüre, die aber fest verschlossen war. Florianu wollte wissen was in diesem gemache sich geheimes befinde, und schlug mit seiner keule dagegen. Da sie nicht sogleich nachgab, führte er erzürnt einen zweiten streich, aber die thür widerstand auch dissmal, ja die starke keule zersplitterte in kleine stücke. Ergrimmt hierüber, riss er in dem vorsaal durch welchen sie gekommen waren, eine marmorsäule weg, und schleuderte sie mit solcher gewalt gegen die verschlossene elfenbeinthüre dass diese zertrümmert hineinfiel, das geschoss aber noch zur hälfte durch die rückwand des geheimnisvollen zimmers flog. Florianu trat hierauf schnell hinein, ohne sich durch den erstickenden pestqualm abschrecken zu lassen der ihm entgegenströmte. Seine mutter hielt sich in banger furcht hart hinter ihm.

Wie sie sich nun beide hier umsahen, hatten sie ein abscheuliches schauspiel vor sich. Es lagen nemlich über fünfzig grössere und kleinere drachen umher: sie heulten und winselten, und bissen mit verzweiflungsvoller wuth in die stücke der marmorsäule, mit welcher Florianu die thüre zerschmettert hatte. Sie waren vor hunger dürr, und ihre schuppenhaut, die sonst in tausenderlei farben geschillert haben mochte, zeigte nur einen bleichen, abgestorbenen schein. Diese entsetzlichen, aber erbarmungswürdigen ungeheuer waren alle in schwere eiserne ketten geschmiedet, so dass sie sich nicht von der stelle bewegen konnten, höchstens dass es dem einen oder dem andern gelang sich vom rücken auf den bauch zu wenden. »Ich glaube« sagte Florianu bei diesem anblick, »wir sind hier in die hölle selbst gerathen; was sagst du dazu, mutter?« »Ach, mein sohn« erwiderte diese, zitternd vor angst, »lass uns fliehen von diesem grässlichen aufenthalte, der mir alle sinne betäubt!« »Nicht um alles, meine liebe mutter,« rief hierauf der junge held, »nicht um alles, geh' ich fort von hier! ich muss wissen wer diese höllischen geschöpfe hier herein gebannt hat.«

Als die drachen dieses gespräch hörten, heulten und winselten sie nicht mehr, und einer unter ihnen hub an zu reden und zu fragen: »wer seid ihr, fremdlinge?« dann zu Florianu besonders: »wer bist du? wenn du einen menschen zum vater hast, so flieh von hier, ehe der grosse kommt, unser bruder und peiniger, denn er wird dich sammt diesem weibe zerreissen.« Ueber der gräulichen stimme des unthiers begann Florianus mutter aufs neue zu zittern, ihr sohn aber rief mit lauter stimme: »wohlan denn, ich habe keinen menschen zum vater, darum fürchte ich euren grossen nicht. Ich bin aus blumen geboren und von der see gewiegt. Sagt mir, wo ist euer grosser, dass ich hingehe und ihn verderbe!« Hierauf schrieen viele der drachen: »o du, mehr als mensch, du gott, mach' uns los aus unsern banden, dass wir dich zu ihm führen und dir helfen ihn tödten!« Da lachte aber Florianu und sagte: »ihr höllengezüchte, da sei Gott vor dass ich euch frei lasse! Ja, hingehen will ich, euren grossen fangen, und ihn ebenso unter euch binden!« Als die drachen diss vernommen hatten, lachten und heulten sie durch einander, denn sie freuten sich dass der grosse drache nun auch gebunden werden solle.

Plötzlich ward es finster, und es erhob sich ein geräusch wie ferner donner, da suchten die drachen einer unter den anderen zu kriechen, indem sie angstvoll winselten: »der grosse! der grosse!« Ehe Florianu sich umsehen konnte, erzitterte das ganze schloss von einer mächtigen stimme, welche rief: »armseliges erdengewürm, wer hat euch hiehergeführt? wisst ihr dass das euer tod ist?« Als Florianu sich auf dieses umwandte, sah er einen ungeheuren drachen, der sich bald gross, bald klein machte, und einen heissen, stinkenden dunst nach ihm schnaubte. »Schweig, du höllenspuck!« rief er, sprang auf ihn zu, packte ihn, und drückte mit der rechten dem wuthschäumenden so gewaltig den hals zusammen dass er sich nicht mehr rühren konnte, und flügel, schweif und füsse sammt den scharfen krallen schlaff hängen liess. Dann nahm er mit der linken eine säule, und schleppte sie, nebst dem drachen, durch das eiserne thor vor das schloss. Dort liess er die säule fallen, riss eine eiche aus den wurzeln, trat mit einem fuss darauf, und wand sie wie eine weidenruthe; dann band er damit den drachen an die säule fest, so wie man eine rebe am stab aufbindet. So liess er ihn liegen und kehrte zu seiner mutter zurück.

Am andern tage gieng Florianu wieder durch alle gemächer
des schlosses, um sie genauer zu betrachten, da fand er auch
einen prächtigen waffensaal, wo er sich die schönsten und
besten jagdgeschosse von den wänden nahm, um damit nach
herzenslust die forste zu durchstreifen die das drachenschloss
umgaben. Er beurlaubte sich deshalb von seiner mutter, und
sprach ihr zu sich nicht zu fürchten, wenn sie allein zurück-
bleibe, er werde sich nicht weit vom schloss entfernen. Die
prinzessin, welche wohl sah dass sie ihrem sohn umsonst
zureden würde zu bleiben, bat ihn nur noch wenigstens den
gebundenen grossen drachen vor den fenstern wegzunehmen, und
ihn in eines der gemächer zu sperren. Florianu that dieses
sogleich und gieng dann.

Abends kam er heim, und übergab die gemachte beute seiner
mutter, welche davon die abendmahlzeit bereitete. Zu dieser
fanden sich in einem keller, der sich, so lang und gross das
drachenschloss war, darunter hinzog, die vortrefflichsten und
feurigsten weine. Am andern tage gieng Florianu wieder auf
die jagd, und die mutter sorgte zu hause für den tisch.

So lebten beide glücklich und vergnügt viele tage, ohne
dass sich etwas wunderbares weiter zugetragen hatte. Einmal
aber, als Florianu wieder auf der jagd war, besah sich seine
mutter, die immer zu hause blieb, die schönen gemächer und
prächtigen hallen des schlosses. So kam sie endlich auch an
die verschlossene thüre, hinter welcher der von Florianu gebundene drache verschlossen lag. Sie blieb einen augenblick stehen um zu lauschen, diss bemerkte das gefangene ungeheuer,
denn seine ohren hatten das vermögen von tausend ohren, und
fieng an in jammervollen tönen sein misgeschick zu beklagen.
»Ach, wie traurig ist mein geschick!« seufzte er »und welche
qualen muss ich erdulden, dass ich so grausam gebunden liege.«
Als die prinzessin diss hörte, sah sie durch das schlüsselloch
in das gemach, um den gebundenen drachen zu beobachten.
Wie erstaunte sie aber, als sie statt dessen den schönsten jungen
mann an die marmorsäule geschlossen liegen sah. Bei diesem
anblick entzündete sich ihr herz, und sie fühlte sich tief roth
werden, weshalb sie sich schnell von der thüre wegwandte und
in ihr gemach eilte. Als ihr sohn abends nach hause kam, so

verschwieg sie ihm was sie gesehen, denn er hatte sie dringend
gebeten sich jenem gemache nicht zu nähern.

Des andern tags aber, als Florianu wieder auf die jagd
gegangen war, trat sie wieder zu dem gemach, und sah und
hörte dasselbe wie gestern, verschwieg es aber abends ihrem
sohne wieder. Am dritten tage fand sie's zum dritten mal so,
und konnte den inneren drang nicht zurückhalten, indem sie
durch die geschlossene thüre zu dem klagenden sprach: »wer
du auch seist, unbegreiflicher, sag mir, kommen diese jammer-
töne die ich hören muss, von dir?« Auf dieses war es drinnen
einen augenblick stille, dann aber hub es an: »o wer fragt
nach mir unseligem, den ein böser fluch in den abscheulichsten
aller drachen verwandelt, und den nun ein mächtiger unhold
aufs grausamste an eine marmorsäule gefesselt hat? frage nicht
nach meinem schicksal, wenn du mir nicht helfen willst!«
»Ich will, ich will helfen!« rief auf diese klagen mitleidig die
prinzessin, die sich an der überirdischen schönheit des gefangenen gar nicht satt sehen konnte. »Ach, sage mir, wie
kann ich helfen?« »Nur meine bande lösen!« seufzte hierauf
der gefangene. »ja, liessest du mich frei, ich wollte dir mein
leben lang dankbar und in treuer liebe ergeben sein.« »Frei
machen kann ich dich nicht« entgegnete hierauf die bethörte,
»denn wenn es mein sohn erführe, er würde dich tödten, mich
aber viellcicht verlassen, so dass ich ohne schutz in hunger
und elend hier umkommen müsste.« »Fürchte diss nicht«
sprach der listige hierauf, »ich würde dich beschützen bis an
das ende meines lebens, wenn auch dein eigener sohn dich
verliesse. O lass mich frei, du unsichtbares gutes wesen, er-
löse mich aus diesen schmerzhaften banden, an denen ich sterben
muss, wenn deine mitleidige hand sie nicht löst. Thust du es
nicht, wer käme sonst in dieses verwünschte schloss, mir zu
helfen?«

Die klagen aus dem munde des überaus schönen jünglings,
und die schmerzensthränen in seinen augen, siegten endlich:
die prinzessin eilte nach einem messer, schob den riegel der
thüre zurück, und öffnete sie. Nachdem ihr der gebundene
versprochen und betheuert hatte dass er nicht entfliehen wolle,
wenn er frei sei, löste die getäuschte schnell seine bande.

Kaum aber fühlte der zauberer dass er frei sei, als er in die höhe sprang, und unter abscheulichem gelächter zur thüre hinaus wollte. Da vertrat ihm die prinzessin in todesangst den weg, und rief: »halt! keinen schritt über diese schwelle, sonst verderbst du uns beide. Wenn dich Florianu sähe, so legte er dir gewis die fesseln des todes an!« Der befreite stand einen augenblick still, stierte die prinzessin an, und schlich sich dann in eine ecke des gemachs. Durch diese furcht wuchs der muth der prinzessin, und sie sprach zu ihm: »dass ich dich aus deinen banden befreite soll keine seele wissen, auch sollst du frei bleiben; jedoch wage dich nie über diese schwelle, sondern bleib' immer mein gefangener. Jeden tag will ich kommen und bei dir bleiben, dir auch zu essen und zu trinken bringen was ich habe.« Auf dieses warf sich ihr der gefangene demüthig zu füssen, küsste ihr dieselben, und bat sie um verzeihung. Sie aber hob ihn auf, und als er nun seine arme um sie schlang und sie küsste, liess sie sichs gefallen. Sie hätte das aber gewis nicht gethan, wenn ihr kekannt gewesen wäre dass ihr schöner schützling nichts andres war als ein abscheuliches ungeheuer, in erlogener menschengestalt.

So waren sie längere zeit bei einander, bis sie Florianu kommen hörten der von der jagd heimkehrte. Da eilte die prinzessin sogleich fort, und verriegelte hinter sich die thüre. Dann gieng sie ihrem sohne entgegen, grüsste und küsste ihn, als ob nichts geschehen wäre. Florianu war hungrig und verlangte zu essen, aber da war nichts zubereitet, weil die treulose frau ihre zeit mit dem drachen zugebracht hatte. Geduldig wartete der sohn, bis seine mutter gekocht und aufgetragen hatte.

Am andern morgen, als Florianu wieder auf die jagd gegangen war, eilte die prinzessin zu ihrem geliebten. Sie fragte ihn unter anderem auch, wie es denn gekommen sei dass er ein so abscheulicher drache geworden, auch welche bewandtnis es mit den übrigen drachen habe. Da hub der lügnerische liebhaber an, eine traurige geschichte zu erzählen, wie ihn und seine neunundfünfzig brüder unverdienter vaterfluch getroffen und dieses unglück über sie gebracht habe, und wie er sie in fesseln habe legen müssen, weil sie ihm nach dem leben trachteten. Diss war aber nur auf's bösartigste erdichtet, denn er war nur ein ganz gemeines abscheuliches ungeheuer, das die andern aus neid und fressgier in banden hielt. Die prinzessin glaubte ihm, weil er schön war, er machte ihr aber doch einigermassen bange, weshalb sie nach einigem nachdenken aufstand um wegzugehen. Da hielt sie der schmeichler zurück und bat sie zu bleiben, indem er klagte: »ach, du wolltest gehen, wolltest mich unglückseligsten verlassen und in mein elend zurückstossen!« Diss rührte die schwache, und sie versprach ihm unter thränen, morgen wieder zu kommen. Sie wusste nicht dass der geliebte sie betrog, und nur darauf sann wie er entkommen, und den helden Florianu sicher verderben könnte. Nach gewohnter weise brachte die prinzessin auch heute den abend mit ihrem sohn zu, der ihr vieles von seinen jagdabenteuern erzählte und sich dann zur ruhe legte.

Sie konnte indessen vor ungeduld kaum den morgen erwarten, an dem Florianu das schloss verlassen würde. Als diss geschehen war, eilte sie schnell wieder zu ihrem zauberischen buhlen, herzte und küsste ihn, und wusste sich kaum zärtlich genug bei ihm zu gebärden. Plötzlich fieng er an zu weinen, da wischte sie ihm die thränen aus den augen, küsste ihn wieder, und fragte ihn nach der ursache seiner thränen. »Ach« seufzte er hierauf, »mir bricht das herz, wenn ich denke dass wir bald getrennt werden! Sieh, wenn dein sohn erfährt dass du immer bei mir und mir in liebe zugethan bist, so erwürgt er dich und mich!« Auf dieses wurde sie nachdenklich, und sagte dann: »o mein geliebter, nie soll Florianu etwas davon erfahren dass ich dich frei gemacht habe, und dass ich dich so unaussprechlich liebe!« »Wie glücklich könnten wir sein« hub jener wieder an, »wenn dein sohn weiter zöge. Gern möchte ich den vaterfluch ertragen, wenn wir, du und ich, dieses schloss für uns hätten.« »Und könnten wir diss nicht bewirken?« fragte hierauf Florianu's mutter, »ich will ihn tödten.« »O sprich den gedanken nicht aus!« rief auf dieses der heuchler, aber sein inneres war voll teuflischer freude. »Warum soll ich ihn nicht tödten können?« hub indessen sie wieder an, »hat er denn einen vater, der um ihn trauerte? Warum musste ich tausenderlei qualen um seinetwillen erdulden? Warum

schuldlos qual und schmach ertragen? Mir allein gehört er,
durch endlose leiden hab' ich ihn erkauft, drum kann ich
ihn auch um freuden verkaufen!«· Auf dieses fieng der verzauberte laut an zu lachen, und sprach: »recht so! nur dir
gehört er, und steht er dir im wege so tödt' ihn, und als
dein freund will ich dir helfen.« Hierauf beriethen sie sich,
wie sie es anfangen wollten den unbändigen aus dem wege
zu schaffen. Endlich sprach der listige drache mit lachen:
»mir fällt ein mittel ein, theuerste prinzessin. Wenn dein sohn
abends heimkehrt, so stelle dich krank, verschmähe alle speisen und getränke, und sprich zu ihm: »»o mein sohn, ich fühle
mich sehr krank und mag nichts essen; wenn du aber wieder
einmal auf die jagd gehen solltest, so wende dich im nächsten
forste rechts, dort, träumte mir, halten sich viele auerochsen
auf. Suche dann einen zu erlegen, denn ich glaube das warme
hirn eines solchen würde mich gesund machen««. Auf dieses
wird er sich schnell in den forst begeben, und kommt er dort
unter die auerstiere, so werden sie ein spiel mit ihm treiben
von dem er nicht wiederkehrt.«

Als Florianu abends nach hause kam, hatte sich seine
mutter schon gelegt, und that wie ihr der abscheuliche buhle
gerathen hatte. Schnell ergriff der held wieder den bussogan,
und eilte ohne auszuruhen in den beschriebenen forst, wo er
bald ein mächtiges rudel auerochsen antraf. Nachdem er sich
den grösten davon ausersehen, erhob er seine stimme so
fürchterlich dass alle die flucht ergriffen, der stärkste voran.
Pfeilschnell rannte er ihnen nach, holte sie ein, und vor seinen
gewaltigen streichen stoben sie rechts und links aus einander,
bis er den auserlesenen erwischte, den er beim schweif fasste
und rückwärts nach sich ziehend in's drachenschloss brachte.
Hier gieng er mit ihm die treppe hinauf, und brachte ihn seiner mutter vor das bett. Sie war nicht darin, schlich sich
aber doch augenblicklich herbei, und sagte freundlich zu ihm
sie sei schnell gesund worden. In wahrheit war sie, da sie
dachte Florianu werde nicht mehr wiederkehren, schnell zu
ihrem buhlen geeilt. Jetzt küsste sie ihren sohn, und dankte
ihm für seinen guten willen, worauf Florianu lachte und sagte:
»ich wusste nicht, liebe mutter, ob du das auerochsenhirn

blutwarm wolltest oder nicht, drum bracht' ich das thier lebendig. Da du es aber nicht brauchst, so lass' ich es wieder
laufen!« Somit stiess er den auerochsen die treppe hinab,
und liess ihn das freie suchen.

Die prinzessin erröthete zwar über der heldenmüthigen
unbefangenheit ihres sohnes, gieng aber doch nicht in sich,
sondern begab sich, als Florianu in der nacht fest schlief, in
das gemach wo ihr geliebter war, und klagte diesem wie ihr
sohn einen lebendigen auerochsen am schweife heimgeschleppt
habe, ohne dass ihm das mindeste zugestossen sei. Der
zauberer verwunderte sich hierüber sehr, und rieth der prinzessin sich am andern tage wieder krank zu stellen. Unter
diesem vorwand solle sie von ihrem sohne verlangen, dass er
links vom auerochsenforst einen bären fange und erlege, da
ihr geträumt habe dass sie von der brühe einer bärenkeule
gesunden würde. »Dort« setzte er boshaft hinzu, »findet der
prahler bestimmt sein ende, denn in jener wildnis befinden
sich viele bären, die an stärke und wildheit alle andern übertreffen.«

Wirklich stellte sich die prinzessin des andern tages wieder
krank, und bat ihren sohn ihr von der jagd eine bärenkeule
mitzubringen. Florianu lief so schnell er konnte, und kam bald
auf eine lichtung mitten in dem beschriebenen walde. Hier
sah er auf einem der höchsten felskämme einen ungeheuren
bären sitzen, der in der einen tatze einen riesigen baumstamm
hielt, und mit der andern aus einer höhlung desselben honig
frass. Florianu näherte sich dem felsen, und redete das ungethüm zu seinem spass an, indem er zu ihm hinaufrief: »komm'
herunter, geselle, dass wir uns im ringen versuchen! meine
mutter möchte wissen wie stark einer von deinen schenkeln
ist!« Der bär sah auf, brummte, und als ihn der held unver-
wandt ansah, richtete er sich auf, den baumstamm grimmig
herunter schleudernd. Florianu kümmerte sich aber hierum
wenig, und erwartete seinen schrecklichen gegner, der schnell
herabkletterte um ihn anzugreifen. Als er noch nicht ganz herab
war, hielt ihn Florianu schon im arme, und rief lachend:
»warte du hitzkopf, du bist umsonst herabgestiegen, wir wollen
den kampf oben ausmachen!« So kletterte er mit ihm bis

auf die oberste spitze des felsen, und warf ihn dort mit solcher gewalt herab dass er regungslos liegen blieb. Dissmal fand Florianu, als er mit der verlangten beute heim kam, seine mutter im bett. Sie stellte sich sehr krank, und that als ob sie kaum etwas von sich wüsste; deshalb gieng er selbst in die küche, setzte die bärenkeule zu, sott die brühe heraus und brachte dieselbe der angeblichen kranken, die jedoch nur ein wenig davon trank.

Am andern morgen fand Florianu sie wieder gesund, und gieng deshalb munter auf die jagd. Sie aber schlich sich zu ihrem tückischen buhlen. Als dieser hörte dass Florianu unbeschädigt aus dem bärenwalde zurückgekommen sei, sann er auf ein neues mittel den unbändigen zu verderben, und sprach zu der prinzessin: »stelle dich zum dritten male krank, und sage ihm wieder, wie du geträumt habest dass du sterben müssest, wenn du nicht wasser aus der quelle des lebens zu trinken bekommest. Sie entspringt auf dem gipfel des schwarzen berges, der sich an den ufern des weissen see's erhebt. Diese quelle hütet der mächtigste böse geist den es giebt, der tod, der deinen sohn gewis nicht mehr wiederkehren lässt, wenn er es wagen sollte die hand in das schwarze becken der quelle zu tauchen.«

Wie der lügendrache gesagt hatte, so that die prinzessin, und Florianu verlor am andern morgen keinen augenblick, fand auch wirklich durch den grossen wald den weissen see und den schwarzen berg. Am see hatte er einen unerwarteten anblick, denn an seinen ufern sah er viele wunderschöne wasserjungfrauen, die unter fröhlichem scherz badeten. Als sie des helden ansichtig wurden, winkten und riefen sie ihm, er solle zu ihnen kommen und mit ihnen spielen. Florianu konnte über der ausserordentlichen schönheit dieser wesen nicht genug staunen, er gieng näher, ohne dass er mehr ein auge von ihnen abwandte, worauf auch die wassermädchen herbei schwammen, denn auch sie hatten ein ausnehmendes wohlgefallen an dem schönen jüngling. Eine von ihnen fragte ihn wie er heisse, eine zweite wie alt er sei, eine dritte woher er komme, eine vierte wohin er gehe, und so jede wieder etwas anderes. Er gab allen bescheid, bis sie ihn, seine schicksale, seine wünsche so genau kannten wie er selbst. Alle riethen ihm aber nun inständigst ab auf den schwarzen berg zu gehen, denn der tod selbst hersche dort, und ihm entkomme kein sterblicher. Florianu sagte aber hierauf: »ich fürchte den teufel nicht, und noch viel weniger den tod. Meine mutter ist krank und muss von dem wasser haben!« »O schönster jüngling« sagten hierauf die waldjungfrauen wieder traurig, »es schmerzt uns dein schicksal, wenn du gehst! Bleibe bei uns, wir wollen dich lieb haben und dich pflegen, so lange du lebst, du sollst alles haben was dein herz verlangt.« Der held widerstand aber ihren verführerischen lockungen, und blieb darauf dass er wasser von der quelle des schwarzen berges holen müsse, selbst wenn es ihn sein leben kostete. Hierüber waren die jungfrauen sehr betrübt, und suchten ihn immer noch festzuhalten, indem sie ihre leichtgewobenen nebelschleier über ihn warfen und ihn sanft damit umschlangen. Florianu liess sich aber nicht irr machen, und schritt durch die nebel welche den fuss des schwarzen berges wie ein weisser kranz umgaben, muthig vorwärts.

Durch düstere gründe, und durch die schluchten mit denen der grauenhafte berg nach allen seiten hin durchrissen war, kam er immer höher; er durchdrang einen finsteren wald, und hatte nun nur noch ödes, nacktes gestein, und hie und da dürre heide unter den füssen. Den gipfel des berges hielt ebenfalls ein grauer dichter nebel umzogen, so dass er denselben nicht sehen konnte, und zu seiner grossen überraschung plötzlich vor der quelle stund welche von dem wasser des lebens gebildet ward. Schnell bückte er sich nieder um aus dem dunklen spiegel zu schöpfen, da regte sich's aber unter seinen knieen, und plötzlich riss ihn ein furchtbarer wirbelwind hinweg, der ihn in den lüften zu tausend stücken zerriss, und dieselben an den ufern des weissen sees niederfallen liess.

Während dieses vorgieng, war Florianu's mutter zu ihrem buhlen gegangen, und freute sich mit ihm dass ihr sohn nun nicht mehr wiederkehre sie zu stören, und dass sie sich jetzt ungehindert ihrer liebe hingeben könne. »Das wusste ich wohl« sprach der abscheuliche, »dass er von dort nicht zurückkommen, und dass er kein wasser aus der quelle des lebens

bringen wird.« Es ward abend, die nacht brach an, und die
prinzessin trennte sich nicht von dem für den eine zügellose
leidenschaft sie erfüllte.

Um mitternacht, als der volle mond gerade über dem
spiegel des weissen see's stund, und seine blauen lichtstrah-
len zitternd auf den gekräuselten wellen desselben schwammen, erwachten die wasserjungfrauen aus ihrem schlummer
auf dem grunde des see's, und kamen an die oberfläche.
Zuerst tauchte die königin auf, dann kamen die andern von
allen seiten herbei, und scherzten und spielten unter einander, bis endlich eine mit kläglichem geschrei herbei eilte,
und der königin Florianu's herz zeigte, welches in den see
gefallen war. Als diese es erkannte, ward sie sehr traurig,
dann rief sie alle zusammen, und hiess sie am ufer und auf
dem grunde des see's suchen, und herbeibringen was sie von
dem unglücklichen helden finden konnten. Es dauerte nicht
lang, so kamen sie alle ebenso freudig wieder zusammen als
sie betrübt aus einander gegangen waren, denn jede hielt ein
stück von Florianu, welches sie gefunden hatte, in die höhe.
Die königin selbst setzte nun den leib des helden wieder zusammen, und schickte eine der jungfrauen nach lebenswasser
aus, eine andere nach blumen, auf welche der leichnam gelegt
wurde. Nachdem ihm zuletzt auch das herz wieder eingesetzt
war, besprengte sie ihn mit dem wasser des lebens, und siehe
da, neugeboren erwachte der held, wie aus einem schweren
traum. Als er sich umsah, und den schwarzen berg vor
sich gewahrte, fiel ihm das wasser des lebens wieder ein,
welches er für seine mutter bringen sollte. Er wollte schnell
forteilen, indem er das was auf dem berge mit ihm vorgegangen war, nur für einen traum hielt. Die nymphenkönigin aber
hielt ihn zurück, indem sie zu ihm sagte: »gehe nicht wieder
auf den schwarzen berg, der tod würde dich sonst ganz verderben!« Sie erzählte ihm nun wie sie ihn stückweise wieder zusammengefügt hatte, und warnte ihn seiner mutter nicht
mehr zu trauen, weil sie, verblendet von wilder leidenschaft
zu dem abscheulichen drachen, diesen freigelassen und ihrem
eigenen sohn dreimal den untergang zu bereiten versucht habe.
Anfangs wollte Florianu diss nicht glauben, und sagte zu der

königin der wasserjungfrauen: »o du, die mir das leben zum
zweiten male geschenkt hat, verlange nicht dass ich deinen worten allein glauben schenke; sondern wenn sich's so verhält wie
du sagst, so gestatte mir dass ich die bittre wahrheit mit
meinen augen sehe.« »So gehe hin« erwiderte die königin,
»nimm lebenswasser mit dir, welches dir eine meiner dienerinnen
geben wird, schleiche leise dem schloss zu, und dem saal in
dem du den grossen drachen gefangen hältst; an der thüre
desselben wirst du erlauschen was du mir jetzt nicht glauben
willst.« Florianu dankte der königin für ihre wohlthat, und
nahm, nachdem er von einer der schönen jungfrauen das lebenswasser in einer grossen seemuschel empfangen hatte, zärt-
lichen abschied von der königin, und von ihren jungfrauen, die
sich um ihn her drängten indem sie ihm auf's freundlichste
glück wünschten.

Als er seinem schloss näher kam, schlich er, des rathes
der königin eingedenk, stille hinein, die treppe hinauf, und
gerade an die wohlbekannte thüre des gemachs in dem er den
drachen eingesperrt hatte. Der riegel war weggeschoben, und
als er durch das schlüsselloch hineinsah, so erblickte er seine
mutter bei einem schönen jungen manne sitzen, in dessen gesicht er aber doch den scheusslichen ausdruck des grossen
drachen wahrnahm. Florianu hatte genug gesehen, um alles zu
glauben was ihm die wasserkönigin erzählt hatte. Still gieng
er in das gemach das er sonst mit seiner mutter bewohnt
hatte, und rief laut nach ihr. Sie erschien alsbald, fiel ihm
um den hals, und stellte sich als ob sie vor freuden weinte,
weil er, da sie ihn schon todt geglaubt, endlich wiedergekehrt
sei. Ueber dieser bodenlosen falschheit bekam der held einen
solchen abscheu vor ihr, dass er sich umkehrte, und es nicht
vermochte auch nur ein wort mit ihr zu sprechen. Sie eilte
hinaus, um einiges für ihn zum essen zuzubereiten, er aber
wartete das nicht ab, sondern warf sich schnell auf's lager,
und stellte sich, um nicht reden zu müssen, als ob er schliefe.

In der nacht vernahm er wie sie sich vom lager erhob
und sich auf den zehen wegschlich, weshalb er ihr nachgieng,
und wieder vor jener verhängnissvollen thüre stehen blieb
hinter welcher sich der lügendrache befand. Er schaute und

horchte, vernahm aber nichts als schluchzen und küssen, dazu sah er auch die grünschillernden augen des ungethüms.
Es dauerte nicht lange, so hörte er dessen stimme: »gräme
dich nicht, süsse prinzessin, morgen will ich ihn selber vernichten. Morgen in der frühe sag zu ihm: »»mein sohn, schiesse
mir doch den schönen vogel dort auf dem baume, unserm
fenster gegenüber««. Ich werde schon dort einen solchen hin-
setzen, und wenn er dann seinen bogen anlegt, so will ich
vom fenster aus oben auf ihn lauern, als drache herunter-
schiessen, und gewiss bewirken, dass sein schuss fehlt!« »Ja,
geist meiner seele,« entgegnete die prinzessin, »thue so, dass
wir uns einmal frei unsrer liebe hingeben können.«

Florianu wusste jetzt was er zu thun hatte, und gieng.
Morgens als er aufgestanden war und gefrühstückt hatte, sprach
seine mutter wirklich so zu ihm wie sie vom drachen gelernt
hatte, so dass sich der held kaum enthalten konnte seinem
zorn freien lauf zu lassen. Doch schwieg er, und als ihm
seine mutter wirklich einen schönen vogel zeigte, der ihren
fenstern gegenüber auf einem baume sass und den er ihr
schiessen sollte, gieng er hinunter, hatte aber schon auch
den drachen heimlich ins auge gefasst, der von einem fenster
aus oben auf ihn lauerte. Er stellte sich als ob er den pfeil
auf dem bogen recht aufmerksam abwägen und zielen wolle,
da schoss der drache mit einem male pfeilschnell herab, Florianu aber hatte sich dessen versehen, ergriff ihn mit der
einen hand beim hals, riss ihm mit der andern die zunge aus,
band ihn wieder an die marmorsäule, schleuderte ihn so festgebunden weit in den forst hinein, und rief: »dort hilf dir
herunter mit deinen abscheulichen lügen.« Die zunge aber
warf er den neunundfünfzig drachen hin, die oben noch gefesselt lagen, und natürlich war sie unter diesen hungrigen
scheusalen im augenblick verschwunden.

Als er nach seinem gemache zurückgieng, kam ihm seine
mutter mit blassem gesicht entgegen, und wollte ihn schmeichlerisch umfassen. Denn sicherlich, so sprach sie, habe der abscheuliche drache, der seine bande zerrissen haben müsse, ihm grossen
schrecken bereitet. Aber in grimmigem zorn sagte Florianu:
»zurück du rabenmutter, ich kenne dich, und weiss wer das

geheuer losgemacht hat. Ich will dir dissmal nichts zu leide thun, denn du hast mich geboren, und schmach und schmerzen um mich erduldet. Von stund' an aber verlass' ich dich, du magst in diesem drachenschlosse bleiben und dich mit den andern ungeheuern satt buhlen.« Mit diesen worten gieng er davon, und liess die jammernde in elend und reue zurück. Sie verzehrte sich bald; er aber gieng in die weite welt, voll sehnsucht grosse thaten zu verrichten.

II. Kleinere stücke.

28. Gottes wanderung mit dem heiligen Petrus.

(Bruchstück.)

Eines tages begleitete der heilige Petrus den lieben Gott bei einem gang auf der welt. Längere· zeit waren sie stillschweigend neben einander hergegangen, da fragte der apostel den herrn, warum er denn die welt mit guten und bösen menschen besetzt habe. Der schöpfer antwortete: »die guten müssen für die bösen, und die bösen für die guten leben.« Als sie weiter kamen, sahen sie einen mann auf dem feld arbeiten. Sie grüssten ihn, und Petrus fragte: »wirst du heute mit deiner arbeit fertig werden?« Der bauer wandte sich mürrisch um, und sagte: »was geht dich meine arbeit an?« Ueber dieses grobe benehmen war der liebe Gott erzürnt, und schlug den mann mit einem heftigen grimmen, so dass er seine arbeit stehen lassen musste bevor sie fertig war, und dass er acht tage lang nicht daran denken konnte sie fortzusetzen. Als er endlich gesund geworden war und sein geschäft wieder begonnen hatte, giengen der herr und der heilige apostel wieder an jenem· acker vorüber. Sie fragten ihn auch dissmal ob er wohl heute mit seiner arbeit fertig werde, und siehe da, er erwiderte freundlich: »mit Gottes willen und hilfe wohl, ihr lieben leute!«

29. Der zorn des Elias.

Der heilige Elias war einst husar in diensten des kaisers, da log ihm der teufel vor, sein leiblicher vater halte es mit seiner frau. Sofort eilte der hitzköpfige heilige noch in der nacht nach hause, und fand wirklich einen mann und eine frau im bette beisammen. Voll blinder wuth erschlug er sie auf der stelle, als er aber licht herbei brachte, erkannte er seinen schrecklichen irrthum, denn er hatte vater und mutter gemordet. Verzweifelnd floh er, und fand nirgends mehr ruhe.

Auf seinen wegen begegnete ihm der herr, in begleitung des heiligen Petrus, die er aber beide nicht erkannte. Ersterer fragte ihn wohin er gehe, worauf ihm Elias klagte, und erzählte wie fürchterlich ihn der teufel betrogen habe. Er bekannte auch dass er nun Gott aufsuchen möchte, der werde ihm um seiner mächtigen reue willen verzeihen. Auf dieses fragte der herr den niedergeschlagenen Elias, was er denn mit dem teufel anfangen würde, wenn er ihn in seine gewalt bekäme. »Ich würde ihn mit meinem gewehre tief in die erde schlagen!« war des heiligen antwort.

»So ziehe aus!« sprach hierauf der herr, »ich gebe dir gewalt den teufel zu vernichten; sei getrost, die sünde ist dir vergeben, ich bin der herr, dein Gott.«

Hocherfreut zog nun Elias weiter, und wo er von jetzt an glaubte den teufel oder einen seiner helfer gefunden zu haben, setzte er ihm so fürchterlich zu dass ringsum alles mit schrecken und grausen erfüllt, ja dass die samen aller pflanzen taub wurden; ebenso gieng auch jede frucht im mutterleibe von menschen und thieren zu grunde, so schrecklich war des heiligen zorn.

Diss nahm der herr mit schrecken wahr, und lähmte schnell dem furchtbaren eiferer den rechten arm, damit er nicht die ganze schöpfung vernichte, wenn er fortmachte wie er angefangen. So kämpft der erzürnte heilige noch heut zu tage nur mit der linken, auf dass mit dem teufel nicht auch die welt zu grund gehe.

Ist ein gewitter am himmel, so leidet noch jetzt kein Walache einen hund oder eine katze bei sich in der stube. Denn er glaubt von diesen thieren, der teufel nehme gern besitz von ihrer gestalt. Da nun Elias der donnerer ist, und mit seinem feuergeschosse, dem blitz, den teufel allenthalben verfolgt, so schwebt während eines gewitters über einem haus wo solche thiere sich aufhalten, grosse gefahr.

30. Der Mädchenfels bei Lunkany.

Bei Lunkány, unfern dem Ruschika-gebirge in der Almasch [1], erhebt sich ein fels mit dem namen Mädchenfels. Nach der sage ruht er auf einem mädchen die ihrem geliebten treulos war, weshalb ihn der erzürnte gott der liebe auf sie schleuderte.

31. Der Retezatu.

Ein mächtiger herscher hinterliess sterbend seinen beiden kindern, einer tochter und einem sohn, sein land, nachdem er es in zwei hälften getheilt hatte. Als die beiden von ihrem erbtheil besitz genommen hatten, begaben sie sich, um jedes das seine zu übersehen, vielleicht es auch gegenseitig zu messen, auf die höchsten höhen. So stand der sohn auf dem jetzigen Retezatu, der höchsten bergkuppe des Hatzeger thals in Siebenbürgen, und die schwester, die zugleich eine zauberin war, auf der Ruschika, welches gebirge sich nördlich von der Almasch und westlich vom Retezatu befindet. Aus neid nun darüber dass das land ihres bruders schöner, nicht so steinicht und gebirgig war wie das ihre, schleuderte sie nach ihm mit einer pflugschaar, die ihn aber glücklicherweise nicht traf, sondern nur einen grossen theil des berges auf dem er stand, abschnitt. Diss ist noch bis auf den heutigen tag an einer senkrecht

[1] Eine andre sage aus diesem gebirg, und eine bemerkung über dasselbe s. s. 113.

abfallenden felswand zu sehen, weswegen der berg mit fug der abgeschnittene (retezatu) heisst.

32. Riesenspielzeug.

Vordem war die erde von mächtigen riesen bewohnt. Ein solcher fand einmal beim pflügen ein paar kleine geschöpfe, so wie die menschen jetzt sind; er nahm sie aus der furche, und brachte sie seinem weib als spielzeug nach hause.

33. Der Babakay.

Gerade gegenüber von den Golumbatscher schlössern [1] erhebt sich, mitten in der Donau, aus der brausenden flut ein hoher felskegel, der Babakay genannt, d. h. reue der alten, denn baba bedeutet mutter oder alte, und kay reue. Wie die bewohner der gegend, die aus Walachen und Raizen (illyrischen Slaven) gemischt sind, erzählen, hauste in dieser gegend einmal ein fischer. Sein weib war so böse dass er sich gar nicht mehr anders zu helfen wusste, als indem er sie, unter dem vorwand einen fischfang in der nähe des felsen zu thun, auf diesem aussetzte. Die verzweifelnde stürzte sich in die Donau, und machte so ihrem bösen geschick ein ende.

34. Warum die biene nicht mehr weiss ist.

Als Gott diese welt erschaffen wollte, sandte er die biene an den teufel ab, damit sie diesen um rath frage, ob es besser sei nur eine sonne zu schaffen oder mehrere. Die biene gieng, trug dem teufel die frage vor, und setzte sich dann listiger weise auf seinen kopf. Der böse berathschlagte

[1] Ueber diese schlösser vgl. das 36. stück, s. 284.

bei sich wie er die frage klug beantworten könnte, und sprach
vor sich hin: »gäbe es mehrere sonnen, so wäre es nicht gut,
denn ihre glut könnte die flammen der hölle übertreffen, und
so hätten die menschen keine furcht mehr vor ihr.« Weiter
sprach er: »es wäre nicht gut, wenn es viele sonnen gäbe,
denn sie könnten die nacht zum tag erhellen, und so hätten
die werke der finsternis ein ende.« Auf dieses that nun der teufel
den ausspruch: »es ist besser, wenn es nur eine sonne giebt.«
Wie die biene jetzt aufflog, um dem herrn diesen ausspruch zu hinterbringen, und eben anfieng zu summen, da
erkannte der meister der nacht dass sie auf seinem haupte
gesessen, und der berathung welche er mit sich gehalten, zu-
gehört hatte. Ergrimmt hierob, schlug er sie mit einer
peitsche heftig über den leib. Durch diesen schlag wurde sie
ganz schwarz; auch rührt von ihm ihre jetzige eingeschnittene
gestalt her. Ehe sie vom teufel so zugerichtet war, hatte sie
eine weisse farbe, darum heisst sie noch jetzt in der sprache
der Walachen albina, die weisse. Dass aber am himmel nur
eine sonne geht, ist das verdienst der biene.

Nach einer andern sage soll die biene ihre eingeschnittene
gestalt und ihre schwarze farbe von der feurigen himmelsgeisel,
dem blitze haben, mit dem sie der heilige Petrus im zorne
schlug, weil sie mit ihren eltern als ein ungehorsames kind
gestritten hatte.

35. Die rauchschwalbe.

Nach der sage war sie ehedem ein mädchen, das mit seinen eltern haderte und andere verleumdete. Sie wurde darum
in ihre jetzige gestalt verwandelt, und muss ihr nest in schorn-
steinen bauen, dem schwärzenden rauch ausgesetzt.

36. Ursprung der Golumbatscher fliegen.

Eine tagreise oberhalb Orschowa, an jenem thor wo der
mächtige Donau-strom, nach langem laufe durch die ungarischen

flächen hin, wieder in gebirge tritt, liegen an felsichtem strande
die Golumbatscher schlösser, uralt, und derzeit ganz in trüm-
mern. Rings um ihre mauern erheben sich riesige bergriffe,
von tiefen höhlen durchklüftet.

In eine dieser letzteren warf der heilige Georg, nachdem
er zu Gottes preis, den menschen zum heil und dem teufel
zum trotz, den drachen erschlagen hatte, dessen kopf. Aus
der verwesenden zunge in dem faulenden rachen des ungeheuers
bilden sich nun noch heut zu tag verheerende schwärme kleiner fliegen, deren biss so giftig ist dass alles vieh auf den
waiden, wenn es denselben nicht entrinnen kann, daran sterben muss. So giftig war der geifer des drachen.

Als ein könig, welcher vor langen zeiten einmal diese
gegenden beherschte, der fürchterlichen plage ein ende machen
wollte und die höhle zumauern liess, geschah im frühjahr, als
die thiere aus ihren eiern schlüpften, ein so mächtiger druck
wider das mauerwerk, dass es machtlos zusammenfiel. Einem
gewittersturme gleich brachen jene wolken giftiger schwärme, so
furchtbar wie jemals, aus dem inneren der höhle hervor.

37. Die milchstrasse.

Die milchstrasse, welche sich am nachthimmel wie ein
nebelstreif mitten durch sternbilder hinzieht, ist nichts anders
als zerstreutes stroh. Denn die mutter Venus stahl einmal in
einer nacht von den schöbern im hofe des heiligen Petrus stroh,
und wie sie eilig damit heimlief, zerstreute sie viel davon.

38. Sonne, mond und wind.

Ein zerlumpter Zigeuner begegnete einst auf seinen wanderungen der sonne, dem mond und dem wind. Als er an ihnen
vorüber trollte, sprach er: »Gott grüsse von euch dreien eins!«
Die gegrüssten lachten über den lustigen schwarzbraunen gesellen, wussten sich aber seinen sonderbaren gruss nicht zu

deuten. »Es ist klar,« fieng der sonst schweigsame mond an,
»dass der Zigeuner mich gemeint hat, mich der ich sein stäter
begleiter bin, wo er immer seine flatternde behausung zur
nachtruhe aufschlägt.« »Pah!« fiel hierauf die sonne ein,
» mich hat er gegrüsst, mich die königin des tags: ich nehme
seine nackten kinder in mejne warme hut, unter meiner sorge
wachsen sie heiter und frisch heran.« »St! st!« sauste der
wind, »wozu dieses unnütze reden und prahlen! lasst uns schnell
dem gesellen nachgehn, und ihn fragen welchen von uns er
mit seinem grusse gemeint hat.«

So sprechend fuhr er schnell dem Zigeuner nach, hinter ihm
her in stolzem gang die sonne, neben welcher der langsame,
ernste mond einherschritt. Der rüstige wind, der zuerst bei dem
Zigeuner ankam, rief diesem zu: »halte, du erdensohn!« Ueber
diesen rauhen worten erschrack der angerufene, denn beinahe
hätte ihm jener den rock vom leibe geblasen, an dem freilich
ein paar metallene knöpfe und haften mehr werth waren als
alles übrige. »Was ist's? was wollt ihr von mir, wind?« fragte
der Zigeuner, als er sich von der überraschung erholt hatte.
»Du sollst uns sagen,« hub dieser wieder an, »wen von uns
dreien du mit deinem zweideutigen grusse gemeint hast.«

Der gefragte blickte sich nun um, und sah alle die drei
himmlischen mächte neben sich stehen: »Ei!« sagte er alsdann
lachend, »ich grüsse immer nur den welchen ich fürchte!« und
nahm hiezu seine schaaffellmütze vor dem wind ab. »He, du
undankbarer taugenichts!« rief jetzt der erzürnte mond, »weist
du nicht dass ich dich sammt deinem weib und deinem schwarzbraunen kindervolke vernichten kann, wenn ich will! Wie ist
dir denn, du abgedörrter heidenhund, in einer kalten winter-
nacht, wenn ich die wolken am himmel vertheile, und mit der
nachtluft die kleinste spur von der wärme die der sonnenschein
zurückgelassen hat, aus dem himmelsraum wische? Wirst du
dann an mich denken, wenn dir das mark in den knochen
gefriert, und dein weib sammt ihren kindern zum tod erstarrt!«
»Oho! herr mond!« erwiderte hierauf der Zigeuner, »ihr könnt
mir in der that das bisschen leben recht sauer machen, aber
für das erfrieren hab' ich schon mittel. Wie ist's denn, wenn
ich rechts und links feuer aufmache, mich mit weib und

kind dazwischen setze, und dann vorn und hinten ein paar
zeltstücke aufhänge? Dann hab' ich euch durchaus nicht zu
fürchten. Ist mir aber der wind nicht gut, so helfen mir auch
meine feuer und zeltlappen nichts: er bläst mir das feuer zur
seite, den rauch ins gesicht, und die wärme durch die flattern-
den zeltlappen hinaus.«

Aergerlich musste der mond schweigen, da er nichts weiter
vorzubringen hatte, und im vorgefühl ihres sieges über die beiden
andern, begann hierauf die sonne: »nicht wahr, mein guter
heidensohn, du weist recht wohl wen du zu fürchten und zu
lieben hast? du kennst meine belebenden strahlen und ihre
verzehrende glut, ich dachte wohl dass du mir den kalten,
bleichsüchtigen mond nicht vorziehen würdest.« »Mag sein,
mag sein!« erwiderte hierauf der Zigeuner, »ich kenne zwar
euer freundliches antlitz recht gut, habe mich auch schon oft
daran erfreut, fürchte aber seinen zorn nicht besonders, drum
galt auch euch mein gruss nicht.« Ueber diese geringschätzung
nicht weniger aufgebracht als kurz vorher der mond, begann
die sonne den Zigeuner auszuschelten, indem sie sagte: »mir
das, undankbarer! weist du nicht dass ich dich mit meiner
glut verderben könnte, wenn ich wollte? dass, wenn ich es
für der mühe werth hielte, dich sammt deinen armseligen
würmern rösten könnte wie es die hölle selbst nicht vermöchte!
Schau auf dein verbranntes fell, und du siehst dass meine glut
schon proben darauf abgelegt hat.« »Ei! ei! frau sonne!«
sagte spottend auf dieses der Zigeuner, »was macht euch so
hitzig? ist es denn nicht klar dass der wind viel mächtiger ist,
und dass ich ihn deshalb mehr fürchten muss. Seht, frau sonne,
wenn ihr auch noch so heiss brennt, so darf ich ja nur den
wind bitten dass er mir ein wenig helfe, und er macht mir im
augenblick die luft kühl, wie sehr ihr auch eure kraft verschwendet. Es ist also wohl klar: wenn mir der wind helfen will, so
könnet ihr so wenig als der mond mir etwas anhaben. Darum
höret auf zu streiten: mächtig seid ihr alle; aber ich habe nur
den stärksten von euch gegrüsst, damit er mir beistehe und
mich verschone, den wind. Denn mit ihm ist keine hitze furchtbar, und ohne ihn keine kälte.«

39. Die weihkerze des Zigeuners.

Ein Zigeuner steckte einmal in einen sumpfichten hohlwege
mit seinem wagen, auf dem er seine ganze familie, sein zelt
und seine habseligkeiten aufgeladen hatte, bis an die achse im
koth. Trotz allen ermahnungen mit zunge und peitsche, auf
die sich nur Juden und Zigeuner gründlich verstehn, vermochte
das kleine pferd, der einzige fleissige gefährte der ganzen noma-
dengesellschaft, nicht mehr die stränge noch einmal tüchtig
anzuziehen. Das schwingen der peitsche, so wie ihr umge-
drehter stiel, hatten ausser vergeblichen anstrengungen nichts
zur folge, als dass die arme geschundene mähre mit jeder neuen
ermahnung auf knie und nase fiel.

Vielleicht machten diese fussfälle den Zigeuner aufmerksam
seinen sinn auch nach oben zu richten, und Gott und seine
heiligen, insbesondre die heilige mutter Gottes, um ihren
beistand anzuflehen: er betete so gut er konnte, d. h. in bruch-
stücken wie er sie von christenmenschen aufgeschnappt hatte,
und in welche sich unwillkürlich auch hie und da ein fluch
mengte, zu der die in allen nöthen hilft. Das beste hiebei
war dass er der heiligen, wenn sie ihm beistünde, versprach
gleich in der nächsten ihr geweihten kirche an die er käme,
eine wachskerze zu stiften, so dick als er selbst.

Da sich das arme thier, während sein herr betete, etwas
verschnauft hatte, so that jetzt der wagen unter den erneuten
schlägen des Zigeuners einen kleinen ruck. Schon hoffte der
gottesfürchtige haidebruder seine noth sei gehoben, und es be-
dürfe nur noch einiger tüchtiger hiebe auf sein thier, aber der
wagen stund wieder wie gemauert. Da nahm er seine zuflucht
abermals zum gebet, welches er wie zuvor mit dem gelübde
schloss der heiligen mutter eine kerze darzubringen, dissmal
freilich nur noch so dick wie sein schenkel.

Statt des amens schnalzte er mit der peitsche kreuz und
queer über das arme thier hin, bis es demselben nach unsäg-
lichen anstrengungen gelang den wagen wieder um ein paar
schritte vorwärts zu bringen. Der glückliche Zigeuner sah nun
wohl dass er unter beistande der heiligen Maria, und mit

ernstlichen mahnungen an sein rösslein endlich doch gute fahr-
bahn erreichen würde, und gelobte ohne weiteres gebet der
heiligen eine weihkerze so dick wie sein finger.

Der gute weg war endlich erreicht, und bald gelangte der
Zigeuner auch zu einer capelle welche der himmelsmutter gewidmet war. Als er dort vorüber fuhr, nahm er die mütze ab, dachte
lachend bei sich die heilige werde es mit einem armen teufel wohl
nicht so genau nehmen, und fuhr ohne anzuhalten vorüber.

40. Wie die Zigeuner um ihre kirche gekommen sind.

Die Zigeuner besassen einst zu ihrem gottesdienst eine
schöne, fest erbaute kirche, während sich die Walachen eine
aus speck und schinken aufgestellt hatten.

Die Zigeuner besuchten ihr steinernes gotteshaus nicht eben
häufig, und sahen dagegen, da sie von jeher schlechte haus-
hälter gewesen sind, und nur ungern für den kommenden tag
sorgen, oft mit lüsternen augen auf die der Walachen. Wie sie
nun einmal auch gar nicht gesorgt hatten und grossen hunger
litten, machten sie den Walachen den vorschlag gegenseitig
ihre kirchen zu tauschen.

Die Walachen giengen freudig hierauf ein; die Zigeuner
aber waren kaum im besitz der speckkirche, so gieng es auch
schon mit grossem geschrei und jubel, wie diss bei ihnen
üblich ist, an die abtragung derselben, so dass sie bald nur
noch in der erinnerung blieb. Dadurch ist es gekommen dass
sie sich bis auf diese stunde genöthigt sehen, in den kirchen-
bräuchen sich immer an das volk zu halten unter dem sie
gerade wohnen, an Madjaren, Walachen oder Deutsche.

41. Christi kreuzabnahme.

Vor dem kreuz an welches der erlöser der welt geschlagen
war, standen unter anderem volk auch ein Madjar, ein Deutscher,

ein Walache und ein Raize (illyrischer Slave). Auch sie erfasste
tiefe trauer, und nachdem der herr seinen geist aufgegeben
hatte, wollten sie ihn zur erde bestatten. Da aber die römischen soldaten auf der schädelstätte gute wache hielten, so
wussten sie nicht wie in besitz des göttlichen leibes kommen,
aus dem so eben 'die seele der welt in die hände des allmäch-
tigen entflohen war. Sie beriethen sich, und der Raize meinte
man solle die römischen wächter bestechen; wenn aber diss
nicht gienge, so wollen sie den leib des herrn dem statthalter
abkaufen. Hierauf sprach der Deutsche: »nein, warum zahlen!
Ich dächte, es wäre besser wir suchten gerechtigkeit beim römischen kaiser, und führten process!« »Einen tüchtigen prügel!«
sprach der Madjar hierauf kurz, »und wir schlagen die römischen
schergen zu krüppeln.« »Ei was!« schmunzelte jetzt der Walache: »warten wir nur bis es dunkel wird, und sie alle sollen
in der frühe nicht wissen wohin der leib des herrn gekommen ist.«

42. Die fasten des heiligen Petrus.

Der heilige Petrus hatte einst zum liebchen eine fischerin,
der er manches zu gefallen that. Unter anderem war sie auch
einmal beim auswerfen ihres netzes sehr glücklich, und brachte
in einer nacht einen übergrossen haufen fische zusammen, die
sie alsbald zu markte trug. Da es ihr aber leichter geworden
war die fische zu fangen, als sie los zu werden, so musste sie den
ganzen tag, vom morgen bis zum abend warten, ohne dass ihr
vorrath sich auch nur um etwas verringert hätte. Niedergeschlagen gieng sie abends heim, und klagte ihr misgeschick ihrem
freunde, welcher hierauf sogleich dem volk ein strenges fasten
vorschrieb, das er so lange dauern liess bis seine gekränkte
schöne ihre fische sämmtlich verkauft hatte, und wieder zufrieden
gestellt war. Da hierauf des guten apostels namenstag eintrat,
so bezeichnete er diesen als ein grosses fest, an dem sich das
fromme volk durch vieles fleischessen wieder gütlich thun, und
so alle entbehrung gut machen durfte. So wird es auch bis
auf den heutigen tag noch gehalten.

43. Die botschaft vom himmel.

Ein armer mann, der nicht mehr wusste wie sich ernähren, verliess einmal heimlich sein haus, weib und kind
ihrem schicksal überlassend. Nachdem er einige zeit hin und
hergezogen war, kam er, zum ersten mal so lang er lebte, in
eine grosse stadt, mit hohen, prächtigen häusern. Die hände
über den rücken gefaltet, gieng er langsam durch die strassen,
indem er keinen blick von den hohen fenstern der schönen
gebäude verwandte, oft auch ganz stehen blieb.

So glotzte er auch mit weit aufgerissenem munde zu einer
reichgekleideten frau hinauf, die eben auf die strasse herunter-
sah. Diese redete ihn an: »woher kommst du denn, und was
wundert dich so?« Kurz besonnen entgegnete der gefragte:
»ich bin vom himmel gefallen, liebe frau, und habe noch nie
eine stadt gesehen.« »Vom himmel« rief die frau einfältig hierauf, »da müsstest du ja meinen sohn kennen, der mir vor
einem halben jahre gestorben ist.« »Wie hiess er denn?«
fragte der schelm wieder, sich heimlich über seinem spass
freuend; und als er den namen vernommen hatte, sprach er
mit erheuchelter betrübnis: »ach freilich, liebe frau, freilich kenn' ich ihn, aber es geht ihm dort recht schlecht,
denn er hat kürzlich im kartenspiel dreihundert gulden verloren.
Dieses leidige kartenspiel! Man nahm ihm seine guten kleider,
gab ihm statt deren schlechte lumpen, und warf ihn in den
schuldthurm, wo er noch schmachtet.«

Auf dieses verfiel die gute mutter in ein grosses jammern,
indem sie laut klagte: »o mein sohn, mein unglücklicker sohn!
wie stell' ich es an dir zu helfen!« Der bauer wusste da
schnell guten rath, und sprach: »liebe frau, es ist in der that
nöthig dass ihr eurem sohn zu hilfe kommt, denn wenn er in
vierzehn tagen seine schulden nicht bezahlt, so wird er aus
dem himmel gestossen. Wenn ihr ihm etwas zu sagen habt,
so gebt mir den auftrag, denn ich gehe von hier geradezu in
himmel.« Mit freudigen blicken rief die frau den schlauen
bauern zu sich ins haus herauf, und gab ihm für ihren sohn
kleider, wein und brot, nebst dreihundert gulden, damit er
seine schulden bezahlen könne.

Der bauer versprach er wolle das alles getreulich überbringen, suchte dann aber so schnell als möglich weiter zu kommen. Als der mann der einfältigen frau heimkam, und diese ihm die nachrichten vom verstorbenen sohn mitgetheilt, auch gesagt hatte, welche gute gelegenheit ihr zu theil geworden sei für ihn zu sorgen, so machte ihr der mann heftige vorwürfe wegen ihrer einfalt, und liess sich dann eilends ein pferd satteln, um den spitzbübischen lügner einzuholen. Da dieser merkte dass man ihm nachkomme, versteckte er die kleider in einen graben, und setzte sich, einem bettler gleich, an der strasse nieder. Seinen hut deckte er auf ein häuflein unrath das er zufällig neben sich erblickte, und erwartete so ruhig den reiter.

Als dieser herankam, sprach er ihn um ein almosen an. Der städter fragte ihn aber ob er keinen bettler mit einem bündel kleider gesehen habe. Der gefragte bejahte das: gleich in dem nahen wald sei er einem solchen auf einem schmalen holzwege begegnet. Da verlangte der reiter er solle ihm den weg zeigen, denn es liege ihm alles daran den bettler einzuholen. Der schlaue erkünstelte jedoch einen zähen, hartnäckigen husten, und sagte: »o herr, wie sollt' ich mit eurem ross gleichen schritt halten, da mich meine füsse kaum im langsamsten schritte tragen! Wenn ihr auch noch so langsam reiten wolltet, wir würden den den ihr sucht, nimmermehr erreichen. Der weg ist schlecht und schwer zu finden, denn er führt durch vieles gestrüpp.« »Was ist aber zu machen?« fuhr der reiter fort, »ich muss den bettler haben.« »Hm!« entgegnete listig jener mit unterbrechendem husten, »ich kenne den weg wohl, und würde mich, wenn ich zu pferd wäre, getrauen den zu fangen den ,ihr sucht, aber den platz hier kann ich nicht verlassen, denn ich habe da unter meinem hut einen sehr seltenen vogel. Er ist mein ganzes vermögen, da ich ihn um's geld sehen lasse.« »Höre mich« sprach der reiter hierauf, »ich gebe dir mein pferd, setze dich auf und fange jenen bettler, ich will indessen hier warten und deinen vogel hüten.«

Nach einigem scheinbaren besinnen willigte der schalk ein, und bald war er in dem nahen walde verschwunden, aus dem er noch heute wiederkehren soll. Nachdem der betrogene städter bis gegen abend gewartet hatte, griff er unter den hut,

um wenigstens den fremden vogel mit heimzunehmen, aber
schnell zog er zurück, denn er merkte dass er garstig betrogen
war. Zornig sprang er auf, und gieng, da er nun nicht mehr
zu warten brauchte, nach hause, wo er in später nacht ankam.
Als die frau nach dem pferd fragte, gab er ihr keine antwort;
doch machte er ihr auch keine vorwürfe mehr dass sie sich
von dem bauern habe betrügen lassen.

III. Aberglaube.

Geheimnisvolle wesen.

1. Smou [1] **und Smeone.** Smou ist ein mächtiger geist, wie Rübezahl das einemal mehr elementarischen wesens, ein andermal als zauberer mehr ans menschliche streifend. Je nach laune zeigt er sich bald gütig, bald feindselig; doch tritt er in den erzählungen häufiger als schreckbild, denn als menschenfreund auf.

Er besitzt wunderbare kräfte, vermittelst deren er sich namentlich jede gestalt aneignen kann. Besonders häufig denkt man sich ihn unter dem bild eines drachen, weshalb ihn viele von einem wirklichen drachen gar nicht unterscheiden, und von ihm als einem drachen und zauberer sprechen.

Mit seinem verwandten Rübezahl kommt er auch in der leidenschaft für schöne mädchen überein. Sie führt ihn oft nächtlich in die menschlichen wohnungen, und man sieht ihn bei hellem nachthimmel in die rauchfänge fahren, während eine sternschnuppe das ende seines feurigen schweifes, die furchtbare geschwindigkeit seines zuges bezeichnet. Sträubt sich die menschentochter gegen seine bewerbungen, so schüttelt er grimmig seine panzerhaut; dann zeugen zuweilen am andern morgen ausgefallene schuppen von seiner anwesenheit. In

---

[1] Ou hier, wie im Altdeutschen und Englischen als diphthong zu sprechen. Der name kommt aus dem Slavischen, wo er Smaj geschrieben wird.

Jam ist erst vor fünf bis sechs jahren eine familie durch den besuch des Smou geängstigt worden. Auf den langen angstschrei, den die tochter des hauses, ein schönes mädchen, mit einem mal ausstiess, flohen alle bewohner, und als sie sich am morgen wieder in ihr eigenthum trauten, fanden sie die arme in einem bejammernswerthen zustande von bewusstlosigkeit. Was an der sache gewesen sei, hat man nie herausgebracht; es scheint, das mädchen sei zu jenem unerwarteten ausbruch durch irgend eine einwirkung ihrer schreckhaften phantasie bewogen worden, und als die angehörigen sie hilflos zurückliessen, habe sich ihr entsetzen zur ohnmacht gesteigert.

Eigenthümlich ist dem Smou dass er seine mutter bei sich hat, Smeone genannt. Sie führt in den unterirdischen klüften der berge die er bewohnt, die wirthschaft für ihn; aber sie macht auch die vermittlerin zwischen ihm und den hilfsbedürftigen menschenkindern die seinen schutz suchen. Wenn ihr wilder, launenhafter sohn brüllend und tobend seiner wohnung naht, so dass wälder und thäler beben, wie vor einem rasenden gebirgssturm, dann verbirgt sie die armen geschöpfe; wenn er milder gesinnt ist, stellt sie ihm dieselben vor, und unterstützt sie mit ihrer fürsprache.

2. Balauru.[1] Während Smou doch zuweilen gütig erscheint, denkt man sich den völlig ungestalten und abscheulichen Balauru als ein stets feindseliges ungethüm, denn er ist nur aus bösem gezeugt, aus dem mächtigen ringen der feindseligen elemente, durch den bösen willen eines zauberers, oder durch den fluch sonst eines mächtigen. Davon dass er sich fortpflanze, weiss hingegen die sage, so weit sie mir bekannt ist, nichts. Als wiege und wohnung dieser scheusale nennt sie meersümpfe, waldmoräste, berghöhlen, vulcanische schlünde, grosse wasserstürze, und dergleichen orte die dem menschen schauerlich oder verderblich sind; auch die züge zur gestalt des Balauru nimmt sie von jenen werkstätten feindseliger kräfte her.

3. Wilwa[2]. Sie ist das wesen mit dem der Walache

---

[1] Mit dem artikel Balaurul, vgl. s. 42.
[2] Geschrieben Vilva. Ueber die verwandten wesen des nordischen

die wolkenwelt belebt. Der Wila der Serben, die auch den
wolken gebietet, nähert sie sich zwar dem namen und der bedeutung nach; allein die Wila tritt als schönes nachtfräulein
auf, mit schwarzen, fliegenden haaren, wogegen der Walache
seiner Wilwa die gestalt eines lindwurms giebt, mit kleinen,
unbehülflichen flügeln und einem sehr langen eidechsenschwanz.
Flügel und schweif braucht sie um sich durch die unge-
messenen räume der luft zu bewegen: oft schnell und in rie-
senhaften zügen, oft feierlich und sanft wie ein kahn durch
stilles wasser. Mit dem menschen tritt die Wilwa nie unmittelbar in berührung, weshalb sie auch weder gefürchtet noch
geliebt wird; ihre wirksamkeit besteht einzig in dem einfluss
den sie unwillkürlich auf die witterung ausübt. Jedem land,
oder wie der Walache sich ausdrückt, jedem kaiser, jedem
könig, ist eine Wilwa zugewiesen. Die räume der hohen luft
sind somit unter diese wesen getheilt, und sie begegnen sich
daselbst bald freundlich, bald feindlich: bald vereinigen sie ihre
wolkenhorden, bald stossen sie mit denselben auf einander, und
bekämpfen sich so lange bis die eine oder andere weicht.
Nachdem dass der sieg dieser oder jener zufällt, richtet sich's
ob einem land segensreiche witterung kommt, oder ob es von
verheerenden regengüssen heimgesucht wird.

4. Die Sina (geschrieben Dina, d. i. Diana) jagt mit
einem grossen gefolge von zauberinnen und feen in den wolken. Viele Walachen schwören drauf dass sie ihre festmusik
in den lüften gehört haben. Auch zeigt man die stätten wo
von den überirdischen mit ihrem gefolge getanzt worden ist,
und daher gras und kräuter verwelkt sind. Die Sina hat grosse
zauberkräfte: sie kann lahm, taub und blind machen. Besonders mächtig ist sie an pfingsten; daher trägt um diese zeit
jeder Walach im gürtel ein stückchen lindenholz, das aber
noch nicht im wasser gelegen sein darf, und einen zweig von
attich, (attich-hollunder, sambucus ebulus).

glaubens, die elfinnen, die gleichfalls wetter brauen, vgl. die Irischen
elfenmährchen der brüder Grimm (Leipzig 1826) s. LXXII u. ff. CCXXV.
Dort ist auch die rede von der serbischen Wila. Ueber diese siehe
ferner Mickiewicz's Slavische literaturgeschichte; die betreffende stelle
daraus hat die beilage zur Allgemeinen zeitung von 1844, s. 588.

5. Die Waldmutter oder Waldfrau (muma padura) ist eine mehr wohlthätige als böse fee, schon bejahrt. Besonders gewogen zeigt sie sich den kindern, denen sie beisteht, wenn sie sich im walde verirrt haben oder sonst in noth sind. Muma padura nennt der Walache auch die pflanze asperula odorata (waldmeister, meserich), und merkwürdig ist dass der altlateinische name dieses gewächses herba matris sylvae heisst.

6. Wasserfrau. Wenn die wasserträgerin ihren krug oder cimer am brunnen oder an der quelle füllt, so giesst sie zum opfer für die gütige wasserfrau einen löffel voll daraus zurück. Ja in ein paar dörfern soll es sogar sitte sein, dass dieses zurückschütten auch als pomana für das seelenheil der hingerichteten statt findet. Schöpft die Walachin aus einem fluss oder bach, so hält sie das gefäss abwärts, der strömung nach, um die wasserfrau nicht dadurch zu beleidigen dass sie das wasser aufwärts stösst, ihr gleichsam heimschlägt.

7. Moroiu. Dieses wort (in der mehrzahl Morii) bezeichnet unholde, feindselige geister aller art. Ihre zahl soll besonders durch die abgeschiedenen seelen böser menschen zuwachs erhalten.

8. Strigoi, ebenfalls böse geister. Wird ein kind geboren, so sprechen die anwesenden, indem sie einen stein hinter sich werfen: »diss in die mäuler der Strigoi!« Dieser brauch ist vielleicht eine erinnerung an Saturn, dem man statt des kleinen Jupiters auch einen stein zu verschlingen gab.

9. Der Murony oder Wampyr ist die unehlich gezeugte frucht zweier unehlich gezeugter, oder auch der unselige geist eines durch einen wampyr getödteten. Ueber tag liegt er im grabe, des nachts aber geht er fliegend seiner lust nach, und saugt lebenden das blut aus. Er ist unsterblich, und kann nur dadurch vernichtet werden dass man seine leiche, die man an ihrer verkehrten lage im sarg und an einem blühenden aussehen erkennt, ausgräbt, ihr einen nagel durch die stirne schlägt, oder einen hölzernen pfahl durch das herz stösst, oder auch sie verbrennt. Da das volk noch überdiss der meinung ist, der wampyr könne sich in vielerlei gestalten, z. b. hund, katze, kröte, frosch, laus, floh, wanze, spinne verwandeln,

und da man das zeichen des wampyrbisses am hals eines gestorbenen gar nicht für ein unentbehrliches merkmal ansieht, so ist die furcht bei einem überraschenden sterbfall um so grösser. Zu der leiche eines jeden Walachen, wes alters oder geschlechts er auch sei, wird darum immer ein sachkundiges, gewöhnlich eine hebamme, gerufen, welche die leiche mit dem nöthigen versehen muss, damit sie nicht als wampyr auf die erde zurückkehren möge. Es wird ihr z. b. ein langer nagel durch den schädel geschlagen, dann wird sie an verschiedenen stellen mit dem schmeer von einem schweine, welches am tag des heiligen Ignaz, fünf tage vor weihnachten geschlachtet wurde, eingerieben, und überdiss legt man zu ihr einen schuhlangen dornichten stock von wilden rosen, der sie verhindern soll, aus dem grabe zu steigen, weil sie sich mit dem gewande darein verwickeln würde [1].

10. **Priccolitsch und Priccolitschone.** Der Priccolitsch (Pricolics, Priculics), eine abart des murony, kommt nach dem volksglauben fast häufiger vor als dieser. Er ist ein lebendiger wirklicher mensch, hat aber die eigenschaft dass er nachts als hund haiden und viehtriften, auch dörfer, durchschweift, auf seinen zügen pferde, rinder, schaafe, schweine, ziegen u. s. w. durch anstreifen tödtet, und deren lebenssäfte an sich zieht, weshalb er stets gesund und blühend aussieht. Einen förmlichen hundsschweif, als rückgratfortsatz, denkt sich das volk als unverkennbares zeichen dass ein vollsäftiger, frischaussehender mensch ein Priccolitsch ist. Ein weibliches ungeheuer dieser art heisst Priccolitschone.

11. **Statzicot** ist der Däumling der Walachen. Sein name bedeutet wörtlich statur-gelenk oder gelenk-statur, d. i. eine gestalt so gross wie ein gelenk, worunter hier besonders das daumengelenk verstanden wird.

[1] Manchen beitrag zu dem entsetzlichen aberglauben vom wampyr giebt eine schrift die ihn zu widerlegen bestimmt ist: M. Michael Ranfts, diaconi zu Nebra, tractat von dem kauen und schmatzen der todten in gräbern, worin die wahre beschaffenheit derer hungarischen vampyrs und blutsauger gezeigt, auch alle von dieser materie bissher zum vorschein gekommene schriften recensiret werden. Leipzig, 1734. Zu finden in Teubners buchladen. 8. 291 s.

Zeiten und tage.

12. Am montag und mittwoch (luni. d. i. Lunae dies, und miercuri, d. i. Mercurii dies) spinnen und arbeiten die walachischen mädchen bis nach mitternacht. Zur sommerszeit, besonders in schönen nächten, thun sie's im freien; sie begleiten dann die arbeit mit gesang von volksliedern und mit erzählung von mährchen.

13. Der donnerstag (Joi, d. i. Jovis dies) ist vom grossen oder grünen donnerstag an bis Rosalia, d. h. bis zu den griechischen pfingsten, heilig, und wird dem donnergott (Jupiter) zu ehren gefeiert, damit nicht der erzürnte herscher hagel, gewitter und sonstige verheerende stürme senden möge.

14. Der freitag (vinire, Veneris dies) wird bei den Walachen besonders von den weibern geheiligt; von den meisten sogar noch mehr als der sonntag. An ihm arbeitet man nichts mit einem scharfen oder spitzen werkzeug, z. b. mit nadel oder scheere.

Hier noch eine bemerkung darüber dass dieser, und die beiden andern heiligsten tage, mittwoch und sonntag (vgl. nr. 23 und 25 unsrer sammlung) als wohlthätige, schicksalskundige mütter aufgeführt werden: maica Mercuri, maica Vinire, maica Dumineca. Hat vielleicht der gebrauch die tage nach gottheiten zu benennen, umgekehrt die folge gehabt dass göttinnen nach tagen benannt werden? Denn überreste von göttinnen (pareen oder nornen?) haben wir in diesen wirksam eingreifenden wesen sicher anzunehmen.

15. S. Georgs-tag wird von den Walachen besonders heilig gehalten, denn sie sind vorherschend ein hirtenvolk, und S. Georg ist zugleich der schutzheilige für hirten und heerden. An diesem tage werden die heerden gezählt, und von ihrem herrn dem hirten förmlich übergeben. Am Georgi-tag, einen tag vor und einen nachher, zählt der Walache in gerade fortschreitender zahl seine heerde, was er sonst nie thut. Zählt er sie zu einer andern zeit, so rechnet er nur partienweise, z. b. von zehn zu zehn.

An diesem tage werden ferner die schaafe zum ersten mal gemolken, und zwar in reine oder doppelt gescheuerte gefässe, die mit blumen bekränzt sind. Auch wird aus weissem mehl ein kuchen in form eines ringes gebacken, und angesichts der heerde auf der erde hingerollt: aus der dauer seines laufes glaubt man auf glück und unglück beim bevorstehenden waidegang zu schliessen. [1] Dieser ring wird hernach, wenn z. b. mehrere theilnehmer an der heerde sind, von jedem mit einer hand angefasst und auseinander gebrochen: der welcher das gröste stück in händen behält, schmeichelt sich zum voraus mit dem grösten glück. Aus der milch wird hernach ein käse bereitet und vertheilt, die stücke des ringkuchens bekommen die schäfer. Ebenso wirft man die blumenkränze in's wasser, und weissagt aus ihrem weiteren fortschwimmen wieder glück oder unglück.

Am tage des h. Georgs bekommt auch jeder schäfer die weisung, wenn er die schaafe täglich milkt, immer etwas davon an bettler oder sonstige bei diesem geschäft vorüberziehende zu verschenken.

16. Der Simt [2] ist beim Walachen das namensfest des hausheiligen, wie jede familie einen hat. Es muss unter jeder bedingung, sei die familie noch so arm, feierlich begangen werden. Das ganze haus wird gereinigt, alles geräthe gewaschen, dann der tisch, mit den schönsten tüchern und teppichen welche die hausfrau schaffen kann, aufgeputzt. Gäste und gute freunde werden geladen, besonders aber ist das andenken verstorbener ahnen heilig. Sie ladet man durch ernste gebete und anrufungen

---

[1] Im jahr 1090 brannte die kirche des klosters Lorsch in der Pfalz ab, angesteckt durch einen der feurigen ringe die das volk am namenstag des ordensstifters Benedictus abends in die luft warf. Es ist nicht ausdrücklich gesagt, aber doch sehr wahrscheinlich, dass ein aberglaube zu grund lag, wie bei den Georgi-ringen der Walachen. In manchen gegenden von Deutschland ist jenes werfen feuriger ringe oder scheiben, das scheibenschlagen, noch gebräuchlich, z. b. um Emmendingen bei Freiburg i. Br. (Vgl. A. L. Grimm, die bergstrasse. Darmstadt o. j. s. 96.)

[1] Geschrieben Szimt d. i. Sanctus (der heilige). Bei Clemens wird heilig durch sfánt gegeben.

zum tische, wo ihnen plätze mit bereit stehenden gedecken, und darauf wein, salz und brot, letzteres als sinnbild des friedens, leer gelassen sind.

Unverkennbar ist diese sitte nichts als eine aus dem schönen römischen cultus erhaltene, vom christenthum nicht ausgerottete verehrung der laren.

Einzelne gebräuche.

17. Begegnung. Grosse aufmerksamkeit erweist die Walachin einem begegnenden: nie durchschneidet sie ihm den weg den er vorhat. Kommt sie ihm entgegen, und befindet sie sich etwas rechts, so hütet sie sich links herüber zu wechseln oder umgekehrt. Führt sie ihr weg queer über den eines anderen, besonders eines höher gestellten, so wartet sie bis er vorüber ist. Diss thut sie, um ihm den faden seines glückes (von der parze ihm gedreht?) nicht zu zerreissen.

18. Schweigen der spindel. Ist in der stube von der wahl eines neuen richters oder sonst einer öffentlichen angelegenheit die rede, so darf keine anwesende spinnerin die spindel drehen: die wichtigen gespräche der männer sollen ihren freien gang haben, und sich nicht wie spindeln im kreisse drehen.

19. Widderhäupter als grenzzeichen. Häufig sieht man auf den hottarhügeln[1] widderköpfe aufgesteckt, nach osten blickend. Sie dienen dem Walachen gegen viehseuchen, welche sie abwenden sollen.

20. Tanz um fruchtbares jahr. Unter den tänzen der Walachen die jeden sonn- und feiertag auf einem freien platze des dorfes, gewöhnlich vor der kirche, stattfinden (s. s. 69 u. ff.) verdient einer hier besonders erwähnt zu werden, weil er bezug auf abergläubische vorstellungen hat, und vielleicht in die gattung derer gehört die in der heidnischen zeit feste zu verherrlichen bestimmt waren. Bei einer kirchweih der ich beiwohnte, kam ein heitrer alter, der in der einleitung schon genannte Mihaly Lazar, vom weine begeistert, auf den einfall

---

[1] Hottár ist madjarisch, und bedeutet einen markhügel, einen erdaufwurf zur bezeichnung der grenze.

noch seine meisterschaft im tanze zu zeigen. Diss geschah mit grosser heftigkeit, so dass er in kurzer zeit von schweiss troff. Er tanzte bald einen pentru cinnib (für den hanf, cannabis), wobei er, damit das gewächs recht hoch werde, immer die arme und hände der tänzerin so hoch hob als sie es vermochte; bald einen pentru vin (für den wein), wobei er besonders kühne sprünge machte. So tanzte er abwechselnd für frucht und mais, für wein und hanf, für rinder und schaafe, bis er nicht mehr konnte und wieder trinken musste.

Tod und begräbnis.

21. Verfahren mit sterbenden. Ist ein Walache am sterben, so wäscht man ihn, zieht ihm seine festkleider an, und legt ihn mit einer brennenden kerze in der hand auf den boden.

22. Begräbniszeit. In vielen dörfern wird noch jetzt kein Walache vormittags beerdigt, weil die angehörigen seine seele mit dem lauf der zur ruhe gehenden sonne nach ihrem ziel befördern wollen. Sie würden im andern fall fürchten die seele des verstorbenen könnte, während die sonne im steigen ist, auf irrwege gerathen, und einem umherschweifenden wampyre zum opfer werden.

23. Klageweiber. Bei einem begräbnis werden eigene heul- und klageweiber gerufen und bezahlt.

24. Der **Obolus** der alten wird noch jetzt der leiche des Walachen in die hand gegeben.

25. Beschenkung der armen am grabe. Wenn der sarg hinabgelassen ist, so werden, eh man die erde nachwirft, sieben kreuzer und sieben eigens dazu gebackene brote, in deren jedem eine brennende kerze steckt, sieben armen leuten über das grab hinüber geboten. Die bedeutung dieses gebrauchs ist, dass sich die seele des verstorbenen mit diesen wohlthaten durch die sieben mauthen die sie zu durchwandern hat, den weg zum himmel frei kauft. Jene armen werden nachher noch überdiss im hause des verstorbenen gespeist und beschenkt, je nach vermögen.

26. **Pomana für die verstorbenen.** Von der pomana ist schon im allgemeinen die rede gewesen (s. 66). Sie erstreckt sich aber nicht bloss auf diese welt, sondern wer eine pomana macht, hat häufig auch die absicht sich oder einem verstorbenen eine stufe in den himmel zu bauen. So kann z. b. ein weib dem der mann gestorben ist, das gelübde thun ihrer nachbarin hundert eimer wasser ins haus zu tragen.

27. **Trauer um die verstorbenen.** Die Walachen trauern, wie einst die Römer mit entblösstem haupte, nur so dass sie, um den kopf etwas zu schützen, ihn mit einem einfachen tuche bedecken. Die trauerzeit nimmt zu mit der nähe der verwandtschaft. Ich erinnere mich, einen greisen mann, sein name war wenn ich nicht irre Avram Babecz, nie mit einem hut gesehen zu haben. Sein sohn war ihm vor etwa zwölf jahren gestorben, er hatte daher das gelübde gethan sein leben lang zu trauern, und wird es auch halten.

28. **Jahrzeiten.** Am jahrestag begiebt sich eins der hinterbliebenen auf das grab des verstorbenen, umgeht dasselbe betend und klagend, und setzt brot und wein darauf. Letzterer wird auf die erde des grabes gegossen, das brot oder der kuchen aber einem armen geschenkt. Hernach umgeht man noch das ganze grab räuchernd, um den todten vor wampyren zu schützen.

Anhang.

I. Ueber den ursprung der mährchen.

Es wird in einer zeit von so vorherschend geschichtlichem trieb wie die unsre, wohl verziehen werden, wenn ein herausgeber von mährchen sich nicht damit begnügt sie in ihrer einfachen schönheit mitzutheilen, sondern auch über ihre herkunft, ihre frühere gestalt und bedeutung nachsinnt.

Was das wesen dieser ansprechenden erzählungen sei, wird leichter klar, wenn man den begriff des mährchens mit dem der sage zusammenhält. Mährchen und sagen haben, im gegensatz zum wirklichen, zur geschichte, das gemeinsam dass sie ein abbild menschlicher verhältnisse mit wunderbaren, unbegreiflichen zügen durchweben; hingegen weichen sie auseinander in der art wie die erzählung auftritt. Die brüder Grimm, die ersten die gleichsam entdeckungsreisen in dieses wunderbare reich gemacht haben — denn vorher begnügte man sich mit flüchtigen blicken auf seine gestade — haben auch zuerst den unterschied beider gattungen mit bestimmtheit aufgefasst. Sie sagen in der einleitung zu ihren Kinder- und hausmärchen[1] s. XXI: »die geschichtliche sage fügt meist etwas ungewöhnliches und überraschendes, selbst das übersinnliche, geradezu und ernsthaft an das gewöhnliche, wohlbekannte und gegenwärtige; das mährchen aber steht abseits der welt, in einem umfriedeten, ungestörten platz, über welchen es hinaus in jene nicht weiter

---

[1] Zweite auflage, Berlin 1819.

schaut. Darum kennt es weder namen und orte, noch eine
bestimmte heimat, und es ist etwas dem ganzen vaterlande
gemeinsames.«

An einer andern stelle [1] wird diss noch weiter ausgeführt.
Es heisst da unter andrem: »das mährchen ist poetischer, die
sage historischer; jenes steht beinahe nur in sich selber fest,
in seiner angeborenen blüte und vollendung; die sage, von einer
geringeren mannigfaltigkeit der farbe, hat noch das besondere
dass sie an etwas bekanntem und bewusstem haftet, an einem
ort oder einem durch die geschichte gesicherten namen.« Demnach haben wir eine sage, wenn z. b. erzählt wird: in dem
Wunderberg bei Salzburg sitzt kaiser Karl, mit goldner krone auf
dem haupt. Auf dem grossen Welserfeld wurde er verzückt,
und hat noch ganz seine gestalt behalten, wie er sie auf der
zeitlichen welt gehabt [2]«. Wenn dagegen die erzählung anhebt:
»es war einmal ein könig und eine königin, die hatten zwölf
kinder« [3], so dürfen wir ein mährchen erwarten.

Ueber den ursprung der mährchen sind die meinungen bis
jetzt wohl noch sehr getheilt, wenigstens wären sie es, wenn
eine versammlung von gebildeten es einmal der mühe werth
erachtete, zu versuchen ob sie diese frage sich klar machen könne.
Gestützt auf den regellosen gang, das bruchstückartige wesen
so vieler märchchen, hält man dieselben gewöhnlich für kinder
einer ungezügelten einbildungskraft, etwa so entstanden wie die
bilderreihen die uns im traume vorschweben. Bei dieser ansicht
lässt sich nur eine hauptsache nicht erklären, dass nemlich bei
einer so grossen zahl von mährchen doch ein zarter, lieblicher
zusammenhang ist, schöner als ihn manche kunstmässige dichtung mit aller mühe zu stande bringt. Es kann wohl im lauf
der zeit aus einem schönen ganzen durch losbrechen einzler
theile etwas unvollkommenes entstehen, nimmermehr aber aus
einem zufällig entstandenen, auch wenn man sich später mit

[1] Deutsche sagen, herausgeg. von den brüdern Grimm, Berlin 1819.
Band I, anfang der vorrede.

[2] Deutsche sagen nr. 28. — Andre sagen ebenda berichten das
nemliche von Friderich Barbarossa.

[3] So das mährchen von den zwölf brüdern (brüder Grimm, Kinder-
und hausmärchen, nr. 9), und desgleichen noch manches andre.

bewusstsein die gröste mühe gäbe, etwas vollkommenes, mit
ebenmaass und sinn; denn kein ding verleugnet im laufe seiner
späteren entwicklung jemals die umstände unter denen es entstanden ist. Daher sollte man von jener groben ansicht lassen,
und sich einer würdigeren zuwenden.

Ausgehend von der innigen verwandtschaft so vieler mährchen, die sich bei ganz entfernten völkern der hauptsache nach
übereinstimmend finden, und auf den geistigen gehalt welcher
sich in ihnen nachweisen lässt, haben die brüder Grimm schon
im jahr 1819 [1] die behauptung aufgestellt, »dass hier alte, verloren
geglaubte, in dieser gestalt aber noch fortdauernde mythen an-
zuerkennen sind.« Unmittelbar vorher sagen sie: »es ist hier
alter glaube und glaubenslehre in das epische element, das
sich mit der geschichte eines volks entwickelt, getaucht und
leiblich gestaltet.«

Der beweis dass diese meinung grund habe, kann für geleistet gelten, wenn sich erzählungen die uns die älteste zeit
als göttersagen hinterlassen hat, unter uns noch unleugbar als
mährchen vorfinden. Ein versuch der auch darum angestellt
werden muss, weil er nebenher dient zu zeigen, wie sich aus
den göttersagen im laufe der jahrhunderte das bilden konnte
was wir jetzt mährchen heissen.

Unter dem namen der ältern Edda ist uns eine sammlung
erhalten, die ein Isländer mit namen Sämund gegen das jahr 1100
angelegt hat, und deren inhalt als das älteste umfassende zeugnis
germanischer götterlehre gelten darf. Sie erzählt unter andrem,
wie Brynhild oder Sigurdrifa vom helden Sigurd aus dem
zauberschlaf erlöst wird. Brynhild, eine walkürie, d. i. eine
der dienerinnen des schlachtengottes Odin, hatte von diesem
den auftrag bekommen im bevorstehenden kampfe dem alten
Hialmgunnar sieg zu verleihen. Aber gerührt von der schönheit
seines gegners, des jungen Agnar, tödtete sie vielmehr den
Hialmgunnar. Zur strafe dafür ward sie von Odin mit einem
schlafdorn ins haupt gestochen, was die folge hatte dass sie
in zauberschlaf sank. Feuer wallt rings um die hochgelegene
burg in der sie, nach der nornen (schicksalsschwestern) willen,

---

[1] Kindermärchen, zweite ausgabe. 1, xxviii.

schlummern muss, bis ein held kommt welcher sich nicht
fürchtet:

> nicht mag Sigurdrifas
> schlummer brechen
> ein königssohn,
> eh der nornen spruch es zulässt.

Der auserwählte held ist Sigurd: er hat den drachen Fafni
erschlagen und dessen schatz erbeutet, nun kommt er auf seinem
wunderbaren ross Grani geritten, und dringt kühn durch die
hochschlagende lohe, hinter welcher Sigurdrifa schläft. Er löst
mit seinem trefflichen schwerte Gram ihren panzer, und sie wird
seine braut.

Dass hier eine göttersage vorliegt, erhellt nicht nur aus dem
auftreten Odins, einer walkürie, der nornen; sondern auch aus
dem gehalte den die erzählung hat. Sie ist nemlich, wie ich
in meiner geschichte des Nibelungen-liedes [1] nachgewiesen zu
haben glaube, nichts andres als eine sinnbildliche darstellung
vom untergang und wiedererwachen des schmucks den die erde
den sommer hindurch trägt. Dieser gedanke tritt auf unter dem
bild einer jungfrau die durch feindselige kraft in todähnlichen
schlummer fällt, durch den einfluss gütiger mächte wieder auf-
wacht. Odin und die nornen bezeichnen das unwandelbare
geschick; Sigurdrifa laub und blumen; der schlafdorn und
schlummer den eintritt des winters; die flackernde lohe die
unterwelt, der niemand nahen kann, also den tod der natur im
winter; Sigurd den frühlings- oder sonnengott.

Blicken wir, von der Edda weg, auf die verwandte deutsche
erzählung, wie namentlich das lied und volksbuch vom hörnenen
Seifrid sie enthalten, so ist da die drachentödtung nicht wie in
der Edda zufällig mit der befreiung der jungfrau verbunden,
sondern nothwendig, weil der drache die jungfrau gefangen hält.
Er stellt sinnbildlich den winter vor, aus dessen gewalt erst
der sonnengott seine braut erretten muss. Die drei wunderbaren besitzthümer, das ross (Grani), das in der Edda, das
schwert (Balmung) und die unsichtbarmachende, kraftverleihende
kappe, die in der deutschen sage besonders hervorgehoben wer-

---

[1] In der Deutschen vierteljahrsschrift, nr. 22 (1843. 2) s. 63.

den, stellen des helden göttliche kräfte vor; die drei kämpfe
die ihn das Nibelungen-lied gegen Brunhild bestehen lässt, beziehen sich auf die schwierigkeiten die der erwerbung der
braut entgegenstehen, sind also nur eine andre darstellung des
kampfes mit dem drachen und des rittes durch die lohe.

Nur kurz nebenher noch die bemerkung, dass die altgrie-
chischen sagen von Demeter, Persephone und Hades, von Perseus, Andromeda und dem seeungeheuer, das nemliche darstellen
wie die eben besprochenen geschichten germanischer völker.

Von zahlreichen deutschen mährchen in welchen diese sage
der heidnischen vorzeit sich erhalten hat, eignet sich das lieb-
liche Dornröschen [1] besonders zur vergleichung. Ein könig
beleidigt eine der feen seines reichs dadurch dass er sie nicht
zur taufe seiner neugeborenen tochter einladet, und sie spricht
daher über das kind den fluch, dass es im fünfzehnten jahr
durch eine spindel todt gestochen werden solle. Eine andre, günstig gesinnte fee verwandelt aber diesen tod in hundertjährigen
schlaf. Trotz aller vorsicht erfolgt zur bestimmten stunde der
spindelstich, die jungfrau sinkt mit sämmtlichen hausgenossen
in schlaf, und um das schloss rankt sich eine hohe dornhecke,
an der alle unberufen eindringenden elend sterben. Aber nach
hundert jahren erscheint der auserwählte jüngling, ein königssohn
welcher das land durchzieht, er erweckt die schlummernde und
führt sie heim.

Die verschiedenheiten welche zwischen der Edda-sage von
Brynhild und dem deutschen Dornröschen bestehen, erklären sich
alle daraus dass die erzählung bei letzterem längst aufgehört hat
in ihrem ursprünglichen sinn verstanden zu werden: der haupt-
inhalt musste zwar bleiben, und alle wesentlichen züge haben
sich leicht erkennbar erhalten; aber was das einzelne betrifft,
so trug ein späteres geschlecht in den alten stoff seine neuen
vorstellungen, und namentlich wurde des wunderbaren weniger.
Doch blickt es noch allenthalben durch: königstöchter und
königssöhne, mit denen es die meisten mährchen zu thun haben, sind in ihrer erhöhten stellung die sprechendsten nachfolger
der alten göttinnen und götter, und Sigurd, welcher auf kühne

---

[1] Grimm Kinder- und hausmärchen, erster band nr. 50.

thaten ausgezogen ist, entspricht buchstäblich dem königssohne welcher das land durchzieht. Statt der einheimischen schicksalsschwestern (nornen) hat uns fremde bildung, an die wir stäts andächtiger glauben, die feen, romanische schicksalsgöttinnen, gebracht; aus der kriegerischen ursache des zauberschlafs wird eine frage des verletzten geselligen anstands; aus der unbegreiflichen lohe die zum himmel leckt, eine hochrankende dornhecke, die eigentlich doch nicht weniger wunderbar ist; Odin der greise verwandelt sich in die alte spinnende frau, wenn nicht schon ursprünglich in der erzählung eine norne war; an der stelle des geheimnisvollen schlafdorns steht eine nicht minder zauberkräftige spindel.

Man könnte hier die frage aufstellen, wie überhaupt in die göttersagen das wunderbare komme, welches die mährchen von ihnen als hauptmerkmal entlehnt haben. Es besteht meistens darin, dass ein gewöhnliches wesen oder ding eigenschaften besitzt die ihm in der wirklichen welt nicht zukommen: da ist ein schwert oder pfeil dem nichts widersteht, dort ein mensch der alle gestalten annimmt. Man denke hier nicht an willkür. Die wesen und dinge von denen man uns erzählt, sind nur sinnbilder für räthselhafte, vielseitige erscheinungen und kräfte der natur: der held mit dem schwert oder den pfeilen ist der sonnengott mit seiner glut und ihren strahlen. Ohne dass die erzählung sich untreu wird, kann sie eine solche kraft, je nachdem sies braucht, bald in menschen-, bald in thiergestalt vorstellen, beides passt gleich gut. Daher finden wir in allen göttersagen diese raschen übergänge, die den göttern keine schande bringen: Zeus ist bald herrlich thronender gott, bald stier, schwan u. dgl. Vielleicht rührt daher der gebrauch einzle thiere als den göttern heilig anzusehen. Auch im nordischen götterglauben fehlt es an derlei verwandlungen nicht: nach der jüngeren Edda z. b. hat der riese Thiassi in adlersgestalt die asin Idun entführt; Loki soll sie wieder hohlen: er thut es, indem er der Freya falkengewand entlehnt, so in Thiassis wohnung fliegt, dort Idun in eine schwalbe verwandelt, und sie in seinen klauen zurückbringt.

Eine spätere zeit spielt mit diesen verwandlungen manchmal auf eine sehr willkürliche weise: was der früheren unter-

geordnetes mittel war wird ihr oft hauptsache, neben der
andres, früher wichtig gewesenes, völlig verloren geht. Ueberhaupt muss, wer den ursprung des mährchens begreifen will,
keinen gedanken so festhalten, wie den dass sie seit der frühesten zeit eine reihe von veränderungen durchgemacht haben.
Die wirkung hievon stellen die brüder Grimm mit folgenden
worten dar: »die beständige umwandlung der mährchen hat
natürlich·viel neues beigemischt; auf der andern seite musste
der zu grund liegende alte glaube, eben weil er fremd und
unverständlich ward, allmählich verschwinden, gleichsam ab-
dorren. Der poetische trieb bildete daraus etwas sinnlich
verständliches und ansprechendes, aus welchem aber die bedeutung nur hier und da dunkel, fast wider willen hervor-
leuchtete, oder um es bildlich auszudrücken: das sonnen-
auge des geistes wurde auf den farbigen pfauenspiegel der
dichtung vertheilt. Dennoch lässt sich schon im voraus vermuthen dass, was zurückgedrängt wurde nicht ganz verloren
gieng; und ist es hier leichter etwas mit wahrscheinlichkeit zu
vermuthen, als mit gewisheit darzuthun, so zeigt doch die
nähere betrachtung noch kenntliche spuren der frühesten zeit.« [1]
Diese sind aber nicht überall mehr so deutlich wie im
Dornröschen. Oft hat das heidnische wesen, das den mährchen
von anfang eigen war, einem ganz christlichen wenigstens
äusserlich platz gemacht: Gott und die heiligen sind an die
stelle der alten götter gesetzt worden, so S. Georg an die des
drachentödters Perseus oder Sigfrid, Maria in unserm mährchen
von der eingemauerten mutter an die einer bald zürnenden,
bald freundlichen göttin des heidenthums. Eine menge legenden
sind nichts anders als geschwister der mährchen, verkleidete
göttersagen.
Nach einem gesetz dem alles lebende gehorcht, entsteht
jede mannigfaltigkeit aus dem einfachen und kleinen. Als ein
beispiel mag die sprache gelten. Schon jetzt ist für eine menge
zungen die sich von Irland bis zu den eilanden der Südsee
hinziehen, dargethan dass sie eine gemeinsame wurzel haben,
und dass also die völker die sie sprechen verwandt sind; man

[1] Kindermärchen I (1819) s. XXIX.

darf sogar hoffen, es werde der wissenschaft geliugen den beweis für das zu führen, was die bibel glaubend und sinnvoll
ausspricht, dass alle menschen von einem paare stammen. Wer
jahrhunderte lebte, könnte aus einer einzigen eichel den rau-
schenden eichwald entstehen sehen; wer jahrtausende mit bewusstsein durchlebt hätte, der könnte rechenschaft geben wie
sich aus kindlich einfachen anfängen der sprachenwald gebildet
hat welcher die erde bedeckt. Nicht anders ist es bei den
mährchen. Gering und unscheinbar sind sicherlich die göttersageu
der ersten menschen gewesen; aber weil ihr innrer sinn den
unergründlich tiefen stimmen der schöpfung abgelauscht, also
mit geist und gemüth unsers geschlechtes innerlich verwandt,
für dieselben wohlthuend war, giengen sie nicht mehr unter,
entfalteten sich mit unzerstörbarer lebenskraft zu ewig neuen
bildungen. Hieraus erklärt sich weshalb in so vielen mährchen,
die äusserlich jetzt völlig verschieden scheinen, bei genauerer
betrachtung der nemliche kern zum vorschein kommt; wie
ganze reihen eigenthümlich aussehender erzählungen sich doch
auf wenige, höchst einfache göttersagen zurückführen lassen.
Namentlich hat die von der entführten und wieder befreiten blumenjungfrau den grundstoff zu den meisten mährchen hergege-
ben. Und das ist wahrlich leicht zu begreifen, denn was wäre
für die einbildungskraft lockender, befruchtender als das bild
eines jugendlich schönen weiblichen wesens, das aus freundlichen
umgebungen weggerissen, in schmach und noth gerathen ist,
daraus aber durch einen fröhlichen helden erlöst wird, und
ihn mit liebe belohnt! Es ist das schöne recht der dichtung,
uns mit ihren traumbildern wegzuheben über manche quaal
des daseins: hier haben wir einmal den zauberspiegel belauscht
mit dem die holde freundin, so einfach er an sich ist, doch eine
fülle von wundern hervorbringt. Die ewige wiederkehr jenes
einen gedankens in hundert wandlungen darf um so weniger
auffallen, als die einzelnen mährchenerzähler der verschiedenen
völker und stämme nichts von einander wussten. Nur für uns, die
wir auf einem tisch die schätze von hundert ländern und aus
allen zeiten vor uns legen, könnte jene wiederholung ermüdend
werden, wenn sie sich nicht immer neu zu kleiden wüsste.

Die eben berührte verwandtschaft zwischen den mährchen

der einzelnen völker besprechen schon die brüder Grimm; namentlich heben sie (s. XXVI a. a. o.) die verwandtschaft ihrer
deutschen mit den serbischen hervor. Es wird uns also niemand einen vorwurf daraus machen dass in unsern walachischen, neben manchem völlig neuem, auch manches längst
bekannte gesicht wieder auftritt, manche stimme die uns seit den
tagen der kindheit erfreut hat. Vieles der art mag in späteren
zeiten durch den verkehr der völker von land zu land gewandert
sein, und unterwegs die art jedes landes äusserlich angenommen
haben; gewis aber ist auch vieles von der urzeit her gemeinsam.
Es hätte keinen sinn, wenn man sagen wollte die geschichte
der Persephone oder Andromeda sei von seefahrern in den
norden gebracht, und in Island als geschichte der Brynhild, in
Deutschland als die von Krimhild oder Dornröschen neu ausge-
münzt geworden. Ebenso ist Sigfrid der drachentödter sicher
nicht von Perseus; Sigfrid, der schwer verwundbare und doch
durch einen verwandten der braut meuchlerisch getödtete, sicher
nicht von Achill entlehnt. Griechen und Germanen haben von
einem gemeinsamen stammvater, wie die sprache, so die sagen
geerbt; aber jeder stamm hat sie nach seiner art entwickelt.

Ich habe wiederholt, und so auch eben erst, vom gebiete
der mährchen auf das der heldensage hinüber gegriffen. Man
kann kecklich aussprechen dass die beiden ursprünglich eines
sind. Was von der alten göttersage jetzt noch im volksmund
umgeht, heisst mährchen; was in früherer zeit von dichtern
aufgegriffen, künstlerisch gestaltet, gläubig mit geschichte ver-
mengt, als geschichte weiter verbreitet ward, heisst heldensage.
Unsre gröste heldensage, die von den Nibelungen, ist nichts als
die erzählung vom Dornröschen; nur hat der dichtende volks-
geist verwandte sagen vom sonnengotte zu hilfe genommen und
dadurch ein grösseres ganzes gewonnen: Sigurd verlässt Sigurdrifa und freit eine andre (Gudrun, Krimhild), wird von deren
verwandten verrätherisch erschlagen, von Krimhild ohn' ende
betrauert, aber zuletzt gerächt. Oder, wenn man auf den ältesten
sinn dieser sagen sieht, der sonnengott kann sich der erde,
nachdem er den winter besiegt hat, noch nicht sofort erfreuen,
weil der besiegte noch längere zeit seine angriffe erneuert, und
sie wird deswegen erst einige zeit nachher völlig seine gattin.

Späteres misverständnis hat hieraus in sehr vielen sagen untreue und eine zweite braut gemacht. Kurz nachdem der besitz der gattin gesichert ist, im vollen glanze von des helden herrlichkeit, d. h. um die sommersonnenwende, beginnt seine abnahme, durch die schon heimlich, meuchlerisch siegende macht einer finstern wintergottheit. Dadurch wird seine gattin wieder die trauernde wie zu anfang. In der rache, dem grausen verderben eines ganzen geschlechts, scheinen sich die sagen vom weltuntergang erhalten zu haben; wenigstens sollte die sage vom sonnengott nicht so schliessen, sondern damit dass er im nächsten frühling neugeboren hervorgeht, und sich mit seiner gattin wieder verbindet. Das war aber nicht möglich, nachdem die sage geschichtlichen schein angenommen hatte. Hingegen hat sich dieser schluss als vereinzeltes bruchstück erhalten, in den zahlreichen sagen von einem könig der in bergesgrund, besserer zeiten harrend, schlummert, und einst kommen wird sein volk zu erlösen. Die Britten behaupteten das von Artus, die Deutschen von Karl und den hohenstaufischen Friderichen; ähnliches geht jetzt im glauben alter krieger von Napoleon um.

Wenn das mährchen mit heldensage auf diese weise zerfliesst, so kann auch die oben angegebene verschiedenheit zwischen mährchen und sage nicht ursprünglich sein: es macht nur für jetzt einen unterschied, ob eine weiland göttersage sich zu einer bestimmten irdischen heimat bequemt hat, oder ob sie noch, wie einst ihre helden, die asen und jötune, durch die luft schreitet.

Auch die namen sind im grunde dieselben: sage bezeichnet was gesagt, erzählt wird; mähre, mährlein, mährchen[1] ist so viel als kunde, nachricht. Das lateinische fabel (fabula) wird zwar jetzt nur in sehr beschränktem sinn genommen, dient aber ursprünglich zur bezeichnung aller sagen, besonders auch derer von den göttern, und seine herkunft von fari (sagen) stellt es sogar äusserlich neben unser sage. Das griechische wort mythe

---

[1] Die brüder Grimm schreiben märchen; so lang aber das h welches die länge der vocale bezeichnet, nicht überhaupt verbannt ist, mag es auch hier stehen, weil es doch dient um anzuzeigen dass mährchen nicht kurzen vocal hat, wie etwa Kärcher. Denn ä an und für sich kann ebenso gut kurz als lang sein.

(μῦϑος) ist gebildet aus dem zeitwort μύϑω, welches reden, sagen, erzählen bedeutet, und meint also nichts anders als mährchen und sage, obwohl es jetzt vorzugsweise von göttersagen gebraucht wird.

Welch unsterbliches leben diesen alten dichtungen innewohnt, davon hat unser Dornröschen auch vor nicht langer zeit wieder einen beweis gegeben. Es ist von anfang wie gesagt eine blumengöttin gewesen, von der Edda hat sichs zu einer walküre machen lassen, von der deutschen heldensage zu einer holdseligen, aber am ende fürchterlichen königstochter aus Worms, vom deutschen mährchen zu einer schuldlos spielenden prinzessin. Da ward es im jahr 1812 von treuen männern, die es in unscheinbarer gesellschaft aufgefunden hatten, der welt wieder vorgestellt.[1] Was geschah! Schon das jahr nachher kommt Röschen in einer ganz neuen tracht zum vorschein, als mährchen schlechtweg, oder auch als deutsche poesie, von Ludwig Uhland eingeführt in den deutschen dichterwald.[2] Es ist nun wieder bei ehren, geht als lieber gast in den besten häusern aus und ein.

Wir wollen aber hier auch noch eines andern theuren dichters gedenken. Jedermann weiss dass Schiller in den schulen seiner heimat nicht dazu angehalten worden ist, etwas zu schätzen was über griechen- und römerthum, oder über die trockene glaubenslehre des achtzehnten jahrhunderts hinauslag; dass ihn aber jener fremde boden keineswegs verhindert hat, aus dem saamen seines reichen herzens schwellende saaten zu erziehen. Etwas andres hingegen haben bis jetzt nur wenige beachtet, dass nemlich sein ahnungsvoller geist schon erkannte was die mährchenwelt für den dichter werden kann. Während seiner letzten krankheit, wo die gestaltung neuer werke den schöpferischen dichtergeist in fieberhafter lebhafter bewegung hielt, rief er aus:

Gebt mir mährchen und rittergeschichten, da liegt doch der stoff zu allem grossen und schönen.[3]

---

[1] Kinder- und hausmärchen, gesammelt durch die brüder Grimm. Erste auflage. Berlin 1812. Th. I, s. 225.

[2] Deutscher dichterwald von J. Kerner, Fouqué, L. Uhland und andern, Tübingen 1813. s. 234.

[3] Schillers leben von Gustav Schwab. Stuttgart 1841. s. 624.

II. Anordnung und deutung der mitgetheilten mährchen.

Es ist vorhin (s. 314) bemerkt worden dass die sage von einer gottheit die bei den griechen Persephone hiess, die aber unter andern namen auch bei andern völkern heimisch war, die grundlage der meisten mährchen bildet. Die ursache hievon liegt theils in dem höchst ansprechenden gang dieser sage; theils aber darin dass kein ereignis in den äusseren umgebungen tauglicher war die gemüther der alten heidenzeit zu beschäftigen, als das welches durch jene sage sinnbildlich dargestellt wird: der wechsel zwischen sommer und winter. Denn dieser ist für ein volk in dem verhältnis wichtiger als es durch seine lebensweise weniger aufgefordert ist, und weniger gelernt hat, der unbill der schlechten jahreszeit zu begegnen. Wenn auch wir noch aus dem bequemen, erwärmten zimmer weg, und aus dem unterhaltenden winterleben der städte an frühlings-sonne, an laub und blumen denken, wie vielmehr recht hatten dazu die alten! Zumal unter nordischem himmel, in einsamen schneegetrennten wohnungen, und da sie die sonne alles ernstes von unheilvollen gewalten bedräut wähnten, so dass jeder neue sieg derselben dreifach herrlich erschien. Von selbst versteht sich dass die erzählung immer auf die seite des sommers und seiner braut, der sommerlichen erde tritt. Von einem dieser beiden wesen gehn auch die mährchen die wir hier mit-getheilt haben, fast sämmtlich aus. Vorangestellt findet man diejenigen welche das schicksal der jungfrau zum hauptgegen-stand haben. Das von der kaiserin wundersohn (1) stellt sie dar als beute des räuberischen drachen; 2 verstossen in den wald, ja zuletzt eingemauert; 3 im schweinstall; 4 als gänse-hirtin; 5 als mishandelt durch die mutter, und verborgen bei den zwergen d. i. in der unterwelt; 6 wieder durch die mutter mishandelt; 7 verzaubert mit dem ganzen hofstaat, auf ähnliche weise wie Dornröschen. Immer aber zeigt sich am ende der rettende jugendliche held.

Aus diesem grund ist es natürlich dass die eben genannten vielfältig zerfliessen mit den folgenden, die nicht von der jungfrau, sondern von dem retter ausgehn. Denn es kann ja weder die blumenjungfrau den sonnenhelden entbehren, noch hat sein ausziehen und kämpfen bedeutung ohne sie. Bei anordnung dieser zweiten reihe ist darauf rücksicht genommen welches ereignis aus dem leben des helden von dem betreffenden mährchen besonders hervorgehoben wird. Nur selten, z. b. im Florianu (27) erfahren wir sein ganzes schicksal, wie es oben (s. 315, 316) geschildert ist, die meisten widmen sich mit vorliebe einer einzelnen begebenheit, gegen die die übrigen in schatten treten; ja es fehlt nicht an beispielen dass eine solche sich von den andern völlig abgelöst hat, und nun als bruchstück dasteht. So gleich das erste (8): es beschäftigt sich mit der jugend des helden, wie er durch manche gefahr geht, bis endlich seine herrlichkeit kund wird; dann aber bricht es plötzlich ab. Die geschichte vom weissen und vom rothen kaiser (9) erzählt dasselbe, ist jedoch vollständiger und lässt die kämpfe folgen; 10, 11 und 12 widmen sich besonders dem kampf mit dem ungeheuer; in 13—18 überwiegt die darstellung der (drei) aufgaben oder kämpfe die der held zu bestehen hat; in 19 der besitz der wunderstücke mit welchen er ausgestattet ist; in 20 haben sich diese eine ganz einseitige wichtigkeit angemaasst; in 21—25 findet sich die trennung von der ersten braut und die wiedervereinigung mit ihr dargestellt; in 26 und 27 endlich ein verwandtes geschick, die tödtung des helden durch tückische verwandte, und seine wiederbelebung. Ueber diese beiden züge wolle man s. 316 vergleichen.

Die übrigen erzählungen, von kleinerem umfang, ruhen ohne zweifel gleichfalls auf alter göttersage, aber entweder gebrach es ihnen an dem keim aus dem erzählung werden konnte, oder diese hat sich wieder verdunkelt, liegt nur als bruchstück vor.

Diss zeigt sich besonders deutlich bei 28, wo wir eine jener häufigen wanderungen der götter ganz aufs gebiet sittlicher betrachtung und selbst der anstandslehre hinübergespielt

sehen, dadurch aber die erzählung ihres ursprünglichen gehaltes
völlig beraubt ist.

Deutlicher zeigt 29 einen fortlebenden heidnischen donnergott. Hieran reihen sich billich die stücke 30. 31. 32,
erzählungen von den feinden deren bekämpfung hauptsächlich
ihm oblag, den titanen (giganten) der Griechen, den riesen
(jötune, thursen) der Germanen. Hier ist aber alles zerbröckelt:
man würde sich umsonst bemühen aus einer derselben den
faden einer eigentlichen erzählung herauszufinden. Ob 33 mit
recht hieher gezogen sei, könnte bestritten werden; vielleicht
ist es das bruchstück einer erzählung die der von Ariadne verwandt war. In diesem fall würde dieses stück von der verstossenen blumenjungfrau handeln, welcher die ersten der grossen
erzählungen gewidmet sind.

Eigener art sind wieder 34—37, welche sich die aufgabe
stellen erscheinungen der äusseren welt mit dem alten götterglauben in verbindung zu bringen.

Die folgenden (38—43) könnte man schwänke, zum theil
neckstücke nennen. Ein zusammenhang mit heidnischer göttersage lässt sich nur hin und wieder nachweisen, z. b. in 38,
wo sonne, mond und wind redend auftreten; in 43, wo der
schalk vom gotte doch noch so viel hat, dass er wenigstens
seiner behauptung nach aus dem himmel stammt.

Wenn die bisher entwickelten ansichten grund haben, so
muss sich auch von jedem einzelnen mährchen angeben oder
doch ahnen lassen, dass und wie es mit dem alten heidenglau-
ben zusammenhängt. Das ist nun aber freilich im einzelnen
oft sehr schwer, und solche die der ganzen bestrebung übel
wollen, haben es leicht eine herausgegriffene behauptung, die
im zusammenhang guten grund hat, wie z. b. wenn Bakâla, der
bruder des deutschen Eulenspiegels (22), ein heruntergekommener
gott genannt wird, mit scheinbarem rechte lächerlich zu machen.

Das darf indes nicht abschrecken, und ich versuche den
eben besprochenen beweis für die einzelnen erzählungen der
reihe nach. Da dieselben oft weitläufig ausgeschmückt sind und

den überblick erschweren, so geht jedes mal eine kurze inhalts-
anzeige voraus, die die wesentlichen züge, den gang der erzählung, zusammenfasst. Die nachfolgende deutung findet dann bei
weitem weniger schwierigkeiten, als wenn sie sich auf die
unverkürzte darstellung beziehen müsste.

1. Der kaiserin wundersohn.

Einem kaiser werden nach einander seine drei töchter von
drei nebeldrachen entführt. Der nachgeborene sohn, mit wunderbarer kraft ausgestattet, nöthigt seine mutter ihm den grund
ihrer betrübnis zu sagen, zieht nach seinen schwestern aus, und
erlegt die drei drachen, jeden in seinem schloss. Dann besucht
er noch einen vetter, welchem die nixen vom schwarzen see
seine kraft genommen haben, nimmt diese, die in einem
schwamm verborgen ist, den räuberinnen ab, und bringt sie
zurück. Dafür schenkt ihm der vetter sein schloss. Vor einer
thüre darin ist er gewarnt, weil sie den tod verberge; er lässt
sich aber nicht abhalten, und findet statt des tods eine wunderschöne jungfrau, seines vetters schwester. So bringt er den
eltern ausser den töchtern auch eine schwiegertochter heim.

Genau verwandt ist die erzählung womit Musäus seine
Volksmährchen eröffnet, die »chronika von den drei schwestern«.
Dort giebt sich zwar alles noch wunderbar genug, aber doch
schon menschlicher als hier, der göttersage ferner. Die entführer z. b. sind zwar bär, adler und fisch, aber sie haben
bestimmte zeiten wo sie zu menschen werden, was bei diesen
drachen unterbleibt. Auch der befreier der schwestern ist hier
mehr wunderkind, als Reinald bei Musäus: schon als säugling hat er, wie Herakles, übermenschliche kraft und einsicht.
Doch sind die verschiedenheiten, auch wenn man sie alle zusammenfasst, so unbedeutend dass man unmittelbare verwandtschaft beider erzählungen annehmen muss. Die ursprüngliche
sage gab ohne zweifel die so häufig wiederkehrende geschichte

von der blumengöttin, die der winter geraubt, der sonnengott
aber, ihr nachgeborener bruder, wieder befreit hat. Die wenigen gestalten und züge welche die einfach älteste sage bildeten,
erscheinen hier freilich mehrfach gespalten. Vor allem sind aus
der einen jungfrau drei geworden: des helden trefflichkeit zeigt
sich dadurch um so glänzender, aber die drei drachen haben
etwas einförmiges, und erst das mährchen bei Musäus hat, indem es den entführern manigfache gestalten gab, diese veränderung glücklich ausgebeutet. Der ausdruck nebeldrachen scheint
auf das winterliche wesen der entführer hinzuweisen: auch in
der Sigfrid-sage tragen die zwerge die dem helden den hort.
und vielleicht in der ältesten sage die braut, vorenthalten, den
namen Nibelungen (nebelsöhne), der mit dem hort auf die späteren besitzer übergieng, und zur bezeichnung der ganzen sage
nicht wegen seiner wichtigkeit, sondern nur wegen seines aben-
teuerlichen klangs beliebt worden zu sein scheint.

Bei Musäus erscheinen die entführer nicht mehr als feinde,
sondern als zärtliche, liebenswürdige freier, die nur unglücklicher
weise verzaubert sind und durch den retter mit erlöst werden;
hier dagegen haben sie noch ihr feindseliges wesen, und werden
mit recht erschlagen. Dass beides neben einander gedenkbar
ist sehen wir aus einem deutschen mährchen (Grimm 3, 103),
dessen zu 26 gedacht wird, und in dem der diebische vogel,
der apfeldieb, eins ist mit der befreiten jungfrau.

Die meiste schwierigkeit macht das schloss des vetters,
und die vierte jungfrau daselbst. Da der held diese befreit und
als gattin heimführt, so haben wir hier offenbar die erlösung
der schwestern zum zweiten mal, nur in andrer gestalt. Die
bedeutung des vetters hat sich mehr verdunkelt als bei Musäus.
Dieser stellt uns den besitzer des schlosses als Zornebock dar,
woraus, beiläufig gesagt, erhellt dass er aus einer halb slavischen
quelle geschöpft hat, denn der name ist entstellung aus dem
slavischen Czernobog (schwarzer fürst). Der vetter, indem er
die braut des sonnengottes gefangen hält, muss von anfang
gleichfalls dessen dunkler feind, der winter, gewesen sein, stellt
also das nemliche vor wie die drachen. Diss erhellt auch aus
der höchst unbedeutenden rolle die er spielt, was immer als
ein sicheres zeichen betrachtet werden darf dass eine andre

gestalt dieselbe zum grösseren theil übernommen hat. Am wichtigsten ist was das mährchen von des vetters geraubter kraft erzählt. So lang er noch als wintergott verstanden wurde, kann ihn der jüngling nur bekämpft, nicht ihm jenes verlorene gut wieder verschafft haben. Es liegt also hier wieder ein misverständnis, wie es der mährchenwelt bei ihren wandlungen so oft begegnet. Uebrigens ist allerdings des sonnengottes feind zugleich sein verwandter, wie wir diss bei Höder in der Edda, bei Hagen in der Nibelungen-sage sehen, und so erklärt sich das spätere misverständnis.

Nun fragt sich noch wie man die verlorene kraft anzusehen habe. . Sonst kommt in gesellschaft der erlösten jungfrau häufig ein hort vor, der von dunkeln wesen gehütet wird. Das ist der schmuck der sommerlichen erde, den der winter, als er die jungfrau raubte, gleichfalls mitnahm und in finstrer tiefe barg. So sind also wohl die schwarzen nixen nichts andres als die nibelungischen zwerge, sinnbilder unterirdischer mächte. Wenn der held sie erschlägt, ihnen den schatz abnimmt, und unmittelbar nachher, also im zusammenhang damit, die braut gewinnt, so heisst das nur: der sonnengott führt laub und blumen aus der nacht wieder aus licht, eine beglaubigung seines neuen bundes mit der erde. Jenes alles aber thut er ursprünglich nicht um des vetters, sondern um der braut willen; wie hier auch noch daraus erhellt, dass er in folge seines sieges über die nixen in den besitz des schlosses und der braut kommt. Aus der gewaltsamen erwerbung hat unser mährchen später eine friedliche gemacht, weil der schwarze fürst sein hässlicheres theil an die drachen abgegeben hatte, und nun in ihm der schwager den feind überwiegen konnte.

Bei Musäus findet sich die verlorene kraft, die durch list und muth gewonnen werden muss, unter dem bilde des schlüssels der das schloss der verzauberungen öffnet; an die stelle der nixen ist ein furchtbarer stier getreten, der nur mittelst besonderen glücks erlegt wird, wie hier zur tödtung der nixen besondere vorbereitungen von nöthen sind.

Der eigenthümliche gedanke von verlorener kraft, die durch geister gehütet wird, ist auch in der sage von Rostem und Suhrab, dem persischen Hildebrands-liede zu finden, das Rückert

übertragen hat. [1] Dort wird erzählt wie Rostem als jüngling
seinen überfluss an kraft einem berggeist aufzubewahren gegeben,
im älter aber, als er seines sohns nicht meister werden konnte,
dieselbe wieder geholt habe.

Noch einige bemerkungen über einzelnes. Der grund wesshalb
in den mährchen meist hohe häupter, könige, prinzen u. s. w.
auftreten, ist oben (s. 311 u.) angeführt worden. In unsern
mährchen tritt fast immer ein kaiser (imperatu) auf, weil die
Walachei seit den ältesten zeiten kaiserstaaten um sich hat:
zuerst den altrömischen, dann den byzantinischen, den deutschen, den russischen, den österreichischen. Dass der gebieter
des letzteren in Ungarn bloss könig heisst, ist eine spitzfindigkeit
um welche sich kein ungelehrtes volk bekümmert.

Die zauberworte mit welchen der wundersohn die erlegung
der drachen begleitet, sind mehr für das ohr als für das ver-
ständnis. Sie lassen sich zwar, wie in der anmerkung zu s. 87
geschehen ist, übersetzen, stehen aber nicht im zusammenhange
mit der erzählung.

Nach einer gleichfalls schon erwähnten bemerkung der
brüder Grimm sind die mährchen in welchen solche sprüche vorkommen, meistens besonders alterthümlich. Darf man diese
bruchstücke von gebundener rede vielleicht betrachten als überreste aus einer zeit wo die dichterische form noch die vor-
herschende für alles erzählen war? Diese zeit spricht, was den
hohen norden angeht, in der ältern Edda zu uns. In ihr sind
reime regel, dazwischen tritt oft ungebundene rede; umgekehrt
hält es die jüngere Edda. Einen schritt weiter, und wir haben
mährchen wie die eben erwähnten, in denen bloss noch ein
oder einige mal aus dem strom der ungebundenen rede ein überbleibsel der bloss dichterischen zeit eilandartig auftaucht. Noch
einen schritt weiter, und wir gelangen zu denen die bloss in
ungebundener rede dahingehn.

Dass übrigens ein zeitalter welches der bloss dichterisch

---

[1] Rostem und Suhrab, eine heldengeschichte in 12 büchern, von
Rückert. 8. 240 s. Stuttgart 1838.

erzählenden Edda-zeit entspricht, auch ausser Island einmal da
gewesen sei, ergiebt sich aus der ältesten bildungsgeschichte
aller völker; für Deutschland wird es bewiesen durch die neulich
aufgefundenen sogenannten Merseburger bruchstücke, die, in
altnordische sprache übertragen, der Edda trefflich anstünden.

2. Von der armen holzhackerstochter.

Ein armer holzhacker verhandelt, gegen das versprechen
grossen reichthums, an den teufel das was ihm bei der heimkehr zuerst entgegenkommen wird. Es ist seine tochter, und
er bringt sie an die stelle wo er den handel geschlossen hat.
Hier erscheint ihr aber Maria, und nimmt sie mit in den himmel.
Sie bekommt schlüssel zu vier thüren: drei darf sie aufschliessen
und schaut alle herrlichkeit. Wie sie aber der neugier auch
hinter die vierte zu blicken nachgiebt, wird sie in eine waldhöhle verstossen, mit dem befehl unter keiner bedingung zu
reden. Ein haisersohn findet hier die schöne jungfrau, und
lässt sich von ihrer stummheit nicht abhalten sich mit ihr zu
vermählen. Sie gebiert ihm zwei goldene knaben, die ihr aber
von Maria bei nacht genommen werden. Die wärterinnen be-
schuldigen sie des mordes, und sie wird eingemauert. Aber
Maria bringt ihr hier die kinder, ernährt sie, und erlaubt ihr
wieder zu sprechen. Nach drei jahren lässt der prinz öffnen,
und hoher jubel tritt an die stelle des unglücks das auf allen
gelastet hat.

Wenn der vater hier nach dem willen des schicksals sein
kind hingeben muss, so ist das nur eine wiederholung der
geschichte von Abraham und Isaak, von Jephtha und seiner
tochter, von Agamemnon und Iphigenia, von Idomeneus und
seinem sohn. Alle diese geben unter verschiedenen bildern den
einen gedanken dass die erde, die bald als vater bald als mutter
gedacht wird, ihr kind, den laub- und blumenschmuck, gleichsam
dem geschick als opfer darbringen muss. Wo der vater selbst
hand anlegt, mischt sich mit dieser ersten vorstellung vielleicht

die vom zeitgotte der seine kinder verschlingt, oder vom jahres-
gotte der im herbst vernichtet was er im frühling erzeugt hat.
Auch Persephone wird durch des eigenen vaters urtheil in die
unterwelt gesprochen; auch Iphigenien will der eigene vater
tödten, aber Artemis führt sie davon, wie die spätere sage
sagt nach Tauris, ursprünglich gewis in die unterwelt welche
der Artemis (Persephone) gehört.

Der günstige ausgang der nach einer zeit trüber prüfung
eintritt — die rückkehr der Persephone durch den spruch des
Zeus, die heimhohlung der Iphigenia durch Orest — bezeichnet
die wiederkehr des blumenschmucks im frühling. Unter den
strahlen des vaters, des sonnengottes, ist sie gewelkt; als
wurzel oder saame hat sie sich bei Hades oder Artemis oder
Maria geborgen; vom wiederaufgestandenen sonnengott, z. b.
von Orestes, dem sohne des getödteten Agamemnon, wird sie
wieder geholt.

Der bedeutendste zug, das weilen der blumenwelt in winterlicher nacht, hat sich in unsrer erzählung vervielfältigt. Die
jungfrau aus dem vaterhaus in den wald, aus dem paradies in
die waldhöhle, vom kaiserhof ins lebende grab gestossen, bedeutet immer ein und dasselbe; ebenso müssen die erlösung
aus dem teufelswald, die aus der waldhöhle und die aus der
einmauerung als entfaltungen einer thatsache betrachtet werden.

Ein weiteres merkmal von eigenthümlichkeit ist das christliche gepräge welches die erzählung angenommen hat. Die
vorstellung der unterwelt wird zuerst allerdings durch teufel
und hölle dargestellt, verwandelt sich aber unter der hand in
die von Maria und paradies. Aus letzterem wird die jungfrau
wieder ausgestossen. Zu diesem ende entlehnt das mährchen
einen zug aus der geschichte der ersten eltern: gleich diesen
übertritt sie ein verbot. Sie kann aber, wie das menschengeschlecht, durch busse wieder gnade gewinnen. Hier hat also, wie
schon in den eleusinien, die alte natursage geistige bedeutung
angenommen, und es ist wohl zu beachten dass der mittler
Christus bei der erzürnten Maria für die ungehorsame spricht.

Unter den deutschen mährchen bei Grimm ist das vom
Marienkind (nr. 3) in der hauptsache, nach gang und absicht,
das nemliche; doch verkauft der holzhacker sein kind nicht an

den teufel, sondern unmittelbar an Maria. Die wegnahme der knaben durch diese ist besser begründet: die heilige will nemlich mittelst derselben das geständnis erzwingen dass die königin wirklich die verbotene thür geöffnet habe. Statt der einmauerung hat das deutsche mährchen den scheiterhaufen, dessen flammen im augenblick der reue verlöschen.

Gemischt aus Holzhackerstochter und Marienkind ist eine dritte erzählung, die Grimm in seinem anhang (3, 7) mittheilt: mit jener gemein hat sie dass eine schwarze jungfrau das kind durch hinterlistigen vertrag erhandelt; vom Marienkinde hat sie den scheiterhaufen; eigenthümlich aber ist ihr dass nicht die strafende jungfrau die kinder nimmt, sondern eine böse schwiegermutter; und mehr noch dass jede spur des christlichen fehlt. Offenbar also die älteste gestalt der erzählung! Die schwarze jungfrau, die im Marienkinde zur himmlischen geworden ist, in der holzhackerstochter in zwei gestalten (teufel und Maria) auseinandergeht, hat noch drei andre bei sich, was beweist dass hier wie im Dornröschen (s. 311. 312) die schicksalsjungfrauen eingreifen. Das verbrechen des mädchens besteht darin dass sie dieselben durch eine thürritze (im schicksalsbuch?) lesen sieht.

3. Die kaiserstochter im schweinstall.

Ein kaiser will seine tochter heirathen. Sie leistet lang widerstand, indem sie wiederholt kostbare kleider zur bedingung macht: ein silbernes, ein goldenes, ein diamantenes, zuletzt eins aus laus - und flohbälgen. Aber auch so gelangt ihr vater nicht zum ziel, vielmehr entflieht sie ihm auf listige weise mit ihren vier kleidern, das abscheuliche gezogen über die prächtigen. Als ein waldwunder wird sie eingefangen und im schweinstall verwahrt, aus dem sie aber wiederholt in immer prächtigeren gewändern zu den tänzen des kaiserhofs geht. Der sohn des kaisers verliebt sich in sie und schenkt ihr einen ring, kann aber ihren aufenthalt nicht entdecken. Zuletzt ergreift sie die gelegenheit den ring in seine speise zu werfen, was zur endlichen vereinigung führt.

Diese kaiserstochter kennt jeder mährchenfreund, da sie nichts andres ist als Aschenbrödel, oder als Mathilde in der »nymphe des brunnens« bei Musäus. Auch Gudrun, so lang sie unter dem druck der bösen Gerlind erniedrigende dienste thut, ist wieder die nemliche gestalt. Wir haben hier abermals die blumengöttin in der haft und schmach des winters, aus denen sie durch den sonnengott befreit wird. Wie die erde im frühling nach und nach das hässliche gewand ablegt und immer schöner zum hochzeitfeste sich schmückt, so hier die kaiserstochter. Unwesentlich ist die art wie ihre entfernung aus dem vaterhause, desgleichen wie die endliche verbindung mit dem erretter begründet wird. Bei Aschenbrödel geschieht die erkennung durch den schuh; bei Mathilde, wie hier, durch den ring der in die speise geworfen wird. Auch bei Gudrun (avent. 25) wird so vermittelt, doch nicht während des kochens, sondern während des waschens am strande, und nicht durch einen sondern durch zwei ringe: Gudrun will sich anfangs nicht zu erkennen geben, erst wie Herwig ihr an seiner hand den ring zeigt den sie einst getragen hat, lässt auch sie den ihren sehen. Eine wendung, die Uhland in seinem »normännischen brauch« lieblich zu grund legt.

4. Die kaiserstochter gänsehirtin.

Eine stiefmutter weiss ihren gatten durch verleumdung so gegen die tochter einzunehmen, dass dieselbe mit einem hölzernen mantel, unter dem sie aber schöne kleider hat, verstossen wird. Am hof eines benachbarten kaisers bekommt sie die gänse zu hüten. Der prinz erblickt sie beim bad, und vermählt sich mit ihr, wider den willen des vaters. Doch wird auch dieser gewonnen, nachdem sich die unbekannte in der kirche dreimal so herrlich gezeigt hat dass alle welt sie anstaunt, und nachdem auf diese weise der kaiser überzeugt ist dass keine gänsehirtin die ehren seines hauses theilt.

Es bedarf kaum einer bemerkung dass hier das nemliche zu grund liegt wie bei 3. An die stelle des lausmantels ist

der hölzerne getreten; an die stelle des festlichen saales das
bad. Dieses dient auch in einer der geschichten von Rübezahl
bei Musäus; und von den altgermanischen erdgöttinnen Hulda
und Nerthus (Hertha) wird erzählt dass sie baden.
Da die braut hier auch nach der vermählung gänsehirtin
bleibt, muss die offenbarung ihrer wahren schönheit noch einmal geschehen: die kirche ist also nur eine wiederholung des
bades. Vielleicht hallt in dieser zweiheit der thatsache nach
dass der held seine braut zweimal findet, und erst das zweite
mal vollständig, worüber man s. 315 u. vergleichen wolle.

5. Der zauberspiegel.

Eine schöne frau sieht sich in ihrem zauberspiegel stäts
als die schönste des landes, bis die eigene tochter sie über-
strahlt. Nun stösst sie dieselbe geblendet in die wildnis, aber
Maria giebt ihr das augenlicht wieder, und bei zwölf räubern
lebt sie, weil keiner sie dem andern gönnt, als schwester.
Durch den spiegel benachrichtigt, sinnt die mutter auf neuen
frevel, und bringt die jungfrau wiederholt in todesschlaf, zuerst
durch einen vergifteten ring, später durch vergiftete ohrgehänge,
zuletzt durch eine vergiftete blume, mit welcher sie ihr haar
schmückt. Zweimal erwecken die räuber sie durch wegnahme
des schmucks, gegen die blume dagegen haben sie keinen
verdacht, die jungfrau erwacht nicht mehr, wird aber, weil
sie roth und frisch bleibt, in einem gläsernen sarge zwischen
zwei bäumen aufgehängt. So findet sie ein jagender prinz, der
sie in seine wohnung bringen lässt, und sich an ihrer schönheit
erfreut, bis ein dieb ihr mit dem schmuck auch die blume
raubt, und ihr so das leben, dem prinzen eine herrliche
braut giebt.

Dieselbe geschichte welche man bei den brüdern Grimm
als Sneewittchen d. i. Schneeweisschen (nr. 53) und bei Musäus
als Richilde findet. In der ersten ausgabe der Kindermährchen
ist die böse mutter, wie hier, noch eine wirkliche; in der

zweiten, wie schon bei Musäus, wird der frevel dadurch ge-
mildert dass das mädchen seine rechte mutter in der geburt
verloren und eine stiefmutter bekommen hat. Auf die art wie
die jungfrau verstossen und in schlaf gebracht wird, kommt
aber gar nichts an; mustert man die verschiedenen mährchen,
so ergiebt sich eine grosse mannigfaltigkeit von wegen auf denen
die erzählung zu diesem anfang gelangt. Wesentlich ist hingegen
der aufenthalt bei den räubern, oder wie die andern erzählen
bei den zwergen. Die räuber sind schon misverständnis: reiner,
alterthümlicher bezeichnen die zwerge die unterwelt, in welcher die blumengöttin sicher dem erlöser entgegenschlummert.
Der gläserne sarg ist also nichts andres als das kleine stüb-
chen worin Dornröschen schläft; der wald worin die räuber
oder zwerge leben, entspricht dem flammenberg Brynhildens,
der hochrankenden hecke des Dornröschens.

---

6. Die altweibertage.

Zwei menschenähnliche steinsäulen werden von der sage
gedeutet. Ein böses altes weib that ihrer schwiegertochter
alles mögliche leid an, und befahl ihr unter andrem schwarze
wolle weiss zu waschen. Sie gehorchte, und Christus, der ihr
mit Petrus erschien, verlieh ihr auch dass es gelang. Mit eben
erstandenen blumen geschmückt, kehrte sie heim. Aber die alte
und der schwache sohn wurden auch gestraft. Ein früher
sommer lockte sie mit den heerden vor der zeit ins gebirg;
bei dem schnell wiederkehrenden frost erstarrten sie insgesammt
für immer. Die neun ersten tage des aprils, mit ihrer triege-
rischen milde, heissen daher die altweibertage.

Die böse alte, die ihre schwiegertochter mit waschen quält,
entspricht genau der Gerlinde, auf deren befehl Gudrun baarfuss
im schnee waschen muss. Dort wie hier bleibt aber die strafe
nicht aus: der unschuldig leidenden kommt ein retter und
rächer, der frevel findet seine bestrafung.

Wenn ich in der gefangenen Gudrun mit recht die blumenjungfrau gesehen habe, die von winterlichen gottheiten in
demüthigender haft gehalten, aber vom sommergott ins fröhliche
licht zurückgeführt wird,[1] so darf hier unbedenklich der nemliche sinn angenommen werden. Indem aber das mährchen
verwendet wurde den ursprung einer bestimmten erscheinung
zu erklären, mithin örtliche färbung annahm, zur sage ward,
verdunkelte sich der älteste sinn. Es ist ein durchgreifendes
merkmal der sagen dass sie dürftiger, unbedeutender sind als
die mährchen:[2] das gebundensein an einen bestimmten ort hemmt
ihre freie bewegung, schadet ihrer fülle. Doch ist hier noch
genug übrig was ihn andeutet: die leiden der jungen frau fallen
vor den frühling, in den winter; mit dem eintreten der blumen-
zeit ist die macht der feindseligen wesen gebrochen, sie weichen
ins gebirg und sterben dort. Und was der waschenden Gudrun
das erscheinen der beiden befreier, Herwig und Ortwin, das
ist hier das auftreten des heilands und seines jüngers. Die
alten götter sind von der Gudrun-sage zu friesischen helden
umgewandelt, im munde der walachischen weinberghüterin zu
heiligen.

7. Der teufel im fasshahnen.

Eine kaiserstochter will nur den heirathen der sie im
tanzen ermüdet, und treibt das so lange bis der teufel selber
kommt. Nach errungenem sieg aber verschmäht er sie, und
verwandelt sie mit dem ganzen hof auf so lange zeit in stein,
als nicht einer komme der ihn besiege. Das gelingt endlich
einem fröhlichen gesellen, indem er den teufel schlau in ein
weinfass sperrt. Sofort belebt sich alles wieder; der befreier
aber wird des kaisers eidam und mitherscher.

---

[1] Siehe meine einleitung zu Vollmers ausgabe der Gudrun. Leipzig 1845. s. XLVII u. ff.

[2] Deutsche sagen, herausgegeben von den brüdern Grimm. I, VI.

Der mittelpunct ist hier die verzauberung und erlösung
der kaiserstochter, in der man unschwer wieder das Dornröschen
erkennt. Ganz neu ist aber die ursache welche die verzauberung herbeiführt, die tanzwuth der prinzessin; desgleichen die
art und weise der entzauberung, der überlistete teufel. Dass
der alte wintergott gestalt und benennung des teufels angenommen hat, hängt zusammen mit der späteren christlichen
auffassung, die bei so vielen mährchen eingetreten ist. Der
übergang hat seinen guten grund, da sich der kampf zwischen
winter und sommer, sobald man ihn nicht mehr im ursprünglichen sinne, sondern sittlich auffasst, nur als kampf zwischen
bös und gut verstehen lässt.

8. Die goldenen kinder.

Eine frau gebiert ihrem mann zwei goldene knaben; die
magd, welche selbst frau werden möchte, tödtet sie, giebt vor
es sei ein junger hund geboren worden, und bewirkt die verstossung der frau. Aus dem grab der gemordeten wachsen
zwei bäume, die goldene äpfel tragen. Das böse weib lässt sie
umhauen, aber ein schaaf das davon gefressen, wirft goldene
lämmer; und als man auch diese schlachtet, werden aus einem
der gedärme, das der fluss entführt, die knaben wieder. Diese
suchen die mutter auf, treten mit ihr ins haus des vaters, und
entlarven die mörderin.

Nach der andeutung die schon oben (s. 319) gegeben ist,
muss dieses mährchen auf die geburt des sonnengottes bezogen
werden. Feindselige mächte wollen sie verhindern, was durch
die tödtung nach der geburt bezeichnet wird, aber das göttliche
leben das ihm innewohnt, besiegt alle hindernisse.

Die umstände des kindermordes finden sich auf die nemliche weise in vielen mährchen. Brüderchen und schwesterchen
(Grimm 11), die drei männlein im walde (Grimm 13) und die
»nymphe des brunnens« bei Musäus haben auch die jungfrau die
aus der niedrigkeit zur königin erhoben wird, und deren schöne

kinder eine stiefmutter tödtet. Eine falsche königin tritt an die stelle der ersten, aber die wahrheit kommt doch wieder an den tag.

Dass zwei knaben da sind, scheint eine jener häufig vorkommenden vervielfältigungen, hier daraus hervorgegangen dass der sonnengott im nächsten frühling wiederkehrt: derselbe, und doch ein andrer. Willkommenen aufschluss giebt Petru Firitschell (nr. 10), der allein steht, während in dem ganz genau entsprechenden deutschen mährchen (Grimm 60) zwei brüder auftreten, die sich in allem gleich sind. Jenes ist ohne zweifel das ältere, echte. Die zweiheit findet sich übrigens in sehr alten sagen, z. b. in der von Romulus und Remus, aus welcher der kaiser Octavianus vielleicht hervorgegangen ist. Dagegen sind Cyrus, Paris, Perseus, Oedipus (Gregorius), Sigfrid nach der Wilkina-sage (cap. 140), der sohn der Genoveva, der sohn des grafen von Calw (Grimm, Deutsche sagen nr. 480) und viele andre ausgesetzte helden, wie sichs gebührt, allein geblieben. Wenn sie dessen ungeachtet unsern goldkindern zur seite gestellt werden, so stosse man sich nicht daran dass mehrere darunter nicht wie sie getödtet, sondern bloss ausgesetzt werden. Es handelt sich nur von verstossung und heimkehr: jene kann ebenso gut durch die wildnis als durch den tod, diese eben so gut durch die wiederauffindung als durch wiederbelebung dargestellt werden.

Von wichtigkeit ist dass die knaben am ende durch das wasser wieder volles leben gewinnen. Das wasser bezeichnet hier das unbestimmte woraus der sonnengott hervorgeht, wie auch Aphrodite, nach einigen sagen Athene und Apollo, Perseus, der Sigfrid der Wilkina-sage, dem wasser entstammen oder vom wasser herbeigeführt werden. [1] Auch Oedipus, der die Sphinx erschlägt, war nach einer darstellung im kahn ausgesetzt; auch Tristan und Beowulf, ein britischer und ein dänischer drachentödter, kommen übers meer; auch der Sigfrid des Nibelungen-liedes kommt wenigstens den Rhein herauf, und ebenso fahren die schwanritter, Gahmuret der vater und das vorbild Parcivals, Gregorius vom steine das abendländische nachbild

---

[1] Vgl. die zusammenstellung bei W. Müller, Erklärung der Nibelungensage s. 69.

des Oedipus — die sämmtlich hieher gehören, obwohl sich der
thierische feind bei ihnen in einen menschlichen verwandelt hat —
auf dem wasser heran, theils noch als kinder, theils als reife
schlagfertige helden, was aber zur sache nichts thut. Derselbe
fall ist mit dem Sigfrid der jonischen sage, mit Achill, sofern er
nicht allein der sohn einer meergöttin heisst, sondern auch von
einem eiland herüber auf die schaubühne seiner thaten, das
feld vor Troja, kommt. Sogar an Moses, der im wasser ausgesetzt, von fremden erzogen ist, nachher einen feind erschlägt
und sein volk erlöst, darf erinnert werden. [1] Von dem augenblick an wo die göttersage zur geschichtlichen wird, stellt sich
auch das bedürfnis ein, derlei angaben zu begründen. Was
namentlich das hervorgehn aus dem wasser betrifft, so will die
sage wissen wie der knabe dahin gekommen: da ist es denn
bald ein rettungsversuch, wie bei Moses und ebenso bei Achill,
der auf seinem eilande dem verderben vor Troja entgehen soll;
bald ein raub wie bei Tristan; bald drang nach abenteuern wie
bei Sigfrid und Beowulf; bald das bestreben ein unheil zu
verhüten, wie bei Cyrus, Perseus, Paris, Oedipus; oder ein
geschehenes zu verbergen wie bei Gregorius; oder ein solches
zu bestrafen wie bei Florianu (27). Eine nachlese liesse sich
machen aus erzählungen welche den knaben oder die knaben
in wald und wildnis ausgesetzt werden lassen.

Denn das wasser ist keineswegs nothwendig. Es fehlt z. b.
in einem niederdeutschen mährchen, das nach seinem ganzen
gange den goldkindern ziemlich genau entspricht, dem »van den
machandelboom« d. i. vom wachholderbaum (Grimm 47). Der
vater isst unwissend das fleisch des getödteten knaben, die
treue schwester begräbt die knochen, auf dem grab wächst ein
wachholderbaum, von ihm schwingt sich ein vogel empor, der
die stiefmutter tödtet und sich wieder in den knaben verwandelt. Hier sind also grab und vogelgestalt an die stelle des
wassers getreten. Andre mährchen bezeichnen das hervorgehen

---

[1] Womit nicht gesagt sein soll dass der grosse vorläufer Christi
ins reich der mährchen gehöre, sondern nur dass in die erzählung
seiner jugendgeschichte die erinnerung an alte göttersagen eingefloch-
ten sei, wie diss auch andere bedeutende gestalten erfahren haben:
Attila, Theodorich, Artus, am deutlichsten kaiser Karl.

aus dem unbestimmten, aus der dunkelheit, auf andre weise.
Achill z. b. ist in seiner jugend unter den weibern; Parcival
wächst, bloss von der mutter und falsch geleitet, in der wildnis
auf; Sigfrid desgleichen bei schmieden; Tristan bei einem
lehensmann seines früh verstorbenen vaters; Cyrus, Paris, Romulus, die kinder Octavians, Gregorius unter hirten oder
sonst in geringer umgebung; Moses unter den feinden seines
volks und nachher bei hirten. »So unendlich ist die wieder-
geburt lebendiger ideen« [1]; in ewigem, erfreuendem wechsel
kehrt immer das nemliche wieder ohne je zu ermüden, als
unerschöpfter born für die herzerquickende dichtkunst.

Wie sich unser mährchen nach der eben besprochenen
seite in eine ganze gesellschaft der schönsten sagen hineinver-
folgen liess; so greift es nach einer andern anderswohin. Ein
gleichnamiges deutsches mährchen »die goldkinder« (Grimm 85)
hat zwar auch die goldenen knaben, nimmt aber einen ganz
abweichenden gang.

Die bezeichnung der beiden brüder als der goldenen liefert übrigens als einen weiteren beweis für die richtigkeit der
oben gegebenen deutung. Unter golden meint die mährchen-
sprache das lichte aussehen guter gottheiten, welche stäts
im kampfe gegen die bösen, dunkeln sind. Einer von den
letztern ist die böse mutter: sie kennt die gefahr die ihr
droht; sie hat mittel durch die sie ihr eine zeit lang zu entgehen weiss, aber die höhere gewalt in den verfolgten siegt am
ende doch.

9. Vom weissen und vom rothen kaiser.

Ein knabe, Petru, [2] ist sehr heiter, weil er geträumt hat
er solle kaiser werden. Von seinem vater um die ursache

[1] Brüder Grimm, Kindermährchen I (1819), xxix.

[2] Kaum wird ein name zu finden sein den die Walachen ihren
söhnen häufiger beilegten als diesen; daher haben ihn auch die helden
der mährchen am liebsten. Eine verwandte thatsache ist dass bei den
Walachen, wie anderwärts, eine menge legenden und schwänke gerade
vom heiligen Petrus erzählt werden. Seine gestalt hat mehr menschlich
nahes als die der übrigen apostel.

dieser stimmung befragt, will er sie nicht bekennen, und wird
daher verjagt. Er kommt an den hof des weissen kaisers,
gewinnt die liebe der kaiserstochter, die ihn, als er in ungnade
fällt, und verurtheilt wird im thurme zu verschmachten, heimlich besucht und ernährt. Während er hier vergessen ist, droht
der rothe kaiser dem weissen mit verlust seines reichs, wenn
er nicht drei fragen löse. Aus zwei verlegenheiten hilft Petru
durch den mund der kaiserstochter, die den guten rath geträumt
haben will; beim dritten fall muss sie vorgeben, ihr habe geträumt dass Petru noch lebe und einzig helfen könne. So
entkommt er seiner haft, leistet auch das versprochene, besiegt
den rothen kaiser, vermählt sich mit der tochter des weissen,
und erbt endlich beide reiche.

Zwei thatsachen treten in diesem mährchen besonders
hervor: die lösung von aufgaben, an der der besitz des reiches
hängt, und der gegensatz zwischen zwei reichen, der mit dem
vollständigen siege des einen endet.

Die lösung dreier aufgaben, durch die ein niedrig geborener
jüngling zur höchsten macht gelangt, findet sich auch sonst
häufig. Meistens aber sind die aufgaben solche die muth und
stärke verlangen: sie sollen den starken, tapfern, klugen mann
beurkunden, dem braut und reich zufallen, weil er allein ihrer
würdig ist. Solcher art sind die arbeiten des Herakles, die
kämpfe Sigfrids um Brunhilden. Ohne zweifel fallen also
die drei rathschläge Petru's mit dem drachenkampf und flam-
menritt des letztern, dem löwenkampf des ersteren zusammen:
eine spätere zeit. die mehr werth auf list und witz legte, hat,
sich selber getreu, mit jenen aufgaben die veränderung vorgenommen die hier zum vorschein kommt. Etwas ursprüngliches kann diese veränderte darstellung schon darum nicht
sein, weil in der geschichte sowenig als im kampfe von winter und sommer, der sieg eines reichs über das andere durch
räthselauflösung zu stande kommt.

Als das mährchen mit der zeit sich umwandelte, blieb
jener sieg stehen, die mittel dazu verloren aber nach und nach
ihren echten gehalt, das ganze ward schief, und in demselben

verhältnis wie eine scheinbare natürlichkeit auf kosten des wunderbaren zunahm, wich die innere wahrscheinlichkeit, die dichterische rundung und nothwendigkeit.

Das vorliegende mährchen ist überhaupt eins von denen die dem boden des wunderbaren so ziemlich entrückt, gleichsam in die verhältnisse des tages eingeführt sind. Als schlagendster beweis möge nur das·fernrohr erwähnt werden, das die zauberspiegel einer früheren mährchenwelt rationalistisch ersetzt. Von der fragenlösung des Petru zu der des pfaffen Amis, des Till Eulenspiegel, und überhaupt der ganzen sippschaft in die auch Bürgers kaiser und abt gehört, ist nur noch ein kleiner schritt.

Mit der modernen anschauungsweise dieser erzählung steht ferner vielleicht das im zusammenhang, dass sie sehr stark an eine biblische mahnt, an die von Joseph. Auch Petru träumt in seiner jugend von künftigen hohen ehren; auch er wird erhöht und dann ins gefängnis geworfen, wobei gleichfalls, nur in andrer weise, die liebe ihren antheil hat; auch er rettet durch seine klugheit zuerst sich selbst aus dem gefängnis, und dann den fürsten aus drohender gefahr; auch bei ihm endlich erfüllen sich die verheissungsreichen träume der jugend.

Das einzig wunderbare was sich noch erhalten hat, ist der gründliche hass der beiden farben. Ein grund für denselben lässt sich nicht einsehen, muss aber da gewesen sein, weil er den angel der erzählung bildet. Blicken wir uns·im götterglauben der vorzeit um, so begegnet fast bei allen völkern der kampf zweier feindlicher mächte, von denen die eine für den fortbestand irdischer dinge kämpft, die andre denselben zu untergraben sucht. Der kampf der Olympier wider die Giganten, der der Asen wider feindselige Riesen hat diesen sinn. Ich vermuthe dass das weisse reich hier den Olympiern und Asen, das rothe den Giganten und Riesen entspricht. Näher kann man sich nicht einlassen, weil alles zu sehr verdunkelt ist; doch scheint Petru, der vom schicksal ersehen aus der dunkelheit geringer verhältnisse hervorgeht, aus der errungenen hohen stellung und aus dem besitze der braut verdrängt wird, nachher aber in beides zurükkehrt und an der spitze der weissen kräfte einen dauernden sieg erficht, wieder nichts andres als der sonnengott. Weiss bedeutet ja der slavischen welt so viel als

gut, und nicht umsonst liess Maximilian I. in seiner lebens-
beschreibung sich und seinen vater Weisskunig nennen, im
gegensatz zum blauen, rothen und andern.   Die vergleichung
irdischer kämpfe mit denen der mährchen, helden- und göttersagen, ist wohl eben so alt als die übertragung geschicht-
licher züge in diese letzteren: ehmalige götter nehmen die
namen eines Theodorich und Gundahari an, Welfen und Salier
(Staufen) werden mit Amelungen und Nibelungen, oder mit
Wölfingen und Gibelingen (Giukungen) verglichen.

10. Petru Firitschell.

Durch eine böse stiefmutter aus dem väterlichen hause
vertrieben, geht Petru in den wald, wo er in gemeinschaft mit
dem holzkrummmacher und dem steinreiber eine wohnung baut.
Hier werden sie von einem bösen langbärtigen zwerge beun-
ruhigt, der auf einem halben hasen reitet. Petrus genossen
erliegen ihm; er selbst aber verfolgt ihn in seine finstre höhle,
wo er ihn tödtet.

Mühsam kommt er wieder ans tageslicht, und lässt sich
von einer alten blinden frau an kindesstatt annehmen. Listig
entlockt er den drachen die ihr die sehkraft geraubt haben,
das geheimnis wie diese wieder zu erlangen sei, und tödtet
hierauf die ungeheuer. Die alte wird schend, indem sie die
augen im milchteich wäscht.

Lang hält ers aber hier nicht aus. Beim weiterziehn lässt
er sich von einem fuchs, einem wolf und einem bären je ein
junges geben. So gelangt er an den hof eines kaisers, dessen
tochter eben einem drachen zum frasse gegeben werden muss.
Petru befreit sie, indem er dem drachen seine zwölf köpfe
wegschiesst; als er aber nach dem sieg entschläft, kommt ein
Zigeuner, der ihm den kopf abhaut, und mit hilfe der zwölf
drachenköpfe sich für den befreier der kaiserstochter ausgiebt.
Aber die thiere machen durch wunderkräfte den helden wieder
gesund, er rechtfertigt sich mittelst der drachenzungen die er
eingesteckt hat, und erlangt braut und reich.

Der name Firitschell (Firicsel) ist ohne zweifel verwandt
mit Trandafiru (rosenblume) und Florianu, wie 23 und 27 den
blumenerweckenden sonnenhelden benennen. Denn mit diesem
haben wirs auch hier zu thun, wie sich daraus ergiebt dass
die befreiung der kaiserstochter, Petru's ermordung, wunderbare
belebung und endliche herrlichkeit den kern des mährchens
bilden. Er entreisst die blumengöttin ihrem feind, kann sich
nicht sofort mit ihr vermählen, siegt aber am ende doch über
alles was ihm entgegensteht; vgl. s. 315 u. und die bemerkungen
zum goldenen meermädchen (26). Die wunderbaren thiere entsprechen den kostbaren besitzthümern die der held sonst hat,
namentlich dem ross Grani, auf dem Sigurd seine thaten voll-
bringt. So erklären schon die brüder Grimm die thiere in dem
genau verwandten mährchen von den zwei brüdern (nr. 60,
vgl. die bemerkung 3, 110.)

Die beiden abschnitte welche der eigentlichen geschichte
des Firitschell vorausgehen, lassen sich zwar abgesondert betrachten, enthalten aber doch verwandte begebenheiten. Petru's
aufenthalt in schlechter gesellschaft ist das nemliche was Sigfrids lehrzeit bei den schmieden; seine kämpfe mit dem zwerg
in der höhle, und mit den drachen, sind nichts andres als der
kampf mit dem drachen welcher die königstochter bedroht:
beidemal ist der unterirdische, feindselige winter gemeint: verschiedene darstellungen der nemlichen thatsache haben sich in ein
und derselben erzählung zusammengefunden, weil man die ursprüngliche einheit nicht mehr ahnte. Eigenthümlich ist jedoch der
zweiten, dass Firitschell den drachen die seiner mutter die sehkraft geraubt haben, diese wieder abnimmt; die nemliche that,
wie wenn der wundersohn (nr. 1) von den jungfrauen des schwarzen sees die kraft seines vetters zurückerobert (vgl. s. 89. 323).

11. Wilisch Witiâsu.

Eines königs töchterlein wird drei tage nach ihrer geburt
von einem drachen geraubt. Der kaisersohn der in einer nacht
mit ihr geboren ist, zieht, nachdem er zu jahren gekommen,

in die weite welt, weil ihn träume gemahnt haben sie zu
suchen. Ihm gesellt sich der unsterbliche held Wilisch zu,
von dem, nachdem er wein getrunken, eiserne reife springen.
Glücklich überwinden sie die gefahren der sehnsuchtswiese und
der trauerwiese, sowie die lockungen der blumenwiese. Von
der blumenkönigin, die nicht weiss wo der räuberische drache
wohnt, werden sie zur mutter Mittwoch, von dieser zur mutter
Freitag, von dieser endlich zur mutter Sonntag gewiesen. Diese
weiss zwar wieder selbst keinen bescheid, lockt aber mit einer
zauberflöte sämmtliche thiere herbei. Zuletzt kommt auch der
geier, der vom drachen am flügel verwundet ist und somit
auskunft geben kann. Die helden entführen nun die jungfrau.
aber der drache verfolgt sie, und schleudert den Wilisch in
den tiefsten abgrund, den prinzen in die wolken. Wilisch erholt sich jedoch wieder, sucht den prinzen auf, und nun ver-
abreden sie mit der jungfrau, sie solle von dem drachen durch
schmeicheln herausbringen worin das geheimnis seiner kraft
liege. Er sagt, wenn der geier des milchteichs überwunden
werde, so mache das auch ihn besiegbar. Wilisch besiegt den
geier, und tödtet hierauf mit einem schwerte, das ihm vier
steinerne säulen gegeben haben, den drachen, wobei er aber
noch von dessen gährendem blut in die gröste gefahr kommt.
Nachdem Wilisch die braut vor den nachstellungen ihrer nei-
dischen schwiegereltern, einem zauberhemd und einem zauber-
pferde, beschützt hat, wird er in eine steinsäule verwandelt; der
prinz aber belebt ihn wieder, indem er ihn mit dem frischen
blut eines anverwandten kindes bestreicht. Nun erst vermählt
sich der prinz mit seiner braut.

Die vervielfältigung des helden, von der schon s. 333 die
rede gewesen ist, tritt hier in der art hervor dass Wilisch alles
wichtige thut und erlebt, der prinz hingegen nur den genuss hat,
und am ende den helden wieder ins leben ruft. Dass die beiden
eigentlich eines sind, erhellt aus den bemerkungen die s. 322 über
die vervielfältigung verschiedener wesen stehn. Puppen, wie dort
der vetter und hier der prinz, können nicht als etwas ursprüngliches gelten, man darf also ohne weiteres annehmen dass in der

ältesten erzählung Wilisch auch die befreite heimgeführt hat, versteinert und wieder befreit worden ist. Das nemliche findet sich, wie am ende, so auch am anfang der erzählung: die eisernen reife die von Wilischs leib springen, bezeichnen gleichfalls die bande des todes oder winters, von denen sich der sonnengott im lenz befreit. Im deutschen mährchen vom froschkönig oder dem eisernen Heinrich (Grimm 1) geht, ganz wie hier, dem königssohn ein treuer diener (Heinrich) zur seite, dem eiserne reife vom herzen springen, und zwar auch wie der herr im lenz — befreit von winterlicher haft, die hier durch die abgeworfene froschgestalt bezeichnet wird — mit (zu) der braut ausfährt. Da prinz und diener eines sind, so bezeichnen auch die froschgestalt und die geborstenen reife dasselbe. Der wein den Wilisch trinkt, ist sinnbild der belebenden kraft des frühlings. Eigenthümlich tritt hier die blumenkönigin auf, welche lebhaften antheil an der befreiung der jungfrau nimmt, aber ihren verborgenen aufenthalt nicht kennt, und von der man daher annehmen darf dass sie die mutter derselben sei, der griechischen Demeter entspreche. Nach Murgu 83 spielt die Domna-florilor noch jetzt in den vorstellungen der Walachen eine rolle neben der Dina d. i. Diana s. s. 296. Die drei mütter welche die auskunft geben, also die befreiung (zur festgesetzten zeit?) herbeiführen, kommen auch in 22 und 24 vor. Das letztre nennt sie schwestern, und ohne zweifel sind sie die schicksalsschwestern (nornen, parcen). Dass sie den namen von tagen haben, passt insofern gut als die begriffe von tag, zeit und schicksal zerfliessen.

Die zauberflöte welche die thiere herbeilockt und so den zauber lösen hilft, ist keine andre als die welche Mozarts berühmter oper den namen leiht. Schikaneder hat freilich den alten sinn erbärmlich entstellt, indem er aus dem räuber der jungfrau ein gutes wesen macht (Sarastro, Zoroaster); aus der beraubten mutter eine böse nachtgöttin, also den sachverhalt gerade umkehrt. Die flöte ist eins von den wunderbaren besitzthümern des helden, ihm von höheren mächten verliehen, wie dem Hüon sein horn von Oberon kommt. Ein anderes besitzthum ist das schwert welches Wilisch von den steinsäulen erhält, wie Sigfrid seinen Balmung (d. i. höhlensohn) aus der zwerghöhle. Die abfragung des geheimnisses, welche hier entscheidend wirkt, findet sich auch sonst, nur in andrem zusammenhang: Simson, seinem namen nach schon ein sonnengott, verräth sich so an Dejanira; Sigfrid an die neugierige Krimhilde. Während aber da den guten wesen auf diese weise das verderben bereitet wird, verräth sich in der geschichte des Wilisch das böse; ebenso im deutschen mährchen vom teufel mit den drei goldnen haaren (Grimm 29); in dem vom teufel und seiner grossmutter (Grimm 125).

Die nachstellung welche die braut von verwandten zu erdulden hat, fällt wohl zusammen mit Hagens und Günthers feindschaft gegen Sigfrid, gilt also eigentlich nicht der braut, sondern dem rettenden helden.

Die wiederbelebung durch blut eines getödteten machte dem alterthum viel zu schaffen. Vergleiche darüber den Armen Heinrich der brüder Grimm (Berlin 1815) s. 172. Im zusammenhang damit steht der gebrauch der blutbrüderschaft, worüber ebenda 183 ff. weitläuftig gesprochen wird.

12. Eine geschichte aus der Römer-zeit.

Es wird erzählt wie der brauch die alten leute zu tödten, abgekommen sei. Ein guter sohn nährt seinen vater heimlich: ein kampf den die männer gegen ein ungeheuer in einer verirrlichen höhle zu bestehen haben, endet nur dadurch günstig dass der alte vorher guten rath gegeben hat, und so beschliesst man von jener grausamen sitte zu lassen.

Römer-zeit bezeichnet überhaupt nur ferne vergangenheit: die Walachen wählen den ausdruck darum gern, weil sie stolz auf ihre römische herkunft sind. Von den schicksalen des gottes hat sich hier nur der kampf mit dem ungeheuer erhalten. Die art wie er dargestellt wird, erinnert lebhaft an den Minotaurus; der kluge rath welcher die kämpfer aus der höhle zurückführt, ist eins mit dem faden der Ariadne, und also ein überrest der wunderbaren besitzthümer mittelst welcher der held siegt; ein zweites mittel ist das wunderthätige pferd

(Sigfrids Grani); ein drittes, das schwert, hat die erzählung vielleicht nur vergessen. Dasselbe schicksal hat ohne zweifel die Ariadne dieses walachischen Theseus betroffen; eine spur von ihr scheint sich aber darin erhalten zu haben, dass die tödtung des ungeheuers das aufhören einer grauenvollen sitte zur folge hat. Das übergehen der blumenjungfrau in den besitz des wintergottes wurde nemlich häufig dargestellt als ein opfer, durch welches die verheerungen des ungeheuers abgekauft werden, so namentlich beim Minotaurus; fällt er, so hört das opfer auf. Aber schon in der sage von Minotaurus, wie in der Edda-sage von Sigurd, ist des helden braut nicht mehr dem ungethüm ausgesetzt, sondern wird nachher, ohne nothwendigen zusammenhang, gewonnen. Hier nun hat man sie vollends aufgegeben, und zwar so sehr dass der tribut nicht einmal, wie der dem Theseus ein ende macht. aus jungen leuten besteht, sondern aus greisen, und nicht mehr dem unthier gebracht wird. Auf solche abwege geräth das mährchen viele hundert mal, von dem augenblick an wo es den boden der göttersage verlässt und den geschichtlichen betritt.

13. Die prinzessin und der schweinhirt.

Eine kaiserstochter will nur den heirathen, der sich dreimal so vor ihr verbergen kann dass ihn ihr zauberspiegel nicht entdeckt; wer in diesem wettkampf unterliegt verliert das leben. Viele haben umsonst geworben, da wagt es auch des kaisers schweinhirt. Die kräfte der natur sind ihm befreundet, und so birgt ihn am ersten tag ein adler unter wolken, und am zweiten ein fisch im tiefsten meer; aber beides ist umsonst. Am dritten verwandelt ihn ein waldgeist in eine schöne rose, und befestigt ihn dann hinter der krone der fürstin, die ihn so nicht sehen kann und besiegt wird.

Wir haben hier wieder den unscheinbaren jüngling welchem wunderbare kräfte zu der herrlichen braut helfen. Die ursache

weswegen sie mühsam gewonnen werden muss, liegt nicht, wie
das ohne zweifel das ursprüngliche war, darin dass ein räuber,
drache oder dgl. sich ihrer bemächtigt hat, sondern in ihrem
widerwillen gegen die vermählung, wie bei der Brunhilde des
Nibelungen-liedes. Dieses lässt gleichwohl den helden noch
kämpfe um sie bestehen, nur mit ihr selbst; ebenso ist es hier,
aber sie wird nicht mehr wie Brunhild als kriegerische, sondern
als zauberkundige dargestellt; die kämpfe verlangen nicht mehr
kraft und muth, sondern geheime kunden, zauberkünste, wie
zum theil auch schon bei Sigfrid. Ebenso gewinnt Oedipus
die Jokaste (Epikaste), indem er das räthsel der Sphinx löst:
hier hat sich die feindselige Sphinx verloren, und die jungfrau
hat die rolle derselben zu der ihren mit übernommen.

Auch die stellung des zauberspiegels ist dadurch eine andere
geworden. In der »chronika von den drei schwestern« bei Musäus
wird der zauber der auf den drei prinzen und auf der schönen
Hildegard liegt, d. h. die macht des winters, dadurch gebrochen
dass Reinald eine tafel mit zauberzeichen zerschmettert: bär,
adler und fisch, d. h. wohl erde, luft und wasser (Demeter,
Zeus, Poseidon) sind ihm beigestanden den bann zu lösen. Hier
sehen wir auf dieselbe weise, wie adler, fisch und waldgeist
(luft, wasser und erde), mit dem helden vereinigt, die macht des
zauberspiegels brechen. Diesen zerschmettert auch der held
sofort. Man darf also keck annehmen dass die jungfrau den
spiegel nicht besitzt sofern sie blumengöttin ist, sondern sofern
sie, zu dieser ihrer eigentlichen bedeutung, die der verschwundenen wintergottheit übernommen hat. Dass die zerstörung des
spiegels den sieg nicht bedingt, sondern ihm zufällig nachfolgt,
kann also nicht das ursprüngliche sein.

Die nahe verwandtschaft dieses mährchens mit dem oben
erwähnten von Musäus, und also auch mit dem von der kaiserin
wundersohn (nr. 1, vgl. s. 321) steht ausser zweifel. Und doch
wie ganz verschieden lesen sich alle drei! In unmerklichen
abweichungen, in hervorhebung oder zurücksetzung eines einzelnen zuges, lag anfangs die ganze verschiedenheit zweier oder
dreier auffassungsweisen; sowie aber jede auf ihrer bahn weiter
gieng, die gegebene andeutung ausspann, wichen sie bis zur
unkenntlichkeit auseinander.

14. Die wunderkühe.

Ein knabe, dessen pathe Gott selbst geworden ist, hat von diesem den namen Petru bekommen, und eine kuh. Von ihr stammen zwei andre, eine braune und eine gefleckte, die der teufel vergebens für sich zu gewinnen sucht. Ein kaiser verheisst dem der zwei joch kupfer an einem tag umackre, sein reich und seine tochter. Petru thut es auf anrathen und mit hilfe seiner kühe, deren eine sogar die sonne, weil sie zu früh sinkt, mit ihren hörnern zurückschleudert. Nachher will ihn der könig um den lohn betriegen, aber wieder durch seine kühe kommt er doch in den besitz. Ein andrer könig weiss ihn später durch list darum zu bringen, aber nur auf kurze zeit, indem Petru durch gleiche mittel wieder zu seinem eigenthum gelangt.

Petru's göttliche bedeutung klingt noch darin nach dass Gott selbst sein pathe ist, und dass er die göttlichen kühe besitzt. Diese sind auch sonst im heidnischen götterglauben begleiterinnen des sonnengottes, wie anderwärts ein pferd oder mehrere. Ihre beziehung auf den sieg des sommers blickt noch insofern durch, als das kupfer das von ihnen geackert wird, nur den winterlich harten und kahlen boden vorstellt. Den teufel hat eine spätere christliche auffassung an die stelle des wintergottes gesetzt, wie diss schon s. 326. 332 bemerkt wurde. Eine trübung des ältesten sachverhaltes ist es dass der kaiser und seine tochter dem helden entgegen sind: wie in der erzählung vom schweinhirten (13) haben sie einen theil der aufgabe die eigentlich dem wintergotte gebührt, zu der ihren übernommen. Viel ähnlichkeit hat ein niederdeutsches mährchen »Ferenand getrü« (Grimm 126). Auch bei ihm wird Gott selber pathe; statt der kuh schenkt er ein pferd, das sich durch seine weisse farbe leicht als ein sonnenross erkennen lässt, um so mehr da es auch die gabe der sprache hat, und auf die nemliche weise zum besitz der jungfrau hilft wie diss hier durch die kühe, in der Edda durch Grani geschieht. Die jungfrau ist wieder eine von den schlafenden, was auch licht auf unsre kaiserstochter wirft. Ausser dem pferd hat Ferenand noch zwei wundergeräthe, eine schreibfeder und eine zauberflöte, von denen aber kein gebrauch weiter gemacht wird, und die also ebenso im begriff stehen auszufallen, wie sich das walachische mährchen ihrer schon begeben hat.

15. Der versöhnungsbaum.

Ein fischer gelobt dem teufel gegen das versprechen übermässiger reichthümer seinen sohn. Dieser legt aber geistliche kleidung mit vielen kreuzen an, und macht sich so am festgesetzten tag auf den weg nach der hölle. Unterwegs trifft er in ein räuberhaus, wo die mutter mit zwölf söhnen lebt. Es geschieht ihm kein leid: die alte, bekümmert um das heil ihrer söhne, bittet ihn vielmehr, in der hölle zu fragen wie mörder gerechtfertigt werden können. Da der teufel ihn verschmäht weil er ein geistlicher ist, ja ihm sogar urkunde darüber ausstellt, so kehrt er zurück, und der jüngste räuber führt aus was die teufel gerathen haben: der prügel mit dem er den ersten mord begangen, wird in die erde gesteckt, und mit wasser das man im munde holt, so lang begossen bis er grünt. Aus den goldnen äpfeln die er trägt, fliegen weisse tauben. Auf dieses wunder hin thun auch die andern räuber busse, stellen sich vor gericht und werden begnadigt.

Der häufig vorkommende zug dass ein vater sein kind als opfer gelobt, das geschick aber die sache noch glücklich wendet, ist s. 325 besprochen: die erde giebt ihren grünen schmuck hin. Wenn man nicht annehmen will dass hier ein jüngling an die stelle der jungfrau getreten sei, die sonst zur bezeichnung dieses schmucks gebraucht wird, so muss man an eine verwandte erscheinung denken: die wiederkehr des sonnengottes im nächsten frühling. Die hölle bezeichnet, wie auch in der altnordischen sage von Balder, den ort wo sich der sonnengott aufhalten muss, so lang seine herrschaft gebrochen ist.

Dieser ort wird aber noch unter einem zweiten bilde dargestellt: als räuberhaus. Meine behauptung wird nicht auffallen, wenn man sich erinnert dass ebenso schon das mährchen vom zauberspiegel (vgl. s. 330) verfahren ist, und wie zahlreich die beispiele von vervielfältigungen dieser art in der mährchenwelt sich finden. Auch liegt nach der erzählung das räuberhaus nah bei der hölle. Das geistliche gewand welches den jüngling vor der hölle bewahrt, ist das nemliche wie der schutz der Artemis der die Iphigenia rettet. Dass der jüngling den teufeln ihr geheimnis abfragt, und sie so um die seelen der räuber bringt, ist ebenfalls in vielen mährchen eine von den thaten des helden. So in der geschichte des Wilisch (11), wozu man die bemerkungen s. 341 u. vergleiche. Der versöhnungsbaum, der durch geheime kunst aus einem dürren stab erzogen wird, findet sich z. b. auch in der geschichte der Libussa bei Musäus, und in der geschichte des kaisers Karl: vielleicht hat sich in ihm eine von den wunderthaten erhalten die der sonnengott vollbringen muss, bevor er die braut heimführen darf; er erinnert namentlich an die goldenen äpfel die Perseus erwirbt, und die wohl mit dem schatze Sigurds ursprünglich zusammenfallen. Vgl. auch die bemerkungen zu Bakála (22).

Die bekehrung der räuber, sinnbildlich dargestellt durch die weissen tauben, ist eine christliche wendung, so gut wie des helden geistliches gewand: was ihr zu grund liegt ist ohne zweifel die auferweckung oder befreiung der jungfrau, die anderwärts in der räuberhöhle gefangen gehalten wird, und die hier als mutter der räuber aufgefasst scheint, wie in 5 als ihre schwester.

16. Die kaiserstochter und das füllen.

Die kaiserstochter pflegt zärtlich ein füllen, das mit ihr an einem tage geboren ist und feuer frisst. Vermählen soll sie sich, nach dem willen ihres vaters, nur an den der ein aufgegebenes räthsel löst.

Da das schicksal sie dem sohn eines bösen zauberers und drachen beschert, so entflieht sie auf ihrem füllen durch die luft. Sie erscheint in mannstracht am hof eines anderen kaisers, kommt hier zu hohen ehren, und entgeht mit hilfe des füllens allen schlingen durch welche die bisherigen räthe sie stürzen wollen. Namentlich wählt sie, als ihr geschlecht auf die probe gestellt werden soll, nicht spinngeräthe, sondern waffen.

Endlich erhält der vermeintliche jüngling den auftrag, für den · alten kaiser die tochter eines benachbarten kaisers zu entführen, die in einem glaspalaste verschlossen ist: mit einem wundervollen schatz versehen, reitet er auf dem füllen durch die luft dahin, gewinnt die braut angeblich für sich, und führt sie von dannen, unter dem vorwande dass sie erst seine gattin werden dürfe, wenn er sie seinen eltern gezeigt. Am hofe der sie ausgesandt, giebt sich nun die jungfrau als solche zu erkennen, die braut aus dem glaspalast findet sich drein den alten kaiser zu heirathen, die jungfrau selbst aber vermählt sich mit dessen sohn.

Während dieser im felde liegt, gebiert sie ihm zwei goldene knaben. Ein bote soll diss ins lager melden, allein der alte zauberer, für dessen sohn die heldin zuerst bestimmt gewesen ist, verfälscht unterwegs die briefe, und man will die unglückliche verbrennen. Im entscheidenden augenblick erscheint aber das füllen, und trägt sie mit ihren kindern in ein fernes schloss, das von löwen bewacht wird. Hier lebt sie kümmerlich, bis ein zufall ihren betrogenen gemahl auf der jagd dorthin führt. So endet alles fröhlich.

Die zeit hat hier, wie so oft, mehrere von anfang getrennte mährchen an einander gesponnen:

1) von der jungfrau die nur durch lösung eines räthsels gewonnen werden kann, ist schon oben (s. 336. 344) die rede gewesen. Diese erzählung steht mit der folgenden nicht in nothwendigem zusammenhang, und begründet nur das erscheinen der jungfrau auf dem schauplatz ihrer thaten.

2) Der theil von dem wunderbaren ross und von der befreiung der jungfrau im glaspalast scheint mir der eigentliche kern. Das kluge, hilfreiche ross haben auch zwei deutsche mährchen: die gänsemagd (Grimm 89) und Ferenand getrü (126). Bei

beiden führt es den besitzer durch alle gefahren zu glücklichem ziel; Ferenand stimmt sogar darin dass er ebenfalls auf den rath eines ungetreuen nach der jungfrau ausgesandt wird, und dass er sich für diese fahrt sehr reich ausstatten lässt. Das ross verräth sich durch sein feuerfressen, rathgeben und luftfliegen als eins mit Achills Xanthus, mit Sigurds Grani, wohl auch mit Apolls Pegasus, mithin als das des sonnengottes, der, von ihm getragen oder gezogen, die blumenjungfrau aus der unterwelt, hier aus dem glaspalaste holt. Die einheit mit Achill erhellt ferner aus der angabe von der wahl die auf waffen, statt auf gegenstände weiblicher besitzlust, fällt; denn gerade so erkennt Odysseus den Achill, der auf Skyros unter jungfrauen verborgen ist. Offenbar hat unser mährchen von anfang herein auch nur eine vermeintliche jungfrau gehabt, da ja jungfrauen sonst nicht für heldenthaten verwendet werden: wir haben hier ein neues beispiel von den verdunklungen die im lebensgang der mährchen so häufig sind. Aber auch eigenthümlich neue verwicklungen entstehen auf diesem weg: der bote der auf wunderbare weise die seltsam verschlossene jungfrau gewinnt, aber nicht sogleich freien darf, ist, wie schon s. 315. 329 besprochen worden, der sonnengott, welcher der geretteten, auch nachdem feind winter besiegt ist, noch lange harren muss. Nachdem der ursprüngliche sinn vergessen war, das mährchen sich in vermeintliche geschichte verwandelt hatte, quälen sich die sagen manigfach um einen grund für jene säumnis zu finden: Sigurd wird Brunhilden untreu durch einen zaubertrank; Parcival ist unwissend wie ein kind; Herwig muss, nachdem Gudrun befreit ist, erst noch das Normannenland ganz unterwerfen. Andre holen schon von anfang die braut nur in fremdem auftrag, so Sigfrid Brunhilden, Horant Hilden, Tristan Isolden. Hieran schliesst sich unser mährchen; aber dunkel schwebt ihm Achills jugend vor: weiter gehend als die sage von diesem, macht es den helden zu einer wirklichen jungfrau, und gewinnt so für jenes zögern des bräutigams einen sehr eigenthümlichen beweggrund, der übrigens ebenso in einer morgenländischen erzählung, wenn ich nicht irre in Tausendundeinenacht, vorkommt.

3) Eine besondere erwähnung verdient noch die art wie die letzte verstossung begründet wird. Die verleumdete, zum tod

bestimmte, wunderbar gerettete mutter, die ebenso in den erzählungen vom kaiser Octavian, von Genoveva, Hirlanda, der nymphe des brunnens (bei Musäus) erscheint, ist uns schon einmal als arme holzhackerstochter (5) begegnet. Den versuch sie zu deuten findet man s. 325; wo wie hier, oder in der nymphe des brunnens, oder im Marienkind (Grimm 3) der tod durch feuer eintreten soll, ist die beziehung auf die glühenden strahlen, durch die der sonnengott (Abraham, Agamemnon) das eigene kind (Zeus in Semele die gattin) tödtet, noch besonders deutlich.

17. Juliana Kosseschana.

Ein kaiser hat drei söhne, die nach einander ihn um erlaubnis bitten zu heirathen. Er giebt diese nur unter der bedingung, dass sie, so rasch wie er in seiner jugend gethan, eine stadt erreichen in der seine geliebte gewohnt. Den beiden älteren mislingt es; der jüngste, Petru, vernimmt von einem alten hunde wie er das ross gewinnen könne das einst seinen vater getragen: es frisst feuer, säuft heissen wein, bringt aus einem nasloch frost, aus dem andern glut, ist von unbegreiflicher geschwindigkeit, und giebt treulich guten rath. Es trägt ihn rasch zu jener geliebten seines vaters, die ihn aber umbringen würde, wenn nicht sein ross ihn als laus in einem seiner zähne bärge.

Die schwester dieser frau, Juliana, fasst liebe zu Petru; sie soll aber nur dem gegeben werden, der sich so verbergen kann dass ihr vater, ein grosser zauberer, ihn nicht findet; wem diss nicht gelingt, der verliert sein haupt. Zweimal wird Petru von seinem ross umsonst verborgen, in den höchsten wolken und im tiefsten meer; beide male wird ihm auf Julianens bitte das leben geschenkt. Das dritte mal birgt ihn das thier als laus im haar des alten, so gewinnt er, und statt seines kopfes schmückt der des zauberers den leeren zwanzigsten pflock.

Petru soll nun seine eltern zur hochzeit holen, muss aber unterwegs am hof eines andern kaisers dienst nehmen, weil seinem rosse die kraft versagt. In diesem dienste löst er, mit hilfe seines pferdes, schwere aufgaben: er bringt für seinen

neuen herrn eben jene Juliana wider ihren willen herbei, und
da sie nur unter der bedingung ja zu sagen verspricht, dass ein
bad von der milch wilder stuten herbeigeschafft werde, leistet
er auch dieses. Aber in dem heissen bade findet der kaiser den
tod, und Petru hat nun ausser der wiedergewonnenen braut
zwei königreiche.

Der vorname der heldin findet sich unter den Walachen
häufig. Auch in einem deutschen mährchen[1] reimt sich der
öfters vorkommende name des prinzen Schwan auf den der
»versprochenen braut Julian'.« Den zunamen wusste der erzähler
nicht zu deuten. Vielleicht ist er slavischer herkunft und nur
mit walachischer endung versehen: in der sprache der illyrischen
Slaven soll koszitza jenes hübsche nebenzöpfchen bezeichnen
welches die illyrischen, und zum theil auch die walachischen
mädchen an den schläfen tragen, dann würde sich Koszesana
(jungfrau mit seitenzöpfchen) ebenso auf ein ansprechendes
äusseres beziehen, wie Sneewittchen (Schneeweisschen) und andre
benennungen der heldinnen in mährchen. Ohnehin spielt ja
bei ihnen das haar häufig eine grosse rolle: das der Rapunzel
(Grimm 12) ist golden, und reicht von thurmes höhe bis auf
den boden; die königstochter die gänsemagd wird (Grimm 89),
hat silbernes, und so lang sies flicht, muss der wind dem
hirtenknaben welcher ihn davon ausraufen will, den hut übers
feld treiben.

Sollte sich nicht in dieser zugabe das haar erhalten haben
welches nach der altnordischen sage Sif, die gattin Thors, hat!
Der böse feind, Loki, schneidet es ihr ab, wird aber von Thor
genöthigt ihr durch die schwarzelfen ein neues machen zu lassen.
Sif ist nach Uhland (Thor, 75) »das getraidefeld, dessen goldener
schmuck im spätsommer abgeschnitten, dann aber von unsichtbar
wirkenden erdgeistern wieder neu gewoben wird.«

Der held welcher mit seinem wunderross (vgl. s. 349) auszieht, und durch den beistand desselben die schwierigen aufgaben
löst, den feind erschlägt und die jungfrau heimführt, bildet
den kern auch dieses mährchens. Dass er zwei ältere brüder

---

[1] Vom prinz Schwan, nr. 59 in der ersten ausgabe der grimmi-
schen Kindermährchen, vgl. 3, 218 der zweiten ausgabe.

beschämt, dient nur seine trefflichkeit stärker hervorzuheben,
ist aber ein weitverbreiteter zug: auch Heimons jüngster sohn,
Reinold, der sich durch sein ross Bayard; auch der Cid,[1] der
sich durch seinen Babieça als einen bruder Sigurds darstellt,
machen ihren aufgang dadurch herrlicher dass ältere brüder vorher nicht bestanden sind. Die angabe, der held habe das thun
sollen was der vater vor ihm gethan, beruht auf der thatsache
dass jeder lenz mit seiner sonne die wiedererstehung, gleichsam
der sohn des vorigen ist.

In einigen stücken hat sich unser mährchen verwirrt. Die
braut ist auch hier gespalten in eine feindselige und eine
freundliche (Juliana). Ihre ursprüngliche einheit zeigt sich noch
darin dass sie schwestern sind. Als feind welcher bekämpft
werden muss, tritt, wie auch sonst wohl, der vater der braut
auf. Die strafe die dem unglücklichen brautwerber droht, findet
sich ebenso in der sage von Erec, die Hartmann von Aue deutsch
bearbeitet hat: der riesige rothe Mabonagrin hat dort schon
die häupter von 80 besiegten auf eichenen stangen ausgestellt;
für den nächsten steht eine leere da, an ihr hängt ein horn,
worauf der angreifende blasen soll, wenn er wider vermuthen
siegt. Mabonagrin erliegt wirklich; dass ihm Erec das leben
schenkt scheint spätere abweichung, in ritterlichem geist erdacht.

Die drei aufgaben sind, wie öfters, nicht sache der tapferkeit, sondern der klugheit oder der zauberkunst (vgl. s. 336. 344.
348). Das ist in der ordnung, nicht aber dass die lösung dreimal wiederkehrt: zuerst beim ersten eintreten an Julianens hof,
dann wie er sie gewinnen soll, dann wie er sie nochmals für
einen andern gewinnt. Dieses letztere erinnert an Sigurd,
welcher auch Brynhilden zuerst für sich, dann ein zweites
mal für Gunnar erwirbt. Ebenso gehört hieher, dass statt der
namenlosen die er aufsucht, Juliana seine braut wird. Wie
schon bemerkt ist, hat sich in derartigen erzählungen die vorübergehende entfernung des siegreichen gottes von der befreiten
braut verdunkelt: aus der wiedergefundenen wird eine zweite,
fremde; die erste, statt den bräutigam wieder zu erlangen,

[1] Vergleiche wegen der beziehung dieses unleugbar geschichtlichen helden die anmerkung zu s. 334.

bleibt verlassen. Der erste wechsel ist durch den widerwillen
der gesuchten braut nicht übel begründet; ungeschickter der
zweite durch die dienstbarkeit in die sich der held begiebt.
Die Edda setzt einen liebestrank an die stelle, durch den Sigurd
Brynhilden vergisst. Andre mährchen und sagen suchen wieder
anders zu erklären, was ihnen allerdings nicht mehr verständlich
sein konnte, nachdem die erzählung aufgehört hatte göttersage
zu sein.

18. Der teufel und sein schüler.

Ein bauer giebt seinen sohn dreimal, je für ein jahr, dem
teufel in die lehre, unter der bedingung dass er ihn wieder
bekomme, wenn er ihn noch kenne. Der teufel zieht wirklich
den kürzeren, und der sohn erwirbt seinem vater zweimal viel
geld, indem er sich in schöne thiere verwandelt die theuer verkauft werden, zuerst in einen ochsen, dann in ein pferd. Das
zweite mal aber lässt sich der vater vom käufer, dem teufel,
bethören den zaum auch in den kauf zu geben, und so muss
der sohn in hunger und durst pferd bleiben. Endlich aber
gelingt es ihm im bache zu trinken: er verwandelt sich in einen
fisch, und da ihn der teufel verfolgt, in einen ring, als welcher
er einer prinzessin an den finger springt. Wie sie ihn aber
doch herausgeben muss, verwandelt er sich in fruchtkörner, und
da der teufel dieselben, als hahn gestaltet, rasch aufpickt, in einen
kiebitz der den hahn tödtet. Darauf heirathet er die prinzessin.

Die wunderkräfte des sohns werden auf eigenthümliche
weise gedeutet, die lebhaft dran erinnert wie Wade seinen
sohn bei Mime, dem kunstreichen schmied, in die lehre thut;
auch wie Sigfrid bei schmieden weilt. Gemeint ist nichts andres
als des helden hervorgehen aus der niedrigkeit, aus dem unbestimmten. Diese seine herkunft ist zweimal erzählt: zuerst über-
nimmt ihn der vater vom teufel; nachher befreit ihn das wasser,
von dessen wunderbarer kraft s. 333 die rede gewesen ist, aus
der pferdhülle. Hunger und durst die er in dieser gelitten,

bezeichnen das drückende, demüthigende jener lage. Von seinen
späteren schicksalen findet man die besiegung des bösen feindes,
und die erwerbung der braut. Das ganze ist aber auf ein un-
edles gebiet hinübergezogen: betrug und gaukelei, wozu die
lösung der aufgaben anlass gegeben hat. Gern bilden entartete
mährchen derlei vereinzelte züge sorgsam und zum nachtheil
des ganzen aus. Zu der verwandlung in den ring hat vielleicht
jener ring veranlassung gegeben, welcher nach s. 328 bei der
gewinnung der jungfrau eine rolle spielt.

Denselben gang wie dieses mährchen nimmt ein niederdeutsches »de gaudeif und sien meester« d. i. der gaudieb und
sein meister (Grimm 68). Ueber mannigfache spuren jenes wett-
streits in verwandlungen, und des endlichen siegs, den einer
der kämpfenden, die gute gottheit, erlangt, siehe die kindermährchen der brüder Grimm 3, 121.

Auch unbestrittene göttersagen haben diese geschichte. So
kann nach äolischen sagen Herakles den sohn des Neleus, Perikly-
menos, nicht überwinden. Ihm hat Poseidon die gabe verliehen
alle gestalten anzunehmen: bald fliegt er als adler empor, bald
entschlüpft er als schlange, bald summt er als biene, bald
kriecht er als ameisse umher. Wie er aber eben als biene auf
dem streitwagen sitzt, winkt Athene dem Herakles, der auf
diese weise siegt. [1]

Nach einer keltischen sage hat der kleine Gwion der göttin
Ceridwen drei zauberkräftige tropfen gestohlen, und flieht vor
ihr. Da sie ihn verfolgt, wird er zum hasen, sie zum jagdhund;
er zum fisch, sie zum otterweibchen; er zum vogel, sie zum
falken; er endlich zum waizenkorn, sie zur henne. Aber von
dem gefressenen korn wird sie schwanger, und gebiert das
wunderbare kind Taliesin (strahlende stirne), das auf dem wasser
ausgesetzt, aber am strand aufgefischt wird. [2] Taliesin, der
flutgeborene, strahlende, ist nach s. 333 wohl nichts andres als
der sonnengott; Ceridwen, die ihn verschlingt, aber wieder
gebiert, stellt den winter oder die unterwelt vor. Denn diese
kann den sonnengott nur für kurze zeit gefangen halten.

[1] Hesiod beim scholiasten zum Apollonius Rhodius 1, 156.
[2] Nork, Mythologisches realwörterbuch. (Stuttgart 1843) 1, 337.

Wie unser mährchen den sieg des sonnengottes, so stellt dieses keltische den der wintergöttin dar.

19. Der verstossene sohn.

Ein knabe wird auf betreiben seiner stiefmutter verstossen,
und findet im wald einen riesen der ihn als sohn annimmt.
Unter seinem beistand gewinnt er eine waldjungfrau zur gattin,
indem er sich, während sie badet, ihrer krone bemächtigt.
Später entflieht sie ihm listig, er zieht nach ihr aus, nimmt
drei teufeln die sich über drei wunderbare erbstücke nicht
verständigen können, diese ab, und erlangt mit ihrer hilfe die
gattin wieder.

Des helden aufenthalt beim riesen im wald ist dasselbe
was Sigfrids aufenthalt beim schmiede, was Achills weilen unter
den weibern: die dunkelheit in der sich der sonnengott vor
dem antritt seiner siegerlaufbahn befindet. Ebenso wird dieser
verstossene sohn durch die wundergeräthschaften als ein andrer
Perseus oder Sigfrid bezeichnet: die versteinernde keule ist bei
jenen diamantsichel oder schwert (Balmung); der hut ist des
Perseus unsichtbar machender helm, Sigfrids tarnkappe; dem
mantel, auf dem er durch die luft fliegt, entsprechen des
Perseus geflügelte sandalen oder Sigurds Grani. Auch dass er
die drei dinge als erbschichter gewinnt, findet sich ebenso bei
Sigfrid. Als verschiebung darf angesehen werden, dass der held
hier zu den geräthschaften erst gelangt nachdem er die braut
schon gewonnen hat, während sie doch vernünftiger weise sein
ursprüngliches eigenthum sind, bestandtheile seines wesens,
sinnbilder der unwiderstehlichen kraft mit welcher die sonne
siegt. Die braut, von ihm vermuthlich aus einer verwandlung,
etwa der schwanengestalt, erlöst, ist die blumenjungfrau die er
aus winters haft befreit. Dass er sie wieder verliert, ist entweder so zu nehmen wie die vorübergehende trennung Sigurds
von Brynhilden, Parcivals von Condwiramurs (s. s. 349), oder
es bezeichnet die trennung beider durch den winter. In diesem
fall wäre das erste gewinnen eigentlich eins mit dem zweiten,

und könnte entbehrlich genannt werden, wenn es nicht diente
des gottes ewige sieghaftigkeit stark hervorzuheben.

Ganz denselben gang hat die sage vom geraubten schleier
bei Musäus; nur ist hier alles auf geschichtlichen boden ver-
pflanzt, das mährchen in eine sage verwandelt. Die stelle der verstossung durch die stiefmutter vertritt dort eine verlorene schlacht;
die des waldriesen der einsiedler, bei dem der versprengte
Schwaben-jüngling eine heimat findet; von wunderbarem ist
ausser dem schwanenthum der braut nichts übrig geblieben, namentlich sind die drei wundergeräthe verschwunden, man wollte
denn den bereichernden handel mit angeblich heilkräftigen zahn-
stochern als ein verdunkeltes überbleibsel davon ansehen.

20. Die wundergaben.

Ein armer bauer zieht aus, um an Gott rache zu nehmen
weil er dem einen zu viel, dem andern zu wenig gebe. Unerkannt begegnet ihm Gott, und schenkt ihm einen esel der auf
befehl gold von sich giebt. Während der bauer schwelgt, wird das
wunderthier von der wirthin ausgetauscht. Zum zweiten mal
gehts ihm so mit einem tisch, der auf befehl kostbare speisen
und getränke trägt. Zum dritten mal erhält er einen stock, der
auf befehl die feinde des besitzers durchprügelt. Zuerst muss
dieser selbst, weil er sein eigener gröster feind ist, die wirkung
so lang empfinden bis er sein vergehen bekennt; dann aber
erlangt er durch den stock von den diebischen wirthsleuten die
beiden andern kostbaren gaben zurück, von denen er hinfort
einen weisen gebrauch macht.

Die wundergeräthe des göttlichen helden haben hier anlass
gegeben zu einer geschichte, in der des besitzers ursprüngliches
wesen bloss noch insofern hervortritt, als er auf kampf auszieht
und von Gott selbst mit kostbaren hilfsmitteln ausgerüstet wird.
Das wozu sie ihm helfen sollen, die erlegung des feindes, die
erwerbung der jungfrau, ist verloren gegangen, weil die einbildungskraft einer späteren zeit sich an der wunderbarkeit

jener geräthe vergaffte. Noch jünger ist die sittliche nutzan-
wendung.

Genau verwandt sind die deutschen mährchen vom »tisch-
chen deck dich, goldesel und knüppel aus dem sack« (Grimm 36)
und vom »ranzen, hütlein und hörnlein (54).« In den Irischen
elfenmährchen, welche die brüder Grimm aus dem Englischen
übersetzt haben, wird s. 42 erzählt, wie ein armer bauer von
einem elfen eine flasche bekommt, aus der dienstbare geister
mit kostbaren schüsseln steigen; als er sie verschleudert hat,
bekommt er eine zweite, aus der männer mit prügeln steigen:
die helfen ihm wieder zu der ersten.

Die sage von »Rolands knappen« bei Musäus, wohl süd-
französischer herkunft, ist ebenfalls ähnlich, hat aber nicht den
befriedigenden ausgang, weil die knappen die geraubten gaben
nicht wieder bekommen. Auch sind die stücke bei ihnen
äusserlich andre: der unfeine esel hat sich in den goldheckenden
kupferpfenning verwandelt; der beschwerliche tisch ins bequeme
tüchlein; der rohe knüppel in den unsichtbarmachenden däumling. Fortunats wünschelhut und seckel gehören gleichfalls
hierher.

21. Mandschiferu.

Mandschiferu, ein sehr tapfrer soldat und eben so grosser
trinker, kommt in ein verzaubertes schloss, wo er sichs anfangs
wohl schmecken lässt, und nachher mit schaaren von ungethümen
siegreich kämpft. So hat er das schloss gereinigt und anspruch
auf des kaisers tochter; aber sie wird ihm versagt, und er zieht
weiter. Da kommt er in den besitz eines trefflichen windspiels,
von dem gesagt ist dass der welcher es dem kaiser bringt, sein
eidam werden soll; aber ein prinz entführt es ihm, nachdem
er ihn berauscht hat. Wie die hochzeit sein soll, kommt
Mandschiferu in die stadt, macht gegen den dieb sein besseres
recht geltend, und gelangt in den besitz der kaiserstochter.

Der name des helden hiesse französisch Mange-fer (Frisseisen, Eisen-fresser) und ist gebildet wie Taille-fer (Hau-eisen,

Eisen-spalter). Eine passende benennung, bei dem übermaass
von ungeheuern die ihm das mährchen zu besiegen giebt. So
viel ihrer aber sind, stammen sie doch alle von einem, stellen
nur eines vor: den drachen den Perseus und Sigfrid erlegen.
Am stärksten tritt von der geschichte des sonnengottes das
hervor, dass der held seine braut nicht sogleich besitzen darf:
eine zauberin, die eine tochter zu versorgen hat, hält ihn durch
die schlafnadel die sie ihm in den kopf sticht, vom weiterziehen
ab, wie Grimhilde den Sigurd durch einen zaubertrank für ihre
tochter Gudrun gewinnt. Ein falscher bräutigam tritt ihm ebenso
in den weg wie dem Petru Firitschell (s. 338), aber alle hindernisse
werden besiegt. Die einfangung des windspiels ist ein gleichsam
zufällig hangen gebliebenes bruchstück von den drei aufgaben.

Zu der näheren verwandtschaft dieses mährchens gehört die
erzählung die Musäus unter dem namen »stumme liebe« mittheilt. Ein verarmter junger kaufmann aus Bremen übernachtet
im westfälischen schloss Rummelsburg, macht es bewohnbar
indem er den hausgeist erlöst, und bekommt von diesem das
geheimnis eines schatzes, damit aber die möglichkeit seine
geliebte heimzuführen. Die unsterbliche Sigfridssage wieder in
neuer gestalt, etwas verschoben und vermummt, aber immer
noch vollständig: schatz und braut, erworben durch den kecken
kampf mit einem ungethüm; das verwünschte schloss kennen
wir schon aus dem wundersohn (1) und aus der »chronika von
den drei schwestern« als eine wandlung der unterwelt, in der
die jungfrau gefangen weilt.

So fällt auch licht auf eine altdeutsche erzählung, die dadurch dunkel geworden ist dass sie sich mit dem anfang begnügt,
und alles übrige, braut und schatz, bei seite lässt. Ein mann
übernachtet mit seinem bären in einem verödeten bauernhaus; und
das thier macht durch bekämpfung eines bösartigen schrettels
(hausgeistes) das haus wieder bewohnbar. [1] Thiere thun in
diesen kämpfen häufig das beste; so das wunderbare ross,
namentlich aber fuchs, wolf und bär des Petru Firitschell (10),
der eben so einen bösartigen zwerg besiegt, freilich bevor er
die thiere hat, was aber nur verschiebung des eigentlichen

---

[1] Siehe die Irischen elfenmährchen s. CXIV.

sachverhalts ist. Auch die thiere des schweinhirten (13) und die drei thierischen schwäger Reinalds des wunderkindes (s. 321. 322) dürfen hieher gezogen werden. Die gestalt des helden ist übrigens hier, wie in den wundergaben (20), sehr erniedrigt. Obwohl es jeder zeit und jedem stand erlaubt sein muss den stoff auf ihre weise zu gestalten, so kann es doch nicht gleichgültig hingenommen werden, wenn die schöne sage von ihren deutschen erzählern — denn der Walache, obwohl er bei hochzeiten und ähnlichen anlässen gern einen rausch trinkt, hat doch vom zechen um sein selbst willen keinen begriff — so in die flammen eines unauslöschlichen deutschen durstes getaucht, und dadurch um ihre reinen farben gebracht wird. Namentlich berührt die liebe der prinzessin zu dem trunkenbold höchst unangenehm. Den keim zu diesen dingen kannte freilich schon das alterthum: auch Herakles und Thôr waren eben so grosse trinker und esser, als kämpfer. An die nordische berserkerwuth erinnert auch die art wie Mandschiferu sich im schlosse benimmt.

22. Bakâla.

1. Bei verloossung des väterlichen erbes, einer kuh, nimmt er unbewusst das zweckmässigste vor, und sticht so die brüder aus.

2. Er verkauft die kuh an einen baum; da dieser ihm die bezahlung vorenthält, so haut er ihn um, und findet unter seiner wurzel einen schatz.

3. Er und seine brüder messen das gefundene geld; den popen, der zusieht, erschlägt er.

4. Des mordes wegen fliehen die drei mit einander. Unterwegs verbergen sie sich auf einem baum. Bauern die darunter übernachten, verscheucht Bakâla durch eine herabgeworfene handmühle; von dem gut das sie zurücklassen, nimmt er nur einen sack voll weihrauch.

5. Diesen zündet er auf einmal an; Gott, den er dadurch von einer krankheit heilt, heisst ihn eine gnade erbitten, er wählt aber nur einen alten dudelsack. Dieser hat jedoch die wunderbare eigenschaft dass bei seinem schall jedes lebende wesen tanzt.

6. Er verdingt sich bei einem bösen, geizigen popen als schäfer, macht aber den vertrag, dass dem welcher sich vom andern ärgern lasse, riemen aus dem rücken geschnitten werden.

7. Er lässt den popen in einem dornbusch tanzen, die popin aber so lange bis sie todt ist.

8. Da ihm befohlen ist die wurzeln (schwänze) dreier kräuter in die kochende speise zu thun, haut er drei gleichnamigen hunden die schwänze ab. Da ihm befohlen ist des popen kind zu trocknen, tödtet ers und hängt es in die sonne.

9. Der pope will mit seinem sohn entfliehen, und trägt in seinem sack den Bakâla fort, der sich statt der eingepackten bücher darein verborgen hat.

10. Der pope will den Bakâla ersäufen, dieser aber legt sich so, dass statt seiner des popen sohn ins wasser gestossen wird.

11. Nun geräth der pope so in zorn, dass ihn Bakâla laut vertrags schinden darf.

12. Bakâla belügt einen zug hochzeitleute dass er im wald viel tausend eier gefunden habe; sie eilen dahin und lassen die braut zurück. Da Bakâla von dieser hört dass sie den bräutigam verabscheue, tauscht er mit ihr die kleider und fährt als braut mit. Dem bräutigam entzieht er sich, indem er ihm statt seiner einen bock in die hände spielt.

13. Bakâla findet einen der ihm an schalkheit gleich ist. Er gesellt sich daher zu ihm; aber von da an verschwindet seine spur.

Auch in diesen niedrigen Eulenspiegels-geschichten sind spuren alter göttersagen zu finden, obwohl allerdings die frühere schönheit von spöttischer laune grausam verzerrt ist; gaukelei den zauber, hohn den glauben verdrängt hat. Schon die brüder Grimm sprechen diss aus, indem sie[1] den gang auseinandersetzen welchen die sage nimmt, um von den edeln, arglosen helden nach Sigfrids art auf den Dummling, den Däumling, den Lalenbürger, den bruder Lustig und den Aufschneider zu gelangen. So hat auch Eulenspiegel einen herrlichen stammbaum: er ist

---

[1] Kindermährchen I (1819) s. LI ff.

ein heruntergekommener gott, was nicht auffallen wird, wenn
man weiss dass z. b. auch eine sehr edle göttin Hulda (Berchta),
die deutsche Demeter, als unheimliche nachtfrau (frau Holle)
spuckt; Wuotan als verfluchter wilder jäger, und was dergleichen
mehr ist.

Bakâla, sofern er sich anfangs dumm zeigt, nachher aber
doch die andern alle hinter sich lässt, einen schatz gewinnt
und eine braut befreit, ist so gut wie Mandschifêru ein ehmaliger
sonnengott; denn auch dieser weilt ja zuerst unbeachtet im
dunkel, besteht aber zuletzt herrlich. Dass Bakâla ohne weitern
aufwand von scharfsinn den älteren brüdern beim erben den
rang abläuft, ist der anfang hievon, und findet sich ebenso in
vielen deutschen mährchen, z. b. den drei federn (Grimm 63),
und in dem walachischen vom goldenen meermädchen (26). Wie
er unter dem baum den schatz findet, so ein deutscher
Dummling eine goldene gans (Grimm 64); beides ohne zweifel
dunkle erinnerungen an den schatz den Sigfrid dem drachen
abnimmt. Auch der baum ist hier wichtig, denn der drache
sass am fuss der linde, in der man wohl eine schwester der
weltesche Yggdrasill sehen darf[1]. Der baum kehrt in einer
späteren erzählung (4) wieder, und da sichs hier abermals um
gewinnung eines schatzes unter demselben handelt, so scheint
beidemal das nemliche gemeint, nur in andrer form. Derselbe
zug, noch mehr vereinzelt, findet sich in dem deutschen mährchen vom Katherlieschen (Grimm 59). In einer verwandten
erzählung[2] wird das gold, zu dem der weibliche Dummling
durch herabwerfen schwerer gegenstände vom baum gekommen
ist, gerade so gemessen wie das welches Bakâla unter der
wurzel des baums gefunden hat. Wieder ein beweis dass die
beiden erwerbungen eigentlich eine sind. Dass auch sonst
wunderbare bäume, namentlich die aus dürrem stamm treiben,
hieher zu beziehen sind, ist s. 347 ausgesprochen.

Da die tödtung des popen (3) im zusammenhang mit der
theilung des schatzes steht, so darf man vermuthen dass der

---

[1] W. Müller, Versuch einer mythologischen erklärung der Nibelungensage. Berlin 1841. s. 87.

[2] Erwähnt im dritten theil der Kindermährchen, zweite aufl. (1822)
seite 105.

pope ursprünglich besitzer war, also eine umgestaltung des
drachen ist. Die bauern (4) wären eben daraus hervorgegangen.
Der wunderbare dudelsack (5) ist überrest eines der besitzthümer die den sieg des alten gottes begründen halfen. Dass
ihn Bakâla von Gott selbst erhält, deutet noch sehr lebendig
auf den ehmaligen sinn. Hüons horn im Oberon, die tanzer-
regende fiedel im mährchen vom juden im dorn (Grimm 110)
sind dasselbe. Belehrend ist namentlich dieses letztere mährchen, indem es neben der fiedel noch zwei weitere wundergaben
auftreten lässt, was wohl der ursprünglichen erzählung näher
steht. Einen dudelsack, freilich von geringerer kraft, hat auch
Hans mein igel (Grimm 180).

Der vertrag mit dem popen (6.11) erinnert lebhaft an die
geschichte von Marsyas. Wie dieser sich mit Apoll in einen
wettkampf einlässt, wobei der besiegte geschunden werden soll,
so der pope mit Bakâla; nur geht die wette nicht, wie bei
Marsyas, auf fertigkeit in der tonkunst. Marsyas war ein satyr,
sein unglücklicher kampf mit Apoll, dem sonnengott, stellt vielleicht das erliegen der winterlichen gottheit vor. In diesem
fall hätten wir eine neue bestätigung der oben ausgesprochenen
ansicht, dass der pope dem drachen Sigfrids entspreche.

Sein tanzen im dornbusch (7), die tödtung der popin (7)
beides durch die wirkung des dudelsacks, die tödtung der beiden
popenkinder (8.10) beziehen sich auch auf die besiegung des
winters und seiner sippschaft.

Die geschichten 8.9 scheinen reine eulenspiegeleien; nur
dunkel lässt sich muthmaassen dass auch sie mishandelte göttersage geben. Die wurzeln die Bakâla dem popen entreisst (8)
könnten die hervorgelockten blumen sein; dass er vom popen
fortgetragen wird (9), könnte die thatsache bezeichnen dass der
winter gleichsam den verschlossenen sommer verbirgt, und wider
seinen willen mitbringt. Unmittelbar nachdem Bakâla den sack
verlassen hat, müssen ja der pope und sein sohn sterben (10.11).
Bakâla im sack wäre demnach dasselbe wie Trandafiru (23) im
backofen; wie der bräutigam des meermädchens (26), bevor ihn
diese wieder belebt; wie Florianu (27), so lang seine glieder zerstreut sind: der besiegte, zur auferstehung bestimmte sonnengott.
Die erzählung von der braut (12) ist wieder in ein schmäh-

liches fratzenbild verzerrt; so viel aber tritt auch hier noch
hervor, dass die braut dem falschen bräutigam abgenommen wird.
Wenn Bakâla sie entlässt, so ist hier vielleicht ein dunkler
nachklang des schicksals das dem siegreichen helden verbietet
die befreite sogleich zur gattin zu nehmen (s. 349). Das wie-
derfinden würde nicht in Bakâlas treiben passen, ist also weggeworfen. Bakâla, als braut verkleidet, entspricht dem Thôr
der als Freyja beim riesen Thrym seinen geraubten hammer wieder holt (s. Uhlands Thôr, s. 95).

Einen guten schluss zu finden ist bei allen erzählungen
schwierig, auch bei den göttersagen, denn für den helden bleibt,
nachdem er den feind getödtet, den schatz und die braut gewonnen hat, vielleicht selbst auch getödtet und wieder lebendig
geworden ist, nichts übrig als zu verschwinden, weil seine geschichte sich doch nicht so wiederholen darf, wie der kreisslauf
der sonne von dem sie entlehnt ist. Somit hat der tolle geist
welcher die geschichte des sonnengottes in die des Bakâla um-
goss, ganz recht wenn er seinen helden nach dem abenteuer
mit der braut unsern blicken entschwinden lässt. Dass das erst
geschieht nachdem er einen seines gleichen gefunden hat (13),
ist ein feiner, glücklicher gedanke. Vielleicht aber lebt auch
hier noch eine dunkle vorstellung von der gewonnenen braut,
mit welcher die geschichte sonst abschliesst, und der freund
wäre von anfang die freundin gewesen, nach deren erwerbung
des helden abenteuer ein ende haben.

23. Trandafiru.

So heisst ein schöner jüngling, der aber den tag über die
gestalt eines unförmlichen kürbisses hat. Davon nimmt seine
schwiegermutter anlass ihre tochter zur ermordung des gatten
zu bewegen. Sterbend verflucht er sie, dass sie nicht solle gebären können bis er sie wieder umarmt habe. Nun sucht sie ihn
durch alle länder, und erhält von den heiligen müttern Mittwoch,
Freitag, Sonntag drei wundergaben nebst gutem rath. Trandafiru
herscht neugeboren in einem anderen reich als kaiser: seine nun-
mehrige gattin lässt sich durch die wundergaben bestechen, drei

nächte hindurch der fremden ihre stelle beim gatten abzutreten.
Die beiden ersten male hindert sie durch schlaftränke die lösung des fluchs, das dritte mal gelingt dieselbe: die unglückliche gebiert zwei goldene knaben und tritt an die stelle der
zweiten kaiserin, die wegen ihrer habsucht und untreue niederge-
hauen wird.

Von dem kampf des sonnengotts um die braut ist hier
nicht mehr die rede, wohl aber von einem späteren theil seines
schicksals, von seiner verrätherischen ermordung und von der
wiedervereinigung mit seiner gattin, d. h. vom herbst und vom
neuen frühling. Die kürbissgestalt ist erinnerung an das halbe
dasein das er im winter führt, also gleichbedeutend mit der froschgestalt von der der prinz im froschkönig (Grimm 1), und mit
so mancher andern von der verzauberte befreit werden. Nach
einer japanischen sage [1] stammt das menschengeschlecht von dem
grossen kürbissweib, die ursprünglich ein kürbiss und durch
den athem des urstiers beseelt war. Die ermordung wird hier
unheimlicher weise nicht von einem feind, sondern von der
eigenen gattin vollzogen, wie diss auch Klytämnestra an Agamemnon thut. Der fluch der deshalb auf sie fällt, muss so
verstanden werden dass des sonnengottes gattin, die erde, erst
wenn sie im lenz wieder mit ihm verbunden wird, die blumen
und gewächse hervorbringen kann die sie in ihrem schoosse
birgt. Die drei heiligen frauen bezeichnen die zeit welche
verlaufen muss, bis die gattin den gatten wieder findet: dass
zweimal die vereinigung mislingt, hat dieselbe bedeutung wie
der weggang Sigurds von der erweckten Brynhilde (vgl. s. 349):
der volle sieg des sommers erfolgt erst einige zeit nachdem des
winters macht gebrochen ist.

Der name Tranda-firu d. i. Rosen-blume bezieht sich auf die
schönheit des gottes, wie er in 10 Firitschell, in 27 Florianu heisst,
und in dieser letztern erzählung sogar aus blumen geboren ist.

Kreuzbrüder kommen in walachischen erzählungen öfter
vor (vgl. auch s. 136) und scheinen eins mit den blutbrüdern der
alten zeit, über die man s. 342 und die dort angeführten bemerkungen der brüder Grimm zum armen Heinrich sehen wolle.

[1] Menzel, Mythologische forschungen s. 12.

Genau denselben gang wie Trandafiru hat das deutsche
mährchen vom prinz Schwan, das schon s. 351 angeführt ist.

24. Die waldjungfrau Wunderschön.

Ein kaisersohn findet auf der jagd ein zauberschloss. Auf
einem baum vor demselben steht ein bett, aus dem eine schöne
jungfrau herabsteigt. Sie führt ihn in den herrlichsten garten,
wo sie an seiner brust entschlummert. Wie sie erwacht, ist
der prinz verschwunden, und auch ihren baum kann sie nicht
mehr erklettern. Da tauscht sie mit einem mönche die kleider,
eilt an den kaiserhof, und hält sich stets in der gesellschaft des
geliebten, obwohl dieser eine andre hat heirathen müssen. Der
alte kaiser entdeckt endlich ihr geschlecht und lässt sie hängen,
worauf der prinz dasselbe thut.

Das bett auf dem baum entspricht dem gläsernen sarge der
zwischen zwei bäumen aufgehängt ist (vgl. 329. 330); somit auch
die jungfrau dem schlummernden Dornröschen und der schlummernden Brynhilde. Das zauberschloss bezeichnet die unterwelt,
der kaisersohn den sonnengott. Den sinn der trennung kennen
wir gleichfalls aus der geschichte Sigurds und mancher andern
(vgl. s. 349). Dass die braut nach dem wiedervermählten gatten
trauervoll sucht, und unerkannt in seiner nähe weilt, ist in
den bemerkungen zu Trandafiru erklärt (s. 364); die mönchskutte
hat denselben sinn wie der hölzerne mantel der kaiserstochter
gänsehirtin (vgl. s. 328).
Der freundliche schluss aber, den die geschichte dort hat,
ist hier verloren gegangen: die wiedervereinigung der beiden
geschieht nur im tode. Dieser ausgang muss schon sehr alt
sein, da die sage von Antigone drauf beruht. Antigone wird
ihrem geliebten Hämon von dessen vater Kreon entrissen, und
tödtet sich in dem grab dessen raub sie lebendig werden sollte;
bei ihrer leiche ersticht sich auch Hämon. Grosse dichtungen
sind hieraus hervorgegangen: die Antigone des Sophokles, Sha-
kesperes Romeo und Julie. Diese gewaltigen hatten auch schon

Schillers ansicht, dass in »mährchen und rittergeschichten der stoff zu allem grossen und schönen liege«. Eine wiederholung der so verbreiteten geschichte scheint auch die sage von Pyramus und Thisbe: sie weicht nur darin ab dass der bräutigam sich ersticht weil er die geliebte für todt hält, wie Romeo; während Antigone wirklich schon todt ist. Denselben gang wie die geschichte von Thisbe nimmt ein deutsches volkslied, das Uhland unter dem namen »abendgang« mittheilt.[1] Eine herzogstochter besticht den wächter dass er sie nächtlich zur zusammenkunft hinauslässt, die sie beim brunnen und bei der linde[2] mit einem ritter verabredet hat. Der wächter verspricht auch sie zu wecken wenn sie entschliefe.[3] Ein zwerg[4] entführt sie von da; wie er sie auf anmahnen seiner mutter zurückbringt, hat sich der ritter schon erstochen, und die herzogstochter thut das gleiche. Selten hat sich wie hier göttersage im lied erhalten.

25. Die ungeborene, niegesehene.

Eine solche braut ist von einer mutter dem sohn im scherze versprochen worden. Er aber zieht wirklich nach ihr aus, gewinnt sie auch mittelst goldener äpfel die ihm die schwestern Mittwoch, Freitag und Sonntag schenken. Während er sie für kurze zeit verlässt, kommt eine Zigeunerin, tödtet sie mittelst einer nadel die sie ihr in den kopf sticht, kleidet ihre tochter in die schönen gewänder, und betriegt so den wiederkehrenden bräutigam. Aber die gemordete hat sich nur in eine taube verwandelt, fliegt auf des auserwählten hand, und da er ihr beim streicheln die nadel aus dem kopfe zieht, erhält sie wieder ihre rechte gestalt. Die falsche gattin muss eines schrecklichen todes sterben.

[1] Alte hoch- und niederdeutsche volkslieder, herausgegeben von L. Uhland. Erster band (Stuttgart und Tübingen 1844) s. 190.

[2] Ueber die bedeutung der linde vgl. s. 361 m.

[3] Das gefahrbringende entschlafen findet sich auch bei der jungfrau Wunderschön.

[4] Der stellvertreter unterirdischer gewalten.

Die erwerbung der jungfrau durch einen muthigen auszug, und durch lösung dreier aufgaben, bildet hier allerdings den eingang. Aber der theil der geschichte um den sich alles dreht, ist doch die trennung von der braut, die verbindung mit einer falschen, und die wiedervereinigung mit der rechten; also das nemliche was auch den inhalt des Trandafiru (23) macht. Die drei heiligen mütter, die sich hier ausdrücklich als schwestern kund geben, kennen wir ebenfalls von da und aus dem mährchen von Wilisch (s. 341). Die benennung »ungeborene, niegesehene« drückt das wunderbare der herkunft aus: die jungfrau ist göttin. Als mittel der trennung finden wir hier, wie in Mandschiferu einen nadelstich; nur wird dort der held in schlaf gesenkt, hier die jungfrau, wie Dornröschen durch die spindel, Brynhilde durch den schlafdorn. Was bei Mandschiferu, Dornröschen, Brynhilde der zauberschlaf, das ist hier die taubengestalt. Sie findet sich auch in der (böhmischen?) sage die dem Freischützen zu grund liegt: auch hier hindern böse mächte die vermählung des Max mit Agathen, und verwandeln diese in eine taube. Als solche wird sie von Max erschossen, nachher aber kommt sie wieder zum leben. Max, der die geliebte, doch nicht für immer, tödtet, ist Agamemnon der Iphigenien opfert; die taubengestalt ist der schutz der Artemis, der belebende schutzgeist ist Orest. Ein mährchen aus Strapparolas Pentamerone[1] zieht das erscheinen der taube mehr ins reich des natürlichen: die verstossene braut wird küchenjunge, bäckt zum hochzeitmahl in eine pastete, woraus die allerdings auch wunderbare taube beim aufschneiden herausfliegt. So wird das geheimnis verrathen und der zauber des vergessens von dem bräutigam genommen. Hier fliesst schon die vorstellung von dem ring ein welcher das erkennen bewirkt (s. 328). Andre gestalten welche die verstossene braut annimmt, sind die einer blume, wie im liebsten Roland (Grimm 56) einer ente (ebenda), eines rosenstocks, einer kirche, einer ente (Fundevogel, Grimm 51).

Auch die versteinerungen, die aber wieder mehr ähnlichkeit mit dem zauberschlaf haben, gehören hieher. Das herausziehen

[1] Mitgetheilt von den brüdern Grimm, in der zweiten auflage der Kindermährchen 3, 310.

der nadel, hier und bei Mandschiferu, erinnert an die wegnahme
der kleinode und zuletzt der blume, durch welche das mährchen vom zauberspiegel (5) die jungfrau in schlummer versenkt
sein lässt. Die feindselige macht wird hier, wie im Petru Firitschell (10), durch ein glied aus dem volke der Zigeuner bezeichnet, jener unheimlich diebischen gestalten die überall und
nirgends weilen, daher zu diebstahl und betrug vornemlich
geeignet sind.

26. Das goldene meermädchen.

Einem kaiser werden alljährlich die goldenen äpfel von
seinem wunderbaum auf räthselhafte weise gestohlen. Er ent-
sendet seine drei söhne das geheimnis zu erfahren, den jüngsten
blödsinnigen auf einem ganz schlechten ross. Das führt aber
eben den jüngling zum heil; denn er giebt es einem hungrigen
wolf zu fressen, fesselt dadurch diesen an sich, und gelangt
mittelst seines weisen rathes und seiner wunderbaren kräfte
zu den höchsten gütern. Der apfeldieb ist ein goldner vogel
den ein benachbarter kaiser besitzt: wie der prinz denselben
stehlen will, wird er erwischt und behält das leben bloss unter
der bedingung dass er das goldene pferd eines andern kaisers
stehle. Hier gehts ihm aber ebenso, und er muss geloben das
goldene meermädchen zu fangen. Das thut er, indem sein
wolf sich in einen kahn mit herrlichen waaren verwandelt,
durch welche der prinz die wunderschöne tochter des meeres
ans land lockt. Vor seinem glück beugen sich die besitzer des
goldnen pferdes und des goldnen vogels, mit seiner dreifachen
beute naht er fröhlich dem vaterhaus. Aber die älteren brüder
haben alles schon vernommen, neidisch lauern sie ihm auf und
erschlagen ihn. Sie bringen ross und vogel dem vater: nur die
jungfrau trennt sich nicht von der geliebten leiche. Nach dem
diese längst vermodert ist, kommt der wolf, heisst die jungfrau
die gebeine mit blumen bekränzen, und giebt seinem freunde
durch einen hauch das leben wieder. Die falschen brüder werden auf befehl des vaters gehängt.

Dass der held ältere brüder beschämt, dient, wie schon
s. 352 bemerkt ist, nur um seine herrlichkeit zu erhöhen: es
entspricht dem hervorgehn des sonnengotts aus der nacht.
Verstärkt wird es hier, wie z. b. auch in der sage von Parcival und in den Dummling-sagen, dadurch dass er als der
blödsinnige gilt. Aber das glück, die gunst guter wesen sind
mit ihm. Das wunderpferd, das der freier der Juliana (17)
aus eben dem zustande durch wein verjüngt, ist hier zu nichts
mehr gut als durch sein fleisch dem helden die dienste des
wunderbaren wolfs zu gewinnen; mit andern worten: es lebt
in dem wolf wieder auf. Der besitz des wolfs ist in der
ordnung: auch Apoll heisst wolfgott ($\lambda \acute{v} x \varepsilon \iota o \varsigma$). Der vogel
der gesucht werden soll, heisst in andern mährchen Phönix
(Grimm 3, 101) und ist (nach s. 103 ebenda) eins mit der
jungfrau, was wohl den besten zusammenhang giebt. Man
vergl. s. 367.

Eigenthümlich ist es wie die drei thaten begründet werden:
immer gebiert sich aus einer mislingenden eine weitere. Noch
fremdartiger, und überaus ansprechend, ist die erwerbung der
braut eingekleidet: der ort wo sie weilt ist nicht ein verzaubertes schloss, nicht eine zwergenhöhle, nicht eine ruhestatt auf
dem baum, nicht eine flackernde lohe, sondern wie bei Sigfrid,
sofern er Brunhilden für Günther aus Isenland holt, das weite
meer; und wie Sigurd auf Grani durch die flammen, so dringt
dieser held auf seinem wolf durch die fluten. Nicht durch
gewalt erlangt er sie, sondern durch lockung. Ebenso bringt
Paris die Helena, Horant Hilden, die mutter der Gudrun,
durch sanfte mittel übers meer. In den meuchlerischen brüdern
wiederholen sich Günther und Hagen, oder, wenn man auf die
altnordische göttersage zurückgreift, Loki und Höder. In andrer
gestalt sind sie auch von unsern mährchen schon vorgebracht:
z. b. als Zigeuner in Firitschell (s. 142). Die gattin die über
seiner leiche trauert, und sie zur bestimmten zeit mittelst blumen
wieder belebt, ist die erdgöttin, deren geraubter sonnenbräutigam
im lenze wiederkehrt. Ueber die verschiedenen formen unter
denen diese wiederbelebung erzählt wird, vgl. s. 364.

Ein genau verwandtes deutsches mährchen ist das vom goldenen vogel (Grimm 57). Auch hier giebt der apfeldiebstahl

Gebr. Schott, Walach. mährchen. 24

anlass zum auszug des dritten sohns; statt des wolfes ist
sein vetter, der fuchs, des prinzen freund; aber die aufgaben
(vogel, pferd und jungfrau) sind dieselben. Es kommt zu ihnen
noch eine vierte, dass ein berg abgetragen werden muss, was
guten sinn hat, sofern die jungfrau nur der preis der drei
heldenthaten ist, also nicht mit ihnen zählen kann. Eine weitere
abweichung ist dass die braut nicht aus dem meere geholt wird,
sondern aus einem schloss. Die goldenen kleinode müssen,
anders als hier, von den besitzern durch list und gewalt erlangt
werden. Die mörder des helden sind auch seine brüder: sie
werfen ihn in den brunnen — ein neues bild für die sonnenlose
winterzeit — aber der fuchs zieht ihn sofort wieder heraus.

Im ganzen scheint mir dissmal die walachische darstellung
bei weitem den vorzug vor der deutschen zu verdienen; das
mährchen vom goldnen meermädchen gehört aber auch unter
die schönsten dieser sammlung.

27. Florianu.

Ein könig schliesst seine tochter, um sie vor verführung
zu bewahren, in einem prächtigen, wohlverwahrten schlosse von
aller welt ab; sie empfängt aber doch durch einen trank, den
sie sich aus wunderbaren rothen blumen in kindischem spiele
bereitet hat, einen sohn. Vom erzürnten vater in einem fass
aufs meer ausgesetzt, gebiert sie hier einen knaben, den sie
nach seiner herkunft Florianu nennt, und der unmittelbar nach
der geburt riesenstärke kund giebt. Er rudert sie ans land,
und kommt mit ihr an ein zauberschloss, dessen besitzer, einen
furchtbaren drachen, er bezwingt und in ketten legt. Nun
leben die beiden hier: der sohn geht täglich in den wald, und
was er erjagt bereitet die mutter zur speise. Eines tags blickt
sie durch die thür hinter welcher der drache gefesselt liegt,
und sieht statt seiner einen schönen jüngling, die täuschende
gestalt welche der zauberer angenommen hat um sie zu berücken.
Sie entbrennt in liebe zu ihm, und gemeinsam entwerfen sie
gegen den arglos freundlichen Florianu mordpläne. Zweimal entgeht er der gefahr durch die sie ihn zu verderben denken: den

auerochsen durch dessen gehirn sie eine verstellte krankheit
heilen will, bringt er lebendig herbei; den bären dessen keule
sie verlangt hat, schleppt er auf den felsen und wirft ihn von
dort herab zu tod. Aber der dritten gefahr erliegt er: wie er
auf dem schwarzen berg aus der hut des todes das lebenswasser für die kranke holen soll, fasst ihn ein sturm und reisst
ihn in stücke. Doch die nixen die am fluss des schwarzen
berges im weissen see wohnen, finden sein herz, suchen auch
die übrigen glieder zusammen, beleben ihn wieder, und offenbaren ihm den gesponnenen verrath. Nachdem er sich selbst
überzeugt hat, erwürgt er den drachen, verlässt seine mutter,
und geht in die welt um grosse thaten zu verrichten.

Was bei dieser erzählung vor allem auffällt, ist ihr genauer zusammenhang mit der geschichte des Perseus, die ich,
weil sie mit dem inhalt unsrer meisten mährchen in so in-
niger verwandtschaft steht, bei dieser gelegenheit ausführlicher
geben will.

Dem könig Akrisios wird geweissagt, der sohn seiner tochter
Danae werde ihn tödten. Daher verschliesst er diese in einen
festen thurm, aber Zeus findet als goldener regen den weg
zu ihr. Akrisios übergiebt hierauf mutter und kind in einem
kasten dem meer. Sie landen auf dem eiland Seriphos, wo
Polydektes herscht. Durch göttlichen beistand erhält Perseus
später flügelschuhe, einen unsichtbar machenden helm, und eine
diamantene sichel. So ausgerüstet schlägt er der Medusa das
versteinernde haupt ab, gewinnt vom könig Atlas die goldenen
äpfel, befreit die Andromeda von einem seeungeheuer das sie
verschlingen will, tödtet ihren vater Kepheus und ihren bisherigen verlobten Agenor, die ihn heimlich tödten wollen.
Dasselbe geschieht in Seriphos dem Polydektes, der ihm gleichfalls, und zwar wie einige sagen in verbindung mit des helden
eigener mutter, nach dem leben getrachtet hat.

Obwohl in der geschichte des Florianu sogar eine hauptsache, das verhältnis des helden zu dem ziel seines strebens,
zu der jungfrau, getrübt ist, lässt sich doch vielleicht nicht
ein einziges mährchen auffinden das noch in unsern tagen die

geschichte des Perseus, und eben damit die sage vom sonnengott, vollständiger enthielte als das von Florianu.

Florianu's name, der an Florens, einen der söhne des
kaisers Octavianus, an Tranda-firu (Rosen-blume), an Firitschell
(s. 339) erinnert, bezieht sich vielleicht darauf dass er der
blumenerwecker wird; wahrscheinlicher auf seine herkunft aus
blumen. Spätere mährchen und sagen wissen den vater des
helden oft sehr genau zu nennen, des sonnengottes würdiger
ist es dass er aus dem unbestimmten hervorgeht. Genau verwandt ist die sage die Ovid[1] erwähnt, dass Juno den Mars
von blumen empfangen habe. Auch sonst haben alterthümlich
verbliebene mährchen das sprechende wunder solcher vater-
losigkeit. Der freiherr von Lassberg theilt aus einer ihm zuge-
hörigen französischen handschrift des 15. jahrhunderts, die ein
leben der mutter Gottes enthält, ein hieher passendes bruchstück
mit.[1] Gott hat den folgenschweren apfelbaum ausgerissen und
vor das paradies geworfen, Abraham aber ihn gefunden und in
seinen garten gepflanzt. Eine seiner töchter wird schwanger
vom dufte der blüte die sie davon bricht; sie soll verbrannt
werden, aber das feuer hat ihr nichts an: sie gebiert den
Phanuel, der auf wunderbare weise aus seinem schenkel Anna,
die mutter der Maria gebiert, wie Zeus aus seinem haupte
die Pallas.

Einige deutsche mährchen (Grimm 3, 106) erzählen von
jungfrauen die knaben gebären, weil sie von wunderbaren was-
sern getrunken haben. Das zweite derselben, das von Johannes
Wassersprung (Grimm 3, 107) hat mit dem unsern auch das
gemein dass es die tochter in der einsamkeit aufbewahrt werden
lässt, damit sie von keinem mann erfahre. Es gehören ferner
hieher die geschichte des Hans Dumm[3] und die ganz überein-
stimmende des Pervonto, die wenigstens auf dieselbe weise

[1] Fasti V, 255.

[2] Im anhang zu einem nicht in den buchhandel gekommenen
büchlein, das den titel führt: »Ein schön alt lied von Grave Friz von
Zolre .. zum ersten mal in druck ausgegeben durch den alten meister
Sepp auf der alten Meersburg.« Gedruckt in diesem iar. (1842.)

[3] Kindermährchen, nr. 54 der ersten ausgabe. Vgl. dazu 3, 284
der zweiten, wo aus Basile's Pentamerone (1, 3) die schicksale des
Pervonto gegeben sind.

beginnen: in ihnen ist es der wunsch der genannten bursche
welcher das wunder wirkt.

Den nemlichen sinn wie diese wunderbare geburt, hat
Florianus hervorgehn aus dem wasser. Von diesem zug im
schicksal des helden ist schon oben (s. 333) umständlich die
rede gewesen. Als eigenthümlich aber, und als besonders alt,
darf man bezeichnen dass Florianu auf dem meer geboren wird,
während die andern erzählungen ihre helden erst als neuge-
borene dorthin ausgesetzt sein lassen. Die art wie er eilig
kraft gewinnt, erinnert an die goldkinder (4), an der kaiserin
wundersohn (1) und an Herakles, den jungen schlangentödter.

Bei der sonstigen vollständigkeit der erzählung muss auffallen dass ihr, wie ich schon bemerkt habe, ein wesentlicher
punkt fehlt: Florianu befreit durch erlegung des ungeheuers
nicht eine jungfrau. Offenbar ist aber diese gestalt auch da,
nur verdunkelt: ich glaube sie in seiner mutter zu erkennen.
Wie diese zwischen ihm und seinem feinde schwankt, so ist
die erlöste auch sonst nur halb des befreiers eigenthum, z. b.
Persephone erscheint zwischen oberwelt und unterwelt getheilt,
Brunhilde zwischen Sigfrid und seinen mördern. Die kämpfe
mittelst deren er sie sonst erringt, sind hier, wie in der
geschichte von Sigfrids besuch auf Isenland, zu aufgaben geworden durch die sie ihn verderben will, und zerfliessen so mit
einem weiteren schicksale dieses gottes, mit seiner ermordung.

Wie Balder durch seinen bruder Höder, wie Sigurd-
Sigfrid durch seine schwäger, und gewisser maassen durch die
eigene gattin, oder durch Brunhilde die es früher war, so wird
Florianu auf betreiben der eigenen mutter getödtet. Das ist
noch schlimmer als Agamemnons ermordung durch Klytämnestra, ein hässlicher fleck in der sonst schönen erzählung.
Aus der sage von Perseus scheint es früh ausgestossen worden
zu sein.

Uebrigens haben wir hier eine stelle, wo diese sonst so
vollständige sage doch hinter Florianu zurücksteht: sie erzählt
zwar des helden tod durch Megapenthes (Hygin. 244, weiss
aber nichts von seiner wiederbelebung. Diese hat überhaupt Florianu vor den meisten seiner genossen voraus. Denn ein so echt
göttlicher zug, der andeutet dass der sonnengott nach einem

halben jahre zu neuem leben erwacht, konnte sich natürlich
von dem augenblick an wo die göttersage geschichtlichen schein
annahm, kaum noch erhalten, und so erklärt sich warum ihn
die späteren sagen so selten haben, obwohl er in seiner tröst-
lichkeit ursprünglich einen hauptbestandtheil bildet.

Wenn aber auch sogar die sage von Perseus ihn aufgegeben
hat, so findet er sich bei den Griechen doch erzählt, und zwar
in der geschichte des Bacchus. Dieser wird von Titanen zerrissen, aber mittelst seines wieder aufgefundenen, noch schla-
genden herzens wieder belebt, oder, wie es heisst, von seiner
mutter Semele zum zweiten mal geboren. Das ist ganz echt
und schön, denn des helden wiedererweckung ist nichts andres
als sein erstes auftreten, der sieg des sonnengotts im lenz, wie
✱noch weiter daraus hervorgeht dass auch hier das wasser die
hauptsache thut: die nixen des weissen, d. i. belebenden sees,
im gegensatze zu dem schwarzen (s. 323) bewirken das wunder.
Seltsam genug hat das mährchen von Johannes Wassersprung
(Grimm 3, 107) sie zu ameissen gemacht, die, nachdem der
held im drachenkampf umgekommen ist, für ihre dabei zertre-
tenen genossen saft aus einer eiche holen, und so die wiederbelebung des helden veranlassen.

Abendländische sagen verkünden die wiederkehr des gottes
wenigstens als eine zukünftige: geschichtliche helden, Artus,
Karl der grosse, Friderich Barbarossa, die in höhlen verborgen
der zeit harren wo sie ans licht zurückkehren werden, haben
dem ehmahligen sonnengott ihre namen geliehen. [1]

Wirft man einen blick zurück auf die geschichte des Florianu, so zeigt sie, mit ausnahme eines einzigen punktes, den
ganzen verlauf der alten heidnischen sagen vom hervortreten,·
vom sieg, untergang und wiederaufleben des sonnengottes; ist
mithin eines der kostbarsten zeugnisse für den oben behaupteten
engen zusammenhang des mährchens mit der alten göttersage.

[1] Vgl. hierüber s. 316.

28. Gottes wanderung mit dem heiligen Petrus.

Gott und Petrus wandeln durch die welt; ein bauer der
ihre freundliche anrede grob erwidert, wird durch bauchgrimmen
bestraft, so dass er das nächste mal artig antwortet.

Die beiden himmlischen sind an die stelle heidnischer
götter getreten, die wir ja auch öfters gemeinsam die welt durch-
ziehen sehen. Ueber die wahrscheinliche ursache der dürftig-
keit dieser erzählung vgl. s. 319 u. Auch der keim zu sittlicher
entwicklung der in ihr liegt, ist nicht weiter benutzt, wie z. b.
dem schönen gedanken von der nothwendigkeit des bösen keine
weitere folge gegeben wird. Der erzähler war sehr ungeschickt,
und verwickelte sich jeden augenblick in andre mährchen.

29. Der zorn des Elias.

Elias ist durch eine lüge des teufels verlockt worden, seinen
vater und seine mutter zu erschlagen. Gott gestattet ihm nun
rache zu nehmen, er aber haust mit seinen feuerwaffen, blitz
und donner, so fürchterlich, dass die ganze welt vergienge,
wenn Gott nicht seinen rechten arm lähmte. Katzen und hunde
werden während eines gewitters nicht im hause geduldet, weil
der teufel sich gern in ihnen birgt, und Elias daher seine blitze
nach ihnen schleudert.

J. Grimm sagt in seiner deutschen mythologie, s. 157 [1]:
»die christliche mythologie hat unter slavischen und einzelnen
asiatischen völkern das geschäft des donnerers (Zeus, Jupiter,
Donar, Thôr) auf den propheten Elias übertragen, der im
wetter gen himmel fährt, den ein wagen mit feuerrossen

---

[1] Zweite ausgabe von 1844.

in empfang nimmt (II. buch der könige 2, 11). In den serbischen liedern (2, 1. 2, 2) heisst er ausdrücklich grom-
movnik Jlija (donnerer Elias), blitz und donner sind in seine
hand gegeben, und er verschliesst sündhaften menschen die
wolken des himmels, dass sie keinen regen zur erde fallen
lassen. Auch diss letzte ist dem alten testament gemäss (I. buch
der könige 17, 1. 18, 41. 45; vgl. Luc. 4, 25. Jac. 5, 17),
und ebenso in der altdeutschen dichtung aufgefasst worden.[1]
Was aber besonders beachtet werden muss: in der durch das
ganze mittelalter verbreiteten sage von erscheinung des Anti-
christs kurz vor dem weltende nimmt Helias wiederum des
nordischen donnergotts stelle ein. Thôr siegt über die grosse
schlange, hat sich aber kaum neun schritte von ihr entfernt,
als er, durch ihren giftanhauch getroffen, todt zu boden sinkt.
Nach dem althochdeutschen gedicht Muspilli erliegen zwar
der Antichrist und der teufel, allein auch Elias empfängt im
kampf schwere wunden.«

> Doch sind viele gottesgelehrte[2] der meinung
> dass Elias in dem kampf werde verletzt werden.
> Sobald dann des Elias blut
> niedertriefend die erde berührt,
> so gerathen die berge in brand,
> kein baum bleibt stehn auf erden,
> die wasser vertrocknen,
> das meer wird verschlungen,
> in feuerglut glimmt der himmel,
> der mond fällt,
> die erde brennt.

Zu diesem bilde von der wirksamkeit des Donar-Elias giebt
unser mährchen einige merkwürdige beiträge und ergänzungen.
Zuerst wird aus der heissblütigkeit des donnergottes, die ebenso
dem nordischen Thôr eigen ist, die ursache hergeleitet die ihn
mit dem teufel und seinen helfern (d. i. ursprünglich nur den

---

[1] Insofern er z. b. in Otfrids evangelienharmonie nicht nur erscheint als einer auf dessen bitte die trockenheit aufhört, sondern
geradezu als der welcher nach belieben den himmel versperrt, aber
auch wieder regen sendet. Er hat also vom alttestamentlichen propheten den namen, vom heidnischen donnergotte das wesen.

[2] Das lied sagt »vilu gotmanno«, worüber s. 26 zu vergleichen.

weltzerstörenden kräften, den Giganten und Jötunen) verfeindet.
Auch seine wirksamkeit aber, wenn der höchste herr sie nicht
mässigt, muss verderblich werden; daher ist nach der altnordischen sage der stiel an Thôrs donnerhammer zu kurz; daher
ist nach der walachischen sage, und verständlicher, sein rechter
arm gelähmt. Die vorliebe des teufels für hund und katze
findet sich vielfältig: man denke nur einerseits an Cerberus und
an Fausts pudel, andrerseits an die nachtgöttin Diana, welcher
die nachtwandelnden katzen heilig waren. [1]

30. Der mädchenfels bei Lunkany.

Er hat seinen namen daher dass der gott der liebe ein
treuloses mädchen zur strafe darunter begrub.

Auf besiegte Giganten haben die götter berge gewälzt;
sollte unter der treulosen hier eine von diesem geschlecht gemeint sein?

31. Der Retezatu.

Die senkrecht abgeschnittene felswand eines berges wird dadurch erklärt, dass eine zauberin, erzürnt über das reichere
erbtheil ihres bruders, mit einer pflugschaar nach ihm warf,
aber nur ein stück des berges abschnitt.

Auch hier werden wir an den weltkampf der Giganten
erinnert, dessen spuren an der jetzigen ruhigen gestalt der erde
vielfach wahrzunehmen sind. Verwandt ist der name des cata-
lonischen Montserrat (gesägter berg).

[1] Vgl. Nork, Mythologisches wörterbuch 2, 369.

32. Riesenspielzeug.

Ein riese spielt mit menschlein, die er beim pflügen gefunden.

Deutsche sagen, z. b. eine aus dem Elsass; erzählen dàs nemliche, jedoch mit der änderung dass ein riesenmädchen pflügende bauern mit pflug und ross den eltern brachte. Swifts Brobdingrag und Liliput sind auf solche vorstellungen gegründet.

Wenn ein nachdruck darauf gelegt werden darf, dass der riese die menschen wie es scheint herauspflügt, so ist vielleicht ein stück schöpfungsgeschichte hier erhalten, die ja fast allenthalben mit riesen zu schaffen hat. Von erde ist der mensch genommen durch eine höhere macht. Daher heisst die unterkrume der oberen erdschichte dem Walachen pamentu Adamalui (pavimentum Adami, Adams-grund).

33. Der Babakay.

Von einem felsen in der Donau hat sich ein böses altes weib, das ihr mann zur strafe dort ausgesetzt hatte, ins wasser gestürzt. Daher der name des felsen: Baba-kay, d. i. reue der alten. Baba, ein slavisches wort, wird von den Walachen gebraucht zur bezeichnung einer alten frau, d. h. einer solchen die schon ein verheirathetes kind hat.

Ueber einen möglichen zusammenhang dieser erzählung mit göttersage s. s. 320. Ein beispiel davon dass die blumengöttin zur alten wird, ist auch s. 347 gemuthmaasst.

34. Biene Gottes dienerin.

Anfangs war sie weiss, ihre schwarze farbe hat sie von einem schlag den ihr der teufel im zorn gab, weil sie ihn

listig belauscht hatte, als er mit sich zu rath gieng ob er Gott
rathen solle mehrere sonnen zu machen, oder nur eine.

Erzählungen dieser art (vergl. s. 320) betreten gern das
gebiet der wortforschung, so führt auch diese den walachischen
namen der biene zurück auf eine farbe die sie vor vollendung
der schöpfung gehabt habe. Die biene, das thierchen mit schuld-
loser nahruug, fleckenloser reinheit und sichrer klugheit, ist
sinnbild der frömmigkeit und weisheit, eignet sich also zu Gottes
botin und rathgeberin, als welche sie hier erscheint. Vgl. die
monographie der biene in Menzels mythologischen forschungen
(Stuttgart 1842) seite 171, und Nork, Mythologisches wörterbuch 1, 260.

Die biene die Gottes ohr hat, erinnert an die taube welche
die alte malerei den kirchenvätern auf die schulter setzt, an
den raben des Orpheus und an die beiden raben Odins.

35. Die rauchschwalbe.

Diese erzählung, nach welcher die rauchschwalbe eigentlich
ein mädchen, und wegen verleumdung in ihre jetzige gestalt
verwandelt ist, erinnert an die zahlreichen verwandlungen welche
die griechische götterlehre zur strafe vorgenommen werden lässt.
So ist die spinne eine jungfrau gewesen, die sich übermüthig
mit Pallas in einen webewettkampf eingelassen hat.

Verwandlung als strafe findet sich auch in den altweibertagen (6) und im teufel im fasshahnen (7). Doch ist sie gewis
immer etwas späteres: ursprünglich bedeutet jenes geschick nur
den wechsel im aussehen der äusseren dinge, hervorgerufen
durch die verschiedenen jahreszeiten u. dgl.

36. Ursprung der Golumbatscher fliegen.

Der ursprung dieser furchtbar giftigen insecten wird daraus
erklärt dass der h. Georg, nachdem er den drachen getödtet

hatte, den kopf in eine der felshöblen bei den Golumbatscher
schlössern geworfen habe. Aus der verwesenden zunge stammt
jenes ungeziefer.

Tröstend sieht die sage in einer landplage den rest einer
weit grösseren, denn S. Georg, der drachentödter, ist eins mit
den zahlreichen drachentödtern in denen wir den sonnengott erkannt haben; der drache bedeutet auch hier den feindseligen
gott des winters und der unterwelt, die böse gewalt von der
alles stammt was den menschen quält.

37. Die milchstrasse.

Erklärung der milchstrasse durch stroh, das Venus dem
heiligen Petrus gestohlen, und auf der flucht verzettelt hat.

J. Grimm stellt in seiner deutschen mythologie[1] die verschiedenen erklärungen zusammen welche die heidnischen völker
der milchstrasse geben. Den alten Germanen und den Madjaren
ist sie ein heerweg, den Türken ein weg der waller, dem
christlichen mittelalter eine Jacobs-strasse (weg der pilger die
nach Compostella ziehen) oder eine Rom-strasse, den alten
Scandinaviern der weg des winters, den alten Römern ein weg
zu den göttern, den Finnen der weg auf dem die seelen in
vogelgestalt ziehen, den Irokesen gleichfalls der seelenweg.
Nach der griechischen ansicht hat Phaëthon, bei seinem mislungenen versuche den sonnenwagen zu führen, diese strecke
versengt; nach der gewöhnlicheren erzählung aber Here zornig
den jungen Hermes oder Herakles weggerissen, den man ihr
an die brust gelegt, und von ihrer verspritzten milch stammt
jener weissglänzende kreis.

Diese darstellung bildet den übergang zu der die im Morgenland vorherscht. Im Arabischen und Koptischen heisst die
milchstrasse strohweg; im Syrischen und Neuhebräischen spreuer-

[1] S. 331 der zweiten ausgabe.

weg; im Persischen weg des strohschleppers; im Arabischen auch
weg der häckerlingträger, im Armenischen und Türkischen der
spreuerdieb. Diese vorstellung waltet also auch bei den Walachen.
Dass der heil. Petrus ins spiel kommt ist ganz natürlich (vgl. die
anmerkung 2 zu s. 335); höchst wunderbar aber nimmt sich neben ihm die Venus aus die ihm stroh stiehlt.. Man wird nicht
leicht einen schlagenderen beweis dafür finden, dass im aberglauben der neueren völker heidnisches und christliches zu-
sammenfliessen. Uebrigens wissen auch die ungelehrten Walachen von der »heiligen mutter Venus« (swentomaika Vinire).

. 38. Sonne, mond und wind.

Sonne, mond und wind begegnen einem Zigeuner, der
aber nur »eins von dreien« grüsst. Sie fragen ihn wer gemeint
sei, und er nennt den wind, weil dieser ihn beim sonnenbrande
durch sein blasen erquicke, ihm bei der kälte die der mond
hervorbringe, durch sein schweigen erlaube wärmendes feuer
zu haben.

Eine spur von göttersage scheint hier dass drei gottheiten
sich um eines mannes gunst bewerben, wie die göttinnen die
von Paris den apfel wünschen. Sonderbar genug aber behandeln
die drei wesen den Zigeuner als einen heiden, wonach sie in
der vorstellung des erzählers heilige zu sein scheinen.

Stärker als die spuren der göttersage tritt in dieser und
in den folgenden erzählungen das wesen des Zigeuners hervor,
der sich dem mächtigen ohne widerspruch beugt, andre nur
verspottet. Die Zigeuner spielen übrigens bei den Walachen
eine ganz andre rolle als bei den Madjaren und Slaven: sie
sind nicht die unterdrückten, mishandelten, sondern gern gesehene
spassmacher und aufschneider. Sie zeigen sich stäts heiter,
lebhaft, aber auch frech, diebisch, niedrig denkend; für gewöhnlich genügsam, aber wo sichs trifft prahlerisch, übermüthig
und schwelgerisch. Im allgemeinen kann man sagen dass der
Zigeuner, wie schon s. 368 bemerkt ist, von diesen mährchen

als stellvertreter des unheimlichen und schlechten benützt wird.
Tiefer noch als er steht in der volksansicht der Jude, denn mit
ihm geben sich diese dichtungen gar nicht ab, während deutsche
das vielfältig thun.

39. Die weihkerze des Zigeuners.

Ein Zigeuner steckt mit seinem wagen im koth, er wendet
sich daher an Maria, denn diese ist unter der heiligen mutter
(swentomaika) gemeint, und gelobt ihr eine wachskerze von
der dicke seines leibes. Nachdem der wagen jetzt einen ruck
gethan, bleibt er wieder stecken, und es wird eine wachskerze
von schenkeldicke gelobt. Ein drittes mal hilft endlich die
gelobung einer fingersdicken kerze, welche jedoch der heiligen
gleichfalls vorenthalten bleibt.

Der mangel an glauben und kirchlichkeit welcher die
Zigeuner auszeichnet, wird hier mit stark aufgetragenen farben
geschildert; aber auch die heilige, sofern sie mit sich dingen
lässt, bleibt vom spotte nicht ganz verschont.

40. Wie die Zigeuner um ihre kirche gekommen sind.

Die Zigeuner müssen sich in kirchlichen dingen an die
andern völker des landes halten, weil sie die steinerne kirche
die sie ursprünglich besassen, gegen die der Walachen, die aus
schinken bestand, vertauscht und sofort verzehrt haben.

Deutsche (Katholiken), Madjaren (Protestanten) und Walachen (Griechen) sind die ansässigen völker des landes,
zwischen denen der Zigeuner ohne heimat, ohne kirchlichen
und gemeindeverband umherschweift, überall der herschenden
kirche sich bequemend, so weit sies verlangt oder duldet. Die

erzählung stellt diss, mit unleugbarer innerer wahrheit, als folge seines tiefgewurzelten leichtsinns dar.

41. Christi kreuzabnahme.

Vier männer, einer aus jedem der vier volksstämme von Ungarn, berathen sich wie sie den leib des erlösers vom kreuze bekommen sollen, um ihn ins grab zu legen. Der Illyrier (Slave) schlägt bestechung vor, der Deutsche gerichtliche klage, der Madjar gewalt; der Walache hingegen erbietet sich den heiligen leib während der nacht zu stehlen.

Wie in nr. 40. die Zigeuner den Walachen als die leichtsinnigen gegenübergestellt sind, so treten hier die herschenden stämme des Donaulands, jeder nach seinem hauptmerkmal gezeichnet, nebeneinander: der ränkesüchtige Slave, der rechthaberische Deutsche, der prügelbereite Madjar, der diebische Walache. Dem letzteren ist wie dem fuchs ein schleichendes nachtleben eigen, und nicht selten sieht der Deutsche, der nach vollbrachter arbeit die ruhe der nacht als ein recht in anspruch nimmt, am andern morgen die früchte seines fleisses durch den arbeitsscheuen, aber listigen walachischen nachbar gemindert.

Die umgebungen dieses zusammentreffens sind aus der heiligen geschichte gewählt, weil jedermann sie kennt, und weitere einleitung so erspart wird.

42. Die fasten des heiligen Petrus.

Eine junge fischerin, die geliebte des heiligen Petrus, kann ihrer fische nicht los werden; Petrus hilft ihr aber, indem er ein grosses fasten vorschreibt. Zum ersatz darf man an seinem namenstag fleisch essen so viel man will.

Die fasten welche die Walachen halten müssen, sind überaus streng und lang; das volk entschädigt sich durch scherze
wie dieser, der in seinem spott über einen heiligen an die darstellung des benehmens der Maria (39) erinnert.

43. Die botschaft vom himmel.

Ein schalk erhält von einer leichtgläubigen frau geld, unter
dem vorwande dass ihr jüngst verstorbener sohn im himmel
dessen bedürftig sei. Der mann der betrogenen will den be-
trieger einholen, wird aber von ihm gleichfalls, und zwar um
sein pferd geprellt.

Hier macht sich der scherz an die pomana (vgl. s. 303),
die häufig auch zum besten der verstorbenen vollzogen wird.
Ein rest von göttersage scheint in der herkunft vom himmel,
die der schalk freilich nur lügt. Indessen wenn Bakâla's gestalt
einst eine göttliche war, warum nicht auch diese, die ihr so
genau verwandt ist!

Druck:
Customized Business Services GmbH
im Auftrag der KNV-Gruppe
Ferdinand-Jühlke-Str. 7
99095 Erfurt